LE DERNIER SAFARI

DU MÊME AUTEUR
CHEZ LE MÊME ÉDITEUR

Les Feux du désert
Le Royaume des tempêtes
Le Serpent vert

Wilbur Smith

LE DERNIER SAFARI

Roman

 PRESSES DE LA CITÉ

Titre original : *A Time to Die*

Traduit par Henri Gueydon

© Wilbur Smith 1989
© Presses de la Cité 1990 pour la traduction française
ISBN 2-258-03235-0

A ma femme, Danielle Antoinette
Avec tout mon amour
Pour toujours

Elle était assise depuis deux heures au moins, immobile, et le besoin de bouger devenait presque intolérable. Il lui semblait que chacun de ses muscles tremblait du désir irrésistible de faire un mouvement. Ses fesses étaient engourdies et, bien qu'on le lui ait recommandé, elle n'avait pas vidé sa vessie avant de se mettre à l'affût, gênée par la présence des hommes et encore trop peu à l'aise dans la brousse africaine pour s'éloigner toute seule à la recherche d'un endroit isolé. Maintenant elle regrettait sa pudeur et sa timidité.

Elle se trouvait au fond d'une sorte d'étroit tunnel que les porteurs d'armes avaient méticuleusement pratiqué à travers l'épaisseur de la végétation, car la moindre petite branche aurait pu faire dévier une balle qui atteint la vitesse de mille mètres par seconde. Ce tunnel avait une longueur de cinquante mètres, déterminée pour que la lunette de visée de la carabine soit réglée avec précision sur son extrémité.

Sans bouger la tête, Claudia regarda du coin de l'œil son père à l'affût à côté d'elle. Il avait appuyé le canon de son arme dans la fourche d'une branche. De la main droite il tenait la crosse, qu'il avait seulement à soulever de quelques centimètres pour épauler et tirer.

A la pensée de son père faisant feu avec cette arme qui brillait d'un éclat menaçant, la colère montait en elle. Rien de ce qu'il faisait ou disait ne la laissait indifférente. Il soulevait toujours en elle des émotions violentes et conflictuelles. Il remplissait sa vie, ce pourquoi elle le détestait et l'aimait à la fois. Elle savait que la principale raison pour laquelle elle était encore célibataire à vingt-six ans, malgré sa beauté, malgré les nombreuses propositions de mariage qu'elle avait reçues – d'au moins deux hommes dont elle avait cru être amoureuse sur le moment –, que la raison était cet homme à son côté, ce père auquel aucun autre ne pouvait se comparer.

Soldat, ingénieur, érudit, homme d'affaires riche à millions, athlétique, bon vivant, amateur de femmes, sportif, chacun de ces qualificatifs décrivait Riccardo Monterro en partie, mais ne dévoilait pas pour autant tout ce que Claudia savait de lui. Ils ne disaient pas la tendresse, pour laquelle elle l'adorait, ni la cruauté et la brutalité qui le lui rendaient odieux. Ni ce qu'il avait fait subir à sa mère, qui était devenue alcoolique, une épave. Claudia savait qu'il était capable de la détruire, si elle se laissait dominer par lui. C'était un homme dangereux; en cela résidait la plus grande partie de l'attrait qu'il exerçait.

Elle avait entendu dire que certaines femmes succombent toujours aux vrais salopards. Cela l'avait fait rire sur le moment. Mais plus tard, en y repensant, la chose ne lui avait point paru tellement impossible. Car Dieu sait que son père en était un. Un grand salopard débordant de vie, aux yeux marron doré pleins de flamme, aux dents étincelantes, un Latin capable de chanter comme Caruso et de dévorer d'énormes assiettées de pâtes. Mais bien que né à Milan, il était américain avant tout, car ses parents étaient venus, fuyant l'Italie de Mussolini, s'installer à Seattle alors que Riccardo était encore un enfant.

Elle avait hérité de son physique, de ses yeux, de ses dents et de la couleur dorée de sa peau; mais elle essayait de se démarquer de ce qui en lui la choquait, et d'en prendre le contre-pied. Parce que son père avait tendance à se croire au-dessus des lois, elle avait voulu apprendre le droit. Parce qu'il était républicain, elle avait décidé d'être démocrate, avant même de connaître quoi que ce soit à la politique. Parce qu'il attachait tant de prix à la possession et aux richesses, elle avait délibérément refusé l'emploi très bien rémunéré qui lui était offert à sa sortie de l'université – dans les premiers rangs –, pour accepter un poste au salaire trois fois inférieur à l'Agence des Droits Civiques. Parce que papa avait commandé un bataillon du Génie au Vietnam, et parlait encore de ses « bougnoules », le travail de Claudia en faveur des populations inuits de l'Alaska lui causait d'autant plus de satisfactions que son père traitait également de « bougnoules » les Esquimaux.

Pourtant elle était ici, en Afrique, avec lui. Et ce qu'il y avait de plus affreux, c'est qu'il était venu pour tuer des animaux et qu'elle était de connivence avec lui. Aux États-Unis, à ses moments libres, elle travaillait bénévolement pour une association pour la sauvegarde de la nature et de la vie sauvage en Alaska, qui consacrait la majeure partie de ses moyens et de ses efforts à se battre contre les compagnies de prospection pétrolière et leurs déprédations sur l'environnement. Activité délibérément choisie par elle parce que la firme de son père, Anchorage Tool and Engineering, fabriquait du matériel de forage de puits de pétrole et de pipelines.

Et voici qu'elle était dans ce pays, attendant avec soumission qu'il assassine de beaux animaux sauvages, dans une expédition qu'on appelait un safari. Sa trahison la rendait malade. A vrai dire, elle n'aurait même pas envisagé de devenir complice d'une telle chose – elle avait refusé avec indignation les invitations que son père lui en avait faites les années précédentes – si elle n'avait appris un secret quelques jours avant le départ de celui-ci pour l'Afrique. Il se pouvait que ce fût la dernière fois, la toute dernière fois, qu'elle aurait l'occasion d'être seule avec lui.

« Mon Dieu! pensa-t-elle. Comment vais-je vivre sans lui? »

A ce moment, elle tourna la tête et regarda par-dessus son épaule. Un homme était assis derrière elle, dans le petit réduit d'herbes sèches. C'était le chasseur professionnel, avec qui son père était parti en safari à de nombreuses reprises, et dont Claudia avait fait la connaissance quatre jours auparavant, à leur descente de l'avion des South African Airways à Harare, la capitale du Zimbabwe. De là, l'homme les avait amenés dans son bimoteur Beechcraft Baron jusqu'à cette vaste et lointaine concession de chasse, près de la frontière du Mozambique, que le gouvernement de l'ancienne Rhodésie lui avait accordée.

Il s'appelait Sean Courtney. Tout de suite, elle avait ressenti envers lui une forte aversion. Il n'était pas étonnant que la pensée de son père l'ait poussée instinctivement à se retourner vers cet homme. Lui aussi paraissait dangereux. Dur, impitoyable, et d'une beauté si diabolique que son instinct avertissait Claudia de se tenir sur ses gardes.

Dans son visage au teint hâlé, les yeux vert clair exprimaient une nette désapprobation, et les pattes d'oie des tempes se fronçaient de contrariété parce qu'elle avait bougé. Il posa un doigt sur la hanche de la jeune femme, pour lui rappeler qu'elle devait demeurer immobile. Malgré la rapidité du geste, elle sentit une étonnante force dans ce seul doigt. Elle avait déjà remarqué ses mains. « Des mains d'artiste, de chirurgien ou de tueur », avait-elle pensé. Mais maintenant le contact de son doigt impérieux lui parut une offense, une sorte de viol. Comment avait-il osé porter la main sur elle? L'œil rivé à l'extrémité du tunnel, elle bouillait d'indignation. L'endroit où il avait touché sa hanche brûlait, comme s'il l'avait marquée au fer rouge.

Dans l'après-midi, avant le départ du campement, Sean avait demandé à chacun de se doucher en utilisant un savon spécial sans odeur qu'il leur avait fourni. Il avait prié Claudia de ne pas user de parfum; et pendant qu'elle était sous la douche, un des serviteurs avait déposé sur son lit de camp une chemise kaki et un pantalon fraîchement lavés et repassés.

— Ces gros matous sont capables de vous sentir à trois mille mètres sous le vent, lui avait dit Sean.

Maintenant, après deux heures d'attente dans la chaleur de la vallée du Zambèze, c'est elle qui respirait une faible odeur émanant de lui, debout tout près derrière elle et la touchant presque, une odeur de transpiration masculine. Elle sentit le besoin insurmontable de bouger sur la chaise de toile du campement, mais se força à demeurer parfaitement immobile. Elle se surprit à respirer profondément, afin de saisir des bouffées de l'odeur de Sean, puis elle s'arrêta brusquement, prise de colère contre elle-même.

A quelques centimètres devant ses yeux, une feuille verte, qui pendait dans la trouée de la muraille d'herbe, se mit à tourner comme une girouette, et presque aussitôt elle reçut la caresse de la brise légère du soir. Bientôt celle-ci apporta une autre odeur, la puanteur d'une charogne. C'était l'appât, une femelle de buffle, que Sean avait choisie dans un troupeau de deux cents de ces énormes bêtes au poil noir.

— Cette vieille n'en a plus pour longtemps, avait-il déclaré. Tirez-la au défaut de l'épaule, dans le cœur.

Ce fut le premier animal que Claudia vit tuer de sang-froid. Le tonnerre de l'arme puissante de son père la bouleversa, moins cependant que la vue du sang rouge qui jaillissait de la blessure dans la lumière éclatante du soleil africain, et que le mugissement lugubre de la vieille vache. Elle était revenue seule à l'endroit où était garé le pick-up Toyota et s'était assise sur le siège avant; sur son visage perlait la sueur froide d'une nausée, pendant que Sean et ses pisteurs débitaient la carcasse de la bête.

A l'aide du treuil avant du pick-up, ils avaient hissé celle-ci dans les branches basses d'un figuier sauvage; après de longues discussions entre Sean et ses pisteurs, elle avait été installée à la hauteur exacte qui permettait à un lion adulte, dressé sur ses pattes de derrière, de l'atteindre et de satisfaire lentement sa faim, tout en évitant qu'une harde entière puisse s'en repaître sans difficulté et repartir rapidement à la recherche d'une autre proie.

Cela s'était passé quatre jours plus tôt. Immédiatement les grosses mouches à viande vertes étaient arrivées en essaim; avec la chaleur elles avaient maintenant fait leur œuvre. Claudia plissa le nez et fit la grimace lorsque l'odeur fétide parvint à ses narines; il lui sembla que celle-ci imprégnait sa langue et son arrière-gorge comme un liquide gluant. Elle vit en imagination la dépouille noirâtre se balancer lentement dans l'arbre, et les vers grouiller et fouir dans la chair en putréfaction.

— Délicieux, avait plaisanté Sean avant de prendre l'affût. Tout à fait le parfum d'un camembert avancé. Pas un lion n'y résistera dans un rayon de dix miles.

Durant leur attente, le soleil était descendu lentement. Les couleurs de la brousse prenaient des tons plus chauds, contrastant avec la lumière blanche de midi. La fraîcheur relative de la brise du soir réveillait les oiseaux de la torpeur dont la grosse chaleur les avait envahis. Dans les buissons bordant le ruisseau une huppe appelait, et dans les branches au-dessus de leur tête, un couple de souïmangas au plumage brillant d'un éclat métallique s'affairaient d'un bouquet de fleurs à un autre et, pendus au-dessous par les pattes, en pompaient le suc. Claudia leva un peu la tête, elle éprouvait un immense plaisir à les observer; ils étaient si près qu'elle pouvait voir leurs petites langues en forme de tuyau plonger au cœur des fleurs jaunes, insoucieux de sa présence, comme si elle faisait partie du paysage.

Elle observait encore les oiseaux, lorsqu'elle prit conscience d'une tension soudaine autour d'elle. Son père s'était raidi, la main légèrement crispée sur la crosse de sa carabine, l'œil fixé à son viseur; Claudia regarda dans la même direction, mais ne put voir ce qui le mettait dans cet état d'agitation. Elle vit Sean Courtney avancer une main avec d'infinies précautions et saisir le coude de son père afin de le retenir. Puis elle l'entendit murmurer, d'une voix plus basse que le bruit du vent :

– Attendez!

Ils attendirent, immobiles, comme des morts, que le temps s'écoule. Dix minutes passèrent. Vingt minutes.

– Sur votre gauche, dit soudain Sean.

Ce fut si inattendu que son murmure à peine audible la fit sursauter. Elle regarda à gauche et ne vit rien, à part l'herbe et les ombres de la brousse. Elle regarda sans ciller jusqu'à ce que des larmes montent à ses yeux. Elle les ferma, les rouvrit, et regarda encore. Cette fois, il lui sembla voir quelque chose se déplacer, une tache fauve à peine visible dans les longues herbes desséchées par le soleil.

Et soudain, de façon spectaculaire, un animal se montra, avançant sur le sol dégagé, en direction de l'appât suspendu au figuier. Malgré elle, Claudia haleta, le souffle coupé. C'était le plus bel animal sauvage qu'elle ait jamais vu, un grand félin, bien plus grand que ce à quoi elle s'attendait, le poil luisant et doré. Il tourna la tête dans sa direction, et elle put voir son cou plus clair, ses moustaches longues et blanches brillant au soleil. Ses oreilles à l'extrémité noire étaient dressées et écoutaient. Ses yeux jaunes, à l'éclat dur comme celui des pierres de lune, aux pupilles réduites à un point noir, fixaient la longue trouée pratiquée dans la végétation, en direction des chasseurs.

Claudia, glacée d'effroi, fut incapable de respirer tant que la bête regardait de son côté. C'est seulement lorsque celle-ci tourna la tête et la leva vers la carcasse pendue à l'arbre qu'elle put reprendre son souffle et pousser un léger soupir. « Ne le tuez pas! je vous en prie, ne le tuez pas! » fut-elle sur le point de crier à haute voix. Avec soulagement, elle vit que son père n'avait pas bougé, et que la main de Sean était toujours posée sur son coude pour le retenir.

A cet instant seulement, elle réalisa que c'était une femelle, elle n'avait pas de crinière, une lionne. Les conversations au campement avaient appris à Claudia qu'on chassait seulement le lion mâle et adulte, et que tuer une femelle était puni de fortes amendes et même de prison. Cette pensée la soulagea quelque peu, elle put se laisser aller à goûter pleinement l'instant, à admirer la beauté de l'animal sauvage.

La lionne regardait tout autour d'elle; satisfaite de se sentir en sécurité, elle émit un grognement feutré. A cet appel, ses petits accoururent dans la clairière en se bousculant. Ils étaient trois, pelucheux comme des jouets d'enfant, mal assurés sur des pattes trop grosses pour leur petit corps. Après quelques instants d'hésitation, assurés que leur mère les laisserait faire, ils se lancèrent dans une bataille pour rire, tombant les uns sur les autres en poussant des grognements. Pendant ce temps la lionne, dressée sur ses pattes de derrière, enfonça la tête dans le ventre ouvert de la charogne dont les entrailles avaient été retirées, et commença à la dévorer. Claudia voyait ses mamelles brunes qui saillaient fortement, autour desquelles la fourrure était entremêlée et collée par la salive de sa progéniture.

Ses petits n'étaient pas encore sevrés, la viande ne les intéressait pas et ils continuèrent leur jeu tandis qu'elle mangeait.

Une deuxième lionne pénétra dans la clairière suivie de deux lionceaux plus grands. Elle était de couleur beaucoup plus foncée, d'un noir presque bleu le long de l'épine dorsale; son cuir était couturé de vieilles balafres, héritage de toute une vie de chasse, marques laissées par des sabots, des cornes et des griffes. La moitié d'une oreille était arrachée. Elle était âgée; les deux lionceaux étaient sans doute la dernière portée qu'elle aurait. L'année prochaine, quand ceux-ci seraient partis et qu'elle serait trop faible pour suivre la harde, elle deviendrait la proie d'une hyène. Mais, pour le moment, son capital d'expérience et de ruse la maintenait en vie.

Elle avait laissé la jeune lionne aller la première à l'appât; pour avoir vu deux mâles tués dans une situation identique, sous une carcasse pendant d'un arbre, elle se méfiait. Faisant sans trêve le tour de la clairière, la queue fouettant l'air, elle s'arrêtait souvent et examinait attentivement le sentier allant vers la muraille d'herbe où se trouvait l'affût. Ses deux jeunes, assis sur leur derrière, levaient les yeux vers la carcasse en grondant de faim et de déception, car elle était au-delà de leur atteinte. Enfin le plus hardi prit de l'élan et d'un bond essaya d'accrocher l'appât avec ses griffes de devant et d'en saisir une bouchée. Mais la jeune lionne se jeta sur lui en grondant et lui envoya un coup de patte qui le fit tomber sur le dos. Il se releva, et s'éloigna, la queue basse.

La mère ne fit rien pour défendre le jeune. C'était la loi de la harde : les chasseurs adultes, les membres les plus importants de la bande, devaient manger en premier. C'est sur leur force que reposait la survie de tous. Les jeunes ne mangeaient que lorsqu'ils étaient rassasiés. Dans les temps de disette, quand le gibier était rare ou si le terrain dégagé rendait la chasse difficile, il arrivait que des jeunes lions meurent de faim ; et les lionnes adultes n'entraient pas en rut tant que la nourriture n'était pas redevenue abondante. C'est ainsi que la harde était capable de survivre.

Calmé, le lionceau vint rejoindre son frère sous la dépouille, pour lui disputer avec avidité de maigres reliefs que la lionne avait arrachés aux entrailles du buffle et laissé tomber par maladresse.

A un moment, il fut évident que celle-ci était gênée par quelque chose ; elle se remit sur ses quatre pattes, et Claudia vit avec horreur que sa tête était entièrement couverte d'asticots qui sortaient de la chair qu'elle dévorait. Elle secoua la tête, les envoyant voltiger comme des grains de riz, puis la frotta frénétiquement avec ses pattes pour tenter de la débarrasser des vers qui étaient en train d'envahir l'intérieur de ses oreilles. Pour finir, elle tendit le cou et éternua violemment, afin d'évacuer ceux qui avaient pénétré dans ses narines.

Ses petits prirent cela comme une invitation à jouer. Deux d'entre eux se jetèrent à sa tête, essayèrent de se pendre à ses oreilles, tandis que le troisième s'accrochait comme une grosse sangsue à une de ses mamelles. Indifférente à ces jeux, la lionne reprit son repas, dressée à nouveau sur ses pattes de derrière. Le lionceau pendu à sa mamelle réussit à y rester quelques secondes avant de lâcher prise et de tomber lourdement au sol. Déconfit, poussiéreux et tout ébouriffé, il s'écarta de sa mère.

Claudia fut secouée d'un fou rire irrépressible, et qu'elle tentait d'étouffer de ses deux mains devant sa bouche. Aussitôt Sean lui envoya un coup sec dans les côtes. Seule la vieille lionne réagit à ce rire, l'autre était trop occupée à manger. Elle s'accroupit prête à bondir, le regard fixé sur le tunnel qui menait à l'affût. Voyant ses yeux braqués sur elle, Claudia perdit toute envie de rire et retint son souffle.

« Elle ne peut pas me voir, se dit-elle sans conviction. Certainement, elle ne peut pas me voir. » Mais durant de longues secondes, le regard de l'animal demeura dardé dans sa direction.

Puis soudain la lionne se leva et s'enfonça dans l'épais fourré, par-delà le figuier et l'appât. Elle semblait glisser comme un serpent, en une ondulation de son corps de couleur ocre. Claudia reprit sa respiration et poussa un soupir de soulagement.

Tandis que les autres fauves restaient auprès de l'appât, le soleil disparut derrière le faîte des arbres et le court crépuscule africain tomba sur eux.

— S'il y a un mâle avec elles, nous allons le voir arriver, dit Sean dans un souffle.

La nuit est le temps des félins, l'obscurité les enhardit et les rend agressifs. Et la nuit commençait.

Claudia entendit quelque chose tout près, de l'autre côté de la paroi d'herbes, un froissement furtif. Mais la brousse était pleine de bruits semblables, et elle ne tourna même pas la tête. C'est alors qu'elle entendit un autre bruit, qui ne laissait aucun doute, le pas d'une créature pesante, un pas feutré et proche. Elle sentit sur sa peau un fourmillement de peur, des picotements sur sa nuque.

Son épaule gauche était en contact avec la paroi d'herbe sèche de leur réduit, et, à la hauteur de ses yeux, il y avait une petite brèche au travers de laquelle elle vit quelque chose en mouvement. Elle ne reconnut pas tout de suite ce qui passait sous son regard, puis elle se rendit compte que c'était un morceau de peau fauve et lisse, à quelques centimètres d'elle. Elle vit, frappée de terreur, cette peau se déplacer, et entendit alors la respiration d'un animal.

Instinctivement, elle tendit une main derrière elle, sans quitter des yeux la brèche. Une autre main, ferme et fraîche, saisit la sienne, et ce contact qui lui avait déplu quelques minutes auparavant lui apporta un réconfort indicible. Elle ne s'étonna même pas que ce fût la main de Sean, et pas celle de son père.

Elle regardait toujours à travers la fente. Soudain elle vit un œil de l'autre côté, un énorme œil rond, brillant comme une agate jaune, un œil horrible, inhumain, qui ne cillait pas, fixant ses yeux à elle de sa pupille sombre, à distance d'une main de son visage.

Elle voulut crier, aucun son ne sortit de sa gorge. Elle voulut se mettre debout, ses jambes étaient paralysées. Sa vessie gonflée lui faisait mal dans le bas-ventre et, incapable de se contrôler, elle sentit quelques gouttes chaudes s'en échapper. L'humiliation fut plus forte que la terreur, et elle se ressaisit. Serrant les cuisses, elle s'accrocha à la main de Sean, sans cesser de regarder ce terrible œil jaune. La lionne renifla fortement. Claudia tint bon et demeura silencieuse. « Je ne crierai pas », se promit-elle.

La lionne renifla de nouveau l'odeur de l'homme à travers la paroi d'herbe, et émit un grondement retentissant qui parut faire trembler la fragile paroi. Claudia put arrêter le hurlement qui allait jaillir de sa gorge. Puis l'œil jaune disparut de la brèche, et elle entendit le son mat des grosses pattes faisant le tour de leur abri.

Claudia tourna la tête en arrière pour suivre le bruit. Son regard rencontra celui de Sean, qui souriait. Ce fut ce qui la frappa après ce qu'elle venait de vivre, ce sourire tranquille sur ses lèvres, et la raillerie dans ses yeux verts. Il était en train de se moquer d'elle. Sa terreur fit place à la colère. « Quelle brute! se dit-elle. Quelle sacrée brute, pleine d'arrogance! » Mais elle savait qu'elle était livide et que ses yeux étaient dilatés de terreur. Elle se détesta pour cela, et elle le détesta parce qu'il en était témoin.

Elle aurait voulu arracher sa main à la sienne, mais elle pouvait encore entendre rôder le félin, dans sa ronde autour d'eux, toujours à proximité, et savait que sans cette étreinte elle n'aurait pas été capable de dominer sa peur. Elle la lui laissa donc, mais détourna la tête pour que Sean ne puisse plus lire sur son visage.

La lionne passa devant l'extrémité du tunnel. Dans la trouée, Claudia aperçut en un éclair sa robe fauve, aussitôt évanouie, et vit en outre que la jeune lionne et ses petits, alertés par le grondement de leur congénère, avaient disparu dans les broussailles. Sous le figuier, il n'y avait plus aucun animal.

L'obscurité augmentait rapidement. Dans quelques minutes ce serait la nuit. L'idée de cette bête sauvage dans le noir était presque insupportable. Sean se pencha sur son épaule et pressa quelque chose de petit et dur contre ses lèvres. Elle résista un instant, puis ouvrit la bouche. C'était une pastille de chewing-gum.

« Ce type est devenu fou. » Elle était abasourdie. « Du chewing-gum en un moment pareil! »

Cependant, lorsqu'elle mordit dans la pastille, elle se rendit compte qu'elle ne salivait plus, que sa langue était sèche et rêche comme si elle avait mordu dans un kaki pas mûr. Au goût de la menthe, la salive revint. Elle éprouvait tant de rage contre lui qu'elle n'en eut aucune gratitude. Il savait que la peur avait desséché sa bouche, et cela lui déplaisait amèrement.

La lionne poussa un rugissement, derrière leur abri. Claudia pensa avec désespoir au Toyota, garé à plus d'un kilomètre de là. Comme en écho à cette pensée, son père demanda à voix basse :

– A quel moment les porteurs doivent-ils amener le pick-up ?

– Quand ils auront vu la lueur des coups de feu, répondit Sean. D'ici quinze à vingt minutes.

La lionne les entendit, elle poussa un nouveau rugissement chargé de menaces.

— Rouspéteuse! dit gaiement Sean. La Mère Grognon en personne!

— Taisez-vous, souffla Claudia. Elle va nous repérer.

— Oh, maintenant, elle sait où nous sommes! (Il éleva la voix.) Fiche le camp, vieille râleuse! Va retrouver tes petits!

— Bon Dieu! Vous allez nous faire tous tuer, dit Claudia en retirant sa main de celle de Sean.

Mais la voix humaine avait effrayé le félin. Durant plusieurs minutes, ce fut le silence autour de leur réduit. Sean prit le fusil à double canon appuyé contre la paroi à côté de lui. L'ayant posé sur ses genoux, il ouvrit la culasse du 577 Nitro Express, sortit de leur chambre les deux grosses cartouches de cuivre et les remplaça par deux autres qu'il tira d'une cartouchière fixée à sa veste. C'était un rite un peu superstitieux, qu'il accomplissait toujours au début de la chasse.

— Maintenant, Capo, écoutez-moi, lança-t-il à Riccardo. Si nous tuons cette vieille pute sans raison valable, le Service des Chasses me retirera ma licence. La seule raison valable, c'est lorsqu'elle a déjà bouffé le bras de quelqu'un. Pas avant. Vous pigez?

— Je pige, opina Riccardo.

— Très bien. Ne tirez pas avant que je vous le dise, ou je ferai sauter votre crâne obtus.

Ils échangèrent un large sourire dans la demi-obscurité. Incrédule d'abord, Claudia se rendit compte que l'un et l'autre s'amusaient énormément. Pour ces deux grands idiots, c'était vraiment un jeu.

— Le temps que Job arrive avec le pick-up, il fera nuit noire et la voiture ne pourra pas venir jusqu'ici. Nous devrons la rejoindre en suivant le bord de l'eau. Vous marcherez devant, Capo, puis Claudia entre nous deux. Restons groupés et, quoi qu'il arrive, ne courez pas. Pour l'amour du ciel, que personne ne coure!

Ils entendirent à nouveau la lionne qui allait et venait à pas feutrés autour d'eux. Elle rugit une fois encore; presque aussitôt un rugissement lui répondit, venant de l'autre côté de leur abri. La jeune lionne était de retour.

— Toute la bande est ici, observa Sean.

Le son des voix et les rugissements de la vieille lionne avaient rameuté les autres, et les chasseurs étaient devenus le gibier. Ils étaient pris au piège dans leur réduit. L'obscurité était maintenant presque totale. Seule une lueur rougeoyante se voyait encore à l'ouest.

— Où est le pick-up? murmura Claudia.

— Il arrive, répondit Sean. (Puis, d'une voix changée :) A terre! Couchez-vous!

Bien qu'elle n'ait rien entendu, elle glissa de la chaise de toile et s'accroupit sur le sol. La lionne était revenue sans bruit auprès de la paroi de devant; maintenant elle se ruait sur celle-ci, rugissait furieusement et déchirait avec ses griffes la fragile construction. Claudia s'aperçut avec effroi que l'animal était en face d'elle.

— Baissez la tête, lança Sean d'une voix pressante.

Il épaula le fusil à double canon au moment où la paroi cédait et tira. Le fracas de l'explosion envahit leur réduit, assourdissant, et la flamme l'illumina aussi vivement que l'éclair d'un flash. « Il l'a tué »!

Malgré son aversion pour ce sport sanguinaire, Claudia ressentit un lâche soulagement qui ne dura pas longtemps. Le félin avait été seulement effrayé par le coup de feu. Il battait en retraite; on l'entendait s'enfuir en galopant dans les fourrés et en grognant rageusement.

— Vous l'avez manqué, accusa-t-elle d'une voix haletante, les narines remplies de l'odeur de la poudre brûlée.

— Je ne cherchais pas à le blesser. (Sean ouvrit la culasse et plaça deux cartouches neuves dans son arme.) Ce n'était qu'un tir d'avertissement en l'air.

— Voici le pick-up, annonça Riccardo d'une voix neutre et détachée.

Les oreilles de Claudia résonnaient encore du fracas de la détonation; elle entendit pourtant au loin le bruit de machine à coudre du Diesel. Sean se leva :

— Job a entendu le coup de feu. Il vient plus tôt que prévu. Très bien, en route!

Claudia se leva avec vivacité, regarda par-dessus la paroi de leur cache la forêt sombre et sinistre alentour, et se rappela le sentier qui conduisait au lit d'une rivière à sec qui servait de piste. Il leur faudrait parcourir près de cinq cents mètres avant d'être à l'abri du Toyota. Son cœur défaillit à cette perspective.

A moins de cinquante mètres, cachée dans les arbres, la lionne rugit de nouveau.

— Quelle gueularde! dit Sean avec un léger rire.

Il prit Claudia par le coude pour la conduire hors de l'abri.

Cette fois elle ne chercha pas à le repousser; bien au contraire, elle s'accrocha à son bras. Il lui prit doucement la main et la lui fit mettre sur la ceinture de son père, au creux des reins de celui-ci.

— Tenez-la bien. Et souvenez-vous : quoi qu'il arrive, ne courez pas. Elle vous sauterait dessus instantanément. Ils adorent jouer au chat et à la souris.

Sean alluma la lampe-torche, une grosse Maglite dont le puissant faisceau parut chétif dans l'immensité de la forêt. De divers côtés, on voyait des yeux qui réfléchissaient sa lueur, brillant comme des étoiles de mauvais augure, des yeux nombreux dans l'obscurité. Impossible de distinguer ceux d'une lionne de ceux de ses petits.

— Allons-y, dit calmement Sean.

Riccardo s'engagea sur le mauvais sentier étroit, Claudia à sa remorque. Ils marchaient lentement, étroitement groupés, Riccardo protégeant les avants avec son fusil, et Sean les arrières avec son arme de fort calibre et la lampe-torche.

Chaque fois que le faisceau lumineux était réfléchi dans la nuit pas les yeux des félins, ceux-ci paraissaient plus proches, au point que Claudia pouvait distinguer les corps des animaux derrière ces yeux brillants. Des corps d'une teinte affadie par la lumière blanche de la torche, agiles et nerveux, ceux des deux lionnes qui tournaient en cercles rapides autour d'eux dans les fourrés, qui les surveillaient attentivement, mais détournaient la tête lorsque le puissant faisceau les aveuglait.

Le sentier était difficile, accidenté, et surtout long, tellement long. Claudia frémissait d'impatience, trébuchant derrière son père; elle ne regardait pas où elle mettait les pieds, ne pouvant détacher ses yeux des silhouettes brun clair des deux félins allant et venant à leurs côtés.

— Voici venir la Mère Grognon, dit Sean avec le plus grand calme.

La vieille lionne s'était armée de courage; elle sortit de l'ombre, et fonça sur eux en soufflant comme une locomotive à vapeur. Du fond de sa gorge sortaient des grondements assourdissants. Sa gueule était grande ouverte et sa longue queue battait l'air de tous côtés comme un fouet. Serrés les uns contre les autres, ils s'arrêtèrent et Sean braqua la torche et le fusil sur l'animal qui chargeait.

— Va-t'en! cria-t-il. Allons, file!

La lionne avançait toujours, les oreilles aplaties contre son crâne, la mâchoire grande ouverte découvrant ses longs crocs jaunes et sa langue rose.

— Allez, rouspéteuse! Je vais faire sauter ta tête.

Elle s'arrêta de charger au dernier moment, freinant son élan sur ses pattes raidies, à quelques mètres de leur groupe. La lumière de la torche éclaira le nuage de poussière qui montait autour d'elle.

— Fous le camp! ordonna Sean, l'air sévère.

Les oreilles de l'animal se dressèrent; il fit demi-tour et partit au trot s'enfoncer dans la forêt.

— Elle jouait à qui se dégonflera le premier, dit Sean en riant. Elle voulait seulement voir.

— Comment le savez-vous?

Le timbre de la voix de Claudia sonna fêlé à ses propres oreilles.

— Sa queue. Tant qu'elle s'agite d'un côté à l'autre, il s'agit seulement d'un jeu. Quand elle est raide, alors attention!

— Voici le pick-up, annonça Riccardo.

Les phares du Toyota apparurent à travers les arbres. Le véhicule cahotait, dans le lit de la rivière à sec.

— Dieu soit loué, murmura Claudia.

— Nous n'en avons pas fini, avertit Sean pendant qu'ils se remettaient en route. Il reste l'autre.

Claudia avait oublié la jeune lionne. Elle jeta autour d'elle des regards craintifs, tout en trébuchant derrière son père, accrochée à sa ceinture.

Enfin ils arrivèrent au bord de la rivière, éclairés en plein par les phares du pick-up arrêté à quelque trente mètres, moteur en marche. Claudia distinguait les têtes des pisteurs assis sur le siège avant. Le véhicule était là, tout près, si proche qu'elle ne put se retenir; elle lâcha la ceinture de son père, et courut comme une folle vers le Toyota, aussi vite qu'elle pouvait dans le sable blanc et mou du lit de la rivière. Elle entendit Sean lui crier:

— Espèce d'idiote!

Et en même temps le terrible rugissement de la lionne qui partait à l'attaque. Claudia jeta un coup d'œil de côté tout en courant, le fauve était à quelques mètres, sortant des grands roseaux qui bordaient la rivière, et fonçait sur elle. Il était énorme dans les phares du Toyota, souple comme un serpent. L'estomac de la jeune femme se noua, ses jambes ne parvenaient plus à s'arracher au sable épais.

Elle vit que la queue de la bête était haute, et raide comme une tige de métal. En un éclair, elle se rappela ce qu'avait dit Sean. Cette fois-ci la lionne ne s'arrêterait pas, elle allait mourir, pensa-t-elle avec une lucidité glaciale.

Il avait fallu plusieurs secondes cruciales à Sean pour réaliser que Claudia s'était mise à courir. Il descendait à reculons, précautionneusement, le sentier qui menait au lit de la rivière, la lampe-torche dans la main gauche, la crosse du fusil dans la main droite, canon sur l'épaule, son pouce sur le cran de sûreté. La vieille lionne les suivait à distance, mais Sean était certain qu'elle ne se livrerait pas à une nouvelle agression, après la façon dont il avait repoussé son attaque simulée. Assez loin derrière elle ses petits étaient accroupis dans l'herbe et suivaient ce qui se passait avec de grands yeux, très intéressés, mais encore trop timides pour y prendre part. Il avait perdu de vue la jeune lionne, mais avait la certitude qu'elle était maintenant la plus dangereuse, cachée sans doute dans les hauts roseaux de la rive. Quand Claudia l'avait heurté, il avait cru qu'elle avait trébuché, sans se rendre compte qu'elle s'élançait vers le Toyota. Continuant à fouiller les roseaux avec le faisceau de la lampe, il avait entendu le crissement de ses souliers dans le sable; alors il s'était retourné brusquement, et l'avait vue s'enfuir seule.

– Espèce d'idiote! avait-il crié, furieux contre elle.

Depuis son arrivée quatre jours plus tôt, la jeune femme avait été une source constante d'irritation et de complications. Voici qu'elle désobéissait de manière flagrante à ses instructions. En un éclair, avant même que la lionne passe à l'attaque, il vit venir la catastrophe. Pour un chasseur professionnel, un client tué ou estropié était la plus sale histoire qui puisse arriver. C'était la fin de sa carrière, de vingt ans de travail et d'efforts.

– Espèce d'idiote!

Il déversait toute sa hargne sur la silhouette qui courait. Il dépassa en le bousculant Riccardo, debout, paralysé par l'effroi; au même moment la lionne bondit hors des roseaux où elle s'était tapie.

Le lit de la rivière était violemment éclairé par les phares du pick-up. Sean laissa tomber la lampe-torche et, ses deux mains libérées, épaula le fusil. Mais il ne put faire feu, l'angle était mauvais, Claudia s'interposait entre l'animal et lui. Elle courait en titubant dans le sable où ses pieds s'enfonçaient, elle agitait les bras comme une folle, sans aucune coordination avec sa foulée.

– Couchez-vous! hurla Sean. Au sol!

Mais elle poursuivit sa course, l'empêchant de tirer, tandis que la lionne arrivait sur elle, soulevant le sable sous ses pattes aux griffes déjà complètement sorties, rugissant et grondant à chaque bond, la queue raidie. La lueur des phares projetait sur le sable blanc l'ombre de Claudia et de la lionne. Sean vit le fauve se rassembler pour l'assaut final. L'œil fixé au viseur de son arme, spectateur impuissant, il lui était impossible de faire feu sans atteindre la jeune femme.

Au dernier moment, celle-ci trébucha. Ses jambes flageolantes de terreur ne purent la soutenir. Avec un cri de désespoir, elle tomba, le visage dans le sable.

En un éclair, Sean pointa son arme sur le poitrail velouté de la lionne. Avec ce fusil, il était capable d'atteindre, à trente pas de distance, deux pièces d'un penny lancées simultanément en l'air, avant qu'elles retombent sur le sol. Avec ce même fusil, il avait tué des léopards, lions, rhinocéros, éléphants, buffles, par centaines; ainsi que des hommes, de nombreux hommes, au temps des combats dans la brousse de Rhodésie. Il n'avait jamais eu besoin de tirer une deuxième balle. Maintenant que la cible était dégagée, il était absolument certain de placer une balle dum-dum de 750 grains * dans le poitrail du fauve. Ce serait la fin de celui-ci, mais aussi du safari et probablement de sa licence. La mort de la lionne attirerait sur lui les foudres du gouvernement et du Service des Chasses.

La bête n'était plus séparée de Claudia que par quelques mètres de sable blanc. Sean abaissa le canon du fusil. Il prenait un terrible risque, mais le risque était son pain quotidien. L'enjeu était la vie de la jeune femme – mais elle l'avait mis en fureur. Elle méritait aussi de courir ce risque.

Il fit feu sur le sable à cinquante centimètres sur l'avant de la gueule grande ouverte de la lionne. Le lourd projectile laboura le sol, projetant en l'air une masse compacte de grains qui enveloppèrent entièrement la tête de l'animal. Du sable emplit sa gueule et fut aspiré dans ses poumons; du sable entra dans ses narines et les obstrua, dans ses yeux jaunes grands ouverts et l'aveugla. La bête, totalement désorientée, cessa instantanément son attaque.

Sean se précipita en avant, prêt à tirer sa deuxième balle. Ce ne fut pas nécessaire. La lionne avait reculé, se cabrant et frottant de ses pattes ses yeux pleins de sable. Puis elle culbuta en arrière, se releva d'un bond et s'enfuit vers les roseaux, se cognant comme une aveugle à la rive escarpée du lit à sec. Elle tomba de nouveau, se remit sur ses pattes. Peu à peu le bruit de sa course éperdue et de ses rugissements de douleur s'éteignit dans le lointain.

Sean arriva auprès de Claudia. Il l'entoura d'un bras, et la souleva. Elle pouvait à peine tenir debout. La portant presque, il l'entraîna vers le Toyota et la déposa comme un paquet sur le siège avant. Riccardo grimpa sur le siège arrière. Sean sauta sur le marchepied. Tenant de sa main libre le fusil comme si c'était un pistolet, il le pointa vers l'extérieur, prêt à repousser un autre assaut.

– Roule! cria-t-il à Job.

Le conducteur matabele démarra et lança à grande vitesse le véhicule, qui embardait et cahotait sur le terrain difficile. Pendant un long moment, personne ne dit mot, jusqu'à ce qu'ils aient quitté le lit de la rivière pour s'engager sur une piste plus roulante. On entendit alors une petite voix étouffée, celle de Claudia disant :

– Si je ne peux pas faire pipi tout de suite, je vais éclater.

– Nous pourrions peut-être vous utiliser comme extincteur et inonder la Mère Grognon, suggéra Sean d'un ton glacial.

Riccardo éclata d'un gros rire. Bien que Claudia perçût dans ce rire le soulagement de la tension nerveuse qu'avait éprouvée son

---

* Balle dum-dum : balle dont la pointe a été fendue pour la rendre plus meurtrière. 750 grains = 48,6 grammes. (N.d.T.)

père, elle lui en voulut. Cela aggravait l'humiliation complète qu'elle subissait.

Le trajet de retour au campement dura une bonne heure. Lorsqu'ils furent arrivés, Moses, le serviteur de Claudia, remplit la douche d'eau presque bouillante. L'appareil consistait en un bidon de cinquante litres suspendu aux branches d'un mopane, et la cabine faite de parois d'herbe sèche était à ciel ouvert, avec un sol cimenté. Sous l'eau fumante qui coulait sur son corps et rosissait sa peau, elle se sentit peu à peu revivre. Le souvenir amer de son humiliation s'évanouit, remplacé par une sensation de bien-être et de joie de vivre que ressentent ceux qui ont échappé à un danger mortel.

Pendant qu'elle se savonnait, elle écoutait. A une trentaine de pas de distance, Sean occupait la salle de gymnastique de fortune montée à l'arrière de sa tente. Le halètement régulier de sa respiration indiquait d'évidence qu'il travaillait aux haltères. Depuis quatre jours qu'ils vivaient au campement, il n'avait jamais manqué une séance, aussi longue et pénible qu'ait pu être la chasse de la journée.

« Rambo! » Ce souci de son apparence arracha à la jeune femme un sourire méprisant, et pourtant elle s'était plus d'une fois surprise à contempler à la dérobée ses bras musclés, son ventre plat de lévrier, et même ses fesses dures et rondes comme des œufs d'autruche dans son short kaki.

Moses, muni d'une lampe tempête, escorta de la douche à sa tente Claudia, vêtue d'une robe de chambre en soie, une serviette nouée en turban sur la tête. Il avait préparé ses vêtements pour le dîner, un pantalon kaki, une chemisette à manches courtes, des bottes légères en peau d'autruche, exactement ce qu'elle aurait choisi elle-même. Chaque jour Moses nettoyait ses habits et les repassait à la perfection. Elle prit tout son temps pour sécher ses cheveux et les coiffer. Elle posa avec art un soupçon de maquillage et de rouge à lèvres. Et après un regard dans le petit miroir, elle se sentit encore mieux.

« Qui est le plus vaniteux maintenant ? » se dit-elle en souriant. Puis elle rejoignit les hommes autour du feu de camp, satisfaite d'interrompre la conversation et de sentir les yeux se tourner vers elle. Sean se leva pour l'accueillir, avec ses curieuses manières anglaises qui la déconcertaient.

— Asseyez-vous donc, dit-elle avec brusquerie. Ce n'est pas la peine de vous lever et de vous rasseoir tout le temps.

Sean eut un aimable sourire. « Ne pas lui laisser voir qu'elle m'intéresse », fut l'avertissement qu'il se donna à lui-même en approchant une chaise de toile où elle s'assit, les semelles de ses bottes tournées vers le feu.

— Offre à boire à la Donna, ordonna-t-il au serveur. Tu sais ce qu'elle aime.

Le serveur apporta sur un plateau d'argent un verre de cristal dans lequel un doigt de Chivas colorait à peine l'eau Perrier. L'homme était vêtu d'une tunique blanche comme la neige, descendant bien au-dessous du genou. Une écharpe rouge sur l'épaule indiquait sa position de chef des serviteurs, ainsi que le fez rouge posé sur sa tête. Ses deux aides se tenaient respectueusement à l'arrière-plan, vêtus de boubous blancs. Cela mettait Claudia quelque peu dans l'embarras de voir vingt domestiques s'occuper d'eux trois, et lui paraissait à la fois du sybaritisme, du colonialisme et de l'exploitation des hommes. Dieu merci, on était en 1987 et l'Empire britannique s'était écroulé depuis longtemps. Mais le whisky n'en était pas moins excellent.

— Je suppose que vous attendez mes remerciements pour m'avoir sauvé la vie, dit-elle en buvant à petites gorgées.

— Pas du tout, ma jolie. (Sean s'était vite aperçu qu'elle détestait ce genre de familiarité.) Je n'espère même pas que vous demandiez le pardon de votre énorme sottise. Pour être tout à fait franc, ce qui m'ennuyait le plus, c'était d'avoir à tuer la lionne. C'est cela qui aurait été tragique.

Ils poursuivirent leur duel à fleurets mouchetés, sur un ton dégagé. Claudia s'aperçut qu'elle y prenait plaisir. Chaque fois qu'une des pointes qu'elle lançait trouvait le défaut de la garde de Sean, elle était enchantée, et elle fut déçue lorsque le chef des serviteurs annonça d'une voix sépulcrale :

— Le cuisinier, il dit le dîner est prêt, *Mambo*.

Sean les précéda sous la tente servant de salle à manger, éclairée par des bougies dans des chandeliers de porcelaine de Meissen à cinq branches. Les couverts étaient en argent massif – Claudia avait discrètement regardé le poinçon – et les verres de cristal de Waterford étincelaient sur la nappe brodée à Madère. Un serviteur se tenait debout derrière chacune des chaises pliantes des trois convives.

— De quoi avez-vous envie ce soir, Capo? demanda Sean.

— Un peu de Wolfgang Amadeus, proposa Riccardo.

Sean mit en place une bande magnétique, et les notes limpides du Concerto 17 pour piano de Mozart s'égrenèrent à la lueur tremblante des bougies.

Le potage était à base d'orge perlé, de petits pois et de moelle de buffle, relevé par une sauce au piment terriblement forte que Sean appelait pili-pili. Claudia, bien qu'ayant hérité des goûts de son père pour le piment, l'ail et le vin rouge, ne se sentait pas de taille à affronter le plat suivant, des tripes de buffle en sauce blanche. Les deux hommes les aimaient « nature », un euphémisme signifiant qu'elles étaient plus ou moins bien vidées de leur contenu.

– Ce n'est que de l'herbe mâchée, disait son père.

Claudia se détourna, le cœur sur les lèvres, pour se servir du plat que le chef avait confectionné pour elle seule : sous une croûte dorée, un ragoût savoureux de filets de rognons d'antilope. Lorsqu'elle avait suggéré au cuisinier d'ajouter quelques gousses d'ail, il avait secoué la tête :

– Mon livre de cuisine dit pas d'ail, Donna.

– Mon livre dit beaucoup d'ail, il dit dix gousses d'ail très fort. D'accord, chef ?

Le cuisinier avait capitulé en riant. Les manières directes et le charme de Claudia avaient subjugué tout le personnel du campement.

Le vin était un robuste cabernet d'Afrique du Sud, aussi bon que son chianti favori. Elle se délecta du ragoût et du vin. Le soleil, le grand air et les événements de la journée avaient aiguisé son appétit. De même que son père, elle pouvait manger et boire à satiété sans prendre un gramme.

Mais la conversation n'était pas à la hauteur du menu. Comme tous les soirs précédents, les deux hommes ne parlaient que de fusils, de chasses et d'animaux sauvages. Et pour elle, ces histoires d'armes étaient un baragouin incompréhensible. Par exemple, son père disait :

– La carabine 300 Weatherby peut imprimer à une balle de 180 grains une vitesse de 1 040 mètres par seconde, ce qui donne une énergie à la sortie du canon de 550 kilogrammètres et...

– Vous autres Américains, répondait Sean, êtes obsédés par la vitesse initiale. Roy Weatherby a envoyé sur le gibier africain plus de balles que vous n'avez mangé de spaghettis, Capo. Donnez-moi plutôt un poids spécifique élevé, une fabrication Nosler et une vitesse modérée...

« Aucune personne d'intelligence moyenne ne pourrait continuer ainsi heure après heure », se disait Claudia. Et pourtant chaque soir elle allait se coucher, les laissant poursuivre leur conversation autour d'un verre de cognac et fumant des cigares. Mais lorsqu'ils parlaient d'animaux, elle y prenait plus d'intérêt. Ils racontaient des histoires sur telle bête sauvage, tel mâle légendaire auquel Sean donnait un surnom ; ce qui irritait Claudia autant que lorsqu'il appelait son père « Capo » comme s'il était un parrain de la mafia. Il avait baptisé un de ces animaux Frédéric le Grand, en abrégé Fred ; c'était le lion qu'ils chassaient actuellement, celui pour lequel ils avaient pendu la carcasse du buffle.

– Cette saison, je l'ai vu deux fois. Un de mes clients lui a même tiré dessus. Il était si énervé qu'il tremblait et l'a raté.

— Parlez-moi de lui, dit Riccardo en se rapprochant, avide de l'entendre.

— Papa, il t'en a parlé hier soir. Et le soir d'avant-hier et le soir précédent.

— Les jeunes filles sont faites pour être belles et se taire. Ne t'ai-je pas appris cela ? Sean, parlez-moi de Fred.

— Il a certainement trois mètres cinquante de long, au bas mot. Sa tête est grosse comme celle d'un hippopotame, sa crinière comme une meule de paille ; quand il marche, elle s'agite et ondule comme un msasa dans le vent. (Sean devint dithyrambique.) Est-il rusé ? malin ? En tout cas, il n'est pas né de la dernière pluie. A ma connaissance, on lui a tiré dessus trois fois. Il a été blessé voilà trois saisons par un chasseur espagnol, mais il s'en est remis. Il ne doit pas être idiot pour être devenu aussi imposant.

— Comment allons-nous l'avoir ? demanda Riccardo.

— Je vous trouve révoltants tous les deux, explosa Claudia. Après avoir vu ces splendides créatures aujourd'hui, ces beaux lionceaux, comment vous est-il possible de les tuer ?

— Je n'ai pas vu de lionceau tué aujourd'hui, fit remarquer Riccardo en reprenant une pleine assiette de tripes. En fait, nous avons pris beaucoup de risques pour assurer leur survie.

— Pendant quarante-cinq jours de ton existence, tu as pour unique objectif de tuer des lions et des éléphants, rétorqua Claudia. Alors ne joue pas au petit saint avec moi, Riccardo Monterro !

— Je suis toujours frappé d'étonnement, intervint Sean, par les discours confus de la plupart des personnes qui se disent amies des bêtes.

Claudia se tourna vers lui, enflammée du désir de se battre :

— Il n'y a aucune confusion dans mon esprit. Vous êtes ici pour tuer des animaux.

— De même qu'un fermier tue des animaux. Pour avoir un troupeau en bonne santé.

— Vous n'êtes pas fermier.

— Oh mais si, j'en suis un. La seule différence est que je tue avec un fusil, pas à l'abattoir. Comme pour tout fermier, mon souci principal est la survie des bêtes destinées à la reproduction.

— Il ne s'agit pas d'animaux domestiques, mais de beaux animaux sauvages.

— Beaux ? Sauvages ? Bon Dieu, qu'est-ce que cela a à voir là-dedans ? Comme tout en ce monde moderne, le gibier sauvage d'Afrique doit payer son écot afin de survivre. Le Capo ici présent verse des milliers de dollars pour chasser le lion ou l'éléphant. Il donne à ces animaux une valeur marchande bien supérieure à celle du bétail ; de sorte que le gouvernement indépendant, depuis peu, de Zimbabwe conserve la propriété de concessions de milliers d'hectares dans lesquelles le gibier est préservé. Je loue une de ces concessions, et j'ai le plus grand intérêt à la protéger contre les braconniers et à faire en sorte d'avoir quantité de gibiers à offrir à mes clients. Non, ma belle, le safari légal est aujourd'hui une des meilleures armes pour la conservation de la faune africaine.

— Vous allez donc sauver les animaux en les tirant avec vos fusils à hautes performances ?

— Des fusils à hautes performances ? Encore des pleurs de l'ami des bêtes émotif. Préféreriez-vous des pétoires ? N'est-ce pas comme si l'on demandait au boucher d'employer un couteau mal aiguisé pour égorger les moutons ? Vous êtes une femme intelligente, pensez donc avec votre tête, pas avec votre cœur. Chaque animal est individuellement sans importance. Sa durée de vie est de peu d'années. Pour ce lion que nous chassons, douze ans au maximum. Ce qui n'a pas de prix, c'est la perpétuation de l'espèce. C'est ça qui compte, pas l'individu. Notre lion est un vieux mâle arrivé au bout de ses années de vie utile, pendant lesquelles il a ajouté ses gènes à la masse de ceux de sa race, et protégé ses femelles et ses petits. Il mourra de vieillesse dans un ou deux ans. Mieux vaut que sa mort procure dix mille dollars qui serviront à fournir à sa progéniture un lieu pour vivre en sécurité, que de voir la brousse envahie par le déferlement d'une humanité noire et de ses troupeaux de chèvres.

— Mon Dieu, ce qu'il faut entendre! (Claudia hocha tristement la tête.) Déferlement d'humanité noire, voilà des paroles racistes et sectaires. C'est leur terre, pourquoi ne sont-ils pas libres d'y vivre où ils veulent ?

— Et voilà la logique des utopies libérales, s'esclaffa Sean. Il faut décider de quel côté on est, les beaux animaux sauvages ou les beaux sauvages noirs. On ne peut être des deux bords; lorsqu'ils entrent en compétition pour l'espace vital, les animaux sont toujours les perdants, à moins que nous, les chasseurs, payions l'addition pour eux.

Il n'était pas facile de discuter avec lui, reconnut-elle. Aussi fut-elle soulagée quand son père intervint :

— Le côté où se place ma chère fille ne fait aucun doute. Apprenez, Sean, que vous parlez à un membre important du Comité pour le rétablissement du peuple inuit sur ses terres ancestrales.

— Pas inuit, papa, sourit-elle. Pas même esquimau pour toi. Plutôt des bougnoules, n'est-ce pas ?

— Voulez-vous que je vous dise, poursuivit Riccardo, comment ma fille et son comité déterminent les terres de l'Alaska qui appartiennent aux Inuits ?

Claudia se pencha vers son père pour lui tapoter la main et, s'adressant à Sean :

– Il va vous le dire. C'est un de ses meilleurs numéros. Très drôle, il vous plaira beaucoup.

Sans relever la raillerie, Riccardo continua :

– Ils vont dans Fourth Street, à Anchorage. C'est là que se trouvent tous les bars. Ils prennent quelques Esquimaux qui ne sont pas encore trop saouls, les mettent dans un avion et survolent le pays en leur demandant : Maintenant, dites-nous où vivait votre peuple. Montrez-nous les territoires de chasse traditionnels de vos tribus. Ce lac là-bas, est-ce que vos parents y pêchaient autrefois ? (Riccardo était un excellent imitateur; changeant de voix :) C'est sûr, répond un Esquimau en louchant à travers la vitre, les yeux pleins d'alcool. C'est là que mon grand-père pêchait. (Prenant une voix de femme et imitant Claudia :) Et ces montagnes au loin, celles que nous, les vilains hommes blancs qui vous les avons volées, appelons Brooks Range, votre grand-père y a-t-il chassé ? (Reprenant l'accent d'un Esquimau :) Certainement; il a tué des tas d'ours là. Je me rappelle que grand-mère me le disait.

– Continue, papa. Tu as un bon public ce soir. Mr. Courtney apprécie énormément ton esprit.

– Et savez-vous une chose ? ajouta Riccardo. Jamais un Esquimau n'a refusé un lac ou une montagne qu'elle lui a offert. Quel succès, n'est-ce pas! Ma petite fille a enregistré un score magnifique. Jamais une rebuffade.

– Vous avez malgré tout de la chance, Capo, conclut Sean. Ils vous laisseront au moins quelque chose. Ici, ils prendront tout.

Le râclement de gorge discret de Moses et un léger bruit de porcelaine s'entrechoquant réveillèrent Claudia. Jamais auparavant on ne lui avait apporté son thé au lit. Un tel luxe lui donnait l'impression merveilleuse de vivre dans un autre siècle. Il faisait encore nuit noire, et sous la tente le froid était piquant. Elle entendit le craquement de la gelée lorsque Moses souleva le panneau de toile pour entrer. Elle n'aurait pas cru qu'il pouvait faire si froid en Afrique.

Elle s'assit sur son lit de camp, une couverture sur les épaules. Entourant de ses mains la théière pour se réchauffer, elle regarda Moses s'affairer sous la tente. Il versa dans le lavabo de l'eau chaude et disposa à côté une serviette immaculée. Il remplit le verre à dent d'eau potable bouillante. Puis il apporta un brasero allumé et le plaça au centre de la tente.

– Trop froid aujourd'hui, Donna, dit-il.

– Et sacrément trop tôt, répondit-elle encore ensommeillée.

– Avez-vous entendu, Donna, les lions rugir hier soir ?

– Je n'ai rien entendu.

Elle aurait pu avoir à côté de son lit un orchestre de cuivres jouant *America*, que cela ne l'aurait pas réveillée. Moses finit de disposer ses vêtements sur une autre couchette servant de canapé. Il avait ciré ses bottes, qui étincelaient. Il sortit de la tente en lui disant :

– Si vous avez besoin de quelque chose, Donna, appelez-moi.

Elle sauta du lit et, frissonnante, s'approcha du brasero, au-dessus duquel elle tint un moment sa chemise pour la réchauffer avant de la mettre.

Lorsqu'elle sortit de la tente, les étoiles brillaient encore. Levant les yeux, toujours dans l'admiration de ces diamants qui parsemaient le ciel de l'hémisphère austral, elle éprouva un sentiment de fierté quand elle eut réussi à trouver la Croix du Sud, et se dirigea vers le feu de camp, auprès duquel se tenaient déjà les deux hommes. Elle tendit les mains vers les flammes.

– Tu n'as pas changé depuis que tu étais petite fille, lui sourit son père. Te souviens-tu combien c'était difficile de te faire sortir du lit tous les matins, quand tu allais à l'école ?

Un serviteur apporta à Claudia une seconde tasse de thé. Sur un coup de sifflet de Sean, Job mit en marche le moteur du Toyota, qu'il amena devant la porte de la palissade entourant le campement. Tous trois revêtirent leurs vêtements chauds : jersey et anorak, bonnet et écharpe de laine.

En approchant du véhicule, ils virent les fusils sur le râtelier. Job et Shadrach, les deux Matabeles, étaient installés à l'arrière, le pisteur ndorobo assis entre eux. Ce dernier était un petit bonhomme aux traits enfantins, arrivant à peine à l'épaule de Claudia. Son visage plissé avait un sourire attendrissant et ses yeux brillaient de malice. Tout en étant prête à aimer le personnel entier du campement, il était déjà son préféré. Il s'appelait Matatu, et lui rappelait un des nains de *Blanche-Neige*. Les trois noirs, emmitouflés dans de grandes capotes provenant des surplus de l'armée, coiffés d'un passe-montagne en tricot, se serraient les uns contre les autres pour se réchauffer. Leur sourire découvrit leurs dents blanches quand ils répondirent au bonjour de Claudia ; tous avaient succombé à son charme.

Sean prit le volant ; Claudia s'installa sur le siège avant entre lui et Riccardo. Elle se recroquevilla à l'abri du pare-brise et se pelotonna contre son père. Elle avait pris goût à ces départs matinaux pour l'expédition de la journée.

Ils roulaient lentement sur la piste cahoteuse. Lorsque l'aube eut commencé à chasser la nuit, Sean éteignit les phares. Le regard de la jeune femme essayait de percer les profondeurs de la forêt primaire, au-delà des éclaircies herbeuses qui la coupaient et que Sean appelait des *vleis*, désireuse d'être la première à apercevoir quelque animal filant dans les arbres. Mais c'était toujours son père ou Sean qui annonçait : « Un koudou à gauche » ou bien « C'est une antilope naine ». Ou c'était Matatu qui se penchait vers l'avant et lui touchait l'épaule pour lui montrer une chose intéressante, de sa petite main à la paume rosée.

On voyait dans la poussière de la piste les traces du passage des animaux au cours de la nuit. Ils tombèrent sur de la fiente fraîche d'éléphant, fumante dans la fraîcheur du matin, une bouse montant plus haut que la cheville ; tous descendirent du Toyota pour l'examiner de près. Au début, Claudia avait été très étonnée de cet extrême intérêt pour de la crotte. Maintenant elle était habituée.

– Un vieux solitaire, dit Sean, qui n'a plus beaucoup de dents.

– Comment le savez-vous ?

– Il ne peut plus mâcher sa nourriture. Regardez : des feuilles et des petites branches presque intactes.

Matatu, accroupi devant une empreinte de pas, examinait la grande trace arrondie, de la dimension d'un couvercle de poubelle.

– Voyez comme la plante de ses pieds est lisse, ajouta Sean. Usée comme un vieux pneu de voiture. Il est gros et âgé.

– C'est lui ? demanda avidement Riccardo en jetant un coup d'œil sur la carabine de calibre 416 Rigby posée sur le râtelier.

– Matatu va nous le dire.

Le petit Ndorobo cracha dans la poussière et se releva en secouant tristement la tête. Il parla ensuite à Sean en swahili, d'une voix de fausset.

– Matatu connaît ce mâle, traduisit Sean. Ce n'est pas celui que nous cherchons. Celui qui est passé ici, nous l'avons vu l'an dernier près du fleuve. Une de ses défenses est brisée presque à la racine, et de l'autre il ne reste qu'un tronçon. Il a dû en posséder une paire magnifique autrefois : mais il est très vieux.

– Vous voulez dire que Matatu peut reconnaître un éléphant à ses empreintes ? demanda Claudia incrédule.

– Matatu est capable de reconnaître chaque buffle d'un troupeau de cinq cents têtes. A deux ans d'intervalle, il a reconnu cet animal à ses traces. Matatu n'est pas un pisteur, c'est un magicien.

Poursuivant leur route, ils rencontrèrent quantité de merveilles : un koudou mâle, gris comme une ombre, zébré de raies blanches, avec une bosse sur le dos et une crinière, ses longues cornes en tire-bouchon brillant dans l'obscurité ; une genette revenant de sa chasse nocturne, dorée et tachetée comme un petit léopard, qui les regarda avec étonnement du bord de la piste. Des troupeaux de pintades, arborant une touffe jaune sur la tête, criaillaient en courant dans l'herbe le long de leur chemin. Claudia

n'avait plus à demander tout le temps : « Quel est cet oiseau ? » ou
« Comment s'appelle cet animal ? » Elle commençait à les
connaître, ce qui ajoutait à son plaisir.

Peu avant le lever du soleil, Sean arrêta la voiture au pied d'un
monticule rocheux qui se dressait, abrupt, en pleine forêt. Ils descendirent tous, légèrement ankylosés, et se mirent en devoir de
retirer leurs vêtements chauds. Ils escaladèrent la pente, cent
mètres d'un sentier raide et caillouteux, sans s'arrêter. Arrivée en
haut, Claudia avait le souffle court et tentait de ne pas le laisser
voir. L'horaire avait été si bien établi que, lorsqu'ils atteignirent le
sommet, le soleil apparut au-dessus du faîte des arbres, donnant à
tout une couleur et un éclat magnifiques.

Ils contemplèrent le panorama de la forêt, parsemée de clairières dont la couleur plus lumineuse de l'herbe jaune tranchait
avec sa teinte sombre. D'autres *kopje* * escarpés se dressaient
comme de féeriques châteaux, des tours dressées dans l'aurore.
Certaines de ces collines étaient de grands tas de roches sombres,
comme des moellons laissés sur place après la Création.

Ils retirèrent leur chandail ; l'escalade leur avait donné chaud,
et les premiers rayons du soleil annonçaient une journée brûlante.
Assis au sommet, ils braquèrent les jumelles sur la forêt au-
dessous d'eux. En arrière, Job ouvrit la boîte à provisions qu'il
avait apportée et alluma un feu. Ils avaient quitté le campement
trop tôt pour prendre le petit déjeuner ; maintenant, ils avaient
faim. L'odeur des œufs au bacon chatouilla agréablement le nez
de Claudia.

En attendant de manger, Sean montra l'horizon :

– Voici la frontière du Mozambique, dit-il, au-delà du
deuxième *kopje*, à une dizaine de kilomètres seulement.

– Le Mozambique, murmura Claudia en regardant dans ses
jumelles. Un nom qui a pour moi une aura romantique.

– Pas tellement romantique, grommela Sean. Ce n'est qu'une
nouvelle victoire du socialisme en Afrique, avec une politique
économique soigneusement concoctée pour apporter le chaos et la
ruine.

– Je ne peux ingurgiter une seule dose de racisme avant le petit
déjeuner, rétorqua Claudia sur un ton glacial.

– Fort bien, ricana Sean. Disons seulement que, de l'autre côté
de cette frontière là-bas, il y a douze années de marxisme, de corruption, de cupidité et d'incompétence, qui commencent à porter
leurs fruits. Il y a une guerre civile que l'on ne peut arrêter, une
famine qui fera mourir probablement un million de personnes, et
des épidémies – dont le sida – qui en tueront sans doute un million d'autres dans les cinq années à venir.

* *Kopje* : monticule isolé. (N.d.T.)

— On dirait que c'est un drôle de pays pour y passer des vacances, dit Riccardo. Où en est le petit déjeuner, Job?

Job leur servit les œufs au bacon avec des petits pains croustillants, accompagnés d'un café au délicieux arôme. Ils mangèrent, l'assiette posée sur les genoux, explorant entre deux bouchées la forêt avec les jumelles.

— Vous êtes vraiment bon cuisinier, Job, dit Claudia.

— Merci, madame, répondit-il tranquillement.

Il parlait anglais avec à peine un léger accent. C'était un homme proche de la quarantaine, de haute taille, donnant une impression de puissance, avec des yeux écartés et intelligents dans son visage rond, dont la beauté était typique des tribus matabeles et de leurs origines zouloues.

— Où avez-vous appris? demanda-t-elle.

Il hésita et lança un coup d'œil à Sean, avant de répondre de sa voix de basse :

— Dans l'armée, madame.

— Job était capitaine avec moi dans les Ballantyne Scouts.

— Capitaine! s'exclama Claudia. J'ignorais que...

Elle s'arrêta net, l'air gêné.

— Vous ignoriez qu'il y eût des officiers noirs dans l'armée rhodésienne, termina Sean pour elle. Il y a bien des choses à apprendre en Afrique, que la chaîne de télévision CBS ne vous montre pas.

Shadrach, le second porteur d'armes, était assis à l'écart, à un endroit où la vue était meilleure en direction du nord. Il siffla légèrement, montrant quelque chose du doigt. Sean se leva et vint le rejoindre. Tous deux regardèrent avec attention la forêt.

— Qu'y a-t-il? s'enquit Riccardo plein d'impatience.

— Un éléphant.

Comme mus par un ressort, Claudia et son père se levèrent et accoururent.

— Un gros? demanda Riccardo. Vous pouvez voir ses défenses? Est-ce lui?

— Il est trop loin pour qu'on puisse le dire.

Sean montra la forme grise peu distincte à travers les arbres. Claudia s'étonna qu'un aussi gros animal fût si difficile à voir. A un moment, il se déplaça légèrement et elle put l'apercevoir.

— Que pensez-vous? insista Riccardo. Serait-ce Tukutela?

— Possible. Mais il y a plus de chances que ce ne le soit pas.

Tukutela! Claudia les avait entendus en parler autour du feu de camp. C'était une de ces bêtes légendaires dont il ne restait qu'une poignée dans toute l'Afrique. Un éléphant mâle dont les défenses pesaient plus de cinquante kilos chacune. Tukutela était la raison principale de cette expédition, la dernière que ferait son père en Afrique. Trois ans auparavant, il avait déjà vu Tukutela, au cours d'un safari avec Sean. Tous deux avaient pisté le grand éléphant durant cinq jours. Matatu les avait conduits en suivant sa trace sur cent cinquante kilomètres avant qu'ils puissent l'approcher. A moins de vingt pas de l'énorme bête, ils l'avaient vue en train de se nourrir de fruits d'un manguier. Ils avaient observé chaque ride et crevasse de sa peau craquelée. Ils étaient si près qu'ils auraient pu compter les quelques poils restant sur sa queue, les autres ayant été arrachés au long des années. En silence et fascinés, ils avaient contemplé son ivoire.

Riccardo Monterro aurait payé de bon cœur n'importe quel prix pour posséder ces défenses comme trophée. Dans un murmure, il avait demandé à Sean :

– N'y a-t-il aucun moyen ?

– Non, Capo. Nous n'avons pas le droit d'y toucher. Ma licence et ma concession me seraient retirées.

En effet, Tukutela portait un robuste collier de nylon, résistant comme un pneu de poids lourd, auquel était fixé un émetteur de radio. Quelques années auparavant, le vieil éléphant avait été endormi, à l'aide d'un projectile lancé du haut d'un hélicoptère, par des fonctionnaires appartenant au Service des Études sur la faune. Pendant qu'il était inconscient, le collier et l'appareil de radio avaient été attachés à son cou. Tukutela était ainsi devenu un « animal destiné à la recherche », ce qui le rendait intouchable aux chasseurs de safari légaux. Évidemment, il courait toujours le risque d'être tué par les braconniers de l'ivoire ; mais ceux respectueux de la légalité ne pouvaient le chasser.

En même temps qu'il lui mettait ce collier, le Dr Glynn Jones, le vétérinaire de l'administration chargé de l'étude, avait mesuré les défenses du vieux mâle. Son rapport n'était pas destiné à la publication. Mais il avait comme secrétaire une petite blonde pour qui Sean Courtney était l'être le plus digne d'admiration qu'elle ait rencontré dans sa jeune vie. Elle avait donné à celui-ci un exemplaire du rapport.

– D'après les mesures effectuées par Jones, une défense pèse cinquante-neuf kilos et l'autre quelques kilos de moins, avait soufflé Sean à l'oreille de Riccardo pendant qu'ils observaient l'animal et contemplaient son ivoire avec des yeux d'envie.

A leur sortie de la bouche, elles étaient aussi grosses que les cuisses de Sean. Le suc des végétaux les avait rendues presque noires. La pointe était arrondie par l'usure. Selon le Dr Jones, celle de gauche mesurait deux mètres et cinquante-cinq centimètres, celle de droite deux mètres et soixante centimètres.

Finalement, ils s'étaient éloignés, laissant l'éléphant à son errance solitaire. Mais, il y avait seulement six mois, la blonde secrétaire était en train de préparer le petit déjeuner pour Sean, dans son petit appartement de célibataire de Harare, lorsqu'elle annonça fortuitement :

— Savais-tu que Tukutela a perdu son collier ?

Sean, qui était étendu sur le lit dans le plus simple appareil, se releva brusquement :

— Que dis-tu ?

— Jones était dans tous ses états. Ils avaient cherché Tukutela au radiogonio, et trouvé seulement le collier. L'éléphant a réussi à s'en débarrasser et l'a flanqué dans les branches d'un arbre.

— Ma petite beauté, dit Sean enchanté de cette nouvelle, viens par ici recevoir ta récompense.

Elle ne se le fit pas dire deux fois. Laissant tomber sa robe de chambre sur le plancher, elle se précipita dans ses bras.

Ainsi Tukutela, ayant perdu son collier, n'était plus « un animal destiné à la recherche ». On pouvait à nouveau le chasser. Le jour même, Sean envoyait un câble à Riccardo, et recevait le lendemain la réponse :

« JE VIENS. STOP. PRÉPAREZ-MOI UN SAFARI DU PREMIER JUILLET AU QUINZE AOÛT. STOP. IL ME FAUT CE JUMBO. STOP. CAPO. »

Aujourd'hui, regardant cette tache grise qui était un éléphant au loin, Riccardo tremblait d'excitation, et Claudia l'observait avec étonnement. Elle savait que son père était l'homme le plus insensible dans les affaires, le plus froid joueur de poker. Elle l'avait vu négocier un contrat de dix millions de dollars, mettre en jeu sur le tapis de Las Vegas une somme astronomique, sans que son visage manifeste la moindre émotion. Et ici, il était aussi agité et impatient qu'un étudiant à son premier rendez-vous amoureux. Elle se sentit remplie d'affection.

« Je ne m'étais pas bien rendu compte de ce que cela représentait pour lui, pensa-t-elle. C'est le dernier grand plaisir qu'il lui reste dans la vie. » Elle aurait voulu mettre ses bras autour de son cou et lui dire : « Pardonne-moi, papa ; pardonne-moi d'avoir essayé de te priver de ta dernière joie. »

Riccardo, pour l'instant, ne voyait même pas sa fille. « C'est peut-être Tukutela », répétait-il à voix basse, comme si le fait de le désirer ardemment pouvait faire que ce fût vrai. Mais Sean secoua la tête :

— J'ai posté quatre bons pisteurs sur la rivière. Tukutela n'aurait pu la traverser sans qu'ils le sachent. En outre, c'est encore trop tôt, je ne m'attends pas à ce qu'il quitte la vallée avant que les dernières mares le long de l'escarpement soient à sec, c'est-à-dire dans huit à dix jours.

— Il a pu échapper à leur surveillance. Il est très possible que ce soit lui là-bas.

— Nous allons descendre jeter un coup d'œil.

La passion de Riccardo n'étonnait pas Sean comme elle avait étonné Claudia. Il la comprenait parfaitement; il l'avait observée chez cinquante autres hommes tels que lui, les hommes arrivés, puissants, agressifs, qui constituaient sa clientèle, des hommes qui n'essayaient pas de dissimuler ni de contrôler leurs instincts. L'instinct de la chasse habite le fond de l'âme de tout individu mâle; certains le nient ou le suppriment; d'autres l'expriment de façon détournée et moins violente, avec un club sur le terrain de golf ou une raquette sur le court de tennis, une petite balle blanche servant de substitut à la chair et au sang. Mais les hommes comme Riccardo Monterro donnent libre cours à leur passion, et rien ne vaut pour eux le frisson que leur procure la poursuite et la mise à mort du gibier.

— Shadrach, appela Sean, apporte le *banduki* du *bwana*. Job, n'oublie pas les bouteilles d'eau. Matatu, *akwendi*, allons-y.

Ils dévalèrent à toute allure le sentier du *kopje*, sautant avec légèreté de rocher en rocher. Arrivés au bas, ils se placèrent tout naturellement en formation de marche : Matatu en tête pour relever les traces, suivi de Job et de Sean dont le coup d'œil infaillible explorait la forêt devant eux. Les clients étaient au milieu, et Shadrach à l'arrière prêt à passer le fusil Rigby à Riccardo. Ils allaient vite, et cependant il leur fallut près d'une heure avant que Matatu ne repère les énormes traces dans la terre molle, et les rameaux et branchages dépouillés de leurs feuilles qui jonchaient le sol là où l'éléphant s'était arrêté pour se nourrir. Matatu s'arrêta net, et se retourna en piaillant des cris aigus de dégoût.

— Ce n'est pas Tukutela, traduisit Sean. C'est le vieux mâle à une seule défense. Celui dont nous avons vu la trace sur la route ce matin. Il a tourné en rond.

Claudia vit sur le visage de son père l'immensité de sa déception; son cœur se serra. Personne ne parla sur le chemin du retour, jusqu'à ce qu'ils arrivent à l'endroit où était parqué le Toyota. Lorsqu'ils y furent arrivés, Sean dit d'une voix douce :

— Vous saviez que ce ne serait pas aussi facile, n'est-ce pas, Capo ?

Ils échangèrent un sourire.

— Vous avez raison. Bien sûr, ce qui compte, c'est la poursuite. Quand on a tué le gibier, ce n'est plus que de la viande morte.

— Tukutela viendra, je vous le promets. Il est réglé comme une horloge. Il sera par ici avant la nouvelle lune. Mais d'ici là, il y a le lion. Nous allons retourner à l'appât et voir si Frédéric le Grand va être complaisant.

Vingt minutes plus tard, ils arrivaient, par le lit de la rivière à sec, auprès de la carcasse du buffle et de leur affût. Claudia frémit en repensant à sa terreur de la nuit précédente et en voyant les traces des pattes de la lionne dans la terre, derrière leur cache. Sean et les porteurs d'armes commencèrent à discuter avec animation, tandis que Matatu criaillait comme une pintade.

– Que se passe-t-il ? demanda Claudia.

Personne ne lui répondit. Elle dut courir pour se maintenir à leur hauteur, tandis qu'ils se hâtaient le long de la trouée qui, à travers la végétation, menait au figuier où pendait la carcasse.

– Quelqu'un peut me dire ce qui se passe ? pria-t-elle.

Mais la puanteur était telle qu'elle demeurait à bonne distance. En revanche, les hommes ne manifestaient pas de répulsion à tâter du doigt et examiner de près les restes du buffle. Bien que de loin, Claudia put constater ce qui différait de la veille. Hier, la carcasse était presque intacte. Aujourd'hui plus de la moitié en avait été dévorée. Il ne restait que la tête et l'avant-train. Pour l'atteindre, Sean devait tendre le bras. De l'épine dorsale et des côtes broyées, ne restaient que des débris d'os ; l'épaisse peau noire, déchirée par les griffes et les crocs, pendait en lambeaux comme un voile funèbre.

Tandis que Sean et les porteurs examinaient ces restes, Matatu cherchait sur le sol autour du tronc du figuier, poussant de petits cris semblables aux jappements d'un chien de chasse flairant une piste. Sean prit quelque chose sur un morceau d'os de la carcasse et le montra à Riccardo ; tous deux se mirent à rire, l'air très excité, et l'objet passa de main en main.

– Enfin, personne ne veut rien me dire ? s'impatienta Claudia.

– Venez donc, appela Sean, ne restez pas si loin.

Elle s'approcha avec répugnance, se bouchant ostensiblement le nez. Sean lui tendit une main, la paume vers le haut, sur laquelle elle vit un poil noir, presque aussi long qu'un de ses cheveux.

– Qu'est-ce ?

Riccardo prit le poil et le tint entre le pouce et l'index. Claudia vit que les avant-bras de son père avaient la chair de poule, tant il était ému. Ses yeux noirs d'Italien brillaient quand il répondit :

– Un poil noir de crinière.

Il prit sa fille par la main et la fit s'approcher du tronc du figuier.

– Regarde cela. Regarde ce qu'a trouvé Matatu.

Le petit pisteur arbora un sourire d'orgueil en montrant le sol. Cinq lionceaux et deux lionnes l'avaient piétiné, laissant des empreintes peu marquées dans la poussière poudreuse. Mais une empreinte parfaitement nette émergeait de ce méli-mélo. Elle était d'une dimension double des autres, grande comme une assiette. En la voyant, Claudia fut terrorisée. Quel que soit l'animal qui ait laissé cette marque de sa patte, il devait être monstrueux.

– Il est venu la nuit dernière, expliqua Sean, après notre départ. Il a attendu que la lune soit couchée; il est arrivé à l'heure la plus noire de la nuit, et est reparti avant l'aube. Il a dévoré près de la moitié du buffle. Je vous l'avais dit, il est diablement malin.

– Un lion? demanda Claudia.

– Oui, mais pas n'importe quel lion. Frédéric le Grand en personne.

Sean se tourna vers ses hommes et leur fit signe d'approcher. Tous trois, Job, Shadrach et Matatu firent cercle autour de lui. Ignorant Riccardo et Claudia, ils établirent leur plan de chasse, mirent au point leur tactique, discutèrent de tous les aspects de l'opération, de toutes les éventualités. Cela dura une bonne heure. Après quoi, Sean vint trouver ses clients qui l'attendaient assis à l'ombre.

– La question, leur dit-il, est de le faire venir avant la nuit. Nous sommes tombés d'accord pour penser que le seul moyen de l'y inciter est de mettre en place un nouvel appât. Nous devrons en outre fabriquer une nouvelle cache; celle-ci a été presque entièrement démolie par la lionne, et l'ami Fred sera terriblement soupçonneux. Il ne bougera pas avant l'obscurité complète, à moins que nous trouvions un moyen de l'attirer ici de jour.

Sean s'assit à côté d'eux. Il resta silencieux pendant un long moment. Puis, tout en faisant avec une petite branche des dessins dans la poussière, il dit posément, sans regarder Riccardo :

– Voyez-vous, Capo. Parfois, pour un bon ami, pour quelqu'un en qui j'ai confiance, il m'arrive de transgresser un peu les règles.

– Je vous écoute.

– Il se peut que nous n'ayons pas d'autre moyen d'avoir ce lion que la lanterne.

Il y eut un long silence. Bien que Claudia ne sache pas exactement ce que Sean voulait dire par là, elle comprit qu'il suggérait une chose illégale ou incorrecte, et que son père était tenté. Elle fut mécontente de cette façon qu'il avait de tenter Riccardo, mais jugea préférable de ne pas intervenir. Elle se tut, faisant des vœux pour que son père refuse de succomber à la tentation. Celui-ci secoua la tête :

– Non. Faisons les choses correctement.

Sean haussa les épaules.

– Nous pouvons essayer. Mais on lui a déjà tiré dessus à l'appât, et il a été blessé. Ce ne sera pas facile.

De nouveau un long silence. Puis Sean reprit :

– Le lion est un animal nocturne. Si vous voulez vraiment avoir celui-ci, je crois que vous n'y arriverez que dans l'obscurité.

– J'en ai terriblement envie, soupira Riccardo ; mais pas suffisamment pour le tuer de cette façon.

Sean se leva.

– C'est votre safari, Capo. Je désire seulement que vous sachiez qu'il n'y a pas beaucoup de gens auxquels j'aurais fait cette proposition. En fait, je ne vois personne d'autre à qui j'aurais pu la faire.

– Je sais. Merci, Sean.

Sean revint au figuier afin d'aider ses hommes à descendre un peu la carcasse pour que les lionnes puissent l'atteindre. Lorsqu'il se fut éloigné, Claudia demanda à son père :

– Que veut-il dire par lanterne ?

– Cela signifie une chasse nocturne, où l'on tire le gibier en l'éclairant avec un projecteur. C'est absolument interdit.

– Quel type affreux, dit Claudia avec agressivité.

– Il était prêt à mettre sa carrière en jeu pour moi ; c'est une des plus belles marques d'amitié que l'on m'ait jamais données.

– Je suis heureuse que tu aies refusé, papa. C'est un sale type.

– Tu ne comprends pas. Tu ne peux pas comprendre.

Il se leva et s'éloigna. Un sentiment de culpabilité envahit Claudia. Oui, elle comprenait. Elle comprenait que c'était son dernier lion, et qu'elle était en train de gâcher son plaisir. Elle était partagée entre son affection pour son père, et son désir de protéger ce magnifique animal, ainsi que son sens de ce qui était droit et juste.

« Il devrait être facile de marcher dans le droit chemin, se dit-elle ; mais c'est rarement le cas. »

Durant les jours qui suivirent, ils chassèrent le vieux lion selon l'éthique sportive. Ils durent se procurer de nouveaux appâts pour les lionnes et pour lui. Riccardo tua le buffle que lui indiqua Sean, une autre femelle âgée, et deux jours plus tard un mâle décrépit, dont les cornes étaient usées jusqu'à la racine, et dont les côtes saillaient sous le cuir dégarni.

Chaque jour Sean déplaçait l'appât et changeait l'emplacement de l'affût d'herbes sèches, essayant de trouver un endroit qui n'éveillerait pas la méfiance du lion à la crinière noire, afin que celui-ci approche avant la nuit. Jour après jour, ils se postaient dans leur cache jusqu'à ce que le soleil soit couché depuis plus d'une heure, et retournaient au campement découragés et abattus. Chaque matin ils constataient que le lion était venu manger, laissant des poils de sa crinière et des empreintes de ses grosses pattes pour leur faire subir le supplice de Tantale, et qu'il était reparti avant l'aube.

Jurant et pestant contre l'animal, Sean changea de tactique. Il abaissa les restes de l'appât en décomposition, de façon que les lionnes et leurs petits puissent facilement l'atteindre. Cinq cents mètres en aval de la rivière, il pendit une carcasse fraîche à un arbre isolé au milieu d'une clairière dont l'herbe montait à hauteur de l'épaule. Il la plaça de façon que seul le grand lion puisse l'atteindre, espérant que celui-ci, sans le souci des femelles et des petits, viendrait plus tôt à l'appât.

Pour que le fauve se sentît encore plus en sécurité, il installa l'affût de l'autre côté du lit de la rivière à sec, dans une fourche d'un teck, sur une plate-forme en bois placée à quatre mètres de haut. De là, ils pouvaient voir par-delà la rivière.

Autour de l'arbre portant l'appât, Sean ne fit pas couper toute l'herbe, voulant que le lion se sente protégé par la végétation. Simplement il fit ouvrir une trouée à travers celle-ci, à peine plus large que le corps d'un lion, par laquelle ils pouvaient apercevoir la carcasse du buffle.

— S'il vient, vous devrez attendre qu'il se dresse sur ses pattes pour manger, recommanda-t-il à Riccardo lorsqu'ils montèrent sur la plate-forme vers une heure, afin d'y attendre durant tout un après-midi écrasé de chaleur.

Il avait permis à Claudia d'apporter pour le lire *Out of Africa* de Karen Blixen.

— A condition, lui dit-il, que vous ne fassiez pas de bruit en tournant les pages.

Les lionnes, accompagnées de leurs lionceaux, arrivèrent assez tôt. Elles avaient tellement pris l'habitude de venir à l'appât qu'elles ne manifestèrent aucun émoi en approchant. Elles allèrent d'abord au nouvel appât de la clairière, qu'elles inspectèrent attentivement. Les deux lionnes tentèrent de l'atteindre, mais il était trop haut pour elles.

Les yeux de la jeune lionne avaient été infectés par le sable que le coup de feu de Sean avait projeté. Pendant plusieurs jours, des larmes avaient coulé sur ses joues, ses paupières étaient gonflées et enflammées. Maintenant ils étaient presque guéris, moins enflés, il restait seulement des traces de mucosités jaunes au coin des yeux.

Après des tentatives infructueuses pour atteindre la carcasse, les lionnes abandonnèrent la partie, et se replièrent avec leurs lionceaux vers l'ancien appât. Du haut de leur plate-forme, les chasseurs entendaient toute la bande gronder en déchirant la carcasse à cinq cents mètres en aval. Peu à peu, le temps passant, le silence revint. Les mères rassasiées allèrent s'étendre à l'ombre.

Une demi-heure avant le coucher du soleil, le faible vent chaud qui avait soufflé dans la journée tomba brusquement; le calme d'un soir d'Afrique régnait sur le veld. Les rares feuilles que l'hiver avait laissées sur les arbres étaient immobiles. Pas une tige d'herbe jaune ne bougeait dans la clairière. Les fuseaux duveteux des roseaux de la rive cessèrent de s'incliner et se redresser sans arrêt, et se tinrent droits comme s'ils écoutaient attentivement. Tout était si tranquille que Claudia leva les yeux de son livre et tendit l'oreille au silence.

Soudain, sur la rive opposée, un guib glapit. Son cri d'alarme retentit si haut et clair dans ce calme absolu que Claudia sursauta. Aussitôt la main ferme et légère de Sean se posa un instant sur sa hanche en guise d'avertissement. Elle entendit la respiration de son père, rapide comme s'il avait couru.

Maintenant le silence était inquiétant. Riccardo exhala un léger soupir. Claudia le regarda du coin de l'œil. Il avait une expression concentrée, comme un communiant s'apprêtant à recevoir le saint sacrement. « Mon Dieu, pensa-t-elle, il est vraiment beau. » A part ses tempes argentées, il paraissait beaucoup plus jeune que son âge. Mince, tanné, il semblait en pleine forme, il ne présentait encore aucun signe extérieur de la trahison de son corps qu'un mal inexorable commençait à détruire.

L'excitation de Riccardo était contagieuse. Le pouls de Claudia battit plus vite quand, tournant la tête pour suivre le regard de son père, sa vue se porta vers la droite, au-delà de la rivière, à un endroit où les arbres de la forêt cédaient la place aux hautes herbes jaune pâle de la clairière.

La seule créature vivante qu'elle aperçut fut un oiseau ressemblant à un perroquet, perché au sommet d'un saule. Sean lui avait raconté que c'était une huppe grise, cet oiseau qui empoisonne les chasseurs par son cri enroué et semble leur dire « Va-t'en! Va-t'en! » C'est ce qu'il était justement en train de crier en battant des ailes sur la plus haute branche et en tendant le cou pour regarder dans les grandes herbes, au bas de l'arbre.

– Le voici qui arrive; l'oiseau l'a vu, murmura Sean à quelques centimètres de son oreille.

Claudia cligna des yeux, cherchant à voir elle ne savait trop quoi.

– Regardez l'herbe.

Elle la vit alors bouger. Le haut des tiges s'écartait et s'inclinait légèrement, agité par quelque chose animé d'un mouvement qui se déplaçait furtivement au travers de la clairière, en direction du lit de la rivière. Après son passage, l'herbe redevenait immobile. Cela rappelait les rides légères d'une eau calme, lorsqu'une carpe invisible nage lentement juste en dessous de sa surface.

Ensuite, durant un long moment, le mouvement cessa.

– Il écoute et hume l'odeur, expliqua Sean.

Claudia ne l'avait jamais vu montrer de l'émotion ou de l'excitation; pourtant sa voix lui parut changée et tendue.

Le haut des herbes recommença à bouger; l'animal avançait vers l'arbre où était pendu l'appât. Soudain Riccardo émit un léger bruit, comme s'il haletait. Sean avança la main pour avertir de nouveau Claudia. Peut-être avait-il eu l'intention de toucher sa hanche comme précédemment; mais au lieu de cela, ses doigts se posèrent sur le haut de sa cuisse.

Ce contact donna un choc à la jeune femme, d'autant plus intense qu'au même moment elle vit le fauve. Le lion passait en un endroit où l'herbe avait été foulée par la lionne. Claudia aperçut le haut de sa tête, son épaisse crinière noire et bouclée, ondulant et se balançant au rythme lent de son pas impérial. Un bref instant, elle vit l'éclair de ses yeux jaunes.

Jamais elle n'avait rencontré une créature à la fois aussi menaçante et aussi majestueuse. Ce ne fut qu'une vision fugitive, avant que l'herbe ne la cache de nouveau. Mais elle lui coupa le souffle et la bouleversa. Et la main de Sean était toujours posée sur sa cuisse.

Elle sentit brusquement monter le désir. Une sensation de chaleur dans les reins, la poussée de ses mamelons durcis contre sa chemise de coton la prirent par surprise. Elle éprouva une envie presque irrésistible de laisser ses jambes s'ouvrir sous les doigts de Sean, tout en sachant que ce serait le comble de la folie. Si on lui avait demandé de décrire l'homme qui la révoltait et l'irritait le plus au monde, Sean aurait parfaitement répondu à sa description. Elle savait que si elle se montrait tant soit peu vulnérable, il exploiterait la situation sans scrupule. « Il ne me plaît même pas », se dit-elle. Pourtant ses jambes tremblaient; il devait le sentir. Mais elle était paralysée.

Il retira sa main, mais la façon dont il le fit fut une autre agression. Il ne la leva pas simplement, il transforma son geste en une caresse, attardant ses doigts le long de sa cuisse et de sa hanche. Elle éprouva un trouble inattendu, sentit ses joues devenir rouges d'irritation contre lui. Mais elle continua de regarder au loin ce mouvement des herbes qui finit par cesser sous l'arbre.

Le silence se prolongea tandis que Claudia essayait de dominer son émoi.

« Ce n'était pas lui, se dit-elle. Ce n'est pas à lui que je réagissais. Il ne représente rien pour moi. C'était seulement la tension et l'excitation du moment. Il ne m'attire pas le moins du monde. J'aime les êtres sensibles et raffinés; il est vaniteux et brutal. »

Au-delà de la rivière, il y eut un brusque remue-ménage dans l'herbe, et le bruit d'un corps pesant s'affalant sur le sol. Derrière Claudia, Sean fut secoué d'un rire silencieux. Elle crut d'abord qu'il se moquait d'elle, jusqu'à ce qu'il lui souffle à l'oreille :

– C'est incroyable. Il se repose juste en dessous de l'appât. Il a un drôle de culot!

Sean pensait à la jeune femme tout autant qu'au lion. Il lui rendait bien l'antipathie qu'elle lui manifestait ouvertement, ce qui donnait plus de piment au plaisir de l'asticoter et de la harceler. Et bien sûr, la cache de l'affût était un bon endroit pour déséquilibrer une femme. Plusieurs de ses conquêtes avaient commencé là. Lorsqu'elles étaient dans la cache, elles étaient psychiquement sous sa domination, comme des enfants devant le maître d'école. Il commandait, et elles étaient mises en condition pour lui obéir. La tension et l'énervement les rendaient réceptives et soumises ; la perspective du danger et du sang versé les tenait en éveil physiquement et développait leur sexualité. C'était amusant de découvrir que cette Américaine prétentieuse, sûre d'elle et enfant gâtée, n'était pas différente des autres femelles.

Elle se détestait probablement, pensa-t-il, et le détestait pour cette défaillance passagère. Assis derrière elle, tout près d'elle, il sourit. Son instinct d'homme à femmes ne l'avait pas trompé. Car il avait d'évidence un don que Casanova, dont il avait lu les *Mémoires*, décrit fort bien. Lorsqu'elle est réceptive, a écrit ce vieux coquin, une femme le manifeste par de petits signes : respiration, éclat de la peau, façon de se tenir, mouvements du corps, odeur même, que peu d'hommes sont capables de reconnaître et encore moins d'interpréter. C'est un don que seuls possèdent les grands amants. Savoir quand passer à l'action, et jusqu'où pousser chaque étape, voilà la clef du succès, se dit-il à lui-même.

De la place où il se trouvait, il voyait la joue droite de la jeune femme et ses longs cils noirs, bien que maintenant elle détournât délibérément la tête. Elle avait noué sa chevelure couleur de jais en une grosse tresse qui pendait entre ses omoplates. Ce qui dégageait son cou, élégante colonne supportant une tête petite et bien dessinée. Ses joues étaient encore roses de l'émoi et de la colère qui avaient coloré une peau déjà brunie par le soleil d'Afrique, dont la teinte aurait pu servir de publicité pour une crème solaire dans un magazine féminin.

Tandis qu'il l'observait, la rougeur de ses joues disparut et elle retrouva son calme. Mais sous la chemisette de coton, la pointe du sein petit, presque un sein de fillette, qu'il pouvait voir était encore dressée. A travers le mince tissu, elle était de la forme et de la couleur d'une mûre, une couleur de vin rouge sombre. Peu à peu elle se rétracta et ne fut plus apparente. Constatant le phénomène, Sean se mit à rire silencieusement. Puis il reporta toute son attention sur le félin invisible dans l'herbe sur l'autre bord de la rivière.

Lorsque celui-ci se montra de nouveau, la nuit était presque tombée. A l'horizon de l'ouest, un dernier souvenir de coucher de soleil allait s'effacer. Mais Sean avait disposé l'appât de façon qu'il soit pour eux à contre-jour. Ils entendirent le bruissement de l'herbe lorsque le lion se leva. Tous trois tendirent avidement le cou. Riccardo appuya contre son épaule la crosse de son fusil, et regarda dans le tube allongé de la lunette.

Brusquement le lion bondit, émergeant de l'herbe, grande masse sombre à peine visible contre le ciel. Ils entendirent le grincement de la chaîne qui retenait l'appât, tandis qu'il pesait sur lui de tout son poids, déchirant la carcasse qu'il commença à dévorer.

— Voyez-vous quelque chose ? demanda Sean à Riccardo.

Le lion faisait un tel vacarme qu'il dit cela à haute voix. Riccardo ne répondit pas. Il décrivait lentement des cercles avec le canon de son arme, essayant désespérément de distinguer les fils du réticule de la lunette aux dernières lueurs du jour tombant. Il finit par avouer son impuissance :

— Non, il fait trop noir.

Claudia se sentit soulagée à la pensée qu'elle n'aurait pas à assister à la tuerie. Mais Sean dit avec le plus grand calme :

— Très bien. Nous n'avons plus qu'à prendre patience et attendre l'aube pour lui envoyer un pruneau.

— Toute la nuit !

Claudia fut si effrayée à la perspective de passer la nuit sur leur plate-forme qu'elle protesta d'une voix plaintive. Sean se moqua de sa peur :

— Vous vous êtes engagée à être forte, il me semble.

— Mais, mais... Job va-t-il approcher le pick-up ?

— Pas avant d'entendre un coup de feu.

L'air malheureux, elle se tassa sur sa chaise. La nuit fut froide et lui parut interminable. Les moustiques arrivèrent, venant d'une mare verdâtre du lit de la rivière ; le produit destiné à les écarter, dont elle s'était enduite, ne les empêchait pas de tourner autour d'elle.

Au-delà de la rivière, le lion se repaissait par moments de l'appât, et entre-temps restait sur place au repos. Peu après minuit, il se mit à rugir avec une force qui tira Claudia d'un sommeil agité et fit bondir son cœur dans sa poitrine. Le son terrifiant se termina en une suite de grognements de moins en moins bruyants. Effrayée, elle demanda à Sean :

— Pourquoi fait-il cela ?

— Pour que l'univers sache qui est le maître ici.

Puis vinrent les détrousseurs de cadavres, une bande hurlante de hyènes, lançant sur un timbre aigu des cris d'excitation à l'odeur de la charogne. Le lion les empêchait d'approcher, bondissant sur elles en grognant et rugissant. Mais elles revenaient dès qu'il se remettait à manger ; formant un cercle autour de l'arbre, elles semblaient se moquer du lion et le conspuer.

44

Finalement Claudia s'endormit profondément, affalée sur sa chaise, la tête de travers dans une position bizarre. Lorsqu'elle s'éveilla brusquement, il faisait suffisamment jour pour qu'elle puisse distinguer la chaîne qui retenait la carcasse du buffle.

Dans la forêt voisine, deux calaos, oiseaux au plumage noir, au bec grotesque, aussi gros que le dindon dont ils ont la même tête rouge et déplumée, entamaient leur duo rituel pour saluer l'aurore. Auprès de Claudia, Riccardo s'étirait en bâillant. Sean se leva, faisant osciller la plate-forme.

– Que se passe-t-il ? marmonna-t-elle. Où est le lion ?

– Il est parti depuis une heure, répondit son père. Longtemps avant le jour.

– Vous ne pourrez avoir ce matou, Capo, que d'une seule façon. Avec un projecteur. Ou alors il vous faudrait une sacrée chance !

– Je suis un type chanceux, sourit Riccardo.

On entendit le tac-tac régulier du moteur du Toyota arrivant pour les récupérer. Ils restèrent au campement toute la journée afin de rattraper le manque de sommeil. Lorsque, le soir, ils revinrent à l'affût, le lion n'apparut pas. Il ne vint pas non plus le lendemain, de sorte que les jours suivants furent une sorte d'intermède dans leur safari. Sean et son équipe firent de grands et vains efforts pour retrouver le fauve. D'autre part, aucune nouvelle intéressante ne parvint des observateurs postés par Sean pour surveiller le passage d'éléphants au travers de la Chiwewe, une rivière qui marquait la limite nord de sa concession. Riccardo Monterro n'était pas intéressé par la chasse au gibier plus petit comme l'antilope des sables, le koudou ou l'éland. Ce genre d'activité aurait pu faire l'objet d'un autre safari.

Seules les deux lionnes et leur progéniture demeuraient sur le bord de la rivière, où elles semblaient avoir élu domicile.

– L'hôtel quatre étoiles Courtney, se lamentait Sean. Repas gastronomique tous les jours.

Leur petite famille était tellement habituée à leurs visites, que les lionnes ne se retiraient qu'à une centaine de mètres sous le couvert des arbres, émettant quelques grognements de pure forme et observant d'un œil intéressé la nouvelle carcasse que l'on hissait dans l'arbre. Elles contenaient difficilement leur impatience de voir le Toyota s'éloigner; celui-ci était encore en vue, qu'elles arrivaient au petit galop pour goûter au menu qui leur était offert.

Mais Frédéric le Grand ne revenait toujours pas. Aucune trace de ses énormes empreintes si caractéristiques n'apparaissait autour des appâts, ni sur les pistes poussiéreuses où Sean patrouillait chaque jour dans un rayon de soixante kilomètres autour du campement.

— Mais pourquoi se serait-il évanoui ainsi ? s'étonnait Riccardo.

— Parce que c'est un félin... et qui sait ce que pensent les félins ?

Depuis l'épisode, bref mais brûlant, de la nuit à l'affût du lion, les relations entre Sean et Claudia s'étaient insensiblement altérées. Leurs discussions étaient devenues plus agressives et plus acerbes, leur opposition manifeste plus vive, leurs efforts pour clouer le bec à l'autre plus virulents. Lorsqu'elle le traitait de raciste, il lui répondait avec un aimable sourire :

— En Amérique, ce mot est considéré comme une injure majeure, qui peut être mortelle pour une carrière politique, mettre un homme au ban de la société, ou entraîner la ruine de ses affaires. Il vous terrifie; les noirs le savent et exploitent cette terreur. L'industriel ou le politicien le plus coriace glapit comme un petit chien si vous le traitez de ce nom. Ici, on n'est pas en Amérique, ma jolie, et c'est un mot qui ne nous fait pas peur. Ici, le racisme est équivalent à du tribalisme. Nous appartenons tous à une tribu, nous sommes des tribaux avérés, en particulier les noirs. Si vous voulez savoir ce que sont vraiment le tribalisme et le racisme, venez vivre dans un des États africains indépendants depuis peu. Un homme politique noir, si vous l'appelez raciste, prendra cela pour un compliment; c'est comme si vous lui disiez qu'il est patriote.

Lorsque, blessée, elle élevait une protestation, il était récompensé de ses efforts et cherchait une nouvelle façon de la provoquer.

— Saviez-vous que je suis sud-africain ? lui demanda-t-il.

Elle parut consternée.

— Je croyais que vous étiez anglais.

Il sourit, de son sourire qui la mettait en fureur, et secoua la tête.

— Je suppose que vous êtes d'accord avec les sanctions de votre gouvernement envers mon pays ?

— Bien sûr; toute personne correcte les approuve.

— Même si cela a pour conséquence de faire crever de faim un million de noirs ? (Il n'attendit pas sa réponse pour continuer.) Et le retrait des investissements américains de mon pays, vous êtes également pour ?

— J'ai fait campagne pour cela à l'université, dit-elle avec fierté. Je n'ai jamais manqué une réunion ni une marche de protestation.

— Votre plan consiste donc à convertir un pays en retirant tous vos missionnaires et en mettant le feu aux églises. C'est intelligent !

— Vous dénaturez les choses.

— Nous devrions vous être reconnaissants du résultat de vos campagnes. Vous avez obligé les citoyens des États-Unis à nous céder vos actifs au vingtième de leur valeur. D'un jour à l'autre, vous avez créé deux cents multimillionnaires en Afrique du Sud, tous ayant la peau blanche. Bravo, ma jolie, et nos sincères remerciements.

Tout en se chamaillant, ils étaient avides de mieux se connaître l'un l'autre, et le contact physique qu'ils avaient eu était entre eux comme un serpent venimeux, dangereux, mais excitant leur curiosité.

Depuis deux ans, Claudia vivait seule, après sa rupture avec le médecin dont elle avait partagé la vie quelque temps, jusqu'à ce que ses demandes réitérées de l'épouser lui deviennent insupportables. Le célibat ne convenait pas à son tempérament latin, mais elle était très difficile.

Il lui arrivait de rester éveillée le soir, étendue sur son lit de camp, écoutant la voix de Sean resté auprès du feu à causer avec son père. Il parlait trop bas pour qu'elle comprenne les paroles. Une fois, elle crut l'entendre prononcer son nom. Elle se dressa et tendit l'oreille, déçue de ne pouvoir saisir ce qu'il disait d'elle.

Après quoi, il souhaitait bonne nuit à Riccardo et allait vers sa tente en passant à proximité de celle de Claudia. Elle demeurait immobile et raidie sur son lit, écoutant ses pas et guettant au travers de la toile de tente le faisceau de sa lampe-torche. Prête, s'il approchait, à le congédier en employant les termes les plus insultants; mais éprouvant une toute petite déception lorsque ses pas s'éloignaient.

Le neuvième matin du safari, alors qu'ils allaient vérifier l'appât du bord de la rivière, la jeune lionne, dont les yeux étaient maintenant tout à fait guéris, se montra de nouveau extrêmement agressive. Dès que Sean eut sauté du Toyota pour inspecter l'appât, elle commença à gronder, puis fit mine de le charger depuis une centaine de mètres. C'était encore une attaque feinte; lorsqu'elle recula, puis fit demi-tour pour battre en retraite, ils aperçurent une tache rosée sur la fourrure claire au-dessous de sa queue.

— Notre rouspéteuse est en chaleur, annonça Sean tout joyeux. Nous allons avoir le seul appât auquel Frédéric le Grand sera incapable de résister. Vous m'avez dit, Capo, que vous étiez un homme chanceux. Nous allons voir jusqu'où va votre chance.

Sean ne voulait absolument pas lâcher la formidable occasion d'attraper l'animal qui se présentait. Comme il n'avait pas le temps d'aller chercher un buffle du côté de la rivière Chiwewe pour en faire un nouvel appât, Riccardo tua un jeune koudou

47

d'une harde qui passait non loin du campement. Ils le pendirent à l'arbre de la clairière où était déjà venu Fred, mais cette fois assez bas pour que les lionnes puissent l'atteindre sans peine; et au début de l'après-midi ils prirent position sur la plate-forme.

Moins d'une heure plus tard, les lionnes avaient senti l'odeur du sang frais; elles arrivèrent en trottant, suivies par leurs petits qui se bousculaient. Alors que la plus vieille dévorait de bon appétit la carcasse du koudou, la jeune ne mangeait que par moments et très peu, occupée la majeure partie du temps à tourner dans l'herbe au-dessous de l'arbre en grognant contre ses petits; de temps en temps elle se roulait sur le dos, ou demeurait immobile, les yeux tournés vers la forêt, puis baissait la tête jusqu'au sol en poussant un long gémissement mélancolique. C'était une plainte exprimant un désir si ardent que Claudia éprouva de la souffrance pour cette belle créature au poil luisant.

— C'est parfait, petite râleuse, souffla Sean de derrière l'épaule de Claudia. Appelle le gros père, et dis-lui toutes les bonnes choses que tu lui réserves ici.

Mais la jeune femme pensait : « Ce n'est pas bien, pas bien du tout d'utiliser cette bête à cela. »

Soudain les deux lionnes se dressèrent, tournées vers la forêt; la plus vieille émit un faible grondement; alarmés, les lionceaux s'arrêtèrent de jouer et se serrèrent contre leur mère. Alors la jeune lionne se glissa à travers les herbes d'une démarche onduleuse, tout son corps exprimant de façon criante l'appel sexuel, et elle émit une suite de petits gémissements.

— Doucement, Capo, prenez votre temps, dit Sean en posant la main sur le bras de Riccardo.

Le lion émergea de la forêt. On n'aperçut d'abord que le haut de sa crinière, lorsqu'il se dirigea au petit trot au-devant de la lionne. Quant à celle-ci, elle galopa vers lui sans aucune pudeur. Ils se rencontrèrent dans la clairière.

— Attendez, Capo, murmura Sean, qui voulait que Claudia voie la suite.

La lionne frotta son corps contre celui du mâle, de toute la longueur de ses flancs soyeux. Le lion fit bouffer sa crinière, qui parut doubler de volume. Répondant aux avances de la lionne, il lécha son mufle tandis qu'elle enfouissait sa tête dans l'épaisseur de sa crinière. Ensuite elle se retourna et lui présenta son arrière-train, relevant la queue et envoyant sous son museau un jet d'urine teintée de rouge. Le lion poussa un grognement et releva sa babine supérieure, ses grands crocs jaunes découverts en un rictus amoureux. Il arqua l'échine et lécha la femelle de sa longue langue rose. Claudia commença à s'agiter.

La lionne se prêta à la caresse pendant une minute puis, s'écar-

48

tant vivement, fit la coquette. De l'autre côté de la rivière, ils entendirent ses ronronnements d'invite. Sean posa sur la cuisse de Claudia une main légère qu'elle ne repoussa pas.

La lionne se détourna, fit quelques pas et s'aplatit sur le sol, la tête tournée vers le lion. Celui-ci vint sur elle, la démarche raide, et la couvrit de son corps. Au même moment, le bout des doigts de Sean glissa jusqu'à la jointure des cuisses de Claudia, sur le renflement élastique du pubis qu'il sentit à travers l'étoffe du pantalon. A ce contact, elle écarta légèrement les jambes.

Une suite de spasmes cambrèrent le dos du mâle; puis il rugit en secouant son énorme crinière. La lionne rugit elle aussi. Il avança la tête et la mordit légèrement derrière le cou, en un geste affectueux de possession.

Ils restèrent longtemps ainsi, immobiles. Ensuite le lion se releva d'un bond. A ce moment Claudia posa sa main sur celle de Sean, prit son petit doigt et le tordit si brutalement qu'il ressentit une violente douleur dans tout le bras, jusqu'à l'épaule. Il faillit pousser un cri; mais Riccardo était assis tout près et il risquait de s'apercevoir de quelque chose. Sean se força à rester silencieux. Il retira sa main et, pendant qu'il massait discrètement son doigt endolori, il pouvait voir un petit sourire vengeur au coin de la bouche de Claudia.

La lionne se releva, s'ébroua et partit, l'air satisfait, en direction du lit de la rivière. Là, elle s'arrêta et se retourna pour regarder le lion, resté assis dans l'herbe qui le cachait à moitié.

– Préparez-vous, Capo, dit Sean en continuant à masser son petit doigt.

Il était cinq heures de l'après-midi. Le soleil éclairait l'autre bord de la rivière, comme si c'eût été une scène de théâtre. La distance de la plate-forme à l'arbre avait été mesurée; elle était de quatre-vingt-six mètres. Riccardo Monterro était le meilleur tireur que Sean ait jamais emmené dans un safari; à cette distance, il était capable de placer trois balles dans le même trou.

La lionne fit entendre une sorte de miaulement amoureux. Le lion se leva et vint à elle, au bord de la rivière. Il s'arrêta derrière elle, se montrant de profil aux chasseurs, éclairé en plein par la lumière dorée du soleil.

– C'est un cadeau du ciel, Capo, murmura Sean. Allez-y, ajouta-t-il en lui touchant l'épaule.

Riccardo plaça avec lenteur la crosse de sa carabine au creux de l'épaule. C'était une Magnum Weatherby de calibre 300; sa cartouche était constituée de quatre-vingts grammes de poudre et d'une balle Nosler à ogive cisaillée, qui traverserait la rivière à plus de neuf cents mètres à la seconde. En pénétrant dans la chair de l'animal, l'onde de choc provoquée par son impact transformerait les organes internes de celui-ci, poumons et cœur, en une bouillie qui serait projetée à l'extérieur par un grand orifice de sortie et se répandrait sur l'herbe qu'elle teinterait de rouge.

– Il est à vous, ajouta Sean.

Riccardo Monterro mit l'œil à la lunette télescopique ; le corps du lion remplissait presque entièrement le champ de vision des lentilles grossissantes. Il pouvait distinguer chacun des poils de l'épaisse crinière, le dessin de chaque muscle saillant sous la peau. A deux ou trois centimètres sur l'arrière de l'épaule, sur l'axe longitudinal du corps de la bête, il vit une petite cicatrice sur la peau luisante. Elle avait la forme d'un fer à cheval, le fer à cheval porte-chance ; c'était un point de visée parfait.

Il amena sur la cicatrice la croisée des fils du réticule, qui dansaient légèrement au rythme rapide de son cœur. Il appuya sur la détente pour reprendre le mou, jusqu'à ce qu'il sente sous son doigt une résistance, juste avant l'effacement de la gâchette et le départ du coup.

Derrière son père, Claudia était glacée d'horreur. L'accouplement des deux animaux l'avait profondément remuée. Le lion tourna la tête vers elle.

« Il est trop superbe pour mourir », pensa-t-elle. Presque inconsciemment, elle ouvrit la bouche et cria de toute la force de ses poumons :

– Va-t'en, bon Dieu ! Va-t'en !

Le résultat fut étonnant. Elle n'aurait pas cru qu'une créature vivante puisse avoir une réaction aussi instantanée. Ce fut une fuite éperdue ; il n'y eut plus que des taches fauves en mouvement. La vieille lionne disparut presque aussitôt dans les grandes herbes, les cinq lionceaux derrière elle. La jeune s'enfuit en longeant le bord de la rivière ; elle allait si vite qu'elle semblait ne pas toucher la terre ; elle en rasait la surface, telle une hirondelle, et le lion la suivait. En dépit de son poids et de la masse sombre de sa crinière, il se déplaçait aussi vite qu'elle, lançant dans un grand galop ses pattes aux muscles puissants.

Riccardo Monterro pivota sur sa chaise, la carabine épaulée, l'œil fixé à l'oculaire, suivant le félin dans sa course. La lionne fit un brusque crochet et fut cachée par les herbes. Le lion la suivit ; mais à l'instant où il allait disparaître à son tour, la détonation du Weatherby retentit dans leurs oreilles, douloureuse et assourdissante.

Le lion accusa le coup. Il émit un seul et fort rugissement, et s'enfonça dans la végétation. Dans le silence qui suivit, leurs oreilles bourdonnaient du souvenir du coup de feu : consternés, les deux hommes regardaient la clairière vide.

– Beau travail, ma chère, dit Sean à mi-voix.

– Je ne le regrette pas, répondit Claudia avec un air de défi.

Son père rechargea l'arme d'un mouvement brutal qui envoya voltiger dans les airs la douille de cuivre étincelant au soleil. Il se leva, faisant osciller la fragile plate-forme et, sans un regard pour sa fille, descendit l'échelle de fortune. Sean prit son fusil et le suivit. Au bas de l'arbre, Riccardo déboutonna le rabat d'une de ses poches et offrit à Sean un cigare qu'il tira d'un étui en peau de porc. Ni l'un ni l'autre ne fumaient généralement dans la journée. Cependant Sean le prit et en coupa le bout avec ses dents. Ils aspirèrent quelques bouffées, puis Sean rompit le silence.

– Rappelez-vous, Capo, dit-il calmement.

Riccardo était un tireur d'élite, dont l'expérience était telle qu'il pouvait dire l'endroit précis où était allée sa balle dès qu'il avait tiré. Il hésita, et de mauvaise grâce avoua :

– J'ai été trop rapide. Ce matou allait à toute vitesse, je ne l'ai pas assez accompagné.

– Dans les tripes ? insista Sean.

– Oui, dans les tripes.

– Merde, jura Sean, merde de merde !

Tous deux avaient le regard tourné vers l'autre côté du lit de la rivière, au-delà des grandes herbes et des buissons d'épineux. Le Toyota arriva dix minutes plus tard, alerté par l'unique coup de feu. Job, Shadrach et Matatu arboraient de larges sourires ; ils avaient déjà fait six safaris avec Riccardo Monterro et celui-ci n'avait jamais raté un gibier. Sourires qui se figèrent lorsqu'ils eurent débarqué du pick-up, et qui firent place à des mines sombres lorsque Sean leur dit :

– *Intumbu!* Dans le ventre.

Ils revinrent tous trois en silence au Toyota, et commencèrent à tout préparer pour la suite des opérations. Sean jeta un coup d'œil sur le soleil.

– Il fera nuit dans une heure. Nous n'avons plus beaucoup de temps.

– Peut-être pourrions-nous attendre demain matin, suggéra Riccardo. Il n'aura plus de forces alors.

– S'il meurt d'ici là, rétorqua Sean, les hyènes en feront leur affaire. Plus de trophée ! En outre, nous ne pouvons pas laisser le pauvre diable souffrir toute la nuit.

Ils se turent pendant que Claudia descendait l'échelle de la plate-forme. Arrivée au sol, elle rejeta en arrière avec un air de défi sa natte par-dessus son épaule, et sans les regarder se dirigea vers le Toyota, s'installa sur le siège avant et croisa les bras sur sa poitrine, les yeux fixés droit devant elle, le visage fermé.

– Je suis désolé, dit Riccardo. Voilà vingt-six ans que je la connais ; j'aurais dû me douter qu'elle nous ferait un coup comme celui-ci.

Sean fit comme s'il n'avait pas entendu.

– Vous n'êtes pas obligé de venir, Capo. Restez avec Claudia. J'irai faire le travail : après tout, vous me payez pour ça.

Ce fut au tour de Riccardo d'ignorer la proposition.

– Je prendrai le Rigby, dit-il.

– Assurez-vous que vos balles sont des dum-dum.

– Bien sûr.

Tous deux se dirigèrent vers le Toyota. Riccardo échangea la carabine Weatherby contre le gros Rigby. Ouvrant la culasse, il vérifia que les balles contenues dans le chargeur étaient à ogive entaillée et remplit de projectiles identiques sa cartouchière.

Sean, appuyé contre le flanc du véhicule, se livrait à une opération analogue, chargeant son fusil à double canon avec des cartouches qu'il prenait dans sa veste de chasse. Ce faisant, il dit, s'adressant à Riccardo, mais en réalité parlant pour Claudia :

– La pauvre bête; elle aurait dû être tuée proprement, sans souffrance. Maintenant elle est étendue quelque part dans l'herbe, vivante mais avec la moitié de ses boyaux emportés. C'est la blessure la plus douloureuse.

La jeune femme ne tourna pas la tête vers lui; mais son visage se crispa.

– Nous aurons de la veine si personne n'est tué, poursuivit-il avec une délectation macabre. Celui qui risque le plus, c'est Matatu. Il sera à l'avant pour suivre la trace, et le bonhomme se refuse toujours à courir. Si quelqu'un doit y passer aujourd'hui, ce sera Matatu.

Malgré elle, Claudia lança un regard apitoyé au petit Ndorobo.

– Ça suffit, Sean, dit Riccardo. Elle sait qu'elle a été idiote.

– Vous croyez? Je me le demande. (D'un coup sec, il referma son fusil.) Mettez votre veste de cuir, Capo. Si le lion vous saute dessus, elle peut vous protéger un peu. Pas beaucoup, mais un peu.

Les trois noirs attendaient au bord de la piste. Job portait le fusil de calibre huit chargé à chevrotines, mais les deux autres n'étaient pas armés. Il fallait un singulier courage pour suivre sans arme et sous d'épais couverts un lion blessé. Malgré son agitation, Claudia remarqua la confiance avec laquelle ils regardaient Sean Courtney. Elle perçut qu'ils avaient maintes fois couru ensemble des dangers mortels, et qu'un lien particulièrement fort unissait leur petit groupe. Ils étaient plus que des frères; elle ressentit l'aiguillon de l'envie, car il ne lui était jamais arrivé dans son existence d'être aussi proche de quelqu'un.

Sean donna à chacun d'eux une tape amicale sur l'épaule, et dit à Job quelque chose à voix basse. Une ombre passa sur le beau visage du Matabele, qui sembla sur le point de protester, mais fit ensuite un signe de tête d'acceptation, et revint vers le pick-up pour monter la garde avec le fusil à chevrotines auprès de Claudia.

Sean, le fusil à double canon reposant sur la saignée du bras, ramena en arrière, avec ses doigts en guise de peigne, les cheveux qui tombaient sur ses yeux; puis il ceignit son front d'une lanière de cuir pour les empêcher de retomber. En dépit de son aversion, la jeune femme ne put s'empêcher d'admirer l'image épique qu'il donnait en faisant ces derniers préparatifs, avant d'affronter le danger et peut-être la mort affreuse qu'elle lui avait préparée. Il portait une veste saharienne à manches courtes et un short, qui dégageaient ses membres à la peau tannée. Il était encore plus grand que son père, plus mince de taille et plus large d'épaules, et le lourd fusil ne semblait pas peser à son bras.

Il lui lança un bref regard, froid et méprisant. Soudain, elle eut le pressentiment d'un malheur imminent. Elle eut envie de le supplier de ne pas traverser la rivière. Mais avant qu'elle ait ouvert la bouche, il détourna la tête et s'éloigna.

– Vous êtes prêt, Capo ?

Riccardo fit un signe de tête affirmatif. Il tenait le Rigby à deux mains, à hauteur de la poitrine. L'expression de son visage était grave.

– Très bien; allons-y.

En formation de chasse, le pisteur en tête, ils s'engagèrent dans le lit à sec de la rivière. Sean suivait de près Matatu, fouillant du regard les roseaux de la rive. Riccardo venait ensuite, à dix pas derrière Sean, afin d'éviter une mêlée confuse dans un combat rapproché. Shadrach était en arrière-garde.

En traversant le lit, ils remplirent leurs poches de galets lisses. Avant d'escalader la rive de l'autre côté, ils s'arrêtèrent un moment pour écouter. Puis Sean passa devant Matatu et avança seul jusqu'à l'endroit de la clairière où, sous l'arbre de l'appât, l'herbe avait été écrasée. Pendant cinq minutes, il écouta, scrutant avec attention les hautes herbes devant lui.

Il se mit ensuite à lancer en l'air des galets, dans la zone où le lion avait disparu. En retombant, ceux-ci heurtaient à grand bruit les pierres qui parsemaient le sol, ou le tronc d'arbustes, mais il n'y eut aucun grondement en réponse. Sean siffla doucement; le reste de la troupe escalada la rive et chacun reprit position, Matatu devant.

Ils avancèrent lentement. En Afrique, de nombreuses pierres tombales marquent l'endroit où repose un homme qui s'est trop hâté à la poursuite d'un lion blessé. Matatu concentrait toute son attention sur le sol à ses pieds; jamais il ne levait les yeux sur la muraille d'herbe devant lui. Il faisait entièrement confiance à

Sean. A la bordure de la clairière, il émit un très léger sifflement, et fit un signe cabalistique avec une main derrière son dos.

— Du sang, traduisit Sean à voix basse pour Riccardo, sans se retourner. Et des poils de la fourrure du ventre. Vous aviez raison, Capo. C'était dans les tripes.

Il pouvait voir les tiges d'herbe humides de sang.

— *Akwendi!* lança-t-il à Matatu.

Comme un plongeur prêt à se lancer du haut d'un rocher dans une eau profonde et glacée, il respira à fond, avant de pénétrer dans les hautes herbes qui l'enserraient de tous côtés, et limitaient sa vision de même que les eaux sombres et menaçantes limitent celle du nageur.

Le choc brutal de la balle dans le flanc du lion avait déséquilibré celui-ci, et engourdi toute la partie de son corps à l'arrière de sa cage thoracique. Ensuite les herbes s'étaient refermées autour de lui lorsqu'il avait fui au galop ; se sentant alors en sécurité, il s'était arrêté après avoir parcouru une centaine de mètres, écoutant et flairant les odeurs, la tête tournée vers l'arrière.

Il n'éprouvait pas encore de souffrance, seulement une sensation d'engourdissement, et l'impression d'avoir un poids dans le ventre, comme s'il avait avalé une lourde pierre. Il flaira la plaie de son flanc provoquée par la sortie du projectile, dont la dimension atteignait celle d'une soucoupe et d'où coulait un liquide gluant, qui était du sang mélangé au chyle qui sortait de ses entrailles. Les gouttes faisaient un petit bruit en tombant sur la terre sèche. Il lécha la blessure ; le goût du sang emplit sa gueule.

Levant la tête, il écouta encore. Il entendit au loin des voix humaines, au-delà de la rivière. Il gronda sourdement ; la rage commença à monter en lui, son cerveau associa le sang et le poids dans son ventre à la présence de l'homme.

A ce moment la lionne l'appela ; un appel qui ressemblait à un faible gémissement entrecoupé. Il la suivit lentement ; le poids dans son ventre le gênait, ses pattes de derrière étaient lourdes et ankylosées. La lionne l'attendait à quelque distance ; lorsqu'il fut à sa hauteur, elle se frotta contre lui passionnément, puis repartit au trot, essayant de l'entraîner. Il avançait à sa suite avec peine, s'arrêtant pour écouter et lécher sa blessure. Elle se retournait, pleine d'impatience, poussant de petits grognements et frottant son mufle contre le sien. Elle renifla sa blessure, décontenancée par son comportement.

Maintenant les pattes du lion lui semblaient lourdes comme des troncs d'arbre. Il voyait devant lui un bosquet de faux ébéniers.

Péniblement, il y pénétra et se coucha à terre, la touffe noire de sa queue repliée sous lui.

La lionne inquiète allait et venait à la lisière du bosquet, l'appelant par une sorte de miaulement. Comme il ne répondait pas à ses invites, elle entra à son tour sous le couvert des arbres. Elle s'étendit à côté de lui, elle lécha sa blessure. Le lion ferma les yeux et commença de haleter faiblement.

La souffrance se répandit peu à peu dans tout son corps; elle grandissait sans arrêt en dedans de lui; il suffoquait et son ventre semblait gonfler au point qu'il allait éclater. Il gronda sourdement et mordit son flanc, essayant de tuer cette chose, cette douleur terrible qui se nourrissait de ses entrailles.

La femelle essaya de l'exciter. Troublée et agitée, elle tourna autour de lui, puis appuya son train arrière contre son mufle. Mais le lion détourna la tête. Sa respiration était devenue difficile et faisait un bruit de forge dans sa gorge.

A nouveau il entendit des voix, des voix chuchotées d'homme. Il releva la tête, ses yeux jaunes brillèrent d'un éclat féroce. De son ventre déchiré par l'atroce douleur sortit la haine, une rage sombre qui l'envahit.

Un craquement se fit entendre presque au-dessus de lui, dans les branches du bosquet qui l'abritait. Il leva la tête et rugit, le souffle qu'il exhala avait un son rauque en passant à travers sa gorge torturée.

Ils avançaient lentement dans les herbes qui montaient au-dessus de leur tête, si serrées qu'ils ne pouvaient rien voir au-delà de deux ou trois pas. Le sang du lion marquait son passage; le fauve avait écarté les herbes, sa piste était facile à suivre. L'endroit où la bête était blessée se voyait à la hauteur à laquelle les tiges étaient rougies par le sang; des traces de matière fécale disaient que la balle avait pénétré dans les intestins. La blessure était certainement mortelle, mais la mort serait lente et la souffrance horrible.

Vingt mètres environ après avoir pénétré dans les herbes, Matatu s'arrêta et montra une flaque de sang noirci.

— Il s'est arrêté ici, murmura-t-il.

— Il n'ira pas loin, dit Sean. Il nous attend, Matatu. Quand tu le verras, tu courras pour te mettre derrière moi. Tu m'entends?

Matatu répondit par un sourire. Tous deux savaient qu'il n'en ferait rien. Il ne s'était jamais enfui; il soutiendrait la charge comme il avait toujours fait.

— Très bien. Avance, espèce de petit couillon.

55

– Petit couillon, répéta Matatu, hilare.

Il savait que Sean n'utilisait cette épithète que s'il était spéciale-ment content ou fier de lui.

Ils poursuivirent leur chemin le long de la trouée sanglante dans les herbes, faisant halte tous les trois ou quatre pas. Durant ces arrêts, Sean lançait des galets droit devant; étant donné qu'il n'y avait pas de réaction, ils repartaient de l'avant avec précaution.

Derrière lui, Sean entendit le bruit métallique du verrou du Rigby, que Riccardo n'arrêtait pas, tout en marchant, d'ouvrir et de fermer d'un geste sec qui trahissait sa nervosité. Bien qu'exaspéré par ce claquement répété, Sean ne pouvait s'empê-cher de ressentir une certaine admiration. Ils étaient engagés dans une expédition parmi les plus périlleuses qui soient. Rien n'est plus dangereux que de suivre sous un couvert un lion blessé au ventre. Pour Sean, c'était son métier. Mais pour Ric-cardo, il s'agissait d'un événement qui n'arrive pas deux fois dans la vie, d'un examen de passage auquel il n'avait pas échoué jusqu'à présent.

Sean lança encore un galet, qu'il écouta dégringoler avec bruit dans les basses branches d'un arbre. Tout en allant de l'avant, il se mit à réfléchir sur ce qu'est la peur. Elle paralyse et anéantit cer-tains hommes; tandis que pour d'autres, tels que Sean, elle agit comme excitant. Il aimait la sensation de peur; tel un vin capiteux coulant dans ses veines, elle aiguisait tous ses sens. Ainsi pouvait-il percevoir sous ses doigts le quadrillage sur la crosse de noyer de son fusil, ou le long de ses jambes le frottement de chaque tige d'herbe; sa vue était perçante au point que tout lui paraissait plus proche et agrandi par des lentilles de verre. L'air même qu'il res-pirait avait du goût, l'herbe qu'il foulait une odeur, de même que le sang du lion qu'ils suivaient. Frémissant de vie, il s'abandonna à la peur, comme un drogué à son poison.

Il lança une autre pierre dans un bosquet de faux ébéniers, qui se dressait devant eux comme une île dans l'océan des herbes. Elle retomba dans les branches avec bruit; des profondeurs du massif monta le rugissement du lion.

La peur de la mort devint un plaisir presque insoutenable, plus fort que celui qu'aucune étreinte d'une femme ne lui avait jamais donné. Tout en faisant coulisser le cran de sûreté de son arme, il dit :

– Il vient, Matatu. Cours!

Du coin de l'œil, il vit Riccardo Monterro se poster à sa hauteur et prendre place en première ligne de feu. Il savait ce que cela lui coûtait.

– Le brave homme! dit-il à haute voix.

Au même instant, les branches basses du bosquet furent agitées par un corps pesant qui passait à travers elles à grande vitesse, droit sur eux en poussant un rugissement terrifiant.

Matatu demeura parfaitement immobile, comme un soldat au garde-à-vous. Matatu n'avait jamais reculé. Sean avança et se plaça sur sa droite, Riccardo sur sa gauche. Tous deux épaulèrent leur fusil et le braquèrent sur le mur d'herbes, en direction de l'animal qui se précipitait sur eux en écrasant les hautes tiges, et maintenant poussait des rugissements qui étaient une véritable agression pour tous leurs sens.

Les herbes s'écartèrent, une énorme masse de teinte fauve bondit sur eux.

Ils tirèrent en même temps. Le fracas des coups de feu domina le rugissement furieux. Sean tira sa deuxième balle, si rapidement que les deux détonations parurent n'en être qu'une. Les lourds projectiles, pesant près de cinquante grammes, arrêtèrent l'animal en plein élan, comme s'il s'était fracassé contre une muraille.

Il tomba mort à leurs pieds. Ils restaient debout sur place, le fusil à la main, les yeux sur le cadavre d'où coulait le sang, quelque peu hébétés par la rapidité et la brutalité de l'attaque, la tête encore bourdonnante de la déflagration.

Shadrach s'avança. De même que Matatu, il était demeuré ferme à son poste. Il se pencha sur la bête, et aussitôt recula vivement, lançant d'une voix forte :

– Ce n'est pas le lion!

Au même instant, le lion les chargea. Il émergea du bosquet, vint droit sur eux comme avait fait la femelle, mais peut-être encore plus rapide, poussé par la souffrance et par la sombre rage dont il était rempli. Il haletait comme une locomotive lancée à pleine vitesse, arrivant sur les chasseurs qui ne s'y attendaient pas, dont les fusils étaient déchargés, et qui se tenaient en groupe trop serré auprès de la dépouille de la lionne, sauf Shadrach en avant des autres.

Le lion surgit des hautes herbes en bondissant. Il saisit Shadrach dans ses mâchoires, à hauteur de la hanche. Emporté par son élan, il vint percuter les trois hommes qui se trouvaient en arrière du malheureux, les renversant tous. Sean tomba en arrière, ses omoplates et sa nuque heurtèrent le sol avec force et il en fut étourdi. Il tenait son fusil devant sa poitrine, essayant d'instinct d'empêcher qu'il soit endommagé dans sa chute. Son sternum encaissa le choc de l'arme. Malgré la douleur, il ne lâcha pas prise; la tenant toujours, il roula sur le flanc.

A trois mètres de lui, le lion s'acharnait sur Shadrach, le clouant au sol sous sa lourde patte et lacérant sa hanche et sa cuisse.

« Dieu merci, ce n'est pas un léopard », pensa Sean en ouvrant son fusil pour le recharger. S'il s'attaque à un groupe de chasseurs, le léopard bondit de l'un à l'autre, les mutilant et les tuant tour à tour avec une rapidité stupéfiante. D'autre part, la proie préférée du léopard est le babouin; aussi connaît-il parfaitement la meilleure façon d'expédier un primate *ad patres*. Il s'attaque d'instinct à la tête, arrachant avec ses dents le cuir chevelu et la partie supérieure du crâne, pendant qu'avec ses pattes de derrière il laboure le ventre et en sort les intestins avec ses griffes recourbées, d'une manière très rapide et très efficace.

« Dieu merci, ce n'est pas un léopard. » Le grand fauve ne s'occupait que de Shadrach bloqué sous sa patte. Il déchirait sa jambe; à chacun de ses grondements, un sang rouge sortait de ses mâchoires. Le Matabele hurlait et frappait de ses deux poings fermés l'énorme bête, sans résultat évidemment.

Sean vit, au-delà du lion, Riccardo se mettre à genoux puis approcher à quatre pattes de l'endroit où était tombé son fusil.

— Ne tirez pas, Capo, lui cria Sean.

Dans une telle confusion, un homme inexpérimenté ayant un fusil chargé peut être encore plus dangereux que l'animal qui attaque. Les balles du Rigby pourraient, après avoir traversé le corps du lion, atteindre l'un d'entre eux.

Sean avait gardé, entre les doigts de sa main gauche, deux cartouches supplémentaires. C'est un vieux truc de chasseur, permettant de recharger rapidement. Il les introduisit dans les culasses dont il actionna le mécanisme de fermeture.

Le lion plantait ses terribles crocs dans les membres inférieurs de Shadrach. Sean entendait les os craquer comme du pain grillé sous la dent. Ses narines respiraient la poussière, l'odeur fétide du lion, et celle du sang de l'homme et de l'animal. Au-delà de ceux-ci, il vit Riccardo à genoux, pâle comme un mort, tenant d'une main le Rigby dans lequel il mettait des cartouches.

— Ne tirez pas! répéta-t-il.

Le lion était exactement entre eux; une balle qui atteindrait la bête ressortirait droit sur Sean. Pour tirer sur un animal ayant attaqué un homme à terre, il faut, afin de ne pas tuer ce dernier, employer une technique particulière. Viser la bête de haut en bas est extrêmement dangereux pour l'homme gisant sous elle.

Sean ne chercha pas à se relever. Il fit trois tours sur lui-même, en roulant comme une bûche, le fusil tenu en l'air. Une manœuvre qu'il effectuait sans difficulté, l'ayant faite cent fois à l'entraînement des Ballantyne Scouts. Il se trouva ainsi allongé tout près du lion, presque à le toucher. Il planta l'extrémité du canon dans ses côtes et tira de bas en haut.

Une balle suffit. Sous le choc, l'animal bascula sur le flanc, dégageant le corps de Shadrach. Le projectile ressortit entre ses épaules et se perdit dans les airs.

Sean jeta son fusil et s'agenouilla auprès de Shadrach. Le prenant dans ses bras, il examina sa jambe. Les crocs avaient pénétré dans la chair comme un poinçon. De la hanche au genou, la cuisse du noir n'était qu'une plaie.

— Matatu! appela Sean. File au Toyota. Reviens avec la caisse à pharmacie.

Le pisteur disparut dans les hautes herbes, Riccardo s'approcha et regarda la jambe :

— Sainte Vierge Marie! C'est l'artère fémorale.

Du sang rouge clair giclait à intervalle régulier de la blessure la plus profonde. Sean enfonça deux doigts dans la chair, saisit entre le pouce et l'index l'artère élastique comme du caoutchouc, palpitante et glissante, et serra de toute sa force.

— Vite, Matatu! Cours, petit couillon, cours!

Matatu courut comme un faon effrayé. Le Toyota n'était qu'à trois cents mètres. Cinq minutes plus tard, il était de retour, accompagné par Job portant la caisse blanche peinte d'une croix rouge.

— Dans la trousse aux instruments, ordonna Sean à Job d'un ton rude. Les hémostatiques.

Job lui tendit les pinces en acier, que Sean fixa sur le vaisseau rompu et attacha avec une bande adhésive à la cuisse. Ses mains étaient rouges de sang, mais Job et lui avaient effectué vingt fois cette opération lorsqu'ils se battaient dans la brousse. Aussi travaillait-il vite et d'une main sûre.

— Installe un goutte-à-goutte, ordonna-t-il. Pour commencer, on va y mettre du lactate de Ringers. Fais-le.

Tout en parlant, il dévissait le chapeau d'un tube de Betadine dont il introduisit l'embout dans une des profondes blessures de la cuisse aussi loin qu'il lui fut possible; il pressa fortement le tube jusqu'à ce que déborde par le haut la pâte jaunâtre, semblable à de la pâte dentifrice. Shadrach ne gémissait ni ne montrait de signe de souffrance, les regardant s'affairer et répondant par monosyllabes à Job lorsque celui-ci lui parlait en langue sindebele.

— Le goutte-à-goutte est prêt, annonça Job.

Sans un mot, Sean prit la seringue. Shadrach était son homme. Il ne laisserait personne faire cela, pas même Job; c'était sa responsabilité. A la saignée du bras, il fit saillir une veine par une pression savante, et du premier coup enfonça l'aiguille. Puis il fit signe à Job de laisser couler le liquide.

— Eh bien, Shadrach!

Le sourire de Sean était remarquablement persuasif; il passa une main teintée de sang sur la joue du Matabele.

– J'ai l'impression que tu as empoisonné ce bon vieux lion. Il a mangé ta jambe et il est mort. Vlan! Comme ça!

Shadrach eut un petit rire. Bien qu'il ait combattu et travaillé naguère avec des hommes durs, Riccardo était stupéfait d'entendre et de voir cela.

– Capo, donnez-lui un de vos cigares, suggéra Sean tout en commençant à entourer d'un bandage la jambe de Shadrach afin d'arrêter l'écoulement du sang des autres blessures.

Lorsque ce fut fait, il inspecta rapidement tout le reste du corps du blessé, mettant de la Betadine dans toutes les déchirures et plaies causées par les griffes du fauve.

– On ne doit pas négliger la plus petite égratignure, grommela-t-il. Ce lion s'était nourri de charogne. Ses crocs et sa gueule sont des nids d'infection, et sous ses griffes il y a de la viande en putréfaction. La plupart des victimes de morsure ou de lacération par cet animal meurent de gangrène.

C'est pourquoi il versa une pleine ampoule de pénicilline dans la poche contenant le lactate. Ainsi l'antibiotique se répandrait dans tout l'organisme du blessé. Ceci fait, Sean se leva. Son intervention avait duré moins d'une demi-heure ; Riccardo, examinant les bandages et le goutte-à-goutte que Job tenait en l'air au-dessus de Shadrach étendu sur le sol, se disait qu'un médecin n'aurait pas fait mieux ni plus vite.

– Je vais chercher le Toyota, dit Sean. Il faudra que je fasse un assez grand détour pour passer par le gué ; cela prendra pas mal de temps. Il fera presque nuit lorsque je serai de retour.

Il aurait pu envoyer Job, mais il voulait ramener lui-même Claudia.

– Il y a une couverture dans la caisse ; mets-la sur lui pour qu'il n'ait pas froid. (Puis, s'adressant à Shadrach :) Avec de petites écorchures comme ça, je veux te voir reprendre le travail bientôt, sinon je supprime ton salaire.

Le fusil à la main, il s'éloigna à grandes enjambées en direction de la rivière. Tandis qu'il avançait péniblement dans le sable du lit à sec, il sentit monter en lui une rage d'autant plus forte qu'elle avait été longtemps contenue.

En escaladant la berge opposée, il vit la jeune femme assise sur le siège avant, solitaire et l'air triste et abandonnée. Elle regarda avec épouvante ses mains ensanglantées.

Sean, sans se préoccuper d'elle, mit son fusil au râtelier, il versa ensuite de l'eau du jerrican sur ses mains qu'il frotta l'une contre l'autre. Ensuite il s'assit au volant et démarra, fit demi-tour et s'engagea sur la piste qui longeait la rivière.

– Me direz-vous ce qui s'est passé ? finit par demander Claudia.

Elle avait eu l'intention de persister dans son attitude de défi. Pourtant ce fut d'une petite voix faible qu'elle posa cette question.

– Très bien, acquiesça Sean, je vais tout vous raconter. Au lieu d'une mise à mort rapide et sans souffrance, ce fut le chaos et la confusion. D'abord la lionne a bondi sur nous. Nous l'avons tuée par erreur dans les hautes herbes. A vrai dire, nous n'avions pas le choix. C'était elle ou nous.

Sean alluma les phares ; le soleil s'était couché et la forêt devenait sombre.

– Voilà la lionne morte. Ses petits ne sont pas encore sevrés. Ils sont condamnés ; tous les trois vont mourir de faim dans la semaine.

– Oh non ! murmura-t-elle.

– Ensuite, le lion a chargé. Il nous a pris au dépourvu, nous n'attendions pas son attaque. Il a sauté sur Shadrach et a presque dévoré sa jambe ; l'os est en morceaux de la hanche au genou. Il est probable qu'il faudra l'amputer ; après tout, je n'en sais rien. Il se peut qu'il ait de la chance et s'en sorte avec une claudication permanente. Dans tous les cas, il ne pourra plus être pisteur. Je lui trouverai un job d'écorcheur ou de serviteur du campement. Mais c'est un guerrier matabele, et le travail de domestique le rendra très malheureux.

– Je suis vraiment désolée.

– Vous êtes désolée ? Shadrach est mon ami et mon compagnon. Il m'a sauvé la vie plus de fois que je ne saurais les compter, et j'en ai fait autant pour lui. Nous avons fait la guerre ensemble, dormi sous la même couverture, mangé dans la même assiette, bourlingué ensemble sur dix mille miles, dans la chaleur, la poussière et la pluie. Il est plus qu'un ami. J'ai deux frères, mais Shadrach compte plus pour moi qu'aucun des deux. Et vous venez me dire que vous êtes désolée. Eh bien, merci beaucoup, ma jolie. Voilà qui me réconforte !

– Vous avez le droit d'être en colère. Je comprends.

– Vous comprenez ? Non, vous ne comprenez rien. Vous êtes une ignare pleine d'arrogance qui vient d'un autre monde. Vous êtes une citoyenne du pays du vite-fait, et vous venez ici, en Afrique, expérimenter vos solutions simplistes et naïves. Vous voulez sauver un animal, et vous finissez par tuer une femelle, vouer ses trois petits à une mort lente, et condamner à mener une vie d'infirme un des meilleurs hommes que vous ayez rencontrés.

– J'ai eu tort. Que puis-je dire de plus ?

– Votre nouvelle et tardive humilité est vraiment touchante. (La voix de Sean se fit cinglante.) Bien sûr, vous avez tort. De même que votre peuple et vous avez tort d'essayer d'affamer une nation africaine de trente millions d'âmes afin qu'elle accepte une autre de vos naïves solutions. Et lorsque les dégâts que vous aurez faits ne pourront plus être réparés, vous allez sans doute répéter

« Je suis désolée », et partir en laissant mon pays et mon peuple saigner et souffrir.

– Que dois-je faire ?

– Nous avons encore trente jours de safari, dit-il d'une voix glaciale. Je désire que vous me fichiez la paix pendant tout ce temps. L'unique raison pour laquelle je n'arrête pas la représentation, et ne vous envoie pas retrouver vos Esquimaux et vos droits de l'homme, est que je pense que votre père est un chic type. A partir de maintenant, on vous tolère, sans plus. A la moindre incartade, on vous met dans l'avion à destination d'Anchorage. Vous m'avez bien compris ?

– Tout à fait.

Ils ne dirent plus un mot jusqu'au passage du gué, ni sur le chemin malaisé menant à la clairière où se dressait l'arbre de l'appât. Job et Matatu avaient allumé un feu, dont la lueur guida Sean vers l'endroit où gisait Shadrach. Il sauta à terre, alla immédiatement vers le blessé et s'accroupit auprès de lui :

– Souffres-tu ?

– C'est peu de chose, répondit Shadrach.

A la teinte grise de sa peau et à ses orbites creusées, Sean vit qu'il mentait. Il lui fit une piqûre de morphine, puis il attendit que la drogue fasse effet avant de soulever tous ensemble le blessé et le déposer à l'arrière du véhicule.

Tandis qu'ils attendaient, Job et Matatu avaient écorché les deux bêtes, dont les peaux furent salées et mises en tas sur le toit de la cabine afin que le vent les refroidisse.

– C'est un sacrément beau lion ! dit Sean à Riccardo. Vous allez avoir un trophée superbe.

– Ramenons Shadrach au campement, répondit-il en secouant la tête.

Sean conduisait prudemment, ralentissant aux mauvais passages et essayant d'éviter les cahots. Claudia avait tenu à s'asseoir à l'arrière, la tête de Shadrach sur ses genoux en guise d'oreiller. Riccardo resta sur le siège avant à côté de Sean, auquel il demanda d'un ton calme :

– Que va-t-il se passer maintenant ?

– Dès que nous arriverons au campement, j'enverrai un message par radio à Harare. Ils le feront prendre par une ambulance dès l'arrivée à l'aéroport. Je serai absent quelques jours, le temps de m'assurer que Shadrach est en bonnes mains, et de faire mon rapport au Service des Chasses de l'administration en essayant d'arranger les choses.

– Je ne cesse d'y penser. Nous avons tué une lionne ayant des petits, et un homme a été abîmé. Que va dire le gouvernement ?

Sean haussa les épaules dans l'obscurité.

— Il y a de bonnes chances qu'on me retire ma licence et qu'on m'enlève la concession.

— Nom de Dieu, je ne me rendais pas compte. Puis-je faire quelque chose ?

— Absolument rien, Capo. Merci quand même de l'offre. Vous n'êtes pas dans le coup. C'est une affaire entre moi et l'administration.

— Je pourrais prendre sur moi la faute concernant la lionne. Dire que c'est moi qui ai tiré.

— Ça ne ferait rien. La doctrine officielle est qu'il n'y a jamais faute du client. Quoi qu'il fasse, je suis entièrement responsable.

— S'ils vous retirent la licence...

Riccardo hésita. Sean secoua de nouveau la tête.

— Non, Capo, ils n'interrompront pas le safari. Cela aussi fait partie de la doctrine : terminer le safari, ne pas indisposer le client qui paye. Le gouvernement a besoin de vos devises fortes. C'est seulement après votre départ que la hache s'abattra sur moi. Vous n'avez pas de souci à vous faire. Dans deux jours je serai de retour et nous chasserons ensemble ce gros éléphant.

— Vous me prenez pour un sale égoïste. Je me fais du souci pour vous et votre licence, pas pour la suite du safari.

— La suite, nous aurons le plaisir de la faire tous les deux. D'autant plus de plaisir que, si je perds ma licence, ce sera la dernière fois que nous chasserons ensemble, Capo.

De là où elle était assise à l'arrière, Claudia entendait la conversation. Elle savait pourquoi son père ne répondait pas. Il n'ignorait pas que c'était sa dernière chasse, licence ou non. Claudia avait subi trop d'émotions durant les dernières heures ; et maintenant, penser à son père lui fit monter les larmes aux yeux. Elle essaya de les ravaler, mais c'était un trop grand effort ; elle pleura sur eux tous, sur son père, sur la lionne et les lionceaux, sur le beau lion, sur Shadrach et sa jambe en morceaux.

Une larme de la jeune femme tomba sur le visage tourné vers elle de Shadrach, qui la regarda avec étonnement. Du revers de la main, elle essuya les gouttes coulant sur sa joue. D'une voix étouffée et assourdie par le chagrin, elle murmura :

— Bientôt tout ira bien, Shadrach.

Tout en sachant que c'était un affeux mensonge.

Tous les soirs à dix heures, Sean prenait contact par radio avec son bureau de Harare. Le trajet de retour avait été si long que, lorsqu'ils arrivèrent au campement, ils n'avaient plus que quelques minutes pour gréer l'antenne et relier l'émetteur à la batterie de douze volts du Toyota.

La liaison fut vite obtenue : on passait généralement les appels à cette heure tardive car la réception était meilleure que de jour. La voix de Reema, avec son accent du Gujerät, leur parvint très nette. Cette jeune fille indienne dirigeait le bureau de Sean d'une main de fer.

— Nous avons un *casevac*, dit-il en utilisant un terme de la guerre de brousse signifiant « évacuation de blessé ». Je voudrais une ambulance pour mon arrivée.

— Entendu, Sean.

— Arrangez une communication téléphonique personnelle avec mon frère Garrick à Johannesburg, pour demain à dix heures du matin.

— Ce sera fait, Sean.

— Et un rendez-vous avec le directeur du Service de la Chasse demain après-midi.

— Le directeur est à New York pour la Conférence sur la faune. Son adjoint le remplace.

Mettant la main sur le micro, Sean laissa échapper un affreux juron. Il avait oublié cette conférence. Il reprit la parole :

— Bien, Reema mon amour, demandez alors un rendez-vous pour moi avec Geoffrey Manguza.

— Ça a l'air sérieux, Sean.

— Vous pouvez le dire.

— Quel est votre ETA * ? J'aurai à déposer un plan de vol d'urgence pour votre appareil.

Les services de sécurité avaient une telle peur d'incursions sud-africaines à la poursuite des terroristes, ou de raids sud-africains contre les locaux occupés par des terroristes à Harare, qu'ils demandaient que les plans de vol soient déposés quarante-huit heures à l'avance.

— Décollage dans cinquante minutes. ETA à Harare vingt-trois heures. Le pilote et deux passagers.

Le trajet en voiture du campement à la piste d'atterrissage prit une demi-heure. Riccardo et Claudia avaient accompagné Sean. Celui-ci démonta les sièges arrière du Beechcraft ; il mit à la place un matelas pour Shadrach, qui était maintenant fiévreux et agité. Les ganglions de son aine étaient enflés et durs, Sean ne voulut pas regarder sous le bandage, de peur de ce qu'il pourrait y voir. Mais une des plaies mineures faites par les griffes du lion sur le ventre de Shadrach s'était déjà infectée ; elle suppurait et répandait une faible odeur de putrescence.

Sean lui administra une nouvelle dose de pénicilline au moyen du goutte-à-goutte. Aidé par Job et deux employés du campe-

* ETA : heure prévue d'arrivée. (N.d.T.)

ment, il le porta dans le Beechcraft avec d'infinies précautions et le coucha sur le matelas.

La femme de Shadrach, une robuste Matabele, portait sur le dos un bébé attaché par un morceau de tissu de pagne. Elle embarqua avec de nombreux colis, s'assit sur le matelas à côté de son mari, prit l'enfant sur ses genoux, ouvrit son corsage et lui donna un sein gonflé à téter. Dans le compartiment à bagages de l'avion, Job mit plusieurs petits sacs de viande séchée, qui est en Afrique une marchandise très prisée. Il alla ensuite se placer en bout de piste avec le Toyota, dont les phares serviraient au décollage de Sean.

— Job s'occupera de vous pendant mon absence, Capo. Pourquoi n'iriez-vous pas chasser la tourterelle ou la grouse des sables du côté des marais ? C'est le meilleur tir au vol que vous ferez jamais, meilleur que sur la tourterelle à ailes blanches du Mexique.

— Ne vous faites pas de souci pour nous. Tout se passera très bien.

— Je serai de retour dès que possible. Tukutela ne traversera pas la rivière avant la nouvelle lune. Je reviendrai avant ; je vous le promets, Capo.

Sean lui tendit la main et dit en serrant celle de Riccardo :

— Vous vous êtes bien comporté avec les lions, Capo. Vous en avez toujours eu.

— Eu de quoi ?

— Il y a un mot espagnol pour ça : *cojones* !

— J'ai compris. Merci, sourit Riccardo.

Claudia se tenait derrière son père. Elle aussi sourit ; un sourire hésitant, presque timide. Elle fit un pas en avant comme pour tendre la main.

Elle avait défait sa tresse ; sa lourde chevelure tombait en crinière noire ; ses grands yeux sombres brillaient d'un doux éclat. Dans la lumière des phares du pick-up, ses traits au caractère latin étaient plus que simplement jolis. Pour la première fois, Sean se rendit compte qu'elle était vraiment très belle. Mais cette beauté et la contrition apparente de la jeune femme n'empêchèrent pas Sean de lui montrer un visage glacial. Il ignora sa main tendue, la salua d'une légère inclinaison de la tête, grimpa sur l'aile du Beechcraft et pénétra dans l'habitacle.

Sean avait lui-même aménagé la piste dans la brousse ; il l'avait aplanie en traînant à sa surface de vieux pneus de camion remorqués par le Toyota. Elle était étroite, courte, cahoteuse, et en pente en direction d'une rivière. Il prit position pour le décollage, la queue de l'appareil à toucher les buissons, et fit le point fixe, freins serrés. Visant sur l'avant les phares du Toyota à l'autre bout de la piste, il ouvrit à plein les gaz et lâcha les freins. Juste avant d'arriver au rideau d'arbres, il tira sur le manche et décolla. Comme chaque fois, lorsqu'il eut paré le haut des arbres, il fit un signe de croix de soulagement, et mit le cap sur Harare.

En cours de trajet, il essaya d'élaborer un plan stratégique. Le directeur du Service de la Chasse était un vieil ami, Sean avait déjà eu affaire à lui dans des circonstances également graves et s'en était bien tiré. Mais son adjoint, Geoffrey Manguza, était d'un tout autre acabit. Le directeur était un des rares fonctionnaires blancs encore responsables d'une grande administration. Manguza lui succéderait sous peu, premier noir à la tête du Service de la Chasse.

Lui et Sean avaient combattu dans les rangs opposés durant la guérilla, dont Manguza avait été un des chefs et un commissaire politique. On disait qu'il n'aimait pas les titulaires de concession de safari, dont la plupart étaient des blancs. Le concept de l'exploitation privée des biens de l'État était contraire à ses principes marxistes. En outre, il avait tué trop de blancs durant la guerre civile pour avoir beaucoup d'affection ou de respect pour eux.

— Ce sera une entrevue pénible, soupira Sean.

Reema attendait à l'aéroport. Femme indienne moderne, elle avait abandonné le sari pour le pantalon. Cependant elle n'était pas assez occidentalisée pour vouloir choisir son mari. C'était une affaire dont s'occupaient en ce moment son père et ses oncles, qui avaient déjà sous la main un candidat possible, un professeur enseignant les religions orientales à l'université de Toronto, au Canada. Sean les détestait, car Reema était le plus bel ornement de la Courtney Safaris, et il savait qu'elle était irremplaçable.

L'ambulance attendait sur l'aire de stationnement, devant les hangars. Régulièrement, Reema graissait la patte des gardiens de la porte principale avec de la viande séchée en provenance de la concession. En Afrique, la viande ou la promesse de viande ouvre toutes les portes.

Ils suivirent en voiture l'ambulance jusqu'à l'hôpital. En cours de route, Sean jeta un coup d'œil sur le courrier le plus urgent, que Reema avait apporté. Elle lui apprit les faits nouveaux qui s'étaient produits durant son absence :

— Carter, le médecin d'Atlanta, a annulé...

Sean leva brusquement les yeux vers elle. Il s'agissait d'un safari de trois semaines. Elle le rassura :

— J'ai téléphoné au fabricant de savon de Munich, Herr Buchner, celui à qui nous avions refusé au mois de décembre. Il a accepté; ainsi nous avons fait le plein jusqu'à la fin de la saison.

— Et mon frère ? l'interrompit-il.

Il ne lui dit pas que probablement la saison allait se terminer plus tôt que prévu.

– Votre frère attend votre appel.

A l'hôpital, au moins cinquante patients sérieusement malades attendaient d'être admis. Sur les bancs s'entassaient des malheureux, des civières encombraient les corridors et les portes. Les employés préposés aux admissions ne se pressaient guère ; ils firent signe de déposer la civière de Shadrach dans un coin.

– Laissez-moi m'en occuper, dit Reema.

Elle prit par le bras le chef des employés, et lui parla à part avec une douceur et un sourire angéliques. Cinq minutes plus tard, les documents pour l'entrée de Shadrach étaient remplis et un médecin allemand l'examinait.

– Combien ça coûte ? demanda Sean à Reema.

– Pas cher. Un sac de viande séchée.

Sean avait suffisamment appris d'allemand au contact de ses clients de safari pour pouvoir discuter avec le docteur du cas de Shadrach. Le praticien le rassura.

– Reema a ton argent, dit Sean à Shadrach en le quittant. Elle viendra te voir tous les jours. Si tu as besoin de quelque chose, dis-le-lui.

– Je penserai à vous quand vous chasserez Tukutela, dit le blessé d'une voix voilée.

Sean fut obligé de se racler la gorge pour répondre :

– On chassera encore beaucoup d'éléphants ensemble, mon vieux.

Lorsque, le lendemain matin, il obtint enfin la communication avec Johannesburg, il y avait de la friture sur la ligne.

– Mr. Garrick Courtney est à une réunion du conseil d'administration, dit la standardiste de Centaine House, le siège du groupe Courtney. Mais il a demandé que votre appel lui soit transmis immédiatement.

Sean revit en esprit une fois de plus la salle du conseil, avec ses boiseries en ronce de noyer, ses immenses tapisseries de Pierneef, et son frère Garrick au haut bout de la longue table, sous le lustre de cristal importé de Murano par sa grand-mère, trônant dans le fauteuil à haut dossier du président.

– Sean !

La voix de Garrick, autoritaire et pleine d'assurance, domina la friture. Comme il avait changé depuis le temps où, petit avorton, il faisait pipi au lit ! Sean aurait pu être à sa place s'il avait voulu et s'il avait été disposé à travailler pour cela. Sean était le fils aîné, mais cela ne l'intéressait pas. Et pourtant il ressentait toujours un certain regret en pensant à la Rolls de Garry, à son avion à réaction, à la maison du sud de la France où il allait en vacances.

to stretch the housekeeping a little

— Salut, Garry. Comment ça va ?

— Tout va bien ici. Tu as un problème ?

Une caractéristique de leurs relations était que tout contact entre eux annonçait un problème à résoudre.

— J'aurais besoin de mettre un peu de beurre dans les épinards.

C'était un langage codé signifiant que de l'argent était à verser en Suisse. Garrick comprendrait que Sean allait acheter quelqu'un pour obtenir quelque chose. Cela arrivait assez fréquemment.

— O.K., Sean. Dis-moi le montant et le numéro du compte.

Garrick était associé de Sean dans la Courtney Safaris, dont il détenait quarante pour cent des parts.

— Merci, Garrick. Je te rappellerai demain. Comment se porte le reste de la famille ?

Ils bavardèrent encore quelques minutes. Lorsqu'il eut raccroché, Reema entra.

— J'ai enfin réussi à avoir le Service de la Chasse. Le camarade Manguza vous recevra à seize heures trente.

Geoffrey Manguza était un Shona de haute taille, à la peau très noire. Il portait des lunettes à monture d'argent et un costume bleu foncé. Sa cravate était de chez Hermès (Sean reconnut la marque, la calèche) et sa montre-bracelet une Patek Philippe. Ce ne sont pas des accessoires typiques du premier marxiste venu. Sean trouva ces signes encourageants. Cependant le directeur adjoint ne se leva pas pour l'accueillir.

— Colonel Courtney, dit-il, le visage fermé.

Appeler Sean par son grade de naguère, c'était lui faire connaître qu'il savait que son visiteur avait commandé les Ballantyne Scouts, un corps d'élite rhodésien, après que Ballantyne, le créateur de ce régiment, eut trouvé la mort au combat. C'était également lui rappeler qu'ils avaient été ennemis, et pourraient l'être encore.

— Je préfère « monsieur » simplement, dit Sean avec un sourire engageant. Ce sont de vieilles histoires, camarade Manguza.

Son interlocuteur inclina la tête, sans marquer approbation ou désapprobation.

— Que puis-je faire pour vous ?

— Je dois malheureusement rendre compte d'une transgression involontaire des règlements de la chasse...

L'expression du visage de Manguza se durcit, et demeura telle pendant que Sean racontait l'histoire de la lionne tuée accidentellement ; il termina en lui remettant le rapport écrit tapé par Reema. Manguza laissa le document sur son bureau sans y toucher, et posa quelques questions aussi pertinentes que désagréables.

68

– Vous comprendrez, colonel Courtney, que je suis dans l'obligation de prendre cette affaire très au sérieux. Il me semble qu'il y a eu de la négligence et un grave mépris de la sécurité de vos clients et de votre personnel. Le Zimbabwe n'est plus une colonie, et vous ne pouvez traiter notre peuple de la même façon qu'auparavant.

– Avant que vous transmettiez vos recommandations au directeur, j'aimerais mettre au clair quelques points avec vous.

– Vous êtes libre de vous exprimer, colonel.

– Il est près de cinq heures. M'autorisez-vous à vous offrir un verre au club de golf, où nous pourrons discuter dans une atmosphère plus détendue ?

Manguza ne laissa rien apparaître sur son visage. Cependant, après quelques instants de réflexion, il acquiesça.

– Si vous voulez. J'ai encore quelques affaires à régler ici. Je vous retrouverai au club dans une demi-heure.

Sean l'attendit pendant quarante minutes, assis sur la terrasse du club. Celui-ci s'appelait auparavant Royal Salisbury Golf Club. Les deux premiers mots avaient été supprimés afin de ne pas perpétuer un passé colonial aboli. Néanmoins, la première remarque que fit Geoffrey Manguza, après s'être assis en face de Sean et avoir commandé un gin-tonic, fut :

– N'est-ce pas curieux ? Il y a quelques années, un noir ne pouvait pénétrer ici que comme serviteur ; aujourd'hui je fais partie du comité de direction et mon handicap est de cinq.

Sean ne releva pas ces paroles. Il changea de sujet, parlant de braconniers chassant les rhinocéros le long de la frontière avec la Zambie. Manguza ne fit aucun effort pour poursuivre cette conversation. Observant Sean derrière ses lunettes, il attaqua dès que celui-ci eut fini de parler :

– Vous vouliez tirer au clair quelques points, colonel. Nous sommes tous deux des gens pressés.

Sean, qui préparait une approche à l'africaine, avec beaucoup de précautions oratoires, fut décontenancé tout d'abord, avant de se mettre au diapason.

– En premier lieu, Mr. Manguza, je tenais à vous dire le grand prix que nous attachons, mes associés et moi, à la concession Chiwewe. (Sean employait à dessein le mot « prix ».) Je leur ai téléphoné ce matin pour leur expliquer ce regrettable incident ; ils sont désireux de le voir réglé à tout prix.

Il employa de nouveau le mot « prix » pour terminer sa phrase.

Des négociations comme celles-ci se déroulaient selon un cérémonial établi. Si, dans l'esprit d'un Occidental, il s'agissait de corruption, pour un Africain c'était simplement le système D, une manière universellement acceptée de faire avancer les choses.

L'administration pouvait bien (apposer) dans tous les établissements publics des affiches montrant un pied botté écrasant un serpent venimeux, avec le slogan : « La corruption doit être dénoncée », personne ne prenait cela au sérieux. Et même, de façon paradoxale, ces placards affichaient une reconnaissance officielle de ces pratiques.

C'est à ce moment que Geoffrey Manguza aurait dû admettre qu'en effet le règlement de l'affaire valait une récompense, ou donner quelque indication de son consentement à trouver une solution raisonnable. Il ne dit rien, et regarda fixement Sean de derrière ses lunettes (miroitantes) jusqu'à ce que son interlocuteur soit obligé de reprendre la parole.

– Si vous avez terminé votre gin-tonic, pourquoi n'irions-nous pas faire un tour jusqu'au dix-huitième fairway ?

La terrasse du club s'était remplie ; c'était l'heure bénie de la fraîcheur. Trop d'oreilles pouvaient entendre. Manguza vida son verre, et sans un mot se dirigea vers le terrain de golf. Le dernier groupe de quatre joueurs en était au dix-huitième trou. Tandis que ceux-ci arrivaient en ordre dispersé, Sean dit sans élever la voix :

– J'ai informé mes associés que vous étiez l'homme prenant les décisions dans le Service de la Chasse, et que le directeur n'était là que pour les signer. Je leur ai dit que vous aviez le pouvoir de diriger une enquête sur (une voie de garage) et d'empêcher qu'une suite soit donnée à ce malheureux incident. Nous avons parié là-dessus dix mille dollars. Si je gagne mon pari, Mr. Manguza, mon gain est à vous, versé au compte que vous m'indiquerez.

Manguza s'arrêta net et fit face à Sean, qui fut abasourdi par l'expression de son visage. La voix de l'homme tremblait de fureur lorsqu'il répondit :

– Votre supposition que je puisse me laisser corrompre est une insulte personnelle. Cela, je pourrais le tolérer ; mais elle est également une insulte à la révolution et à la mémoire des héros qui sont morts au combat pour libérer ce pays du joug colonial et de l'impérialisme ; elle est une insulte au parti et à ses chefs, à l'esprit marxiste et en fin de compte au peuple d'Afrique dans son ensemble.

– Pour l'amour du ciel, je n'ai proposé que dix malheureuses (briques), pas le retour de la monarchie.

– Vous pouvez arborer votre sourire supérieur d'homme blanc, colonel Courtney, mais nous savons qui vous êtes. Nous connaissons vos relations avec l'Afrique du Sud ; nous savons que vous avez avec vous un tas de voyous matabeles, qui ont tous combattu avec vous contre les forces de la révolution démocratique. Ce sont

70

des contre-révolutionnaires et des suppôts des capitalistes, et vous êtes leur chef.

— J'ai tué par erreur une lionne, et un de mes suppôts des capitalistes a été blessé ; voilà à quoi se résument mes activités contre-révolutionnaires.

— Nous vous avons à l'œil, colonel, conclut Manguza sur un ton de menace. Vous pouvez être assuré que je ferai les recommandations qui conviennent à votre cas, et que vos insultes envers mon peuple et moi ne seront pas oubliées.

Manguza, tournant les talons, s'en alla à grandes enjambées en direction du club. Sean hocha la tête.

— Je peux dire adieu à la belle concession Chiwewe, murmura-t-il. J'ai vraiment tout bousillé !

Le bureau de Courtney Safaris se trouvait sur le boulevard, entre le palais du gouvernement et le club de golf. Reema attendait Sean dans le bureau décoré d'affiches vantant la faune et la flore du pays, et de photos de clients posant fièrement avec leurs trophées. Elle accourut à sa rencontre.

— On a téléphoné de l'hôpital il y a une heure. Shadrach a été amputé de la jambe.

Pendant un long moment, Sean demeura immobile et muet ; puis il alla lentement vers le meuble-classeur. Du tiroir supérieur, il sortit une bouteille de whisky à demi-pleine. S'affalant sur le canapé, il s'en versa trois doigts.

— Épilogue d'une merveilleuse journée, dit-il avant de vider le verre d'un trait.

Reema s'en alla, le laissant assis sur le canapé. Il restait encore dans la bouteille le contenu de deux verres. Lorsqu'il l'eut vidé, Sean se rendit à l'hôtel *Monomotapa*, envahi de touristes parmi lesquels une blonde Walkyrie teutonne, habillée comme pour tourner *Out of Africa*. Sean la repéra dès qu'il entra dans le hall, un sourire aux lèvres.

— Que diable ! se dit-il. C'est moins cher que le whisky, et ça ne donne pas la gueule de bois.

La fraülein écouta, en riant d'un rire ravi, l'allemand rudimentaire de Sean. Il ne fut pas long à apprendre qu'elle avait pour elle toute seule une suite au quatorzième étage. Elle commanda une bouteille de champagne Mumm et ils la burent au lit.

Le lendemain matin, pendant que Reema déposait le plan de vol à l'aéroport, accompagné d'un sac de viande séchée pour les gens du contrôle de la circulation aérienne, Sean retourna à l'hôpital.

La jambe de Shadrach avait été coupée à quelques centimètres plus bas que la hanche. Le médecin allemand montra à Sean les radiographies.

— C'était sans espoir, de la bouillie, dit-il en lui faisant voir les fragments d'os sur les photos.

Dans la salle des opérés archi-comble, il n'y avait pas la place de s'asseoir au chevet du lit de Shadrach. Sean resta debout. Pendant un moment ils parlèrent de combats et de chasses qu'ils avaient faits ensemble. A aucun moment, il ne fut question de la jambe. Lorsqu'ils furent à court de souvenirs communs, Sean donna cent dollars à la sœur pour qu'elle s'occupe de lui, et s'en fut à l'aéroport.

Reema lui remit le plan de vol. Le Beechcraft fut ravitaillé en carburant, et chargé de cent choses pour le campement, depuis des fruits et des légumes frais jusqu'au papier hygiénique.

— Vous êtes une fille admirable, dit Sean.

Avant de monter dans l'avion, il lui raconta son entretien avec Manguza.

— Ce n'est pas très encourageant, conclut-il. Je crois que vous feriez bien de chercher un autre emploi.

— Je suis désolée pour vous, Sean. Mais ne vous faites pas de souci pour moi. Je me demandais comment j'allais vous annoncer la nouvelle : je dois partir pour le Canada le 16 septembre. Si tout le monde est d'accord, je vais épouser un professeur.

— Tous mes vœux de bonheur.

Pour la première fois, il l'embrassa. Elle piqua un fard sous la peau brune de ses joues, ce qui la rendit encore plus ravissante.

Sean fit trois passages à basse altitude au-dessus du campement. Au troisième, il vit démarrer le Toyota en direction de la piste d'atterrissage, Job au volant et Matatu debout à l'arrière. Après s'être posé, il roula au sol et parqua l'appareil dans une sorte de cage faite d'un grillage destiné à dissuader les éléphants d'arracher les ailes, et les lions de manger les pneus.

Job et Matatu transférèrent la cargaison dans la voiture; ensuite Sean parla de la jambe de Shadrach. Ils avaient combattu ensemble durant la guérilla, et Sean vit le chagrin et la peine dans les yeux de Job lorsqu'il dit :

— Nous aurons besoin d'un nouveau porteur d'armes. Pumula serait l'homme qu'il faut.

— Oui, nous le prendrons.

Ils restèrent là, debout et muets pendant un moment, rendant hommage à leur compagnon blessé. Puis, toujours en silence, ils montèrent à bord du Toyota pour revenir au campement.

Ce soir, Claudia Monterro avait préféré la robe au pantalon pour venir dîner. Elle portait une mousseline de soie légère, d'un blanc pur, et des bijoux indiens séminoles de turquoises montées sur argent. Sur sa peau bronzée, à côté de ses cheveux noirs de jais, l'effet était saisissant. Sean évita soigneusement de lui montrer de l'intérêt, et ne s'adressa qu'à son père.

Quand il eut fini de lui parler de Shadrach et de son entrevue avec Manguza, la soirée se traîna, sombre et sans joie. Claudia laissa les deux hommes devant le feu de camp, où ils ne restèrent pas longtemps avant que Riccardo se retire. Sean prit une bouteille de whisky dans la tente servant de salle à manger, et descendit le chemin menant à la rivière. Sur la rive surplombant une eau profonde, où des hippopotames immobiles semblaient des rochers noirs, s'élevaient les tentes du personnel indigène. Celles de Job et de ses deux femmes étaient à l'écart des autres.

Sean s'assit sur un tabouret de bois sculpté, auprès du feu, à côté de Job. Une des femmes apporta deux verres dans lesquels Sean versa le whisky. La jolie petite Matabele, portant son bébé dans le dos, servit à son mari un des verres, qui miroita à la lueur des flammes quand Job le leva pour saluer Sean.

Pendant qu'ils buvaient sans parler, Sean observait le visage de Job dont le regard était perdu au loin, de l'autre côté de la rivière. Le silence était un compagnon réconfortant. Sean laissa ses pensées vagabonder et le ramener à des années lointaines.

Il se rappela le jour de sa première rencontre avec Job Bhekani. C'était sur une colline désignée seulement par un numéro, colline 31. Une éminence rocheuse, couverte de touffes serrées d'ébéniers et de buissons ardents, où l'ennemi était tapi. Depuis deux jours, Job était sur la colline, ses yeux égarés étaient injectés de sang. Le matin, Sean avait été parachuté avec cinq sticks de ses éclaireurs. Ils s'étaient battus côte à côte durant tout le jour. Au crépuscule, une fois la colline nettoyée et leurs ennemis encore vivants enfuis et disparus dans la forêt, Sean et Job s'étaient soutenus l'un l'autre pour rejoindre l'hélicoptère venu les récupérer. Ils avaient descendu la colline, péniblement, traînant leurs armes, chacun un bras autour des épaules de l'autre, leur sang qui suintait à travers les pansements se mélangeant.

— Frères de sang, que cela vous plaise ou non, avait plaisanté Sean d'une voix éraillée, en adressant à Job un sourire.

Une semaine plus tard, lorsque Job sortit de l'hôpital de la base arrière, Sean l'attendait pour lui remettre personnellement son ordre de nouvelle affectation.

— Vous êtes détaché aux Ballantyne Scouts, capitaine.

— Allons-y, mon colonel, avait répondu Job avec un de ses grands sourires dont il était avare.

Du dossier de Job, Sean savait qu'il était né près du fleuve Gwai, avait fait ses études à l'école de la mission, avait obtenu une bourse de l'université de Rhodésie, qu'il en était sorti avec un diplôme de politique, histoire et anthropologie. Avec une autre bourse du Brown College de Chicago, il avait obtenu là-bas une maîtrise dans cette discipline, l'année même où Ian Smith déclarait unilatéralement l'indépendance.

Beaucoup plus tard, lorsque leur amitié eut grandi et se fut affirmée, Sean apprit que Job avait hérité des troupeaux que son père possédait au bord du fleuve Gwai et que, dès son enfance, il avait commencé à connaître et aimer les animaux. Le père de Job était un des petits-fils du roi Lobengula, fils du grand Mzilikazi. Ainsi Job descendait directement de la lignée royale zouloue ; cela se voyait à ses traits et sa démarche, à ses fortes mâchoires et son vaste front, à ses yeux noirs brillant d'intelligence.

Au cours de ses études en Amérique, il avait pris en horreur le communisme, ses pompes et ses œuvres. Il était donc assez naturel que, revenu en Afrique, il se soit engagé dans l'armée, chez les Fusiliers Rhodésiens. Un an plus tard, il devenait officier.

La Convention de Lancaster House ayant transmis le pouvoir à Robert Mugabe et sa démocratie populaire, et la guerre étant terminée, Job s'était présenté au concours d'admission dans l'administration, auquel il avait été reçu avec mention. En principe, la route des honneurs et de la richesse lui était alors largement ouverte.

Mais il était étiqueté comme un « traître » qui s'était battu du mauvais côté, le côté des perdants. En outre c'était un Matabele, alors que le pouvoir était entre les mains de la tribu Shona. Alors tout espoir d'avancement perdu, écœuré et découragé, il était venu trouver Sean.

— Mais voyons, Job, vous valez cent fois mieux que l'emploi que je pourrai vous offrir dans une organisation de safaris.

— Pisteur, écorcheur, porteur d'armes, j'accepterai n'importe quoi.

Aussi avaient-ils chassé ensemble comme ils avaient combattu, côte à côte. Au bout d'une année, Sean avait fait de lui un des administrateurs de Courtney Safaris. Ces soirées tranquilles, à boire un whisky auprès du feu, étaient leurs réunions du conseil d'administration.

Job s'amusait d'avoir à jouer deux rôles si différents selon les

74

circonstances. Devant les clients du safari, il se livrait à ce qu'il appelait « la comédie du nègre de la plantation », appelait Sean *Bwana* et *Nkosi*, comme si l'époque coloniale n'était pas un temps révolu.

— Ne faites pas l'idiot, avait protesté Sean au début. Vous vous diminuez.

— C'est ce qu'attend la clientèle. Nous lui vendons de l'illusion. Ils se prennent pour des trappeurs ou pour Hemingway. S'ils se doutaient que j'ai une maîtrise d'histoire et de politique, ils s'enfuiraient tout de suite.

A son corps défendant, Sean avait continué à jouer le jeu. Lorsqu'ils étaient entre eux, comme ce soir, Job changeait de rôle, passant à celui de l'Homo Sapiens, selon son expression, redevenant le penseur intelligent et cultivé qu'il était en réalité. Ils conversaient tantôt en anglais, tantôt en sindebele, tous deux aussi à l'aise pour parler la langue de l'un et de l'autre qu'ils l'étaient en compagnie l'un de l'autre.

— Ne vous faites pas tant de souci pour cette concession, Sean. D'abord il n'est pas encore sûr que vous la perdiez; et si cela arrive, on trouvera autre chose.

— Merci de votre réconfort. J'en ai bien besoin.

— Nous pourrions en demander une autre, quelque part dans le Matabeleland où ma famille a encore de l'influence. Dans la région de Matetsi, ou sur la rivière Gwai. Là je suis chez moi.

— Ça ne marchera pas. Après un pareil fiasco, je serai marqué au fer rouge.

— Nous ferons la demande à mon nom, suggéra Job avec un sourire malicieux. Vous serez un des administrateurs et vous m'appellerez *Bwana!*

Ils éclatèrent de rire. Lorsque Sean laissa Job auprès du feu, il se sentit sur le chemin du retour plus gai et plus optimiste qu'il ne l'était depuis plusieurs jours. En approchant de sa tente, il s'arrêta brusquement. Une forme pâle, éclairée par la lune, se déplaçait sous les arbres. Puis il entendit tinter des bracelets. Il se rendit compte que c'était Claudia et qu'elle attendait son retour.

— Puis-je parler avec vous? demanda-t-elle d'une voix douce.

— Allez-y.

Il ne savait pas pourquoi cet américanisme, « parler avec vous » au lieu de « vous parler », l'exaspérait.

— Je voudrais vous faire mes excuses.

— Vous ne vous adressez pas à la personne qu'il faut. J'ai encore mes deux jambes.

Elle tressaillit. Avec un tremblement dans la voix, elle poursuivit :

— Vous êtes impitoyable, n'est-ce pas? (Elle releva la tête.) Fort bien; je pense que je mérite cela, tellement j'ai été stupide. Je croyais tout savoir. Je m'aperçois que je ne savais à peu près rien et que par ignorance j'ai fait beaucoup de mal. Je sais que cela ne servira pas à grand-chose; mais je veux vous dire que j'en suis au désespoir.

— Vous et moi sommes de deux mondes radicalement différents. Nous n'avons en commun aucune pensée ni aucun sentiment. Nous ne pouvons espérer nous comprendre, encore moins être amis. Mais je n'ignore pas ce qu'il vous en a coûté de me dire cela.

— Alors, on fait la paix?

— On fait la paix, d'accord.

Il tendit une main que Claudia serra. Celle de la jeune femme était douce et fraîche, mais sa poignée de main était aussi ferme que celle d'un homme.

— Bonne nuit, ajouta-t-elle.

Il la regarda s'éloigner en direction de sa tente. A la clarté de la lune qui serait pleine dans deux jours, sa robe blanche semblait éthérée et impalpable. Il ne put s'empêcher d'admirer son courage, et d'éprouver envers elle plus de sympathie qu'il n'en avait eu depuis qu'il la connaissait.

Sean dormit du sommeil profond du chasseur ou du soldat. Les bruits de la forêt ne le réveillèrent pas, même pas les hurlements d'une bande de hyènes tournant autour de la baraque cadenassée où l'on avait mis les peaux de lion salées.

Cependant un léger grattement sur la toile de sa tente le fit se dresser instantanément, et tendre la main vers le fusil appuyé contre la tête de son lit.

— Qui est là?

— C'est moi, Job.

Il regarda sa montre-bracelet, dont les aiguilles lumineuses marquaient trois heures.

— Entrez. Qu'y a-t-il?

— Un des pisteurs que nous avons laissés au bord de la rivière vient d'arriver. Il a fait trente kilomètres au pas de course.

Sean sentit des picotements sur sa nuque.

— Alors? demanda-t-il en se levant d'un bond.

— Tukutela a traversé la rivière hier, au coucher du soleil, venant du Parc national.

— Il en est certain?

— Certain. Il l'a vu de près. C'est Tukutela, et il n'a pas de collier autour du cou.

76

— Où est Matatu ?

Sean enfila son pantalon, tandis que le petit Ndorobo passait le nez à l'entrée.

— Je suis prêt, *Bwana*.

— Bien. On part dans vingt minutes. Paquetages et bottes étanches. Nous prendrons Pumula à la place de Shadrach. Je veux être sur les traces de Tukutela avant qu'il fasse jour.

Torse nu, Sean alla à grands pas vers la tente de Riccardo. Arrivé près de l'entrée, il entendit des ronflements réguliers.

— Capo ! (Les ronflements cessèrent aussitôt.) Vous êtes réveillé ? J'ai un éléphant pour vous. Magnez-vous le train ! Tukutela a traversé. On part dans vingt minutes.

— Sacré bon Dieu ! (Riccardo, encore à moitié endormi, trébuchait dans le noir.) Où est mon pantalon ? Sean, réveillez Claudia, voulez-vous ?

Une lampe était allumée sous la tente de la jeune femme. Elle avait dû entendre l'agitation.

— Êtes-vous réveillée ? lui demanda Sean de l'extérieur.

Soulevant le panneau de toile servant de porte, elle apparut à contre-jour de la lumière de la lampe. Sa chemise de nuit, ornée de dentelle à la gorge et aux poignets, était d'un tissu si fin qu'il en était transparent. Son corps nu se détachait en ombre chinoise sur l'arrière-plan éclairé.

— J'ai entendu ce que vous disiez à papa. Ferons-nous beaucoup de marche ? Dois-je mettre des bottes ou des mocassins ?

Il ne douta pas un instant qu'elle se montrait ainsi de propos délibéré, et ressentit une indignation pudibonde bien étrangère à sa nature.

— Vous allez marcher aujourd'hui plus longtemps et plus vite que vous ne l'avez jamais fait, répondit Sean sèchement.

« Elle s'exhibe comme une poule », se dit-il, négligeant le fait que ses goûts le portaient d'habitude vers les poules. « Juste au moment où j'allais la respecter. »

Il fut sur le point de lui faire le reproche. Se mordant les lèvres, il essaya de ne pas regarder la forme onduleuse de ses hanches, rappelant celle d'un vase de porcelaine façonné par un maître potier de la dynastie T'ang. Il voulut tourner les talons pour montrer son indifférence et sa réprobation. Pourtant il était toujours là, debout devant elle, lorsque Claudia laissa retomber le panneau de toile.

— Faire la paix, tu parles, marmonna-t-il, furieux, en revenant à sa tente. Elle est encore sur le ring à cogner !

Il se demanda quelle était la raison de sa colère. De n'importe quelle autre femme, même beaucoup moins belle, une telle exhibition l'aurait ravi. « Elle a trop de classe pour faire ça », trouva-t-il comme explication. Puis il se souvint qu'il la détestait. « Cette fille veut me faire marcher. » Sur cet avertissement à lui-même, Sean éclata de rire.

Il venait de chasser les pensées noires de l'amputation de Shadrach et du retrait probable de sa licence. Il partait à la poursuite d'un animal de légende, et la présence de cette femme, de manière assez inattendue, ajoutait du piment au plaisir qu'il en ressentait.

L'herbe de la vallée qu'ils traversaient était couverte de gelée blanche étincelant à la lumière des phares. Sur leur route, les animaux engourdis par le froid étaient lents à s'enfuir pour ne pas être écrasés par la voiture. Ils parvinrent au gué sur la Chiwewe une heure avant l'aube. L'eau noire brillait comme de l'anthracite aux derniers rayons de lune. Les grands arbres au feuillage argenté se dressaient sur les deux rives, comme deux armées de géants face à face.

Sean gara le Toyota très en dehors de la piste, et laissa un des écorcheurs pour le garder. Les autres se mirent tout naturellement en formation de chasse, les clients au centre. Pumula prit la place auparavant occupée par Shadrach; c'était un homme taciturne avec une épaisse barbe noire; il portait à la bretelle la carabine Rigby de Riccardo.

Tous les hommes, y compris Monterro, avaient sur le dos un sac de marche. Claudia n'était chargée que de ses bottes de caoutchouc. Job portait sur l'épaule la seconde carabine de Riccardo, la Weatherby. Et, comme d'habitude, Sean ne s'était pas séparé du 577 Nitro Express; dès que la chasse était commencée, il le gardait toujours à la main. Ils avançaient, remontant le cours de la rivière; au bout d'environ un kilomètre, réchauffés, ils forcèrent l'allure. Sean vit que Claudia se comportait bien et suivait sans difficulté. Elle répondit par un sourire narquois à son coup d'œil approbateur.

Le jour était levé quand un pisteur, celui qui avait apporté la nouvelle du passage de Tukutela, montra du doigt quelque chose devant eux. Sur le tronc d'un acajou qui s'élevait au bord de la rivière, ils distinguèrent une marque blanche toute fraîche.

– C'est là, dit l'homme, que j'ai repéré sa piste.

Au premier coup d'œil, Sean se rendit compte que l'endroit était un lieu de passage naturel de grands animaux. Des troupeaux d'hippopotames avaient frayé à travers les roseaux de la rive un sentier qui descendait jusqu'à l'eau. Par la suite, les buffles et les éléphants l'avaient élargi tout en augmentant sa pente.

Le veld africain est sillonné en tous sens d'un réseau de pistes d'animaux. Ici, on en voyait une douzaine qui, sortant de la forêt, se réunissaient comme les rayons d'une roue à ce passage de la rivière. Chacun hâta le pas; mais Matatu fonça, dépassant tout le monde. Arrivé sur le sentier, il avança lentement, la tête penchée de façon à mieux voir les ombres, tapotant la terre avec le bout d'une baguette de saule écorcée qu'il transportait toujours avec lui.

Il n'avait pas fait cinq pas qu'il se redressait et se tournait vers Sean, son visage plissé de mille rides, rayonnant de joie et d'excitation :

– C'est lui, cria-t-il d'une voix suraiguë. Ce sont les pieds du père des éléphants. C'est Tukutela le Coléreux!

Sean, les yeux fixés sur la grande empreinte ronde dans la poussière de la piste, eut l'impression qu'une grande onde envahissait sa vie. Son excitation fit place à une gravité presque religieuse.

– Matatu, dit-il, suis-la.

C'était le début officiel de la chasse.

La trace du vieux mâle continuait le long de la piste du gibier, tout droit de la rivière à la forêt. Il avait marché d'un pas rapide, comme s'il savait que le passage de l'eau était un endroit dangereux. Peut-être l'avait-il volontairement franchi au coucher du soleil, afin d'être protégé par l'obscurité jusqu'à ce qu'il en soit éloigné.

Il avait suivi la piste sur huit kilomètres, et brusquement l'avait quittée pour pénétrer dans un fourré de plantes épineuses en floraison, plein de jeunes pousses. Il s'y était attardé, le parcourant de long en large, se nourrissant de grappes de fleurs et de bourgeons succulents. Le fourré était piétiné et ses empreintes s'y perdaient.

Pour retrouver sa trace, Job et Matatu y pénétrèrent, pendant que le reste du groupe attendait en arrière, afin de ne pas les gêner.

– J'ai soif!

Claudia décrocha de sa ceinture une bouteille. Sean l'arrêta.

– Non! Si vous buvez dès votre première soif, vous aurez envie de boire toute la journée. Et elle ne fait que commencer.

Elle eut un moment d'hésitation, se demandant si elle allait passer outre. Finalement elle raccrocha la bouteille.

– Vous êtes un véritable tyran, soupira-t-elle.

On entendit un léger sifflement de Matatu, venu de l'autre côté du fourré.

– Il a retrouvé la trace, dit Sean en prenant la tête du groupe à travers les épineux. Combien de temps avons-nous gagné ? demanda-t-il à Matatu.

Au départ, ils avaient près de dix heures de retard sur l'animal. Mais chaque fois que celui-ci s'arrêtait pour se nourrir, ils gagnaient du terrain.

— Il n'est pas resté ici longtemps ; maintenant il marche vite.

A partir de là, l'éléphant avait suivi une crête caillouteuse, comme s'il avait voulu effacer ses empreintes. Pour un pisteur ordinaire, il n'avait pas laissé beaucoup d'indications. Mais Matatu allait de l'avant sans hésitation.

— Êtes-vous sûr qu'il est toujours sur ses traces ? demanda Riccardo avec inquiétude.

— Capo, vous avez trop souvent chassé avec Matatu pour poser une telle question.

— Mais que peut-il voir ? Il n'y a que du roc et des cailloux.

— Les pattes de l'éléphant éraflent le roc, écrasent le lichen, laissent de la poussière. Entre les pierres pousse un peu d'herbe ; son pied a couché les tiges dans la direction de sa marche, et l'herbe couchée reflète différemment la lumière.

— Vous pourriez le suivre ? demanda Claudia.

— Non, je ne suis pas un magicien. Mais assez bavardé. A partir de maintenant, on la boucle.

Ils poursuivirent leur chemin en silence. Autour d'eux, la forêt offrait un spectacle d'une variété infinie. Il y poussait une quarantaine d'espèces d'arbres de la famille des combrétacés ; et pas uniquement ces dernières, car de nombreuses autres étaient mélangées à elles. La forme du tronc était différente pour chacune, de même que la couleur et la texture de l'écorce. Certaines étaient dénudées par l'hiver ; d'autres avaient un épais feuillage vert, ou jaune, ou orangé, ou rouge vermillon.

Par moments, la forêt les cernait comme une palissade. Un peu plus loin, elle s'ouvrait sur des visions de montagnes au loin, de kopje aux formes étranges, de clairières, de vallées dont les herbes avaient été brûlées, et où les jeunes pousses mettaient une touche de vert sur les cendres noires.

La nouvelle herbe qui poussait avait attiré dans ces vallons des hardes d'antilopes. De grandes antilopes noires aux longues cornes courbes comme des cimeterres, le cou fièrement dressé, le haut du corps couleur de suie comme les cendres du vallon, le ventre d'un blanc de neige. Des antilopes naines, aux cornes pointées en avant et à la queue blanche en forme de houppette à poudre. Des gnous au nez busqué et à la maigre barbiche, qui se donnaient mutuellement la chasse en tournant en rond et en soulevant des nuages de cendre noire.

Lorsque le lion ne chasse pas, les animaux qui sont ses proies

80

habituelles sont étonnamment confiantes et ne s'enfuient pas, même s'il passe à moins de cinquante mètres d'eux. De même, ils paraissaient sentir que cette file indienne d'êtres humains n'était pas une menace. Ils les laissaient approcher à courte distance avant de s'éloigner au petit trot, à la grande joie de Claudia, joie qui la soutenait et l'empêchait de sentir la fatigue après quatre heures de marche rapide.

Dans un défilé entre deux collines, un petit étang était resté rempli d'une eau stagnante, verdâtre, d'où montaient des bulles des gaz produits par la décomposition de la végétation. Le vieil éléphant y avait bu, et laissé auprès d'elle un gros tas de ses bouses jaunes et spongieuses.

— Nous prendrons ici dix minutes de repos, dit Sean.

Et, s'adressant à Claudia :

— Vous pouvez boire maintenant. Mais pas plus de deux gorgées, si possible.

La laissant assise à côté de son père, il vint auprès de Matatu qui était resté au bout de l'étang.

— Que se passe-t-il ?

Depuis vingt ans qu'il le connaissait, Sean savait déchiffrer l'humeur du petit homme. Matatu hocha la tête, l'air lugubre.

— Quelque chose ne va pas. L'animal n'est pas content. Il va d'un côté, puis d'un autre. Il marche vite, mais sans but. Il ne mange pas. On dirait que le sol lui brûle les pieds.

— Pourquoi est-il comme cela, Matatu ?

— Je ne sais pas. Mais ça ne me plaît pas, *Bwana*.

Sean revint vers Claudia. Il avait remarqué depuis environ une heure qu'elle boitait légèrement.

— Montrez-moi votre pied.

— Vous parlez sérieusement ?

Sans répondre, il prit une de ses jambes qu'il posa sur ses genoux, délaça la botte et la retira, enleva la chaussette. Le pied de Claudia était long et mince, de même que ses mains. La peau délicate était très rouge au talon et sur le gros orteil. Après avoir nettoyé les endroits presque à vif avec de l'alcool, il les recouvrit de sparadrap. Il éprouvait un plaisir sensuel à tenir dans ses mains ce pied si joliment tourné. Cependant, c'est avec un air sévère qu'il la tança :

— Certainement, vous aviez mal. N'essayez pas de faire la brave. Dans quelques kilomètres, vous auriez eu des ampoules énormes, et nous une estropiée sur les bras. Changez de chaussettes et, si vous avez de nouveau mal, prévenez-moi.

Elle obéit, soumise, et ils reprirent la route.

Un peu avant midi, les traces changèrent une nouvelle fois de direction ; l'éléphant était parti plein est.

– Nous avons gagné une heure ou deux sur lui, dit Sean à Riccardo. Mais Matatu n'aime pas cela; moi non plus. La bête est inquiète, et maintenant elle s'en va tout droit vers la frontière du Mozambique.

– Vous croyez qu'elle nous a sentis?

– Impossible, nous sommes encore à des heures derrière elle.

Ils s'arrêtèrent de nouveau à midi pour manger sur le pouce, puis repartirent. Moins de deux kilomètres plus loin, leur chemin traversa un bosquet de manguiers, sous lesquels le sol était couvert d'une quantité de leurs fruits mûrs. Le vieil éléphant n'avait pu y résister. Il avait mangé de bon appétit durant au moins trois heures, secouant les arbres pour en faire tomber les mangues. Ensuite il était reparti en direction de l'est.

– Nous avons gagné facilement trois heures sur lui, les informa Sean. Mais nous ne sommes qu'à une quinzaine de kilomètres de la frontière. S'il la franchit, nous l'aurons perdu.

Sean envisagea de prendre le pas de course. Aux temps anciens de guérilla, Job, Shadrach et lui-même ne poursuivaient l'ennemi qu'en courant. Ils étaient arrivés à couvrir ainsi près de cent kilomètres en une seule journée. Il jeta un coup d'œil sur Claudia; elle avait retrouvé sa démarche souple et élastique, et marchait d'un pas de sportive. Mais en regardant Riccardo, il abandonna son idée. Capo peinait dans la chaleur de la vallée, qui atteignait trente-cinq degrés à l'ombre. Sean oubliait parfois que Riccardo aurait bientôt soixante ans. Il avait toujours paru en pleine forme; mais aujourd'hui, il montrait des signes d'épuisement, les yeux enfoncés dans des orbites violacées, le teint grisâtre.

« Le vieux bonhomme n'a pas l'air bien, se dit-il. Je ne peux pas le pousser. »

Son attention avait été distraite, il manqua de renverser Matatu, qui s'était arrêté brusquement, le nez sur une empreinte.

– Qu'y a-t-il? lui demanda Sean.

Le petit homme paraissait très agité. Hochant la tête, il marmonnait dans son dialecte ndorobo, que Sean avait peine à comprendre.

– Dis-moi... (Sean s'arrêta net.) Oh, merde!

Les traces de pas de deux hommes se superposaient à celles de l'éléphant, nettes sur le sol sablonneux. C'étaient des empreintes de chaussures à semelle de caoutchouc, facilement reconnaissables, celles de sandales de tennis Bata que l'on trouvait partout. De fabrication locale, elles se vendaient pour quelques dollars à tous les coins de rue et dans les grands magasins.

– Qui diable peuvent-ils être? demanda Riccardo.

Sans lui répondre, Sean et Job s'écartèrent pour laisser Matatu faire son travail.

Matatu tournait dans tous les sens autour des empreintes, le nez sur elles, semblant picorer comme une vieille poule. Il revint vers Sean et Job; tous trois s'accroupirent pour tenir leur conseil de guerre, auquel ne manquait que Shadrach.

– Ils sont deux. Un jeune, grand et maigre, qui est alerte. L'autre plus âgé, plus petit, plus gros. Ils portent tous deux des sacs et des *banduki*.

Sean savait comment Matatu avait déduit tout cela de la longueur de l'enjambée, de la manière différente dont chacun appuyait le talon ou la pointe du pied sur le sol, du déséquilibre causé par une arme lourde tenue dans une main.

– Ce sont des étrangers. Les hommes de la vallée ne mettent pas de chaussures. Ils sont venus du nord.

– Des braconniers de Zambie, grommela Job. Ils courent après les cornes de rhinocéros. Mais ils sont tombés sur l'éléphant et ne veulent pas laisser passer une si belle occasion.

– Les salopards! dit Sean avec hargne.

En 1970, on estimait à douze mille le nombre de rhinocéros noirs en Zambie, au nord du Zambèze. Maintenant il n'en restait plus un seul. Un seigneur du Yémen était prêt à payer cinquante mille dollars une dague dont le manche était fait d'une corne de rhinocéros. Les braconniers conduisaient leur chasse comme des opérations militaires. Pour traquer les quelques centaines de bêtes vivant encore au sud de la vallée du Zambèze, ils traversaient le fleuve de nuit, venant de Zambie, en évitant les patrouilles des gardes-chasse. Beaucoup de braconniers avaient combattu dans la brousse au cours de la guérilla. C'étaient des durs, ils n'hésitaient pas à tuer un homme tout aussi bien que le gros gibier qu'ils chassaient.

– Ils ont sûrement des AK *, dit Job. Et sans doute ils ne sont pas seulement deux; il y en a d'autres en flanc-garde. Ils sont plus nombreux et mieux armés que nous. Que comptez-vous faire?

– Ceci est ma concession, et Tukutela est mon éléphant.

– Eh bien, vous allez devoir vous battre pour l'une et l'autre.

Les nobles traits du Matabele étaient graves, mais ses yeux brillaient d'un désir de combattre qu'il ne pouvait dissimuler.

– Vous avez sacrément raison, Job. Si nous les rattrapons, nous engagerons le combat.

– Alors il faut nous presser, intervint Matatu. Ils ont deux heures d'avance sur nous. Bientôt Tukutela va s'arrêter pour manger. Ils l'auront avant que nous arrivions.

Sean revint auprès de Riccardo et Claudia qui se reposaient à l'ombre.

* AK : fusil automatique d'assaut Kalachnikov. (N.d.T.)

— Des braconniers, leur annonça-t-il. Avec probablement des armes automatiques. Au moins deux hommes, probablement plus. Des tueurs sans pitié. Nous devrons nous hâter pour éviter qu'ils rattrapent Tukutela avant nous. Je vous laisse tous deux suivre à votre pas, avec Pumula. Job, Matatu et moi, nous foncerons afin d'essayer de les empêcher de rattraper l'éléphant. Gardez le Rigby, Capo; Job prendra le Weatherby.

Au moment où il faisait demi-tour, Riccardo le retint par le bras.

— Sean, je veux cet éléphant. Plus que n'importe quoi au monde, je veux cet éléphant.

Sean approuva de la tête. Il comprenait très bien, d'autant plus qu'il était dans le même état d'esprit.

— Je vais essayer de vous le sauver.

— Merci.

Riccardo lâcha le bras de Sean. Job et Matatu l'attendaient; ils avaient passé leurs sacs de marche à Pumula, ne gardant que les bouteilles d'eau. Sean regarda sa montre : quatre minutes depuis qu'ils avaient repéré la trace des braconniers. Quatre minutes perdues.

— Poursuite à vive allure! ordonna Sean. Et attention aux embuscades.

— Comme au bon vieux temps, sourit Job. Je retrouve ma jeunesse.

Matatu remonta son pagne, en rentra les pans dans sa ceinture, et partit au trot en suivant la piste. Sean l'avait déjà vu maintenir cette allure du lever au coucher du soleil. Il prit position sur la droite; Job, qui était gaucher, se mit naturellement à gauche. Sean, après avoir changé les cartouches de son fusil, prit lui aussi le pas de course. En quelques secondes ils furent hors de vue du groupe resté derrière eux.

L'attention de Sean se concentrait sur l'avant. Il fallait de l'expérience et de l'adresse pour conserver la formation sur ce terrain accidenté. Les deux hommes occupant les flancs devaient rester un peu à l'avant du pisteur, anticipant sur la direction des empreintes, couvrant et protégeant Matatu, veillant aux embuscades, tout en maintenant le contact entre eux malgré les cinquante pas qui les séparaient. Tout cela en courant, et la plupart du temps hors de vue les uns des autres.

Lorsque la trace changeait de direction, celui qui était à l'extérieur du virage devait pivoter autour du centre, en faisant le double du chemin de celui à l'intérieur. Lorsqu'ils se trouvaient en terrain découvert, leur formation dessinait un angle plus aigu, en forme de fer de lance inversé, les deux hommes des flancs toujours protégeant le centre. Ils communiquaient entre eux trois par des cris d'oiseau, le roucoulement d'une tourterelle des bois, le chant d'une pie-grièche, le sifflement d'un milan, dont chacun avait une signification, était un ordre ou un avertissement.

Tout cela en même temps que deux éléments essentiels, la vitesse et la discrétion. Job et Sean couraient, légers et silencieux, tels une paire de koudous, se frayant un chemin sous les arbres, à travers fourrés et épineux, rapides et aux aguets.

Après une heure de course, Matatu fit de la main un signal que Sean comprit aussitôt. Il signifiait « deux de plus ». Deux autres braconniers s'étaient joints aux précédents, et les quatre hommes se rapprochaient rapidement de l'éléphant.

Ils continuèrent pendant environ une autre heure, sans jamais ralentir, jusqu'à un nouveau signal de Matatu, un geste éloquent qui montra sa paume rose, et voulait dire : « Tout près. Attention, danger ! » Sean ralentit l'allure et imita le sifflet de la grouse des sables, qui signifiait une rencontre imminente. Ils prirent un petit trot prudent.

Leur course les avait amenés sur le flanc d'un plateau peu élevé, depuis longtemps passage d'éléphants qui avaient écrasé le sol devenu dur comme de la pierre. Lorsqu'ils débouchèrent en haut de ce plateau, la brise du soir venant de l'est, fraîche et bien-faisante, se fit sentir. Sean offrit son visage en sueur à sa caresse.

Le terrain plat avait à peine quinze cents mètres de largeur. Ils le traversèrent rapidement. Arrivés au rebord du plateau, ils s'aplatirent au sol pour éviter que leur silhouette ne se détache sur le ciel, descendirent la pente de quelques mètres afin de n'être pas visibles sur la crête ; là, accroupis, ils jetèrent un regard circulaire sur l'étroite vallée sous leurs yeux, bordée de l'autre côté par un autre plateau boisé. Au milieu de cette vallée, serpentait une rivière dont le cours était souligné par un ruban de végétation vert sombre. Le reste de la vallée était presque entièrement découvert ; une herbe d'hiver jaune pâle brillait au soleil ; on voyait de place en place des termitières hautes comme une petite maison, des aca-cias-parasols très espacés, au tronc jaune citron. Sean embrassa le tout d'un coup d'œil rapide.

Sur la gauche, Job émit l'appel, semblable au son du flageolet, de l'antilope naine. De tout leur répertoire, c'était le signal d'alerte le plus pressant. En même temps, sa main tendue vers la vallée montrait quelque chose. Sean regarda dans la direction indiquée. D'abord il ne vit rien. Soudain Tukutela le Coléreux lui apparut.

Il avait été caché par une énorme termitière. Maintenant il avançait à grandes enjambées dans la prairie. Sean eut le souffle coupé. Même à cette distance de près d'un kilomètre, il pouvait voir à quel point sa mémoire avait sous-estimé la magnificence de l'animal.

Tukutela avait la couleur gris foncé d'une roche volcanique. Il était de haute taille et décharné. Même de loin, Sean pouvait distinguer les rides et les plis de sa vieille peau, sous laquelle transparaissait le dessin noueux de sa colonne vertébrale. Ses oreilles avaient un mouvement d'éventail à chacune de ses enjambées; on eût dit deux pavillons de combat déchirés par les obus et noircis par la fumée des canons.

Les défenses de Tukutela étaient presque noires, du fait de son grand âge, et de la sève des arbres auxquels elles s'étaient attaquées. Sortant de sa gueule en s'écartant l'une de l'autre, elles se recourbaient ensuite vers l'intérieur jusqu'à se rejoindre presque à leur pointe. Elles étaient si longues qu'elles disparaissaient à moitié dans les herbes, et semblaient trop lourdes même pour un animal aussi puissant. On ne verrait probablement plus jamais une pareille paire de défenses. C'était un éléphant de légende.

Sean éprouva soudain un sentiment de culpabilité. Bien que parfaitement légal, tuer cette bête serait un crime contre l'Afrique, un outrage aux divinités de la nature sauvage, à l'homme lui-même. Pourtant il n'hésiterait pas à le faire; et le fait de savoir cela renforçait son impression de culpabilité.

Job lança de nouveau son appel. C'est alors que Sean vit les braconniers. Il pouvait les distinguer tous les quatre, déjà proches de l'animal. Ils venaient de sortir de l'abri des arbres, au bas de la pente, et avançaient en file indienne dans la prairie. L'herbe montait à leurs aisselles; têtes et épaules émergeaient, comme les flotteurs d'un filet de pêche sur une mer jaune pâle. Chacun portait en bandoulière un fusil AK-47.

Les balles légères de cette arme au tir rapide ne convenaient pas du tout à la chasse au très gros gibier. Mais ils employaient la technique suivante : à courte distance, ils ouvraient le feu tous ensemble, envoyant des centaines de projectiles à chemise de cuivre qui perforaient les poumons de l'animal; celui-ci s'effondrait sous l'avalanche du tir automatique.

La file des braconniers changea de direction pour prendre l'éléphant de flanc en restant sous son vent, afin que la brise ne porte pas leur odeur jusqu'à lui. Malgré ce détour, ils gagnaient rapidement du terrain sur celui-ci, qui ne s'était pas encore rendu compte de leur présence, et qui se dirigeait vers la rivière à grandes foulées. Sean réalisa qu'à l'allure rapide des chasseurs, ils allaient l'intercepter et ouvrir le feu avant qu'il y arrive.

Les directives du gouvernement, transmises par le Service de la Chasse aux concessionnaires, étaient sans équivoque. Tout homme, armé sans en avoir l'autorisation, vu dans une concession se livrer à ce qui était manifestement une opération de chasse, était présumé être un braconnier. Au cours des quatre dernières années, un certain nombre de gardes forestiers et un concessionnaire de safari avaient été assassinés par des braconniers. Aussi les directives autorisaient à ouvrir le feu sur eux sans avertissement. Le Premier ministre Robert Mugabe avait été encore plus explicite : « Tirez pour les tuer », avait-il dit en substance.

Le 577 Nitro Express était une arme foudroyante à courte portée. Mais au-delà de cent mètres, son lourd projectile perdait rapidement de la hauteur. Le groupe de braconniers était à six cents mètres de distance à vol d'oiseau. Sean avança à quatre pattes le long de la pente jusqu'à Job, couché à l'abri du tronc d'un arbre abattu, et s'étendit à côté de lui.

— Donnez-moi le Weatherby, lui ordonna-t-il.

Job était certainement un excellent fusil ; mais le cas présent exigeait un tireur d'élite de catégorie exceptionnelle. Sean ouvrit la culasse et vérifia qu'elle contenait une cartouche Nosler ; il essaya d'estimer la hauteur que perdrait la balle à une distance de six cents mètres, tirée vers le bas, avec une légère brise venant de gauche. Il se rappelait que, d'après les tables balistiques, elle était de quinze centimètres à trois cent cinquante mètres. A six cents mètres, elle serait probablement d'un mètre et vingt centimètres.

Tout en faisant ce calcul mental, il ôta sa chemise, et la roula en un paquet qu'il plaça sur le tronc d'arbre couché derrière lequel ils s'abritaient.

— Vous m'appuierez avec le gros *banduki*. Tirez très haut avec lui, dit-il à Job.

Il appuya le canon du Weatherby sur la chemise roulée, plaça la lunette télescopique à la position de fort grossissement et mit l'œil à l'oculaire. Le braquant sur la file des braconniers, il put distinguer les deux hommes décrits par Matatu d'après leurs empreintes. Le grand maigre était en tête, vêtu d'un blouson de treillis bleu, uniforme traditionnel du temps de la guérilla. Derrière lui, le petit gros était coiffé d'une casquette de camouflage et portait une chemise kaki.

Au-delà d'eux, Sean voyait en même temps l'éléphant. La lunette rapprochant les objets comme un téléobjectif, les braconniers semblaient être tout près de leur proie. Au moment même où il les observait, l'homme de tête fit glisser de son épaule la bretelle du fusil d'assaut, et fit un geste de l'autre main. Les trois autres se déployèrent en ligne de tirailleurs.

A demi couché sur le côté, derrière le Weatherby, les talons ancrés dans le sol, Sean régla sa respiration, l'index légèrement appuyé sur la détente. Il visa l'homme en treillis bleu, amenant la croisée des fils du réticule de la lunette au-dessus de sa tête.

L'air chaud troublait l'image et la faisait trembloter. Sean observa la modification des formes de celle-ci due au mirage, car elle indiquait la force et la direction du vent. Un coup de vent faisait pencher de côté les lignes verticales ; quand une accalmie les redressait, les vapeurs du mirage montaient droit dans l'air comme une fumée.

Il prit une profonde inspiration, expira une partie de l'air et garda le reste dans ses poumons. La brise ayant faibli, il visa un point situé nettement au-dessus de la tête du braconnier. L'image était bonne. Il appuya sur la détente.

La plaque de crosse s'enfonça dans son épaule, et le canon se releva, lors du recul particulièrement brutal du Weatherby. Sean perdit la cible de vue.

Job poussa un cri de triomphe :

— *Shayile* ! Coup au but !

Lorsque Sean eut ramené la lunette sur l'objectif, il n'y avait plus que trois têtes dépassant des herbes.

Les trois braconniers s'étaient retournés et faisaient feu en direction de la pente sur laquelle Sean et Job étaient cachés. Ils tiraient au hasard en automatique, leurs AK faisaient un tintamarre de casserole ferraillant sur les pavés.

Au-delà d'eux, le vieil éléphant s'enfuyait à toute vitesse. Ses oreilles rabattues en arrière par le vent de sa course, ses grandes défenses levées au-dessus de l'herbe, il fonça dans l'étroit ruban de végétation vert sombre et en ressortit de l'autre côté.

— Cours, mon vieux, murmura Sean. Si je ne peux pas t'avoir, personne ne t'aura.

Il reporta son attention sur la bande de braconniers. De toute évidence, ces gens n'étaient pas des novices. Deux d'entre eux couvrirent le troisième par un tir en direction du *kopje*, tandis que ce dernier se hâtait vers l'endroit où était tombé leur chef et le relevait. L'homme au blouson de treillis bleu restait plié en deux et appuyait une main sur son flanc.

— Je l'ai épinglé, murmura Sean.

Il tira une seconde fois. De la poussière s'éleva des herbes ; la balle avait manqué de peu les braconniers, qui battirent en retraite en se dérobant derrière une termitière et en soutenant le blessé. Sean et Job continuaient à tirer posément. Mais la distance augmentait à chaque instant. Bien qu'ils vissent voler de la poussière tout près des silhouettes en fuite, ils ne purent revendiquer un deuxième coup au but. La bande disparut dans l'herbe et les broussailles. Les armes se turent ; le silence retomba.

Sean et Job demeurèrent sur place pendant un quart d'heure, scrutant la vallée. Les fuyards étaient complètement hors de vue. Sean se releva.

— Allons y jeter un coup d'œil.

— Prudence, avertit Job. Ils pourraient être revenus sur leurs pas pour nous tendre une embuscade.

C'était en effet une ruse très employée pendant la guérilla. Ils descendirent la pente avec précaution. Matatu les mena à l'endroit où le chef de la bande était tombé. Son arme avait disparu, certainement récupérée par un des autres. Matatu coupa une tige d'herbe, qu'il montra à Sean. Le sang qui avait coulé sur elle était déjà presque séché. De toute façon, la blessure avait peu saigné ; ils ne trouvèrent qu'une dizaine de gouttes sur les herbes ou sur le sol.

– Blessure légère, grommela Sean.

Le vent avait sans doute fait dévier le projectile. Il n'avait pas atteint une partie vitale.

– Qui poursuivons-nous maintenant ? demanda Job. Les braconniers ou Tukutela ?

– Les braconniers seront bientôt à mi-chemin de Lusaka. Suis la piste de l'éléphant, ordonna Sean à Matatu.

La trace de l'animal les conduisit le long du lit de la rivière, ensuite sur la pente de l'autre côté de la vallée. Après une fuite éperdue dans un premier temps, le vieux mâle avait ralenti l'allure, adoptant un rythme de course qu'il était capable de tenir durant des jours, avec lequel il couvrait des distances prodigieuses. Il fonçait vers l'est, en direction de la frontière du Mozambique, ne déviant de sa route que pour passer un col dans une chaîne de collines, ou pour prendre un chemin moins escarpé quand il n'y avait pas de col.

Ils couraient vite à sa poursuite. N'ayant plus à prendre de précautions contre une embuscade, ils allaient au maximum de leurs possibilités. Mais la distance entre l'éléphant et eux se creusait et le temps passait. Leur ombre s'allongeait devant eux.

La frontière du Mozambique n'était pas nettement délimitée. Il n'y avait pas de clôture, pas de coupure dans la forêt. Cependant un sixième sens avertit Sean qu'ils l'avaient franchie.

Au moment où il allait donner l'ordre de faire halte, Job siffla discrètement et fit de la main le signal d'arrêt. Matatu se redressa, indiquant d'un signe de tête qu'il avait compris. Tous trois se réunirent et regardèrent les traces qui se perdaient devant eux dans la forêt, en direction de l'est.

– Le Mozambique, dit Sean. Il nous a échappé.

C'était l'évidence. Matatu cracha sur l'empreinte.

– Il va vite, plus vite que n'importe quel homme ne court. Nous ne reverrons pas Tukutela cette année.

– Non, mais la saison reviendra. L'an prochain, il ira se promener dans le Parc national, et traversera de nouveau le Chiwewe à la nouvelle lune. Nous l'attendrons.

– Peut-être. (Matatu prit une pincée de tabac à priser dans la corne d'antilope suspendue à son cou.) Ou peut-être les braconniers l'auront; ou il marchera sur une mine d'un ancien champ de bataille du Mozambique; ou peut-être il sera mort de vieillesse.

Cette pensée remplit Sean de mélancolie. Tukutela appartenait à l'Afrique d'autrefois. Sean était trop jeune pour avoir connu cette époque; il n'en avait entrevu que des vestiges. Pourtant, il avait un respect empreint de nostalgie pour le passé de ce continent. Tout allait tellement vite, tout était piétiné dans la course à la prise du pouvoir par des hordes irresponsables dans les nouveaux États en gestation, par le déchaînement des rivalités tribales, par la licence générale de l'époque actuelle. De nouveau l'Afrique devenait le continent noir, mais cette fois-ci sans la splendeur de ses trésors naturels, les bêtes sauvages étaient décimées, les forêts abattues pour en faire du combustible, la terre elle-même abîmée par l'élevage et par une agriculture primitive, et le désert du Sahara gagnant un peu plus chaque année vers le sud. Tukutela était un des derniers trésors.

Sean fit demi-tour. Il avait voulu cet éléphant. Il l'avait désiré du plus profond de son être. Maintenant, revenant vers l'ouest, la déception rendait ses jambes et son cœur plus lourds, et il avançait pesamment.

Un peu avant minuit, ils trouvèrent Riccardo et Claudia endormis sur un matelas d'herbe coupée, sous un abri destiné à les protéger du vent, à côté d'un foyer éteint, tandis que Pumula montait la garde auprès d'un second feu non loin de là.

Riccardo se réveilla dès que Sean toucha son épaule. Dressé sur son séant, il demanda d'une voix avide :

— Vous l'avez trouvé? Que s'est-il passé? Et les braconniers?

— Il est parti, Capo. Il a franchi la frontière. Les braconniers, nous les avons mis en fuite, mais Tukutela a pu s'échapper.

Riccardo se laissa retomber sur le matelas d'herbe, écoutant en silence le récit de la poursuite et de l'engagement avec les braconniers.

Claudia écoutait, assise auprès de son père. Lorsqu'elle entendit Sean raconter comment Tukutela avait franchi la frontière, elle ne put réprimer un sourire de satisfaction. Sean se leva.

— Bien, dit-il. Une de mes pistes de chasse passe à environ cinq miles au sud d'ici. Matatu et moi allons chercher le pick-up, pendant que Job vous conduira jusqu'à cette piste. Nous nous retrouverons là-bas dans quatre à cinq heures.

A la seule clarté des étoiles, Matatu conduisit Sean pendant des heures au travers de la forêt ou de la savane; ils arrivèrent exactement à l'endroit où était garé le Toyota. Il leur fallut encore une heure pour rallier le point de rendez-vous, où ils trouvèrent Claudia, Riccardo et les autres assis devant un feu, au bord de la piste raboteuse. Recrus de fatigue, ils montèrent à bord du pick-up qui reprit aussitôt le chemin du campement; ils étaient partis depuis vingt-quatre heures pour cette chasse, l'espoir au cœur.

Ils roulèrent longtemps sans dire un mot. Claudia s'était endormie sur l'épaule de son père. Soudain Riccardo demanda pensivement :

— Savez-vous où est allé Tukutela ?

— Au-delà de notre atteinte, Capo.

— Parlons sérieusement. Y a-t-il là-bas un de ses repaires habituels qu'il a pu rejoindre ?

— Vous savez, c'est un sale coin par là. Le chaos et le désordre; des villages incendiés et abandonnés; deux armées qui s'y battent et les hommes de Mugabe qui entrent dans la danse.

— Où a pu aller cet éléphant ? insista Riccardo. Il a certainement une aire de prédilection.

— Exact. Job, Matatu et moi avons cherché et trouvé. Nous savons qu'il vit de juillet à septembre dans les marais au bas du barrage de Cabora Bassa. Fin septembre ou début octobre, il traverse le Zambèze et va au nord, au Malawi, dans l'épaisse forêt tropicale des environs de Mlanje. Il s'y cache jusqu'à la fin de la saison des pluies, et retourne alors au sud, retraversant le Zambèze du côté de Tete pour s'installer dans le Parc national de Chiwewe.

— Donc il est en route actuellement vers les marais ?

— C'est plus que vraisemblable. On tentera le coup de nouveau à la saison prochaine, Capo.

Arrivés au campement à l'aube, ils y trouvèrent une douche chaude, des vêtements repassés de frais, et un énorme petit déjeuner dressé sous la tente salle à manger. Sean leur servit du bacon et des œufs frits, et annonça :

— Lorsque nous aurons terminé, nous rattraperons le sommeil que nous n'avons pas eu cette nuit, au moins jusqu'à midi.

— Cela me convient, approuva Claudia.

— Ensuite nous tiendrons conseil. Nous avons à dresser un plan pour les trois semaines ou presque qu'il nous reste. Nous pourrons tenter un autre éléphant; je ne peux pas vous en offrir un semblable à Tukutela; mais on vous trouvera bien un gros calibre, Capo.

— Je ne veux pas un gros calibre. Je veux Tukutela.

— Nous aussi, tous tant que nous sommes. (L'irritation perçait dans la voix de Sean.) Mais on n'y peut plus rien, laissons tomber.

— Et si on franchissait la frontière, si on allait chercher dans les marais ?

Riccardo avait dit cela sans lever les yeux de son assiette. Sean le regarda et ricana d'un rire sans gaieté :

— Pendant un instant j'ai cru que vous plaisantiez. Je pensais que vous aviez compris. Tukutela, c'est pour la saison prochaine.

— Il n'y aura pas de saison prochaine. Vous savez fort bien que Geoffrey Manguza va vous retirer votre licence et la concession de Chiwewe.

— Merci, Capo, vous avez trouvé les mots qu'il faut pour me mettre du baume au cœur.

— Inutile de nous faire des illusions. C'est notre dernière chance d'avoir cet éléphant.

— Erreur. C'est terminé pour cette saison. Nous avions une chance et l'avons laissée passer.

— Pas si nous le poursuivons au Mozambique. Poursuivons-le dans les marais.

Sean dévisagea Riccardo avec étonnement.

— Mais vous semblez parler sérieusement!

— Je vous l'ai dit. Il n'y a rien au monde que je désire plus que cet éléphant.

— Ainsi vous espérez que Job, Matatu et moi allons nous suicider pour un de vos caprices?

— Non, pas pour un caprice. Disons plutôt pour un demi-million de dollars.

Sean, muet de stupeur, secoua la tête. Riccardo poursuivit :

— Je me sens responsable du retrait de votre licence. Avec cette somme, vous pourrez acheter une bonne concession en Zambie ou au Botswana; où un ranch de chasse de vingt mille hectares en Afrique du Sud. Un demi-million. Réfléchissez.

Sean se leva avec une telle brusquerie qu'il fit tomber son assiette qui se brisa sur le sol. Il sortit à grands pas de la tente sans se retourner.

Il s'arrêta en bordure du campement; debout et tourné vers la rivière, il regardait sans le voir un petit troupeau d'impalas venus y boire, et une orfraie à la tête blanche perchée sur un arbre mort surplombant l'eau verte.

Il se demanda ce qui allait se passer l'année à venir, lorsqu'il n'aurait plus sa concession. Il devait près de cinquante mille dollars à son frère Garrick, et son découvert à la banque de Harare frisait les dix mille dollars. Reema lui avait dit que le directeur de la banque voulait lui en parler; à son dernier passage à Harare, Sean l'avait évité.

A plus de quarante ans, il ne possédait rien. Son père aurait été enchanté de l'accueillir dans la société appartenant à la famille. Mais aujourd'hui, Garrick en était le président et ne manifesterait certainement pas autant d'enthousiasme.

Il vit en pensée les bureaux à air conditionné, les costumes sombres et les cravates, les conférences interminables avec des juristes ou des ingénieurs, les trajets aux heures de pointe, la ville qui sentait mauvais.

Il se souvint des principes de son père, adoptés sans hésitation par son frère, que tout le monde devait commencer dans un poste subalterne de la société, et gagner ses galons par son travail. Garrick avait démarré ainsi, plus de vingt ans auparavant. Garrick aimait cela. Sean en avait horreur.

Il pensa au demi-million de dollars. Avec une pareille somme en poche, il pourrait faire un pied de nez au directeur de sa banque, à Geoffrey Manguza, à Garrick Courtney et au reste du monde, et leur dire à tous d'aller se faire voir.

Détournant son regard de la rivière, il s'engagea dans le sentier descendant à la tente de Job. Celui-ci était assis seul auprès du feu, devant un petit déjeuner servi par sa plus jeune femme ; lorsqu'il vit entrer Sean, il pria gentiment son épouse de sortir. Puis, prenant la cafetière qui chauffait sur les braises, il se versa une autre tasse. Sean s'assit sur le tabouret de bois sculpté et lui dit en sindebele :

— Que penseriez-vous d'un homme qui irait traquer un grand éléphant comme Tukutela dans les marais où il se cache le long du Zambèze ?

— Ce serait d'une telle stupidité que je préfère ne pas qualifier cet individu.

Job souffla sur son café pour le refroidir. Le silence retomba. Matatu, qui avait dormi dans la hutte voisine, en sortit. Bâillant et clignant des yeux au soleil du matin, il vint s'accroupir aux pieds de son maître. Sean posa une main sur l'épaule du petit homme, et l'y laissa un moment. Sean n'avait pas besoin de questionner Matatu. Matatu irait où allait son maître, sans un instant d'hésitation. Aussi Sean s'adressa-t-il de nouveau à Job.

— Job, à vous mon ami de longue date, je vais dire autre chose pour que vous y réfléchissiez. Monterro veut absolument poursuivre l'éléphant ; il offre un demi-million de dollars. Que pensez-vous de ça ?

Job poussa un soupir.

— Je n'ai pas besoin de réfléchir plus longtemps. Quand partons-nous ?

Sean lui serra fortement le bras, et se leva.

Riccardo était toujours assis à la table du petit déjeuner, devant un café, un cigare entre les doigts. Claudia était à côté de lui. Ils avaient dû discuter ferme ; le visage de la jeune femme était encore rouge et ses yeux brillaient. Elle se tut à l'entrée de Sean.

— Capo, dit-il. Vous n'avez aucune idée de ce qui se passe là-bas. C'est le Vietnam, mais cette fois vous n'aurez pas le soutien de l'armée américaine. Vous voyez bien cela ?

– Je veux y aller.

– Très bien. Voici mes conditions. Vous prendrez une assurance pour tout ce qui pourrait vous arriver. Je ne suis pas responsable.

– D'accord.

– Ensuite, je veux une reconnaissance de dette écrite, gagée sur vos biens en cas de décès, pour la totalité de la somme.

– Donnez-moi de quoi la rédiger.

– Vous savez que vous êtes cinglé, Capo ?

– C'est certain, répliqua Riccardo en souriant. Et vous ?

– Oh, moi, je suis né cinglé !

Ils éclatèrent de rire en se serrant la main. Ensuite Sean redevint sérieux.

– Je vais d'abord effectuer un vol de reconnaissance le long de la frontière, pour m'assurer qu'aucune surprise ne nous attend. Si tout va bien, nous la franchirons cette nuit. Cela signifiera des marches forcées et pas d'impedimenta. Je veux que nous soyons de retour dans dix jours. Allez vous reposer maintenant, Capo, vous en aurez besoin.

Au moment de partir, Sean vit le regard furieux que leur lançait Claudia.

– Je vais demander par radio à Reema de louer un avion qui viendra vous prendre demain matin, et de se débrouiller pour vous trouver une place sur le premier vol à destination d'Anchorage.

Avant qu'elle puisse répliquer, son père posa une main affectueuse sur la sienne.

– Oui, dit-il, elle va rentrer. J'y veillerai.

– Bien sûr, appuya Sean. Il n'est pas question qu'elle vienne au Mozambique avec nous.

Sean recouvrit de bande adhésive les marques d'identification du Beechcraft imprimées sur les ailes et sur le fuselage, de façon qu'elles ne puissent être lues par un observateur au sol. Il s'assura que la bande tenait suffisamment pour ne pas être arrachée par le courant d'air. Tandis qu'il effectuait ce travail, Job vérifiait les provisions de secours à bord de l'appareil, emportées en cas d'atterrissage forcé. De préférence au lourd fusil à double canon, il embarqua la carabine de calibre 30/06 plus légère, dont la monture était en fibre de verre.

Dès le décollage, Sean vira pour mettre le cap à l'est, restant à une vingtaine de mètres seulement au-dessus de la cime des arbres. La carte aérienne sur les genoux, il scrutait le sol, cherchant à voir les repères qu'elle indiquait. Job était assis à côté de lui, sur le siège de droite, et Matatu occupait le siège derrière Job. Voler terrifiait Matatu, qui de temps en temps était encore sujet au mal de l'air : pour cette raison, Sean ne voulait pas qu'il s'assoie derrière lui.

– Le petit cochon vomirait encore sur mon dos.

C'était Job qui courait ce risque.

Arrivés à la frontière, Sean mit le cap au nord pour la suivre, essayant de repérer des mouvements de troupes ou quelque signe de présence humaine. Ils n'aperçurent rien de tel. Une demi-heure plus tard, ils virent briller à l'horizon une étendue d'eau, une mer intérieure formée par la main des hommes, la retenue du barrage de Cabora Bassa. La station hydro-électrique, une des plus grandes et des plus coûteuses d'Afrique, avait été construite par les Portugais avant l'accession de leur colonie à l'indépendance.

L'Afrique du Sud aurait pu absorber toute l'énergie électrique que le barrage était capable de fournir ; le courant aurait été transporté au sud vers la région minière de Palabora, au Transvaal, ce qui aurait considérablement amélioré la désastreuse situation économique du Mozambique. Mais Cabora Bassa ne livrait plus un seul kilowatt. Les câbles électriques étaient continuellement sabotés par les forces des rebelles, et les troupes gouvernementales étaient si démoralisées qu'elles faisaient peu d'efforts pour protéger des attaques les équipes d'entretien. Aucune réparation n'était effectuée depuis des années.

« Aujourd'hui, pensa Sean en ricanant, les turbines doivent être un tas de rouille. Encore un magnifique succès à l'actif du marxisme en Afrique ! »

Il fit un virage sur l'aile de cent quatre-vingts degrés, et revint au sud. Sur le trajet du retour, il pénétra plus loin à l'intérieur du Mozambique, faisant route en zigzaguant pour couvrir une plus grande superficie de terrain, toujours à la recherche de villages occupés par des troupes, ou d'unités militaires en mouvement.

Ils ne virent que des terres naguère cultivées, envahies aujourd'hui par les mauvaises herbes et les broussailles, des villages incendiés et déserts, sans trace de vie humaine autour des murs de huttes sans toit.

Sean arriva au-dessus de la route reliant Vila de Manica à Cabora Bassa. Il la suivit sur une vingtaine de kilomètres, volant si bas qu'il distinguait les ornières et les nids de poule, et même l'herbe qui poussait dans les traces laissées par les roues. Aucun véhicule n'était passé là depuis des mois, des années peut-être. Les ponts avaient été détruits à l'explosif. Des carcasses de véhicules rouillaient dans les fossés.

Ensuite, changeant de cap, il fit route à l'ouest, en direction de la frontière, tout en cherchant des yeux un lieu que tous les trois se rappelaient fort bien. Droit devant, Sean reconnut les deux sommets symétriques que l'on appelle Inhlozane, « les seins de la Vierge », et au sud de ceux-ci le confluent de deux petites rivières, réduites en cette saison à des mares vertes au milieu de leur lit sablonneux.

– C'est ici, montra Sean, le doigt tendu.

Sur le siège arrière, Matatu oublia la peur et le mal au cœur pour prendre une mine réjouie.

– Inhlozane. Vous vous souvenez, *Bwana*?

Sean inclina l'avion au-dessus de la jonction des deux rivières, décrivant un cercle autour d'elle. Ils cherchèrent tous les trois à apercevoir des traces de l'ancien camp des guérilleros; mais il n'en restait rien.

C'était au printemps de 1976; ils étaient venus ici au temps des Ballantyne Scouts. L'interrogatoire d'un prisonnier avait révélé l'existence d'un important camp d'entraînement des rebelles dans cette zone. Le haut commandement rhodésien avait envoyé des Vampire à réaction en reconnaissance photographique.

Le camp avait été soigneusement camouflé; cependant il avait pu être repéré, grâce à l'expérience des aviateurs rhodésiens chargés de ces missions, dont la plupart étaient des anciens de la Royal Air Force. S'il est possible de dissimuler des tranchées-abris et des cantonnements, les chemins qui les relient sont des signes révélateurs. Des milliers de pieds foulent chaque jour le sol entre les baraques d'habitation, celles de travail, les mess; les pieds des hommes allant chercher du bois de feu dans la forêt ou de l'eau à la rivière; leurs traces dessinent des sentiers qui, du haut des airs, ressemblent aux veines d'une feuille d'arbre.

– Entre deux mille et deux mille cinq cents hommes, avait déclaré le commandant du groupe aérien de reconnaissance photographique. Ils sont là depuis environ six mois, avait-il précisé.

Leur entraînement touchait donc probablement à sa fin. Ils attendaient sans doute la saison des pluies pour lever le camp avant de lancer une offensive de grande envergure.

Contenir des attaques simultanées de deux mille guérilleros bien entraînés aurait été difficile, sinon impossible, pour les forces armées rhodésiennes.

– Nous effectuerons un raid préventif, avait décidé le général Peter Walls, commandant en chef. Je veux un plan de bataille prêt dans vingt-quatre heures.

Le nom de code de l'opération était « Popeye ». La rivalité entre les Selous Scouts et les Ballantyne Scouts était féroce. Sean avait bondi de joie lorsque la mission d'attaque au sol avait été confiée à son unité, de préférence aux Selous.

On les avait entassés dans les vieux et lents Dakota, cinquante hommes par avion, serrés comme des sardines sur les bancs de chaque côté de la carlingue, assis sur leur parachute. Soldats blancs et noirs à peu près en nombre égal, difficiles à distinguer les uns des autres sous la peinture de camouflage, ils avaient sauté d'une hauteur de cent cinquante mètres tout juste suffisante pour que les parachutes s'ouvrent avant l'arrivée au sol. Lancés de cette altitude, ils se qualifiaient par plaisanterie de « bombes de viande ».

La zone de saut se trouvait à vingt kilomètres du camp, et à cent cinquante à l'intérieur du Mozambique à partir de la frontière. Ils avaient été largués une heure avant le coucher du soleil. A la tombée de la nuit, les trois cents hommes avaient fait leur jonction, et étaient prêts à se mettre en route.

Leur marche d'approche s'était faite à la clarté de la lune. Chacun portait un chargement d'une quarantaine de kilogrammes, la plus grande partie étant constituée de munitions de mitrailleuse. Ils étaient arrivés après minuit au bord de la rivière, où ils avaient pris position le long de la rive sud, en surplomb du lit à sec et en face du camp d'entraînement installé sur l'autre rive.

Suivi de Job, Sean avait ensuite contrôlé tous les postes de tir, parlant à chacun de ses hommes à voix basse. Il les connaissait tous personnellement et les appelait par leur nom.

Les heures de la nuit s'étaient écoulées, au cours desquelles la brise leur apportait par moments de légers bruits et l'odeur de la fumée des feux de bois. Au petit jour le clairon avait sonné la diane. A travers les arbres qui entouraient le camp, ils avaient entrevu dans la demi-obscurité le va-et-vient de quantité de gens.

Vingt minutes plus tard, au moment précis où le soleil apparaissait, les Vampire étaient arrivés et avaient largué les conteneurs de napalm. Des boules de feu de couleur orange furent projetées tout autour, accompagnées d'une épaisse fumée noire qui s'éleva dans le ciel en faisant pâlir l'éclat du soleil levant. La chaleur dégagée et l'odeur du napalm arrivèrent jusqu'aux Scouts tapis en embuscade. Les Vampire avaient volontairement concentré leur attaque le long de la bordure nord du camp, afin qu'un mur de feu infranchissable s'élève de ce côté.

Quelques secondes après les Vampire, surgirent les Canberra, chargés de bombes à fragmentation qui tombèrent dans le camp avec un fracas assourdissant, soulevant des geysers de terre et de débris. Les guérilleros encore valides après leur passage s'enfuirent en poussant des hurlements, comme une foule saisie de panique.

L'incendie au napalm leur coupait toute retraite vers le nord. Ils se précipitèrent vers la rivière, tout droit sur les mitrailleuses qui les attendaient là. Sean les laissa approcher, les observant avec l'intérêt d'un entomologiste. Il y avait presque autant de femmes que d'hommes. Personne ne portait d'uniforme; certains étaient vêtus d'un short kaki et d'un polo imprimé d'un portrait de chef de la guérilla ou d'un slogan; d'autres d'un blue-jean; d'autres n'avaient qu'un sous-vêtement. Presque tous étaient des jeunes gens de moins de vingt ans; ils couraient, frappés de terreur, pour échapper au feu du napalm et aux bombes.

Ils s'engagèrent dans le lit de la rivière, dont le sable collait à leurs pieds, ralentissant leur course. Aucun ne vit les mitrailleuses qui les attendaient sur l'autre rive. Lorsque les premiers d'entre eux y arrivèrent et commencèrent à en escalader la berge abrupte, Sean lança un coup de sifflet strident, dont les dernières trilles furent couvertes par le crépitement de cent armes automatiques ouvrant le feu en même temps.

Bien qu'endurci par des années de durs combats, Sean fut stupéfait du carnage. Tirées presque à bout portant, les grêles de balles déchiquetaient les corps et en ressortaient pour abattre ceux qui arrivaient derrière. Les impacts soulevaient le sable blanc qui s'élevait en un nuage montant à mi-hauteur d'homme; les silhouettes des fuyards semblaient des fantômes, courant dans cette poussière jusqu'à ce qu'ils s'effondrent et qu'elle les rende invisibles.

Le vacarme dura quatre minutes. Et puis il n'y eut plus de cible et les armes se turent. Cinquante mille projectiles avaient été tirés; les canons des mitrailleuses étaient brûlants; comme des plaques de four, ils faisaient entendre un cliquetis en se refroidissant. Bien qu'assourdis par le tonnerre de leur tir, les servants des armes pouvaient entendre les cris et les gémissements de ceux qui vivaient encore, gisant sur le sable de la rivière.

Sean lança un second coup de sifflet; ses hommes descendirent la berge du lit à sec, déployés en ligne. Leurs ordres étaient de ne pas faire de prisonniers, en dehors des officiers et des commissaires politiques. A mesure qu'ils avançaient, ils achevaient d'une balle dans la tête ceux qui montraient encore un signe de vie, une seule balle, afin d'être certains qu'aucun des ennemis ne se relèverait de ses blessures pour attaquer une exploitation agricole de Rhodésie, et couper les bras et les jambes des paysans noirs qui refusaient de leur fournir de la nourriture et des femmes. Ils n'en laissèrent pas un seul vivant dans le lit de la rivière. Ils continuèrent à avancer, se répandirent dans le camp, lançant des grenades dans les tranchées, fouillant les baraques à la recherche de survivants et surtout de documents et de cartes. En effet, comme tout bon marxiste, le guérillero a l'obsession des rapports écrits. Mettre la main sur les archives du camp était un des objectifs de l'opération « Popeye ».

Sean, qui avançait en tête de ses hommes, fut le premier arrivé devant le baraquement du quartier général, reconnaissable au drapeau accroché au-dessus de l'entrée. Passer par la porte était dangereux, il tira une rafale de pistolet mitrailleur à travers le mur fait d'herbe sèche, puis plongea tête première par la fenêtre. Dans le bureau donnant sur l'entrée, un noir de haute taille sortait des brassées de documents de boîtes en carton servant de classeurs à archives, et les mettait en tas sur le plancher. Il s'apprêtait d'évidence à les brûler. Il laissa choir ceux qu'il avait dans les mains et porta la main à son étui de revolver.

D'un coup de pied dans les jambes, Sean lui fit perdre l'équilibre et, pendant que l'homme s'écroulait, lui porta un coup de crosse de son arme sur un côté du cou, au-dessous de l'oreille. Au même moment, Matatu apparut comme un gnome grimaçant et se pencha sur le guérillero inconscient, dans l'intention de lui couper la gorge avec son couteau à écorcher. Sean l'en empêcha.

– Non. Celui-là, nous le voulons vivant.

Quelques secondes plus tard, Job pénétrait à son tour dans la pièce, le fusil mitrailleur à la hanche.

– Capitaine, dit Sean, envoyez quelques hommes ici pour récupérer cette paperasse. (Il regarda sa montre.) Les hélicoptères arriveront dans vingt minutes.

L'armée de l'air rhodésienne manquait terriblement de ces appareils. La Rhodésie subissait les sanctions de toutes les nations du monde, à l'exception de l'Afrique du Sud; un navire de guerre britannique montait la garde dans le canal du Mozambique pour faire le blocus des ports de ce pays.

Deux hélicoptères furent affectés pour l'opération; l'un d'eux fut chargé des documents saisis, près de cinq tonnes : liste des gens à l'entraînement, organisation du camp, objectifs de la formation, manuels, équipement, propagande, cartes indiquant les directions d'attaque et les couloirs de sécurité, tout l'ordre de bataille des troupes de la guérilla. C'était un véritable trésor; sa découverte portait à l'ennemi un coup plus dur que les centaines de cadavres gisant dans le lit de la rivière. L'ennui, c'est qu'il remplissait un des précieux hélicoptères.

Sean utilisa le deuxième Alouette pour l'évacuation des blessés et le transport des prisonniers. De fait, les Scouts avaient eu plus de victimes que prévu : trois hommes blessés pendant le saut en parachute, et cinq du fait de la riposte non-coordonnée et rapidement contrée des guérilleros les plus courageux. Enfin un de ces derniers avait feint d'être mort et lorsque les Scouts étaient arrivés près de lui, il avait lancé une grenade, tuant un homme et blessant deux autres. Les Scouts emportaient toujours leurs morts pour leur donner une sépulture décente. Le cadavre du soldat était déjà dans un sac en plastique.

D'autre part, Sean avait fait prisonniers huit ennemis qu'il supposait être des officiers ou des commissaires. Les chefs de la guérilla ne portaient pas d'insignes de grade, mais pouvaient être en général identifiés grâce à la meilleure qualité de leurs vêtements, et à certains accessoires comme des montres-bracelets, lunettes de soleil et autres.

Il y avait donc trop de passagers pour les hélicoptères. Sean fut obligé de garder cinq prisonniers, qui accompagneraient sa troupe sur le chemin du retour. Il choisit ceux qui paraissaient en condition physique suffisante pour supporter une marche forcée avec les Scouts. L'un d'eux était l'homme capturé dans la baraque du quartier général.

Trois quarts d'heure après le début de l'attaque, le second hélicoptère décollait. Le bataillon des Ballantyne était prêt à partir. Il pouvait s'attendre à une contre-attaque des gens du Frelimo; elle manquerait probablement d'enthousiasme, mais Sean ne voulait prendre aucun risque. Avant le départ, il alla inspecter le champ de bataille; au milieu du lit de la rivière, les cadavres semblaient une moisson fraîchement fauchée; déjà des nuages de mouches tournoyaient au-dessus d'eux. Le temps manquait pour en faire le décompte; mais au matin, les avions viendraient prendre des photographies qui donneraient le chiffre approximatif des morts.

— Mille cinq cents au moins, estima Sean.

Se détournant de ce spectacle, il donna l'ordre de se mettre en marche. La première section de cinquante hommes prit le pas de gymnastique. De l'autre côté de la frontière, les véhicules de transport de troupes étaient déjà en route pour venir les reprendre; mais la rencontre ne se produirait pas avant plusieurs heures, pendant lesquelles il leur faudrait courir un vrai marathon avec armes et paquetages. Heureusement, presque toutes les munitions avaient été tirées, et les sacs étaient plus légers.

Job vint en hâte annoncer à Sean :

— Mon colonel, j'ai reconnu le prisonnier que vous avez fait. C'est le camarade China en personne.

— Vous en êtes sûr ? Nom de Dieu, si j'avais su cela, je l'aurais embarqué dans l'hélicoptère.

Le camarade China était dans les tout premiers sur la liste des gens dont la capture intéressait les Rhodésiens. Il commandait toutes les forces de la zone nord-est, fonction équivalente à celle d'un général de division. C'était un des meilleurs chefs de la guérilla, un homme qui aurait certainement des choses intéressantes à dire aux services de renseignements de l'armée.

— Faites en sorte qu'il arrive sain et sauf, capitaine, ordonna Sean d'un ton sec. Traitez-le comme votre jeune femme.

— China refuse de marcher, mon colonel. Nous ne pouvons pas le fusiller, nous ne pouvons pas le porter. Et il le sait.

Sean se rendit à l'endroit où était gardé le prisonnier; celui-ci était assis par terre, l'air buté.

— Debout et en route, lui ordonna-t-il.

Pour toute réponse, le camarade China cracha sur les bottes de Sean, qui sortit de l'étui son revolver Magnum de 9 mm, et le braqua sur la tête du récalcitrant.

— Debout! C'est votre dernière chance.

— Vous ne tirerez pas, ricana l'homme, vous n'oserez pas.

Sean tira au-dessus de l'épaule de China, le canon de l'arme appuyé contre sa joue. Le camarade China poussa un cri et porta une main à son oreille. Un mince filet de sang, venant de son tympan crevé, apparut entre ses doigts.

— Debout! répéta Sean.

China cracha de nouveau sur Sean. Celui-ci appuya le canon du revolver sur son autre joue.

— Après vos oreilles, menaça Sean, on crèvera vos yeux avec un bâton pointu.

Le camarade China se leva.

— En avant, au pas de gymnastique, dit Job en envoyant une bourrade entre les omoplates du prisonnier.

Sean jeta un dernier coup d'œil sur le champ de bataille. Le travail avait été fait vite et bien, « un bon boulot », comme disaient les Scouts.

— Allez, Matatu, on rentre à la maison.

Le petit Ndorobo passa devant eux et partit au trot. A ce moment, le camarade China chancela, ses jambes devinrent molles et il s'écroula, tant était violente la douleur de son tympan crevé. Sean lui administra une piqûre sous-cutanée de morphine, et lui donna à boire quelques gorgées de sa bouteille d'eau.

— Ce ne sera qu'une petite promenade pour un soldat de la révolution qui tue les petits enfants et coupe les pieds des vieilles femmes. Courage, China, ou je crève votre autre oreille.

Sean prit l'homme par un coude, Job par l'autre. Ils le remirent debout et le portèrent à moitié jusqu'à ce que la morphine ait commencé à agir. Ce qui ne les empêcha pas de suivre le train de la colonne des Scouts, au pas de gymnastique, à travers la forêt et sur les pentes dont les cailloux roulaient sous leurs pieds.

Après deux ou trois kilomètres, la morphine ayant fait son effet, China devint loquace :

— Vous pouvez avoir tué quelques-uns de nos hommes aujourd'hui; vous pouvez avoir gagné une petite bataille, colonel Courtney. Mais demain nous gagnerons la guerre.

La voix de China était dure, celle d'un homme orgueilleux et implacable.

— Comment savez-vous mon nom? demanda Sean avec intérêt.

– Vous avez une réputation, colonel. Je devrais plutôt dire une mauvaise réputation. Avec vous, cette meute de chiens enragés est encore plus dangereuse que lorsque cet assassin, Ballantyne, la commandait.

– Je vous remercie de vos aimables compliments, mon cher China. Mais ne chantez-vous pas victoire un peu prématurément ?

– Celui qui contrôle le pays la nuit gagne la guerre.

– Mao Tsé-Toung ; voilà une citation tout à fait appropriée au nom que vous portez.

– Du moins nous contrôlons la campagne ; nous vous avons refoulés dans vos villes et vos villages. Vos fermiers blancs sont démoralisés, leurs femmes sont à bout de résistance. Les paysans noirs sont ouvertement acquis à notre cause. La Grande-Bretagne et le monde entier sont contre vous. Même l'Afrique du Sud, votre seule alliée, se fait peu d'illusions sur l'issue de votre lutte. Bientôt, très bientôt...

Ils discutaient tout en courant. Malgré lui, Sean ne pouvait se défendre d'une certaine admiration pour son prisonnier. Celui-ci avait l'esprit vif ; sa maîtrise de la langue anglaise était remarquable, de même que sa compréhension des données politiques et militaires. Physiquement, il était robuste et en bonne santé. Lorsqu'il le soutenait, Sean sentait les muscles durs de son bras. Peu d'hommes auraient suivi un tel train avec un tympan crevé.

« Il aurait fait un Scout superbe, pensa Sean. Si nous pouvions le retourner... »

Plusieurs de ses meilleurs soldats étaient d'anciens guérilleros, faits prisonniers et habilement retournés par les services de renseignements rhodésiens.

Aussi, tout en courant, observait-il le camarade China avec de plus en plus d'intérêt. L'homme avait probablement quelques années de moins que Sean. Ses traits fins étaient d'un Nilotique, plus éthiopien que soudanais, au nez à l'arête droite et mince, aux lèvres finement ciselées contrairement aux épaisses lèvres négroïdes. Ses grands yeux noirs brillaient d'intelligence. C'était un bel homme, qui devait être dur et impitoyable ; s'il ne l'avait pas été, il ne serait pas monté aussi haut en grade.

« Il me le faut, décida Sean. Bon Dieu, il vaudrait tout un régiment si nous l'avions ! »

Il serra plus fort le bras du prisonnier, comme s'il en prenait possession.

Au milieu de la matinée, l'avant-garde tomba sur une patrouille du Frelimo, qu'elle anéantit en ralentissant à peine l'allure. Ceux qui trottaient derrière virent en passant les cadavres gisant sur le bord de la piste, dans leur tenue de camouflage tachetée.

La rencontre avec le convoi de récupération eut lieu après

midi. Les camions étaient protégés par des véhicules blindés Eland. Ils avaient apporté de la bière en boîte métallique, conservée fraîche dans des caisses isothermes. Les Scouts venaient de courir pendant six heures, abattant près de cinquante kilomètres. Aussi la bière avait-elle un goût délicieux.

Sean en donna une boîte au camarade China :

– Désolé pour votre oreille, lui dit-il en levant celle qu'il buvait comme pour porter un toast.

– J'en aurais fait autant pour vous, répondit China, souriant, mais le regard impénétrable. A notre prochain rendez-vous!

– Entendu. A notre prochaine rencontre.

Sur ce, Sean confia le prisonnier au sergent chargé d'en assurer la garde, et grimpa à bord du véhicule blindé de commandement, pour la dernière étape de leur retraite. Ils franchirent la frontière dix heures et demie après le début de l'attaque. Le Premier ministre Ian Smith parla à la radio pour les féliciter, et informer Sean qu'une palme était ajoutée à sa croix d'argent.

Sean n'apprit l'évasion du camarade China que lorsqu'il fut arrivé le soir au cantonnement. Il apparut que China avait découpé la bâche de toile du camion qui le transportait, et s'était glissé au travers pendant que son gardien somnolait. Malgré ses menottes, il avait sauté du véhicule en marche et, caché par la poussière soulevée par les roues, avait roulé dans les hautes herbes à éléphant bordant la piste.

Deux mois plus tard, Sean avait lu, dans une note des services de renseignements, que China avait commandé une attaque couronnée de succès contre un convoi de ravitaillement sur la route du mont Darwin.

– Oui, Matatu, je me rappelle tout cela très bien.

Il vira une dernière fois au-dessus de l'emplacement de l'ancienne base des terroristes, avant de mettre le cap au sud. Cependant il ne poursuivit pas cette route jusqu'à la voie ferrée qui relie le port de Beira à la frontière du Zimbabwe ; le chemin de fer était en effet un haut lieu de l'activité des rebelles et des militaires gouvernementaux ; toute cette région grouillait de gens du Frelimo et de troupes du Zimbabwe, les uns et les autres armés de roquettes et tout prêts à les lancer sur un avion sans marques d'identification volant à basse altitude.

– Du moins, dit Sean à Job, c'est une possibilité.

– Oui, opina Job. En revanche, la frontière en face de notre campement est déserte et non défendue.

– Pour un demi-million, cela vaut la peine de tenter le coup, non?

Job répondit par un sourire.

– Encore une dernière petite chose avant de rentrer, leur dit Sean.

Naviguant avec précision, l'œil scrutant le sol, Sean retraversa la frontière. Grâce à la faible altitude, ils purent retrouver l'endroit où ils avaient la veille aperçu les traces des braconniers pour la première fois. De ce point, grâce à Matatu qui tendait le cou pour mieux voir et indiquait la direction à suivre, ils arrivèrent au-dessus du plateau et de la vallée où ils étaient entrés en contact avec la bande et avaient ouvert le feu. Du haut des airs, les distances semblaient bien plus courtes.

Matatu dirigea Sean le long de la piste que le vieil éléphant avait tracée en fuyant vers la frontière. La faculté qu'avait le petit homme de s'orienter et de reconnaître le terrain ne paraissait pas diminuée malgré l'altitude. Sean obéissait à ses indications, et suivait la route sur la carte ouverte sur ses genoux.

— Nous retraversons la frontière; nous sommes de nouveau au Mozambique, annonça-t-il.

— Par là, dit Matatu en montrant du doigt une direction plus au nord.

Sean savait qu'il était inutile de discuter; il vira de quelques degrés sur la gauche. Quelques minutes plus tard, Matatu lui demanda de venir à droite.

« Le bougre sent vraiment la piste; il pense comme l'éléphant », s'émerveilla Sean.

Au même moment, Matatu poussa un cri de triomphe, en montrant du doigt quelque chose à travers la vitre. Ils traversaient un autre lit de rivière sans eau. D'un coup d'œil, Sean vit les empreintes creusées dans le sable mou, si profondément qu'elles étaient pleines d'ombre et formaient un chapelet de perles noires se détachant sur le fond blanc. Sean, qui pourtant voyait Matatu au travail depuis vingt ans, fut stupéfait. Son instinct avait conduit le Ndorobo à la suite de l'éléphant, jusqu'à ce passage de la rivière. C'était à peine croyable.

Sean effectua autour des empreintes un virage si incliné que l'extrémité de son aile gauche était pointée sur elles.

— Quelle route maintenant ?

Matatu lui tapa sur l'épaule, indiquant une direction en aval. Sans hésitation, Sean suivit le doigt noir et noueux.

— Le voilà! s'écria soudain Job.

Matatu éclata de rire et battit des mains, bondissant sur son siège comme un enfant au théâtre de marionnettes. A un mile, droit devant, la rivière débouchait dans une large vallée où stagnait encore de l'eau des dernières pluies. Dépassant le haut des grands roseaux qui bordait une mare, apparaissait l'échine arrondie de l'éléphant, comme une baleine grise dans un océan vert.

L'animal entendit le Beechcraft arriver sur lui en rase-mottes. Il leva la tête, les oreilles largement déployées, et se tourna vers l'avion. Ils virent alors ses défenses, ces fûts légendaires d'ivoire noirci, dressées vers le ciel. Une fois de plus, Sean fut frappé de la beauté de leurs courbes symétriques.

Il n'en eut qu'une vision fugitive quand il passa comme un éclair au-dessus d'elles; mais leur image resta profondément gravée dans son esprit. Ces défenses et un demi-million de dollars, il avait cent fois risqué sa vie pour un bien plus maigre butin.

— On fait un autre passage? demanda Job en se tordant le cou pour essayer de voir par-dessus l'empennage.

— Non. Ne le dérangeons pas plus qu'il n'est nécessaire. Nous savons où le trouver. Rentrons.

— C'est mon demi-million de dollars que tu jettes allègrement par les fenêtres, dit Claudia à son père.

— Qu'est-ce que c'est que cette histoire?

Riccardo était étendu sur son lit de camp, vêtu d'un pantalon de pyjama, le torse et les pieds nus. Il avait encore le poil noir et bouclé, avec seulement un peu de gris au milieu de la poitrine.

— Mon héritage, papa. Tu gaspilles mon héritage.

Riccardo se mit à rire. Elle avait l'impudence d'un avocat, entrée sans crier gare sous sa tente pour recommencer la discussion à laquelle il pensait avoir mis fin à la table du petit déjeuner.

— Si je n'en dispose pas par testament, le moins que tu puisses faire est de me laisser le dépenser maintenant avec toi.

— D'après le dernier arrêté de mes comptes, tu auras, ma petite, trente-six millions une fois les impôts payés, et après que je me serai permis cette petite fantaisie. Je me hâte d'ajouter que ces fonds sont bloqués dans un placement de toute sécurité, dont le juriste le plus astucieux ne pourrait les faire sortir. Je ne veux pas que mon argent durement gagné soit dépensé à quelqu'une de tes navrantes œuvres de bienfaisance.

— Tu sais, papa, que l'argent ne m'a jamais intéressée. Ce qui m'intéresse, c'est de venir avec toi dans cette folle poursuite de l'éléphant. Je suis venue avec toi en Afrique, étant bien entendu que je participerais à tout. C'était notre marché.

— Je te le répète une fois encore, *tesoro*, mon trésor. (Il l'appelait ainsi, comme un bébé, lorsqu'il était plein d'affection pour elle, ou exaspéré.) Tu ne viendras pas au Mozambique avec nous.

— Alors, tu reviens sur ta promesse?

— Sans hésitation, si ta sécurité ou ton bonheur sont menacés.

Se levant brusquement de la chaise de toile, elle se mit à arpenter la tente. Il l'observa avec un secret plaisir. Elle avait les bras pliés sur ses petits seins; elle fronçait les sourcils; mais ce froncement ne laissait pas de trace de rides sur sa peau lisse. Elle lui rappelait Sophia Loren jeune, qui avait été son actrice préférée. S'arrêtant au pied de son lit, elle le foudroya du regard.

— Tu sais que je fais toujours ce que j'ai décidé. Pourquoi ne pas rendre la chose plus facile pour nous deux, et dire simplement que je peux venir?

— Je regrette beaucoup, *tesoro*. Tu ne viendras pas.

— Très bien! (Elle respira profondément.) Je ne voulais pas cela, mais tu ne me laisses pas le choix. J'ai fini par comprendre ce que cet éléphant représentait pour toi, pourquoi tu es prêt à payer une telle somme pour l'avoir. Mais si je ne peux venir avec toi, comme c'est mon droit et mon devoir, alors je t'empêcherai d'y aller.

Il rit de nouveau, d'un rire tranquille et insouciant.

— Je parle sérieusement, papa, très sérieusement. Je t'en prie, ne me force pas à le faire.

— Comment peux-tu m'en empêcher, petite fille?

— Je peux raconter à Sean ce que m'a dit le Dr Andrews.

D'un mouvement vif, il s'assit sur le lit et lui saisit le bras.

— Que t'a dit Andrews? demanda-t-il d'une voix glaciale.

— Il m'a dit qu'en novembre dernier, tu as eu un petit bouton noir sur le bras droit...

D'un geste instinctif, il mit le bras droit derrière son dos. Claudia poursuivit:

— Cela a un joli nom, mélanome, un nom de jeune fille. Mais ce n'est pas joli du tout, et tu as trop tardé à le lui montrer. Il l'a excisé, mais il y a des métastases. Cela peut durer entre six mois et un an, papa. C'est ce qu'il m'a dit.

La voix de Riccardo Monterro fut soudain celle d'un homme épuisé.

— Quand te l'a-t-il dit?

— Il y a six semaines. (Elle s'assit à côté de lui sur le lit.) C'est pourquoi j'ai accepté de venir avec toi en Afrique. Je ne voulais pas être séparée de toi un seul jour du temps qu'il nous reste. Et c'est pourquoi je viendrai avec toi au Mozambique.

— Non, je ne peux pas te laisser faire ça.

— Alors je dirai à Sean qu'à tout moment ton cerveau peut être atteint.

Elle n'inventait rien. Andrews lui avait décrit les diverses manières dont pourrait évoluer la maladie. Si le cancer atteignait les poumons, ce serait la mort par étouffement. S'il affectait le cerveau ou le système nerveux, ce pourrait être la paralysie générale ou le dérangement cérébral.

— Tu ne ferais pas cela. La dernière chose de ma vie dont j'ai vraiment envie. Tu ne voudrais pas me la refuser?

106

– Sans hésitation. (Elle employa les mêmes mots que lui tout à l'heure.) Si tu me dénies le droit d'être avec toi chaque jour à venir, et avec toi à la fin comme c'est le devoir d'une fille aimant ses parents.

– Je ne veux pas te laisser venir.

Il prit sa tête à deux mains. Ce geste d'homme vaincu fit mal à Claudia; elle dut faire appel à toute sa volonté pour répondre d'une voix ferme :

– Et moi, je ne peux pas te laisser mourir seul.

– Tu ne comprends pas à quel point je désire cela; c'est le dernier désir de ma vie. Le vieil éléphant et moi, nous finirons ensemble. Tu ne comprends pas; si tu comprenais, tu ne chercherais pas à m'empêcher de le réaliser.

– Je ne t'en empêche pas. Au contraire, je serai heureuse que tu le réalises, si tu me laisses venir avec toi.

A ce moment, un lointain bourdonnement se fit entendre. Ensemble, ils dressèrent l'oreille.

– Le Beechcraft, murmura Riccardo. Sean va bientôt se poser sur la piste. Dans une heure, il sera ici.

– Que vas-tu lui dire? Lui diras-tu que je viens?

– Non, hurla Sean. Jamais de la vie! N'y pensez plus, Capo. Elle ne peut pas venir. Point final.

– Pour la moitié d'une grosse brique, c'est moi qui fais la loi, rétorqua Riccardo avec le plus grand calme. Je dis qu'elle vient, donc elle vient.

Riccardo et Claudia étaient venus à la rencontre du Toyota; tous trois étaient debout auprès du pick-up. Sean regarda d'un œil mauvais le père et la fille qui, côte à côte, lui tenaient tête. Il vit leur expression figée et sentit leur détermination. Au lieu de hurler encore, comme il en avait grande envie, il respira profondément pour reprendre son contrôle.

– Soyez raisonnable, Capo. Vous savez bien que ce n'est pas possible.

Le visage fermé, tous deux regardaient Sean sans répondre.

– C'est la guerre là-bas. Je ne peux pas la prendre.

– Claudia vient avec nous.

– Pas question qu'elle vienne.

– Pourquoi faites-vous toutes ces histoires? demanda Claudia, ouvrant la bouche pour la première fois. Parce que je suis une femme? Tout ce que fait un homme, je suis capable de le faire.

– Sauf pisser contre un mur.

Faisant comme si elle n'avait pas entendu la grossièreté, elle poursuivit :

— Vous m'avez vue pendant la dernière marche. Je supporte la fatigue et la chaleur aussi bien que mon père.

Sean se tourna vers Riccardo.

— Vous, son père, ne pouvez pas le lui permettre. Pensez-vous à ce qu'il lui arriverait si elle était prise par une bande des Renamo ?

Il vit Riccardo accuser le coup. Mais Claudia aussi l'avait vu. Avant qu'il puisse faiblir, elle prit la main de son père et dit avec fermeté :

— Ou je viens, ou personne n'y va, et vous pouvez dire adieu à votre demi-million, Sean Courtney.

Elle avait eu l'argument décisif. Elle avait gagné la partie. Sean le savait. Il fit malgré tout une ultime tentative :

— Est-ce elle qui commande ici, Capo ? Dois-je prendre ses ordres où les vôtres ?

Claudia aurait voulu le mordre ou le déchirer de ses ongles. Sa goujaterie lui restait sur le cœur. Pourtant c'est du ton le plus calme qu'elle répondit :

— Vous n'y arriverez pas. Mon père et moi sommes d'accord. Ou nous venons tous les deux, ou le marché est annulé. N'est-ce pas, papa ?

— J'en ai peur, dit Riccardo. (Il avait l'air fatigué et découragé.) Ce n'est pas négociable. Si vous voulez l'argent, vous emmenez Claudia avec nous.

Sean tourna les talons et partit à grands pas vers sa tente. A mi-chemin, il s'arrêta et resta planté les mains dans les poches. Ses cris avaient attiré des serviteurs autour de la tente servant de mess, tandis que d'autres mettaient le nez aux portes et aux fenêtres des huttes où ils faisaient la cuisine, pleins d'une curiosité mêlée d'appréhension.

— Qu'est-ce que vous foutez là ? rugit Sean. Vous n'avez rien d'autre à faire ?

Ils disparurent sans demander leur reste. Sean revint lentement vers Riccardo et Claudia.

— Très bien, dit-il d'un ton glacial à la jeune femme. Coupez-vous la gorge si vous voulez, mais ne venez pas me demander de vous soigner.

— Je ne le ferai pas, je vous le promets.

La réponse, d'une douceur angélique, fut encore plus irritante pour Sean que des accents triomphants. Aucun des deux n'ignorait que leur trêve venait d'être rompue.

— Nous avons des papiers à faire, Capo, dit Sean en se dirigeant vers la tente.

Il tapa avec deux doigts, sur la vieille Remington portative, deux déclarations à signer, l'une par Riccardo, l'autre par sa fille, commençant ainsi : « Je reconnais être pleinement conscient des dangers et de l'illégalité... » Il rédigea ensuite une reconnaissance de dette qu'il fit signer par Riccardo, ainsi que par Job et le cuisinier comme témoins. Il mit tous ces documents dans une enveloppe à l'adresse de Reema, à son bureau de Harare, et les enferma dans le petit coffre métallique qui se trouvait au fond de la tente.

— Et maintenant, en route, conclut-il.

Les membres de l'expédition étaient les trois blancs, puis Job, Matatu, Pumula, et un quatrième noir du nom de Dedan, un homme solide, le pisteur qui avait repéré les empreintes de Tukutela à son passage de la rivière.

— Cela fait trop de monde, expliqua Sean. Mais chaque défense pèse plus de cinquante kilos. Matatu est trop petit pour faire un porteur. Il faut quatre hommes de bonne taille pour les rapporter.

Avant que l'équipement soit embarqué dans le pick-up, Sean ouvrit chaque paquet et en vérifia le contenu. Lorsqu'il en arriva à ses affaires personnelles, Claudia protesta :

— C'est une intrusion dans mon intimité!

— Alors traînez-moi devant la Cour suprême, ma jolie, lança-t-il comme un défi en fouillant son nécessaire de voyage, pour en sortir la plus grande partie des tubes et boîtes de produits de beauté, et n'en laisser que trois de crème hydratante et anti-solaire.

Il retira une demi-douzaine de petites culottes.

— Un seul rechange de sous-vêtements, ordonna-t-il. Mais il vous faut deux paires de plus de chaussettes épaisses. Allez les chercher.

La fureur mal contenue de la jeune femme lui donnait un plaisir méchant. Lorsqu'il en eut fini, il ne restait que l'essentiel dans les sacs et ballots, qui furent soigneusement pesés, puis répartis à proportion de la force de chacun. Soixante livres pour Sean, Job, Pumula et Dedan; quarante pour Riccardo et Matatu; vingt-cinq pour Claudia.

— Je peux en prendre plus, demanda celle-ci. Donnez-m'en quarante, comme Matatu.

Dédaignant de lui répondre, il lui tourna le dos et s'en alla superviser le chargement du Toyota.

Lorsqu'ils quittèrent le campement de Chiwewe, ils avaient encore quatre heures de jour devant eux. Ce qui n'empêcha pas

Sean de rouler très vite; les cahots les faisaient rebondir sur leur siège. C'était en partie une manifestation de mauvaise humeur contre la présence de Claudia, en partie le désir d'arriver avant la nuit au point de franchissement de la frontière.

Tout en conduisant, Sean, imitant le ton d'un conférencier, commença un petit discours :

— Avant notre départ pour cette visite guidée du paradis mozambicain du prolétariat, de ce joyau du socialisme en Afrique, voulez-vous me permettre de vous donner quelques faits et chiffres? Jusqu'en 1975, le Mozambique était une colonie portugaise. Pendant près de cinq siècles, sous la domination du Portugal, y a vécu une communauté de quelque quinze millions d'hommes, relativement heureuse et prospère. A la différence des colonisateurs britanniques ou allemands, les Portugais avaient une attitude libérale vis-à-vis du mélange des races. Il en est résulté une importante population de mulâtres, et une politique officielle dite d'*Assimilado* selon laquelle toute personne de couleur, si elle avait atteint un certain niveau de civilisation, était considérée comme un blanc et jouissait de la nationalité portugaise. Tout cela marchait très bien; comme à vrai dire dans la plupart des administrations coloniales, en particulier celles des Britanniques.

— Quelle blague! dit Claudia. C'est de la propagande mensongère des Anglais.

— Mensongère? rétorqua Sean avec un sourire en coin. Attention, vous affichez vos préjugés! Il n'empêche que le niveau de vie de l'Indien ou de l'Africain moyen dans une ancienne colonie britannique est sacrément inférieur aujourd'hui à ce qu'il était alors. Et c'est certainement cent fois pire pour les noirs du Mozambique.

— Au moins, ils sont libres.

— Vous appelez cela la liberté? (Sean éclata de rire.) Une économie régie par les principes du socialisme engendrant, c'est bien connu le chaos et la ruine; avec pour résultat un taux de croissance négatif de plus de dix pour cent par an, pour chaque année depuis le départ des Portugais; une dette extérieure qui atteint le double du produit national brut; une faillite totale du système d'éducation, avec cinq pour cent seulement des enfants scolarisés; un médecin pour quarante-cinq mille personnes; dix pour cent de la population alimentés en eau potable; une mortalité infantile de trente-quatre pour cent des naissances. Les seuls pays du monde où la situation est pire sont l'Angola et l'Afghanistan. En Amérique, où presque tout le monde fait trois énormes repas par jour, la liberté est sans doute une belle chose, mais en Afrique avoir à manger est beaucoup plus important.

— Ça ne peut pas aller aussi mal que cela.

— C'est encore pire. Je n'ai pas parlé de deux malheurs, la

guerre civile et le sida. Lorsque les Portugais ont évacué les lieux, ils ont cédé la place à un dictateur, Samora Machel, et à son parti, le Frelimo. Machel était résolument marxiste ; il ne croyait pas à l'ineptie des élections ; il est directement responsable de la situation actuelle du pays, et de l'apparition de la Résistance nationale mozambicaine, que ses supporters et admirateurs appellent Renamo. Personne ne sait très bien ce que c'est, quels sont ses buts, qui sont ses chefs. Tout ce que l'on peut dire, c'est qu'elle contrôle la plus grande partie du pays, en particulier au nord, et qu'elle est composée de types assez brutaux.

Claudia fut prompte à éclairer sa lanterne :

– Le Renamo est une organisation sud-africaine, dirigée, ravitaillée et contrôlée par Pretoria. Dans le but de renverser le gouvernement en place, et de déstabiliser le sud du continent africain.

– Bravo, ma toute belle ! Vous avez bien assimilé les doctes paroles de l'Organisation de l'Unité africaine et des nations non-alignées. Vous parlez même leur jargon. Si l'Afrique du Sud était capable, des points-de-vue militaire et technique, de faire seulement la moitié de ce dont on l'accuse, non seulement elle serait la plus puissante nation d'Afrique, mais elle dominerait le monde.

– Vous, qui tentez de me tourner en ridicule, je vous ferai remarquer que vous appartenez à ce pays. Vous ne cherchez même pas à dissimuler votre fanatisme. La vérité pure et simple, c'est que votre gouvernement et votre apartheid sont le fléau et la malédiction de l'Afrique.

– Bien sûr ! Nous sommes responsables de tout, de l'épidémie du sida, de la famine en Éthiopie, Angola et Mozambique, de l'échec des gouvernements du Kenya et de la Zambie, de la corruption au Nigeria et au Zaïre. Tout cela, c'est un sale complot des Sud-Africains. Nous avons même tué Samora Machel ; nous avons abreuvé de vodka l'équipage russe de son Tupolev. Grâce à notre remarquable technologie, nous avons attiré celui-ci de notre côté de la frontière. Son avion a percuté une de nos montagnes racistes avec une telle violence que le cerveau et les organes vitaux de Machel ont été réduits en bouillie. Ce qui n'a pas empêché nos docteurs de le conserver en vie assez longtemps pour lui arracher par la torture des secrets d'État. Voilà la vérité, d'après l'ONU et l'OUA.

– La ferme ! intervint Riccardo Monterro. J'en ai assez. Finissez, vous deux !

– Excusez-moi. Je me suis laissé emporter. Je voulais seulement que vous sachiez à quoi vous attendre lorsque nous aurons franchi la frontière. Tout ce que nous avons à espérer, c'est de ne pas tomber sur des gars du Frelimo ou du Renamo. Ils se valent ; les uns et les autres tirent les mêmes balles.

111

Cette seule pensée ravigota Sean, qui se sentit soudain d'humeur plus légère. De nouveau, il allait affronter le danger ; il en ressentait une exaltation. Curieusement, le fait que la jeune femme soit avec eux ne l'irritait plus ; il ajoutait au contraire du piment à la saveur de l'attente. Son ressentiment envers elle commença à s'estomper ; il était content qu'elle fût là, plutôt qu'en route pour l'Alaska.

Le silence revint, de plus en plus oppressant à mesure qu'ils se rapprochaient de la frontière. Même les hommes qui étaient debout sur le plateau du pick-up, accrochés à l'arceau de sécurité, se taisaient. Après un long moment, Sean se tourna vers Job, qui fit un signe de tête affirmatif.

— Mesdames et messieurs, annonça Sean, nous y voici. Tout le monde descend.

Il laissa le Toyota rouler, moteur coupé, jusqu'à ce qu'il s'arrête au début d'une montée caillouteuse.

— Où sommes-nous ? demanda Riccardo.

— Aussi près de la frontière qu'il est possible sans courir de danger. A cinq kilomètres environ. Maintenant, on marche.

Riccardo s'apprêtait à descendre du pick-up, Sean le retint.

— Un instant, Capo ! Mettez les pieds sur cette dalle de pierre. Il ne faut laisser aucune empreinte.

L'un après l'autre, ils débarquèrent, chacun portant son chargement, chacun mettant soigneusement ses pas dans les pas de celui qui le précédait. Matatu venait en dernier, marchant à reculons et balayant les empreintes afin d'effacer toute trace pouvant révéler qu'ils avaient mis pied à terre ici. Le cuisinier était venu avec eux, pour ramener ensuite le Toyota au campement.

— Va en paix, *Mambo* ! lança-t-il avant de démarrer.

— Compte là-dessus, répondit Sean en riant.

Il lui fit signe de partir, puis, s'adressant à Job :

— Antipistage, en route !

C'était une procédure que Riccardo et Claudia n'avaient jamais vu employer ; car pas une fois, au cours de leurs précédentes chasses, ils n'avaient été suivis. La formation adoptée était la file indienne, Job en tête, tous les autres marchant sur ses empreintes. En serre-file, Matatu, le vieux spécialiste, effaçait tout indice, remettant en place du lichen enlevé à une pierre, redressant des tiges d'herbe, effleurant le sol de son balai, ramassant une feuille arrachée à une branche basse, ou un brin d'herbe séché foulé par un pied.

Job évitait les pistes de gibier et les sols mous, choisissant toujours le chemin le plus inattendu, et cependant avançant vite. Il les amena en haut d'un *kopje* peu élevé. Sean leur fit signe de se dissimuler, afin que leur silhouette ne se détache pas sur l'horizon, à contre-jour du soleil couchant.

Les regardant faire, Riccardo dit à Sean :

— Pumula et Dedan semblent s'y connaître.

En effet, tous deux étaient sortis de la file pour se placer en flanc-garde, sans attendre un ordre.

— Oui, ils étaient l'un et l'autre sous-officiers aux Ballantyne Scouts ; ils ont déjà fait cela.

— Pourquoi s'arrête-t-on ici ?

— Nous sommes à cheval sur la frontière, et nous allons employer le temps qu'il nous reste avant la nuit à étudier le terrain. Dès que la lune se lèvera, nous repartirons. Reposez-vous en attendant.

Il porta ses jumelles Zeiss à ses yeux et regarda. A quelques mètres de là, Job en faisait autant, couché à plat ventre. De temps en temps, ils les abaissaient pour regarder en clignant des yeux, ou essuyer l'oculaire sur lequel ils croyaient voir quelque tache. Claudia avait remarqué à quel point ces instruments essentiels pour leur métier étaient l'objet de tous leurs soins. La concentration des deux hommes était totale, et leur examen du terrain ne prit fin que lorsque s'éteignit la dernière lueur du coucher du soleil.

Sean remit les jumelles dans leur étui et se tourna vers Claudia.

— C'est le moment de votre maquillage, dit-il.

Elle ne comprit pas, avant de sentir sur sa joue le contact de sa main enduite de graisse de camouflage. Elle eut un mouvement de recul.

— Restez tranquille. Votre visage blanc brille comme un phare. Et puis c'est bon pour les piqûres de moustiques et les coups de soleil.

Il en barbouilla le visage et les mains de la jeune femme.

— La lune se lève, nous pouvons partir.

Sean changea la formation, plaçant Job et Pumula sur les flancs ; il resta au centre, à la tête du groupe. Matatu était une fois encore à l'arrière, affairé à balayer leurs traces.

A un certain moment, Sean s'arrêta pour vérifier l'équipement de Claudia, dont une boucle du sac se balançait et tapait en cadence avec son pas, faisant un tintement si léger qu'elle ne l'avait pas remarqué.

— Vous faites autant de bruit que la charge de la Brigade légère, souffla-t-il à son oreille en rectifiant l'amarrage.

« Ce type m'énerve », se dit-elle. Ils continuèrent dans le plus grand silence. Une heure s'écoula, puis une autre, sans une pause. Elle ne sut jamais à quel moment exactement ils avaient franchi la frontière. A travers les branches, la lune brillait d'une lumière argentée ; devant Claudia, les ombres des arbres glissaient sur les épaules de Sean.

Le silence et le clair de lune donnaient à leur marche un aspect irréel, comme dans un rêve. La jeune femme entra dans une sorte d'hypnose, avançant comme une somnambule. Au point que, lorsque Sean s'arrêta brusquement, elle vint le heurter par-derrière et serait tombée, si son bras musclé ne l'avait pas saisie par la taille et retenue.

Cloués sur place, tous écoutaient, scrutant la forêt obscure. Cinq minutes s'écoulèrent; Claudia fit un léger mouvement; aussitôt la poigne de Sean se resserra sur son bras. Sur le flanc droit, Job émit un cri d'oiseau; silencieusement Sean s'accroupit, obligeant Claudia à faire de même. Les nerfs tendus, elle commença à se demander s'il n'y avait pas un réel danger qui les menaçait. D'instinct, elle se rapprocha de Sean, dont le bras protecteur ne l'agaçait plus; au contraire, son contact lui faisait du bien.

Dans l'obscurité, elle entendit à nouveau un cri d'oiseau.

– Restez ici, chuchota Sean à son oreille.

Lorsqu'il la lâcha, elle eut l'impression d'être seule et vulnérable. Elle le vit disparaître dans la forêt comme un fantôme. Plié en deux, il s'éloignait, son fusil dans une main, de l'autre tâtant le sol et écartant les brindilles et les herbes sèches qui pourraient craquer sous ses pieds. Arrivé à trois mètres de la forme sombre de Job, il s'accroupit complètement, et regarda avec une attention concentrée dans la direction que lui indiquait celui-ci.

Pendant de longues minutes, il ne vit rien et ses sens en alerte ne lui signalèrent rien d'insolite. Mais il avait en son compagnon une confiance absolue; il attendit avec la patience du chasseur. Soudain la brise nocturne lui apporta une mauvaise odeur qu'il renifla, le nez levé. Sa confiance et sa patience recevaient leur récompense. C'était de la fumée d'un tabac noir qui puait, celui d'une cigarette portugaise bon marché. Le souvenir lui en revint, très net. Ces cigarettes étaient distribuées aux rebelles, du temps de la guérilla. Certainement le Frelimo en donnait aujourd'hui à ses soldats.

Sean fit signe à Job de le suivre. Tous deux avancèrent en rampant, dans un silence absolu. Quand ils eurent fait une trentaine de mètres, ils aperçurent la lueur de la cigarette. L'homme qui la fumait toussa d'une toux grasse et cracha. Il était assis, adossé au tronc d'un arbre, juste en face d'eux. Sean pouvait distinguer sa forme. « Qui est-ce? se demanda-t-il. Un membre d'une tribu locale? Un braconnier? Un chasseur d'abeilles? Un transfuge? » Rien de tout cela ne lui paraissait vraisemblable. L'homme était éveillé et vigilant. Une sentinelle, presque certainement. Alors que Sean en arrivait à cette conclusion, il fut alerté par un mouvement un peu plus loin; il se coucha à plat ventre.

Une autre silhouette émergea de l'ombre, et vint tout droit vers la sentinelle, qui se leva à son arrivée. Lorsque celle-ci fut debout, Sean vit le fusil mitrailleur AK-47 suspendu à son épaule. Les deux hommes se parlèrent à voix basse.

« La relève de la garde », se dit Sean, tandis que le nouvel arrivant s'appuyait contre l'arbre, et que le premier s'éloignait d'un pas nonchalant vers la forêt. Sean en déduisit que leur camp était dans la direction qu'il avait prise. Toujours à plat ventre, il avança en rampant, passant à distance respectueuse de la nouvelle sentinelle. Lorsqu'il l'eut dépassée, il se redressa et avança plus rapidement.

Le camp était installé dans un repli de terrain, sur le flanc d'une colline. C'était un camp volant, sans baraquements ni huttes. Autour de deux petits feux dont il ne restait que des braises, il compta onze hommes couchés, leur couverture remontée jusque par-dessus leur tête d'une manière typiquement africaine. Peut-être y en avait-il cinq ou six autres de garde. C'était une toute petite troupe.

Même sans armes automatiques, Sean et les siens en seraient facilement venus à bout, avec le nœud coulant en fil métallique que chacun avait sur soi, et Matatu avec son couteau à écorcher si souvent aiguisé que la lame n'avait plus que la moitié de sa largeur d'origine. Les dormeurs ne se seraient même pas réveillés.

Sean était certain maintenant qu'il avait devant lui soit des réguliers du Frelimo, soit des guérilleros du Renamo. Que ce soient les uns ou les autres, il n'avait pas de différend avec eux. Du moins tant qu'ils n'interféraient pas dans sa chasse à l'éléphant. Il revint en arrière. Job l'attendait à la lisière du camp.

— Ils sont onze auprès des feux, murmura Sean.

— J'ai vu deux autres sentinelles.

— Frelimo ?

— Je ne sais pas.

Tous deux s'éloignèrent sans bruit, jusqu'à ce qu'ils soient hors de portée de voix du camp.

— Qu'en pensez-vous, Job ?

— Un petit groupe, sans beaucoup d'importance. Nous pouvons continuer en faisant un détour.

— Ce pourrait être un échelon avancé d'une bande plus importante.

— Ce ne sont pas de bons soldats, dit Job avec mépris. Ça fume en étant de garde, ça dort près d'un feu. Ce ne sont pas des militaires, mais des touristes.

L'appellation de touristes fit sourire Sean. Il savait que les jugements de Job étaient plus d'un Anglo-Saxon que d'un Africain. Et lorsqu'il avait une opinion, il était difficile de l'en faire changer.

— Vous voulez toujours continuer ?

— Pour cinq cent mille dollars, je vous crois que je veux !

Claudia avait peur. La nuit africaine était si pleine de mystère, d'incertain et de menaces. L'attente aggravait son appréhension. Sean était parti depuis près d'une heure. Bien que son père fût à côté d'elle, elle se sentait seule et vulnérable.

Soudain, Sean fut de retour. Elle ressentit un immense soulagement. Elle aurait voulu courir vers lui, s'accrocher à lui. Puis elle eut honte de sa faiblesse. Sean parlait à voix basse à Riccardo, elle s'approcha pour écouter. Son bras touchait le bras nu de Sean, qui ne paraissait pas s'en apercevoir, aussi prolongea-t-elle ce contact pour le sentiment de sécurité et le réconfort qu'il lui procurait.

— Un petit groupe d'hommes armés campe devant nous, expliquait-il. Une vingtaine au maximum. Nous ne savons pas qui ils sont. Nous pouvons aller de l'avant en les contournant, ou bien faire demi-tour. C'est vous qui décidez, Capo.

— Je veux cet éléphant.

— C'est probablement votre dernière occasion de laisser tomber.

— Vous perdez votre temps.

La décision de son père souleva chez Claudia des émotions contradictoires. C'eût été une déception de faire demi-tour maintenant ; et pourtant son premier contact avec l'Afrique profonde était déconcertant. Tandis qu'ils se remettaient en route, et qu'elle reprenait sa place derrière Sean, elle se rendit compte que, pour la première fois de sa vie, elle sortait de la forteresse du monde civilisé, la première fois qu'elle n'était plus sous la protection de la police, que tout recours à la loi, la justice ou la pitié lui était interdit. Elle était en ce moment aussi vulnérable que l'antilope devant le léopard, dans cette forêt pleine de bêtes de proie.

Elle allongea le pas pour se rapprocher de Sean. Surprise, elle constata que, d'étrange façon, elle était plus consciente et voyait mieux les choses en face que jamais. Pour la première fois, elle se trouvait à l'échelon le plus bas de l'existence, au niveau de la survie. C'était une sensation singulière et confondante. Elle fut heureuse que son père ait décidé de continuer.

Claudia n'avait depuis longtemps plus aucune idée de la direction dans laquelle ils allaient. Sean leur faisait faire des tours et des détours dans la forêt, parfois à vive allure, à d'autres moments à pas de loup, puis s'arrêtait dans une immobilité totale sur un signal d'un flanc-garde qu'elle n'avait même pas entendu. A tout instant Sean levait les yeux vers le ciel nocturne ; elle supposa qu'il s'orientait sur les étoiles, dont les constellations étaient à ses yeux comme les lumières lointaines d'une ville inconnue.

Après un long parcours, elle se rendit compte que depuis quelque temps ils ne s'étaient pas arrêtés, et progressaient maintenant en ligne droite. De toute évidence, le danger était écarté. Alors son excitation tomba; elle commença à sentir de la lourdeur dans les jambes et de la fatigue au creux des reins. Sur ses épaules, le paquetage semblait avoir doublé de poids. Elle regarda sa montre, dont les aiguilles lumineuses lui apprirent qu'ils avaient marché pendant cinq heures depuis leur arrêt à côté du camp.

« Quand s'arrêtera-t-on ? » se demanda-t-elle. Mais elle se fit un point d'honneur de ne pas ralentir et de rester tout près de Sean. La température avait fortement chuté. Lorsqu'ils traversèrent une clairière, son pantalon fut trempé de la rosée déposée sur les hautes herbes, et ses bottes se remplirent d'eau. Elle frissonna, vraiment mal à l'aise pour la première fois depuis le départ.

« Quand s'arrêtera-t-on ? » Elle fixait le dos de Sean, pleine de ressentiment, priant pour qu'il fasse halte. Mais il avançait, avançait toujours, et elle avait le sentiment qu'il le faisait exprès pour l'humilier, la briser, l'obliger à demander merci.

« Eh bien, tu vas voir ! » Elle ne ralentit pas pour, passant une main par-dessus son épaule, défaire la courroie de son paquetage et y prendre son anorak. Maintenant il faisait vraiment froid; la gelée craquait sous ses pieds complètement engourdis. Mais elle conserva sa place dans la file indienne; soudain elle se rendit compte qu'elle voyait nettement les mèches de cheveux sur la nuque de Sean.

« L'aurore! Je croyais qu'elle ne viendrait jamais. » Au moment où elle se disait cela, Sean s'arrêta enfin. Claudia avança jusqu'à sa hauteur; ses jambes tremblaient de fatigue.

– Désolé, Capo, dit Sean. J'ai été obligé d'accélérer un peu. Il fallait que nous soyons le plus loin possible de ces types avant le jour. Comment vous sentez-vous?

– Tout à fait bien.

Mais à la lumière grise de l'aube, le visage de Riccardo paraissait livide, ses traits tirés. Claudia vit qu'il avait peiné comme elle; elle espéra ne pas avoir l'air aussi épuisé que lui. Il chercha un emplacement pour s'asseoir et s'y laissa tomber lourdement.

Sean se tourna vers la jeune femme, toujours debout à côté de lui. Il esquissa un léger sourire.

« Ne me demandez pas comment je vais, pensa-t-elle; je préférerais mourir que dire la vérité. »

Il hocha légèrement la tête. Approbation ou pitié, elle n'aurait su le dire.

– Le premier et le troisième jour sont toujours les plus durs.

– Je me sens en pleine forme. Je pourrais continuer sans difficulté.

– Bien sûr. Mais vous feriez mieux de regarder votre père.

Un peu plus tard, Sean leur apporta du thé. Claudia s'était assise à côté de Riccardo, protégée du froid vif du matin par son sac de couchage ultra-léger. Job avait préparé le breuvage sur un feu qu'il avait éteint aussitôt l'infusion faite. Il était brûlant, fort et sucré; elle avait rarement éprouvé autant de plaisir à en boire. Avec le thé, il y avait un gros morceau de gâteau de maïs et des tranches de viande froide; elle se retint de manger trop goulûment.

– Nous repartons dans quelques minutes, dit Sean.

Lisant la consternation dans les yeux de Claudia, il expliqua :

– Il ne faut jamais dormir près d'un feu, cela attire les salopards.

Ils poursuivirent leur chemin pendant sept ou huit kilomètres, pour s'arrêter de nouveau au milieu de la matinée en un endroit plus facile à défendre. Sean montra à Claudia comment caler ses hanches dans un renfoncement du sol, et utiliser son paquetage comme oreiller. Elle s'endormit comme une masse. Lorsque Sean la secoua pour la réveiller, elle eut l'impression d'avoir perdu conscience seulement quelques minutes. Il lui tendit une autre assiette de gâteau de maïs.

– Vous avez dormi six heures d'une seule traite. Nous allons repartir.

En hâte, elle roula son sac de couchage, puis se regarda dans une petite glace à main qu'elle avait discrètement récupérée après que Sean l'eut retirée de son paquetage.

– Ah, mon Dieu! gémit-elle en constatant que le camouflage avait coulé avec sa transpiration, et s'était aggloméré en plaques. J'ai l'air d'un nègre en travesti.

Elle passa un peigne dans ses cheveux emmêlés, et les emprisonna dans un foulard.

Ils marchèrent toute la nuit, avec de courts repos de deux en deux heures. Au début, Claudia eut l'impression que ses jambes étaient raides comme si on les avait plâtrées. Raideur qui disparut peu à peu, tandis qu'elle s'efforçait de ne pas traîner et de conserver sa place dans la file.

Au petit jour, ils burent encore du thé. Cette boisson commençait à être un besoin pour Claudia. Elle qui était une buveuse de café se surprenait durant la marche à rêver de la prochaine tasse de thé fumant.

– C'est ce qui me permet de continuer à marcher, confia-t-elle à son père.

– On dit que c'est avec le thé que les Anglais ont conquis leur empire colonial.

Après une longue discussion avec Job et Matatu, Sean vint vers Riccardo et Claudia.

118

– Nous sommes à seulement quelques heures de marche de la roselière où nous avons vu Tukutela. J'aimerais essayer d'être là-bas avant que nous prenions du repos. Mais évidemment, certains d'entre nous sont un peu fatigués...

Ce disant, il regarda Claudia et laissa la phrase en suspens, accusation et défi.

– Une petite promenade me fera du bien après le petit déjeuner, lança-t-elle d'un air désinvolte.

Elle ne voulait pas le laisser marquer un point ; mais elle aurait préféré ne pas avoir le visage barbouillé de noir. Sean s'éloigna. Riccardo versa de l'eau chaude sur les feuilles de thé et dit à Claudia :

– Ne tombe pas amoureuse de lui, *tesoro*. Il est un peu trop coriace, même pour toi.

Stupéfaite et indignée, elle répondit vertement :

– Amoureuse de lui ? Tu perds la tête, papa. Je ne peux pas le souffrir.

– C'est ce que je voulais dire.

Il éclata de rire. Claudia se leva d'un bond, empoigna son paquetage avec une violence inutile, et répondit avec dédain :

– Je pourrais lui tenir tête, à lui et à d'autres de son espèce, mais je n'en ai aucune envie.

– C'est heureux pour toi, murmura Riccardo d'une voix si basse qu'elle se demanda si elle avait bien compris.

Un peu avant midi, Matatu les mena dans les champs de papyrus entourant l'étang verdâtre qu'ils avaient vu du haut des airs. Il les conduisit droit à une empreinte grande comme un plat, imprimée dans la boue. Ils firent cercle pour la contempler.

– Voyez, dit Matatu. C'est ici que se trouvait Tukutela quand il a entendu venir l'*indeki*. Ici qu'il s'est retourné pour regarder le ciel et nous défier.

Matatu, dans une mimique expressive, imita le vieux mâle, le dos arqué et le nez en l'air, il semblait être devenu un petit éléphant. Tout le monde rit et Claudia, oubliant sa fatigue, applaudit des deux mains.

– Et qu'a fait le vieux mâle ensuite ? demanda Sean.

– Il est parti à toute allure. Il est allé très loin.

– Eh bien, cela nous donne presque exactement quarante-huit heures de retard sur lui. Maintenant, il faut dormir ; nous aurons cinquante-cinq heures de retard lorsque nous repartirons.

La mère de Tukutela était la conductrice d'un troupeau de quelque cent éléphants. Elle était entrée à cinquante-deux ans dans sa dernière période de fécondité, durant laquelle elle fut couverte par six mâles du troupeau, tous jeunes, vigoureux et pleins d'ardeur.

Une vieille femelle et un jeune mâle, c'était la formule idéale pour la conception d'un éléphanteau sortant de l'ordinaire. Quelle que soit celle des semences qui avait germé en elle, elle portait les gènes de magnifiques éléphants, porteurs de grandes défenses, avec l'intelligence de la nature, et le besoin de dominer. Ces mêmes gènes qui avaient fait d'elle la conductrice de son troupeau, elle les transférait maintenant au fœtus qu'elle portait dans son sein.

Elle le porta durant vingt-deux mois. Puis en l'an 1915, l'année où les askaris du général allemand von Lettow-Vorbeck ravageaient l'Afrique orientale, elle avait quitté le troupeau; accompagnée d'une autre femelle ayant dépassé l'âge d'être mère, sa compagne depuis quarante ans, elle avait pénétré au fin fond des marécages qui s'étendent sur la rive sud du Zambèze. Là, sur un îlot bordé de palmiers et entouré de toute part de champs de papyrus, au cri des orfraies à la tête blanche, elle avait nettoyé pour en faire sa couche la surface du sol sablonneux. Lorsque le moment était venu, elle avait écarté ses pattes de derrière et s'était accroupie, sa trompe ramenée contre sa poitrine, criant la douleur de son enfantement.

Ses yeux n'avaient pas de canal lacrymal, et les larmes coulaient librement sur ses joues flétries, comme si elle pleurait, tandis que des spasmes secouaient son grand corps.

L'autre vieille éléphante se tenait tout près d'elle comme une sage-femme, la caressant de sa trompe, et poussant des barrissements de sympathie. Un dernier et violent effort de la mère expulsa le fœtus qui tomba sur le sol. Tukutela commença aussitôt à gigoter, pendant que l'assistante le débarrassait délicatement, avec le doigt préhensile de sa trompe, des annexes fœtales.

Ensuite sa mère, doucement et avec tendresse, le souleva avec sa trompe et le déposa devant elle, en émettant un ronronnement sourd, signe de contentement chez les éléphants. Encore tout humide, couvert d'un abondant poil roux, presque aveugle, Tukutela leva sa petite tête pour chercher instinctivement les mamelles de sa mère.

Celle-ci, tandis qu'il goûtait pour la première fois son lait, recouvrait de sable le placenta et les restes de l'accouchement.

Tous les trois, la mère, sa compagne et Tukutela, demeurèrent pendant une quinzaine de jours sur l'îlot, jusqu'à ce que l'éléphanteau sache bien se servir de ses pattes. Le pigment de sa peau était devenu plus foncé; ses yeux s'étaient faits à la lumière brutale de l'Afrique. Alors, lorsque sa mère l'eut jugé suffisamment fort, elle le conduisit vers le troupeau, le faisant marcher devant elle, le soulevant pour franchir les passages difficiles.

Le vacarme que faisaient cent éléphants à la recherche de leur nourriture, le craquement des branches brisées, les cris ressemblant à ceux du porc des éléphanteaux en train de jouer, les guidèrent. La mère annonça de loin son retour par ses barrissements, et le troupeau accourut à leur rencontre. Voyant le nouveau-né, il fit cercle autour de lui. Chaque animal le tâta de sa trompe, et huma son odeur afin de la reconnaître par la suite.

Apeuré par les énormes corps qui l'entouraient, Tukutela se réfugia entre les jambes de devant de sa mère en poussant de petits cris de terreur. Mais elle étendit sa trompe au-dessus de lui, ronronnant pour le rassurer. Quelques heures plus tard, il s'aventurait déjà hors de sa protection, pour se joindre aux autres éléphanteaux et commencer à occuper la place qui lui revenait dans la hiérarchie des jeunes animaux.

Le troupeau formait un groupe aux liens étroits, presque tous ses membres étant parents par le sang. Chacun était très dépendant des autres, de sorte que l'éducation et la discipline des petits les intéressaient tous.

Les jeunes restaient toujours maintenus au centre de la communauté, leurs jeux et gambades surveillés de près par les vieilles femelles qui faisaient office de bonnes d'enfant bénévoles. Ils étaient très protégés et l'objet de soins attentifs, mais toute infraction aux lois du groupe était aussitôt punie ; une volée de branches d'arbre assénée avec force sur le dos et l'arrière-train du récalcitrant provoquait des cris perçants et un retour immédiat à l'obéissance.

Tukutela apprit où il devait se tenir dans les diverses circonstances : au centre lorsque tout était calme et le troupeau à l'arrêt pour se nourrir ; entre les jambes de devant de sa mère lors des déplacements, ou de la fuite en cas de danger. Il apprit à réagir instantanément à un signal d'alarme, et à reconnaître ce signal même lorsqu'il était émis par un animal éloigné du groupe. A un tel signal, le silence immédiat, contrastant avec le vacarme habituel du troupeau, est une des étrangetés du comportement de l'éléphant.

La croissance de Tukutela fut très comparable à celle d'un petit d'homme ; sa petite enfance dura deux ans, au cours desquels il perdit les défenses de lait avec lesquelles il était né, pour entrer dans sa prime jeunesse avec l'émergence de ses vraies défenses. Celles-ci étaient au début recouvertes d'une couche d'émail ; dès qu'il fut sevré et eut commencé à les utiliser pour se nourrir, ce revêtement s'usa et disparut, laissant apparaître l'ivoire. Ces défenses allaient continuer à croître en longueur et en circonférence durant toute sa vie, jusqu'à l'âge le plus avancé; les gènes qui dictaient leur extraordinaire développement venaient de sa mère, ainsi que ses autres caractéristiques de masse, de force et d'intelligence.

A trois ans, Tukutela savait prendre une attitude menaçante ou soumise devant les autres; ses jeux étaient violents, accompagnés de nombreux battements d'oreilles et de manœuvres d'intimidation; ce qui favorisait le renforcement de sa charpente déjà exceptionnellement robuste.

Lorsqu'il eut été sevré, sa mère s'occupa moins de lui, le laissant plus libre d'aller et de venir. Ce qui n'empêchait pas Tukutela de se placer sous sa protection au moindre danger. Au cours des déplacements, sa place était juste derrière elle qui menait le troupeau. Aussi connut-il très tôt leur territoire.

Territoire s'étendant sur une vaste région, des rives du lac Nyassa au nord jusqu'au mont Chimanimani au sud; de la profonde gorge à l'ouest, où le Zambèze se fraie un étroit passage entre des falaises rocheuses dans un fracas perpétuel de tonnerre, jusqu'aux plaines marécageuses à l'est que le même grand fleuve arrose avant de se jeter par de multiples bras dans l'océan Indien.

Tukutela apprit à connaître les cols des montagnes et les routes anciennes des éléphants; les clairières où l'on trouve des fruits succulents et les saisons où ils mûrissent. Sa mère le conduisit vers des savanes que les paysans brûlent, à l'époque où pousse dans les cendres une herbe verte et tendre; vers des terrains salifères où depuis des millénaires les éléphants viennent extraire avec leurs défenses des blocs de terre riche en sel, et les mangent avec la même gourmandise que les petits garçons le sucre d'orge, creusant ainsi au cours des siècles de profondes excavations dans le sol africain.

Le troupeau se trouvait dans le sud, sur les monts Mavuradonha, à la saison pendant laquelle les feuilles nouvelles poussaient sur les *msasas* et commençait à couler la sève; dans l'humidité des forêts des monts Mlange lorsque le reste de son territoire cuisait pendant la longue saison sèche. La vieille femelle les conduisait toujours vers l'eau, ce précieux liquide dont les éléphants ont tellement besoin. S'ils ne boivent pas chaque jour, ils sont très malheureux; il leur en faut d'énormes quantités pour abreuver leur grande carcasse, nettoyer leur peau ou simplement pour le plaisir de s'y vautrer. Les points d'eau sont un lieu de rassemblement des troupeaux, un endroit où les liens se renforcent, où s'accomplissent de nombreux rites de leur comportement social. L'acte de procréation lui-même s'effectue en général dans l'eau. Et l'emplacement que choisissent les femelles pour mettre bas est presque toujours près de l'eau.

Parfois l'eau était abondante; celle des grands fleuves d'Afrique, celle des montagnes sur lesquelles tombait sans arrêt la pluie ou de crachin, celle des vastes marécages où ils s'enfonçaient jusqu'au ventre à travers les papyrus pour atteindre les îles. Parfois, ils devaient creuser le lit des rivières à sec pour en trouver; ou attendre patiemment leur tour à un endroit où elle s'était infiltrée dans le sol, avant de plonger leur trompe au fond du puits caché et aspirer une gorgée saumâtre.

Sur leur territoire immense, les contacts avec les êtres humains étaient rares. Une grande guerre faisait rage dans un pays lointain, qui avait pompé la plupart des blancs. Les hommes que rencontrait le troupeau étaient en général à moitié nus; c'étaient des membres de tribus primitives qui s'enfuyaient devant lui. Tukutela apprit cependant que ces étranges êtres, sans fourrure, de même que les babouins, étaient entourés d'une aura de crainte. A l'âge de cinq ans, il était capable de reconnaître leur odeur particulière, apportée par la brise de plusieurs kilomètres de distance, dont la plus légère trace mettait mal à l'aise tout le troupeau.

Tukutela avait onze ans lors de sa première et mémorable rencontre avec des hommes. Un soir, alors qu'ils suivaient leur route séculaire le long de la rive sud du Zambèze, sa mère s'était brusquement arrêtée en tête du troupeau, et avait levé très haut sa trompe au-dessus de sa tête pour humer l'air. Tukutela l'avait imitée, et avait aussitôt senti une odeur délicieuse. Il en avait imprégné sa bouche, d'où la salive se mit à couler de sa lèvre inférieure. Le reste du troupeau, venu s'entasser derrière eux, fut presque aussitôt saisi de la même envie. Pourtant aucun d'eux n'avait encore goûté à la canne à sucre.

Remontant dans le vent sous la conduite de la vieille matriarche, ils arrivèrent au bout de quelques kilomètres dans une zone qui avait été récemment nettoyée, irriguée et plantée de canne. Les longues feuilles fuselées brillaient au clair de lune, l'arôme était fort, doux et irrésistible. Le troupeau envahit les nouveaux champs, arrachant les tiges avec ses trompes et s'en gavant avec une ardeur goulue.

Les dégâts furent considérables. Et en plein milieu du festin, ils furent environnés de lumières, de cris et du battement de tambours et de récipients métalliques. Ce fut une panique et un désordre indescriptibles. Alors qu'ils fuyaient au grand galop, il y eut une suite de violentes détonations, et le brutal éclat des coups de feu illumina la nuit. Ce fut la première fois que Tukutela sentit l'odeur de la cordite brûlée; il ne l'oublierait jamais, et l'associerait aux barrissements des éléphants qui avaient été mortellement blessés.

D'abord le troupeau avait fui au galop; ensuite il avança d'un pas allongé, aussi rapide que le petit galop d'un cheval. Au matin, une des jeunes femelles, accompagnée de son premier petit, ne put continuer à soutenir le train. Elle s'effondra soudain sur ses pattes de devant; un sang rouge vif coulait de la blessure faite par la balle dans son flanc.

La matriarche revint en arrière pour l'aider, l'appelant et l'encourageant. Mais la blessée ne pouvait se relever. La vieille éléphante vint tout près d'elle; avec ses défenses et sa trompe, elle la souleva et la remit sur pied, puis essaya de l'entraîner. Ce fut peine perdue; la bête était mourante; elle tomba de nouveau, les pattes repliées sous elle. L'odeur de son sang mit en émoi les autres éléphants, qui vinrent tourner autour d'elle, en balançant leur trompe et en écartant leurs oreilles en éventail.

Un des mâles, en une tentative désespérée de ranimer la femelle à terre, esquissa un simulacre d'accouplement. Mais du sang artériel jaillit à flots de la blessure, et elle s'écroula sur le côté.

A la différence de la plupart des animaux, l'éléphant reconnaît la mort, en particulier celle d'un membre de sa communauté. Même Tukutela, bien qu'immature, fut en proie à l'étrange mélancolie qui suivit la mort de l'éléphante. Quelques-uns de ses compagnons s'approchèrent du cadavre qu'ils caressèrent de leur trompe, comme en un geste d'adieu, avant de s'écarter pour aller errer parmi les épineux. Lorsqu'ils se furent éloignés, la conductrice resta sur place, Tukutela avec elle. Elle se mit à arracher des branches d'arbre aux alentours et à les entasser sur le corps de la morte. Elle ne s'arrêta que lorsque le cadavre fut entièrement dissimulé sous un grand amas de feuillage.

Le petit de la femelle morte, qui n'était pas encore sevré, était resté près de sa mère. La matriarche le poussa devant elle en allant rejoindre le troupeau. A plusieurs reprises, l'éléphanteau essaya de revenir là où gisait sa mère; mais la vieille l'en empêchait, lui barrant le passage et le poussant en avant avec sa trompe.

Le reste du groupe attendait à quelque distance, dans une clairière. Plusieurs jeunes animaux étaient occupés à téter. La mère de Tukutela mena le petit orphelin auprès d'une femelle dont le rejeton était un des plus âgés, prêt à être sevré et qui ne manifestait pas un grand intérêt envers les mamelles maternelles. Elle poussa l'orphelin entre les pattes de devant de cette éléphante. Aussitôt celui-ci mit sa trompe en boule sur son front et commença à téter. L'éléphante ne fit aucune objection, acceptant avec flegme son rôle de nourrice. La matriarche resta quelque temps à côté d'elle, poussant de petits grognements pour l'encourager. Lorsque le troupeau repartit, l'orphelin prit tout naturellement la place du fils entre les pattes de devant de la mère.

Il semble qu'à partir de ce moment, les rencontres des éléphants avec des hommes munis d'armes à feu devinrent plus fréquentes, en particulier lorsque les mâles étaient avec le troupeau. Généralement, les mâles adultes se mêlaient peu au groupe où l'on élevait les jeunes. Ils trouvaient ennuyeux le comportement bruyant et turbulent de la jeunesse, et la compétition pour la nourriture harassante. Dès que l'un des adultes avait secoué les hautes branches d'un grand arbre pour en faire tomber une pluie de gousses mûres, une douzaine d'éléphanteaux accourait pour les dévorer. Ou bien lorsque, ayant appuyé son front contre le tronc d'un *msasa* dont il désirait manger les feuilles nouvelles, et fait craquer son tronc d'un mètre de diamètre, avec une détonation aussi forte qu'un coup de canon, quatre ou cinq petits malins se plaçaient devant lui avant qu'il puisse goûter les feuilles roses pleines de sève.

Aussi les mâles se tenaient-ils à l'écart du gros de la troupe, seuls ou en groupe de trois ou quatre individus. Peut-être se rendaient-ils compte d'autre part que le troupeau devait attirer les chasseurs, et qu'éloignés de lui ils seraient plus en sécurité. Parfois ils n'en étaient qu'à quelques kilomètres, parfois à cinquante ou soixante ; mais toujours ils paraissaient savoir où se trouvaient leurs congénères, et revenaient à la saison des amours. C'était alors, lorsque les mâles accompagnaient le troupeau, qu'il y avait le plus à craindre d'entendre soudain la détonation d'une arme à feu, le barrissement d'animaux blessés, et de voir la fuite éperdue à travers la brousse des énormes bêtes prises de panique.

Lorsque Tukutela était tout jeune, avant qu'il atteigne l'âge de dix ans, le groupe comprenait entre autres de très grands mâles, qui portaient de splendides défenses. Mais le temps passant, ceux-ci furent peu à peu décimés. A chaque saison sèche, il en tombait un ou deux sous la balle d'un fusil. Ne restèrent bientôt plus que les moins beaux, ou ceux dont l'ivoire était usé ou abîmé. Tukutela était alors devenu d'une taille au-dessus de la normale à son âge ; ses défenses grandissaient, taillées en pointe et d'un blanc éclatant, annonçant déjà ce qu'elles seraient un jour.

En même temps la santé de la conductrice, sa mère, déclinait. Chaque année, ses os étaient de plus en plus apparents sous les plis de sa peau grise flétrie, au point qu'elle devint décharnée et squelettique. Sa sixième molaire, la dernière qu'il lui restait, était presque un chicot ; elle mangeait avec difficulté ; l'âge et le manque de nourriture feraient bientôt leur œuvre. Elle abandonna à une femelle plus jeune sa place à la tête du troupeau, qu'elle suivait maintenant en se traînant. Lorsque la route des éléphants montait par des pentes raides vers les cols des montagnes, Tukutela l'attendait, l'aidait à franchir les passages difficiles, et restait la nuit auprès d'elle comme lorsqu'il était petit.

La saison avait été très sèche, et les points d'eau rares. Les chemins pour s'en approcher avaient été tellement piétinés par les éléphants, les rhinocéros et les buffles qu'ils formaient un magma de boue noire et gluante, où par endroits les animaux s'enfonçaient jusqu'au ventre. C'est dans l'un d'eux que la vieille matriarche s'enlisa. En se débattant pour se dégager, elle tomba sur le flanc; la boue l'aspira; seule sa tête en émergeait.

Elle lutta pendant deux jours. Tukutela essaya de l'aider, mais son énorme force ne servit à rien. Il ne trouvait pas de point d'appui dans la boue où sa mère était prise. Les efforts de la vieille éléphante devinrent de plus en plus faibles, ses barrissements désespérés de moins en moins audibles, jusqu'à ce qu'elle demeure immobile et silencieuse, et que l'on n'entende plus que le halètement de sa respiration.

Durant deux jours encore, Tukutela ne la quitta pas un instant. Le troupeau était reparti depuis longtemps sans lui. Il n'y eut pas d'autre signe du passage de la vie à la mort de sa mère que l'arrêt de cette pénible respiration. Pourtant Tukutela le sut à l'instant même; levant sa trompe bien haut, il cria sa peine dans un barrissement qui fit s'envoler du point d'eau les oiseaux dans un grand bruit d'ailes.

Il alla jusqu'à la lisière de la forêt arracher aux arbres des rameaux feuillus; il les apporta auprès de sa mère dont il recouvrit la dépouille, érigeant sur la boue un mausolée de verdure. Puis il la laissa et partit à travers le veld. Durant près de deux ans, il ne rejoignit pas le troupeau. Ce temps révolu, il avait atteint la maturité sexuelle et ne pouvait plus résister à l'odeur des femelles que lui apportait la brise.

Lorsqu'il retrouva ses congénères, ils étaient rassemblés au bord de la Kafue, à quinze kilomètres en amont du confluent de cette rivière et du Zambèze. Des membres du troupeau s'en détachèrent pour venir à sa rencontre; ils mêlèrent leurs défenses aux siennes et mirent leur front contre le sien en signe de bienvenue, puis l'escortèrent jusqu'au groupe.

Il y avait là deux éléphantes en chaleur dont l'une était à peu près de l'âge de Tukutela, la fleur de l'âge, grasse des bons herbages que les pluies avaient fait pousser dans les pâtures. Son ivoire était très blanc, ses défenses minces, droites et pointues comme des aiguilles à tricoter. Ses oreilles n'étaient pas encore lacérées et déchirées par les épines et les branches; elle les déploya lorsqu'elle reconnut Tukutela, et vint enlacer sa trompe autour de la sienne.

Ils restèrent ainsi un moment, leurs têtes l'une contre l'autre, ronronnant doucement; puis ils désenlacèrent leurs trompes, avec l'extrémité desquelles ils commencèrent à se caresser mutuellement, sur toute la longueur du corps. Ces extrémités sont aussi sensibles et ont autant de dextérité que les doigts d'une main humaine.

Lorsque l'un et l'autre eurent atteint l'état d'excitation voulu, Tukutela la poussa avec douceur sur la berge de la rivière. Ils pénétrèrent dans l'eau verte qui les enveloppa tout en soutenant leurs corps énormes et en diminuant leur poids, de sorte qu'ils avaient plus de légèreté et d'agilité.

Leur tête et leur trompe émergeant de l'eau, ils se livrèrent d'abord à des jeux, se bousculant l'un l'autre, soufflant comme des baleines, s'inondant d'eau qui débarrassait leur peau grise de la poussière et des saletés, et lui donnait une couleur plus sombre, presque aussi noire que du charbon.

Tukutela monta sur elle, ses pattes de devant la chevauchant. Tout son corps frémit et se convulsa. Puis les deux animaux poussèrent ensemble un long barrissement, battant l'eau qui se couvrit d'une écume blanche.

Il resta trois jours au milieu du troupeau. La période du rut de la jeune éléphante se terminait. Tukutela devint nerveux et agité. Ayant hérité de l'instinct de sa mère, il sentait le danger de se trouver dans le groupe. A la fin du troisième jour, il partit, se fondant comme une ombre dans la grisaille des épineux de la brousse. Il s'en allait seul; aucun autre mâle ne l'accompagnait.

A la saison des amours, il revenait. Chaque fois plus fort, ses défenses plus longues et plus grosses; des défenses auxquelles le suc des végétaux donnait une teinte plus foncée. De temps à autre, il lui fallait se battre avec d'autres mâles afin de défendre ses droits sur les femelles. Au début, il était chassé par des concurrents plus âgés et ayant plus d'expérience. Mais sa ruse augmentant avec ses défenses, ceux-ci finirent par lui laisser le champ libre. Il choisissait parmi les plus belles éléphantes, mais ne restait jamais plus de quelques jours avec le troupeau. Toujours il repartait seul, vers les repaires que sa mère lui avait montrés, les marécages inaccessibles à l'homme, les forêts les plus denses, les lieux où les herbes à éléphant étaient les plus hautes. On eût dit qu'il se rendait compte du danger que faisaient peser sur lui ses grandes défenses.

A trente-cinq ans, c'était un animal énorme, de sept tonnes, dont la hauteur à l'épaule atteignait trois mètres cinquante. Ses défenses, bien que n'ayant pas encore le poids qu'elles auraient plus tard, étaient longues, pointues et parfaitement symétriques. Cette année-là, quelques jours après son départ du troupeau, il était étrangement nerveux. Il se déplaçait sans cesse, humant souvent l'air, qu'il aspirait avec sa trompe haut levée et soufflait ensuite dans sa bouche. Une ou deux fois, il reconnut l'odeur âcre. Mais elle était très faible; seulement une petite ombre qui passait.

Cependant, il ne pouvait être toujours en mouvement. Son énorme carcasse exigeait chaque jour plus d'une tonne d'herbe, de fruits, de feuilles et d'écorce pour le nourrir. Il était obligé de s'arrêter pour manger. Un matin très tôt, il avait pénétré dans un épais bosquet d'eucalyptus, dont il détachait l'écorce. Pour cela, il utilisait la pointe d'une défense pour entailler celle-ci et la décoller du tronc ; prenant ensuite l'extrémité détachée avec sa trompe, il la tirait d'un coup sec qui en arrachait du fût de l'arbre une bande de plusieurs mètres de longueur, qu'il roulait en boule et avalait.

Tout entier à ce travail, il avait relâché sa vigilance. L'éléphant a une mauvaise vue ; il a du mal à distinguer, même à faible distance, des objets immobiles ; en revanche, il détecte aussitôt les objets en mouvement. En outre, ses yeux sont placés très en retrait sur son crâne, ce qui gêne sa vision vers l'avant ; et la dimension de ses oreilles l'empêche de voir vers l'arrière.

Utilisant le faible vent matinal pour déjouer le remarquable sens de l'odorat de l'animal, avançant avec d'extrêmes précautions pour que sa fine oreille ne puisse les entendre, les chasseurs approchaient par-derrière en restant dans l'angle mort de sa vision. Ils étaient deux, qui le suivaient depuis qu'il avait quitté le troupeau. Maintenant ils se trouvaient très près de lui.

Tukutela se tourna, dans l'intention de passer à l'arbre voisin. Ce faisant, il présenta son flanc aux chasseurs, leur montrant l'éclat de ses longues défenses incurvées.

– A vous ! dit un des hommes à l'autre.

Le producteur espagnol d'un excellent xérès épaula son fusil à double canon incrusté d'or, et visa afin d'atteindre le cerveau de Tukutela. Il amena le viseur sur le creux vertical de l'avant de l'oreille, et suivit ce creux jusqu'à son point le plus bas. C'est là que se trouvait le conduit auditif. Puis, il déplaça la ligne de mire de quelques centimètres, le long d'une droite imaginaire allant à l'œil de l'éléphant.

C'était le premier safari du producteur de xérès. Il avait auparavant chassé le chamois et le mouflon dans les Pyrénées, mais un éléphant sauvage est autre chose que ces animaux craintifs. Le cœur de l'Espagnol bondissait dans sa poitrine, ses lunettes étaient embrumées de sa transpiration, sa main tremblait. Le chasseur professionnel lui avait dit et redit où et comment tirer ; mais maintenant il avait de plus en plus de difficulté à respirer, sa visée était de moins en moins assurée. En désespoir de cause, il appuya sur la détente.

La balle frappa Tukutela à trente centimètres au-dessus de l'œil gauche et à quarante centimètres du lobe frontal du cerveau. Mais la structure en nid d'abeille de son crâne amortit le choc. Il chancela, tomba sur son arrière-train, leva sa trompe toute droite au-dessus de sa tête. De sa gorge sortit un grondement sourd.

Le chasseur espagnol tourna les talons et prit la fuite. Tukutela se releva et se lança dans la direction que celui-ci avait prise. Le chasseur professionnel se trouvait devant lui, sous sa trompe tendue en avant; il épaula, visant Tukutela à la tête, au palais de sa bouche ouverte, entre les racines de ses défenses.

Le percuteur frappa l'amorce avec un petit bruit sec; il n'y eut pas de détonation; c'était un raté. La trompe de Tukutela s'abattit, telle la hache du bourreau, sur l'homme qu'elle écrasa contre le sol. L'Espagnol courait toujours; Tukutela se lança à sa poursuite; il le rattrapa rapidement. Sa trompe s'enroula autour de sa taille, et l'envoya à dix mètres de hauteur. L'homme hurlait de terreur; il continua à hurler pendant sa chute, jusqu'à ce qu'il s'écrase au sol et que sa respiration soit coupée. Tukutela le saisit par une cheville et le balança à toute volée contre le tronc d'un arbre; avec une telle force que ses viscères, foie, rate, cœur et autres, écla-tèrent ou furent écrasés.

Fou de rage, Tukutela poursuivit sa course dans la forêt, tenant le cadavre dans sa trompe, le projetant contre les arbres ou sur le sol, jusqu'à ce qu'il soit désintégré et que l'éléphant n'ait plus qu'un tronçon de jambe dans sa trompe. Il le jeta et retourna vers l'endroit où l'autre chasseur gisait à terre.

— Le coup porté par la trompe avait brisé une clavicule, les deux bras et plusieurs côtes; mais il était encore vivant et conscient. Il vit Tukutela arriver sur lui, sa longue trompe se balançant, ses immenses oreilles en éventail, le sang de sa blessure coulant et se mélangeant au sang de l'Espagnol qui avait éclaboussé son poitrail et ses pattes de devant.

Tukutela posa un pied sur la poitrine de l'homme, le clouant à terre. Ensuite, il saisit avec sa trompe les membres, jambes et bras, et les arracha du tronc l'un après l'autre. Pour finir, il enroula sa trompe autour de la tête de sa victime et l'arracha de ses épaules, puis la lança au loin; elle roula comme une balle, rebondissant sur le sol.

Sa colère apaisée, la douleur qu'il ressentait dans son crâne augmenta de violence; il restait là, debout à côté du cadavre déchiré, se balançant d'un pied sur l'autre; de sa gorge sortaient des grondements tandis que la tristesse de la mort s'appesantissait sur lui.

Malgré la souffrance et malgré le sang qui coulait lentement sur son œil, il accomplit le rituel funéraire que lui avait appris sa mère bien des années auparavant. Il rassembla les éléments épars des corps de ses victimes, les troncs mutilés et les membres arra-chés dont il fit un tas. Il ramassa les équipements dispersés dans l'herbe – fusils, chapeaux, bouteilles à eau – qu'il ajouta aux restes ensanglantés. Ensuite il cueillit sur les arbres des branches feuillues, dont il recouvrit le tout, formant un tumulus de verdure.

La blessure faite par la balle ne s'envenima pas et guérit ; mais bientôt de nouvelles cicatrices vinrent s'ajouter à celle qu'elle laissa au-dessus de son œil. Un javelot plombé placé dans un piège fendit sa peau épaisse de l'épaule au genou ; il faillit mourir de l'infection qui s'ensuivit. De grosses épines et des ramilles recourbées trouèrent ses oreilles dont les bords déchirés partirent en lambeaux. Lorsqu'il rejoignait le troupeau, il lui arrivait de se battre pour une femelle ; bien qu'il soit plus fort que tous les autres mâles, les estafilades faites par leurs défenses avaient laissé des marques. Et puis, il y eut d'autres rencontres avec des hommes.

Malgré le grand danger que cela comportait, Tukutela était devenu un pilleur invétéré de champs de canne à sucre ; depuis qu'il avait goûté pour la première fois à son jus sucré, il ne pouvait plus s'en passer. Parfois il restait caché durant des jours au voisinage de terres cultivées, rassemblant son courage pour y aller, par une nuit sans lune, à l'heure la plus sombre, en marchant sans bruit avec ses gros pieds rembourrés, tel un chat. Le millet, le maïs, les papayes, les ignames, il les aimait. Mais la canne à sucre, c'était meilleur que tout.

Au début, il s'enfuyait en voyant les torches allumées, en entendant les cris et les tambours. Mais par la suite, il apprit à leur répondre par des barrissements, et à charger les gardiens du paradis interdit. Durant les dix années qui suivirent, il tua huit hommes au cours de ces expéditions. Il devint de plus en plus hardi pour satisfaire son envie de canne à sucre. Alors qu'après ses premiers raids il parcourait plus de cent kilomètres, marchant sans arrêt, pour mettre de la distance entre lui et les représailles possibles, il lui arriva un certain été de revenir sur la même plantation plusieurs nuits consécutives.

Les villageois adressèrent une demande d'aide au commissaire de district colonial, qui envoya un de ses askaris armé d'un fusil attendre l'arrivée de Tukutela. Cet askari, un policier, n'était ni grand chasseur ni excellent tireur. Il se dissimula dans une fosse creusée au milieu d'un champ, se félicitant de ce que l'éléphant ne reviendrait pas cette nuit. En effet Tukutela avait déjà sa réputation faite ; ses habitudes étaient connues dans la région ; il était le pilleur de jardins qui avait tué de nombreux paysans, et ne revenait jamais sur le lieu de ses crimes.

L'askari s'éveilla en sursaut d'un lourd sommeil au fond de sa fosse, pour voir Tukutela qui masquait la lumière des étoiles au-dessus de sa tête, et mastiquait de la canne à sucre. D'en bas, il tira une balle qui pénétra dans le ventre de l'éléphant. La blessure n'était pas mortelle et Tukutela entama la chasse de son agresseur, allant et venant sous le vent jusqu'à ce qu'il capte son odeur, puis remontant dans le vent en direction de la fosse où était recroquevillé l'askari, paralysé de terreur. Tukutela l'en extirpa au bout de sa trompe et le mit en pièces.

La blessure de Tukutela mit plusieurs semaines pour se cicatriser. La douleur tenaillait ses entrailles, et la haine des hommes grandissait en lui.

Sans qu'il en comprenne la raison, ses contacts avec les êtres humains devinrent de plus en plus fréquents. Son territoire ancien se rétrécissait; chaque année voyait de nouvelles pistes et routes traverser ses repaires secrets. Des véhicules à moteur, bruyants et puants, traversaient des velds naguère silencieux. La hache abattait de splendides forêts, et la charrue retournait le sol. Des lumières brillaient dans la nuit. Partout où il allait, le vent lui apportait des voix humaines. L'univers de Tukutela rapetissait.

Il tua de nouveau un homme en 1976, un noir qui tentait de défendre son champ de sorgho avec un javelot. La pointe de l'arme se logea dans le cou de Tukutela, formant un abcès constamment purulent, source d'infection chronique.

Depuis longtemps, il avait cessé de retourner auprès du troupeau. L'odeur des femelles apportée par la brise n'éveillait plus en lui qu'une douce et fugace nostalgie; la force qui le poussait à procréer avait disparu. Il poursuivait sa ronde solitaire à travers des forêts moins vastes qu'autrefois.

Cependant certaines parties de son ancien territoire demeuraient intactes. L'expérience les lui fit reconnaître comme un sanctuaire dans lequel il se trouvait à l'abri des attaques de l'homme. Il ne savait pas qu'il s'agissait de parcs nationaux, où il était protégé par la loi; mais il y demeurait de plus en plus longtemps. Au cours des années, il apprit à connaître leurs limites, et devint réticent à les franchir pour s'aventurer au-delà dans un monde plein de dangers.

Même dans ces repaires, il restait méfiant. Sa haine et sa crainte des hommes le poussaient à les attaquer chaque fois qu'il en voyait, ou à fuir lorsque le vent lui apportait leur odeur. Il faut dire que sa confiance en la sécurité de son sanctuaire avait été mise à l'épreuve lorsque des chasseurs l'y avaient trouvé. Il avait entendu la détonation et senti la douleur causée par le projectile. Mais alors qu'il cherchait à voir ses agresseurs, une étrange léthargie l'envahit, une faiblesse de tous ses membres; il s'écroula inconscient.

Lorsqu'il se réveilla, une horrible puanteur flottait dans l'air autour de lui, même sa peau en était imprégnée. Il se releva péniblement, et se rendit compte alors qu'un étrange objet entourait son cou, et que l'abcès causé par le javelot brûlait d'un feu cuisant allumé par l'antiseptique répandu sur lui par les hommes. Il essaya de se débarrasser du collier portant l'émetteur radio, qui résista à ses efforts. De dépit, il dévasta la forêt aux alentours, brisant les grands arbres et déracinant les arbustes.

Les hommes qui, de loin, le virent dans cet état de rage, éclatèrent de rire. L'un d'eux dit :

– Tukutela le Coléreux!

Il fallut à l'éléphant plusieurs années pour parvenir enfin à arracher ce collier qu'il détestait, et le lancer dans les plus hautes branches d'un arbre.

Tout en sachant que dans ces parcs, où il vivait maintenant presque toute l'année, il était en sécurité relative, il ne pouvait étouffer l'appel de ses instincts profonds. A certaines saisons, il ne tenait plus en place. Il était pris d'une envie irrésistible de voyager, d'un besoin de refaire une fois de plus le long chemin parcouru pour la première fois avec sa mère quand il était tout petit. Attiré à la lisière du parc par ce désir incoercible, il la longeait pendant des jours en rassemblant son courage; enfin, incapable de résister plus longtemps, il la franchissait avec crainte et nervosité, mais heureux d'avance de retrouver ses lointains repaires de l'est.

Parmi ces derniers, les vastes terres inondées bordant le Zambèze avaient sa préférence. Il ignorait qu'il y avait vu le jour; il savait seulement que là-bas l'eau était plus fraîche, les pâturages plus riches, et qu'il y éprouvait une impression de paix plus vive qu'en aucun autre lieu du monde. En cette année, tandis qu'il traversait la rivière Chiwewe en direction de l'est, le besoin de revenir à cet endroit était plus pressant que jamais.

Maintenant il était vieux, il avait depuis longtemps dépassé soixante-dix ans, et il se sentait fatigué. Ses jointures étaient douloureuses, aussi exagérait-il la raideur de sa démarche. Ses anciennes blessures le faisaient souffrir, surtout celle de la balle qui avait traversé l'os du crâne pour aller se loger sous la peau, au-dessus de l'œil droit; elle s'était enkystée, formant une excroissance dure qu'il tâtait de temps en temps du bout de sa trompe lorsqu'il avait plus mal que d'habitude.

Ses énormes défenses pesaient à sa vieille tête; leur fardeau était de moins en moins supportable. Seuls, ces deux blocs d'ivoire attestaient encore de sa gloire passée, car le vieux mâle déclinait rapidement. Toutes ses molaires étaient usées jusqu'à la racine; sa nourriture était réduite à de l'herbe et des jeunes pousses plus faciles à mastiquer; mais il ne pouvait en cueillir suffisamment, étant donné son état de faiblesse, qui s'aggravait chaque jour du fait de cette privation.

Sa grande carcasse était décharnée, sa peau pendait flasque à son cou et à ses genoux. Il fut envahi par un sentiment de tristesse, tel qu'il l'avait parfois ressenti au cours de son existence, le même sentiment qui l'avait submergé lorsqu'il attendait la mort de sa mère auprès du point d'eau. Il ne perçut pas que c'était la prémonition de sa propre mort.

Dès qu'il eut franchi les limites du parc, il eut l'impression que la poursuite commençait. Il lui semblait que la forêt était remplie d'êtres humains, qui le suivaient, l'attendaient à chaque tournant. Aussi ne prit-il pas la route directe vers l'est, mais fit des tours et des détours pour échapper aux dangers imaginaires ou réels qui le menaçaient.

Ce fut le soudain vacarme des coups de feu éclatant tout près de lui qui le décida à fuir droit à l'est, plutôt qu'à faire demi-tour pour revenir au sanctuaire du Parc national. Les marais étaient encore à plus de cent cinquante kilomètres, et la route pleine de périls. Mais il lui fallait obéir à l'instinct qui l'y poussait.

Dix heures plus tard, il s'arrêtait pour boire et se nourrir, dans un endroit marécageux isolé, encore loin des véritables marais, qui était une des escales sur la vieille route des migrations.

Il était là depuis peu de temps lorsque l'avion passa au-dessus de sa tête, remplissant le ciel de son vrombissement, en même temps que Tukutela de crainte. D'une manière assez imprécise, il associa cette machine au danger mortel des chasseurs; elle avait répandu dans l'air la même mauvaise odeur que les véhicules de chasse qu'il avait souvent rencontrés. Il comprit qu'il ne devait pas rester plus longtemps en ce lieu, que les chasseurs approchaient.

Les grands marais étaient son refuge. Il s'enfuit vers eux.

— Il ne s'arrêtera plus avant d'être arrivé aux marais, dit Sean Courtney accroupi auprès de l'empreinte. Nous ne pouvons pas espérer le rattraper avant qu'il n'y arrive.

— Quelle distance? demanda Riccardo.

— Cent vingt à cent trente kilomètres. Une petite promenade, Capo.

Sean observait avec attention le visage de Riccardo, qui semblait avoir vieilli de dix ans depuis leur départ du campement. « Que ferons-nous si le vieux bonhomme tourne de l'œil? » se dit-il. Puis il chassa cette pensée.

— Écoutez-moi, vous tous! Nous allons manger et dormir ici. On repartira à quatre heures.

Il les conduisit au bord d'un étang, sur un terrain sec et ferme. La fatigue et la chaleur leur avaient coupé l'appétit; ils avaient plus besoin de sommeil que de nourriture. Ils furent bientôt tous étendus à l'ombre, semblables à des morts.

En se réveillant, Sean eut l'impression qu'il manquait quelqu'un. Il jeta un coup d'œil autour de lui, bondit sur ses pieds et saisit son fusil. « Claudia ! »

Elle était partie. Son paquetage était à dix pas de l'endroit où elle avait dormi. Il aurait voulu l'appeler, contrairement à ses règles de sécurité, ce qui donnait la mesure de son inquiétude. Il se contenta de siffler la sentinelle. Pumula arriva aussitôt.

— La *Donna*, où est-elle ? demanda-t-il.

— Par là, répondit Pumula en montrant la rivière.

— Tu l'as laissée partir ?

— Je croyais qu'elle allait dans les buissons... pour faire ses besoins. Je n'ai pas voulu l'empêcher.

Déjà Sean descendait en courant la piste des hippopotames, parmi les roseaux entourant l'étang le plus grand et le plus profond, lorsqu'il entendit un clapotis d'eau droit devant lui.

« Cette sacrée idiote me rendra fou ! »

L'étang avait une centaine de mètres de longueur. Son eau était profonde et calme. C'était l'endroit idéal pour y rencontrer des hippopotames et des crocodiles. En dépit de son aspect comique, l'hippo est un des animaux les plus dangereux d'Afrique ; il a probablement tué plus d'hommes que toutes les autres bêtes sauvages ensemble. Les vieux mâles sont agressifs ; une femelle ayant un petit attaquera sans avoir été provoquée. Ses mâchoires, dont les incisives sont faites pour cisailler les roseaux très épais du bord des fleuves, peuvent couper un homme en deux. Quant au crocodile, c'est un tueur aussi discret qu'efficace.

Claudia était dans l'eau jusqu'à la taille. Son linge, chemise, culotte, chaussettes, séchait au bord de l'étang. Penchée en avant, tournant le dos à Sean, elle était en train de savonner ses cheveux.

*— Qu'est-ce que vous foutez ici, bon Dieu ?

Elle se retourna, les mains toujours enfouies dans sa chevelure, plissant les yeux pour éviter que la mousse ne coule dedans.

— C'est comme cela qu'on se distrait ? On fait le voyeur ?

Elle ne fit cependant aucune tentative pour couvrir sa poitrine.

— Sortez de là en vitesse, avant d'être bouffée par un croco.

La raillerie de la jeune femme l'avait cinglé. Mais sa colère ne l'empêcha pas de voir que ses seins étaient encore mieux faits qu'il ne supposait. L'eau froide les faisait pointer dans sa direction.

— Ne prenez pas cet air ahuri, et fichez le camp ! cria-t-elle.

Elle plongea la tête dans l'eau et se redressa ; la mousse du savon coulait le long de son corps ; sa chevelure lisse et brillante semblait une étoffe de soie noire tombant sur ses épaules.

— Sortez de là, répéta Sean. Je n'ai pas envie de rester ici à discuter.

134   * What the hell are you doing here?

– Je sortirai quand j'aurai fini.

Sean plongea dans l'étang, et l'attrapa avant qu'elle puisse l'éviter. Saisissant son bras, il la remorqua vers la rive. Elle se débattait, écumante de fureur, et le frappait de sa main restée libre.

– Espèce de salaud! Laissez-moi! Je vous déteste.

Il la maintenait facilement d'une seule main. De l'autre, il tenait son fusil à double canon. L'eau dégoulinait de son short kaki et gargouillait dans ses bottes. Lâchant la jeune femme, il empoigna sa chemise qui séchait et la lui lança.

– Habillez-vous.

– Vous n'avez pas le droit. Je ne me laisserai pas faire, espèce de brute... Vous m'avez fait mal au bras!

Elle tendit son avant-bras, sur lequel les doigts de Sean étaient imprimés en rouge. Sa chemise mouillée à la main, elle était pâle et tremblait de rage.

Chose étrange, c'était son nombril qui attirait le regard de Sean. D'une forme parfaite, il était en cet instant plus érotique que même le triangle noir au-dessous de lui. Elle était dans une colère telle qu'elle en oubliait sa nudité. Sean détourna les yeux et, pensant qu'elle allait probablement lui sauter à la gorge, recula de quelques pas.

Ce faisant, il jeta un coup d'œil sur l'étang. A la surface calme de l'eau verte, des rides formant une flèche glissaient en silence dans leur direction. Au sommet de cette flèche, deux excroissances de couleur sombre, pas plus grosses qu'une noix, arrivaient à une vitesse surprenante.

Sean saisit le bras de Claudia, ce même bras portant les meurtrissures dont elle se plaignait, et la tira violemment en arrière de lui, si violemment qu'elle tomba à genoux dans la vase. Il épaula le fusil Express et visa entre les deux petites bosses sombres. Les yeux du crocodile qui approchait étaient distants d'au moins vingt centimètres l'un de l'autre, estima-t-il en plaçant entre eux le grain d'orge du guidon. La bête devait être âgée et de grande taille.

Dans le silence de l'étang, la détonation éclata comme un coup de tonnerre. La balle souleva une petite gerbe d'écume, exactement entre les deux yeux. Lentement le crocodile se retourna sur le dos, son cerveau traversé par le projectile.

Claudia se releva et regarda avec stupeur la bête dont le ventre jaune crème brillait au soleil. Du menton à l'extrémité de sa queue dentelée, elle mesurait près de cinq mètres. Ses mâchoires claquaient encore de spasmes nerveux déclenchés par le choc dans son cerveau. Ses crocs, longs et gros comme l'index d'un homme, débordaient de sa gueule couverte d'écailles. Elle s'enfonça lentement dans l'étang.

La colère de Claudia tomba d'un coup. Un tremblement qu'elle ne pouvait maîtriser la secouait. Elle fixait l'étang d'un œil épouvanté.

— Ah mon Dieu! Je n'avais pas compris... c'est affreux. (Elle se pressa contre lui, bouleversée.) Je ne savais pas.

Son corps long et mince était mouillé, froid de la fraîcheur de l'étang.

— Qu'y a-t-il? cria Riccardo de l'autre côté du champ de roseaux. Sean, vous n'avez rien? Où est Claudia?

Entendant la voix de son père, elle s'écarta en hâte de Sean comme une coupable. Pour la première fois, elle tenta de couvrir sa poitrine et son bas-ventre.

— Tout va bien, Capo, elle est saine et sauve.

Claudia enfila en vitesse sa culotte, attrapa sa chemise qu'elle mit en lui tournant le dos. Quand elle lui fit face de nouveau, elle avait retrouvé sa superbe.

— J'ai eu peur, dit-elle, c'est la raison pour laquelle je me suis accrochée à vous. Vous savez, n'en faites pas une affaire! Je me serais accrochée à l'égoutier, s'il s'était trouvé là.

— Très bien, ma mignonne. La prochaine fois, je vous laisserai bouffer, que ce soit par un lion ou un croco, je m'en balance.

— D'ailleurs vous n'avez pas à vous plaindre, ajouta-t-elle en le regardant en coin pendant qu'ils revenaient. Vous avez eu droit au spectacle, et j'ai remarqué que vous n'en perdiez pas une miette.

— C'est vrai. Vous m'avez montré des choses intéressantes. Pas mal, un peu maigrichonne peut-être, mais pas mal du tout.

Le sourire de Sean s'épanouit lorsqu'il vit le rouge de la colère monter à ses joues. Riccardo accourait à leur rencontre, dévoré d'inquiétude. Il serra Claudia dans ses bras.

— Qu'est-il arrivé, *tesoro*? Tu n'as rien?

— Elle voulait donner à manger aux crocodiles, dit Sean. Nous allons partir dans trente secondes exactement. Ce coup de fusil aura alerté tous les salopards dans un rayon de dix kilomètres.

« Enfin, j'ai pu me débarbouiller et faire partir cette cochonnerie que j'avais sur le visage », se dit Claudia.

Ses vêtements humides étaient frais; elle se sentait propre, et son bain périlleux l'avait ravigotée.

« Finalement, tout s'est bien terminé... Sauf mon exhibition en petite tenue. » A vrai dire, cela ne la troublait pas tellement. En somme, le regard de Sean sur son corps nu n'avait rien eu d'outrageant. En y repensant, elle n'était pas mécontente de ce qui s'était passé. Elle le regarda marcher devant elle.

« Ronge ton frein, maintenant, don Juan! »

Mais après une heure de marche, ses vêtements étaient secs et son dynamisme fortement atténué. Toute l'énergie qu'il lui restait était utilisée à mettre un pied devant l'autre. Il faisait horriblement chaud, et la chaleur augmentait à mesure qu'ils se rapprochaient de la bordure de l'escarpement tombant dans la vallée du Zambèze. L'atmosphère était différente. Il y avait un frémissement et un miroitement de l'air, les objets lointains étaient déformés, doublaient de volume en prenant des aspects étranges, ou disparaissaient, effacés par le rayonnement montant du sol brûlant.

Dans le lointain le ciel était d'un bleu profond, en contraste avec le bleu pâle et éthéré enveloppant la vallée vers laquelle ils descendaient. De gros nuages aux teintes d'argent et de plomb culminaient très haut; leur sommet avait l'aspect d'un navire toutes voiles dehors, grand-voile et hunier, perroquet et cacatois, escaladant le ciel. En dessous des cumulus dont la partie inférieure était coupée d'un trait horizontal, l'air était pesant comme de la poix, dans laquelle leur petit groupe avançait péniblement.

De la forêt environnante sortaient des essaims de minuscules mouches noires; elles se posaient sur leur visage, envahissaient leur nez et leurs oreilles, pompaient l'humidité de leurs lèvres, avec un acharnement tel qu'ils étaient au supplice.

Tout au long de leur route, le paysage changeant de la vallée s'offrait à leurs yeux. A l'horizon, ils commençaient à distinguer la bande sombre de végétation bordant le cours du grand Zambèze. Toujours en tête, Matatu suivait une trace indiscernable par tout autre œil que le sien, jamais fatigué ni affecté par la chaleur.

Lors d'un des arrêts dont, à intervalles réguliers, Sean ponctuait la marche pour prendre un peu de repos, Riccardo fit remarquer, après avoir longuement regardé dans ses jumelles :

— On ne voit pas trace de gibier. Nous n'avons même pas aperçu un lapin depuis que nous sommes au Mozambique.

Sean fut soulagé d'entendre la voix de l'Américain. Il commençait à être sérieusement inquiet, car son client n'avait pas prononcé un mot depuis des heures.

— C'était autrefois un paradis du gros gibier; j'ai chassé ici avant le départ des Portugais; j'y ai vu des troupeaux de buffles de dix mille têtes.

— Que s'est-il donc passé?

— Le Frelimo en a nourri ses soldats. Il m'a même proposé un contrat pour leur massacre, et n'a pas compris pourquoi j'ai refusé. Ils ont fini par le faire eux-mêmes.

— Comment ont-ils opéré?

— Avec des hélicoptères. Ils mitraillaient les troupeaux à basse altitude. Ils ont tué près de cinquante mille buffles en trois mois. Durant cette période, le ciel était noir de vautours; on sentait la puanteur à trente kilomètres des lieux de l'hécatombe. Lorsqu'il n'y eut plus de buffles, ils s'attaquèrent aux gnous et aux zèbres.

— Quel pays cruel et sauvage, dit Claudia.

— Comment, vous désapprouvez? fit semblant de s'étonner Sean. Cela a été fait par des noirs, non par des blancs. Donc ça ne peut pas être mal. (Il jeta un coup d'œil à sa montre.) Il est temps de repartir.

Il tendit la main pour aider Riccardo à se lever; celui-ci la refusa. Néanmoins, lorsqu'ils reprirent la route, Sean resta à côté de lui pour lui faire oublier sa fatigue en bavardant, en l'encourageant par des plaisanteries, laissant Claudia marcher en tête, juste derrière Matatu. Il lui raconta des anecdotes du temps de la guérilla; il lui indiqua la direction du camp d'entraînement, dont l'emplacement ancien se trouvait à quelques miles au sud, et lui parla de l'expédition des Ballantyne Scouts. Riccardo était très intéressé.

— Ce camarade China semble avoir été un vrai chef de guerre. Savez-vous ce qu'il est devenu après son évasion?

— Il a continué à servir jusqu'à la fin de la guérilla. C'était un dur, vraiment. Une des histoires que l'on raconte à son sujet est celle-ci. Ses hommes devaient ramener en Rhodésie leurs munitions, dont des mines antichars russes de près de trente kilos. China avait sué sang et eau pour en placer une sur la route de Mont-Darwin, où devait passer une de nos unités à bord de véhicules blindés. Or, des noirs de la région avaient loué un autocar pour aller assister dans cette ville à un match de football. L'autocar sauta sur la mine; il y eut vingt-trois survivants sur les soixante-cinq occupants du véhicule. Le camarade China fut tellement irrité de la perte de sa précieuse mine qu'il frappa d'une amende de dix dollars la famille des victimes et les rescapés, pour payer une autre mine en remplacement.

Riccardo dut s'arrêter, tellement l'histoire le fit rire. Claudia se retourna, furieuse.

— Comment peux-tu rire ainsi? Je n'ai jamais rien entendu de plus affreux.

— Oh, vous savez, rétorqua Sean, je ne pense pas que dix dollars aient été tellement affreux. Je trouve que le vieux China a été plutôt clément.

Ulcérée, Claudia haussa les épaules et allongea le pas pour rattraper Matatu. Les deux hommes poursuivirent leur conversation.

— La guerre finie, qu'est devenu ce type?

— Il a fait partie quelque temps du nouveau gouvernement du Zimbabwe, puis a disparu lors d'une des purges politiques. Peut-être a-t-il été liquidé. Un régime qui accède au pouvoir se méfie toujours des rebelles de la première heure. Personne n'aime partager son lit avec un tueur qui a exécuté de précédents dirigeants.

Sean fit faire halte avant la nuit, pour un frugal repas du soir que Job prépara sur un petit feu, en évitant de faire de la fumée. Pendant ce temps, Sean prit Matatu à part et lui parla à voix basse. Le petit pisteur approuvait énergiquement de la tête, sans quitter des yeux Sean. Lorsque l'entretien fut terminé, il fila dans la direction de laquelle leur groupe venait. Sean retourna vers Riccardo, qui l'interrogea du regard.

— J'ai envoyé Matatu surveiller nos arrières. Pour qu'il vérifie que nous ne sommes pas suivis. Je crains que le coup de feu n'ait mis en branle les vilains cocos que nous avons vus près de la frontière.

Riccardo, après avoir approuvé d'un hochement de tête, demanda à Sean s'il avait de l'aspirine. Celui-ci lui donna deux cachets, que Riccardo avala avec une gorgée de thé.

— Mal au crâne? s'inquiéta Sean.

— Oui. Le soleil et la poussière, sans doute.

Claudia observait son père avec attention.

— Bon Dieu, ne me regarde pas comme ça! Je vais bien.

— Bien sûr, dit calmement Sean. Mangeons; nous partirons ensuite à la recherche d'un endroit pour dormir.

Il alla trouver Job, s'accroupit à côté de lui; tous deux parlèrent à voix basse. Claudia s'approcha de son père et posa une main sur son bras.

— Papa, comment te sens-tu? Franchement.

— Ne t'inquiète pas pour moi, ma chérie.

— Cela a commencé, n'est-ce pas?

— Pas du tout, répondit-il trop vite.

— Le Dr Andrews a dit qu'il pourrait y avoir des maux de tête.

— C'est le soleil.

— Je t'aime, papa.

— Moi aussi, je t'aime, ma petite fille.

— Gros comme une montagne?

— Gros comme le soleil et la lune!

Il mit un bras autour de ses épaules, elle se serra contre lui. Dès qu'ils eurent terminé leur repas, Job éteignit le feu et ils repartirent. Les empreintes de Tukutela étaient faciles à voir dans la terre molle, ils n'avaient pas besoin de Matatu pour les suivre. Mais quand vint l'obscurité, ils durent s'arrêter pour la nuit.

— Nous arriverons aux marais demain après-midi, affirma Sean à Riccardo, tandis qu'ils s'étendaient sur leur sac de couchage.

Longtemps après que les autres se furent endormis, Claudia demeura éveillée, pensant à son père. Celui-ci était couché sur le dos, les bras en croix, et ronflait légèrement. Elle se souleva sur un coude pour le regarder à la clarté des étoiles; aussitôt la respiration légère de Sean s'altéra, elle sentit que son mouvement l'avait réveillé. Il ne dormait que d'un œil, comme les chats. Parfois, il lui faisait peur.

Son inquiétude pour son père finit par se calmer, et elle tomba dans un profond sommeil. Elle se réveilla avec l'impression de revenir d'un pays lointain.

— Debout! Allez, debout!

Sean tapotait son visage. Elle repoussa sa main et s'assit, encore ensommeillée.

— Quoi? marmonna-t-elle. Il fait encore nuit.

Il l'avait laissée pour réveiller son père.

— Allons, Capo, debout, mon vieux!

— Au diable! Qu'est-ce que c'est? bredouilla Riccardo d'un ton grincheux.

— Matatu vient d'arriver. Nous sommes suivis.

Claudia sentit que la peur lui donnait la chair de poule.

— Suivis? Par qui?

— Je ne sais pas.

— La même bande qui campait à la frontière? demanda Riccardo, toujours bafouillant un peu.

— C'est possible.

— Qu'allez-vous faire? s'enquit Claudia.

Sa voix avait trahi son trouble et sa crainte. Elle en fut contrariée.

— On va leur fausser compagnie. Remuez-vous un peu.

Ils avaient dormi sans même retirer leurs bottes. Ils n'eurent qu'à rouler leur sac de couchage pour se mettre en route.

— Matatu va vous conduire, tout en effaçant votre trace, expliqua Sean. Job et moi allons les mener sur une fausse piste dans la direction d'où nous venons. Dès qu'il fera jour, nous filerons et viendrons vous rejoindre.

— Vous allez nous laisser seuls? laissa échapper Claudia.

Aussitôt elle se mordit les lèvres. Sean la rassura, l'air méprisant :

— Non, vous ne serez pas seuls. Matatu, Pumula et Dedan vous accompagnent.

— Et l'éléphant? (La voix de Riccardo s'était affermie.) Vous allez abandonner la chasse? Vous allez laisser partir mon éléphant?

— Pour quelques pauvres types armés de deux ou trois malheureux AK-47? Vous voulez rire, Capo. Nous les sèmerons et serons de nouveau à la poursuite de Tukutela avant que vous ayez le temps de dire ouf!

Sean et Job attendirent que Matatu ait rassemblé son troupeau et soit parti avec lui. Riccardo et Claudia avaient déjà appris les principes du brouillage des pistes. Ils s'éloignèrent rapidement en suivant les indications de Matatu, qui derrière eux effaçait leurs traces.

Après leur départ, Sean et Job piétinèrent tout le secteur de leur camp nocturne, sur l'avant, sur l'arrière et en cercle tout autour, jusqu'à ce qu'ils aient brouillé la totalité des empreintes. Ils partirent ensuite l'un derrière l'autre, Sean en tête, au pas de course, en prenant toutes les précautions habituelles pour ne pas montrer qu'ils cherchaient à égarer les poursuivants sur une fausse piste.

Sean adopta l'ancienne allure du temps des Scouts, onze kilomètres à l'heure, changeant petit à petit de direction pour finir par mettre le cap au sud, afin d'écarter la poursuite du reste du groupe que Matatu emmenait au nord, vers le fleuve.

Tout en courant, Sean se demandait qui pouvaient être ceux qui les cherchaient – soldats du gouvernement, rebelles, braconniers, ou simplement brigands armés –, impossible de le savoir. Quoi qu'il en soit, Matatu s'était montré inquiet en arrivant au campement.

– Ils s'y connaissent, *Bwana*, avait-il dit à Sean. Ils ont bien suivi les empreintes que nous avons laissées, et ils arrivent vite. Ils avancent en formation comme des guérilleros, avec des gardes-flancs.

– Tu n'as pas pu bien les voir ?

– Il faisait noir, et je voulais vous avertir. Ils se rapprochaient rapidement.

« Même le meilleur pisteur ne pourrait nous suivre dans l'obscurité, se dit Sean. Nous avons le reste de la nuit pour nous débarrasser d'eux. »

Il fit la grimace, tout en trottant avec Job à travers la brousse obscure. Les rôles étaient curieusement inversés. Les chasseurs étaient maintenant chassés, tout aussi impitoyablement.

D'abord, il avait envisagé d'arrêter la poursuite de l'éléphant et de revenir vers la frontière. L'état physique de Monterro l'inquiétait sérieusement ; de même l'avertissement de Matatu, que leurs poursuivants semblaient dangereux. Mais il avait aussitôt repoussé cette idée ; ils avaient dépassé le point de non-retour.

– Pas de marche arrière, dit Sean à haute voix.

Il ne se cachait pas les véritables raisons de sa détermination : deux défenses d'ivoire et un demi-million de dollars. Franchement, il ne savait laquelle de ces deux choses était la plus irrésistible. Les défenses enflammaient de plus en plus son imagination.

Elles représentaient l'ancienne Afrique, elles étaient le symbole d'un vieux monde disparu. Il les désirait plus que tout ce qu'il avait jusqu'à présent désiré dans sa vie. Sauf peut-être cinq cent mille dollars. Le sourire lui revint.

Aux premières heures de l'aube ils couraient encore, droit au sud. Depuis leur séparation du reste du groupe, ils avaient couvert une trentaine de kilomètres.

— C'est le moment de disparaître, Job.

Il ne fallait pas donner d'indication supplémentaire à ceux qui les suivaient, en se séparant l'un de l'autre. Job mettait les pieds exactement dans les pas de Sean.

— Je vois un bon endroit juste devant, dit Job.

— Alors, allons-y!

Toujours courant, ils passèrent sous un *grevia*. Job, levant les bras, se suspendit à une des basses branches de l'arbre. Sans se retourner, ni modifier sa foulée, Sean poursuivit sa course. Pendant ce temps, Job passait de branche en branche et d'arbre en arbre pour s'écarter de la piste sans laisser de trace, et redescendait sur le sol à bonne distance.

Sean continua pendant une vingtaine de minutes, incurvant sa route vers le sud-ouest jusqu'à une crête peu élevée qu'il aperçut droit devant à la lueur de l'aube. Il la franchit et, ainsi qu'il avait supposé d'après la configuration du terrain, trouva au-delà une petite rivière. Il s'arrêta, but de l'eau, et en projeta tout autour sur la rive, comme s'il s'était baigné.

Un poursuivant s'attendrait certainement à ce qu'à partir de ce point, il tente de brouiller la piste en marchant dans le ruisseau vers l'amont ou vers l'aval, pour en sortir plus loin. Il chercherait des signes de son passage le long de la rive. Sean marcha donc dans l'eau vers l'aval, s'aidant volontairement des branches surplombantes dont il brisait quelques ramilles, afin de laisser des traces qui confirmeraient le poursuivant dans son attente. Puis, toujours marchant dans l'eau, il retourna à l'endroit exact où il était entré dans le ruisseau. Il s'essuya soigneusement les pieds et les jambes, remit les chaussures qu'il avait ôtées pour effectuer l'opération, et revint en arrière en marchant à reculons.

Sean remonta ainsi jusqu'en haut de la crête, en mettant exactement ses pieds dans les empreintes de pas laissées par lui à l'aller. Arrivé au sommet, il employa la même ruse que Job; il se pendit à une branche basse, fit un rétablissement, et d'arbre en arbre gagna un point assez éloigné de ses traces, où il reprit contact avec le sol sur une plaque rocheuse.

« Même Matatu ne s'y retrouverait pas », se dit-il avec satisfaction, en repartant au pas de course en direction du nord.

Deux heures plus tard, il rejoignait Job au point de rendez-vous fixé à l'avance. Au début de l'après-midi, tous deux retrouvaient le reste du groupe, qui les attendait à quelques kilomètres au nord de l'endroit où ils s'étaient séparés.

— Content de vous voir, Sean, nous commencions à être inquiets, dit Riccardo en lui serrant la main.

Claudia avait elle-même le sourire quand il s'affala à côté d'elle en s'écriant :

— Mon royaume pour une tasse de thé !

Tout en buvant à petites gorgées celle que lui apporta Matatu, il écoutait d'une oreille attentive ce que racontait de sa voix de fausset le petit pisteur, dont il traduisit ensuite les paroles pour Riccardo et Claudia :

— Matatu est retourné jeter un coup d'œil au campement où nous avons passé la nuit. Il a vu arriver la bande qui nous suivait. Il a compté douze hommes, qui ont inspecté longuement le terrain, puis ont mordu à l'hameçon et sont partis en suivant la piste que Job et moi avions tracée à leur intention.

— Nous en sommes donc débarrassés ?

— Cela m'en a tout l'air. Si nous marchons bien, il sera possible d'arriver aux premiers marais ce soir ou demain matin.

— Et Tukutela ?

— D'après ses traces, nous savons à peu près l'endroit où il devrait atteindre les marais. Nous en suivrons la bordure pour trouver par où il y a pénétré. Il faut forcer l'allure si nous ne voulons pas qu'il nous échappe. Vous sentez-vous d'attaque pour cela, Capo ?

— Je n'ai jamais été aussi bien. Allons-y, mon vieux.

Avant de repartir, Sean vérifia rapidement les paquetages. Ils avaient consommé une grande partie de leurs provisions. Il redistribua celles qui restaient, et put alléger la charge de Riccardo à moins de quinze kilogrammes, et celle de Claudia à six ou sept en ne lui laissant que ses effets personnels et son sac de couchage.

Avec des fardeaux moins lourds, Riccardo marchait à une allure plus soutenue, néanmoins Sean resta de nouveau auprès de lui pour l'encourager et l'avoir à l'œil. De Claudia, il n'avait pas à s'inquiéter ; elle allait d'une démarche souple, à grandes enjambées. Sean prit plaisir à regarder ses longues jambes, à voir onduler ses hanches dans son jean serré.

Ils étaient maintenant dans le fond de la vallée ; des baobabs poussaient çà et là, ces arbres au tronc énorme, à l'écorce semblable à une peau de reptile, aux branches tordues et sans feuilles d'où pendaient quelques gousses attardées de couleur lie-de-vin. On comprend que les Zoulous disent que les dieux ont planté par erreur le baobab avec la tête en bas et les racines en l'air.

Loin devant eux, une brume d'évaporation indiquait l'emplacement des marais, leurs pieds s'enfonçaient dans le sol alluvial sablonneux.

– Vous rendez-vous compte, Capo ? Vous êtes probablement un des derniers hommes qui chasseront un très grand éléphant à la manière classique de la grande chasse traditionnelle. C'est ainsi que cela doit se faire, et non en se baladant en Land-Rover et en tirant par la portière. C'est ainsi que chassaient Selous, et « Karamojo » Bell, et « Samaki » Salmon.

Il vit le visage de Riccardo s'éclairer à l'idée de pouvoir être comparé à ces grands maîtres de la chasse, ces hommes d'une autre époque, d'un âge où l'on avait le droit de chasser n'importe quel éléphant. « Samaki » Salmon en avait tué quatre mille au cours de sa vie. Aujourd'hui les mœurs ne sont plus les mêmes ; un homme qui aurait un pareil tableau de chasse serait considéré comme un affreux criminel ; mais en son temps, Salmon était respecté et honoré. Il avait même eu comme client Edouard, alors prince de Galles.

Sean savait que Riccardo était passionné par les histoires concernant les chasseurs d'éléphant d'autrefois ; aussi lui parla-t-il longuement de leurs hauts faits.

– Si vous voulez faire comme « Karamojo » Bell, vous devrez marcher comme ceci, dit-il en allongeant le pas. Bell usait vingt-quatre paires de bottes par an, et remplaçait ses porteurs au bout de quelques semaines ; avec lui, ils ne tenaient pas le coup.

– Nous aurions dû vivre à cette époque, Sean. C'était l'âge d'or. Nous sommes nés trop tard, vous et moi.

– Un vrai chasseur doit tuer l'éléphant avec ses jambes, Capo. Il doit l'avoir à la marche. C'est la manière correcte et convenable, et c'est ce que vous faites en ce moment. Soyez content, car à chacun de vos pas, vous marchez sur l'empreinte des pas du grand Bell.

Malheureusement, l'effet des encouragements de Sean ne dura pas. Au bout d'une heure, Riccardo traînait la patte et sa démarche était mal assurée. A un moment il trébucha, et serait tombé si Sean ne l'avait retenu par le bras. Celui-ci le conduisit à l'ombre.

– Nous avons tous besoin d'une pause de quelques minutes et d'une tasse de thé.

Lorsque Job apporta la théière, Riccardo demanda :

– Pouvez-vous me donner encore de l'aspirine ?

– Vous n'êtes pas bien, Capo ?

– Encore ce fichu mal de tête, c'est tout.

Mais il évitait le regard de Sean ; et Claudia, assise près de son père, faisait de même.

– Y aurait-il quelque chose que vous savez tous les deux, et que je ne sais pas? Vous avez l'air de deux coupables.

Sans attendre la réponse, Sean se leva et s'en fut à côté de Job qui faisait cuire à petit feu des galettes de maïs pour le repas du soir.

– L'aspirine te fera du bien, dit Claudia à voix basse à son père.

– Certainement. L'aspirine est un remède souverain pour le cancer quand il atteint le cerveau.

Voyant le regard navré de Claudia, il ajouta :

– Pardonne-moi. Je ne sais pas pourquoi j'ai dit cela. S'apitoyer sur soi-même n'est pas mon genre.

– Ça te fait mal, papa?

– Je peux supporter le mal de tête. Ce qui m'inquiète, c'est que je vois un peu double. Bon Dieu! Moi qui me sentais si bien il y a quelques jours à peine. C'est arrivé si vite.

– L'effort, dit-elle d'un ton compatissant. C'est peut-être ce qui l'a aggravé. Nous devrions abandonner.

– Non! (Son ton était définitif.) Ne me reparle jamais de cela.

Claudia inclina la tête en signe d'acquiescement.

– Les marais ne sont plus très loin. Peut-être pourrons-nous y prendre un peu de repos.

– Je ne veux pas me reposer. Je me rends bien compte qu'il ne me reste que peu de temps. Ce temps, je ne veux pas en perdre une minute.

Sean revint vers eux.

– Êtes-vous prêt à repartir?

Claudia jeta un coup d'œil à sa montre-bracelet. Ils avaient pris moins d'une demi-heure de repos. Ce n'était pas suffisant. Elle allait protester, lorsque son père se remit debout. Elle put se rendre compte que cette pause, bien que courte, l'avait revigoré.

– Tout à fait prêt, répondit-il.

Ils s'étaient remis en route depuis seulement quelques minutes, lorsque Riccardo lança gaiement :

– Ces hamburgers que Job vient de faire cuire sentent sacrément bon. Ils me mettent en appétit.

– Désolé de vous décevoir, dit Sean en riant à gorge déployée. Ces hamburgers sont des gâteaux de maïs.

– N'essayez pas de me raconter des blagues. Je sens l'odeur du bœuf et des oignons frits.

– Papa!

Claudia s'était tournée vers lui, les sourcils froncés. Riccardo prit un air embarrassé.

Le Dr Andrews avait averti Claudia : « Il pourra avoir des hallucinations. Il pourra se mettre à voir des choses qui n'existent pas, imaginer des odeurs. Je ne puis évidemment vous indiquer exactement comment progressera la maladie. Il pourra y avoir des périodes de détérioration rapide, suivies de périodes plus longues de rémission. Rappelez-vous, Claudia, que ses fantasmes seront pour lui la réalité. Et aussi qu'à des hallucinations pourront succéder des moments où il sera parfaitement lucide. »

Sean ne voulut pas s'arrêter dans la soirée pour faire du thé.

– Nous devons, leur dit-il, essayer de rattraper le temps que nous avons perdu.

Ils mangèrent, tout en marchant, les gâteaux de maïs froids et du *biltong*, des tranches de viande séchée à l'air et salée.

– Tenez, Capo, dit Sean pour plaisanter. Voilà un gros hamburger pour vous, avec des oignons frits et toute la garniture.

Claudia lança à Sean un regard furibond, pendant que Riccardo esquissait un sourire gêné en mastiquant le dîner peu appétissant. Comme ils n'avaient plus de traces à repérer, Sean voulut aller de l'avant longtemps encore après la tombée de la nuit. Ils firent des kilomètres et des kilomètres par des sentiers tortueux, à la clarté des belles étoiles du ciel austral. Il était près de minuit lorsqu'ils s'arrêtèrent enfin et déroulèrent leur sac de couchage.

Sean les laissa dormir jusqu'aux premières lueurs de l'aube. Le paysage avait changé. Au cours de la nuit, ils avaient pénétré dans une région soumise aux caprices du Zambèze ; une zone de plaine régulièrement inondée lorsque le fleuve quittait son lit durant la saison des pluies torrentielles. Actuellement elle était sèche, presque entièrement dépourvue d'arbres ; quelques mopanes et acacias, depuis longtemps morts, noyés par l'inondation, dressaient des branches dépouillées vers le ciel, sentinelles solitaires dans l'étendue vide.

La boue séchée s'était craquelée en plaquettes aux bords recourbés vers le haut. Des touffes d'herbe des marais, jaune comme un paillasson, semblaient mortes de soif. La brise, en se levant, leur apporta l'odeur des marécages encore invisibles, une odeur de boue et de végétation pourrissante.

Les mirages miroitaient sur la plaine ; il n'y avait pas d'horizon ; la terre et le ciel se fondaient l'une dans l'autre. En regardant derrière eux, ils pouvaient voir la ligne sombre de la forêt onduler comme un serpent sous le ciel laiteux, vibrer dans l'air chaud qui montait, et des tourbillons de poussière se tordant et s'agitant comme s'ils faisaient une danse du ventre.

Dans la plaine nue, Sean se sentait exposé et vulnérable. Même faible, il y avait une possibilité qu'un avion de surveillance du Frelimo passe par là, à la recherche des bandes du Renamo ; ils étaient aussi visibles que des mouches sur un drap blanc. Il aurait voulu accélérer l'allure, mais en observant Riccardo, il vit qu'ils devraient bientôt faire de nouveau halte.

A l'avant du groupe, Matatu poussa un cri. Sean savait ce que ce cri signifiait. Il se précipita vers le petit homme.

— Ah, c'est parfait! s'exclama-t-il en donnant une tape amicale sur l'épaule de Matatu.

— Qu'y a-t-il? demanda Riccardo d'une voix inquiète.

Sean, un genou à terre, examinait le sol. Il releva la tête et sourit à l'Américain.

— C'est lui, c'est Tukutela. Nous avons retrouvé sa trace à l'endroit exact prévu par Matatu.

Il passa la main sur l'énorme empreinte, qui avait réduit les plaques de boue séchée en poudre de talc. Ces empreintes étaient si nettes que l'on voyait immédiatement la différence entre celles arrondies laissées par les pieds de devant, et celles ovales des pieds de derrière; sur chaque trace de pas, on distinguait aussi l'encoche des ongles dans la bordure de devant.

— Il se dirige toujours droit vers les marais, dit Sean en suivant des yeux la direction des empreintes.

A peu de distance, un nouveau rideau d'arbres s'étirait, comme un trait de crayon le long de la ligne d'horizon, en un endroit où le terrain s'élevait légèrement au-dessus de la plaine.

— Dans un certain sens, ajouta-t-il, nous avons de la chance. Il y a quelques années, les troupeaux de buffles auraient effacé en peu de temps les empreintes de Tukutela. Aujourd'hui, depuis que le gouvernement du Frelimo les a transformés en rations pour l'armée, Tukutela est un des seuls êtres vivants à la ronde.

— Nous sommes loin derrière lui?

— Nous avons regagné pas mal de terrain. Mais pas suffisamment si les salopards nous trouvent ici, à découvert. Heureusement, la piste de Tukutela nous amène dans les arbres droit devant nous; nous y serons à l'abri.

Toute la superficie de la vaste plaine était maintenant parsemée de termitières, certaines de la taille d'une maison, entre lesquelles serpentait la piste de Tukutela. La levée de terre formait une digue naturelle, coupant la plaine entre la lisière de la forêt et le début des marécages; ils en étaient arrivés assez près pour distinguer les arbres qui la couvraient, des palmiers de diverses espèces, mélangés à des figuiers sauvages; au sommet de cette longue levée de terre poussaient quelques énormes baobabs, dont l'écorce grise ressemblait à la peau d'éléphant.

C'est avec soulagement que Sean, suivant la piste du vieux mâle, quitta la plaine pour pénétrer sous le couvert des arbres. Ils tombèrent sur un tas de bouse jaune et spongieuse, à un endroit où l'éléphant avait fait halte pour extraire du sol les racines pleines de sève d'un palmier ilala.

— Il s'est reposé ici, expliqua Matatu. Il est vieux maintenant, et se fatigue vite. Ici il a dormi, voyez comme il a traîné les pieds dans la poussière.

— Est-il resté longtemps à cet endroit ? demanda Sean.

Matatu pencha la tête de côté pour réfléchir.

— Il s'est reposé jusqu'à la fin de l'après-midi d'hier, quand le soleil était là. (Matatu tendit le doigt dix degrés au-dessus de l'horizon.) Quand il est reparti, il allait plus lentement. Il se sent plus en sécurité, maintenant qu'il est près des marais. Nous avons gagné sur lui.

Pour encourager Riccardo et Claudia, Sean embellit quelque peu le discours de Matatu, arborant un air joyeux et confiant :

— Nous gagnons rapidement sur lui maintenant. Si nous ne perdons pas de temps, nous pourrions le rattraper avant qu'il pénètre dans la profondeur des marais.

La trace continuait le long de la levée de terre, que l'éléphant avait suivie en restant sur son sommet, où la végétation était plus épaisse. Droit devant eux, se dressa un baobab gigantesque, dont l'écorce grise était parcheminée et couturée comme le cuir du vieux mâle.

A ce moment, Sean n'était plus à côté de Riccardo. Il venait de reprendre sa position première derrière Matatu, auquel il voulait dire de ne pas aller trop vite. Soudain, il entendit derrière lui un cri guttural. Se retournant brusquement, il vit que le visage de Riccardo était congestionné, ses yeux brillants et exorbités. Sean pensa qu'il était victime d'une attaque ; mais Riccardo montrait du doigt quelque chose devant lui, sa main tremblant d'émotion.

— Le voici ! lança-t-il d'une voix rauque au timbre anormal. Pour l'amour de Dieu, vous ne le voyez pas ?

— Qu'y a-t-il, mon vieux ? demanda Sean, regardant dans la direction du bras tendu.

La tête tournée, il ne vit pas Riccardo s'emparer du Rigby pendu à l'épaule de Pumula ; mais il entendit le bruit métallique de l'ouverture de la culasse, dans laquelle Riccardo introduisait un chargeur.

— Capo, que faites-vous ?

Sean s'avança pour le retenir, mais Riccardo le repoussa violemment. Sean, qui ne s'y attendait pas, perdit l'équilibre et faillit tomber. Riccardo courut à l'avant du groupe ; là, il s'arrêta et épaula.

— Capo, ne faites pas ça !

Sean accourait. Le coup partit, relevant le canon du fusil. Le fort recul fit faire un pas en arrière à Riccardo.

— Vous êtes fou !

Avant que Sean arrive à lui, il tira de nouveau. La balle arracha de l'écorce au tronc du baobab. Le tonnerre du coup de feu retentit à travers la plaine.

— Capo!

Sean saisit le fusil, levant le canon vers le ciel, au moment où Riccardo faisait feu pour la troisième fois. Il le lui arracha des mains.

— Au nom de tout ce qui est sacré, qu'est-ce que vous êtes en train de faire ?

— Tukutela. Vous ne le voyez pas ? Pourquoi m'avez-vous empêché ?

Son visage était toujours empourpré, et il tremblait comme un homme en pleine crise de paludisme. Il tendit la main pour reprendre le fusil. Sean recula et lança l'arme à Job.

— Ne la lui laissez pas reprendre, dit-il.

Se retournant vers Riccardo, il le prit par les épaules.

— Vous avez perdu la tête ? Le vacarme de ces coups de feu va être entendu à des kilomètres.

— Laissez-moi, cria Riccardo en essayant de se dégager. Vous ne le voyez pas ?

Sean le secoua violemment.

— Reprenez vos esprits. Vous tirez sur un arbre. Vous y allez un peu fort !

— Rendez-moi le fusil, supplia Riccardo.

— Mais regardez, espèce de foutu cinglé ! Le voici, votre éléphant. Regardez bien.

Il le poussa vers l'arbre. Claudia accourut, et essaya de calmer Sean.

— Laissez-le. Vous voyez bien qu'il est malade.

— Il est devenu fou. Il a mis en fuite tous les éléphants à la ronde ; mais il a alerté la racaille du Frelimo et du Renamo dans un rayon de cinquante kilomètres.

— Laissez-le tranquille.

— Très bien, ma jolie. Il est à vous.

Sean lâcha Riccardo et s'écarta. Claudia s'approcha de son père, qu'elle entoura de ses bras.

— Ce n'est rien, papa, ça va passer.

Riccardo regardait d'un air hébété les plaies vives du tronc du baobab, d'où coulait la sève de l'arbre.

— Je croyais que c'était... dit-il d'une voix mal assurée. Pourquoi ai-je fait cela ? Je ne... J'ai cru que c'était un éléphant.

— Oui, papa, oui. Ne te tourmente pas.

Job et les autres membres du groupe se tenaient à distance, observant dans un silence attristé cet étrange épisode dont ils ne pouvaient soupçonner la raison. Écœuré, Sean se détourna de la scène. Après un moment, ayant retrouvé la maîtrise de soi, il s'adressa à Matatu :

— Crois-tu que Tukutela est assez près de nous pour avoir entendu les coups de feu ?

– Les marais ne sont pas loin ; et sur ce terrain plat le son porte comme sur l'eau. Peut-être l'éléphant a entendu. Qui peut le savoir ?

Sean tourna son regard vers l'arrière, dans la direction d'où ils venaient. Du point élevé où il se trouvait, on voyait la plaine à perte de vue.

– Job, quelle est la probabilité que les types qui nous suivent aient entendu ?

– On le saura tôt ou tard, Sean. Cela dépend de la distance qui les sépare de nous.

Sean se secoua, essayant d'oublier sa colère, comme un chien s'ébroue en sortant de l'eau.

– Il va falloir s'arrêter. Le *mambo* est malade. Faites chauffer de l'eau pour le thé ; ensuite nous déciderons de ce qu'il y a lieu de faire.

Il retourna auprès de Riccardo, que Claudia entourait toujours de ses bras. Elle se plaça devant son père pour le protéger, défiant Sean du regard.

– Désolé de vous avoir bousculé, Capo. Mais vous m'avez donné une sacrée peur.

– Je ne comprends pas, murmura l'Américain. J'aurais juré que c'était lui, je le voyais nettement.

– Nous allons faire une pause et prendre une tasse de thé. Je pense que vous avez eu un coup de soleil. Ça peut mettre le cerveau en marmelade.

– Il sera tout à fait remis dans quelques minutes, dit Claudia d'une voix assurée.

Riccardo s'assit, adossé au tronc du baobab, et ferma les yeux. Il était livide, des gouttes de sueur perlaient sur sa lèvre supérieure. Claudia s'agenouilla à côté de lui, et les essuya avec un coin de son foulard. Puis elle leva les yeux sur Sean qui, d'un mouvement de tête péremptoire, lui fit signe qu'il voulait lui parler. Elle se leva et le suivit.

– Je suppose que cela ne vous surprend pas, n'est-ce pas ? dit-il d'un ton accusateur, lorsqu'ils furent hors de portée de voix.

Elle ne répondit pas. Il poursuivit :

– Il est malade. Vous le saviez, et vous l'avez laissé venir dans cette expédition.

Il la regardait d'un air sévère. Soudain il vit ses lèvres trembler et ses yeux couleur de miel noyés de larmes. La fureur de Sean tomba d'un coup ; il dut se forcer pour poursuivre sur le même ton :

– Pleurnicher ne sert à rien, ma jolie. Maintenant, il faut trouver le moyen de le ramener chez lui. Il est vraiment malade.

– Il ne reviendra pas chez lui, murmura-t-elle, si bas qu'il eut du mal à comprendre.

150

Des larmes restaient accrochées à ses épais cils noirs. Sean la fixait sans dire un mot. Elle ravala un sanglot.

– Il n'est pas malade, Sean, il est mourant. Un cancer. Le spécialiste qu'il a vu avant notre départ avait prévu que le mal pourrait attaquer le cerveau. C'est ce qui arrive aujourd'hui.

– Ce n'est pas possible. Pas Capo!

– Pourquoi croyez-vous que j'étais d'accord pour qu'il vienne, et que j'ai insisté pour venir ? Je savais que c'était sa dernière chasse... et je voulais être avec lui.

Ils demeurèrent silencieux, se regardant l'un l'autre. Puis elle lui dit :

– Cela vous fait quelque chose. Je vois bien que vous compatissez vraiment. Je ne m'y attendais pas.

– C'est mon ami, répondit Sean, étonné lui-même d'être attristé à ce point.

– Je ne vous croyais pas capable de tels sentiments. Peut-être vous ai-je mal jugé.

– Peut-être nous sommes-nous mal jugés mutuellement.

– Peut-être. Quoi qu'il en soit, merci. Merci de votre sympathie envers mon père.

Elle se détourna pour revenir auprès de Riccardo. Sean l'arrêta.

– Nous n'avons pas décidé de ce que nous allons faire.

– Continuer, évidemment. Jusqu'au bout. Je le lui ai promis.

– Vous avez du courage.

– Si j'en ai, c'est de lui que je le tiens.

Le thé et une demi-douzaine de tablettes d'Anadin avaient remis sur pied Riccardo. Il parlait et agissait de nouveau de manière tout à fait raisonnable. Personne ne fit d'autre allusion à son comportement antérieur, bien qu'il ait jeté une ombre sur eux tous.

– Nous devons repartir, Capo, dit Sean. Chaque minute accroît la distance qui nous sépare de Tukutela.

Ils poursuivirent leur chemin le long de la crête. L'odeur des marais leur parvenait plus forte, apportée par moments par les vents changeants.

– C'est une des raisons pour lesquelles l'éléphant aime ces marais, expliqua Sean à Riccardo. Là, le vent tourne sans arrêt, soufflant dans un sens, puis dans le sens opposé. Ce qui rend l'approche beaucoup plus difficile.

Il y eut une trouée dans les arbres. Sean s'arrêta. Tous les regards se portèrent au loin.

– Les voici, dit-il. Les marais du Zambèze.

La levée de terre sur laquelle ils se trouvaient était comme le dos d'un serpent de mer nageant à travers la plaine inondée. Droit devant eux, elle plongeait sous la surface de l'eau, disparaissant à l'endroit où la plaine nue faisait place à une étendue sans fin de papyrus et de roseaux.

Sean porta les jumelles à ses yeux. Il vit des roseaux à perte de vue. Cependant, pour avoir naguère survolé les lieux, il savait que se trouvaient de place en place des étangs peu profonds, non envahis par ces plantes, reliés par d'étroits canaux. Très loin, presque à l'horizon, il aperçut des taches sombres, qui étaient des îlots couverts d'une végétation presque impénétrable, dont il distinguait à peine, avec les jumelles, les palmiers aux pennes incurvées et à la tête ébouriffée.

La saison passée avait été particulièrement sèche, et le niveau des eaux n'était sans doute pas élevé. En nombre d'endroits, ils en auraient seulement jusqu'à la ceinture; mais les canaux étaient beaucoup plus profonds. D'autre part la boue collerait à leurs pieds, et, en plus de l'eau et de la boue, des roseaux et des plantes aquatiques entraveraient leur marche, s'enroulant autour de leurs jambes et freinant leurs pas.

Ils avanceraient avec difficulté, chaque mile à travers les marais équivalant à quatre ou cinq miles sur la terre ferme, tandis que l'éléphant serait dans son élément. Cet animal aime l'eau; elle allège sa grosse masse. La plante de ses pieds a été conçue par la nature de telle sorte que son diamètre augmente lorsque le poids de la bête repose sur elle; elle se rétrécit lorsqu'il soulève son pied, ce qui permet de dégager facilement celui-ci de la boue collante.

Tukutela se gorgerait de roseaux, de plantes aquatiques faciles à mastiquer, et la végétation luxuriante des îlots donnerait de la variété à son régime. Le bruit de succion de la boue et le clapotement de l'eau l'avertiraient de l'approche d'un ennemi. De même que les vents changeants le protégeraient en lui apportant l'odeur d'un poursuivant, de quelque direction que ce soit. De tous les repaires de Tukutela, celui-ci était le plus difficile pour lui faire la chasse.

— Ce sera une partie de plaisir, Capo, mentit Sean en abaissant ses jumelles. C'est comme si ces défenses étaient déjà accrochées au-dessus de la cheminée de votre fumoir.

La trace du vieil éléphant allait jusqu'à l'extrémité de la levée de terrain, puis pénétrait dans les papyrus; l'océan mouvant de leurs feuilles vertes l'absorbait sans laisser le moindre indice.

— Personne ne peut suivre une piste là-dedans, dit Riccardo, debout sur la ligne de démarcation entre le sol sec, friable, et la boue du terrain marécageux. Personne ne peut trouver Tukutela là-dedans, répéta-t-il en regardant le mur de végétation plus haut que sa tête.

— Vous avez raison, opina Sean. Personne. Je veux dire personne, excepté Matatu.

Ils étaient arrivés dans les ruines d'un village, au bout de la levée. De toute évidence, il avait été habité par des pêcheurs, appartenant à de petites tribus qui vivent sur les rives du Zambèze. Les claies sur lesquelles ils faisaient sécher le poisson étaient encore debout, mais les cases avaient été incendiées.

Job, qui inspectait les alentours, siffla pour appeler Sean, qui le trouva en train d'examiner quelque chose dans l'herbe. Sean crut d'abord que c'étaient des haillons; puis il vit des ossements.

— De quand? demanda-t-il.

— Six mois, peut-être.

— Comment est-il mort?

Job s'accroupit auprès du squelette; il prit dans ses deux mains le crâne, qui se détacha des vertèbres cervicales comme un fruit mûr.

— Une balle dans la nuque; elle est ressortie par là.

Job montra un trou dans l'os frontal; on eût dit un troisième œil. Il reposa le crâne à terre, et continua à chercher aux alentours.

— En voici un autre.

— Le Renamo est passé par ici. A la recherche de recrues, ou de poisson séché, ou des deux.

— Ou bien c'était le Frelimo cherchant des rebelles du Renamo. Ils ont décidé de les questionner. Avec un fusil-mitrailleur.

— Pauvres types! Ils sont pris entre deux feux. Il doit y en avoir quantité d'autres tout autour. Ceux qui s'échappaient de leurs cases en train de brûler.

En revenant vers le village, Sean eut une idée :

— C'étaient des pêcheurs; ils avaient certainement des pirogues. Cela nous servirait bien, mais ils doivent les avoir cachées. Job, allez voir à la lisière des papyrus.

Sean retourna auprès de Riccardo et Claudia, assis côte à côte. En approchant d'eux, il interrogea du regard la jeune femme, qui répondit par un sourire optimiste.

— Papa va très bien. Quel est donc cet endroit?

Sean redit ce qu'il supposait être arrivé au village. Claudia fut horrifiée.

— Pourquoi tuer ces gens innocents?

— En Afrique, par les temps qui courent, pas besoin pour tuer quelqu'un d'autre motif que celui d'avoir un fusil à la main, et l'envie de s'en servir.

— Mais que pouvaient-ils avoir fait?

— Donné asile à des rebelles; gardé pour eux des renseignements; refusé de prêter leurs femmes. L'un ou l'autre de ces crimes, ou aucun.

Le soleil était un disque rouge au-delà de la brumasse des

marais, à peine au-dessus du haut des papyrus. Sean prit une décision.

— Il fera nuit avant que nous puissions repartir. Nous devrons dormir ici, et nous remettre en route demain matin au point du jour. Notre seule consolation est que Tukutela, maintenant qu'il est arrivé aux marais, va ralentir. Il ne doit pas être bien loin devant nous maintenant.

Sean avait beau dire ; il ne pouvait s'empêcher de penser aux coups de feu tirés par Riccardo. Si l'éléphant les avait entendus, il poursuivrait sa course. Mais ce n'était pas la peine d'exprimer cette crainte à Riccardo. Celui-ci semblait abattu et déprimé, il avait à peine ouvert la bouche depuis l'incident.

« Il n'est plus, le pauvre diable, que l'ombre du Capo que j'ai connu. La seule chose que je puisse pour lui, c'est de lui faire avoir cet éléphant. »

La sympathie de Sean était sincère. Il s'assit à côté de lui, et se mit en devoir de le distraire, lui disant ce qu'ils allaient trouver devant eux, et comment ils chasseraient le vieux solitaire dans les champs de papyrus. La chasse, c'est tout ce qui semblait maintenant intéresser Riccardo. Pour la première fois de la journée, il montra de l'animation ; Sean réussit même à le faire rire.

Claudia adressa à celui-ci un sourire reconnaissant, puis elle se leva.

— J'ai une petite affaire personnelle à régler, dit-elle.

— Où allez-vous ? demanda aussitôt Sean.

— Aux toilettes des dames, vous n'êtes pas invité.

— N'allez pas vous promener trop loin. Et pas de baignade cette fois. Vous en aurez suffisamment demain.

— J'ai entendu et je vous obéis, ô grand *Bwana* blanc.

Elle lui fit par moquerie une révérence, avant de s'éloigner et de sortir du périmètre du village incendié. Sean la suivit d'un regard inquiet. Au moment où il allait lui crier un nouvel avertissement, il entendit un appel venant du champ de papyrus. Il se précipita, oubliant Claudia.

— Qu'y a-t-il, Job ? lança-t-il en descendant vers la rive.

Il entendit des bruits de voix confus et des clapotis venant de l'intérieur du champ de papyrus, d'où émergèrent Job et Matatu, hâlant un objet long, noir, et presque entièrement immergé.

— Notre premier coup de chance, sourit Sean.

C'était un *mokorro*, une pirogue traditionnelle creusée dans un tronc d'arbre, faite d'un seul fût de fromager, longue de cinq mètres environ. L'évasement était tout juste assez large pour qu'une personne puisse s'y asseoir. Elle était en général manœuvrée par un homme debout à l'arrière, muni d'une longue perche prenant appui sur le fond du marais.

Après avoir vidé la pirogue de l'eau qu'elle contenait, Job l'examina soigneusement. Elle avait été réparée et calfatée en quelques endroits, mais paraissait assez saine.

– Allez au village, ordonna Sean. Vous y trouverez sans doute du matériel de calfatage. Et envoyez Pumula et Dedan couper des perches.

A ce moment, on entendit Claudia pousser un cri. Tous se tournèrent dans la direction d'où il venait. Elle cria de nouveau, sa voix était étouffée et lointaine. Sean saisit son fusil et se mit à courir.

– Claudia! appela-t-il? Où êtes-vous?

Seul l'écho lui répondit: « Où êtes-vous?... êtes-vous? »

Lorsque Claudia reboucla sa ceinture, elle s'aperçut qu'elle pouvait facilement la serrer de deux crans de plus autour de sa taille. Avec un sourire de satisfaction, elle tâta son ventre; il n'était plus plat, il était concave. Les longues marches et la nourriture frugale avaient fait fondre ses derniers grammes de graisse.

« C'est curieux, pensa-t-elle, qu'en cette époque d'abondance, on se prive volontairement. Mais quand je serai revenue aux États-Unis, quel plaisir ce sera de reprendre les kilos perdus, avec des assiettées de pâtes fraîches et du vin rouge. »

Elle prit le chemin du retour; bientôt elle se rendit compte qu'elle était plus loin du village qu'elle ne le pensait; un fourré d'épineux barrait son chemin. Elle fit un détour pour l'éviter, et se trouva sur une large piste qui menait droit vers la rive du marais. Elle s'y engagea.

Claudia ne s'était pas rendu compte qu'elle était sur une piste d'hippopotames, une des grandes voies de circulation qu'empruntaient ces amphibies lors de leurs incursions dans la forêt. Cependant, cette piste n'avait pas été utilisée depuis des mois; les hippopotames de la région avaient été massacrés, de même que les autres gibiers. Claudia avait hâte de revenir auprès de son père, et éprouvait une légère inquiétude de se trouver seule, loin du groupe. Elle pressa le pas.

Devant elle, une vieille natte faite de tiges sèches de papyrus était posée sur la piste, qu'elle recouvrait d'un bord à l'autre. Elle avait sans doute été abandonnée là par les habitants du village. Elle ne représentait pas un obstacle pour Claudia, qui passa sur elle sans ralentir.

La fosse avait été creusée dans l'intention de prendre au piège un hippopotame. Profonde de trois mètres, elle était en forme d'entonnoir dont l'énorme animal se trouverait incapable de sortir. L'ouverture était recouverte de branches pouvant supporter le poids d'un homme, mais pas d'un hippo. Là-dessus avait été posée la natte.

La fosse avait été creusée longtemps auparavant. Les branches à demi pourries n'étaient plus solides. Sous le poids de Claudia, elles cédèrent. Elle poussa un cri à ce moment, et cria de nouveau lorsqu'elle tomba sur le côté en pente et roula jusqu'en bas. Le fond de la fosse était recouvert de quelques centimètres d'eau. Claudia y atterrit gauchement, une jambe repliée sous elle, et se retrouva étendue sur le dos, dans la boue.

Elle eut le souffle coupé, et ressentit une violente douleur dans le genou gauche. Pendant quelques minutes, elle ne put répondre aux appels qu'elle entendait au-dessus d'elle. Elle s'assit sur le fond, tenant son genou blessé contre sa poitrine, haletante et essayant d'emplir d'air ses poumons. Enfin, elle put crier d'une voix étranglée :

— Ici ! Je suis ici !

— Rien de cassé ? demanda Sean, penché au-dessus d'elle.

— Je ne pense pas.

Elle essaya de se lever ; la douleur fut si forte qu'elle retomba assise.

— Mon genou !

— Tenez bon, je descends.

La tête de Sean disparut, puis Claudia entendit parler : les voix de Job, de son père. Une corde de nylon fut déroulée. Sean se laissa glisser au fond de la fosse.

— Je suis désolée, lui dit-elle, l'air contrit. Je crois que j'ai encore fait une bêtise.

— Ne vous excusez pas. Pour une fois, ce n'est pas votre faute. Laissez-moi voir votre jambe. (Il s'accroupit à côté d'elle.) Remuez votre pied. Bon, c'est l'essentiel ! Pouvez-vous plier le genou ? Parfait ! Du moins, il n'y a pas d'os cassé. C'est un soulagement. Maintenant, on va vous sortir de ce trou.

Il fit un nœud à l'extrémité de la corde, le passa sous ses aisselles.

— Allez-y, Job. Hissez-la. Doucement !

Dès qu'elle fut remontée, Sean se livra à un examen plus complet du genou. Il releva la jambe du pantalon de Claudia, et dit un seul mot :

— Merde !

A l'époque où il commandait les Ballantyne Scouts, il avait vu tous les cas de blessures auxquelles était exposé un parachutiste : os cassés, cartilages déchirés, foulures et entorses du genou et de la cheville. Le genou de Claudia était déjà fortement enflé, et la teinte violacée d'un hématome colorait la peau lisse et brunie.

156

– Je vais vous faire un peu souffrir, prévint-il en manipulant doucement la jambe.

– Aïe! Ça fait sacrément mal.

– Bon. C'est un ligament. Je ne crois pas qu'il soit déchiré, vous auriez beaucoup plus mal. Ce n'est probablement qu'une élongation.

– Que va-t-il se passer?

– Trois jours. Vous ne pourrez pas marcher pendant au moins trois jours.

Il mit un bras autour des épaules de Claudia, afin de l'aider à se relever. Elle s'appuya contre lui, debout sur la jambe indemne.

– Essayez de peser un peu sur l'autre jambe.

Elle tenta de le faire; aussitôt elle poussa un cri de souffrance.

– Non, je ne peux pas.

Sean la prit dans ses bras comme si elle était une enfant, et la transporta ainsi jusqu'au village. Elle fut étonnée de sa force. Bien que son genou commençât à élancer, elle se détendit. C'était une impression agréable. Papa l'avait portée ainsi lorsqu'elle était une petite fille. Il lui fallut résister à l'envie de poser sa tête sur l'épaule de Sean.

Lorsqu'ils furent arrivés au village, il l'installa à l'ombre. Matatu alla chercher son paquetage. L'accident de sa fille avait fait oublier à Riccardo ses propres ennuis. Il fut aux petits soins avec elle, à un point qui aurait d'ordinaire exaspéré Claudia. Elle se laissa dorloter, heureuse de le voir de nouveau animé et plein d'attentions.

Sean entoura son genou d'un bandage élastique, sorti de la trousse de premiers soins, et lui fit avaler un anti-inflammatoire.

– C'est tout ce que je peux faire, lui dit-il. Le seul remède qui vous guérira, c'est le temps.

– Pourquoi avez-vous dit trois jours?

– C'est le temps nécessaire. J'ai vu cent fois des genoux dans l'état du vôtre. Sauf qu'ils étaient beaucoup plus poilus et beaucoup moins jolis.

– C'est un compliment! Vous vous attendrissez, colonel.

– Cela fait partie du traitement et c'est totalement dépourvu de sincérité. La seule question maintenant, ma belle, est de savoir ce qu'on va bien pouvoir faire de vous.

– Vous me laissez ici, répondit-elle sans hésitation.

– Vous n'êtes pas folle?

Riccardo se rangea du côté de Sean.

– Il n'en est pas question, dit-il.

– Voyons les choses comme elles sont, raisonna Claudia calmement. Je ne peux pas bouger de trois jours, papa; pendant ce temps, ton éléphant aura fait du chemin. (Elle leva la main pour l'empêcher de lui couper la parole.) Je ne peux pas marcher, vous ne pouvez pas me transporter, nous ne pouvons pas revenir. De toute façon, nous sommes condamnés à attendre.

— On ne peut pas te laisser seule, ne sois pas ridicule.

— Non. Mais vous pouvez laisser quelqu'un avec moi pendant que vous irez à la poursuite de Tukutela.

— C'est impossible, dit Riccardo en secouant la tête.

— Sean, faites-lui comprendre que c'est la seule solution raisonnable.

Sean ne la quittait pas des yeux; l'admiration qu'elle vit dans son regard lui fit chaud au cœur.

— Nom d'un chien, approuva-t-il, vous avez raison.

— Dites-lui, Sean, que ce n'est pas pour longtemps. Nous savons tous ce que représente cet éléphant pour mon père. Je veux le lui donner comme... (Elle allait dire : mon dernier cadeau; mais elle se reprit.)... lui en faire cadeau.

— Je ne peux pas accepter.

Le ton était bourru, mais la voix de Riccardo mal assurée. Il baissa la tête pour dissimuler ses sentiments.

— Dites-lui d'y aller, Sean. Dites-lui que je serai tout autant en sécurité ici, avec Job pour veiller sur moi, que je le serais dans les marais avec vous.

— Il me semble qu'elle a raison, Capo. Mais ce n'est pas à moi de décider. C'est une affaire entre vous deux.

— Voulez-vous nous laisser, Sean ? demanda Claudia.

Sans attendre la réponse, elle se tourna vers son père.

— Viens t'asseoir près de moi, papa.

Elle tapota de la main le sol à côté d'elle. Sean s'éloigna, les laissant ensemble dans l'obscurité qui tombait. Il rejoignit Job, et tous deux demeurèrent assis côte à côte, deux vieux camarades buvant en silence leur thé, en fumant un des derniers cigares de Sean, qu'ils se passaient de l'un à l'autre.

Une heure s'écoula ainsi. Il faisait entièrement nuit lorsque Riccardo vint à eux. Il leur parla debout, d'une voix enrouée empreinte de tristesse.

— C'est très bien, Sean. Elle m'a convaincu de faire comme elle désirait. Voulez-vous tout préparer en vue de notre départ pour la chasse demain matin ? Et vous, Job, voulez-vous rester ici et veiller à ma place sur ma petite fille ?

— Je veillerai sur elle à votre place, monsieur. Vous pouvez aller tuer cet éléphant. Nous vous attendrons ici.

Au clair de lune, ils quittèrent le village incendié pour installer un campement provisoire à quelques centaines de mètres de là, dans la forêt. Ils construisirent pour Claudia un abri en plan incliné, sous lequel ils disposèrent une litière d'herbe sèche. Sean laissa auprès d'elle, dans cet abri, la trousse de premiers soins et la plus grande partie des provisions qui restaient. Job et Dedan demeuraient avec Claudia ; le premier armé du fusil léger à la crosse en fibre de verre ; le second d'une hache et de son couteau à écorcher.

– Que Dedan surveille la levée de terrain. C'est de là que peuvent arriver des patrouilles du Frelimo ou du Renamo. A la première alerte, emmenez la dame dans le marais et cachez-vous sur une des îles.

Après ces dernières recommandations, Sean vint auprès de Riccardo, qui disait au revoir à sa fille.

– Êtes-vous prêt, Capo ?

Riccardo se leva, et s'éloigna sans se retourner.

– Bonne chance, dit Sean à Claudia.

– Bonne chance à vous aussi. Et prenez soin de papa, Sean.

Il se pencha sur elle, et lui tendit la main, comme il l'aurait tendue à un homme. Il essaya de trouver quelque chose de spirituel à lui dire, mais rien ne lui vint à l'esprit. Il se redressa et descendit au bord du marais, où Matatu, Pumula et Riccardo l'attendaient auprès de la pirogue.

Matatu prit place à l'avant de l'embarcation, Sean et Riccardo au milieu, leur fusil posé en travers de leurs genoux. Debout à l'arrière, Pumula, appuyant la perche sur le fond, dirigeait la pirogue suivant les indications que lui donnait Matatu par des signes de la main.

Tout de suite après avoir débordé du rivage, ils se trouvèrent entourés d'une végétation aquatique si haute, qu'ils ne pouvaient plus voir autre chose qu'une muraille de papyrus et de roseaux, et un petit pan de ciel pâle au-dessus de leur tête. Les extrémités pointues des joncs étaient dardées sur leur visage, menaçant leurs yeux ; les petites araignées des marais avaient tissé, entre les tiges des roseaux, des toiles qui se collaient à eux et irritaient leur peau. L'humidité de la nuit traînait sur les marais. Ils arrivèrent soudain sur une étendue d'eau dégagée de végétation, où stagnait un brouillard épais ; un vol de canards s'en éleva, réveillant l'étang de leurs battements d'ailes.

Avec quatre hommes à bord, la pirogue était surchargée. Son franc-bord était à peine de cinq centimètres ; au moindre mouvement des occupants, de l'eau embarquait, et ils étaient obligés d'écoper presque sans arrêt avec une gamelle. Mais ils continuaient à aller de l'avant.

Le soleil se leva. Presque aussitôt le brouillard monta en se dissolvant peu à peu et disparut. Les fleurs céruléennes des nénuphars s'ouvrirent, tournées vers la lumière. Ils virent à deux reprises des crocodiles de grande taille, dont seules émergeaient les arcades frontales, qui plongèrent lorsque la pirogue arriva vers eux en glissant sur les eaux.

Ils virent des myriades d'oiseaux. Des butors et des hérons de nuit se dissimulaient dans les joncs; des petits jacanas de couleur chocolat dansaient sur leurs pattes aux grands doigts sur les feuilles de nénuphar; des hérons goliath aussi grands qu'un homme fouillaient de leur bec le fond des étangs. Au-dessus de leur tête, passaient des vols de pélicans, d'aigrettes blanches, de cormorans, et d'immenses formations de canards sauvages de vingt espèces différentes.

La température augmenta rapidement; la surface de l'eau réfléchissait la chaleur, de sorte que bientôt les deux blancs commencèrent à transpirer et à mouiller leur chemise. Par endroits, l'eau était si peu profonde, qu'ils durent sortir de la pirogue et la hâler jusqu'au prochain chenal. Au pied des roseaux, la boue était noire et malodorante; ils y enfonçaient jusqu'à la cheville.

Aux endroits à peine immergés, les pieds de l'éléphant avaient laissé des cratères circulaires remplis d'eau. En suivant les empreintes du vieux mâle, ils s'enfonçaient de plus en plus profondément dans les marécages; cependant la pirogue, poussée par la longue perche, progressait rapidement dans les chenaux et à travers les étangs. Sean voulut remplacer quelque temps Pumula; mais il manœuvrait la perche avec une telle maladresse que le noir la lui reprit des mains presque aussitôt.

La nuit vint. Il n'y avait de place dans le fond de la pirogue que pour un seul homme étendu. Ce fut Riccardo qui y dormit, pendant que les trois autres somnolaient assis dans la boue, appuyés contre l'embarcation, harcelés par des nuages de moustiques. Le matin au petit jour, lorsque Sean se remit debout, il s'aperçut que ses jambes nues étaient noires de sangsues. Ces dégoûtantes bestioles étaient collées à sa peau, gonflées du sang qu'elles avaient sucé. Sean utilisa pour s'en débarrasser un peu de leur précieuse provision de sel. Car, s'il les avait extirpées avec ses doigts, il serait resté une blessure dans laquelle la sangsue avait injecté sa salive anticoagulante; cette blessure aurait continué à saigner et se serait infectée. Tandis qu'une pincée de sel sur la bestiole la faisait se détacher, en ne laissant sur la peau qu'une plaie refermée.

Sean enfonça profondément la perche dans la boue, et la maintint fermement, afin de permettre à Matatu d'y grimper comme un singe et de mieux voir le paysage environnant. Lorsque le petit bonhomme en redescendit, il dit:

– Je vois les îles. Nous n'en sommes pas loin. Nous devrions y arriver avant midi. Si Tukutela ne nous a pas entendus, nous le trouverons sur une d'elles.

Pour avoir survolé la région, et d'après sa carte à grande échelle, Sean savait que les îles formaient un chapelet entre les marécages et le lit principal du Zambèze. Ils halèrent la pirogue à travers les hauts-fonds, Sean tirant sur la corde de nylon amarrée à l'avant, Pumula et Matatu poussant à l'arrière. Riccardo ayant offert son aide, Sean lui dit :

– Ne vous fatiguez pas, Capo. Je veux que vous soyez bien reposé, de façon à n'avoir aucune excuse si vous ratez Tukutela.

Enfin apparurent les frondaisons des palmiers, s'élevant droit devant au-delà de l'écran des papyrus. Brusquement le fond augmenta, et Sean eut de l'eau jusqu'au menton. Ils remontèrent tous à bord. Pumula dirigea l'embarcation vers la première île, autour de laquelle la végétation était si dense qu'elle envahissait l'eau, et qu'ils durent se frayer avec difficulté un passage pour atteindre la rive.

La terre était grise et sablonneuse, lavée par des millions d'inondations. Ils furent heureux de mettre le pied sur un terrain sec. Sean étendit au soleil leurs vêtements et leurs équipements mouillés, pendant que Matatu partait en reconnaissance dans l'île. L'eau commençait à peine à chanter dans la bouilloire quand il revint.

– Il est passé hier matin très tôt, dit-il à Sean. Au moment où nous quittions le village. Il a beaucoup ralenti. La paix du fleuve est sur lui, il se nourrit tranquillement. Il a quitté cette île ce matin au lever du jour.

– Dans quelle direction est-il parti ?

– Il y a une autre grande île tout près.

– Allons jeter un coup d'œil.

Sean remplit une théière pour Riccardo, et laissa celui-ci avec Pumula. Accompagné de Matatu, il longea la rive nord, se frayant avec peine un chemin à travers la végétation luxuriante. Ils arrivèrent auprès d'un très grand arbre, dans les plus hautes branches duquel ils grimpèrent. Installé sur une fourche, Sean écarta des rameaux feuillus qui bouchaient sa vue, et découvrit un spectacle magnifique.

De la hauteur de vingt mètres au-dessus du sol, son regard embrassait un horizon embrumé. Au-delà de l'île voisine coulait le Zambèze. Son cours d'un vert opaque était d'une largeur telle, que les grands arbres bordant sa rive la plus éloignée apparaissaient comme une ligne sombre et étroite entre le fleuve et les cumulus énormes dont le sommet s'étalait comme une enclume dans le ciel bleu de l'Afrique.

Le courant du Zambèze était rapide, au point que toute sa surface était agitée de remous, de tourbillons, et de contre-courants. Des îles flottantes descendaient au fil de l'eau, formées de masses d'herbe arrachées à ses rives. Sean se demanda s'il ne serait pas possible de traverser ce fleuve redoutable dans la frêle pirogue. Idée qu'il abandonna vite. Il n'y avait qu'un chemin de retour, celui par lequel ils étaient arrivés jusque-là.

Il reporta son attention sur le chapelet d'îles qui se dressaient comme des sentinelles, entre le grand fleuve et l'étendue des marais. La plus proche se trouvait à trois cents mètres. Le chenal pour y parvenir était à demi obstrué par les roseaux, les jacinthes d'eau, et les nénuphars dont les fleurs brillaient d'un éclat bleu électrique sur les feuilles et l'eau vertes; même en haut de l'arbre où il se trouvait, des bouffées de leur parfum arrivaient jusqu'à Sean.

Portant les jumelles à ses yeux, il scruta méthodiquement le chenal et la partie de l'île la plus proche; même un grand éléphant pouvait être à peine visible dans l'immensité de ce paysage aquatique. Il sursauta soudain en apercevant dans les roseaux le reflet du soleil sur la peau humide et luisante d'un animal qui marchait pesamment. Son espoir ne dura pas, vite déçu lorsqu'il reconnut la grosse tête difforme d'un hippopotame émergeant du marais.

A travers les lentilles des jumelles, il pouvait distinguer les yeux de cochon teintés de rouge, et les soies des petites oreilles disproportionnées. L'hippopotame les agitait ainsi que des ailes d'oiseau, projetant des gouttes d'eau qui scintillaient comme des diamants et formaient un halo autour de sa tête. Il avançait dans la boue avec lourdeur, passant d'un étang à un autre. Sean le vit avec soulagement plonger et disparaître dans l'eau plus profonde; la coque à moitié pourrie de la pirogue n'aurait pas offert une grande protection contre les fortes défenses recourbées de ses redoutables mâchoires.

Sean lança un coup d'œil à Matatu, installé dans une fourche à côté de lui.

– Il a poursuivi sa route, dit le petit Ndorobo. Nous devons en faire autant.

Ils descendirent de leur perchoir, et retournèrent auprès de Riccardo. Le trajet dans le *mokorro* et une bonne nuit de sommeil l'avaient revigoré. Il était sur pied, plein d'impatience de poursuivre la chasse, tel que Sean l'avait connu auparavant.

– Vous l'avez-vu? demanda-t-il.

– Non, mais Matatu estime que nous sommes très près. A partir de maintenant, silence absolu!

Pendant que les noirs embarquaient le matériel dans la pirogue, Sean avala une tasse de thé brûlant et recouvrit de sable le foyer.

Ils poussèrent et tirèrent l'embarcation tout au long du chenal conduisant à l'île voisine; lorsqu'ils y furent arrivés, Sean grimpa de nouveau en haut d'un arbre, et Matatu fila dans l'épais sous-bois, à la recherche d'empreintes de l'éléphant. Un quart d'heure plus tard, il était de retour.

— Il ne s'est pas arrêté ici, murmura-t-il à Sean. Et le vent n'est pas bon.

Le visage empreint de gravité, il sortit des plis de son pagne un petit sac rempli de cendres, dont il répandit une pincée.

— Voyez comme il tourne, il est aussi changeant que les caprices d'une fille shangane.

Ils repartirent pour l'île suivante. Avant d'y arriver, Sean enleva sa saharienne. Nu jusqu'à la ceinture, il pouvait mieux sentir la moindre variation de la brise. Ils trouvèrent l'endroit où Tukutela était passé du marais à la terre ferme. La boue que ses pieds avaient laissée dans les broussailles était encore légèrement humide. Matatu était excité comme un chien sentant l'odeur du gibier.

Ils échouèrent la pirogue et avancèrent en se dissimulant dans les épais buissons. Le bruit du vent dans les palmes couvrait celui de leurs pas sur les feuilles sèches et les brindilles. Les traces de l'éléphant les conduisirent à un cocotier qu'il avait secoué pour en faire tomber les noix. Après les avoir avalées sans les broyer entre ses dernières molaires, il avait poursuivi son chemin.

— Il s'est enfui? souffla Sean, craignant que l'animal ait senti leur présence.

Matatu le rassura d'une dénégation de sa tête, montrant du doigt des rameaux verts encore humides, que l'éléphant avait dépouillés de leur écorce. La trace de Tukutela serpentait à travers l'île, et plongeait une fois de plus dans le marais, de l'autre côté de celle-ci. Pumula revint chercher la pirogue; faisant le tour de l'île, il retrouva le reste du groupe. Ils traversèrent à nouveau le marais, pour aborder le troisième îlot.

Ils y virent un gros tas de bouse spongieuse, remplie de débris des roseaux et des jacinthes dont l'éléphant s'était nourri; le sol à côté était humide de son urine. La bouse était durcie à l'extérieur; mais lorsque Matatu y appuya un pied, il la trouva molle comme de la bouillie, et encore chaude de la chaleur animale.

— Il est près, tout près! murmura-t-il, très excité.

Instinctivement, Sean sortit des cartouches de sa ceinture; il les mit à la place de celles qui se trouvaient dans le fusil à double canon, prenant soin d'étouffer le cliquetis du verrou de la platine en le refermant. Riccardo vit ce geste, qu'il avait déjà vu souvent; souriant et ému, il se mit à manœuvrer le cran de sûreté du Rigby, l'enlevant et le remettant sans arrêt. Ils avançaient à la file indienne, avec précaution : et de nouveau leur déception fut grande lorsqu'ils virent les empreintes, après avoir traversé l'île, s'enfoncer une fois encore dans le champ de papyrus.

Ils demeurèrent sur la rive, regardant le mur de roseaux, et dans celui-ci le point où Tukutela avait écarté leurs tiges en passant au travers. Une des tiges courbées trembla et revint lentement à sa position initiale. L'éléphant était passé là, il y avait à peine quelques minutes. Immobiles et silencieux, ils tendaient l'oreille, essayant de capter des bruits autres que le murmure du vent dans les papyrus.

C'est alors qu'ils entendirent un grondement assourdi, semblable au tonnerre lointain d'un orage d'été, le bruit de gorge que fait l'éléphant quand il est content et tranquille. C'est un son qui porte bien plus loin que son volume ne le laisserait supposer ; néanmoins Sean comprit que l'animal n'était pas à plus de cent mètres de distance ; mettant une main sur le bras de Riccardo, il attira doucement celui-ci près de lui.

— Nous devons nous méfier du vent, lui murmura-t-il à l'oreille.

Ils entendaient le gargouillis de l'eau, aspirée par la trompe, que l'éléphant rejetait ensuite sur son dos pour se rafraîchir ; ils aperçurent même l'extrémité de cette trompe, lorsqu'il la leva au-dessus des papyrus. Leur émotion fut telle que la gorge de Sean était desséchée, et que c'est d'une voix rauque qu'il ordonna :

— En arrière !

Il accompagna cet ordre d'un signe de la main ; tous reculèrent à pas feutrés, Sean tenant Riccardo par le bras. Dès qu'ils furent cachés par les broussailles, Riccardo manifesta sa mauvaise humeur.

— Eh quoi ! Nous étions tout près.

— Trop près, répondit sèchement Sean. Et sans la moindre chance de l'avoir dans les papyrus. Si le vent tournait seulement de quelques degrés, ce serait fini avant d'avoir commencé. Nous devons le laisser aller dans l'île suivante avant de pouvoir nous approcher de lui.

Ils reculèrent encore un peu plus loin, jusque sous un grand figuier aux branches étalées.

— Regardons de là-haut.

Ils posèrent leur fusil contre le tronc de l'arbre. Sean aida Riccardo à se hisser sur une branche basse ; il le suivit, et de branche en branche ils grimpèrent en haut de l'arbre. De là, leur regard embrassait l'étendue couverte de papyrus.

Ils le virent immédiatement. L'échine de Tukutela dominait les roseaux. Elle était mouillée, et noire comme du charbon. L'épine dorsale incurvée saillait sous la peau épaisse et plissée. L'éléphant avait la face tournée vers eux; ses immenses oreilles battaient paresseusement; leur bord était déchiré et en lambeaux; en arrière d'elles, on voyait, sous la peau plus fine, de grosses veines torses, emmêlées comme un nœud de serpents.

Quatre aigrettes étaient perchées sur son dos, d'un blanc éclatant à la lumière du soleil, le bec de couleur jaune, immobiles mais attentives, sentinelles à l'œil vif qui avertiraient le vieil éléphant au premier signe de danger.

Tant qu'il demeurait dans l'eau, il leur était impossible de s'approcher de lui. En ce moment, il était à plus de trois cents mètres, beaucoup trop loin pour le tirer. Ils continuèrent donc à l'observer, tandis qu'il suivait d'un pas lent et majestueux le chenal en direction de l'île suivante.

Tukutela arriva à l'endroit le plus profond du chenal, où il plongea entièrement, à l'exception de sa trompe dressée, qui ondulait en l'air comme un serpent de mer. Il en ressortit un peu plus loin, l'eau dégoulinant de ses flancs.

Debout tous deux sur la branche du figuier, Riccardo et Sean savouraient ce grand moment de leur existence de chasseurs. Jamais plus ils ne verraient un éléphant comme celui-ci. Jamais plus le regard d'un homme ne se poserait sur un animal semblable. Il était à eux; il semblait qu'ils aient attendu cet instant toute leur vie. La passion du chasseur éclipsait toute autre émotion, faisait paraître insipides toutes celles qu'ils avaient éprouvées auparavant. C'était un sentiment primitif, jailli du fond de l'âme, qui les empoignait de même que d'autres sont empoignés par la musique.

Le vieux mâle leva la tête et la tourna de côté, leur permettant de voir ses défenses noircies. Ils furent saisis d'admiration devant la beauté de ces blocs d'ivoire à la courbure parfaite, autant que devant un chef-d'œuvre de Michel-Ange ou un corps de femme. En cet instant, rien d'autre ne comptait dans leur univers. Ils vibraient à l'unisson, deux bons compagnons liés par les sentiments qu'ils partageaient.

— Il est beau, murmura Riccardo.

Sean ne répondit pas; il n'y avait rien à ajouter à ces trois mots.

Ils continuèrent à regarder. L'éléphant atteignit l'île, gravit le rivage peu incliné, et fit halte durant un moment. Il était immense et décharné, sa vieille peau mouillée luisait au soleil. Puis il pénétra dans le sous-bois où sa grande carcasse disparut. Les aigrettes s'envolèrent de son dos, tels des bouts de papier blanc emportés par le vent. Sean et Riccardo se secouèrent comme s'ils venaient de faire un rêve.

— Nous prendrons la pirogue, dit Sean.

Ils s'assirent dans le *mokorro*, recroquevillés dans le fond afin d'éviter que leur tête ne se voie au-dessus des roseaux. Dans cette position, ils ne pouvaient se servir de la perche ; aussi se halèrent-ils pour effectuer ce court trajet en tirant sur les tiges des papyrus. Ils glissaient silencieusement sur l'eau ; le vent était faible et ne changeait pas de direction. Arrivés au rivage, ils y échouèrent l'embarcation, prenant garde de ne pas faire le moindre bruit.

— Vérifiez votre arme, conseilla Sean.

Riccardo tourna le verrou du Rigby, et fit basculer le canon juste assez pour entrevoir la cartouche de cuivre dans la chambre. Sean marqua son approbation d'un signe de tête ; Riccardo referma le verrou. Ils s'engagèrent dans le sous-bois, où ils furent obligés de marcher à la file indienne, Matatu en tête, en suivant le passage qu'avait frayé l'éléphant dans les broussailles.

Soudain, il y eut un craquement dans les arbres, droit devant eux. Ils s'immobilisèrent et virent des branches secouées, se balançant et s'agitant. Riccardo se prépara à épauler, mais Sean le retint. Saisissant l'avant-bras de l'Américain, il força celui-ci à abaisser le canon de son arme.

Ils restaient figés sur place, le cœur battant, écoutant le vacarme que faisait l'éléphant en cueillant sa nourriture. A trente mètres à peine de distance, il arrachait des branches, grognait de satisfaction, agitant ses oreilles d'avant en arrière à un rythme paresseux. Mais ils ne pouvaient voir le plus petit morceau de sa peau grise.

Le bras de Riccardo toujours serré dans sa main, Sean fit avancer celui-ci à travers le feuillage et les lianes. Après avoir fait une dizaine de pas, il s'arrêta, lâcha le bras de Riccardo et lui fit signe d'avancer encore un peu.

Durant plusieurs secondes, Riccardo ne distingua dans l'enchevêtrement de la végétation que des ombres confuses. A un moment, l'éléphant agita ses oreilles. C'est alors que Riccardo vit son œil dans une trouée des arbres. Un petit œil chassieux, d'une teinte légèrement bleutée en raison de l'opacité due à son grand âge. Sur ses joues ridées coulaient des larmes, évocatrices d'une grande sagesse et d'une tristesse infinie.

Tristesse contagieuse, qui submergea Riccardo, l'emportant dans sa vague, noyant son âme, transformant sa passion de chasseur en un chagrin accablant, en une profonde affliction pour cette vie près de se terminer. Il n'épaula pas son fusil.

L'éléphant battit des paupières, dont les cils étaient longs et fournis. Son regard croisa celui de Riccardo, semblant plonger dans son âme, semblant aussi affligé pour lui que Riccardo était affligé pour Tukutela. Riccardo ne se rendit pas compte que son cerveau malade déformait la réalité, il savait seulement que son affliction était aussi impossible à supporter que l'idée du néant de la mort.

Il sentit la légère tape que Sean, dissimulant ce petit geste à l'animal, lui donna sur le dos. C'était l'ordre de faire feu immédiatement. Mais Riccardo avait l'impression d'avoir quitté son corps et de planer au-dessus de lui, se regardant lui-même et regardant l'animal, tous deux avec la mort en eux et la mort autour d'eux. Et cette tragédie était si poignante qu'elle lui enlevait toute volonté et toute possibilité de se mouvoir.

Sean lui donna une nouvelle tape. L'éléphant était à quinze pas, absolument immobile, ombre grise dans le sous-bois. Sean savait que la soudaine immobilité de Tukutela était la réaction du vieux mâle à la prémonition d'un danger. Encore quelques secondes, et il plongerait dans l'épaisse végétation. Sean aurait voulu saisir l'épaule de Riccardo et la secouer, lui crier : « Tirez, bon Dieu, tirez! » Mais c'était impossible, le plus petit mouvement, le plus léger bruit mettraient instantanément l'animal en fuite.

Ce que Sean savait et redoutait se produisit. Il sembla que Tukutela s'était volatilisé, avait disparu dans un nuage de fumée. C'était proprement incroyable qu'une aussi énorme bête puisse se déplacer aussi vite et silencieusement dans une forêt épaisse. Mais le fait était là : il était parti.

Sean prit le bras de Riccardo et l'entraîna avec lui à la poursuite de l'éléphant. Il était fou de rage, une sombre colère emplissait son cœur, il avait de la difficulté à respirer. Cette colère, il aurait voulu la laisser éclater contre Riccardo; cet homme pour lequel il risquait sa vie afin de le mettre en bonne position pour tirer et qui n'avait pas même épaulé son fusil.

Sean fonçait, tenant le bras de Riccardo d'une poigne de fer, le traînant à travers les broussailles et les épineux. Il supposait que Tukutela allait tenter de passer sur l'île suivante, et espérait qu'une nouvelle occasion se présenterait lorsque l'éléphant serait dans l'eau. Il obligerait Riccardo à tirer, même de loin, avec l'espoir que l'animal serait blessé et avancerait plus lentement, et que Sean pourrait le rattraper et l'achever.

Derrière eux, Matatu cria quelque chose d'inintelligible, peut-être un avertissement, peut-être un appel au secours. Sean stoppa net et écouta. Un événement totalement inattendu s'était produit, auquel il n'était pas préparé. Il entendit un fracas de branches brisées dans le sous-bois, et le barrissement furieux de l'éléphant. Mais le son venait de derrière, et non de la direction dans laquelle Tukutela avait disparu. Pendant un long moment, Sean ne comprit pas. Et puis la réalité lui apparut dans toute son horreur, et son sang se glaça.

Tukutela avait fait ce qu'aucun éléphant n'avait à sa connaissance jamais fait auparavant. Au lieu de s'enfuir, il avait décrit un large cercle pour venir sous leur vent afin de les sentir. Là où se trouvait Sean, le vent caressait son torse nu, portant son odeur vers le grand animal qui accourait dans l'épais sous-bois.

– Matatu! hurla Sean. Dégage! File en travers du vent!

Il poussa rudement Riccardo contre le tronc d'un très grand teck.

– Grimpez dans cet arbre!

Les basses branches étaient faciles à escalader. Sean le laissa pour courir à l'aide de Matatu, se lançant à toute allure dans les broussailles, le fusil en travers de la poitrine, pendant que la forêt résonnait des barrissements de l'éléphant. Celui-ci se rapprochait rapidement. Comme une avalanche de rochers gris, Tukutela dévalait dans la forêt, brisant et écrasant les petits arbres qui se trouvaient sur sa route, humant l'odeur détestée des hommes et la suivant afin de pouvoir une fois de plus assouvir sur eux la haine accumulée durant sa longue existence.

Soudain Matatu émergea des broussailles à quelques pas sur l'avant de Sean. Il voulait être à côté de lui pour partager son sort. Aussi, au lieu de s'enfuir en travers du vent comme avait fait Pumula, son instinct l'avait conduit droit vers son maître. En le voyant, Sean changea de direction sans ralentir, faisant signe à Matatu de le suivre. Ils parcoururent ainsi une centaine de pas en travers du vent, afin que la brise n'apporte plus leur odeur à Tukutela.

Sean s'arrêta et se tapit, Matatu près de lui. Sa tactique avait réussi. Pumula ayant employé la même, l'éléphant ne les sentait plus pour le moment. La forêt était redevenue silencieuse, au point que Sean entendait les battements de son cœur résonner dans sa tête.

Il sentait que le vieux mâle était très proche, aussi immobile qu'eux, écoutant de ses oreilles grandes ouvertes en éventail, seule sa longue trompe bougeait à la recherche de leur odeur. Jamais, se dit-il, il n'avait vu un éléphant tel que celui-ci, donnant intelligemment la chasse à ses poursuivants. Combien de fois, se demanda Sean, avait-il dû être chassé, combien de fois blessé par l'homme, pour passer à l'attaque avec un tel acharnement dès qu'il avait perçu une présence humaine.

« Tukutela le Coléreux, je sais maintenant pourquoi on t'a nommé ainsi. »

Alors, un appel s'éleva dans la forêt, un appel inattendu lancé par une voix d'homme, une voix forte. Sean ne reconnut pas tout de suite la voix de Riccardo Monterro. Il parlait à l'éléphant.

– Tukutela, nous sommes frères! Nous sommes les témoins d'une époque révolue. Nos destins sont liés. Je ne peux pas te tuer!

L'animal l'entendit. Il poussa un barrissement si fort sur un ton

168

si aigu qu'ils eurent l'impression qu'une tarière perçait leurs tympans Tukutela partit à la charge, tel un char d'assaut. A travers le sous-bois, il se rua en direction de cette voix. Lorsqu'il fut à une cinquantaine de mètres, il reconnut l'odeur abhorrée. Elle l'emplit une fois encore de fureur. Il la suivit jusqu'à son origine.

Riccardo Monterro n'avait pas fait l'effort de monter dans le teck; il s'était simplement appuyé contre l'arbre. La douleur était revenue soudainement, comme un coup de hache dans son crâne. Elle l'aveuglait, faisait danser des étoiles éblouissantes devant ses yeux. Il les ferma. Puis il entendit barrir le vieil éléphant, et ce cri l'emplit de remords et de désespoir.

Il laissa son fusil glisser de ses mains et tomber sur le sol couvert de feuilles mortes. Avançant à l'aveuglette, trébuchant, il tendit les bras en avant, avec l'idée folle d'apaiser l'animal et de faire amende honorable en lui disant : « Je ne te veux pas de mal; nous sommes frères. » Les broussailles s'écartèrent, Tukutela fondit sur lui, comme une roche de granit tombant de la montagne.

Plongeant sous les branches et sautant par-dessus les obstacles, Sean se précipita vers Riccardo. Il entendit droit devant le galop de l'animal.

– Viens ici, Tukutela! cria-t-il. Viens! Par ici!

Mais il savait que cette tentative de détourner la charge de l'éléphant de Riccardo sur lui était sans espoir. Tukutela avait choisi sa première victime, rien ne l'arrêterait avant qu'il ait assouvi sa fureur.

Au centre de sa vision, remplie d'étoiles filantes et de soleils tournoyants de feu d'artifice, une petite zone encore intacte de sa rétine permit à Riccardo de voir la grosse tête de Tukutela crever le mur de verdure de la forêt, et les longues défenses fondre sur lui, comme les poutres d'un toit qui s'écroule.

En cet instant, l'éléphant fut pour Riccardo l'incarnation des milliers d'animaux à poil et à plume qu'il avait massacrés durant sa vie de chasseur. Dans la confusion de son esprit, il vit, dans la trompe et les défenses en suspens au-dessus de lui, les symboles d'une absolution et d'une rédemption pour le sang qu'il avait répandu et toutes les vies qu'il avait détruites. Il tendit les deux mains vers elles, avec joie et reconnaissance. Une ancienne prière monta à ses lèvres.

– Père, pardonnez-moi, parce que j'ai péché.

Sean vit la tête de Tukutela émerger des fourrés droit devant lui. Il entendit la voix de Riccardo, mais ne put comprendre ses paroles. D'un coup d'œil, il se rendit compte que celui-ci était sous la menace directe des défenses pointées vers lui.

Il épaula le fusil Express. La position dans laquelle il se trouvait était la moins favorable pour atteindre le cerveau; la masse de l'épaule de l'animal cachait à Sean la colonne vertébrale. L'objectif n'était pas plus gros qu'une pomme, et il était difficile de savoir où il se logeait dans l'énorme crâne. Sean ne pouvait se fier qu'à son expérience et à son instinct. L'espace d'un instant, il eut l'impression qu'au bout de la ligne de mire de son fusil, il voyait à l'intérieur des os le cerveau briller comme une luciole.

Amenant le grain d'orge du guidon sur ce point lumineux, il appuya sur la détente. La balle traversa la masse spongieuse des os et pénétra dans le cerveau. L'animal n'eut pas le temps de souffrir ; en une fraction de seconde il passa d'une vie pleine de rage au trépas. Ses jambes se replièrent sous lui ; il s'écroula sur la poitrine, ébranlant le sol au point que des feuilles mortes se détachèrent et tombèrent des branches tout autour. Un nuage de poussière s'éleva sur les côtés de son corps massif.

Sa tête fut entraînée en avant ; sa défense droite pénétra dans le ventre de Riccardo Monterro, à une largeur de main au-dessous du sternum, le traversa à la hauteur des reins, et ressortit en brisant la colonne vertébrale à l'endroit de sa jonction avec le bassin.

Le fût d'ivoire convoité par Riccardo, pour lequel il avait risqué sa fortune et sa vie, le clouait maintenant au sol. Celui-ci ne ressentait aucune souffrance, aucune sensation dans la partie inférieure de son corps écrasée sous la trompe de l'éléphant. Même la douleur de sa tête avait disparu.

Durant quelques instants, sa vision redevint nette ; tout ce qu'il voyait semblait illuminé par un projecteur. Puis elle commença à se troubler. Juste avant que l'obscurité se fasse pour toujours, il vit dans une brume le visage de Sean Courtney ; il entendit sa voix, lointaine comme si elle montait d'un abîme.

— Capo, Capo ! appelait-elle.

Au prix d'un immense effort, Riccardo Monterro put prononcer ces dernières paroles :

— Veillez sur ma petite fille. Elle vous aime.

Tout sombra dans le néant. Il ne vit ni n'entendit plus rien, à jamais.

Le premier mouvement de Sean fut pour libérer le corps de Riccardo. Il tenta de retirer la défense qui le transperçait. Tout de suite, il se rendit compte de la vanité de ses efforts. L'énorme masse de la tête et de l'avant de l'éléphant pesait sur elle. Après avoir traversé le torse de l'Américain, elle s'était profondément enfoncée dans le sol. Il faudrait des heures de travail pour y arriver.

L'homme et l'animal étaient étroitement liés dans la mort. Sean vit soudain ce que cela avait de symbolique. Il les laisserait ainsi.

Matatu le premier, Pumula ensuite, émergèrent de la forêt. Avec une crainte mêlée de respect, ils contemplèrent l'affreux spectacle.

– Allez! ordonna Sean. Attendez-moi près de la pirogue.

– Et l'ivoire? demanda timidement Pumula.

– Allez! répéta Sean sur un ton sans appel.

Tous deux s'éloignèrent en silence.

Les yeux du mort étaient restés grands ouverts. Sean les ferma d'une légère pression du pouce; il détacha ensuite l'écharpe entourant le cou de Riccardo et la noua autour de son menton. Même dans la mort, Riccardo était toujours beau. Appuyé contre la tête de l'éléphant, Sean parla à son vieil ami :

– C'est arrivé juste au bon moment, Capo, avant que la maladie fasse de vous une loque, quand vous étiez encore plein d'entrain et de vigueur. C'est une fin qui convient à un homme comme vous. Je suis content que vous ne soyez pas mort dans votre lit, et je prie pour avoir autant de chance.

Sean caressa une des défenses. Sous ses doigts, elle était lisse comme du jade.

– Nous vous les laissons, Capo. Ces défenses seront votre pierre tombale. Dieu sait que vous les avez gagnées.

Ensuite, il ramassa la carabine Rigby, à demi cachée par les feuilles mortes, et la posa dans la saignée du bras droit de Riccardo, en ajoutant :

– Un guerrier doit être enseveli avec ses armes.

Cependant quelque chose restait à faire. Sean ne pouvait partir en laissant le corps ainsi, exposé à un ciel inclément. Il devait le couvrir de manière décente. Alors, il se souvint de la légende de l'éléphant, de ce que cet animal fait pour les morts. Sortant le couteau pendu à sa ceinture, il coupa une branche feuillue d'un arbrisseau et la posa sur le visage de Monterro.

– Oui, murmura-t-il. C'est bien, c'est ce qu'il faut.

Il coupa d'autres branches et en recouvrit le cadavre; lorsque Riccardo fut caché sous un amoncellement de feuillage, Sean se releva, prit le fusil Express et prononça ces dernières paroles :

– Pas de regrets, Capo. Vous avez eu une belle vie jusqu'au bout. Reposez en paix, vieux camarade.

On entendait le léger frottement des roseaux contre la coque de la pirogue. Les trois hommes étaient silencieux. Sean était assis au milieu, courbé vers l'avant, le menton dans le creux d'une main. Il se sentait vidé, et triste à mourir. De même qu'au temps de la guérilla, lorsqu'il revenait d'un raid.

Il contempla sa main droite, posée sur sa cuisse, et les petits croissants de lune de ses ongles teintés de rouge sombre. « Le sang de Capo », pensa-t-il. Il laissa pendre cette main à l'extérieur de la pirogue, pour que l'eau tiède du marais en fasse disparaître toute trace.

Maintenant, il revoyait la chasse dans son esprit ; ainsi qu'un film muet, il en revivait tous les épisodes, depuis le moment où ils avaient aperçu le vieil éléphant jusqu'à sa vision de Riccardo Monterro cloué au sol sous l'énorme tête grise.

C'est alors qu'il entendit de nouveau la voix de celui-ci, faible et oppressée : « Elle vous aime », avait-il dit, après d'autres mots qu'il n'avait pas compris. « Elle vous aime. » Des mots dénués de sens d'un mourant, des divagations d'un cerveau malade, peut-être une dernière pensée pour une des nombreuses femmes qui avaient rempli sa vie.

Sean sortit sa main de l'eau, le sang sous ses ongles avait disparu.

« Elle vous aime. » Peut-être avait-il voulu parler d'une femme en particulier.

Le regard de Sean se perdit dans le lointain. Le souvenir d'une femme l'avait accompagné durant tous ces derniers jours, tapi le plus souvent au fond de son subconscient, revenant avec netteté au moment où il ne s'y attendait pas. Ce matin encore, durant un des trajets en pirogue, avant que commence la chasse, il avait cueilli sur l'eau une fleur de nénuphar. La pressant contre son visage, il en avait respiré le parfum, senti sur ses lèvres la caresse soyeuse de ses pétales, et pensé à Claudia Monterro.

Le regard toujours perdu dans le vague, il reconnut pour la première fois qu'il lui tardait de la revoir. Il lui parut qu'elle seule pourrait le consoler de la peine qu'il éprouvait de la mort de son père. Il pensa au son de sa voix, à la façon qu'elle avait de dresser la tête lorsqu'elle se préparait à le défier. Il sourit au souvenir de la flamme de colère qu'il pouvait si facilement allumer dans ses yeux, et de la façon dont elle pinçait ses lèvres pour s'empêcher de rire d'une pique qu'il lui lançait.

Il pensa à la façon dont elle marchait, à ce qu'elle avait pu éprouver lorsqu'il l'avait portée dans ses bras. Il se rappela le velouté de sa peau, semblable aux pétales de nénuphar, lorsqu'il la touchait sous prétexte de l'aider ou de la guider.

« Nous ne sommes pas faits l'un pour l'autre. » Il sourit : la tristesse des moments précédents desserra son étreinte. « Si c'est d'elle que parlait Capo, c'est qu'il était devenu complètement fou. » Et pourtant son attente était de plus en plus impatiente.

Il leva les yeux vers le ciel. Le soleil s'était couché, bientôt il ferait nuit. Pendant qu'il contemplait le firmament, Vénus apparut avec une soudaineté tenant du miracle, peu élevée au-dessus de l'horizon de l'ouest. L'une après l'autre scintillèrent les étoiles, faisant leur entrée sur la scène en suivant l'ordre de leur magnitude.

En les voyant paraître, Sean pensa de nouveau à Claudia, se demandant pourquoi elle éveillait en lui des sentiments si contradictoires. Il la comparait à certaines des autres femmes qu'il avait connues et il se rendait compte à quel point ces expériences avaient été superficielles. Son mariage lui-même n'avait pas été une chose sérieuse : un coup de tête, le désir d'un corps. La satiété était rapidement venue. Cela avait été une regrettable erreur qu'il n'avait jamais renouvelée.

Il pensa à Claudia, et éprouva un petit choc au cœur en s'apercevant que son image était tellement nette dans son esprit, qu'il pouvait presque compter un à un les cils entourant ses grands yeux couleur de miel, et les petites rides qui se creusaient aux coins de sa bouche lorsqu'elle riait. Brusquement, il éprouva une violente envie d'être auprès d'elle, et en même temps de l'inquiétude.

« J'ai été fou de la laisser seule. » Et tandis que son regard essayait de percer l'obscurité des marais, il fut accablé à la pensée de toutes les choses épouvantables qui pourraient lui être arrivées.

« Job est avec elle », se dit-il pour tenter de se rassurer. « Mais j'aurais dû rester auprès d'elle, et envoyer Job avec Capo. » Bien qu'il sût que c'était impossible, il s'en voulut.

La pirogue s'arrêta. Appuyé sur sa perche, Pumula prenait un peu de repos, faisant comprendre sans le dire qu'il avait besoin de sommeil.

— Je vais prendre ta suite, dit Sean. Nous ne nous arrêterons pas avant d'être arrivés au village.

Les deux noirs s'étendirent à l'intérieur, pendant que Sean, debout à l'arrière, se livrait à la tâche monotone consistant à peser sur la perche, puis à la ramener sur l'avant, indéfiniment. Il dirigeait l'embarcation en repérant le sud par l'intersection des axes prolongés de la Croix du Sud et de deux étoiles du Sagittaire.

Les tiges de papyrus grinçaient en frottant contre la coque, au rythme de ses poussées. Ce travail répétitif d'automate n'empêchait pas son esprit de vagabonder. Ses pensées finissaient toujours par revenir à Claudia Monterro. Il était certain que la mort de son père, bien qu'elle s'y attendît, serait pour elle un terrible choc. Il cherchait les mots qu'il emploierait pour la lui annoncer et pour la consoler. Elle n'ignorait pas les sentiments de Sean envers lui, et qu'ils avaient été de véritables compagnons de chasse. Elle savait la considération qu'ils avaient l'un pour l'autre.

« Je suis la personne qui peut le mieux l'aider à surmonter son chagrin. Je connaissais tellement son père. Je lui redirai tout le bien que je pensais de lui. »

Il aurait dû redouter d'être le porteur de la mauvaise nouvelle ; au contraire, il se voyait avec un certain plaisir dans le rôle de soutien moral et de protecteur de Claudia.

« Peut-être serons-nous capables d'abandonner les antagonismes dans lesquels nous nous sommes tous deux complu. Au lieu d'accentuer nos différences, peut-être pourrons-nous découvrir ce que nous avons en commun. »

Il s'aperçut qu'il avait inconsciemment accéléré le rythme de ses poussées sur la perche.

« Tu ne tiendras pas toute la nuit à cette cadence », se dit-il. Malgré cela, son désir de la retrouver lui fit poursuivre son effort longtemps après que sa fatigue aurait exigé une halte. Les heures passèrent, jusqu'à ce que Pumula se réveille et prenne la relève. Mais Sean ne dormit pas longtemps ; il était de nouveau à l'arrière lorsque le ciel se teinta de rose à l'est, puis vira au jaune pâle, et que les oiseaux aquatiques s'envolèrent dans un bruissement d'ailes pour saluer la venue du jour.

Deux heures plus tard, Sean fit grimper Matatu en haut de la perche. Le petit homme tendit un bras vers l'avant en poussant un cri de joie. Ce ne fut pourtant qu'en début de l'après-midi que l'avant de la pirogue, après avoir écarté les dernières tiges de papyrus, vint s'échouer sur le sable, au pied du village incendié.

Sean sauta à terre, et se hâta vers les huttes détruites, se retenant pour ne pas courir. « Job devrait veiller plus attentivement », se dit-il avec irritation. « Comment se fait-il que l'on ne nous ait pas vus... »

Il n'alla pas au bout de sa pensée, et s'arrêta brusquement. Son sixième sens l'avertit d'un danger. Le silence était inquiétant. Il se jeta au sol et rampa pour se mettre à couvert, le fusil braqué en avant.

Couché sur le ventre, il écouta. Aucun bruit. Humectant ses lèvres, il imita le gloussement du francolin, un appel du temps de la guérilla que Job reconnaîtrait. Pas de réponse. Toujours en rampant, il avança. Devant lui, dans l'herbe, il vit briller quelque chose.

C'était une douille de cuivre d'une cartouche de 7,62 mm, avec sur le culot une inscription gravée en caractères cyrilliques, la munition du fusil d'assaut AK-47 de l'armée soviétique. Elle sentait encore la poudre brûlée. Regardant autour de lui, il en aperçut d'autres.

Il se releva et courut vers le bosquet, faisant des zigzags et de brusques écarts, afin de gêner la visée d'un éventuel tireur caché. Arrivé en bordure du bosquet, il se jeta de nouveau à terre.

C'est à ce moment qu'il vit le cadavre; il gisait la face contre terre, à quelques mètres seulement de lui, sous un buisson d'épineux. C'était un noir, que l'on avait dépouillé de ses vêtements et de ses bottes.

Sean continua à avancer en rampant jusqu'à se trouver côte à côte avec le mort. Une balle était sortie à travers son dos. Un essaim de mouches s'affairait autour de la blessure qui commençait à sentir. Le sang avait séché et formait une croûte noirâtre.

« Mort depuis vingt-quatre heures », estima-t-il. Inutile de prendre des précautions maintenant. Il se mit à genoux et souleva la tête; le cou était raide de la raideur cadavérique. Sean laissa échapper un soupir de soulagement; l'homme était un inconnu.

– Job! Claudia! appela-t-il.

Il courut vers l'abri où il avait laissé Claudia étendue, il était vide. Le désespoir le saisit. Hagard, il courut à la lisière du bois. Un autre corps était là, nu également. C'était un autre étranger, petit et maigre, dont le haut du crâne avait été emporté. Lui aussi commençait à sentir. Son ventre gonflé ressemblait à un ballon noir.

« Deux salopards », pensa Sean avec un sourire amer. « Bien visé, Job. »

Matatu était arrivé pendant ce temps. Il examina l'abri puis s'en écarta en décrivant des cercles autour de celui-ci, comme un chien d'arrêt à la quête d'une grouse tapie dans un buisson. Immobiles, Sean et Pumula le regardaient faire, à distance afin de ne pas brouiller les empreintes. Après quelques minutes de recherche, Matatu vint à eux.

– C'est la même *shifta* qui nous avait suivis. Ils sont quinze; ils ont encerclé la hutte et ont donné l'assaut. Job a tué ces deux avec le *banduki* de 30/06. (Il montra les cartouches vides.) Il y a eu beaucoup de lutte, et ils les ont emmenés.

– La *memsahib*?

– *Ndio*, répondit Matatu en swahili. Oui, ils l'ont emmenée aussi. Elle boitait encore, ils la tenaient, un de chaque côté, elle s'est débattue tout le long du chemin. Job et Dedan ont été blessés. Je crois que leurs bras étaient ligotés, leur marche est irrégulière. (Matatu montra du doigt les cadavres.) Ils ont dépouillé leurs morts de leur uniforme et de leur *banduki*, et ils sont partis.

– Quand?

– Hier matin. Peut-être avaient-ils envahi le campement à l'aube.

« Grand Dieu, s'ils touchent à vous, Claudia, je leur arracherai les tripes! » se jura Sean. Et, à haute voix :

– Allez, on part!

Pumula récupéra l'équipement resté à bord de la pirogue. Tout en courant, Sean bataillait avec les bretelles de son paquetage. La fatigue de la longue nuit passée à haler la pirogue avait disparu. Il se sentait plein d'ardeur, de force et de rage.

Ils parcoururent le premier mile à l'allure qu'adoptaient naguère les Ballantyne Scouts dans leurs raids. Les traces étaient encore fraîches. Sean prenait toutes les précautions habituelles contre les embuscades. Il se fiait entièrement à Matatu pour déceler tout piège ou mine antipersonnel qui auraient pu être placés afin de ralentir une poursuite.

Ils couraient à une vitesse à peine inférieure à celle d'un marathon olympique. L'image de Claudia semblait danser devant les yeux de Sean, et lui donnait des ailes.

Ils étaient quinze, avait dit Matatu. Quinze qui seraient tentés par le corps de blanche de Claudia. On ne voyait aucun signe indiquant qu'ils s'étaient arrêtés pour abuser d'elle. Sean acceptait sans réserve l'interprétation de Matatu, à savoir qu'ils avaient attaqué le campement à l'aube et l'avaient pris d'assaut, n'hésitant pas à subir des pertes plutôt qu'à en infliger. Il apparaissait qu'ils n'avaient pas voulu tuer, uniquement faire des prisonniers. Il semblait également que, à part des coups de crosse, Job et Dedan s'en étaient sortis indemnes. Mais son grand souci était le sort de Claudia.

Ils l'avaient forcée à marcher avec sa jambe blessée. Cela n'arrangerait pas son genou, et lui infligerait peut-être des séquelles durables. Si elle les ralentissait trop, ils commenceraient à s'impatienter et à devenir menaçants. La question était de savoir s'ils avaient besoin d'un otage blanc, pour un marché éventuel avec un gouvernement occidental. Tout dépendait de ce qu'ils étaient : gens du Frelimo, du Renamo, ou d'une bande indépendante. Qui était leur chef, et quel degré d'autorité ce chef avait-il sur eux ? De toute façon, Sean savait que Claudia courait un terrible danger.

Se savaient-ils poursuivis ? A la lecture des traces laissées dans le village, ils n'ignoraient pas que trois hommes – non, quatre avec Capo – manquaient à l'appel. La réponse était certainement affirmative. Ils prévoyaient probablement que ces absents les poursuivraient. Ce qui les rendait nerveux et agités. Claudia ne se soucierait pas beaucoup d'être prudente. Sean la voyait discutant avec eux, exigeant le respect de ses droits, refusant d'obéir à leurs ordres. Malgré son inquiétude, Sean sourit intérieurement. Ces gens pensaient sans doute avoir attrapé un petit chat; ils se rendraient vite compte qu'ils avaient une tigresse sur les bras.

Sean ne doutait pas qu'elle se conduirait avec eux de la façon qui provoquerait le plus sûrement leur hostilité et compromettrait ses chances de survivre. Si le chef du groupe était un homme faible, elle l'obligerait à faire preuve d'autorité vis-à-vis de ses hommes. La société africaine est machiste, il s'offenserait qu'une femme refuse de se plier à sa volonté. Si ces gens étaient ceux qui avaient incendié le village, ils avaient amplement démontré leur brutalité.

« Pour une fois, ma jolie, ferme ton bec », l'implora-t-il silencieusement.

Devant lui, Matatu s'arrêta net et fit un signe de la main. Sean s'approcha.

— Ils se sont reposés ici.

Il indiqua l'endroit où la bande s'était assise à l'ombre de jeunes mopanes. Il y avait des mégots de cigarette de tabac noir, écrasés dans la poussière. Matatu montra, sur le tronc d'un mopane, des entailles blanches aux endroits où des branches avaient été coupées. Par terre, se voyaient les branchettes qui en avaient été élaguées, dont les feuilles étaient déjà flétries, ce qui confirmait les dires de Matatu, qu'ils étaient passés ici la veille.

Les branches coupées intriguaient Sean. Matatu trouva l'explication :

— Ils ont fabriqué un *mushela* pour la dame.

Ce fut un grand soulagement pour Sean. Claudia ralentissait la marche ; mais plutôt que de se débarrasser d'elle par le procédé expéditif d'une balle dans la nuque, ils avaient fabriqué une civière de branches de mopane pour la transporter. C'était une heureuse évolution, qui faisait mieux augurer des chances de survie de Claudia. Ses ravisseurs estimaient qu'elle avait plus de valeur que Sean ne l'avait redouté.

Cependant son sentiment était que la période du plus grand danger avait été la veille au soir, lorsqu'ils s'étaient arrêtés pour camper durant la nuit. Ces hommes avaient eu toute la journée pour observer Claudia, apprécier sa beauté, et donner libre cours à leur imagination. Sean fut incapable de regarder en face ce qui pourrait être arrivé si leur chef avait perdu le contrôle de ses hommes.

— Allez, Matatu, grommela-t-il. Nous perdons notre temps.

Les empreintes les conduisaient vers le sud, tout au long de la levée de terre par laquelle ils étaient venus, puis à travers les plaines d'inondation, sèches en cette saison. Elles étaient bien marquées et faciles à suivre, celles de quinze hommes et de leurs prisonniers ne faisant aucune tentative pour brouiller leur piste. Matatu les lisait à livre ouvert : il y vit que Job et Dedan portaient la civière. Sean fut content de l'apprendre ; cela prouvait que, s'ils avaient été blessés au cours de l'attaque, leurs blessures étaient légères. Dans ce cas, il était assuré que Job utiliserait toutes les ruses possibles pour ralentir leur marche.

A peine cette idée lui était-elle venue à l'esprit, Matatu poussa une exclamation, en montrant dans la terre molle un endroit où Job avait posé une extrémité de la civière, et marché à quatre pattes, ne se relevant qu'après avoir été entouré et rudoyé par les ravisseurs.

« Bravo! se dit Sean. Mais ne pousse pas trop loin le bouchon. »

A la vitesse à laquelle ils avançaient, ils se rapprocheraient si rapidement de la bande, que Sean se prit à espérer pouvoir la rattraper avant la nuit.

« Cela va être intéressant. Nous trois, avec un seul fusil, contre quinze brutes armées de fusils-mitrailleurs. »

Jusqu'à présent, ils n'avaient rencontré aucun piège à leur intention. Une tactique habituelle des terroristes consistait à miner leurs traces. Sean se demanda pourquoi ils ne l'avaient pas fait. Ou c'étaient des bandits sans formation, ou ils ne disposaient pas de mines légères antipersonnel, ou ils préparaient quelque surprise.

« On verra bien ce qui arrivera. »

— Ils ont fait cuire des aliments ici, dit Matatu, montrant les restes d'un feu de camp, et leur marque aux endroits où ils étaient assis.

Des fourmis s'affairaient, à la recherche de débris de nourriture; le sol était parsemé de nombreux mégots de cigarette.

— Job a peut-être essayé de nous laisser un message. Cherche bien, ordonna Sean à Matatu.

Tandis que les deux noirs inspectaient le secteur, Sean regarda l'heure indiquée par sa montre-bracelet. Il était exactement seize heures. Il faisait encore grand jour, ce qui lui donnait une bonne chance de rattraper la bande avant la nuit. Matatu l'appela

— Voici où ils ont posé la civière de la dame. Et ici elle s'est mise debout.

Sean examina attentivement les empreintes de Claudia; plus petites, plus étroites et plus nettes que celles des bottes de ses ravisseurs. Il vit aussi que l'une était plus appuyée que l'autre.

— As-tu trouvé quelque chose? Job n'a pas laissé de message?

— Rien.

— Bon. Maintenant nous allons boire.

Sean donna à chacun une pastille de sel. Point n'était besoin de leur dire de se rationner. Ils burent trois gorgées d'eau de leur bouteille, dont ils revissèrent soigneusement le bouchon. Ils s'étaient arrêtés durant à peine dix minutes.

Une heure plus tard, ils arrivèrent à l'endroit où les ravisseurs avaient passé la nuit. Le fait que ceux-ci aient repris leur marche après avoir mangé et n'aient pas dormi auprès de leur feu de camp fut la preuve pour Sean qu'il s'agissait de soldats aguerris.

– Cherche encore, dit-il à Matatu.

– Toujours rien, annonça le petit pisteur quelques minutes plus tard.

La déception de Sean était grande. Pourtant, il avait le sentiment que Job ou Claudia avaient dû laisser quelque indication. Avant de donner l'ordre de se remettre en route, il demanda :

– Où a dormi la *memsahib* ?

– Là-bas.

Matatu montra des feuilles et de l'herbe que quelqu'un – Job probablement – avait entassées sur le sol pour en faire un matelas que le poids de Claudia avait aplati. Sean s'accroupit à côté et se mit à fouiller, à la recherche du moindre indice. Il ne trouva rien. Déçu, il éparpilla les quelques feuilles qui restaient.

« Pour la télépathie, c'est raté », se dit-il. Au même moment, il vit un bouton à moitié enfoncé dans la terre, sous le matelas d'herbe. C'était un bouton de cuivre de la ceinture du blue jean de Claudia, sur lequel était gravé « Ralph Hutton ».

« Un jean de grand couturier, bravo, ma belle », se dit Sean en le fourrant dans sa poche. « Mais cela ne m'apprend rien... A moins que... »

Avec précaution, il brossa la poussière à l'endroit où le bouton avait été posé. Il ne s'était pas trompé. Claudia l'avait utilisé comme repère ; au-dessous, elle avait enterré un bout de carton, provenant d'un paquet de petits cigares portugais. Il n'avait pas plus de cinq centimètres de long et deux de large ; bien peu de surface pour le message qu'elle avait écrit avec un morceau de charbon trouvé dans les cendres du foyer. Il lut : « Quinze Renamo. »

C'était un renseignement intéressant, il confirmait l'estimation de Matatu quant à leur nombre. Maintenant Sean savait à qui il avait affaire.

Le mot suivant « *Cave* », lui parut plus énigmatique. Soudain, il se rappela : « *Cave* », un vieux mot latin utilisé par les écoliers anglais pour dire « Attention! » Il sourit. « Où a-t-elle pu apprendre une expression aussi britannique ? »

« *Cave*. Ils vous attendent. » Job devait les avoir entendu parler de leurs poursuivants. Encore une information de grande valeur. Ensuite elle avait signé : « Tout O.K. C. »

Sean contempla le bout de carton qu'il tenait à la main, comme si c'était un morceau de la vraie croix. « Sacrée petite bonne femme », murmura-t-il, « astucieuse, et quel cran! » Il hocha la tête d'admiration ; sa gorge se serra. Pour la première fois, il dut reconnaître qu'il était épris d'elle. Avec fermeté, il chassa cette idée : ce n'était vraiment pas le moment de se laisser aller à ce genre de faiblesse.

– Des Renamo, dit-il à Pumula et Matatu. Comme nous le pensions, ils sont quinze. Ils savent que nous les suivons. Attendons-nous à un piège.

Moins d'une heure plus tard, ils virent les traces de la première embuscade tendue par les ravisseurs. Quatre hommes s'étaient couchés à plat ventre à côté de la piste, au point où la chaussée traversant la plaine inondable finissait et où commençait la grande forêt. Là, le terrain s'élevait, coupé par un vallon étroit, de l'autre côté duquel avait été savamment placée une arme avec une vue dégagée à l'orée d'une clairière. La place avait été abandonnée par ces hommes très peu de temps auparavant.

« Ils ont des gens en arrière-garde. » Sean se sentit mal à l'aise en constatant le risque qu'il avait pris pour vouloir aller trop vite. Dans la poussière, on voyait la double empreinte laissée par le bipied d'une mitrailleuse légère RPD, une des plus simples et cependant des plus efficaces armes de la guérilla. S'il était arrivé dans le vallon pendant qu'elle était en batterie, c'en eût été fait d'eux en quelques terribles secondes. Il avait trop poussé, sans prendre les précautions élémentaires. Une erreur de jugement que lui avait fait commettre son inquiétude pour Claudia.

Les servants de la mitrailleuse étaient partis très peu de temps avant leur arrivée. Il paraissait certain qu'une nouvelle embuscade les attendait un peu plus loin.

– Flancs-gardes, ordonna Sean à contrecœur. Précautions contre les embuscades!

Cela allait faire tomber leur vitesse à la moitié de celle tenue jusqu'à présent. Il serait impossible de rattraper la bande avant la nuit.

Trois hommes, ce n'était pas suffisant. Matatu était seul sur les traces, Sean et Pumula sur les flancs. Ils ne possédaient qu'une arme, le fusil à double canon, dont la cadence de tir était faible. Ils allaient affronter des guérilleros entraînés munis d'armes automatiques, qui les attendaient.

« Un vrai suicide », se dit Sean.

Il entendit Matatu siffler. A cet instant, le pisteur n'était pas en vue de Sean. Celui-ci, ne sachant si c'était un signal de danger, se jeta à terre. Après avoir lancé un coup d'œil circonspect autour de lui, et sans rien voir d'anormal, il se releva et rejoignit Matatu, qui, accroupi à côté de la piste, montrait un visage inquiet en examinant des empreintes. Sean vit aussitôt ce qui le troublait.

– D'où diable peuvent-ils bien venir?

La disparité des forces entre eux et ceux qu'ils poursuivaient venait de s'accroître singulièrement. Pour la première fois, Sean fut écrasé de désespoir. A la bande du Renamo s'était joint un groupe beaucoup plus important : à première vue, une compagnie d'infanterie en entier.

– Combien sont-ils ?

Cette fois, Matatu lui-même était dans l'impossibilité de donner un chiffre exact. Les traces se recouvraient et se mêlaient.

Matatu huma une pincée de tabac à priser. Geste rituel pour dissimuler son embarras. Ensuite il éternua : des larmes montèrent à ses yeux, il les essuya avec ses pouces. Finalement, il ouvrit largement et referma quatre fois ses deux mains.

– Quarante ?

Matatu fit une grimace comme pour s'excuser, et ouvrit ses mains une cinquième fois.

– Entre quarante et cinquante, traduisit Sean.

– Je les compterai plus tard, promit le petit homme, quand je les aurai toutes vues. Mais maintenant...

Mortifié, il cracha sur le sol piétiné.

– A quelle distance sommes-nous d'eux ?

Encore des signes cabalistiques des doigts, que Sean comprit sans difficulté.

– Trois heures. Nous ne pourrons pas les rattraper avant la nuit.

Lorsque le soir tomba, Sean annonça :

– Nous allons manger en attendant que la lune se lève.

Mais le soir, la lune n'était qu'un mince croissant argenté, souvent caché par les nuages, ne donnant pas assez de lumière pour qu'ils puissent suivre les traces, aussi marquées soient-elles. Il pensa continuer à marcher à l'aveuglette toute la nuit, afin de dépasser les Renamo, et ensuite de les surveiller en espérant qu'une occasion se présenterait de délivrer Claudia et ses compagnons.

« Un rêve en Technicolor », se dit-il.

Ils soutenaient depuis des jours un train d'enfer, maintenant ils étaient au bord de l'épuisement. Dans l'obscurité, ils risquaient de tomber en plein sur les sentinelles du Renamo, ou au contraire de passer à côté sans rien voir.

– Nous allons dormir.

Il se voyait obligé d'abandonner. Cependant les ravisseurs, se sachant poursuivis, enverraient peut-être un détachement sur leurs arrières pour tenter de les surprendre. Aussi se retrancha-t-il pour la nuit très à l'écart de la piste, dans un fourré d'épineux qui serait un obstacle pour quelqu'un essayant de se glisser furtivement vers eux. Étant donné qu'ils avaient tous les trois grand besoin de repos, il n'était pas question de poster l'un d'eux en sentinelle. La nuit était glaciale ; ils se serrèrent les uns contre les autres pour se réchauffer.

Sean s'endormait déjà, lorsque Matatu l'appela à voix basse. Résigné, il ouvrit les yeux.

– Qu'est-ce que tu veux ?

– Il y a un de ces Renamo que j'ai déjà vu.

– Tu en connais un ?

Sean était tout à fait réveillé.

– J'en suis sûr. Mais c'est vieux, et je ne peux pas me rappeler où et qui.

Sean fut stupéfait. Lui qui aurait eu de la difficulté à se rappeler le visage de la plupart des gens qu'il avait rencontrés au cours des dix dernières années, il entendait Matatu se lamenter de ne pouvoir reconnaître instantanément des empreintes vues autrefois parmi un fouillis d'autres traces. Bien qu'il sache ce dont Matatu était capable, il eut cette fois un léger doute.

– Tu ferais mieux de dormir, petit couillon (Sean sourit dans l'obscurité. Le prenant par la peau du cou, il secoua la tête crépue du petit bonhomme en signe d'affection.) Peut-être son nom te reviendra en rêve.

Sean, quant à lui, rêva de Claudia. Elle courait nue dans une forêt obscure, des arbres noirs dressaient leurs branches tordues et dépouillées de feuillage. Une meute de loups la poursuivait, eux aussi noirs comme la nuit, mais avec des crocs d'une blancheur éblouissante et une langue rouge sortant de leur gueule. Claudia l'appelait tout en courant, sa peau était blanche et lumineuse comme la clarté de la lune. Sean essayait d'aller vers elle, mais ses jambes refusaient d'avancer. Il essayait de crier son nom, sa langue était paralysée, et aucun son ne sortait de sa gorge.

Il se réveilla en sursaut, une main secouait rudement son épaule.

– Réveillez-vous ! disait Matatu. Vous gémissez et vous criez. Les Renamo vont vous entendre.

Il lui sembla que le froid avait engourdi les muscles de ses jambes. Il ne pouvait chasser ce rêve affreux. Il lui fallut plusieurs secondes pour reprendre ses esprits.

« Tu vieillis, mon gars. » Il était vexé : un Scout doit dormir sans bruit, et être en alerte dès son réveil, s'il ne veut pas qu'on lui coupe la gorge pendant qu'il ronfle.

– Il va faire bientôt jour, souffla Matatu.

Le chœur matinal des oiseaux pépiait et gazouillait dans la forêt. Sean commençait à distinguer le lacis des branches se détachant sur le ciel. Il se leva.

– Partons !

Le soleil était encore bas, et l'herbe humide de rosée lorsqu'ils arrivèrent à une rivière à sec, sur le lit de laquelle les Renamo avaient bivouaqué durant la nuit. Ils ne pouvaient pas être très loin. Parmi les nombreuses traces de pas, ils découvrirent celles de Claudia dans le sable.

– Elle marche mieux, constata Matatu. Mais Job et Dedan continuent à la porter. Ici, elle s'est étendue sur la civière.

Il tomba en arrêt devant des empreintes d'homme, indiscernables pour Sean de toutes les autres ; sauf que celui qui les avait faites chaussait des souliers dont la semelle était ornée d'un dessin en double arête de poisson.

– Je le connais, murmura Matatu. Je reconnais la façon dont il marche...

Déçu, il hocha la tête et s'en alla.

Maintenant, ils avançaient avec d'extrêmes précautions. Les traces les conduisaient tout droit sur le flanc de l'escarpement bordant la vallée. Peu après, ils attaquaient les premières pentes de la chaîne de montagnes. Celui qui commandait la colonne du Renamo savait où il allait.

Sean attendait à tout moment de venir au contact de l'arrière-garde. Il redoutait d'avoir comme seul avertissement le crépitement d'une mitrailleuse légère RPD, tirant à la cadence de six cents coups à la minute.

Dans ces collines, chaque rocher, chaque repli de terrain, était un emplacement de tir possible et devait être longuement observé avant de poursuivre la marche. Sean bouillait d'impatience, mais s'obligeait à adapter celle-ci aux difficultés du terrain.

Après avoir contourné une colline, ils débouchèrent devant un espace dégagé ; au-delà d'un rideau de *msasas*, la vue s'étendait jusqu'au pied du massif montagneux qui se dressait au-dessus des collines.

– C'est ici, dit Sean, qu'ils vont nous attendre.

Les traces se dirigeaient droit vers un défilé à mi-hauteur du vallon, dont l'entrée était encadrée de falaises de rochers rouges, et le goulet presque totalement dépourvu d'arbres alors que ses flancs étaient couverts de buissons. C'était un piège naturel, un poste de tir parfait.

Matatu siffla, Sean se rabattit sur lui. Il n'y avait pas d'obstacle à la vue sur le vallon, jusqu'au pied du défilé. Dans les herbes jaunes et les éboulis, il vit bouger quelque chose. Il porta les jumelles à ses yeux, et distingua une colonne d'hommes en train de gravir péniblement la pente.

Ils marchaient en file indienne, la plupart en tenue de camouflage et chapeau de brousse, certains en treillis. L'avant de la colonne avait déjà atteint les fourrés, en haut du vallon, à cinq kilomètres de distance. Sean compta douze hommes. Quatre d'entre eux portaient la civière. Il tenta de voir Claudia, mais déjà la civière et ses porteurs disparaissaient dans les arbres.

Pumula s'était lui aussi rabattu vers Matatu et Sean. Les deux noirs, accroupis sur le sol parsemé d'arbustes et de rochers, examinaient la configuration des lieux dans un morne silence. Sean, reprenant les jumelles, observa avec attention les deux côtés couverts de buissons du défilé. L'endroit était parfait pour tendre une embuscade; ils seraient pris dans des feux croisés d'armes automatiques lorsqu'ils grimperaient la côte.

— Combien en avez-vous vu ? demanda Sean sans abaisser ses jumelles. Tous sont-ils entrés dans les arbres en haut du vallon ?

— Je n'en ai pas vu beaucoup là-haut, répondit Pumula.

— *Masesh!* lança Matatu.

Masesh, c'est la lie qui provient de la fermentation de la bière de millet; les pêcheurs batonkas l'utilisent comme amorce de fond dans la pêche à la brème sur le lac Kariba.

— Ce vallon est la gueule du crocodile, ajouta-t-il. Ils veulent que nous y mettions notre tête.

Sean examina, en prenant tout son temps, les deux côtés du vallon. Les jumelles aux yeux, il commença tout à fait au sommet de la pente, puis la parcourut du regard de haut en bas. Il recommença de bas en haut, et ainsi de suite à plusieurs reprises. Il s'efforçait de ne pas penser à la civière, ni à la petite silhouette qu'il croyait avoir vue sur elle. Il se concentrait sur son inspection. Au bout d'une dizaine de minutes, sa patience fut récompensée.

Un rayon de soleil venait d'être réfléchi par un objet métallique, ou par un verre de montre-bracelet.

— Ils sont là. (Sean abaissa ses jumelles.) Tu avais raison, Matatu. Ils ont mis l'appât, et maintenant ils nous attendent.

Il s'assit derrière un rocher, essayant de mettre de l'ordre dans ses pensées. Mais le souvenir de Claudia troublait son raisonnement. La seule chose certaine pour l'instant était qu'il fallait abandonner la poursuite. Il levait les yeux sur Matatu et Pumula et vit que tous deux le regardaient avec une expression de confiance aveugle. Depuis près de vingt ans, ils ne l'avaient jamais vu pris de court par les événements. Ils attendaient tranquillement de lui un nouveau miracle.

C'était exaspérant. Sean s'éloigna afin de réfléchir sans sentir ces regards posés sur lui. Il trouva un endroit bien dissimulé, où il avait cependant une vue dégagée, et s'y installa afin d'envisager les diverses actions possibles.

La première solution était d'attaquer la colonne des Renamo. Sans même parler de la modicité de ses forces, il devait prendre en considération le fait que l'adversaire avait des otages entre les mains. Même en compagnie de Scouts, ceci aurait exclu toute action violente.

« Dans ce cas, que puis-je espérer en les suivant ? En dehors de la satisfaction de ce désir nouveau et d'une sentimentalité à l'eau de rose, d'être le plus près possible de Claudia Monterro. »

Probablement, la meilleure chance de l'arracher aux griffes du Renamo était une négociation par voie diplomatique, par l'intermédiaire d'un allié de ce mouvement, le gouvernement de l'Afrique du Sud. Encore fallait-il que les Sud-Africains sachent qu'une citoyenne américaine avait été capturée par celui-ci. Ce fut la première décision que prit Sean.

« Bon. Je vais envoyer un message à l'ambassade américaine à Harare. »

Aussitôt, il se rendit compte que cela réglait en même temps un autre problème. Sean était responsable de Matatu et Pumula. Jusqu'alors il leur avait fait courir de terribles dangers, ce que sa conscience lui reprochait, et de plus en plus à mesure qu'ils étaient plus proches des ravisseurs. Il venait de trouver un motif pour les éloigner.

« Je vais les envoyer tous deux à Chiwewe avec un message pour Reema. »

D'une poche de son sac à dos, il tira un petit bloc-notes et commença à rédiger.

Dans ses dossiers, Reema avait tous les renseignements concernant Riccardo et sa fille, de leur description physique au numéro de leur passeport. Monterro était un homme important. Sean ne dit pas à Reema qu'il était mort ; il écrivit que le père et la fille étaient prisonniers du Renamo. Il pouvait compter sur l'ambassade américaine pour prendre immédiatement contact avec Pretoria.

Il était vrai que, depuis l'établissement par les États-Unis de sanctions contre l'Afrique du Sud, les relations entre Washington et Pretoria étaient à leur plus bas niveau historique. Néanmoins, Sean faisait confiance aux Sud-Africains pour intercéder auprès du Renamo, simplement sur le plan humanitaire.

« Parfait. Voilà le cas de Matatu et Pumula réglé. »

Sean apposa sa signature au bas du message. Après réflexion, il rédigea une autre page d'instructions concernant les cinq cent mille dollars dus par la succession de Riccardo. Il demanda à Reema de transmettre l'affaire à son homme de loi.

Pour finir, il avait à décider de ce que lui-même allait faire. Bien sûr, il pouvait repasser la frontière, porter le message, et dans deux ou trois jours il serait en train de boire une bière fraîche au bar de l'hôtel *Meikles*, en se demandant comment il allait dépenser le demi-million de Capo. C'était la chose à faire la plus logique et la plus sensée. Mais il écarta cette solution avant même de l'étudier sérieusement.

« Je vais donc suivre la colonne et attendre une occasion. » L'absurdité de cette idée le fit sourire. « Quelle occasion ? Celle de pénétrer avec mon vieux fusil dans un campement de cinquante terroristes, de libérer les trois prisonniers, et de bondir avec eux jusqu'à une frontière qui se trouve à cent cinquante kilomètres, en portant sur mon dos Claudia avec sa jambe blessée ! »

Il remit son sac sur ses épaules, et gravit à quatre pattes la pente, vers ses deux compagnons qui continuaient à surveiller le vallon.

— Rien de nouveau? demanda-t-il à Matatu.

Le pisteur secoua la tête. Sean s'assit à côté de lui, silencieux, tandis qu'il rassemblait son courage pour dire au petit homme qu'il le renvoyait.

Matatu paraissait sentir que son maître lui préparait une surprise désagréable. Il ne cessait de lancer à Sean des regards inquiets. Mais lorsque celui-ci se tourna enfin vers lui, un sourire de gratitude illumina son visage, et tout son corps se tortilla dans son désir de plaire, et de conjurer ce qui pourrait arriver.

— Je me rappelle, dit-il soudain. Je me souviens de lui.

Pris au dépourvu, Sean fronça le sourcil.

— Qui? De qui parles-tu?

— Le chef des Renamo. Je vous ai dit hier que je reconnaissais ses empreintes. Maintenant je sais qui c'est.

— Et qui donc? demanda Sean, soupçonneux et prêt à rejeter l'information.

— Vous rappelez-vous le jour où nous avons sauté de l'avion pour attaquer le camp au bord de la rivière? Vous rappelez-vous combien nous en avons tué?

Matatu rit de bon cœur à ce merveilleux souvenir. Sean fit avec circonspection un signe de tête affirmatif.

— Vous rappelez-vous celui que nous avons pris pendant qu'il essayait de brûler des papiers? Celui qui refusait de marcher; vous lui avez crevé l'oreille. Le sang coulait de son oreille, et il criait comme une petite fille.

Matatu se tenait les côtes en évoquant cette bonne plaisanterie.

— Le camarade China?

— Oui, c'est celui-là.

— Non, ce n'est pas China. C'est impossible.

Matatu fut obligé de mettre une main devant sa bouche pour étouffer ses rires suraigus. Il était ravi lorsqu'il était capable d'étonner et de déconcerter son patron.

— China, oui. (Il postillonnait en prononçant le nom.) Pan! fit-il en mettant l'index dans une oreille.

Il s'étouffait presque de rire. Sean le regardait sans le voir; son cerveau avait du mal à enregistrer cette information stupéfiante. Mais Matatu ne faisait pas d'erreurs dans ce domaine.

— Le camarade China, murmura Sean. Ça change tout!

Il revint en esprit à ce jour lointain. L'homme lui avait fait une telle impression que, de la foule d'événements de cette sanglante petite guerre, se détachait l'image bien nette du camarade China. Il se souvenait de son profil de Nilotique, de ses yeux brillants d'intelligence. Mais dans la mémoire de Sean, ces caractères physiques étaient éclipsés par l'impression d'assurance et de détermination qui émanait de lui. C'était un homme dangereux à l'époque. Aujourd'hui, pensa Sean, il devait être encore plus expérimenté et plus redoutable.

Sean hocha la tête. Autrefois, son surnom chez les Scouts était « Courtney la Chance ». Il semblait que son capital de chance fût maintenant épuisé. Il aurait préféré n'importe qui, comme commandant de la colonne du Renamo, au camarade China.

— Je vais t'envoyer à Chiwewe, dit Sean à Matatu d'un ton bourru.

Le rire de Matatu s'arrêta net. Il regarda son maître avec un air d'abord incrédule, puis si plein de désespoir que celui-ci détourna la tête. S'adressant à Pumula, Sean lui dit avec brusquerie :

— Ce papier est pour le chef du campement. Dis-lui d'envoyer le message par radio à miss Reema à Harare. Matatu te guidera. Et ne t'amuse pas en chemin. Compris ?

— *Mambo.*

Pumula était un ancien Scout. Il obéissait sans discuter ni poser de questions.

— Très bien, va, ordonna Sean. Pars tout de suite.

Pumula tendit la main droite. Ils se serrèrent la main à la manière africaine, paume contre paume, puis pouce contre pouce, et de nouveau paume contre paume. Ensuite Pumula se plia en deux pour que sa silhouette ne se détache pas de la crête ; lorsqu'il fut hors de vue, il se redressa et partit au trot, sans se retourner.

Matatu s'était accroupi sur le sol, cherchant à se faire encore plus petit qu'il n'était, espérant ainsi être oublié de son patron.

— Pars ! lui dit Sean. Montre à Pumula le chemin du retour à Chiwewe.

La tête basse, Matatu se mit à trembler comme un petit chien devant le fouet.

— Fous le camp ! gronda Sean. Avant que je botte tes fesses noires.

Le petit pisteur leva vers lui un visage malheureux. Sean aurait voulu le relever et le serrer dans ses bras.

— Va-t'en, espèce de petit couillon.

Devant la mine féroce de son maître, Matatu s'éloigna de quelques pas en se traînant, puis s'arrêta et se tourna vers lui, le regard implorant.

— Va !

Finissant par accepter l'inévitable, Matatu descendit la pente en se dérobant aux vues de l'ennemi. Avant de disparaître dans les épaisses broussailles, il se retourna une fois encore, dans l'espoir de déceler chez Sean un signe de faiblesse.

Délibérément, Sean lui tourna le dos et examina dans ses jumelles le terrain en face de lui. Mais au bout de quelques secondes, il ne put s'empêcher de jeter un coup d'œil par-dessus son épaule. Matatu avait disparu. Il éprouva une étrange impression, de ne plus le voir à ses côtés. Quelques minutes plus tard, il avait repris son observation du vallon d'en face, et chassé Matatu de son esprit.

De chaque côté du goulet d'accès à ce vallon, les falaises de roches rouges se dressaient sans faille à perte de vue. Elles n'étaient pas extrêmement élevées, ne dépassaient pas une centaine de mètres. Mais elles étaient verticales, souvent même en surplomb au-dessus d'endroits où la roche plus tendre était érodée et se creusait en grottes horizontales peu profondes, à l'abri d'une strate plus dure.

Le goulet d'accès au vallon était aussi attirant qu'une porte de prison. Les falaises étaient sinistres et semblaient inaccessibles. C'est cependant celles-ci que Sean s'appliqua à observer dans ses jumelles, à droite et à gauche, aussi loin qu'il pouvait en distinguer les détails. Peut-être serait-il nécessaire de longer la falaise sur plusieurs kilomètres avant de trouver un endroit où l'escalade serait possible. Mais cela prendrait un temps précieux.

A environ cinq cents mètres sur la droite du goulet d'accès au vallon, il vit un passage par où, lui sembla-t-il, il pourrait à la rigueur tenter l'escalade. Mais ce ne serait pas chose facile, seul et sans matériel d'alpiniste même le plus sommaire. Sean serait handicapé par son paquetage et son fusil, et l'ascension devrait s'effectuer dans l'obscurité; la tenter de jour serait une invitation à un entraînement de tir AK sur cible réelle.

Il repéra dans ses jumelles un contrefort rocheux présentant des failles, qui semblait offrir un moyen d'accéder au-dessus du surplomb de la falaise, et conduisant en outre à une étroite plate-forme qui courait sur des centaines de mètres des deux côtés. De cette plate-forme, deux chemins paraissaient possibles pour atteindre le haut de la falaise; l'un était une cheminée; l'autre une face au bas de laquelle sortaient à l'air libre les racines d'un énorme figuier qui se détachait, grand et massif, sur l'horizon. Ces racines, tels des serpents, étaient imbriquées dans le rocher à pic, formant une échelle jusqu'en haut de celui-ci.

Sean disposait de trois heures pour prendre du repos, avant que l'obscurité lui permette de tenter l'escalade. Brusquement, il se sentit épuisé. Non seulement de la fatigue physique de la poursuite, mais aussi du choc émotionnel causé par la vision fugitive de Claudia et de Job dans la colonne du Renamo.

Il effaça soigneusement ses traces depuis le haut de la crête et chercha un emplacement sûr pour s'y installer pendant ce qu'il restait de jour. Il le trouva parmi les roches et les broussailles, desserra les lacets de ses souliers pour reposer ses pieds, mais garda son fusil en travers de ses cuisses. Il mangea une galette de maïs et une tablette de protéines sorties de ses vivres de réserve et but quelques gorgées de sa bouteille d'eau.

Certain de s'éveiller lorsque le soleil disparaîtrait derrière l'horizon, il ferma les yeux et s'endormit presque immédiatement.

Durant le trajet de retour au campement de Chiwewe, Matatu conduisit Pumula à bonne allure. Ils trottèrent toute la nuit et la matinée, s'arrêtant enfin pour remplir leurs bouteilles d'eau aux marais où ils avaient vu Tukutela du haut des airs.

Pumula voulait se reposer. Sans se donner la peine de discuter avec lui, Matatu se tourna en direction de l'ouest, et partit au trot de ses jambes maigres aux genoux noueux. Pumula ne put que le suivre. Ils franchirent en pleine nuit la frontière entre le Mozambique et le Zimbabwe et arrivèrent au camp au milieu de l'aprèsmidi suivant.

La consternation fut générale et l'agitation extrême. Le chef cuisinier oublia même de se coiffer de sa grande toque et de mettre son tablier immaculé, lorsqu'il sortit précipitamment de sa case pour venir aux nouvelles. Matatu laissa Pumula remettre le message du patron et répondre à l'avalanche des questions, il alla dans sa hutte se rouler en boule sur son lit – un vieux châlit métallique et un matelas plein de bosses, cadeau de Sean et son bien le plus précieux – et s'endormit malgré tout le tohu-bohu qui s'ensuivit dans le camp; malgré les hurlements du chef dans le micro de l'émetteur radio VHF, espérant que sa voix porterait jusqu'à Harare, à trois cents miles de distance.

Cinq heures plus tard, Matatu se réveilla. Il faisait nuit et le camp était redevenu silencieux. Il sortit de sous le matelas sa précieuse provision de tabac à priser et en remplit la corne de gazelle pendue à son cou, prit la pochette de cuir qui était son seul bagage, et sortit silencieusement du camp plongé dans le sommeil.

« Sacré petit couillon », se dit-il à lui-même avec un sourire de satisfaction. Il partit au pas de course, pour retourner à la place qui était la sienne, auprès de l'homme qu'il aimait plus qu'un père.

La fraîcheur de l'air du soir réveilla Sean. Devant lui, les falaises rouges se fondaient dans la brume pourpre du crépuscule.

Il s'étira et chercha du regard Matatu. Puis il se souvint, et ressentit un choc au creux de l'estomac.

Il ouvrit la culasse du fusil, retira les cartouches des deux chambres, et les remplaça par deux autres qu'il prit dans sa saharienne. Ensuite, il enduisit son visage et le dos de ses mains d'une crème de camouflage noire. Il était prêt.

Il passa les vingt dernières minutes avant l'obscurité complète à observer dans ses jumelles le défilé du vallon et le haut des falaises. Autant qu'il pouvait le voir, rien n'avait changé. Ensuite il étudia avec soin, pour le garder en mémoire, le chemin qu'il prendrait jusqu'au pied des rochers.

Tandis que la nuit étendait son manteau sur la montagne, il franchit tranquillement la crête de la colline, et se dirigea en se dissimulant vers le bas de la falaise. A mesure qu'il en approchait, les buissons étaient plus denses et plus enchevêtrés. Il mit plus de temps qu'il n'avait prévu pour arriver au pied de la muraille rocheuse.

Maintenant, l'obscurité était presque totale. Il put cependant reconnaître le point de départ de son escalade, grâce à un buisson poussant dans une anfractuosité, qu'il avait repéré à la jumelle.

Sean n'utilisait jamais la bretelle de son fusil. Cela pouvait être fort dangereux, si cette bretelle s'accrochait à une branche au moment où chargeait une bête blessée. Il entoura l'arme de son sac de couchage, et l'attacha à l'horizontale sous le rabat de son sac à dos. La crosse dépassait d'un côté de ses épaules et le canon de l'autre, ce qui donnait un chargement mal équilibré. S'approchant de la falaise, il passa la main sur le roc. La pierre était encore chaude des rayons du soleil, et lisse, presque savonneuse sous ses doigts.

Avant la guérilla, la varappe était une de ses passions. Il en aimait le risque, la sensation de sentir le vide sous ses talons. Il avait fait de l'alpinisme en Amérique du Sud et en Europe, et aussi sur le Drakensberg et le mont Kenya. Il avait le sens de l'équilibre, et la force nécessaire dans les bras et les jambes. S'il n'y avait pas eu la guérilla, il aurait pu devenir un des meilleurs internationaux de ce sport. Cependant, il n'avait encore jamais tenté une ascension telle que celle-ci.

Car ses souliers étaient souples et sans renfort au bout. Il n'avait ni corde, ni grappin, ni pitons. Il inaugurait cette voie d'escalade dans l'obscurité, à peine capable de voir la prise suivante, sur une paroi qu'il avait observée de loin, formée de grès rouge, la plus traîtresse des roches.

Il attaqua la face de la falaise et commença l'ascension ; utilisant ses doigts et la pointe des pieds, le corps détaché du rocher, bien en équilibre, il grimpait en souplesse, d'un mouvement continu

190

Au début les prises étaient franches, les points d'appui solides ; plus haut, les ressauts de la pierre s'effritaient. Il s'y appuyait aussi légèrement que possible. Malgré cela, il les sentait se déliter sous ses pieds. Par endroits, il ne pouvait voir au-dessus de sa tête : il tâtait alors dans l'obscurité, du bout de ses doigts aussi sensibles que ceux d'un pianiste, frôlant la roche et trouvant la prise. Et il était passé.

Sans s'être arrêté, il atteignit la plate-forme, à une trentaine de mètres de hauteur. Celle-ci était plus étroite qu'il ne lui avait paru en l'observant dans les jumelles ; elle n'avait pas vingt-cinq centimètres de largeur. Avec le sac au dos et le fusil en travers des épaules, il était impossible à Sean de se retourner ni de s'asseoir sur elle. Il était obligé de rester debout face à la falaise, le nez collé contre elle ; il se trouvait moins à l'aise sur cette plate-forme que précédemment sur la paroi.

Il avança le long de celle-ci, les bras en croix, les doigts cherchant les anfractuosités du rocher, vers la gauche, en direction de la cheminée qu'il avait repérée, avec la méfiance instinctive du varappeur envers les racines, les branches et les touffes d'herbe. Entre les deux voies possibles, c'était celle qu'il avait préférée.

Il comptait les pas qu'il faisait, marchant en crabe ; au bout d'une centaine, la plate-forme devint encore plus étroite. Ses cuisses tremblaient de l'effort surhumain qu'il leur imposait pour contrebalancer le poids du sac et du fusil en surplomb sur le vide. Vingt pas plus loin, la paroi rocheuse commença à faire saillie ; Sean dut coller ses hanches contre elle pour éviter de tomber en arrière. Il n'était qu'à trente mètres de hauteur, mais se serait tué aussi sûrement que du haut de la face nord de l'Eiger.

La fatigue de ses jambes devenait intolérable. Il pensa rebrousser chemin, et essayer de passer par les racines du figuier. Il doutait cependant d'être encore capable d'y arriver. Il aurait voulu s'arrêter un moment pour reposer ses jambes et reprendre des forces, mais il savait que le faire en un tel endroit signifierait son échec et entraînerait sa mort.

Il se força à faire encore un pas, puis un autre. Ses jambes devenaient insensibles, il les sentait trembler sous lui ; dans peu de temps elles refuseraient tout service. Enfin, les doigts de sa main gauche sentirent un creux ; il était arrivé à la cheminée. Ce fut comme une injection d'adrénaline, ses jambes se raffermirent. Il avança encore d'un pas, et de la main explora la cheminée. Elle n'était pas aussi large que la largeur de ses épaules.

Sean enfonça la main aussi loin qu'il le put dans la fissure, et s'assura une prise solide. Maintenant il pouvait faire porter l'effort sur son bras, et soulager son dos et ses jambes douloureuses. Il leva la tête et fut surpris de voir au-dessus de lui la falaise se profiler sur le ciel nocturne. Pendant son escalade, la lune s'était levée à l'est, répandant une lumière argentée sur la forêt. Sous cet éclairage, il devait se hâter.

Il introduisit l'autre main dans la fissure, et trouva une autre prise. Il coinça ensuite son pied gauche dans le fond de la fissure, où celle-ci était beaucoup plus étroite. Ce fut ensuite au tour de son pied droit, qu'il coinça plus haut de la même façon. Ainsi, main après main, pied après pied, il monta le long de la cheminée, son torse restant à l'extérieur de celle-ci. Son poids était de nouveau bien réparti, et la vigueur revenue dans ses jambes.

Il voyait maintenant, à une trentaine de mètres au-dessus, le haut de la falaise. La cheminée s'élargissait; Sean ne trouvait plus de crevasses pour y coincer ses mains et ses pieds. Il tenta d'introduire ses épaules dans la fissure; le canon du fusil vint heurter le rocher, l'empêchant de le faire. Il chercha à tâtons une autre prise au fond; mais sa main ne rencontra que du grès friable. Il était cloué.

Il comprit aussitôt ce qu'il allait devoir faire, mais qui était contraire à son instinct.

« Fais-le », lui cria une voix intérieure. « Fais-le ou meurs. »

Il actionna la boucle à ouverture instantanée de la sangle de son sac à dos entourant sa taille. Il tendit un bras et l'agita; la bretelle glissa de son épaule, le long de son bras, et se bloqua une fois arrivée à son coude, immobilisant ce bras derrière lui.

Sean enfonça la tête dans la fissure, essayant de trouver un ressaut pour y poser son menton. Rassemblant ses forces, raidissant les muscles de son cou, il réussit à la coincer. Il lâcha la prise de son autre main; maintenant, seuls ses pieds et sa tête le soutenaient. Il étendit les deux bras derrière son dos; la seconde bretelle glissa de son épaule. Le sac tomba en rebondissant sur la falaise; le métal du canon de son fusil résonna comme une cloche sur le roc; l'écho répercuta de loin en loin ce bruit terrifiant au milieu de la nuit.

Les deux mains libérées, Sean s'accrocha désespérément aux bords de la fissure. Bien que déséquilibré, il réussit à ne pas suivre son sac dans sa chute. Ensuite, se tournant de côté, il introduisit enfin une épaule dans la cheminée, et l'y enfonça comme un coin. Il demeura ainsi, haletant, glacé pendant un instant par la vision de la mort qui venait de le frôler. Peu à peu sa respiration devint plus régulière, une douce chaleur se répandit dans son corps. C'était bon d'être encore en vie.

« Sacrément tangent », murmura-t-il, « tu étais déjà passé par là, mon gars. » Il constatait une fois encore que, plus grande avait été sa peur, plus il était électrisé après. Cela ne l'étonnait plus. Il se retrouvait en train de se demander à nouveau jusqu'où il pourrait aller sans dépasser les limites.

Mais l'excitation était fugace: après quelques secondes elle s'atténua; la situation apparut à Sean telle qu'elle était. Le sac à dos, le fusil, les bouteilles d'eau, la nourriture, tout était parti. Il ne lui restait plus que le contenu de ses poches, la petite pochette d'urgence, et le couteau de chasse pendu à sa ceinture.

« Je repenserai à tout ça quand je serai arrivé là-haut », se dit-il en reprenant son ascension. Avec une épaule calée dans la fissure, il put se hisser péniblement centimètre par centimètre, au prix de la peau de ses mains et de ses genoux nus.

La fissure s'élargissait de plus en plus, jusqu'à devenir une vraie cheminée, dans laquelle il introduisit tout son corps. Repliant une jambe sous lui, il monta ainsi plus rapidement. Tout au sommet, la cheminée était érodée et se désagrégeait. Un pan s'était effondré, laissant cependant une étroite saillie de roche dont la partie supérieure était plate. Sean réussit à se hisser sur ce socle et à s'y tenir debout.

Mais le sommet était encore à près d'un mètre au-dessus de sa tête. Entre le socle et ce sommet, la brisure du pan de la cheminée avait laissé une surface parfaitement lisse, sans la plus petite prise, le moindre point d'appui. Dans un cas pareil, n'importe quel varappeur aurait planté un piton dans le roc. Sean fit la grimace.

« Hélas! pas de pitons. Il va falloir sauter. »

Il n'aurait pas une seconde chance. S'il manquait sa prise sur le rebord de la falaise, l'arrêt suivant serait au bas de celle-ci. Sean cala solidement ses pieds, plia les genoux et bondit. Ses deux mains arrivèrent au-dessus du rebord, s'accrochèrent à lui et tinrent bon. Il ne restait plus qu'à faire un rétablissement. Lorsque son menton se trouva au niveau du rebord, il s'aperçut au clair de lune qu'il était arrivé sur une fausse crête, une autre plate-forme en dessous du véritable sommet de la falaise.

Plate-forme occupée de toute évidence par une colonie de damans. La puanteur de leurs déjections emplit les narines de Sean alors qu'il reprenait son souffle après tous ces efforts. Le daman est à peu près de la taille du lapin; dodu et pelucheux, il ressemble à un jouet de petit enfant. En ce moment, les damans étaient dans leurs terriers, la plate-forme paraissait déserte.

Continuant à se hisser à la force des bras, Sean passa un coude au-dessus du rebord, puis l'autre. S'arc-boutant sur ses avant-bras, il put enfin se redresser et se tenir debout sur la plate-forme. De là, l'accès à la crête véritable était sans difficulté, une grimpette plutôt qu'une escalade. Ce qui ne l'empêcha pas d'effectuer prudemment cette dernière partie de l'ascension. Arrivé au sommet, il resta couché à plat ventre durant quelques minutes, examinant le terrain devant lui.

La lune était maintenant voilée. Sean ne pouvait pas distinguer grand-chose. Les arbustes et les broussailles qu'il avait vus sur le flanc du vallon poussaient également ici, en haut de la falaise, formant à une cinquantaine de mètres une muraille sombre, séparée de lui par un espace de terrain rocailleux parsemé de touffes d'herbe. Lorsqu'il aurait franchi ces quelques mètres, il serait à l'abri de la végétation.

Sean se releva et partit en courant vers le couvert des broussailles. Il avait à peine parcouru la moitié du chemin, lorsqu'un faisceau de lumière tomba sur lui.

Arrêté dans son élan comme s'il avait rencontré la paroi de la falaise, il mit instinctivement les mains devant les yeux, ébloui par le brutal éclat du projecteur qui le frappait exactement de face, et se jeta à plat ventre dans l'herbe, aussi collé au sol que possible. Le faisceau lumineux projetait des ombres allongées derrière chaque bloc de pierre, et l'herbe jaune paille le reflétait vers le ciel. Pris dans cette implacable lumière, vulnérable et désespéré, Sean pressa son visage contre la terre.

Il attendait ce qui allait suivre ; mais le silence persistait. Même les oiseaux de nuit s'étaient tus. Aussi, lorsque la voix retentit, venant du rideau d'arbres, amplifiée et déformée par le haut-parleur électronique, elle le frappa comme un coup de poing dans la figure.

— Bonsoir, colonel Courtney. (L'homme parlait un anglais parfait, avec un léger accent africain.) Vous avez fait un temps excellent, vingt-sept minutes du pied de la falaise au sommet.

Sans faire un mouvement, Sean encaissa l'humiliation, on le tournait en ridicule.

— Mais je ne peux pas vous donner une bonne note pour la discrétion. Qu'avez-vous laissé tomber du haut des rochers ? Cela résonnait comme une batterie de casseroles. Maintenant, colonel, voulez-vous avoir l'amabilité de vous lever et de lever les mains au-dessus de votre tête.

Sean ne bougea pas.

— Je vous en prie, monsieur. Ne nous faites pas perdre de temps.

Sean resta immobile. Il pensait à une solution de désespoir, repasser à toute vitesse la crête derrière lui.

— Très bien, je vois qu'il va falloir vous convaincre.

Un ordre bref fut donné. Une giclée d'arme automatique troua le sol à trois pas de Sean. Il vit l'éclair répété du départ des projectiles s'allumer devant le rideau des arbres, et reconnut le crépitement caractéristique d'une mitrailleuse légère RPD, ressemblant au bruit d'une toile qui se déchire. Les balles fauchaient l'herbe et soulevaient un nuage de poussière éclairé par le projecteur.

Sean se releva lentement. Le faisceau lumineux tombait direc-

194

tement sur son visage; mais il refusa de détourner la tête ou de protéger ses yeux.

— Les mains levées, s'il vous plaît, colonel.

Il obéit. Son corps athlétique apparut en pleine lumière.

— Je suis heureux de voir que vous êtes resté en forme, colonel.

Deux silhouettes sombres se détachèrent sur le fond du rideau d'arbres, et vinrent prendre position derrière Sean. Elles étaient vêtues d'un battle-dress et armées d'un fusil-mitrailleur AK. Il fit semblant de les ignorer, jusqu'à ce que soudain la plaque métallique d'une crosse frappe brutalement son épine dorsale. Il tomba sur les genoux.

La voix donna un ordre bref en dialecte local; les deux hommes encadrèrent Sean et le firent se relever. L'un d'eux le fouilla rapidement, le délesta de son couteau et de son sac à vivres de réserve. Ils reprirent ensuite position à ses côtés, leur AK braqué sur lui.

Le faisceau lumineux se mit à danser, tandis qu'avançait l'homme portant le projecteur. Sean vit que celui-ci était du matériel militaire, alimenté par un gros accumulateur rechargeable. Un peu en arrière du porteur, encore dissimulé dans l'ombre, venait celui qui s'était adressé à Sean par le haut-parleur. Il était grand et mince, et marchait avec la souplesse d'un chat. Il s'approcha suffisamment pour n'avoir pas besoin de l'amplificateur. Alors Sean reconnut sa voix.

— Il y a longtemps, colonel Courtney.

— Oui, bien des années.

L'homme s'arrêta à quelques pas devant Sean. En manière de plaisanterie, il mit une main en cornet derrière une de ses oreilles.

— Je vous demanderai de parler un peu plus fort. Je suis sourd d'une oreille, vous le savez.

Derrière la crème de camouflage noire, Sean lui adressa un sourire moqueur.

— J'aurais dû achever le travail, et crever votre autre tympan tant que j'y étais, camarade China.

L'homme sourit. Il était encore plus séduisant que dans le souvenir de Sean. Aimable, détendu et charmeur.

— Il faudra que nous parlions ensemble du temps d'autrefois. Pour l'instant, vous m'avez mis quelque peu en retard, colonel. Aussi agréable que cela soit de renouer connaissance, je ne puis me permettre d'être plus longtemps loin de mon poste de commandement. Nous aurons certainement l'occasion de reprendre cette conversation, mais maintenant, je dois vous quitter. Mes hommes prendront soin de vous.

Il fit demi-tour et s'évanouit dans l'obscurité. Sean aurait voulu lui demander : « Mes hommes, la jeune femme, sont-ils sains et saufs ? » Il se retint. Avec un adversaire comme celui-ci, il ne fallait montrer aucune faiblesse, ne rien dire qu'il puisse utiliser plus tard à son profit. Il s'obligea à rester silencieux lorsque les gardiens le poussèrent en avant à l'aide de la crosse de leur arme.

— Bientôt, se consola Sean, nous aurons rejoint le gros de la colonne, et je pourrai voir par moi-même ce que sont devenus Claudia et Job.

La pensée de Claudia fut aussi rafraîchissante qu'une gorgée d'eau fraîche.

Le peloton préposé à sa garde était de dix hommes sous les ordres d'un sergent. De toute évidence, c'étaient des soldats triés sur le volet, vigoureux et minces. La meute de loups de son cauchemar. Ils arrivèrent rapidement sur une piste dont le sol était ferme. Obligeant Sean à prendre le petit trot, ils filèrent dans la nuit en direction du sud.

Aucun de ses gardiens ne parlait. C'était comme dans un rêve. Il n'y avait que les bruits de leurs pas, de leur respiration courte et rapide, d'un cuir de leur équipement qui grinçait, et l'odeur chaude de leur corps près de lui.

Au bout d'une heure, le sergent ordonna une pause. Ils firent halte à côté de la piste. Sean s'approcha d'un des hommes, montrant du doigt la bouteille d'eau pendue à sa ceinture. Celui-ci alla parler au sergent.

Ce furent les premiers mots qu'il entendit depuis leur départ, et il les comprit. C'était le dialecte des Shanganes, une des petites tribus zouloues écrasées par les soldats du roi Chaka en 1818 à la bataille de Mhlatuze River. A la différence de la plupart des autres petits chefs de ces tribus, Soshangane avait résisté à l'incorporation dans l'empire de Chaka; il avait fui vers le nord avec les débris de ses troupes, pour y fonder son nouveau royaume dans la région de la frontière actuelle entre le Zimbabwe et le Mozambique.

La langue des Shanganes ressemblait donc au zoulou. Au fil des ans, nombre des employés du camp safari de Sean avaient appartenu à cette tribu. Aussi parlait-il couramment leur langue, qui était également très voisine de celle des Sindebeles.

Il se garda bien de montrer qu'il la connaissait, faisant semblant de ne pas comprendre lorsque le soldat dit à son chef :

— Le *mabunu* demande à boire.

— Donne-lui, répondit le sergent. Tu sais que l'*inkosi* le veut vivant.

L'homme tendit la bouteille. Bien que l'eau fût saumâtre et légèrement boueuse, Sean la but avec autant de délectation qu'une coupe de champagne.

« L'*inkosi* le veut vivant », avait dit le sergent. L'*inkosi*, c'est-à-
dire le chef, était évidemment le camarade China. C'était
réconfortant. Après quelques minutes, ils se remirent à trotter en
direction du sud.

Ils coururent jusqu'au lever du jour. Sean s'attendait à tout
moment à ce qu'ils rattrapent le gros de la troupe, avec qui se
trouvaient Claudia et Job. Maintenant que l'on voyait mieux, il
cherchait des yeux sur la piste les empreintes de la colonne. Il
n'en vit pas : elle avait dû prendre un autre chemin.

Le sergent avait placé des flancs-gardes de part et d'autre de la
piste et sur l'avant, en cas d'embuscade tendue par le Frelimo.
Mais plus qu'une menace venant de la forêt, il semblait craindre
une attaque aérienne. Chaque fois qu'ils étaient obligés de s'engager sur un terrain découvert, il arrêtait son peloton, scrutait le
ciel, écoutait un éventuel bruit de moteur avant de s'y aventurer,
puis le traversait à toute allure jusqu'au prochain couvert des
arbres. Une fois, au cours de la première matinée, ils entendirent
à grande distance le son d'un turbo-réacteur. Le sergent donna un
ordre, et tous plongèrent, nez contre terre, obligeant Sean à faire
de même.

Cette préoccupation des attaques aériennes étonna Sean. A sa
connaissance, l'armée de l'air du Frelimo était presque inexis-
tante. Les quelques appareils qu'elle possédait étaient périmés,
inaptes aux attaques d'objectifs au sol, et le manque de techniciens
qualifiés et de pièces de rechange ajoutait à leur inefficacité.
Pourtant ces hommes paraissaient prendre la menace très au
sérieux.

Vers midi, le sergent fit faire halte. Un des soldats prépara le
repas sur un petit feu, qu'il éteignit dès la cuisson terminée. Ils
repartirent alors et parcoururent plusieurs kilomètres avant de
s'arrêter à nouveau pour manger. Sean reçut une part égale à celle
des autres. La farine de maïs était cuite à point et convenablement
salée. En revanche, la viande sentait mauvais : un homme blanc
ordinaire n'aurait pu l'avaler, sinon au prix d'une crise immédiate
d'entérite. Mais l'estomac de Sean était habitué à la nourriture
africaine. Il mangea sans plaisir, mais sans dégoût.

Le sergent vint s'asseoir à côté de Sean, et lui dit en shangane :
– C'est bon, vous en voulez encore ?

Sean fit signe qu'il ne comprenait pas. Le sergent haussa les
épaules et continua à manger. Quelques minutes plus tard, il se
tourna vers son prisonnier en disant brusquement :
– Attention ! Il y a un serpent derrière vous.

Résistant à sa première impulsion, celle de se lever précipitamment, Sean répéta en anglais :
– Excusez-moi, je ne comprends pas.

— Il ne comprend pas le shangane, dit le sergent. On peut parler devant lui.

Sans plus prêter attention à Sean, les hommes se mirent à bavarder entre eux. Le repas terminé, le sergent sortit de son sac de marche des menottes légères avec lesquelles il attacha un bras de Sean au sien. Il désigna ensuite deux sentinelles. Tous les autres s'installèrent pour dormir.

En dépit de sa fatigue – depuis des jours, il n'avait pris que des bribes de sommeil de temps en temps – Sean demeura éveillé, réfléchissant à ce qu'il avait appris, essayant de mettre de l'ordre dans les fragments du puzzle. Malgré le petit papier de Claudia, il n'était pas certain d'être entre les mains du Renamo. Le camarade China avait été commissaire dans la ZANLA, l'armée du marxiste Robert Mugabe, et le Renamo était une organisation antimarxiste cherchant à renverser le gouvernement du Frelimo. Tout cela ne collait pas très bien.

D'autre part, China avait combattu l'armée rhodésienne de Ian Smith. Que faisait-il de ce côté de la frontière ? Était-il un renégat, ou un mercenaire, ou un seigneur de la guerre indépendant, utilisant à ses propres fins le chaos régnant au Mozambique ? Ce serait un point intéressant à mettre au clair.

Avant de sombrer dans un profond sommeil, sa dernière pensée fut pour Claudia Monterro. Si China le voulait vivant, lui, Sean, il était hautement probable qu'il voulait également la jeune femme vivante. Il s'endormit réconforté. Lorsqu'il se réveilla, ses muscles, qui avaient été mis la veille à rude épreuve, étaient endoloris, ainsi que les contusions provoquées par les coups de crosse. Mais il dut se lever sans retard et reprendre la course dans la fraîcheur du soir. Peu à peu ses muscles se réchauffèrent, l'ankylose de ses membres disparut. Il courait d'une foulée égale, sans difficulté pour suivre l'allure de son escorte. Toujours avec l'espoir de voir émerger de l'obscurité l'arrière du gros de la troupe, et Job et Dedan portant la civière de Claudia.

Ils coururent toute la nuit. Lorsqu'ils firent halte pour manger, ses gardiens se mirent à parler de Sean.

— On dit, raconta le sergent, qu'il a été un lion pendant l'autre guerre. C'est lui qui a mené l'attaque au camp d'entraînement d'Inhlozane.

Les soldats tournèrent vers Sean des regards intéressés, empreints d'un certain respect.

— On dit que c'est lui, en personne, qui a crevé une oreille du général China.

Ils rirent de bon cœur de cette bonne histoire, et commencèrent à discuter de son physique, comme s'il était du bétail à la foire.

– Il a un corps de guerrier, dit l'un d'eux.

– Pourquoi, demanda un autre, le général China nous fait-il faire cela?

– Nous devons, répondit le sergent, faire sortir de lui l'orgueil et la colère. Le général China veut que nous fassions d'un lion un chien qui exécutera les ordres en remuant la queue.

– Il a le corps d'un guerrier, répéta le premier qui avait parlé. Maintenant nous allons voir s'il a le cœur d'un guerrier.

Tous éclatèrent de rire. « C'est donc la bagarre », se dit Sean, tout en conservant un masque impassible. « Très bien, bande de salopards; nous verrons quel est le chien qui remue la queue le premier. »

Cela commençait à devenir intéressant : le défi était tout à fait du goût de Sean. Ces soldats avaient tous à peine plus de vingt ans, tandis que lui en avait quarante. Mais l'âge l'avait rendu plus résistant, et l'aiderait à supporter les épreuves à venir.

Il s'attacha à ne pas leur montrer qu'il avait compris qu'il s'agissait d'un défi. Prendre une attitude de bravade eût été dangereux. Leur bonne volonté serait plus précieuse que leur ressentiment.

Toute la vie d'adulte de Sean s'était passée en l'étroite compagnie de noirs. Il les connaissait en leur qualité de serviteurs ou d'égaux, de chasseurs et de soldats, pouvant être autant de bons et loyaux amis que de durs et cruels ennemis. Il connaissait leurs forces et leurs faiblesses et la manière d'exploiter celles-ci. Il n'ignorait rien de leurs coutumes tribales, de leurs règles sociales. Il savait comment leur plaire, les flatter ou faire impression sur eux; comment se faire accepter par eux et comment gagner leur estime.

Il leur montra de la considération, juste ce qu'il fallait pour ne pas provoquer leur mépris. Il fut très attentif à ne pas contester l'autorité du sergent, à éviter de lui faire perdre la face devant ses hommes. Il exploita au mieux leur sens de l'humour et de la drôlerie. Avec le langage des signes et quelques pitreries, il les fit rire; et lorsqu'ils eurent ri ensemble, leurs relations se modifièrent insensiblement. Il devint plus un compagnon qu'un prisonnier; ils cessèrent d'employer la crosse de leur fusil comme instrument de persuasion. Chose plus importante, il recueillait chaque jour de nouvelles bribes d'information.

A deux reprises, ils traversèrent des villages incendiés. Les champs alentour étaient envahis de mauvaises herbes. Le vent emportait des cendres grises.

– Renamo? demanda Sean en montrant les ruines.

Le sergent parut outragé.

– Non, non! Frelimo. (Puis, une main sur la poitrine :) Moi, Renamo. (Et, montrant ses hommes :) Renamo!

– Renamo! confirmèrent ceux-ci avec fierté.

« Eh bien, voilà une question réglée », pensa Sean. Il fit ensuite le geste de tirer sur quelqu'un.

– Frelimo, pan! pan! lança-t-il.

Ils furent ravis, et se joignirent avec enthousiasme à son simulacre de tir. Leur attitude envers lui devint de plus en plus amicale. Au repas suivant, le sergent lui servit une tranche particulièrement grande de viande avariée. Tandis qu'il mangeait, ils discutèrent sans se gêner de ses performances, reconnaissant qu'il s'était très bien comporté.

– Eh bien, dit le sergent, il a montré qu'il savait courir et qu'il savait tuer. Mais peut-il tuer un *henshaw*?

Henshaw signifie faucon en shangane. Sean les avait plusieurs fois entendus prononcer ce mot au cours des cinq jours de leur marche; chaque fois, ils levaient les yeux au ciel avec une expression inquiète. Une fois de plus, entendant le nom de cet oiseau, ils parurent mal à l'aise, et regardèrent automatiquement en l'air.

– Le général China le pense, poursuivit le sergent. Mais qui peut savoir?

La position de Sean était actuellement bien assurée, ses relations avec la bande telles qu'il pouvait se permettre de prendre quelques libertés, et de pousser au déroulement de l'épreuve.

Durant l'étape suivante, il se mit à forcer l'allure. Au lieu de rester à sa place dans la file, à deux pas derrière le sergent qui menait la course, il se rapprocha jusqu'à être sur ses talons sans le toucher néanmoins. Il respirait bruyamment, afin que le sergent sente qu'il était dans son dos. Instinctivement, celui-ci allongea sa foulée; Sean en fit autant, demeurant près, trop près.

Le sergent jeta un coup d'œil irrité par-dessus son épaule; Sean y répondit par un large sourire, en lui envoyant son souffle au visage. Les yeux du sergent se plissèrent tandis qu'il se rendait compte de ce qui se passait. Il sourit à son tour à Sean et démarra à grande allure.

« Cette fois, mon vieux, ça y est! » se dit Sean. « Nous allons voir maintenant quel est le chien qui remue la queue. »

Le reste du peloton était à la traîne. Le sergent aboya un ordre bref, celui de serrer les rangs. Sean et lui continuèrent à un train d'enfer. Au bout d'une heure, un soldat seulement suivait, les autres s'égaillaient sur plus d'un kilomètre. A un moment, la piste grimpa en pente raide vers le haut du plateau.

Sean accéléra légèrement jusqu'à être épaule contre épaule avec le sergent; mais lorsqu'il essaya de le dépasser, l'autre força l'allure. La montée était si forte que la piste décrivait des lacets en épingle à cheveux. Le sergent prit la tête dans le premier virage; Sean le rattrapa dans la ligne droite.

Ils couraient au maximum de leur vitesse; tantôt l'un menait le train, tantôt l'autre. Le soldat avait été semé à mi-côte. Ils s'acharnaient, baignés de sueur, haletant comme des machines à vapeur.

Brusquement Sean sortit de la piste et, coupant un virage, escalada la pente pour se retrouver une quinzaine de mètres sur l'avant du Shangane. Devant cette ruse, celui-ci poussa un cri de colère, et coupa le virage suivant. Alors tous deux quittèrent la piste, grimpant directement vers le sommet de la colline, sautant par-dessus les obstacles. On aurait dit une paire de koudous bleus en plein galop.

Sean arriva en haut avec un mètre d'avance sur le sergent et s'affala sur le sol, essayant de reprendre sa respiration. L'autre en fit autant, le cœur battant à tout rompre dans sa poitrine. Une minute s'écoula ainsi; puis, assis tous deux à terre, ils se regardèrent. Sean se mit à rire, d'un rire saccadé auquel répondit le rire visiblement douloureux du sergent. Peu à peu, à mesure qu'ils retrouvaient leur souffle, les rires devinrent plus francs. Lorsque les hommes du peloton arrivèrent les uns après les autres au sommet de la colline, ils les trouvèrent encore assis dans l'herbe, poussant des éclats de rire comme deux fous.

Lorsqu'ils eurent repris leur marche, le sergent quitta cette piste interminable, pour se diriger vers l'ouest à travers la brousse. La façon dont, à partir de ce moment, il mena sa petite troupe, dénotait qu'il avait enfin un but et savait où il allait.

Sean comprit que l'épreuve était terminée.

Avant la nuit, ils pénétrèrent à l'intérieur du périmètre d'un camp permanent du Renamo, établi sur les bords d'une rivière au cours paresseux, dont les eaux coulaient parmi des bancs de sable. Les abris et les tranchées étaient recouverts de rondins de bois et soigneusement camouflés. On voyait des mortiers et des mitrailleuses lourdes dont le champ de tir couvrait les abords de la rivière au nord.

Sean eut l'impression que ces défenses étaient très étendues; il conjectura qu'elles englobaient une vaste région militaire, dans laquelle était rassemblé au minimum un régiment, peut-être même une division. Lorsqu'ils eurent traversé la rivière et pénétré dans le camp retranché, l'apparition de Sean au milieu de son escorte suscita un vif intérêt. Des soldats sortirent des abris et firent cercle autour d'eux, jusqu'à ce que l'arrivée d'un officier les fasse disparaître. Le sergent salua ce dernier, qui répondit en portant l'extrémité de sa badine à la bordure de son béret rouge.

— Colonel Courtney, dit-il dans un assez bon anglais, nous avons reçu ordre de vous accueillir.

Sean eut plaisir à constater que les militaires du Renamo arboraient les insignes de grade classiques, copiés sur ceux de l'armée portugaise. Celui-ci avait les écussons rouges d'officier supérieur, et les galons de commandant sur ses pattes d'épaule. Alors que, durant la guérilla, les rebelles avaient supprimé ces symboles d'une tradition impérialiste.

– Vous passerez la nuit avec nous, ajouta le commandant, et je serai heureux de vous avoir à dîner ce soir au mess.

On le traitait en invité de marque. Les gardiens de Sean eux-mêmes furent impressionnés, et d'une façon assez curieuse fiers de lui. Le sergent l'escorta à la rivière, allant jusqu'à lui donner un morceau de savon pour qu'il puisse laver sa saharienne et son short.

Tandis que ses vêtements séchaient au soleil, Sean se plongea dans l'eau et utilisa le dernier bout de savon pour se laver, en particulier pour faire disparaître de son visage ce qui restait de la crème de camouflage. Tout en faisant mousser le savon sur son corps, il s'examina d'un œil critique. Il n'avait pas un atome de graisse; chacun de ses muscles se dessinait avec netteté sous la peau tannée par le soleil. Il ne s'était pas trouvé en aussi bonne condition physique depuis les jours lointains de la guérilla. Il était comme un pur-sang amené au mieux de sa forme par un bon entraîneur.

Le sergent lui prêta un peigne. Sa chevelure épaisse et ondulée tombait presque sur ses épaules. Il se rhabilla. Il se sentait bien dans sa peau, avec une impression de force et d'allant.

Le mess des officiers était installé dans un abri souterrain et dénué de tout ornement. Les hôtes de Sean étaient le commandant, un capitaine et deux jeunes lieutenants.

L'abondance de la nourriture suppléait au décorum. Un énorme plat fut servi, à base de poisson séché et de piment, le terrible pili-pili, souvenir de la domination portugaise, accompagné de l'inévitable bouillie de farine de maïs. C'était le meilleur repas que Sean avait pris depuis son départ de Chiwewe; mais le fin du fin de ce dîner fut la boisson offerte par le commandant, qui fit servir à gogo de la vraie bière pour buveurs civilisés. Les boîtes métalliques portaient l'étiquette « Castle Lager », avec écrit en bas « Verwaardig in Suid Afrika : – Made in South Africa ». Cela indiquait clairement quel pays était l'allié du Renamo.

En sa qualité d'invité, Sean porta le premier toast. Il se leva et, levant son verre de bière :

– Au Renamo, et au peuple du Mozambique.

– Au président Botha, répliqua le commandant, et à l'Afrique du Sud.

Ils savaient que Sean était sud-africain, et donc un hôte à honorer.

Le commandant s'était battu du côté des Rhodésiens durant la guérilla. Il raconta à Sean qu'il était officier subalterne dans les Rhodesian African Rifles, le régiment noir d'élite qui avait infligé d'énormes pertes aux guérilleros du ZANLA. Bientôt régna entre eux l'atmosphère de camaraderie des frères d'armes. En évitant de l'interroger de manière trop directe, Sean put aiguiller la conversation et recueillir les bribes d'information que donnait de plus en plus généreusement le commandant à mesure que se vidaient les boîtes de bière.

Ainsi que Sean le supposait, ils se trouvaient au nord du périmètre tenu par une division du Renamo. Les défenses étaient dispersées, précaution contre les bombardements aériens. A partir de cette base, ils effectuaient des raids en direction du sud, attaquant les garnisons du Frelimo, et mitraillant les trains sur la voie de chemin de fer entre Beira et Harare.

Tant que le commandant et Sean en furent à la première caisse de bière, ils discutèrent avec sérieux de l'importance de cette liaison ferroviaire. Le Zimbabwe n'a aucune frontière maritime et les seules artères qui le mettent en communication avec le monde extérieur sont ses deux voies ferrées. La plus importante étant celle qui mène, via Johannesburg, à Durban et au Cap, en Afrique du Sud.

Le gouvernement marxiste de Mugabe supportait mal d'être ainsi tributaire du pays qui incarnait à ses yeux le mal en Afrique, ce bastion du capitalisme et de l'économie de marché, qui avait durant les onze années de la guérilla soutenu le régime blanc de Ian Smith. Mugabe se répandait en incessants discours hystériques contre son voisin du sud, et malgré tout la sale main de l'apartheid enserrait sa veine jugulaire. Il chercha son salut du côté de l'est, au Mozambique, récemment libéré du joug portugais et dont le président, Samora Machel, avait aidé Mugabe dans sa lutte pour l'indépendance.

Le Frelimo avait fourni à ce dernier des soldats et des armes; il lui avait offert l'utilisation de bases sur son territoire, d'où Mugabe avait pu lancer ses attaques contre la Rhodésie. Il était donc bien naturel que Mugabe se tourne de nouveau vers le Mozambique, afin d'échapper à l'affreuse humiliation d'être vu par le reste de l'Afrique, par ses frères de l'Organisation de l'Unité africaine, non seulement en négociations mais encore entièrement sous la dépendance monstre du sud pour chaque litre d'essence, pour chaque parcelle des produits nécessaires à l'existence quotidienne.

La voie ferrée menant à Beira était la solution du problème. Naturellement, sous le régime socialiste, les installations du port et la ligne elle-même étaient tombées dans un délabrement presque total. Un seul remède avait fait ailleurs ses preuves : une aide massive des pays occidentaux. Comme tout bon État marxiste, le Mozambique estimait que c'était un dû, et que toute tentative d'obstruction à cette aide pourrait être contrée par le moyen éprouvé consistant à crier au racisme.

L'estimation du coût de remise en état du port et de la voie ferrée était de quatre milliards de dollars. Comme chacun le sait, les coûts réels en Afrique se montent habituellement au double de l'estimation ; une somme de huit milliards était plus réaliste. Une bagatelle pour l'Occident, un prix raisonnable pour donner à Mugabe le plaisir de faire un pied de nez au pays de l'apartheid.

Il n'y eut qu'un obstacle à cette brillante opération, l'armée du Renamo. Elle opérait des deux côtés de la voie ferrée, l'attaquant presque chaque jour, faisant sauter les ponts et les tunnels, arrachant les rails, mitraillant le matériel roulant.

Les dégâts causés furent cependant mineurs, comparés au fait qu'ils donnèrent aux gouvernements occidentaux une bonne excuse pour refuser les fonds qui eussent été nécessaires pour rendre la voie ferrée capable de transporter la totalité des importations et des exportations du Zimbabwe.

Les efforts du gouvernement du Frelimo pour protéger sa ligne furent si lamentables que le Zimbabwe se vit obligé de lui venir en aide. Plus de dix mille hommes de l'armée de Mugabe furent envoyés, afin d'essayer de s'opposer aux attaques du Renamo. Sean avait entendu chiffrer à un million de dollars par jour le coût de ces opérations pour l'économie du Zimbabwe, une des plus chancelantes de l'Afrique noire.

Quelle ironie du sort, le fait que l'ancien guérillero Mugabe se trouvât maintenant dans le rôle de défenseur passif d'installations fixes et de positions permanentes. Il recevait les coups d'épingle qu'il lançait naguère avec tant de plaisir. Après avoir bien ri de cette bonne histoire, Sean et le commandant attaquèrent la deuxième caisse de bière. Le temps de l'entretien sérieux était passé.

Vinrent alors les bons souvenirs de la guerre dans la brousse. Ils se rendirent compte qu'ils s'étaient trouvés tous deux dans les Mavuradonha le même jour, quand cinquante-six guérilleros avaient été descendus, « une bonne tuerie », comme ils disaient toujours d'une opération réussie. Les Scouts de Sean étaient postés dans des ravins, en attente ; tandis que les Rhodesian African Rifles, largués par parachute, avançaient en ligne en repoussant les terroristes en direction des Scouts.

— Vous aviez refoulé vers nous autant de guibs que de salopards, se rappela Sean. Je ne savais plus sur lesquels commencer à tirer.

Ils rirent, et continuèrent à parler d'autres opérations, de raids dangereux, de poursuites de l'ennemi. Ils burent à la santé de Ian Smith, des Ballantyne Scouts et des Rhodesian Rifles. Comme il y avait encore beaucoup de bière, ils portèrent des toasts à Ronald Reagan et à Margaret Thatcher. Se trouvant à court de chefs d'État de droite, Sean proposa « A bas Gorbatchev! »

Proposition adoptée dans l'enthousiasme, suivie de « A bas le Frelimo! », et se continuant par l'envoi au diable de divers leaders de gauche, dont la liste fut plus longue que celle des conservateurs. Lorsque vint le moment de se dire au revoir, le commandant et Sean s'embrassèrent comme de vieux frères. Sean avait rempli ses poches de boîtes de bière; ses gardiens lui montrèrent également beaucoup d'affection lorsqu'il les leur distribua.

Au matin, le sergent dut secouer Sean pour le réveiller; il avait un terrible mal de tête et la bouche amère. C'est un inconvénient d'être physiquement en excellente forme lorsqu'on boit trop, la réaction à l'excès d'alcool est plus violente. Et il n'avait même pas un cachet d'aspirine.

Mais au milieu de la matinée, il avait assez transpiré pour éliminer les dernières gouttes de bière. Ils couraient de nouveau en direction du sud-ouest. Le long du chemin, Sean vit nombre de fortins et de points d'appui, ingénieusement dispersés et dissimulés. Il vit de l'artillerie de campagne et des mortiers dans des emplacements protégés par des sacs de sable, et des hommes armés de lance-roquettes RPG, l'arme portative efficace et robuste de la guérilla. Tous les soldats qu'il rencontra semblaient bien nourris, bien équipés, et avoir un excellent moral. Presque tous portaient la tenue de camouflage à rayures tigrées, et des bottes de combat en toile à semelle de caoutchouc.

Son escorte avait refait le plein de vivres au magasin de la garnison. Lorsqu'ils s'arrêtèrent pour manger, Sean lut « *Premier Mills* » sur les sacs de farine de maïs, « *Lion Matches* » sur les boîtes d'allumettes, et la double légende familière « *Verwaardig in Suid Afrika – Made in South Africa* ».

– J'ai l'impression d'être revenu chez nous, dit-il avec nostalgie.

Les lignes de défense du Renamo étaient disposées en cercles concentriques. Bientôt Sean se rendit compte qu'ils approchaient du centre. Ils passèrent à côté de ce qui était manifestement un camp de formation, où de jeunes recrues noires, hommes et femmes, certains encore adolescents, étaient assises sous des abris de chaume, en rang comme des enfants à l'école, les yeux fixés sur un tableau noir de fortune, avec une telle attention qu'ils jetèrent à peine un regard sur le détachement de Sean.

Celui-ci put voir que les sujets étudiés sur le tableau noir traitaient du manuel d'infanterie, et de théorie politique.

Après le camp de formation, ils arrivèrent en un endroit parsemé de petits monticules, qui, vus de près, s'avérèrent être des entrées d'abris. Ceux-ci étaient mieux construits et plus astucieusement dissimulés que ceux auprès desquels ils étaient passés dans la journée; ils étaient probablement invisibles pour des avions.

Le comportement de ses gardiens vis-à-vis de lui s'était modifié, leur attitude devenue plus distante. Indices qui faisaient supposer à Sean que le quartier général des forces du Renamo n'était pas loin. Effectivement, ils virèrent sans préavis à angle droit et s'arrêtèrent devant un des blockhaus souterrains. L'escorte de Sean échangea quelques mots avec les gardes de l'entrée, qui prirent Sean en charge, et le conduisirent tambour battant à travers un réseau de corridors et d'installations enterrées. Le blockhaus était éclairé à l'électricité. Sean entendit le ronronnement lointain d'un générateur.

On le fit entrer dans un local où se trouvait un poste émetteur-récepteur de radio. Sean constata d'un coup d'œil que l'équipement était moderne et en bon état. Une carte à grande échelle recouvrait un mur, montrant les provinces de Zambezia et Manica, du nord du Mozambique.

Sean examina discrètement la carte; il vit aussitôt que le terrain montagneux servant de repaire à l'armée du Renamo était la Serra de Gorongosa, et que la rivière qu'ils avaient traversée, qui formait une ligne défensive du Renamo, était la Pungwe. La voie ferrée de Beira n'était qu'à cinquante ou soixante kilomètres au sud de cette position. Avant d'avoir pu glaner quelques autres informations intéressantes sur cette carte, Sean fut poussé dans un corridor au fond duquel un rideau pendait dans un encadrement de porte. Son escorte ayant respectueusement demandé l'autorisation d'entrer, une voix sèche et autoritaire répondit, et Sean fut introduit dans la pièce.

— Camarade China! Quelle agréable surprise.

— Ce terme n'est plus de saison, colonel Courtney. Veuillez m'appeler général China, ou « sir » simplement.

China était assis à un bureau, au centre de la pièce. Il était vêtu comme la plupart des officiers, d'un battle-dress, orné de l'insigne des parachutistes et de quatre rangs de rubans de décoration de toutes les couleurs. Il portait autour du cou une écharpe de soie jaune. A une patère étaient accrochés son béret rouge et son ceinturon, de l'étui duquel sortait la crosse en ivoire d'un pistolet. Il semblait que le général China avait pris très au sérieux sa conversion du marxisme au capitalisme.

– J'apprends que vous vous êtes bien comporté durant ces derniers jours, et que vous avez de la sympathie pour le Renamo, ses alliés et ses objectifs.

L'amabilité avec laquelle cela fut dit mit Sean mal à l'aise.

– Comment savez-vous cela ?

– Nous avons la radio, figurez-vous. (China montra l'émetteur-récepteur VHF posé sur une table le long du mur.) Vous avez passé, à ma demande, une agréable soirée avec le commandant Takawira.

– Pourriez-vous maintenant me dire, général, ce que c'est que toute cette histoire. Vous avez enlevé des citoyens de pays amis, l'Amérique et l'Afrique du Sud.

– Épargnez-moi vos reproches, colonel. Nos gens à Lisbonne et ailleurs ont déjà reçu des réclamations de ces deux pays. Naturellement, nous avons nié avoir enlevé qui que ce soit, adopté l'attitude de l'innocence outragée. (Il s'arrêta un instant pour observer Sean.) Je ne sais pas comment vous avez fait pour alerter si rapidement l'ambassade américaine, mais je n'attendais pas moins de vous.

Avant que Sean puisse répliquer, il souleva le combiné du téléphone, et parla à quelqu'un dans une langue que Sean reconnut comme étant du portugais, mais qu'il ne put comprendre. Après avoir raccroché, il tourna son regard vers l'entrée. Instinctivement, Sean fit de même.

Le rideau fut écarté, et trois personnes entrèrent dans la pièce. Deux femmes noires en uniforme armées de pistolets, et entre elles, escortée de près, Claudia Monterro, vêtue d'un short et d'une chemise kaki décolorés par le soleil mais lavés de frais, les mêmes vêtements qu'elle portait la dernière fois qu'il l'avait vue.

La première chose qui frappa Sean fut sa maigreur. Ses cheveux étaient peignés en arrière et tressés en une natte sur sa nuque. Sa peau avait la couleur du pain grillé. Ses yeux paraissaient immenses dans son visage amaigri. Sean n'avait jamais autant remarqué la finesse de ses traits. A sa vue, il lui sembla que son cœur s'arrêtait, pour repartir ensuite à un rythme fou.

– Claudia !

Elle avança la tête vers lui d'un geste vif, le sang se retira de son visage.

– Ah, mon Dieu ! murmura-t-elle. J'avais si peur.

Elle s'arrêta. Ils se regardèrent l'un l'autre, immobiles tous deux. Et puis elle prononça son nom :

– Sean !

On eût dit un sanglot. Elle fit un pas vers lui et leva les mains, la paume vers le haut, en un geste de suppliante, ses yeux pleins de toute la souffrance des privations et de l'attente des derniers jours. En deux grandes enjambées, il fut près d'elle. Elle se jeta contre lui et, fermant les yeux, l'entoura de ses deux bras et appuya la tête contre sa poitrine. Elle le serrait si fort qu'il avait peine à respirer.

— Ma chérie, dit-il à mi-voix, en caressant sa chevelure, qu'il sentit souple sous ses doigts. Ma chérie, maintenant tout va s'arranger.

Elle leva vers lui son visage, ses lèvres frémirent et s'entrouvrirent. Le sang refluait à ses joues, sous la peau lisse et bronzée. Elle paraissait rayonner, la lumière de ses yeux avait changé, ils avaient pris une teinte topaze brûlée.

— Vous avez dit « ma chérie », murmura-t-elle.

Sean se pencha sur elle et l'embrassa. Les lèvres de Claudia étaient brûlantes et avaient la saveur d'un fruit.

Toujours assis à son bureau, le général China dit d'une voix calme :

— Très bien, emmenez-la maintenant.

Ses gardiennes arrachèrent Claudia aux bras de Sean. Elle poussa un petit cri de désespoir et tenta de leur résister. Mais c'étaient de fortes femmes, elles la prirent sous les bras, la soulevèrent du sol et l'emmenèrent.

— Laissez-la, cria Sean en accourant vers elles.

Une des gardiennes sortit son pistolet de l'étui et le braqua sur son ventre. Le rideau de l'entrée retomba, les cris de protestation de Claudia devinrent peu à peu inaudibles. Dans le silence revenu, Sean se tourna vers l'homme assis à son bureau.

— Espèce de salaud! lança-t-il. Vous aviez organisé toute cette mise en scène.

— Cela s'est passé encore mieux que je n'espérais, reconnut China. Une conversation que j'avais eue avec miss Monterro à votre sujet m'avait donné l'impression qu'elle s'intéressait plus à vous comme homme que comme chasseur professionnel.

— J'aimerais vous arracher la tête des épaules. Si vous lui faites le moindre mal...

— Allons, allons, colonel Courtney, je ne vais pas lui faire de mal. Elle a bien trop de valeur marchande. Je suis sûr que vous comprenez cela.

La fureur de Sean tomba. Il fit un signe de tête affirmatif.

— Très bien, China. Que voulez-vous?

— Bon! J'attendais que vous me posiez cette question. Asseyez-vous. Je vais commander une tasse de thé, et nous pourrons causer.

En attendant que le thé soit servi, China plongea dans les papiers couvrant son bureau, les lisant et signant des ordres. Ce qui donna à Sean le temps de se ressaisir. Puis China reprit la parole.

– Vous m'avez demandé ce que je voulais. Eh bien, je vous avouerai que, tout d'abord, ce n'était rien de plus qu'une honnête compensation. Après tout, colonel, c'est vous qui avez au camp d'Inhlozane mis la seule tache qu'il y ait eue dans ma carrière professionnelle. Vous avez en outre infligé à ma personne un préjudice physique définitif. (Il montra son oreille.) Vous serez d'accord que ce sont des raisons suffisantes pour que je désire une revanche.

Sean resta silencieux. China poursuivit :

– Je savais évidemment que vous aviez la concession de chasse de Chiwewe. En fait, en ma qualité de ministre du gouvernement de Mugabe, j'étais un de ceux qui vous l'ont accordée. Je pensais déjà, à cette époque, qu'il pourrait être utile de vous avoir à proximité de la frontière.

Sean s'obligea à demeurer calme. Il se rendait compte qu'il était préférable de se montrer coopératif plutôt qu'hostile. Il but une gorgée de thé.

– Je vois que vous avez roulé votre bosse. Camarade un jour, général le lendemain ; ministre d'un gouvernement marxiste hier, chef de guerre du Renamo aujourd'hui.

– La dialectique marxiste ne m'a jamais beaucoup intéressé. Si je regarde en arrière, je m'aperçois que je me suis enrôlé dans l'armée de la guérilla pour d'excellentes raisons capitalistes. C'était à l'époque le meilleur moyen de réussir dans la vie... Comprenez-vous cela, colonel ?

– Parfaitement. (Cette fois, le sourire de Sean n'était pas forcé.) Il est bien connu que la seule façon dont le communisme peut fonctionner est d'avoir des capitalistes pour payer la facture.

– Vous exprimez cela très bien. Je ne l'ai découvert que plus tard, lorsque le ZANLA eut mit Ian Smith dehors et pris le pouvoir à Harare. J'ai compris que les gros malins qui avaient évité de se battre, mais avaient pris les rênes ensuite, me craignaient et se méfiaient de l'ancien guérillero que j'étais. Loin de recevoir ma juste récompense, il était plus probable que je finirais dans la prison de Chikarubi. Je laissai donc parler mes instincts de capitaliste. Avec quelques autres citoyens pensant comme moi, nous avons combiné un nouveau changement de gouvernement. Nous avions pu convaincre certains de mes anciens camarades d'armes, qui avaient de hauts grades dans l'armée du Zimbabwe, que je ferais un successeur convenable de Robert Mugabe.

– Le bon vieux jeu africain du coup d'État et du contre-coup.

– Cela fait plaisir de parler à une personne qui suit si bien un raisonnement. Il est vrai que vous êtes un Africain, bien que de la couleur la moins à la mode.

– Je suis flatté que vous me reconnaissiez comme tel. Mais revenons à votre désir altruiste de mettre le meilleur au pouvoir...

– Ah oui... Eh bien, quelqu'un a parlé à une femme, qui en a parlé à son amant, lequel était justement le chef des services de renseignement de Mugabe. J'ai dû passer la frontière en toute hâte, et je suis tombé ici sur d'autres vieux camarades qui avaient déjà rejoint le Renamo.

– Mais pourquoi le Renamo?

– C'est ma famille politique naturelle. Et le Renamo m'a ouvert les bras. Voyez-vous, je suis à moitié shangane. Comme vous le savez, notre tribu vit des deux côtés de la frontière artificielle, tracée par les géographes de l'ère coloniale sans tenir compte des réalités démographiques.

– Si, comme vous l'affirmez, général China, vous êtes devenu un capitaliste, il doit y avoir autre chose. Une récompense future en réserve?

– Vous ne me décevez pas. Vous êtes perspicace et retors à souhait. Évidemment, il y a quelque chose prévu pour moi. Lorsque j'aurai aidé le Renamo à former le nouveau gouvernement du Mozambique, celui-ci, avec son alliée l'Afrique du Sud, pourra faire pression sur le Zimbabwe afin d'obliger Harare à changer de président... à remplacer Mugabe.

– Du général China au président China. Quel bond en avant! Je vous accorde une qualité, général : vous voyez grand.

– Je suis heureux que vous le reconnaissiez.

– Mais que deviens-je dans tout cela? Vous parliez tout à l'heure de revanche pour votre oreille abîmée. Avez-vous oublié votre rancune?

– A dire vrai, j'aurais eu plaisir à prendre cette revanche. En fait, j'avais projeté un raid nocturne sur votre camp de Chiwewe. J'avais placé une unité de mes hommes près de la frontière, non loin de votre concession, et n'attendais qu'une occasion d'échapper à mes obligations pour vous faire une visite personnelle, lorsqu'un changement radical m'a amené à y renoncer.

Sean leva un sourcil en signe d'intérêt et d'attention.

– Tout récemment, poursuivit China, s'est produite une modification de l'équilibre des forces ici, dans la province centrale. Nous, le Renamo, contrôlons tout le pays à l'exception des principales villes. Nous avons réduit la production agricole au point que le Frelimo ne peut plus compter que sur l'aide de l'étranger. Nous avons pratiquement paralysé son réseau de communications. Nous effectuons des raids sur les routes et les voies ferrées, tandis que nos forces circulent librement. Nous recrutons dans les campagnes. En fait, nous avons mis en place une administration parallèle. Cependant, tout cela vient de changer récemment.

– Que s'est-il passé?

China se leva, il vint se placer devant la carte fixée au mur.

— Vous vous êtes distingué dans les combats contre la guérilla, colonel Courtney. Je n'ai donc pas besoin de vous expliquer notre stratégie, ni de vous faire une conférence sur les armes que l'on utilise dans « la guerre des piqûres de moustique ». Nous ne craignons pas l'artillerie lourde ou les avions supersoniques. Nous avons bien ri lorsque Mugabe a acheté à ses amis soviétiques deux escadrilles de chasseurs, des MIG-23 périmés, dont les Russes étaient trop heureux de se débarrasser. Nous craignons très peu d'armes modernes, sauf... (China s'arrêta et se tourna vers Sean.) Mais vous êtes un expert, colonel. Vous en savez plus que n'importe qui sur les opérations de contre-guérilla. Que craignons-nous le plus, à votre avis ?

— Les hélicoptères d'assaut, répondit Sean sans hésitation.

China se rassit lourdement à son bureau.

— Il y a trois semaines, les Soviétiques ont livré une escadrille d'hélicoptères Hind * au Frelimo.

— Des Hind ! En Afghanistan, on les appelle « la Mort volante ».

— Ici nous les appelons *henshaw*, les faucons.

— Aucune armée de l'air africaine ne peut maintenir une escadrille de Hind en état de vol, faute de l'infrastructure nécessaire.

— Les Russes ont fourni des techniciens, des pièces de rechange, et surtout des pilotes. Leur objectif est d'écraser le Renamo en six mois.

— Peuvent-ils y parvenir ?

— Oui, affirma China. Ils ont déjà sérieusement diminué notre mobilité. Et sans mobilité, une armée de guérilla ne vaut plus rien. Ici (il montra l'abri d'un geste circulaire), nous nous terrons comme des taupes, non comme des combattants. Notre moral, si élevé il y a encore un mois, s'écroule. Mes hommes regardent le ciel et s'aplatissent.

— La vie n'est pas facile, général. Mais je suis sûr que vous trouverez quelque chose.

— J'ai déjà trouvé. Vous.

— Moi contre une escadrille de Hind ? Je suis flatté, mais n'y comptez pas.

— Désolé, colonel. Comme disent les Américains, vous m'en devez une. (Il toucha son oreille.) Et moi, je vous en dois une : miss Monterro.

— Bon, dit Sean avec résignation. Expliquez-moi ça.

— Le plan que j'ai à l'esprit nécessite un visage blanc et un officier qui comprenne les soldats noirs et parle leur langue.

— Certainement, général, vous ne souscrivez pas à la vieille théorie du général von Lettow-Vorbeck, que les meilleures

* Hind : appellation OTAN de l'hélicoptère soviétique Mi-24. (N.d.T.)

troupes du monde sont celles composées de soldats noirs et d'officiers blancs. Pourquoi diable ne faites-vous pas cela vous-même ?

– Je connais mes limites. Je suis meilleur administrateur que soldat. En outre, je vous l'ai dit, j'ai besoin d'un visage blanc. Au début, vous travaillerez avec un petit groupe. Dix hommes.

– Mon escorte de Shanganes. C'est la raison pour laquelle vous m'avez fait faire cette petite promenade avec eux.

– Exact. Oui, vous avez assis votre réputation. En quelques jours, vous avez gagné leur estime et, j'ose le dire, leur fidélité. Je pense qu'ils vous suivront dans les missions les plus dangereuses.

– J'ai besoin d'un peu plus que les dix Shanganes. Il y en a deux autres que je veux avec moi.

– Vos Matabeles, bien sûr. C'est d'accord.

C'était l'occasion qu'attendait Sean de demander des nouvelles de Job et Dedan.

– Sont-ils sains et saufs ?

– Ils le sont, et en bonne santé. Je vous le certifie.

– Je ne veux plus discuter de rien avant de les avoir vus et leur avoir parlé.

– Je vous prierai, colonel, de ne pas le prendre ainsi. Ça ne peut que rendre difficiles nos relations futures.

– J'y tiens, insista Sean. Je veux voir mes hommes.

Le général China poussa un soupir théâtral.

– Très bien. Ils viendront tous les deux avec vous. Vous pouvez le leur dire. Il y a de grandes chances que, si vous êtes coopératif, je vous rende la liberté. Naturellement, cette offre inclut également miss Monterro.

– Vous êtes trop généreux, ironisa Sean.

– Attendez de connaître mes conditions.

A l'appel de China, un lieutenant parut dans l'embrasure de la porte.

– Emmenez cet homme rendre visite aux deux prisonniers matabeles, dit-il en shangane. Vous le laisserez leur parler durant vingt minutes. Ensuite vous le ramènerez ici.

Le local de la prison était une simple case faite d'un torchis de terre et de paille, entourée d'une palissade et de fils de fer barbelés, le tout recouvert d'un filet de camouflage. Un garde déverrouilla la porte. Sean entra.

Au-dessus d'un foyer se trouvant au centre de la case, était une marmite noire à trois pieds. Deux minces paillasses garnies de roseaux séchés composaient tout le mobilier. Dedan dormait sur l'une d'elles, tandis que Job, assis sur l'autre, les jambes croisées, avait les yeux fixés sur les charbons éteints.

– Salut, mon vieux, dit Sean.

Job se leva avec lenteur, et presque aussi lentement esquissa un sourire.

– Je vous salue, dit-il.

Ils s'étreignirent en riant, et en se donnant mutuellement des tapes dans le dos. Dedan, brusquement réveillé, se leva et s'empara de la main de Sean qu'il secoua énergiquement.

– Qu'est-ce qui vous a retardé si longtemps, Sean ? demanda Job. Avez-vous trouvé Tukutela ? Où est l'Américain ? Comment vous ont-ils fait prisonnier ?

– Je vous raconterai ça plus tard. Pour l'instant, il y a des choses plus importantes. Avez-vous vu China ? L'avez-vous reconnu comme l'homme que nous avons pris à Inhlozane ?

– Oui, l'homme à l'oreille. Quelles chances de nous en tirer avons-nous avec lui ?

– Trop tôt pour le dire. Mais il parle d'une sorte de marché.

– Que se passe-t-il ? coupa Job.

Tous deux se tournèrent vers la porte de la case. Du dehors, leur arrivaient les coups de sifflet stridents d'une alerte, des appels et des cris.

Sean vint à la porte. Il vit que le portillon de la palissade était grand ouvert, et que les gardiens s'étaient égaillés. Ils avaient pris leur arme à la main et regardaient en l'air. Le lieutenant courait en lançant des coups de sifflet affolés.

– Qu'y a-t-il ? demanda Sean.

– Une attaque aérienne, dit Job. Les hélicoptères du Frelimo. Il y en a eu déjà une avant-hier.

Maintenant Sean entendait le ronronnement des moteurs, d'abord lointain et faible, puis augmentant d'intensité, le son devenant plus aigu et plus perçant. Il saisit le bras de Job.

– Job ! Savez-vous où est détenue Claudia ?

– Par là. (Il indiqua une direction.) Derrière une clôture comme celle-ci.

– C'est loin ?

– Cinq cents mètres environ.

– Les portes sont ouvertes, les gardiens sont partis. Nous allons filer.

– Quoi ? Au milieu de toute une armée ? Où pouvons-nous aller ?

– Ne discutez pas. Fichons le camp.

Sean franchit le portillon en courant, Job et Dedan sur ses talons.

– Quelle direction ? demanda-t-il.

– Là-bas. Après ce bouquet d'arbres.

Le camp était presque désert. Les hommes s'étaient précipités dans les abris et les blockhaus. Ils virent cependant des armements de postes de tir fixes manœuvrer les canons antiaériens de faible calibre, et croisèrent un détachement armé de lance-roquettes

RPG qui se dirigeait vers le *kopje* le plus proche. Du haut de ce monticule, les tireurs auraient un champ de tir plus dégagé; mais la roquette du RPG ne possédant pas de système de guidage, son efficacité contre une cible aérienne était très limitée.

Ces gens étaient si affairés qu'aucun d'eux ne prêta attention à la peau blanche de Sean. A ce moment, on entendait distinctement le sifflement des pales des rotors qui approchaient, ponctué du crépitement et du martèlement des pièces de DCA.

Indifférent à ce qui se passait, Sean ne voyait que le reflet métallique des barbelés entourant la prison des femmes. Celle-ci était également dissimulée sous le couvert des arbres et par un filet. Elle paraissait désertée elle aussi par ses gardiens.

— Claudia! cria-t-il. Où êtes-vous?

— Ici, Sean, ici!

A l'intérieur des barbelés, il y avait deux cases dépourvues de fenêtres et dont la porte était fermée. La voix de Claudia provenait de la plus proche. Elle s'entendait à peine dans le grondement des moteurs, le sifflement aigu des rotors, le vacarme du tir.

— Aidez-moi à sauter, ordonna Sean, en reculant pour prendre son élan.

La clôture avait environ deux mètres de hauteur. Job et Dedan s'accroupirent contre elle, leurs quatre mains entrelacées formant un socle. Sean arriva sur eux, fit un bond en posant un pied sur leurs mains. Ils se relevèrent ensemble et, levant les bras le plus haut possible, le projetèrent en l'air. Il passa aisément au-dessus de la clôture, fit un tour sur lui-même et retomba sur ses pieds. Il amortit le choc à la manière des parachutistes en pliant les jambes et faisant un roulé-boulé, pour se relever ensuite et utiliser sa force vive à bondir en avant.

— Ne restez pas derrière la porte! cria-t-il à Claudia en se lançant contre le grossier panneau de bois. Sous le choc de son épaule, les gonds furent arrachés du mur de torchis, et la porte tomba à l'intérieur dans un nuage de poussière et de débris de terre sèche.

Claudia s'était tapie contre le mur en face. Dès que Sean pénétra dans la pièce, elle courut à lui et tomba dans ses bras. Sans s'attarder à l'embrasser, il la prit par une main et l'entraîna à l'extérieur.

— Que se passe-t-il? demanda-t-elle, stupéfaite.

— Nous nous évadons.

Lorsqu'il se retrouva au grand jour, Sean vit que Job et Dedan avaient saisi le fil de fer barbelé le plus bas, et le tiraient de toutes leurs forces vers le haut, afin d'ouvrir un passage entre ce fil et le sol. Sean agrippa le même câble, le prenant entre deux nœuds de pointes, et le tira en même temps qu'eux vers le haut. Sous

214

l'action conjuguée des trois hommes, le poteau le plus proche sur lequel était fixé le fil commença à s'arracher du sol. Poursuivant leur effort, ils soulevèrent le barbelé assez haut pour que Claudia puisse passer par-dessous.

– Mettez-vous à plat ventre, lui enjoignit Sean.

Mince et souple comme un furet, elle se glissa sans difficulté de l'autre côté. Ensuite, ce fut au tour de Sean.

– Tenez bon! lança-t-il aux deux noirs.

Ils tiraient de toutes leurs forces, les traits déformés par l'effort. Sean était à moitié passé, lorsqu'il sentit une des pointes d'acier s'enfoncer dans sa chair, l'empêchant d'avancer.

– Tirez-moi, ordonna-t-il.

Laissant Dedan maintenir le barbelé en l'air, Job se baissa, prit les mains de Sean par les poignets et tira. Sean sentit la pointe le déchirer, et le sang couler sur son dos; et il fut libéré.

– De quel côté? demanda-t-il à Job en se relevant et en reprenant Claudia par le bras.

Il ne doutait pas que, durant tous ces jours où il était prisonnier, Job avait étudié le camp; il savait pouvoir se fier à son jugement.

– La rivière, répondit celui-ci sans hésiter. Si nous pouvons descendre le courant à la nage, adieu le camp!

– Montrez-nous le chemin.

Il leur fallait crier pour se faire entendre. L'air autour d'eux était rempli du crépitement des petites armes automatiques, du martèlement des mitrailleuses lourdes, dominés par un tonnerre rappelant les chutes Victoria du Zambèze. Bien que ne l'ayant jamais entendu, Sean se rendit compte que c'était celui du canon multitube Gatling monté dans le nez de l'hélicoptère Hind, qui tirait des projectiles de 12,7 mm avec le débit d'une pompe à incendie.

Il sentit Claudia hésiter, terrorisée par ce son qui prenait aux tripes. Il lui secoua le bras.

– Allons! Courez! la brusqua-t-il.

Elle boitait encore légèrement de sa blessure au genou. Ils suivirent Job et Dedan en direction de la rivière. Pour l'instant, ils étaient encore dissimulés par le feuillage des arbres; mais à peu de distance devant eux, la forêt faisait place à la savane.

Dans ce terrain découvert, ils virent venir vers eux en courant, à une distance de quelque deux cents mètres, un petit détachement d'une dizaine de soldats du Renamo à la file indienne, portant chacun un lance-roquettes RPG, qui regardaient le ciel, à la recherche d'une cible pour leurs missiles.

Soudain le sol parut exploser autour de ces hommes. Malgré sa longue expérience des combats, Sean n'avait jamais rien vu de pareil. La terre sembla se dissoudre, devenir un liquide bouillant au-dessous d'une vapeur de poussière, sous l'avalanche des obus lancés par l'hélicoptère.

Sur toute la longueur d'une large bande atteinte par les projectiles, la destruction fut totale. Même les arbres s'abattaient dans une pluie de fragments de bois et de feuilles déchiquetées. Lorsque l'ouragan de feu fut passé, il ne resta que des troncs fracassés. Le sol était labouré comme par une charrue, et recouvert des débris épars de ce qui avait été le détachement. Les soldats avaient été hachés et mis en pièces, comme par les rouages d'une effrayante machine.

Sean, qui tenait toujours le bras de Claudia, tira celle-ci vers le bas, l'obligeant à se coucher à terre, au moment même où une ombre passait sur leur tête. Job et Dedan plongèrent également dans l'herbe de l'accotement de la piste. La voûte de feuillage les rendait à peu près invisibles au tireur du Hind.

L'hélicoptère effectua un virage à quinze mètres à peine au-dessus du haut des arbres; ils purent apercevoir l'appareil tout entier lorsqu'il survola de nouveau le terrain découvert et les cadavres déchiquetés des porteurs de lance-roquettes. A sa vue, Sean éprouva un choc : il ne s'attendait pas à ce qu'il soit si grand et si laid. Un monstre difforme, lourd et disgracieux. Les taches vertes et marron de sa peinture de camouflage lui donnaient un air lépreux. Ses deux verrières bombées en verre armé semblaient deux yeux méchants, au regard si féroce que Sean s'aplatit instinctivement dans l'herbe et posa un bras protecteur sur Claudia.

Sous le corps massif de l'hélicoptère, étaient suspendues quatre nacelles porte-roquettes. Tandis qu'ils l'observaient, remplis de crainte, l'appareil se mit en vol stationnaire et, inclinant vers le sol son affreux nez carré, lança ses missiles en éventail. Suivis d'une traînée de fumée blanche, ceux-ci vinrent s'abattre en sifflant et exploser sur les abris protégés par des sacs de sable, en un geyser de flammes, de fumée et de poussière.

Le fracas était assourdissant, le gémissement suraigu des rotors taraudait leurs tympans. Claudia mit les mains sur ses oreilles et hoqueta :

– Ah, mon Dieu! Ah, mon Dieu!

Le Hind tourna lentement sur lui-même, à la recherche d'autres objectifs, et s'éloigna en suivant le bord de la rivière. Le canon télécommandé de sa tourelle avant tirait par rafales dans la forêt, détruisant tout sur son passage.

– Allons-y! cria Sean d'une voix qui dominait le vacarme, en aidant Claudia à se relever.

Job et Dedan partirent au pas de course. Sous leurs pieds, la terre labourée par le tir de l'hélicoptère était molle comme de la purée.

En passant auprès d'un des cadavres, Job se baissa et s'empara du lance-roquettes du mort. Un peu plus loin, il trouva un sac en plastique contenant trois missiles utilisés avec le lanceur RPG, et le prit également. Il poursuivit ensuite sa course en direction de la rivière. Claudia, à cause de son genou blessé, était incapable de suivre le train, malgré l'aide de Sean. Ils furent bientôt distancés d'une centaine de mètres par Job et Dedan.

Les deux noirs arrivèrent au bord de la rivière. La berge était escarpée, formée de rochers de pierre grise polis par l'eau, ombragée de grands arbres. Job se retourna, regardant anxieusement Sean et Claudia qui se trouvaient encore en terrain découvert. Soudain, ses traits se crispèrent tandis qu'il lançait un cri d'avertissement et épaulait le tube court et trapu du lance-roquettes et le pointait vers le ciel.

Sean ne leva pas les yeux en l'air, sachant qu'il n'en avait pas le temps. Jusqu'à cet instant, il n'avait pas distingué le son aigu des rotors du second Hind qui arrivait, dans le vacarme assourdissant fait par le premier hélicoptère. Mais maintenant le sifflement augmentait au point de devenir une souffrance.

Devant eux courait une étroite ravine, creusée par les eaux torrentueuses de la saison des pluies, aujourd'hui asséchée. Elle avait environ un mètre et demi de profondeur et des bords abrupts. Sean prit Claudia dans ses bras, et sauta avec elle dans la tranchée. Il prit un contact brutal avec le fond, au moment où le rebord de celle-ci s'effondrait sous l'impact des projectiles.

Le sol trembla sous eux, comme un être vivant, comme une monture bondissant pour se débarrasser d'un cavalier. Des bords de la ravine, la terre arrachée par les obus s'effondra sur eux, de grosses mottes s'abattirent sur leur dos, leur coupant la respiration. Un épais nuage de poussière les étouffa. Ils étaient presque ensevelis vivants.

Claudia se mit à crier, essayant de se dégager de la couche de terre tombée sur elle. Mais Sean la maintint fermement contre le sol.

– Restez tranquille. Ne bougez pas, espèce de gourde.

Le Hind allait et venait au-dessus de la ravine, cherchant à les voir, le mitrailleur orientant à distance le faisceau de tubes du canon. Sean tourna prudemment la tête et regarda du coin de l'œil. Le gros nez de l'hélicoptère était immobile en l'air, à vingt mètres à peine au-dessus de lui. Le mitrailleur avait probablement repéré leur peau blanche, qui faisait d'eux des cibles de choix. Seule la mince couche de terre répandue sur eux les rendait difficilement visibles.

– Tire-le, Job, pria Sean à haute voix. Descends ce salopard.

Job s'agenouilla sur un rocher surplombant la rivière. Le

RPG-7 était une arme qu'il connaissait bien. Elle était très peu précise; aussi visa-t-il un point à trente centimètres plus bas que le rebord de la verrière du pilote, se donnant ainsi de la marge au cas où la roquette dévierait de sa trajectoire. Il pressa la détente; une fumée blanche jaillit sur l'arrière de son épaule, le missile s'envola tout droit, atteignant l'hélicoptère légèrement au-dessus du point visé, à la jointure entre la vitre du pare-brise et la tôle de l'habitacle.

La roquette explosa avec une force qui aurait pu briser le bloc-moteur d'un camion, ou crever la chaudière d'une locomotive à vapeur. Durant un instant, l'avant du Hind disparut dans un nuage de fumée. Job poussa un cri de triomphe, s'attendant à voir le monstre s'écraser au sol. Au lieu de cela, l'énorme machine s'éleva d'un bond dans le ciel, comme si l'explosion l'avait fait sursauter; et lorsque la fumée fut dispersée, la stupéfaction de Job fut grande quand il vit que l'habitacle était intact, à part une tache noire sur la peinture à l'endroit de l'impact du missile.

Le Hind pivota; Job vit son vilain nez s'abaisser vers lui et les tubes du canon se pointer dans sa direction. Lâchant le lance-roquettes, il plongea dans la rivière du haut du rocher, au moment même où les projectiles de l'hélicoptère atteignaient l'arbre dont il venait de quitter l'abri. Le tronc fut coupé aussi proprement que par une scie de bûcheron; l'arbre entier s'abattit et tomba à l'eau dans un éclaboussement d'écume.

L'appareil vira, prit de l'altitude, et suivit la rive à la recherche d'un nouvel objectif. La roquette ne lui avait fait aucun mal, il était aussi dangereux qu'auparavant.

Sean se releva, à demi asphyxié par la poussière. Il regarda Claudia, dont les yeux remplis de sable pleuraient abondamment. Ses larmes creusaient deux petits ruisseaux dans la terre qui s'était collée à ses joues.

– Ça va? lui demanda Sean d'une voix enrouée. Il va falloir que nous nous mettions à l'eau.

Il l'aida à se relever et à sortir de la ravine. Tous deux coururent à la rivière. Du haut des rochers de la berge, ils voyaient l'arbre descendre le courant, grand radeau fait de branches couvertes de feuilles.

– Sautez! dit Sean.

Sans hésitation, Claudia s'élança. Elle entra dans l'eau les pieds les premiers. Sean la suivit alors qu'elle était encore en l'air. Il revint à la surface pour voir la tête de la jeune femme flottant à côté de lui, son visage était lavé, ses cheveux brillaient au soleil.

Ils nagèrent ensemble vers la masse flottante de l'arbre. Claudia était excellente nageuse; ses souliers et ses vêtements ne l'empêchèrent pas d'avancer rapidement. Lorsqu'elle fut auprès de l'arbre, Job lui tendit la main et la tira à l'abri de la ramure. Dedan était là lui aussi. Sean arriva quelques secondes plus tard. Tous les quatre s'accrochèrent aux branches. Le feuillage formait un vaste dais de verdure au-dessus d'eux.

– Je ne l'avais pas raté, s'exclama Job, plein de colère. La roquette l'avait atteint en plein dans le nez. Mais c'était comme si j'avais tiré sur un buffle avec une fronde. Il est venu sur moi comme si de rien n'était.

– Blindage de titane, expliqua Sean. Ces appareils sont quasiment invulnérables aux coups des armes conventionnelles. L'habitacle du pilote et le compartiment du moteur sont hermétiquement clos et forment un bloc. La seule chose que l'on puisse faire lorsque ces salauds vous arrivent dessus est d'aller se cacher. En tout cas, vous avez réussi à l'éloigner de nous. Il était sur le point de nous descendre avec son sale canon rotatif.

– Et vous avez été fort mal élevé, dit Claudia. Vous m'avez traitée de gourde.

– Mieux vaut être brutalisé que mort, rétorqua Sean en riant.

– Est-ce une proposition ? sourit-elle à son tour. Un peu de brutalité ne me ferait pas peur... venant de vous !

A l'abri de l'eau, il passa un bras autour de sa taille et serra fortement.

– Ah, comme votre insolence m'a manqué ! Je ne m'en suis rendu compte qu'après votre départ, murmura-t-elle en se pressant contre lui.

– Moi aussi, avoua-t-il. Jusque-là, je croyais ne pas pouvoir vous souffrir. Et puis j'ai compris que je ne pouvais me passer de vous.

– Je suis tout émue quand vous me dites cela. Est-ce que vous le pensez vraiment ?

– Je vous répondrai plus tard. Pour l'instant, l'important est de nous tirer de là vivants.

Sean la lâcha et nagea vers Job.

– Pouvez-vous voir ce qui se passe ?

– Oui. On dirait que le raid est terminé. Les gens sortent des abris.

Sean regarda à travers les branchages qui bouchaient sa vue. Il aperçut des soldats marchant avec précaution sur la rive la plus proche.

– Ils mettront pas mal de temps avant de réaliser que nous avons filé. Mais gardez l'œil sur eux.

Il alla ensuite vers Dedan, qui surveillait l'autre rive.

– Que voyez-vous ?

– Ils ont l'air très occupés à leurs propres affaires.

Dedan montra du doigt une équipe de brancardiers qui, le long de la rivière, ramassaient les morts et les blessés, et plus loin des corvées commençant à réparer les défenses endommagées et à remplacer les camouflages détruits. Personne ne regardait dans leur direction. Il y avait assez de débris flottant au fil du courant, branches coupées, bidons et autres, pour détourner l'attention de leur fragile refuge.

— Si nous pouvons ne pas être découverts avant la tombée de la nuit, nous aurons peut-être dérivé hors du périmètre du camp. Ouvrez bien l'œil.

— *Mambo*, acquiesça Dedan en concentrant son attention sur les bords de la rivière.

Sean revint vers Claudia ; il s'accrocha à une branche à côté d'elle. Elle se colla à lui.

— Je n'aime pas que vous me quittiez, même un moment, murmura-t-elle. Pensiez-vous vraiment ce que vous avez dit ?

Il lui donna un baiser, auquel elle répondit avec une telle ardeur que ses dents meurtrirent la lèvre de Sean. Desserrant son étreinte, elle lui demanda pour la troisième fois :

— Le pensiez-vous ?

— C'est vrai, je ne peux me passer de vous.

— Mieux que cela.

— Vous êtes la femme la plus merveilleuse que j'aie connue.

— Ce n'est pas mal. Mais pas encore ce que j'aimerais entendre.

— Je t'aime.

— C'est ça, oh Sean, c'est ça ! Je t'aime aussi.

Elle l'embrassa de nouveau, et ils oublièrent le reste du monde, leurs bouches jointes et leurs corps collés l'un à l'autre sous la surface de l'eau. Sean avait perdu la notion du temps écoulé lorsque Job appela :

— Nous sommes en train de nous échouer.

Dans un coude de la rivière, le courant avait poussé contre la rive leur arbre flottant, qui râclait déjà un haut-fond de sable. Sean s'aperçut qu'il avait pied.

— Ramenons-le en eau profonde, ordonna-t-il.

Toujours abrités sous son feuillage, ils poussèrent et tirèrent l'arbre jusqu'à ce que, libéré du banc de sable, il soit à nouveau emporté par le courant et dérive au fil de l'eau. Haletant de l'effort fourni, Sean s'accrocha à la branche se trouvant à sa portée. Aussitôt Claudia vint en nageant se suspendre à la même branche.

— Sean, je n'ai pas encore eu le courage de te le demander, parce que j'ai peur d'entendre la réponse. (Elle poussa un profond soupir.) Mon père ?

Sean demeura silencieux, cherchant les mots pour le lui dire. Mais Claudia le devança.

— Il n'est pas revenu avec toi, n'est-ce pas ?

Il fit non de la tête. Ses boucles de cheveux mouillés dansèrent de part et d'autre de son visage.

– A-t-il trouvé son éléphant ?

– Oui.

– Je suis contente. Je voulais que ce soit mon dernier cadeau pour lui.

Lâchant la branche, elle mit les deux bras autour du cou de Sean, et sa joue contre la sienne, afin de ne pas le regarder en posant la dernière question :

– Mon père est-il mort, Sean ? Tant que tu ne me l'as pas dit, je ne veux pas le croire.

– Oui, ma chérie. Capo est mort. Mais ce fut une mort d'homme, celle qu'il voulait. Et Tukutela, son éléphant, est mort en même temps que lui. Veux-tu savoir comment cela s'est passé ?

– Non ! (Secouant la tête, elle se serra contre lui.) Pas maintenant. Peut-être jamais. Il est mort, et toute une part de ma vie meurt avec lui.

Sean ne trouvait pas de mots de réconfort. Accrochée à lui, elle pleura silencieusement, le corps secoué de sanglots. Ses larmes se mêlaient aux gouttes d'eau tombant de sa chevelure. En l'embrassant, Sean sentit leur goût de sel sur ses lèvres, et son cœur fut rempli de pitié pour elle.

Ils continuèrent à descendre le courant de la large rivière aux eaux vertes. Des rives bombardées venaient à eux la fumée et l'odeur de la bataille, et les cris et gémissements des blessés. Sean laissa Claudia exhaler sa peine. Peu à peu ses sanglots s'apaisèrent. Enfin, elle put articuler d'une faible voix de gorge :

– Je ne sais pas comment j'aurais pu supporter cela, sans toi pour me soutenir. Vous étiez tellement semblables, tous les deux. Je crois que c'est ce qui m'a attirée vers toi.

– Je prends ça pour un compliment.

– C'en est un. Mon père m'a donné le goût des hommes forts et puissants.

A côté d'eux, presque à les toucher, ils virent un cadavre flottant sur le dos. Le visage était très jeune, celui d'un garçon d'une quinzaine d'années. Le sang coulait à peine de ses blessures ; seulement un filet qui rosissait l'eau verte. Mais c'était suffisant. Sean aperçut les têtes des sauriens, rugueuses comme l'écorce d'un vieux chêne, descendant rapidement la rivière à la poursuite de la trace sanglante. Leur museau hideux fendait l'eau, créant de légères rides ; c'étaient deux grands crocodiles qui luttaient de vitesse pour s'emparer de cette proie.

Un des reptiles arriva le premier près du cadavre. Sa tête émergea ; ses mâchoires, garnies de plusieurs rangs de crocs jaunâtres, s'ouvrirent toutes grandes, puis se refermèrent sur un bras du mort. Les crocs pénétrèrent la chair avec un crissement qui parvint nettement jusqu'à eux. Claudia eut un haut-le-cœur et détourna la tête.

Avant que le crocodile ait entraîné le corps sous l'eau, le second saurien saisit une jambe. Une horrible lutte acharnée commença entre eux. Les crocs de ces animaux n'étant pas conçus pour cisailler proprement les os, chacun s'agrippa à la proie avec ses mâchoires. Ils battaient l'eau de leur grand appendice caudal, se débattaient rageusement en soulevant de l'écume, ils déchiraient le cadavre, arrachaient ses membres dont on entendait craquer les tendons et les jointures.

Horrifiée, mais fascinée, Claudia vit un des reptiles géants soulever sa tête hors de l'eau, un bras dans ses mâchoires, et engloutir celui-ci d'une seule bouchée. La gorge du crocodile se gonfla lorsque le membre fut ingurgité; et l'animal revint à sa proie pour en arracher un autre morceau.

Continuant à se disputer ces pitoyables débris humains, les deux sauriens s'éloignèrent de l'arbre flottant. Sean se rappelait la déchirure de son dos faite par le fil de fer barbelé et fut saisi d'une peur rétrospective, car son sang avait également coulé dans la rivière.

– C'est épouvantable, dit Claudia. Cela devient un affreux cauchemar.

– C'est l'Afrique. Mais maintenant je suis avec toi. Tout finira bien.

– Tu crois, Sean? Tu crois que nous en sortirons vivants?

– C'est sans garantie du gouvernement, si c'est cela que tu veux savoir.

Elle laissa échapper un dernier sanglot, avant de le regarder droit dans les yeux.

– Pardonne-moi. Je me conduis comme une enfant. Je me suis laissée aller, mais cela n'arrivera plus, je te le promets. Au moins, je t'ai trouvé, avant qu'il soit trop tard. (Elle lui sourit avec une gaieté forcée.) Nous vivrons pour aujourd'hui, ou plutôt pour ce qu'il reste de ce jour.

– Quoi qu'il advienne, dit-il en lui rendant son sourire, je pourrai dire que j'ai aimé Claudia.

– Et qu'elle t'a aimé.

Elle l'embrassa de nouveau. Un long baiser, tiède et salé de ses larmes. Un baiser d'espoir, gage et assurance pour l'un et l'autre; un acte de foi et de certitude, dans un monde dangereux et incertain.

Elle s'arracha à ses lèvres. Haletante, elle lui demanda :

– Je te veux maintenant, tout de suite. Je ne veux... je ne peux pas attendre. Ah, Sean, mon chéri. Ce soir, nous serons peut-être morts. Prends-moi.

Il jeta un coup d'œil rapide autour d'eux. Il semblait que leur radeau avait été entraîné à l'extérieur du périmètre du camp, il n'y avait aucun signe de vie au-delà du rideau d'arbres des deux rives. Le silence et la somnolence du milieu du jour africain s'étaient appesantis sur eux. Job et Dedan flottaient, l'un et l'autre lui tournant le dos, observant chacun une rive. Sean plongea son regard dans les yeux couleur de miel de Claudia. Le désir de cette femme l'envahit.

– Dis-moi encore, murmura-t-elle d'une voix voilée.

– Je t'aime.

Ils s'embrassèrent de nouveau. Ce fut un baiser différent, violent alors que le précédent était tendre, brûlant alors qu'il était tiède.

– Vite, souffla-t-elle bouche à bouche. Chaque seconde est précieuse.

Dans l'eau, ils étaient légers, et souples comme des otaries. Les longues jambes de Claudia enserrèrent le corps de Sean ; ses yeux dorés s'agrandirent jusqu'à sembler remplir tout son visage lorsqu'il pénétra en elle. Longtemps, ils restèrent étroitement enlacés. Puis elle dénoua l'étreinte de ses jambes et l'embrassa avec tendresse.

– Maintenant, tu es à moi, et moi à toi. Même si je dois mourir aujourd'hui, cela n'aura plus autant d'importance. Je t'ai eu en moi.

– Essayons, dit-il en souriant, que cela dure un peu plus qu'un seul jour. Je vais jeter un coup d'œil pour voir ce qui se passe dans le monde réel, par là-bas.

Sean s'éloigna d'elle en nageant et s'approcha de Job.

– Voyez-vous quelque chose ? lui demanda-t-il.

Job s'était rendu compte de ce qui venait de se produire. Il évita le regard de Sean. En revanche, Sean n'éprouvait aucun embarras du fait que Job ait pu s'en apercevoir. L'accomplissement de leur amour lui donnait un sentiment d'exaltation que rien ne pouvait ternir.

– Dès qu'il fera suffisamment nuit, nous accosterons la berge en poussant l'arbre, et quitterons le cours de la rivière. Encore deux heures avant le coucher du soleil. Ouvrez bien l'œil.

Sean nagea ensuite vers Dedan pour lui répéter la consigne. Il essaya d'estimer la vitesse du courant, en regardant défiler les berges. Elle ne dépassait pas, à son avis, trois kilomètres à l'heure. Ils seraient donc dangereusement proches du camp du Renamo au coucher du soleil. Et puisque la rivière coulait vers l'est, ils seraient obligés, pour atteindre la frontière du Zimbabwe qui était à l'ouest, de se frayer un chemin soit à travers les troupes du général China, soit en faisant un détour. Ce ne serait pas chose facile ;

mais Sean était plein d'optimisme. Il laissa Dedan pour retourner auprès de Claudia.

— Grâce à toi, lui dit-il, je me sens merveilleusement bien.

— Ce sera mon souci permanent à l'avenir. Mais pour le moment, qu'allons-nous faire?

— Rien jusqu'à la nuit; simplement faire naviguer notre paquebot sur cette rivière.

Elle se serra près de lui. Sous l'eau, ils se tinrent l'un contre l'autre, regardant défiler lentement la rive. A un moment Claudia lui dit :

— Je commence à avoir froid.

Il est vrai qu'ils étaient immergés depuis presque deux heures. Bien que la température de l'eau ne fût inférieure à celle de leur corps que de quelques degrés, elle les glaçait peu à peu.

Le coucher du soleil transforma les méandres de la rivière en un serpent lumineux, aux écailles rouge orangé et pourpre flamboyant.

— Nous pouvons commencer à nous rapprocher de la rive, ordonna Sean.

Ils se mirent à déhaler l'arbre en travers du courant. Il était lourd et difficile à manœuvrer; la plus grande partie de sa masse était au-dessous de la surface, et il résistait à leurs efforts. Tous quatre s'attelèrent à la besogne, battant des pieds en nageant, exerçant une poussée en direction de la berge.

Le soleil disparut sous l'horizon; l'eau devint noire comme du pétrole brut. Des arbres bordant la rivière, ils ne distinguaient plus que les silhouettes sombres se détachant sur les dernières lueurs du ciel. Mais ils se trouvaient encore à une trentaine de mètres de la rive.

— Nous irons au bord à la nage, décida Sean. Restons groupés. Ne nous séparons pas dans l'obscurité. Tout le monde est prêt?

Ils se rapprochèrent les uns des autres, accrochés à la même branche. Sean prit la main de Claudia. Au moment où il allait donner l'ordre d'abandonner le navire, il s'arrêta et tendit l'oreille pour écouter.

Il s'étonna de ne pas l'avoir entendu jusqu'à ce moment. Peut-être le son avait-il été absorbé par les sinuosités de la rivière et les grands arbres qui la bordaient. En tout cas, il fut brusquement fort et facile à identifier; c'était celui d'un moteur hors-bord tournant à plein régime.

— Merde! murmura-t-il rageusement.

Il jeta un coup d'œil sur la rive la plus proche. Trente mètres seulement; autant dire trente miles. La plainte aiguë du moteur était par moments plus puissante, à d'autres plus faible, selon que la surface de l'eau et les berges la répercutaient plus ou moins.

Mais il était clair qu'elle se rapprochait rapidement en venant de l'amont, c'est-à-dire de la direction du camp du Renamo. Sean tendit le cou pour regarder à travers un trou dans le feuillage ; il vit une lueur dans l'obscurité, un faisceau lumineux qui, d'abord dirigé vers le ciel nocturne, fut ensuite braqué sur les arbres sombres de la rive, puis s'abaissa pour fouiller les berges.

– Une vedette de patrouille du Renamo, dit-il. Elle nous cherche.

Claudia resserra son étreinte sur sa main. Personne ne dit un mot.

– Nous allons tenter de rester cachés ici, reprit Sean ; bien que je ne voie pas comment ils pourraient ne pas nous repérer. Soyez prêts à mettre la tête sous l'eau lorsque le faisceau sera braqué dans notre direction.

Le bruit du moteur devint moins aigu. Le bateau avait ralenti. Il apparut dans le dernier méandre de la rivière, en amont d'eux, se rapprocha rapidement. Le rayon lumineux balayait alternativement l'une et l'autre berges et les éclairait comme en plein jour. C'était un projecteur extrêmement puissant, le même probablement que celui dont Sean avait été victime en haut de la falaise.

Pendant un court moment, le faisceau illumina le bateau et ses occupants. C'était un Zodiac pneumatique propulsé par un gros moteur hors-bord. Il était monté par au moins huit hommes, et armé d'une mitrailleuse légère à l'avant. Puis le projecteur parcourut leur refuge, les aveuglant un instant ; le rayon s'écarta d'eux, et revint ensuite se poser sur l'arbre. Sean entendit quelqu'un lancer en shangane un ordre indistinct. L'embarcation vira et se dirigea vers leur abri flottant.

Tous les quatre s'enfoncèrent dans l'eau le plus possible ; seule émergeait leur tête, qu'ils dissimulaient derrière la branche à laquelle ils étaient accrochés. L'homme qui barrait le Zodiac débraya le moteur ; courant sur son erre, l'embarcation pneumatique arriva à leur hauteur, à une dizaine de mètres. Le projecteur continuait à fouiller le feuillage de l'arbre.

– Tourne-toi de l'autre côté, souffla Sean à Claudia.

Il fit de même, car leur peau blanche était plus visible que celle de leurs compagnons noirs.

– Il n'y a personne là-dessous, dit un homme en dialecte shangane.

Bien qu'il n'eût pas élevé la voix, celle-ci arrivait claire et nette à leurs oreilles.

– Fais le tour, ordonna une autre voix sur un ton de commandement, que Sean reconnut comme étant celle du sergent de son escorte.

Le Zodiac vira pour décrire un cercle autour de l'arbre. Le faisceau lumineux projetait les ombres allongées des branches et se réfléchissait sur l'eau. A mesure que l'embarcation tournait, ils se déplaçaient sans bruit afin de se trouver toujours du côté opposé de leur refuge. Lorsque le projecteur était braqué dans leur direction, ils s'enfonçaient dans l'eau ; et quand ils remontaient à la surface, ils évitaient de respirer trop bruyamment et d'émettre des gargouillements.

Ce petit jeu de cache-cache dura une éternité. Ils entendirent la même voix que tout à l'heure redire :

– Il n'y a personne, nous perdons notre temps.

– Continue à tourner autour, répondit le sergent.

Une minute s'écoula. Il dit encore :

– Mitrailleur, envoie une giclée dans l'arbre.

A l'avant du Zodiac, les flammes de départ des projectiles clignotèrent comme des feux follets. Un ouragan s'abattit sur l'arbre, avec une violence et une brutalité stupéfiantes. Dans un fracas à briser les tympans, les balles frappèrent les branches au-dessus de leur tête, coupant net ramures et feuillage qui tombèrent en pluie. Elles arrachèrent des plaques d'écorce, soulevèrent l'écume en ricochant à la surface de l'eau, et se perdirent dans la nuit en gémissant comme des âmes en peine.

Sean força Claudia à plonger complètement en même temps que lui. Bien qu'immergé, il pouvait encore entendre l'impact des balles dans l'eau. Il demeura ainsi jusqu'à ce qu'il soit obligé de respirer, et de remonter en surface pour reprendre son souffle. Au même instant, Dedan réapparut à environ un mètre devant lui. Sa tête était éclairée en plein par la lumière qui se réfléchissait sur l'eau. Ses yeux semblaient des boules d'ivoire dans son visage d'ébène. Il aspirait l'air, la bouche grande ouverte.

Le mitrailleur du Zodiac tirait de courtes rafales doubles, de cinq balles chacune exactement ; il fallait des doigts de pianiste sur la détente pour une telle précision. Un projectile atteignit Dedan à la tempe, juste au-dessus de l'oreille. Sa tête recula sous le choc, le cuir chevelu fendu aussi proprement que par un coup de sabre. Il poussa un cri venant du fond de la gorge, ressemblant au mugissement d'un buffle atteint par la balle d'un chasseur, puis sa tête retomba en avant et il commença à s'enfoncer dans les sombres profondeurs de la rivière.

Sean se précipita vers lui et saisit un de ses bras ; il le ramena à la surface avant que le courant ne l'entraîne. Mais la tête de Dedan était penchée sur une épaule, ses yeux avaient chaviré, ne montrant plus que le blanc dans leurs orbites.

Les hommes dans le Zodiac avaient entendu son cri. Le sergent ordonna à l'un d'eux :

– Prépare-toi à lancer une grenade. (Et, s'adressant aux évadés :) Sortez de là. Je vous donne dix secondes.

– Répondez-lui, dit Sean à Job avec résignation. Dites-lui que nous venons.

Les Matabeles et les Shanganes parlent à peu près la même langue. Job leur cria de ne plus tirer. Claudia aida Sean à maintenir la tête de Dedan au-dessus de l'eau, pendant qu'ils le remorquaient vers le Zodiac. La lumière du projecteur les aveuglait; mais des mains se tendirent du haut de l'embarcation, et les halèrent à bord l'un après l'autre.

Grelottant comme des chiens à demi-noyés, ils se tassèrent au fond du canot pneumatique. Ils allongèrent le corps de Dedan auprès d'eux, sa tête reposant sur les genoux de Sean. Il était inconscient et respirait à peine. Sean se pencha sur lui pour examiner la blessure.

Sur le moment, il ne comprit pas ce qu'était la chose blanche qui faisait un renflement au centre de la plaie, et brillait à la lumière du fanal. Claudia, qui se tenait à côté, se mit à trembler :

– Sean, c'est son... c'est son..., murmura-t-elle.

Elle ne pouvait se résoudre à le dire. C'est alors seulement que Sean se rendit compte que le cerveau de Dedan, encore contenu dans la dure-mère, bombait à l'extérieur de la fente de son crâne, comme une chambre à air dans la déchirure d'un pneumatique.

Le sergent shangane donna l'ordre de remettre le moteur en marche. L'homme de barre mit le cap vers l'amont, et l'embarcation remonta le courant en direction du camp. Assis sur le plancher, soutenant la tête de Dedan, Sean ne pouvait faire autre chose que tenir le poignet du blessé et sentir le pouls de plus en plus faible et irrégulier qui finit par s'arrêter définitivement.

– Il est mort, annonça-t-il à voix basse.

Job ne dit pas un mot. Claudia détourna son visage. Durant tout le long du chemin du retour, Sean garda la tête de Dedan sur ses genoux. Ce fut seulement lorsque le barreur eut coupé le moteur et accosté qu'il leva les yeux. Sur la rive, il vit des fanaux allumés et des ombres qui les attendaient.

Le sergent donna un ordre d'un ton bourru. Deux de ses hommes soulevèrent le cadavre et le déposèrent face contre terre sur la berge. Un autre saisit le bras de Claudia et la fit lever, puis la poussa à terre avec rudesse. Elle se retourna, furieuse, pour protester contre sa brutalité. Il leva son fusil avec l'intention de lui asséner un coup de crosse sur la poitrine. Sean empoigna le bras du soldat pour détourner l'arme.

– Fais-le encore, espèce de fils de putain syphillitique, lui dit-il en shangane, et je couperai ton *mtondo* avec un couteau émoussé pour te le faire manger sans sel.

L'homme le regarda avec stupeur, abasourdi plus encore par la façon dont il parlait shangane que par la menace, pendant que le sergent éclatait de rire et avertissait le soldat :

– Tu ferais bien de te méfier, parce que celui-là, quand il dit quelque chose, ce n'est pas pour rigoler.

Et, se tournant vers Sean avec un large sourire :

– Ainsi, vous parlez shangane aussi bien que nous. Et vous compreniez tout ce que nous disions. (Il hocha la tête et prit un air sévère.) Je ne vous laisserai pas vous moquer de moi une autre fois.

Trempés, gelés, échevelés, ils furent traînés sans cérémonie dans le blockhaus du général China et mis au garde-à-vous devant lui. Au premier coup d'œil, Sean vit que celui-ci était dans une rage froide. Assis à son bureau, il les examina d'un œil mauvais, puis dit à Sean :

– La femme sera envoyée dans un autre camp, loin d'ici. Vous n'aurez pas la possibilité de la voir, jusqu'à ce que je l'autorise.

Sean demeura impassible, mais Claudia poussa un cri de protestation. Elle posa une main sur le bras de Sean, comme si cela pouvait éviter leur séparation. Le général parut satisfait de voir sa détresse, et poursuivit :

– Elle ne mérite plus le traitement de faveur qui lui avait été réservé jusqu'à présent. J'ai ordonné qu'elle soit mise aux fers afin de prévenir toute nouvelle tentative d'évasion.

Deux gardiennes assistaient à la scène. China leur fit un signe. L'une d'elles, qui portait les galons de sergent, donna un ordre à l'autre, une courtaude au faciès de crapaud, qui s'avança avec des menottes à la main.

Claudia eut un mouvement de recul et s'agrippa au bras de Sean. La femme hésita. Son chef renouvela l'ordre d'un ton sans réplique. Elle prit le poignet de Claudia, et sans effort apparent l'obligea à lâcher Sean et à venir vers elle. Avec une dextérité dénotant une longue pratique, elle la colla le visage contre le mur de l'abri, en même temps qu'elle refermait une menotte sur un de ses poignets. Amenant ensuite les deux bras de la jeune femme derrière son dos, elle boucla la deuxième menotte sur l'autre poignet.

La femme sergent s'avança alors. Prenant les mains de Claudia, elles les souleva presque à hauteur de ses omoplates et, sans se soucier du cri de douleur de celle-ci, examina les menottes. Examen qui ne la satisfit apparemment pas, car elle les resserra d'un cran chacune. Claudia protesta d'une voix haletante :

– C'est trop serré ; elles me coupent les poignets.

– Dites à cette salope de les desserrer, lança brutalement Sean à China.

Pour la première fois depuis le début de la séance, le général sourit.

— Colonel Courtney, j'ai donné l'ordre qu'il ne soit laissé à cette femme aucune possibilité de s'échapper. Le sergent Cara ne fait que son devoir.

— Les menottes coupent la circulation du sang. Miss Monterro pourrait perdre ses mains.

— Ce serait vraiment malheureux. Cependant je n'interviendrai pas. A moins que... (Il s'arrêta.)

— A moins que?

— A moins que vous m'assuriez de votre entière coopération, et me donniez votre parole que vous ne tenterez pas une nouvelle évasion.

Sean regarda les mains de Claudia; elles étaient déjà gonflées et prenaient une teinte plombée. Les ferrures d'acier pénétraient dans la chair, faisant saillir des veines bleues.

— La gangrène est une affection très dangereuse, dit avec calme le général China. Malheureusement, nos installations médicales sont primitives, en particulier pour l'amputation des membres.

— Très bien, dit Sean, je vous donne ma parole.

— Et votre coopération?

— Et je vous promets ma coopération.

Le général China fit un signe à la femme sergent, qui desserra les menottes. On vit aussitôt la peau reprendre sa couleur brun clair à mesure que le sang circulait de nouveau.

— Emmenez-la! ordonna China.

Les deux femmes empoignèrent chacune un bras de Claudia et l'entraînèrent vers la porte.

— Attendez! cria Sean en s'avançant vers elles.

Elles l'ignorèrent, pendant que le grand sergent shangane saisissait le bras de Sean et le tordait par-derrière.

— Sean! Au secours!

L'appel de Claudia avait des accents pathétiques. Mais les gardiennes l'entraînèrent, le rideau de toile de l'entrée tomba entre eux.

— Sean! (Sa voix lui parvenait encore.)

— Je t'aime! lui cria-t-il, en essayant de se dégager de la prise du sergent. Ne crains rien, chérie! Souviens-toi seulement que je t'aime. Je ferai tout ce qu'il faut pour te sortir d'ici.

Une promesse qui sonnait faux aux oreilles de celui même qui la faisait.

— Sean!

Sur cette dernière plainte désespérée et lointaine, le silence retomba.

Bien que haletant et oppressé par l'émotion, Sean se força à cesser de lutter et à rester tranquille. Le sergent le lâcha. Il se tourna vers China.

— Salaud! lui lança-t-il. Espèce d'ordure!

— Je vois que vous n'êtes pas d'humeur à avoir une conversation sérieuse. Et comme il est plus de minuit, nous allons vous laisser retrouver votre calme.

S'adressant ensuite au sergent, et montrant du doigt Sean et Job :

— Emmenez-les. Donnez-leur à manger. Donnez-leur des vêtements secs et une couverture. Laissez-les dormir, et ramenez-les ici demain matin.

Le sergent salua et les poussa vers la sortie.

— J'ai du travail pour eux, conclut China. Arrangez-vous pour qu'ils soient en état de le faire.

Sean et Job s'endormirent côte à côte, sous la garde d'un homme, à même le sol, en terre battue fort dure, d'un abri. La couverture était pleine de vermine. Mais ni l'inconfort, ni les piqûres d'insectes, ni même la pensée de Claudia n'empêchèrent Sean de dormir.

Le sergent le réveilla, aux petites heures d'avant le jour, d'un sommeil profond et sans rêves, en jetant sur lui une brassée de vêtements.

Sean s'assit et se mit à gratter une cloque faite par une punaise.

— Habillez-vous, dit le sergent.

— Comment vous appelez-vous ? lui demanda Sean.

— Alfonso Henriques Mabasa.

Cet invraisemblable mélange amusa Sean : le nom du premier roi du Portugal, accolé à un mot qui, en langue shangane, signifie « celui qui frappe avec un bâton ». En tout cas, c'était reposant pour Sean de pouvoir maintenant parler sanghane librement.

— Un bâton de bois pour vos ennemis, ou un bâton de viande pour leurs femmes ? demanda-t-il.

Alfonso s'esclaffa. Mais la plaisanterie paillarde de Sean fit faire à Job la grimace.

— A cinq heures du matin! protesta-t-il en hochant la tête avec commisération.

Cependant, ils entendirent Alfonso, ravi, qui répétait l'histoire à ses hommes, à l'extérieur de l'abri.

— Il n'en faut pas beaucoup, dit Job en sindebele, pour se faire une réputation de joyeux drille chez les Shanganes.

Ils firent leur choix dans le ballot de vêtements qu'avait apporté Alfonso. Ceux-ci n'étaient pas neufs, mais suffisamment propres.

Sean trouva un calot de drap et un battle-dress à rayures de camouflage; il abandonna sa saharienne et son short tombés en haillons, mais conserva ses vieux et confortables godillots.

Le petit déjeuner se composait de *kapenta*, une sorte de petit poisson séché, et de bouillie de maïs.

— Et le thé? s'enquit Sean.

— Vous vous croyez au *Grand Hôtel* de Beira? rétorqua Alfonso en riant.

L'aube pointait à peine lorsque le sergent les escorta au bord de la rivière, où le général China et son état-major examinaient les dégâts faits la veille par les Hind.

— Nous avons eu vingt-six tués et blessés, dit China à Sean. Et presque autant de déserteurs au cours de la nuit. Le moral baisse rapidement.

Il s'exprimait en anglais, que d'évidence personne de son état-major ne comprenait. En dépit des circonstances, il semblait maître de la situation, très élégant avec son battle-dress repassé de frais et amidonné, son béret et ses épaulettes ornées des étoiles d'officier général, ses rubans de décoration sur la poitrine. Un pistolet à crosse d'ivoire pendait à sa ceinture. Il portait des lunettes de soleil teintées de style aviateur, aux minces montures dorées.

— Si nous n'arrivons pas à stopper ces raids d'hélicoptère, tout sera fini dans trois mois, avant que la saison des pluies ne puisse nous sauver.

La saison des pluies était le temps de la guérilla, lorsque l'herbe aussi haute qu'un homme, les routes impraticables et les rivières en crue paralysaient les troupes régulières et favorisaient ceux qui les harcelaient.

— J'ai vu ces Hind en action hier, dit Sean, avançant prudemment un pion. Le capitaine Job, ici présent, a emprunté un de vos lance-roquettes RPG-7, et a réussi un coup au but.

— Bon, cela, approuva China en regardant Job avec un intérêt nouveau. Aucun de mes hommes n'a pu encore en faire autant. Et que s'est-il passé?

— Rien, répondit Job avec simplicité.

— Toute la mécanique est protégée par un blindage d'acier au titane, confirma China. Nos amis du sud nous ont proposé une de leurs nouvelles rampes de missiles Darter. Mais il est extrêmement difficile de faire venir jusqu'ici les véhicules de lancement, de gros camions, sur ces pistes et à travers des territoires contrôlés par le Frelimo. Ce dont nous avons besoin, c'est d'une arme d'infanterie, qui puisse être transportée et utilisée par des fantassins.

— A ma connaissance, il existe une seule arme efficace de ce type. En Afghanistan, les Américains ont mis au point une technique grâce à laquelle le Stinger d'origine, après modification, peut pénétrer dans un blindage. Mais je n'en sais pas plus.

Sean se tut. Il valait mieux, pensa-t-il, ne pas montrer qu'il connaissait bien la question. Mais le problème l'intéressait, et il s'était laissé entraîner.

— Vous avez raison, colonel. Le Stinger modifié est la seule arme qui ait prouvé son efficacité contre le Hind. Ce sera votre tâche, le prix de votre liberté. Je veux que vous me procuriez un chargement de Stinger.

Sean regarda China avec ahurissement, puis se mit à rire.

— Enfantin! Que préférez-vous comme couleur et comme parfum? Que diriez-vous d'une teinte framboise?

Pour la première fois de la matinée, China lui rendit son sourire.

— Les Stinger existent, il suffit d'aller les chercher.

— J'espère fermement que vous plaisantez, rétorqua Sean, redevenu sérieux. Je sais que les Yankees ont donné des Stinger à Savimbi, mais l'Angola est de l'autre côté de l'Afrique.

— Nos Stinger sont beaucoup moins loin. Vous souvenez-vous de l'ancienne base des forces rhodésiennes à Grand Reef?

— Et comment! Les Scouts ont opéré à partir de là pendant près d'une année.

— Moi aussi, je me rappelle. (China porta une main à son oreille, son visage prit une expression attristée.) C'est de là que vous avez lancé l'attaque sur mon camp d'Inhlozane.

— C'était une autre guerre, fit remarquer Sean.

China parut revenir sur terre.

— Je vous disais donc que les Stinger que nous voulons se trouvent à Grand Reef.

— Je ne comprends pas. Jamais les Yankees ne donneront de Stinger à Mugabe. Il est marxiste, et entre les États-Unis et le Zimbabwe, ce n'est pas le grand amour. Ça ne tient pas debout.

— Oh, mais si, ça tient. Dans le grand cirque africain, c'est tout à fait concevable. (Il jeta un coup d'œil à sa montre.) C'est l'heure du thé. On m'a dit que vous en avez réclamé ce matin. De quelque côté que nous soyons, la guerre a fait de nous des drogués du thé.

China les conduisit dans son blockhaus de commandement. Une ordonnance apporta aussitôt la théière.

— Les Américains détestent Mugabe, expliqua China, mais ils détestent encore plus l'Afrique du Sud. Or Mugabe soutient et donne asile à des guérilleros de l'ANC *, qui opèrent en Afrique du Sud à partir du Mozambique.

Sean opina de la tête, l'air lugubre. Il avait vu des photos du

* ANC: African National Congress. (N.d.T.)

232

carnage causé par l'explosion d'une bombe dans un supermarché sud-africain. Cela s'était produit le dernier vendredi du mois, jour de la paye mensuelle, alors que le magasin était bondé de ménagères blanches et noires et de leurs enfants. China poursuivit :

— Les Sud-Africains se sont juré de poursuivre les terroristes partout. Ils ont déjà mis ce vœu à exécution, en les traquant au-delà des frontières de tous leurs voisins. D'autre part, l'ANC a annoncé son intention d'intensifier les attentats contre des objectifs civils. Mugabe sait quelles en seront les conséquences, aussi veut-il une arme pour se défendre contre les hélicoptères Puma, lorsque ceux-ci franchiront sa frontière pour punir l'ANC.

— Je ne crois toujours pas que les Yankees lui fourniront des Stinger.

— Directement, non. Mais les Britanniques entraînent des unités militaires de Mugabe. Ce sont les intermédiaires. Ils ont des Stinger que leur vendent les Américains; et ils apprennent à s'en servir à la Troisième Brigade, une unité d'élite de Mugabe, à Grand Reef.

— Comment diable savez-vous cela ?

— Rappelez-vous que j'ai été naguère ministre dans le cabinet de Mugabe. J'ai encore des amis dans la place.

— Vous avez raison, dit Sean en hochant la tête. Tout cela est typiquement africain. Ainsi, les Stinger se trouvent à Grand Reef ?

— Ils ont été livrés, il y a deux semaines, par un Hercules de la RAF. Leur installation est prévue pour le début du mois prochain, le long des frontières du Zimbabwe et de l'Afrique du Sud. Contre vos concitoyens, colonel.

Sean ne réagit pas à cet appel à son patriotisme.

— La formation est assurée par du personnel de l'artillerie royale, un capitaine et deux sous-officiers. Vous comprenez pourquoi j'ai besoin d'un visage blanc pour l'exécution de mon plan.

— Tout ceci me paraît assez inquiétant, marmonna Sean. Dites-moi ce que vous voulez exactement.

— Je veux que vous alliez au Zimbabwe et me rameniez ces missiles Stinger.

— Et en échange ?

— Une fois que vous m'aurez livré les missiles, je ferai retirer les menottes de miss Monterro, et la transférerai dans un local où vous pourrez lui rendre visite... (Il fit une pause, et sourit d'un air entendu.)... et passer quelques moments en privé avec elle chaque jour ou chaque soir.

— Notre libération.

— J'y viens. Vous serez libérés tous les trois après m'avoir rendu un service supplémentaire.

— Quel sera ce service?

— Une chose à la fois, colonel Courtney! Les missiles d'abord. Lorsque vous me les aurez livrés, nous parlerons de la partie finale de notre marché.

Sean contempla sa tasse de thé d'un air renfrogné; il tournait et retournait la proposition dans sa tête, cherchant à prendre l'avantage. China interrompit ses réflexions.

— Colonel, chaque minute que vous perdez prolonge la... la situation inconfortable de miss Monterro. Tant que je n'aurai pas ces missiles, elle portera les menottes jour et nuit. Je vous suggère d'établir immédiatement vos plans en vue de votre expédition.

Sean se leva et alla se planter devant la carte murale à grande échelle. En fait, il n'avait pas besoin de la regarder. Les yeux fermés, il voyait chaque vallée et chaque montagne, chaque repli de terrain le long de la frontière entre le Mozambique et le Zimbabwe. La voie ferrée traversait celle-ci près d'Umtali; et vingt kilomètres plus loin à l'intérieur du Zimbabwe, un petit avion stylisé indiquait sur la carte l'emplacement de la base et du terrain d'aviation de Grand Reef.

Job s'avança auprès de Sean. Tous deux contemplèrent pensivement le petit avion. Combien de fois n'avaient-ils pas décollé de ce terrain! Ils se revoyaient monter à bord des Dakota, ployant sous le poids du parachute, des armes et de tout leur barda. L'un et l'autre connaissaient par cœur l'emplacement de chaque bâtiment, des hangars, des baraquements, des postes de tir antiaérien.

— Vingt kilomètres du poste frontière, dit Job d'une voix calme. Un quart d'heure en camion.

— Tout à l'heure, général China, vous avez parlé de votre plan. Qu'aviez-vous à l'esprit? Pouvez-vous nous procurer des véhicules?

— Il y a quelque temps, mes hommes se sont emparés de trois camions Mercedes Unimog, avec les documents authentiques de l'armée du Zimbabwe. Nous les avons soigneusement cachés. Mon plan est que vous franchissiez la frontière, déguisés en soldats de ce pays.

— Je suppose qu'il y a un gros trafic militaire à travers ce poste frontière?

— C'est exact.

— Il faudra des uniformes de l'armée du Zimbabwe pour tous les noirs participant à l'opération. Il faut que nous puissions pénétrer dans la base sans coup férir. Et moi, que serai-je?

— J'ai pour vous un uniforme d'officier supérieur britannique, avec les papiers d'identité nécessaires.

— Comment diable avez-vous eu cela?

— Voici trois mois, nous avons attaqué un détachement du Zim-

234

babwe, près de Vila de Manica, qui était accompagné d'un observateur britannique. Celui-ci a été tué dans l'action. Il était major dans la Garde, attaché militaire auprès du haut-commissaire à Harare, d'après ses papiers. L'uniforme a été nettoyé; les trous faits par une grenade ont été réparés par une main experte, celle du tailleur qui a coupé l'uniforme que je porte. (China lissa avec complaisance les pans de sa tunique.) Il le retaillera pour vous, colonel. Le major avait à peu près votre taille, mais plus d'embonpoint.

— Ils sont comme ça dans la Garde. Maintenant, il y a mon accent. N'importe quel Anglais me repérera comme Sud-Africain dès que j'ouvrirai la bouche.

— Vous n'aurez affaire qu'à des gens de la Troisième Brigade aux portes de la base. Je peux vous assurer qu'ils n'auront pas des oreilles aussi subtiles.

— Parfait. Nous pourrons donc sans doute entrer; mais je me demande comment nous en sortirons.

Sean commençait à se prendre au jeu. Mais Job demeurait prudent.

— N'allons pas si vite, dit-il. Je ne nous vois pas arriver à la porte de la base sans être invités et demander qu'on nous laisse entrer. Avec les Stinger dedans, la sécurité sera renforcée.

— C'est certain, approuva le général. Cependant je vous rassure tout de suite, j'ai un homme à moi dans la place. C'est un de mes neveux : il est adjudant-chef des transmissions, et le numéro deux du centre de communications de Grand Reef. Il dira avoir reçu un message du haut commandement des forces armées, autorisant une inspection des Stinger par l'attaché militaire. Par conséquent, le personnel de garde de la base sera informé de votre visite et ne regardera pas de trop près votre laissez-passer.

— Cet homme à vous, qui se trouve dans la base, doit savoir exactement où sont entreposés les Stinger.

— Exact. Ils se trouvent dans le hangar numéro trois; c'est le deuxième à gauche.

— Nous savons parfaitement lequel est le hangar numéro trois, l'assura Sean. (Le front plissé, il commença à énumérer les autres problèmes à résoudre pendant que China notait sur un calepin.) Je dois connaître le conditionnement des missiles, le poids et les dimensions des emballages. Il existe certainement des manuels d'instruction de leur emploi; ils sont sans doute dans le bureau du capitaine britannique de l'artillerie royale; il me faut savoir exactement où est ce bureau.

— Nous aurons besoin d'une diversion, suggéra Job. Une deuxième unité pourrait monter une attaque du côté de la base le **plus éloigné du hangar trois et du centre d'entraînement, avec** quantité de balles traceuses, de pétarades de RPG, et de grenades au phosphore. Pour cela, il faudra une autre équipe.

C'était comme au bon vieux temps ; si souvent ils avaient travaillé ainsi, se stimulant mutuellement. Ils contrôlaient leur fougue, mais leurs yeux brillaient d'excitation. A un moment de la discussion, Job dit :

— Je suis content que nous ayons affaire à la Troisième Brigade, cette bande d'assassins de religieuses et de violeurs de petites filles. Ce sont eux qui ont mené la répression au Matabeleland.

Le souvenir était encore vivace dans leur mémoire, des massacres et des atrocités qui avaient accompagné l'incursion de la brigade dans les régions habitées par les tribus dissidentes des Matabeles.

— Deux de mes frères, mon grand-père, murmura Job d'une voix à peine audible... La Troisième Brigade a jeté leurs cadavres dans le vieux puits de la mine Antilope.

— Il ne s'agit pas de vengeance personnelle, le prévint Sean. Nous ne voulons que les Stinger, Job.

Les haines intertribales d'Afrique sont aussi féroces que les vendettas corses. Job dut se secouer pour chasser les fantômes.

— Vous avez raison, mais un petit supplément en scalps de la Troisième Brigade serait le bienvenu.

En dépit de sa remontrance, Sean pensait comme lui. L'idée d'une bagarre avec le ZANLA ne lui déplaisait pas. Combien d'hommes braves, combien d'amis chers il avait perdus de son fait au cours des onze longues années de la guérilla. Et comme étaient complexes les relations, de haine ou de fidélité, qui constituaient la trame même du tissu de l'Afrique. Seul un Africain pourrait jamais le comprendre.

Sean revint aux questions concrètes :

— Bien. Nous sommes entrés, nous avons chargé les Stinger à bord des Unimog, j'ai trouvé les manuels d'instruction, nous sommes prêts à filer. La diversion a attiré la plupart des hommes de la base à l'autre bout du terrain d'aviation. Maintenant il faut sortir. Ils ne vont pas être tellement contents de nous voir prendre le large.

— Nous enfonçons le portail avec un camion, dit Job.

— Bon. Et puis après ? Nous ne serons pas capables d'aller jusqu'au poste frontière. A ce moment, toute l'armée du Zimbabwe et le Frelimo nous tomberont sur le dos.

Ils examinèrent tous deux la carte. Sean mit un doigt sur la route du retour. Avant l'arrivée à Umtali, il en partait une autre qui allait au nord, parallèlement à la frontière, à travers les hautes terres de l'est, en direction du Parc national d'Inyanga ; une zone de pics perdus dans les nuages et de vallées couvertes d'épaisses

236

forêts. Une de ces vallées s'enfonçait profondément dans la chaîne montagneuse.

Honde Valley, disait la carte. La route la traversait; elle montait en se rétrécissant vers la frontière du Mozambique, formant une entrée naturelle aux hautes terres de ce pays. Elle avait été une des principales voies d'infiltration des guérilleros du ZANLA à partir de leurs camps d'entraînement. Une voie difficile, dont Sean et Job avaient connu tous les secrets, les pistes cachées, les défilés dissimulés.

— Avec les camions, dit Sean, nous pourrons aller jusqu'à la mission Sainte-Marie. Pas plus loin.

— De là, il n'y a plus que six kilomètres jusqu'à la frontière.

— Six kilomètres très durs. Et à la frontière, nous ne serons pas au bout de nos peines. Ils nous poursuivront jusqu'à ce que nous soyons revenus dans la zone contrôlée par le Renamo.

Sean se tourna vers China.

— Il faudra que des porteurs nous attendent à la mission Sainte-Marie.

Le général s'approcha de la carte, sur laquelle il indiqua un village du nom de Mavonela.

— Pour les porteurs, pas de problème. J'enverrai les camions vous attendre à Mavonela. Lorsque vous serez arrivés là, je considérerai que la livraison des missiles aura été effectuée.

— Je suggère, intervint Job, que le transport des Stinger ne s'effectue pas avec un seul groupe de porteurs. Ce serait une trop belle cible pour les MIG de Mugabe. Avec une seule bombe au napalm, ils y passeraient tous.

— En outre, ajouta Sean, le Frelimo peut envoyer ses Hind. Vous avez raison, Job. Dès qu'il fera suffisamment noir pour craindre une attaque aérienne, nous nous éparpillerons.

Il se référait à la technique éprouvée de la guérilla, qui consiste à fractionner le groupe, offrant ainsi plusieurs petits objectifs, plus mobiles qu'un seul important et lourd.

— Pouvez-vous, demanda-t-il à China, prévoir une série de rendez-vous, plutôt qu'un seul à Mavonela?

— D'accord. Nous échelonnerons les camions le long de la route, avant ce village. Un camion par kilomètre, dissimulé sous un filet de camouflage.

— Très bien. Dressons un plan minuté de mise à exécution, et mettons-le noir sur blanc. Pouvez-vous me donner de quoi écrire?

China sortit un bloc-notes et un stylo à bille d'un tiroir de son bureau. Pendant que Sean rédigeait, il envoya chercher son tailleur, un petit homme rondelet, qui tenait auparavant un atelier de confection à Beira, avant que la nécessité plus qu'un engagement idéologique l'amène à quitter cette ville pour rallier la guérilla.

Celui-ci arriva, chargé de l'uniforme d'officier d'état-major de la Garde, avec casquette, bottes, ceinturon et insignes. Sean l'endossa pour l'essayer, sans interrompre la séance de travail. Comme prévu, il était trop large, et les bottes avaient une pointure de trop.

— Cela ne fait rien, dit Sean, je mettrai deux paires de chaussettes.

Tandis que le tailleur, accroupi aux pieds de Sean, plaçait les épingles en vue d'allonger le pantalon de deux centimètres, celui-ci examinait les papiers du major qui, d'après sa photographie, était un homme de près de cinquante ans aux cheveux blonds.

— Gavin Duffy, lut-il sur la carte d'identité. Il faudra changer la photographie.

— Mon officier chargé de la propagande le fera, acquiesça China.

L'officier en question était un mulâtre, moitié portugais, moitié shangane. Il prit quatre instantanés de Sean avec un appareil Polaroïd et remplaça par l'un d'eux la photo du major.

— Maintenant, annonça Sean à China, je désire prendre le commandement des hommes qui participeront à l'opération, et m'assurer qu'ils sont équipés de façon appropriée. Vous devez leur expliquer qu'à l'avenir ils sont sous mes ordres.

Le général se leva :

— Suivez-moi, colonel. Je vous emmène prendre votre nouveau commandement.

Il les conduisit tous deux à l'extérieur de son blockhaus. Suivant la piste qui, à travers la forêt, menait à la rivière, ils poursuivirent leur discussion sur l'organisation du raid.

— Il est évident, dit Sean, que les dix hommes de l'escouade du sergent Alfonso ne suffiront pas. Il en faut encore au moins autant pour l'attaque de diversion contre la base.

A ce moment retentit le lugubre hurlement des sirènes manœuvrées à la main. Instantanément, tout fut autour d'eux tumulte et confusion.

— Les Hind ! s'écria China. Mettez-vous à l'abri.

Il courut vers un emplacement de tir voisin, protégé par des sacs de sable, sur lequel était installé une mitrailleuse antiaérienne de 12,7 mm. Ce serait un objectif de choix pour les mitrailleurs des hélicoptères. Sean juga plus prudent de chercher un autre abri. De l'autre côté de la piste, il aperçut dans les hautes herbes un abri enterré moins voyant. A l'instant où il sautait dedans, il entendit le ronronnement des Hind, et tout de suite le tintamarre du tir de la DCA. Job bondit à son tour dans l'abri de tirailleur. Puis une silhouette plus petite apparut au-dessus d'eux, et sauta également dans le trou avec l'agilité d'un lièvre.

238

Pendant un instant, Sean ne comprit pas qui c'était. Jusqu'à ce que le visage noir tout plissé s'éclaire d'un large sourire, et qu'une voix joyeuse lance :

— Salut, *Bwana*.

— Toi! Sacré petit couillon! *blithering idiot* (Sean n'en croyait pas ses yeux.) Je t'avais renvoyé à Chiwewe. Qu'est-ce que tu reviens foutre ici?

— Je suis allé à Chiwewe, comme vous m'aviez ordonné. Maintenant je viens vous chercher.

Sean regarda Matatu avec admiration, en songeant à ce que ce voyage représentait. Puis, hochant la tête, il sourit. Alors le sourire du petit bonhomme sembla couper sa figure en deux.

— Personne ne t'a vu? Tu as traversé les lignes et pénétré dans le quartier général d'une armée, et personne ne t'a vu?

— Personne ne voit Matatu, si Matatu ne veut pas qu'on le voie.

Le sol trembla sous leurs pieds. Le vacarme des roquettes et des mitrailleuses les obligea à rapprocher leurs têtes et à crier pour se faire entendre.

— Quand es-tu arrivé ici?

— Hier. (Il montra du doigt un hélicoptère.) Quand ces machines ont attaqué. Je vous ai vus sauter dans la rivière. Je vous ai suivis tout au long quand vous étiez dans l'arbre qui vous a servi de bateau. J'ai voulu vous rejoindre à la nage, mais il y avait les crocodiles. Ensuite les sales types, les *shifta*, sont venus dans leur embarcation et vous ont ramenés ici. J'ai attendu en regardant ce qui se passait.

— As-tu vu où ils ont emmené la dame?

— Je les ai vus partir avec elle hier soir.

— Pourras-tu trouver où ils l'ont mise?

— Naturellement. (Matatu prit un air vexé.) Je peux la retrouver n'importe où ils l'ont emmenée.

De la poche de sa tunique, Sean sortit son nouveau bloc-notes. Recroquevillé au fond du trou de tirailleur, en pleine attaque aérienne, il écrivit la première lettre d'amour qu'il ait composée depuis bien des années. Il mit sur la petite feuille de papier tout ce qu'il put trouver pour la rassurer, la réconforter et lui donner courage. La lettre finissait ainsi :

« Sois forte, tout cela finira bientôt. Et souviens-toi que je t'aime. »

Il détacha la feuille, la plia soigneusement et la donna à Matatu :

— Porte-la à la dame. Assure-toi qu'elle l'a, et viens me retrouver. As-tu vu l'endroit où j'ai dormi la nuit dernière?

— Je vous ai vu en sortir ce matin.

— C'est là que nous nous retrouverons. Viens me voir là, quand les *shifta* dormiront.

Sean leva les yeux vers le ciel. L'attaque avait été violente, mais courte. Le bruit des moteurs s'éloignait, les tirs diminuaient d'intensité, mais de la poussière et de la fumée étaient poussées par le vent jusqu'à leur abri.

— Va maintenant, commanda Sean.

Matatu bondit sur ses pieds, impatient d'obéir.

Mais Sean le retint par le bras, un bras mince comme celui d'un enfant. Sean le secoua affectueusement.

— Ne te fais pas prendre, vieux frère.

Matatu cligna de l'œil, amusé par l'absurdité d'une pareille idée. Et puis, tel le génie de la lampe d'Aladin, il disparut.

Avant de quitter leur abri, ils attendirent quelques minutes pour laisser Matatu s'éloigner. Autour d'eux, des arbres étaient hachés et cisaillés par les obus et les roquettes; un dépôt de munitions brûlait de l'autre côté de la rivière, où explosaient des fusées et des grenades au phosphore, et dont la fumée montait haut dans le ciel.

Le général China vint à grands pas au-devant d'eux, l'air furieux. Son uniforme était souillé de noir de fumée et de poussière.

— Notre position ici devient absolument intenable, dit-il plein de rage. Ils effectuent leurs raids quand ils le veulent, et nous ne pouvons riposter.

— Vous serez obligé, répondit Sean, de déplacer votre corps de bataille hors du rayon d'action des Hind.

— Je ne peux pas le faire. Cela signifierait que nous ne pouvons plus exercer notre action contre le chemin de fer. Cela signifierait que nous abandonnons au Frelimo le contrôle du réseau routier, et les inciterait à passer à l'offensive.

— Et si vous restez ici, vous allez vous faire massacrer.

— Apportez-moi les Stinger, s'écria China. Et apportez-les-moi vite.

Il partit à grandes enjambées. Sean et Job le suivirent jusqu'à l'ensemble de défenses situé au bord de la rivière. Une compagnie, forte d'une quarantaine d'hommes, prévenue de toute évidence de la venue du général, était au garde-à-vous sur un terrain d'exercice de fortune, de la dimension d'un court de tennis. Ces soldats paraissaient étrangers à ce qui se passait, aux dégâts causés par le raid, aux équipes de premier secours et à celles de réparations qui s'affairaient autour d'eux.

Au premier rang, Sean reconnut le sergent Alfonso, qui s'avança de trois pas, salua le général China, puis fit demi-tour et commanda : « Repos! » China ne gaspilla ni ses mots ni son temps. D'un ton sec, il s'adressa à eux en shangane.

— Vous allez avoir à remplir une mission spéciale. A l'avenir, vous recevrez vos ordres de cet officier blanc. (Il montra Sean, debout à côté de lui.) Vous lui obéirez strictement.

Se tournant ensuite vers Sean :

– A vous le soin, colonel Courtney.

Il partit ensuite en direction du blockhaus de commandement. Sean faillit le saluer, mais se retint.

– Va te faire foutre, China, marmonna-t-il entre ses dents.

L'escouade du sergent Alfonso, il la connaissait déjà fort bien. Quant aux autres hommes que China mettait à sa disposition, Sean n'avait pas encore vu dans les rangs du Renamo un groupe ayant aussi belle allure. China lui avait donné ce qu'il avait de mieux. Sean passa lentement leur inspection. Tous étaient armés du fusil d'assaut AKM, version plus moderne du vénérable AK-47, leurs armes étaient bien entretenues et d'une propreté méticuleuse, de même que leur équipement; leurs uniformes, bien que fort usagés, étaient proprement réparés et rapiécés.

« La valeur d'un ouvrier se juge toujours à l'état de ses outils », se dit-il. Ces soldats étaient de qualité, fiers et hardis. Il le vit en regardant chacun droit dans les yeux, lorsqu'il passa dans leurs rangs. De tous les peuples d'Afrique, ceux avec lesquels il se sentait le plus d'affinités étaient les tribus d'origine zouloue, les Ngonis, les Matabeles et les Shanganes. Si le choix lui avait été laissé, c'était exactement le genre d'hommes qu'il aurait pris pour cette mission.

Lorsqu'il eut terminé son inspection, il s'adressa à eux pour la première fois en shangane.

– Vous et moi ensemble, nous allons flanquer une raclée à ces mangeurs de merde du Frelimo.

Au premier rang, Alfonso montra toutes ses dents en un sourire de fauve.

Les poignets toujours enserrés dans les menottes, Claudia Monterro marchait sur un sentier raboteux, encadrée des deux gardiennes et d'une escorte de cinq soldats. Elle trébuchait souvent dans l'obscurité; lorsqu'elle tombait, elle ne pouvait se servir de ses mains pour se protéger. Ses genoux écorchés saignaient, cette marche était un vrai cauchemar, elle semblait sans fin, depuis des heures sa torture durait.

Elle avait si soif que sa salive était devenue une pâte collante. Ses jambes lui faisaient mal. Ses mains et ses bras, depuis longtemps maintenus dans une position non naturelle derrière son dos, étaient engourdis et glacés. De temps en temps, des voix parvenaient jusqu'à elle; deux ou trois fois, elle sentit une odeur de fumée et vit la lueur d'un feu de camp. Aussi savait-elle être encore à l'intérieur des lignes du Renamo.

La marche s'arrêta brusquement. Claudia supposa qu'elle se trouvait non loin de la rivière, car elle pouvait sentir la fraîcheur de l'air, et voir la silhouette de grands arbres se détacher sur le ciel étoilé. Elle percevait autour d'elle des odeurs de présence humaine, de fumée de bois, de cendres refroidies, de corps mal lavés, de détritus pourrissants, de déjections. Elle fut conduite dans une enceinte entourée de barbelés, vers un abri à demi-enterré au milieu d'autres.

La prenant chacune par un bras, les deux gardiennes lui firent descendre quelques marches, et la poussèrent à l'intérieur. L'obscurité était totale. Elle entendit que l'on refermait et verrouillait une porte derrière elle. Elle tomba à genoux.

Avec effort, Claudia se releva. Mais lorsqu'elle fut debout, sa tête heurta quelque chose; c'était une sorte de toit fait de poteaux de bois mal dégrossis. Elle recula, ses doigts vinrent au contact de la porte, une porte en planches grossières, hérissées d'échardes. Elle pesa de tout son poids contre elle; la porte ne bougea pas.

Courbée pour ne pas heurter le plafond, elle fit en tâtonnant le tour de sa cellule, qui était minuscule. Les murs en terre suintaient d'humidité. Dans un angle, elle buta sur l'unique objet qu'elle contenait; le tâtant de son pied, elle découvrit que c'était un seau métallique dont l'odeur fétide ne laissait pas de doute sur l'usage auquel il était destiné.

La soif était devenue un supplice. Claudia s'approcha de la porte, et appela en anglais :

– Je vous en prie, de l'eau !

Sa voix était rauque, ses lèvres sèches et gercées. Elle se souvint du mot espagnol. Espérant que c'était le même en portugais, elle cria :

– *Agua* !

Vains appels. Les murs de terre semblaient étouffer sa voix. Elle se traîna dans un coin et se laissa glisser sur le sol. Alors seulement elle se rendit compte à quel point elle était épuisée physiquement. Mais les menottes à ses poignets l'empêchaient de se coucher sur le dos. Elle tenta de trouver une position relativement confortable, et y parvint en se calant assise dans un angle de deux murs.

Elle fut réveillée par le froid et par quelque chose d'autre. Perdue et désorientée, elle crut un instant être revenue à Anchorage, chez son père. Elle appela :

– Papa ! Tu es là ?

Puis elle sentit l'humidité, l'odeur du seau hygiénique, le froid dans ses jointures, ses bras prisonniers, et elle se souvint. Le désespoir s'abattit sur elle, comme une vague sombre ; elle eut l'impression de couler à pic. A ce moment, elle entendit de nouveau le bruit qui l'avait réveillée. Elle s'immobilisa, le cou et le front inondés d'une sueur glacée.

Tout de suite, elle sut ce que c'était. Claudia n'avait pas la plupart des phobies habituelles aux femmes, la peur des araignées ou des serpents. Une seule chose la terrorisait. Elle resta assise, raidie et écoutant le trottinement d'un animal à travers la cellule. Ce bruit était celui même de ses cauchemars. Les yeux grands ouverts dans la nuit noire, elle essaya de le détourner d'elle par la force de sa prière.

Soudain, elle sentit qu'il était sur elle, les petites pattes froides sur sa peau. C'était un rat qui, d'après son poids, devait être aussi gros qu'un lapin. Claudia se leva en poussant des hurlements, et envoya des coups de pied à l'aveuglette. S'arrêtant enfin de crier, elle se tassa dans l'angle des murs et fut prise d'un tremblement nerveux.

« Arrête ! se morigéna-t-elle. Reprends-toi. » Au prix d'un immense effort de volonté, elle se ressaisit. Le silence était total. Ses cris avaient effrayé le rat qui s'était enfui, du moins pour le moment. Mais elle ne put se résoudre à se rasseoir sur le sol, car elle avait peur qu'il revienne.

Malgré son épuisement, elle resta debout, appuyée dans le coin, et attendit ainsi la fin de la nuit. Elle somnolait, dormait un peu, s'éveillait en sursaut. Cette alternance de demi-sommeil et de réveil se poursuivit, jusqu'au moment où elle s'aperçut que l'obscurité n'était plus totale et qu'elle pouvait voir autour d'elle.

La lumière filtrait à l'intérieur de la cellule par des fentes et des brèches entre les poteaux du toit. Ceux-ci avaient été obstrués par un mortier d'argile et de paille ; mais l'argile avait séché et était tombée par endroits, laissant passer des rais de lumière. Des fentes, pendillaient des tiges d'herbe à éléphant.

Claudia fit craintivement des yeux le tour de la pièce. Le rat avait disparu ; il s'était probablement glissé à travers un des interstices du toit. Elle s'approcha du seau. C'est alors qu'elle se rendit compte de la situation pénible dans laquelle elle se trouvait, les mains attachées derrière le dos. Évidence qui rendit instantanément son besoin irrépressible.

Bien que ses doigts soient devenus à moitié dénués du sens du toucher, la force du désespoir la rendit capable de saisir sa ceinture par-derrière, et de la faire tourner jusqu'à ce que la boucle parvienne dans son dos et qu'elle puisse l'ouvrir. Elle avait perdu tellement de poids qu'aussitôt la ceinture débouclée, son pantalon tomba à ses chevilles. Passant ensuite un pouce sous l'élastique de sa culotte, elle put faire glisser celle-ci le long de ses jambes.

Restait le pire, l'impossibilité de se nettoyer. En se rhabillant avec difficulté, Claudia pleura d'humiliation. Ses poignets à vif et ses bras avaient mal des efforts violents qu'ils avaient dû faire pour accomplir cette besogne si naturelle.

Un unique rai de soleil filtrait à travers un trou entre les poteaux du toit, accrochant une pièce d'argent sur le mur. Claudia regarda celle-ci descendre avec une lenteur infinie le long de la muraille de terre sèche. Chose étonnante, il lui sembla que ce rayon lui apportait assez de chaleur et de joie pour chasser sa tristesse et son désespoir.

Avant que la pièce d'argent soit arrivée au sol de la cellule, elle entendit que l'on retirait la barre bloquant sa porte. Celle-ci s'ouvrit en grinçant, et la femme sergent entra.

— S'il vous plaît, pria Claudia dans un espagnol d'écolière, il faut que je me lave.

La gardienne ne fit pas signe d'avoir compris. Dans une main, elle portait une gamelle remplie d'eau, dans l'autre un bol contenant de la bouillie de maïs durcie. Elle posa la gamelle par terre et, retournant le bol, déposa le bloc de maïs sur le sol, à côté de la gamelle.

La soif, que Claudia avait pu oublier un moment, redevint si atroce qu'elle poussa un gémissement à la vue de l'eau fraîche. Elle tomba à genoux devant la gamelle, telle une adoratrice. Levant les yeux vers la gardienne, elle la supplia en espagnol :

— *Por favor*, je ne peux pas me servir de mes mains.

La gardienne éclata de rire et, du bout de sa chaussure, donna une petite poussée à la gamelle qui se balança dangereusement ; un peu d'eau passa par-dessus le bord.

— Oh non, gémit Claudia, ne la renversez pas.

Elle se pencha en avant, essayant d'atteindre l'eau avec sa langue, qu'elle tira le plus loin qu'elle put. Mais la bordure métallique de la gamelle lui coupait le visage. Elle leva de nouveau les yeux :

— Aidez-moi, je vous prie.

Appuyée contre le mur, la gardienne la regardait faire et s'amusait de ses efforts.

Claudia se pencha et saisit le rebord de la gamelle avec ses dents. Avec précaution, elle l'inclina ; un petit filet coula entre ses lèvres. Le plaisir fut si intense qu'un nuage passa devant ses yeux. Elle but à petites gorgées jusqu'à ce que l'eau arrive à un niveau où elle ne pouvait plus couler dans sa bouche. Le récipient était encore à moitié plein, et la soif de Claudia n'était pas apaisée.

Serrant toujours le rebord dans sa mâchoire, elle releva la tête et la pencha en arrière. Elle fit ce mouvement trop vite ; lorsque l'eau coula dans sa bouche, elle s'étouffa, toussa et lâcha la gamelle. Le liquide se répandit sur le sol, où il fut rapidement absorbé par la terre. La gardienne se mit à rire sur un timbre suraigu. Les yeux de Claudia se remplirent de larmes de désespoir.

De propos délibéré, la femme sergent mit un pied sur le gâteau de maïs et l'écrasa dans la poussière. Puis, riant encore, elle empoigna la gamelle et sortit.

Claudia avait une idée approximative du temps écoulé, par l'inclinaison des rayons de soleil filtrant à travers les interstices du toit. La journée s'écoula, interminable. Malgré la gêne des menottes, elle put dormir d'un vrai sommeil. Lorsqu'elle ne dormait pas, elle occupait son temps à dresser des plans en vue d'augmenter ses chances de survivre.

Le besoin le plus pressant était l'eau. Le peu qu'elle avait bu serait à peine suffisant pour vingt-quatre heures. Déjà elle se sentait déshydratée. « Je dois absolument trouver un moyen de boire à cette gamelle », se dit-elle. Durant des heures, elle tourna et retourna le problème dans sa tête. Lorsque tout d'un coup elle trouva la solution, elle se leva si brusquement qu'elle alla donner de la tête contre un poteau du plafond.

Après examen des tiges d'herbe à éléphant qui, passant dans les fentes du toit, pendaient à l'intérieur de la cellule, elle en choisit une qu'elle saisit avec ses dents et laissa ensuite tomber sur le sol. S'agenouillant auprès d'elle, et se penchant en arrière, elle réussit à la prendre dans ses mains. Par chance, la tige était sèche et se cassait facilement. Claudia la brisa en quatre morceaux d'une vingtaine de centimètres chacun. En se contorsionnant, elle planta ces quatre morceaux verticalement dans la terre meuble du sol. Elle se retourna ensuite, prit l'un d'eux avec les lèvres, et souffla dedans. Mais il était bouché par sa moelle.

Elle le laissa de côté et en prit un autre. Lorsqu'elle souffla dans celui-ci, il en sortit un petit tas de poussière, comme d'une sarbacane. Après quoi, l'air passa librement. Claudia s'affala sur son arrière-train. Assise sur le sol, la tige d'herbe encore à la bouche, elle se mit à rire aux anges, heureuse d'avoir réussi.

La joie de cet exploit dissipa le désespoir qui avait commencé à la ronger et failli annihiler sa volonté de vivre. Elle alla sur les genoux cacher le précieux brin d'herbe dans un coin et passa le reste de la journée à imaginer la façon dont elle l'utiliserait.

Les rayons du soleil ne pénétraient plus dans la cellule, la tristesse du soir s'appesantissait sur Claudia lorsqu'elle entendit la gardienne ouvrir la porte. Elle se recroquevilla dans son coin quand celle-ci entra et, comme elle l'avait fait le matin, posa la gamelle d'eau et renversa sur le sol la bouillie de maïs pâteuse. Appuyée contre le montant de la porte, la femme sergent attendit que la prisonnière s'approche, et vienne boire à quatre pattes comme un animal. Mais Claudia ne bougea pas de son coin, essayant de rester impassible, alors qu'un réflexe involontaire de déglutition contractait sa gorge et que la soif la tenaillait.

Au bout d'un long moment, la gardienne dit quelque chose en portugais d'un ton mécontent, en montrant du doigt la gamelle. Claudia, au prix d'un violent effort, s'obligea à ne pas regarder le récipient. La femme haussa les épaules, écrasa de nouveau la nourriture avec son pied, esquissa un rire sans conviction et sortit, laissant la gamelle posée à terre.

Claudia se força à attendre le temps nécessaire pour être certaine que la gardienne était bien partie et ne risquait pas de l'espionner par une fente de la porte. Lorsqu'elle fut assurée de n'être pas observée, elle prit la paille entre ses lèvres. A genoux, elle se pencha sur la gamelle et aspira.

Elle garda la première gorgée dans sa bouche, et la laissa s'écouler goutte à goutte au fond de sa gorge, fermant les yeux de plaisir. Ce fut comme si elle avait bu une potion magique. Elle sentit une force et une résolution nouvelles circuler dans ses veines avec son sang. Elle but une partie de l'eau, faisant durer le plaisir jusqu'à ce qu'il fasse presque nuit. Mais elle ne put se résoudre à manger la pâtée de bouillie de maïs répandue sur le sol.

Prenant entre ses dents l'anse en métal de la gamelle, elle porta celle-ci dans l'angle opposé de la cellule, afin de l'avoir en réserve pour en aspirer de temps en temps de petites gorgées au cours des longues heures à venir. Elle s'installa pour la nuit, presque gaie, la tête tournant un peu comme si elle avait bu du champagne, et non de l'eau de la rivière.

« Je suis capable d'endurer tout ce qu'ils peuvent me faire », se jura Claudia. « Ils ne me briseront pas. Je ne les laisserai pas faire. Ah, mais non ! »

Cette heureuse disposition d'esprit ne dura pas. Dès que la nuit fut complètement tombée, elle comprit quelle funeste erreur elle avait faite en laissant sur le sol la bouillie de maïs dédaignée.

La nuit précédente, un seul rat était venu, et il s'était enfui à ses cris. Cette nuit, attirée par la nourriture, toute une bande était entrée par les interstices du toit. Dans son affolement, Claudia voyait en imagination les bêtes velues grouiller sur le plancher. Leur odeur lui donnait la nausée. Elle se recroquevillait dans son coin, frissonnante de froid et d'horreur. Les rats montaient sur ses pieds, se frottaient à ses jambes en couinant et poussant de petits cris tandis qu'ils se disputaient les restes de nourriture.

Claudia finit par succomber à la panique. Au bord de l'hystérie, elle se mit à hurler en lançant des coups de pied au hasard. Un des rats s'accrocha à sa jambe et mordit sa cheville. Durant quelques affreuses secondes, elle sentit les petites dents pointues ancrées dans sa chair. Elle put enfin envoyer l'animal voltiger au loin; celui-ci tomba sur la gamelle contenant l'eau, son cher trésor. Claudia entendit le choc du métal contre le mur, et le liquide couler sur le sol. Sur les genoux, elle s'approcha du récipient vide et pleura.

Après plusieurs heures d'horreur et de terreur, les rats disparurent. Claudia se laissa choir sur le sol, épuisée, les nerfs brisés.

« Mon Dieu, je vous en supplie, que cela finisse. Je n'en peux plus. »

Elle se coucha sur le côté, frissonnante et le corps secoué de sanglots, et finit par sombrer dans le néant de l'oubli.

L'impression qu'on lui tirait les cheveux réveilla Claudia, en même temps qu'un grignotement près de son oreille. Il lui fallut plusieurs secondes avant de comprendre d'où cela venait. Alors la terreur revint, plus violente que jamais.

Un rat était très occupé à couper ses cheveux avec les petits ciseaux de ses dents, sans doute dans l'intention d'en garnir son nid. Paralysée, elle demeura incapable de bouger.

Et puis, brusquement, sa peur se transforma en une colère noire. D'un mouvement souple, elle se releva et prit en chasse l'immonde bête, la poursuivant autour de la pièce en se guidant au bruit que faisait celle-ci. Animée par une rage meurtrière, elle finit par la coincer avec son pied contre le mur et la piétina de toutes ses forces. Elle entendait les petits os craquer sous ses talons. Ahanant sous l'effort, elle continua de la marteler jusqu'à ne plus sentir qu'un corps mou et flasque sous ses pieds. Elle recula, tremblante encore; mais ce n'était plus de terreur.

« Je n'avais jamais tué auparavant », se dit-elle, étonnée de ce côté sauvage de sa nature qui venait de se révéler, qu'elle ne soupçonnait pas. Elle se sentait forte, comme si l'épreuve traversée l'avait armée et rendue prête à surmonter les dangers et les privations qu'il lui restait à subir.

« Je ne céderai pas, plus jamais. Je vais me battre, et tuer s'il le faut. Je vivrai. »

Lorsqu'au matin, la gardienne entra pour reprendre la gamelle, Claudia se planta devant elle, le nez à quelques centimètres de son visage, et d'une voix mesurée, mais ferme :

– Enlevez ça!

Du pied, elle montrait le cadavre du rat. La femme parut hésiter.

– Immédiatement!

La gardienne ramassa l'animal par le bout de la queue. Lançant à Claudia un regard où apparaissait une touche de respect, elle quitta la cellule, la bête morte et la gamelle dans les mains. Lorsqu'elle revint quelques minutes plus tard avec l'eau et la bouillie de maïs, Claudia, conservant le même ton d'autorité calme, lui montra le seau hygiénique :

– Ceci doit être nettoyé.

La femme aboya une réplique en portugais.

– Je vais le faire, ajouta Claudia.

Sans ciller, elle soutint le regard de la gardienne jusqu'à ce que celle-ci détourne les yeux. Alors seulement, Claudia fit demi-tour et présenta les menottes.

– Détachez-les, ordonna-t-elle.

Docilement, l'autre prit une clef de son trousseau et l'introduisit dans les deux serrures. Claudia réprima un cri lorsque les menottes s'ouvrirent. Le sang afflua à ses mains, qu'elle massa doucement. Elle fut horrifiée en voyant dans quel état elles étaient, ainsi que ses poignets blessés par le fer.

La gardienne dit quelque chose en portugais, désignant en même temps le seau. Claudia le prit; quand elle sortit de la cellule, la lumière et la chaleur du soleil lui parurent une bénédiction.

Elle jeta un coup d'œil circulaire autour d'elle. Entourées d'une palissade, elle vit une douzaine de cellules comme la sienne. Une prison pour femmes, très certainement, car elle aperçut quelques formes féminines affalées dans la poussière, sous le seul arbre, un ébénier, existant dans l'enceinte. Elles étaient en haillons, dévêtues au-dessus de la taille, si maigres que leurs côtes saillaient sous la peau noire et que leurs seins pendaient flasques comme des oreilles d'épagneul. Claudia se demanda quels crimes elles avaient pu commettre.

La porte de l'enclos était gardée par deux noires de forte carrure, portant l'uniforme habituel en tissu de camouflage rayé, armées du fusil d'assaut AK, qui regardèrent Claudia avec curiosité. Au-delà de la porte, elle entrevit au loin le cours d'une large rivière – qui était la Pungwe – et se prit à imaginer qu'elle plongeait dans ses eaux pour y baigner son corps meurtri et laver ses vêtements. Mais la gardienne la poussait dans le dos, en direction de latrines fermées se trouvant à l'arrière de l'enclos.

Lorsqu'elles y furent parvenues, le cerbère lui fit signe de la main de vider le seau dans une fosse à cet usage et, pendant que

248

Claudia accomplissait cette besogne, se mit à bavarder avec une de ses collègues préposées à la porte, qui s'était approchée d'elles.

La palissade formait le mur de la partie arrière des latrines. Claudia l'examina, pour voir s'il y avait par là une possibilité d'évasion. Idée qu'elle abandonna en constatant que les poteaux, gros comme sa jambe, étaient solidement liés ensemble et beaucoup trop hauts pour les escalader.

Dès qu'elle eut jeté le contenu du seau dans la fosse, un nuage de mouches s'en éleva et tourna autour de sa tête. Elle recula, dégoûtée et se pinçant le nez, vers l'entrée des latrines, lorsqu'un léger sifflement l'arrêta net. Il était si discret qu'elle l'aurait ignoré si elle ne l'avait déjà entendu à plusieurs reprises. C'était un des signaux secrets utilisés par Sean et ses pisteurs, que Sean lui avait dit être l'appel de la pie-grièche.

Claudia jeta prudemment un coup d'œil sur l'entrée des latrines. Il n'y avait personne. Au-dehors, elle entendait les voix des gardiennes qui poursuivaient leur conversation. Vivement, elle imita le sifflement qu'elle venait d'entendre. L'imitation n'était pas excellente; cependant l'appel fut renouvelé, venant de l'extérieur de la palissade. Elle posa le seau à terre. L'espoir au cœur, elle courut vers la cloison de poteaux et regarda à travers un des plus larges interstices entre ceux-ci. Elle fut sur le point de pousser un cri en voyant un œil, séparé du sien seulement par l'épaisseur de la palissade, et en entendant une voix bien connue murmurer :

– *Jambo, Memsahib.*

– Matatu!

– Le sacré petit couillon.

Matatu avait employé les seuls mots d'anglais qu'il savait. Claudia dut se retenir pour ne pas éclater de rire en entendant cette étrange façon de se faire reconnaître d'elle.

– Ah, Matatu, je t'aime, balbutia-t-elle.

Une feuille de papier pliée fut glissée dans une fente entre deux poteaux. Au moment où elle la prit entre ses doigts, l'œil qui la regardait disparut.

– Matatu!

Pas de réponse. Mais elle avait parlé trop fort; elle entendit la gardienne appeler. Le bruit de ses pas résonna à l'entrée. Claudia fut terrorisée à la pensée qu'elle pourrait lui confisquer le papier. Vivement, elle le glissa dans la poche de derrière de son pantalon, où elle pourrait le reprendre, même avec les mains liées dans le dos. Maintenant, elle avait hâte de revenir dans sa cellule pour le lire.

La gardienne la poussa en bas de l'escalier, avec pourtant moins de hargne qu'auparavant. Claudia remit le seau à sa place et lorsque la femme indiqua du doigt ses mains, elle les tendit docilement en arrière. Le contact du métal sur ses poignets meurtris fut encore plus pénible qu'auparavant. Les muscles et les tendons de ses bras et de ses épaules se contractèrent en signe de protestation.

Lorsqu'elle eut remis les menottes, la femme sergent parut vouloir faire à nouveau acte d'autorité. Après avoir déposé sur le sol la bouillie de maïs, elle leva un pied pour l'écraser, ainsi qu'elle avait fait précédemment. Claudia bondit sur elle.

– Je vous interdis! lança-t-elle, le visage tout près de celui de la femme, les yeux étincelants, l'air si agressif que celle-ci eut un mouvement de recul. Sortez! cria-t-elle en anglais.

Puis, en français et en portugais :

– Allez! *Fora!*

La gardienne sortit à reculons, marmonnant des choses incompréhensibles, et essayant de prendre un air de défi qui manquait de conviction.

Étonnée de son propre courage, Claudia s'appuya contre le mur, frémissante encore de l'effort qu'il lui avait fallu pour imposer sa volonté, et du risque qu'elle avait pris. Elle aurait pu être sauvagement battue, ou privée de sa précieuse ration d'eau.

C'était la missive qui lui avait donné la force et la volonté de braver sa gardienne. Elle la tâta dans sa poche, seulement pour s'assurer qu'elle y était toujours. Elle ne la lirait pas tout de suite, voulant retarder cette joie pour mieux la savourer. Elle tira la tige de sa cachette et but à la gamelle. Elle mangea ensuite la pâte de maïs, la prenant délicatement avec sa bouche, en essayant de ne pas avaler la terre et la poussière qui s'étaient collées à celle-ci. Elle était décidée à ne pas en laisser la moindre parcelle; d'abord parce qu'elle était affamée et savait qu'elle aurait besoin de toute sa force dans les jours à venir, ensuite parce que la nourriture attirait les rats.

Ce fut seulement après avoir mangé et bu, qu'elle se laissa enfin aller au plaisir voluptueux de lire la lettre. Elle la sortit de sa poche, et la déplia avec ses doigts engourdis. S'accroupissant ensuite, elle la posa ouverte sous le rayon de soleil qui entrait dans la cellule. Enfin, elle se retourna et se mit à genoux pour la lire.

La lettre était signée de Sean. Claudia la parcourut lentement, formant chaque mot avec ses lèvres pour mieux le goûter.

« Sois forte. Tout cela finira bientôt. Et souviens-toi que je t'aime. »

Les larmes brouillèrent sa vue en lisant cette dernière phrase. « Oui, je serai forte, murmura-t-elle, je te le promets. Moi aussi je t'aime, plus que ma vie. »

– Peut-être ne savent-ils pas se battre; du moins ils savent s'habiller, dit Alfonso en examinant la pile d'équipements pris à l'armée du Zimbabwe.

Les uniformes avaient été fournis à Mugabe par la Grande-Bretagne au titre de son aide, après la capitulation du gouvernement blanc de Ian Smith. Ils étaient de la meilleure qualité. Alfonso et ses hommes se dépouillèrent promptement de leurs vieux battle-dress usés jusqu'à la corde. Ce qui leur plaisait par-dessus tout, c'étaient les bottillons de parachutiste, en cuir noir étincelant, pour remplacer leur collection éclectique de joggers et de chaussures de tennis trouées.

Lorsque, parés de ces atours, ils se furent rassemblés sur le terrain d'exercice, Sean et Job passèrent dans leurs rangs afin de leur enseigner la manière correcte de porter chaque pièce de leur nouvel uniforme. Le maître tailleur suivait, prêt à corriger les plus grosses différences de taille et d'ajustement.

– Ils n'ont pas besoin d'être impeccables, dit Sean. Ils ne vont pas parader. Il suffit que leur tenue ne choque pas un observateur occasionnel.

Une fois l'équipement au point, Sean et Job travaillèrent sur l'opération projetée, durant le reste de la journée et une bonne partie de la soirée. Assis de part et d'autre d'un bureau, dans la salle des transmissions de la base, ils s'aidèrent mutuellement à extirper de leur mémoire tous les détails des installations de Grand Reef. A la nuit tombée, ils eurent la satisfaction d'en avoir le tableau le plus précis qu'ils pouvaient espérer.

Cependant, Sean savait d'expérience qu'il était difficile, pour un illettré, de se représenter un objet d'après son dessin en deux dimensions. Et une enquête discrète lui avait appris que la plupart des hommes de son nouveau commandement ne savaient ni lire ni écrire. Aussi passa-t-il avec Job le reste de la nuit à construire une maquette de la base sur le sol du terrain d'exercice, éclairé par une lampe électrique. Job avait un sens artistique, qu'il employa à monter la maquette des bâtiments avec du bois de baobab, qui se travaille facilement comme le balsa, et à utiliser des gravillons de diverses couleurs, trouvés dans les bancs de sable de la rivière, pour indiquer la piste d'aviation, les routes et les accès à la base.

Le lendemain matin, la compagnie qui devait participer au raid fut mise à l'appel, et inspectée par le capitaine Job et le sergent Alfonso. Après quoi, tout le monde s'assit en rond autour de la maquette, qui eut le plus franc succès, provoquant commentaires et questions.

Sean commença par décrire l'attaque prévue : il fit avancer, sur les routes en gravillons, des boîtes d'allumettes représentant la colonne des camions Unimog. Il montra ensuite l'attaque de diversion, la sortie de la base des camions avec le chargement, le rendez-vous sur la route d'Umtali. Lorsqu'il eut terminé, il s'adressa au sergent Alfonso :

— Maintenant, sergent, expliquez-nous tout cela de nouveau.

Le cercle attentif des soldats ne rata pas une occasion de corriger les quelques erreurs et omissions d'Alfonso. Ce fut ensuite le tour du plus ancien caporal de répéter la leçon. Après cela, tous l'avaient bien mémorisée. Même China fut impressionné.

— Reste à savoir, dit-il à Sean, si vous êtes capable de le faire aussi bien que vous l'expliquez.

— Donnez-moi seulement les camions.

— Le sergent Alfonso appartenait à l'unité qui s'en est emparée, répondit le général. Il sait où ils se trouvent. Soit dit en passant, c'est au cours de cette opération que le major britannique a été tué.

— Il y a longtemps de cela ?

— Environ deux mois.

— Juste ciel! Ces camions sont restés tout ce temps dans la brousse? Quelle assurance avez-vous qu'ils y sont encore, ou qu'ils sont en état de marche?

Sur le visage de China, apparut le sourire glacial que Sean commençait à connaître et à exécrer.

— Colonel, pour le bien de miss Monterro, priez pour qu'ils le soient. (Le sourire s'éteignit.) Maintenant, pendant que l'on va distribuer à ces hommes leurs rations et leurs munitions, nous devons avoir tous deux un dernier entretien. Venez, colonel.

Lorsqu'ils furent seuls dans le poste central des transmissions du blockhaus de commandement, China tourna vers Sean un visage soucieux.

— Au cours de la nuit, j'ai reçu un message radio de mon agent dans la base de Grand Reef. Il ne m'en adresse qu'en cas d'urgence, car il court de gros risques. Ceci est véritablement une urgence. La formation du personnel sur les missiles Stinger est terminée. L'ordre a été donné d'évacuer les missiles sous trois jours, dès que les moyens de leur transport aérien seront disponibles.

— Trois jours! Dans ce cas, nous n'y arriverons pas.

— Colonel, tout ce que je puis vous dire, c'est qu'il est préférable que vous y arriviez. Sinon, vous n'aurez plus de valeur à mes yeux, et je commencerai à repenser à nos vieilles histoires. (Il tapota son oreille endommagée.) Mais toutes les nouvelles ne sont pas mauvaises, colonel. Mon agent vous attendra à Umtali, où il vous donnera les renseignements concernant l'emplacement des missiles et des manuels. Ensuite, il vous accompagnera à Grand

Reef. Les gardes le connaissent bien, ce qui facilitera votre entrée. Il vous guidera à l'intérieur de la base.

— Ça, c'est intéressant. Où le rencontrerai-je ?

— Dans une boîte de nuit d'Umtali, le *Stardust*. Il y sera tous les soirs entre vingt heures et minuit. Alfonso connaît l'endroit, il vous y amènera.

— Comment le reconnaîtrai-je ?

— Il portera un polo, avec un dessin représentant Superman. Il s'appelle Cuthbert.

— Et le rendez-vous avec les porteurs à la mission Sainte-Marie ?

— Tout est prévu. Les porteurs franchiront la frontière demain soir, dès que la nuit sera tombée. Ils se cacheront dans des grottes de la montagne qui surplombe la mission, où ils attendront votre arrivée.

— Si nous partons tout de suite, dans combien de temps arriverons-nous à l'endroit où sont dissimulés les Unimog ?

— Vous devriez être là-bas demain avant midi.

— Avons-nous d'autres points à examiner ?

China fit non de la tête. Sean se leva, passa sur son épaule la bretelle de son fusil d'assaut AKM, et prit le petit sac de toile contenant l'uniforme du major de la Garde et sa trousse personnelle.

— A bientôt, général China.

— A bientôt. Ne craignez rien, colonel. Je prendrai grand soin de miss Monterro.

La colonne était lourdement chargée. Outre les vivres et l'eau pour deux jours, chaque homme transportait des munitions : des bandes de cartouches pour les mitrailleuses RPD, des grenades et des roquettes pour les lanceurs RPG-7.

Sous un tel poids, il n'était pas question de courir. Néanmoins, le sergent Alfonso leur fit prendre le pas accéléré. Avant la tombée de la nuit, ils quittèrent le périmètre du Renamo, pour pénétrer dans la « zone de destruction », où existait une possibilité de tomber sur des patrouilles du Frelimo. Sean ordonna un changement de formation ; dans la colonne principale, ligne de file avec un intervalle de dix mètres entre chaque homme ; et des gardes-flancs à la tête et à la queue, pour se prémunir contre une attaque par surprise.

Ils poursuivirent leur marche forcée toute la nuit, avec un arrêt de dix minutes de deux en deux heures. A l'aube, ils avaient couvert soixante kilomètres. Lors du repos, au petit jour, Sean s'en fut à la tête de la colonne, et s'assit entre Job et Alfonso.

— Les camions sont-ils encore loin? demanda-t-il.

— Là-bas, dans cette vallée. (Alfonso tendit le bras vers l'avant.) Nous avons bien marché.

Ils se trouvaient sur un contrefort de collines boisées. En dessous d'eux, sur l'avant, le terrain était inégal et difficile. Sean comprit pourquoi China avait choisi cette région de la Serra de Gorongosa comme glacis de protection. Il n'y avait pas de routes; et une armée attaquante devrait combattre pour frayer son chemin au travers de toute une série de points de résistance et de places fortes naturelles.

La vallée que montrait Alfonso était à quelques miles. Au-delà, le paysage à l'aspect sauvage s'adoucissait, faisant place à une large plaine riante. En contrebas, la teinte vert sombre de la forêt était trouée des taches plus claires de pâturages.

— Là-bas, dit Alfonso en indiquant l'horizon, ce sont la voie ferrée et la route allant à la côte.

Il allait continuer lorsque Sean posa une main sur son bras pour lui intimer le silence et leva la tête pour écouter. Quelques secondes s'écoulèrent. Au faible chuchotement de la brise matinale, se superposa un son moins agréable, le sifflement des turbines et des rotors.

— Là! annonça Job, dont la vue perçante avait distingué les points qui approchaient, sur le fond sombre des collines et des forêts.

— Des Hind, dit Sean qui venait de les apercevoir.

Alfonso lança l'ordre de se mettre à l'abri. La compagnie se dispersa. Ils regardèrent arriver les hélicoptères, qui montaient et descendaient en suivant à faible altitude les dénivellations du terrain, et faisaient route au nord en direction des lignes du Renamo. Sean les observa dans les jumelles de fabrication russe fournies par le magasin du camp. C'était la première fois qu'il pouvait examiner cet appareil tout à loisir. Il y en avait quatre, que Sean supposa faire partie d'une escadrille de douze unités.

— Comme ils sont laids, murmura-t-il.

Il paraissait extraordinaire que des machines aussi lourdes et difformes puissent s'élever dans les airs. Les moteurs, placés au-dessus du fuselage, faisaient une bosse qui avait valu son surnom à l'appareil. Les entrées d'air des turbines étaient situées au-dessus de l'habitacle. Le ventre était gonflé comme celui d'une vache pleine, le nez déformé par la tourelle du canon Gatling. A de petites ailes trapues et au ventre ballonné, étaient accrochées dans un désordre apparent des porte-roquettes, des mitrailleuses, des antennes de radar.

A l'arrière des moteurs, les lignes déjà peu élégantes du Hind se compliquaient d'objets bizarres, qui semblaient avoir été rajoutés après coup.

« Des suppresseurs d'éjection. » Sean se rappela un article qu'il avait lu dans une revue de technique aéronautique. Ces appareils masquaient l'échappement des gaz des deux turboréacteurs, les dérobant ainsi aux détecteurs d'infrarouge des missiles ennemis. L'auteur de l'article louait leur efficacité ; mais bien qu'ils rendent l'hélicoptère presque invulnérable aux capteurs de chaleur, leur poids, ajouté à celui du blindage au titane, réduisait fortement la vitesse et l'autonomie du Hind.

Le groupe d'hélicoptères passa à un mile d'eux environ, cap au nord.

– Le général China va déguster quelque chose pour son petit déjeuner, fit Job en se levant pour rassembler les hommes et reprendre la route.

Alors qu'ils avaient marché toute la nuit, l'allure ne se ralentit pas. Sean était impressionné par la condition physique de la compagnie. « Presque aussi bons que les Scouts », pensa-t-il. Puis, se reprenant : « Personne ne peut être aussi bon. »

A plusieurs reprises, Sean ralentit le pas, afin de s'assurer que les hommes de l'arrière-garde brouillaient leur piste et dissimulaient leurs empreintes. Il y avait en effet maintenant un danger réel de rencontrer des patrouilles du Frelimo. Il se trouvait à quelques centaines de mètres en arrière de la colonne. Un genou à terre, il examinait attentivement le sol, lorsqu'il eut soudain la certitude d'une présence.

Il se jeta aussitôt en avant, détachant la bretelle du fusil de son épaule, et roulant sur lui-même pour se mettre à l'abri d'un tronc d'arbre couché. Il s'immobilisa, le doigt sur la détente, le regard fouillant les buissons où il pensait avoir entrevu un mouvement.

Mais c'était beaucoup plus près qu'il ne supposait. De derrière une touffe d'herbe juste à côté de lui, sortit un rire moqueur. Sean leva la tête et d'une voix furieuse :

– Je t'ai déjà dit de ne pas faire de plaisanterie comme ça.

La tête souriante de Matatu émergea de l'herbe.

– Vous vieillissez, mon *Bwana*. J'aurais pu voler vos bottes et vos chaussettes sans que vous vous en aperceviez.

– Et moi, j'aurais pu envoyer une balle dans tes fesses noires. As-tu vu la dame ?

Le sourire de Matatu s'éteignit. Il fit un signe de tête affirmatif.

– Où est-elle ?

– A une demi-journée de marche en remontant la rivière. Derrière une palissade, avec d'autres femmes.

– Elle est en bonne santé ?

Pris entre son devoir de dire la vérité et son désir de ne pas faire de peine à Sean, Matatu hésita. Puis, poussant un soupir :

– Ils la tiennent enfermée dans un trou, et elle a des marques sur les bras. Ils l'obligent à transporter le seau à merde... (Il s'arrêta en voyant l'expression du visage de Sean.) Mais elle a ri en me voyant.

— Tu lui as donné le papier?

— *Ndio.* Elle l'a caché dans son pantalon.

— Personne ne t'a vu?

Matatu ne daigna pas répondre à une telle question.

— Je sais, dit Sean. Personne ne voit Matatu s'il ne veut pas être vu.

De loin, leur parvint faiblement le sifflement familier des turboréacteurs. « Les Hind revenant de pilonner le camp du Renamo », se dit Sean. « Avec leur rayon d'action limité, leur base ne doit pas être bien loin. »

Les appareils étaient hors de vue, mais le son se déplaçait rapidement en direction du sud. Sean regarda Matatu, l'air pensif.

— Matatu, pourrais-tu trouver l'endroit d'où viennent ces *indeki*, et où ils retournent?

Un bref instant, le regard de Matatu exprima un doute. Cependant son orgueil prit le dessus. C'est d'un ton assuré qu'il affirma :

— Matatu peut suivre n'importe qui, homme, animal ou *indeki*, partout où il va.

— Eh bien, va et trouve l'endroit. Il y aura beaucoup d'hommes blancs, et il sera bien gardé. Ne te fais pas prendre.

Matatu parut offensé d'une telle insinuation. Sean lui donna une tape affectueuse sur l'épaule.

— Quand tu l'auras trouvé, reviens au camp du général China, sur la Pungwe. Je t'y retrouverai.

Tel un chien d'arrêt à qui son maître a donné l'ordre de rapporter un faisan abattu, Matatu se leva d'un bond.

— Jusqu'à ce que je vous revoie, allez en paix, mon *Bwana*.

— Va en paix, Matatu, répondit Sean au moment où le petit homme partait au trot en direction du sud. Il se hâta de rattraper la colonne. Les paroles de Matatu résonnaient dans sa tête : « Ils la tiennent enfermée dans un trou, et elle a des marques sur les bras », nourrissant sa rage et sa détermination.

« Courage, mon amour. Tiens bon! Je vais venir te chercher... bientôt. »

Promesse qu'il se faisait à lui-même autant qu'à Claudia.

Ils traversèrent la bordure d'une nouvelle zone de *kopje* rocheux, se dissimulant derrière un écran d'arbustes à l'abri duquel Alfonso s'arrêta et montra la vallée qui s'étendait au-dessous d'eux :

– C'est par là que nous avons amené les camions, expliqua-t-il à Sean.

Celui-ci se rendit compte que, dans cette région d'un accès difficile, le lit de la rivière à sec était en effet la seule voie possible pour un véhicule. Même ainsi, cela avait dû être laborieux de franchir les rapides et les barrières de rochers partageant en nombreux biefs le cours de la rivière au travers des gorges.

– Où avez-vous caché les camions ? demanda Sean en fouillant le paysage avec ses jumelles.

– A moins que le Frelimo ait été plus malin que je ne le pense, et qu'il les ait trouvés, je vais vous les montrer.

Laissant des sentinelles sur la crête, afin de se prémunir contre toute surprise, Alfonso conduisit vers les gorges le reste de ses hommes. A mesure qu'ils descendaient, la pente devenait de plus en plus raide, se terminant par une falaise. Ils durent emprunter une étroite piste de gibier comme traverse d'escarpement pour atteindre le fond, où la température était accablante. Aucune brise n'y soufflait, et les rochers irradiaient la chaleur du soleil.

– Les camions ? s'inquiéta Sean, qui ne voyait toujours rien.

– Là, répondit Alfonso en montrant la falaise de l'autre côté du lit de la rivière.

Sean s'aperçut alors que la roche avait été creusée par l'érosion au cours des âges. Ils traversèrent le cours d'eau à sec, et arrivèrent devant une série de grottes bordant celui-ci. L'entrée de certaines était obstruée de pierrailles et débris végétaux apportés par des montées d'eau lors des orages d'été. Alfonso en indiqua une, et donna un ordre à ses hommes qui se mirent en devoir d'en déblayer l'entrée.

Après une bonne heure de travail, ils avaient pratiqué une ouverture suffisante pour que Sean et Alfonso puissent s'introduire dans la grotte, dont le sol était en pente, montant de l'extérieur vers le fond. Lorsque ses yeux se furent accoutumés à l'obscurité, Sean distingua plusieurs camions.

– Comment diable avez-vous pu les amener ici ?

– Nous les avons poussés, et même portés.

– Espérons que nous pourrons les en sortir.

Sean grimpa sur le marchepied du premier véhicule, recouvert d'une épaisse couche de poussière brune. Il tira violemment la portière à lui et vit avec soulagement que la clef de contact était sur le tableau de bord. Il la tourna : rien ne se passa, aucune lampe témoin ne s'alluma, les aiguilles des divers cadrans ne bougèrent pas.

– J'ai débranché la batterie, expliqua Alfonso.

– Excellente idée. Mais, bon Dieu, comment saviez-vous qu'il fallait le faire ?

– Avant la guerre, j'étais conducteur d'autobus à Vila de Manica.

C'était assez étrange de penser que le sergent avait eu un métier si peu passionnant.

– Alors, vous allez pouvoir m'aider à démarrer celui-ci. Il y a une trousse à outils ?

Chacun des camions avait deux roues de secours, une pompe à main, l'outillage nécessaire, une bâche. Lorsque la batterie eut été rebranchée, elle donna un courant suffisant pour que les voyants rouges du tableau de bord s'éclairent d'une faible lueur, mais insuffisant pour faire tourner le démarreur électrique.

– Prenez la manivelle, ordonna Sean.

On la trouva derrière le siège des passagers, à l'arrière de la cabine. Deux athlétiques Shanganes la tournèrent avec un bel entrain. Le moteur toussa, hoqueta, et finit par faire entendre un ronronnement régulier. Une épaisse fumée bleue remplit la grotte ; Sean leva le pied de l'accélérateur.

Tandis que l'on regonflait les pneus à la pression voulue, les hommes finissaient de dégager l'entrée de la grotte. Sean embraya en marche arrière ; le camion descendit la pente, cahotant sur le terrain inégal. Lorsqu'il arriva sur les galets ronds de la rive, les roues se mirent à patiner sans accrocher. Une dizaine d'hommes le poussèrent, l'Unimog franchit le bord de la berge et descendit celle-ci vers le lit sablonneux, où Sean en reprit le contrôle et le conduisit à l'abri des rochers en surplomb de la rive opposée. Il laissa tourner le moteur afin de recharger le plus longtemps possible la batterie. Puis tous revinrent à la grotte pour mettre en route le deuxième véhicule.

En dehors des batteries et de pneus à plat, les camions ne posèrent aucun problème sérieux. L'un après l'autre, les moteurs revinrent à la vie et les véhicules suivirent le premier dans le lit de la rivière. Tous les trois y étaient, en ordre de marche et bien rangés, au milieu de l'après-midi.

– Maintenant, ordonna Sean, changement d'uniforme. Les anciennes frusques resteront dans la grotte.

Au milieu des rires et plaisanteries, les hommes abandonnèrent leur tenue de camouflage du Renamo, pour endosser le battle-dress de l'armée du Zimbabwe, copié sur celui des Britanniques. Pendant qu'ils se livraient à cette occupation, Sean retourna aux camions. Il trouva les documents d'immatriculation de l'armée dans le vide-poches de chacun.

– Espérons que nous n'aurons pas à les montrer, grommela-t-il à Job. Ils sont probablement portés disparus, volés ou détruits.

Il contrôla ensuite la quantité d'essence dans les réservoirs.

– Suffisamment pour aller jusqu'à Grand Reef et revenir à Sainte-Marie. Sans avoir trop à économiser.

Il fit nettoyer les pare-brise et les vitres de côté des cabines, mais pas les carrosseries, qui restèrent en l'état, poussiéreuses et tachées de boue, pour laisser croire que les véhicules revenaient d'une mission en brousse et, détail important, afin de rendre moins lisibles les marques d'identification et les plaques de matricule. Lorsque les hommes eurent fini de changer d'uniforme, Sean et Job en passèrent l'inspection détaillée avant de les faire monter à bord des véhicules.

Il était près de cinq heures lorsque tout fut prêt. Job et Alfonso avaient l'un et l'autre le permis de conduire des poids lourds. Un des militaires, portant le beau nom de Ferdinand da Costa, se dit capable de le faire. Sean s'assit à côté de lui, afin de vérifier le bien-fondé de cette affirmation. Job prit la tête du convoi, Alfonso derrière lui, Sean en queue avec l'apprenti conducteur. Ce dernier se montra à la hauteur de sa tâche; cependant Sean préféra prendre le volant dans les passages difficiles.

En file, patinant par moments dans le sable, ils remontèrent sur environ huit cents mètres le lit de la rivière avant d'atteindre le premier obstacle. L'effort conjugué des quarante hommes fut nécessaire pour faire franchir aux camions la première chute, un entassement de rochers. Ils furent obligés de couper des branches de mopane pour faire des poteaux de six mètres de longueur, afin de s'en servir comme levier et soulever les essieux au-dessus des plus gros rochers.

Les puissants moteurs tournaient à plein régime, les pots d'échappement crachaient la fumée bleue des diesels.

— C'est une invitation à tout individu du Frelimo, dans un rayon de vingt kilomètres, à venir nous rejoindre! (Puis, regardant sa montre.) Nous sommes en retard sur l'horaire prévu.

Ils tentèrent de rattraper le temps perdu dans les secteurs plus roulants. Mais le soleil se coucha et l'obscurité vint alors qu'ils étaient encore loin de la grande route reliant Beira au poste-frontière d'Umtali. La nuit rendait la conduite difficile. Sean n'osait pas faire allumer les phares. Ils durent poursuivre à la faible clarté des étoiles et d'une lune à son dernier quartier.

Il était plus de minuit quand ils purent enfin quitter le lit de la rivière en un endroit où la berge était peu élevée. Après avoir placé quatre hommes à pied devant les véhicules, afin de guider les conducteurs à travers les terriers de tamanoir et autres obstacles, ils reprirent la route droit au sud. A deux heures du matin, ils arrivèrent à la piste inutilisée depuis longtemps, dont Alfonso avait parlé à Sean. Le convoi stoppa. A la lumière d'une torche électrique, ils étudièrent la carte, déployée sur le capot d'un des camions.

— Nous sommes ici, dit Alfonso. Cette piste mène à une

ancienne mine d'amiante, que les Portugais ont fermée en 1963, au début de la guérilla du Frelimo.

— C'est ici que nous dormirons, décida Sean. Garez les camions en dehors de la route, camouflés avec du feuillage. Les Hind pourraient nous survoler demain. Pas de feux pour la cuisine, pas de cigarettes.

A quatre heures de l'après-midi, les hommes prirent un repas de rations froides. Ils repartirent, toujours précédés de quatre d'entre eux qui avançaient prudemment en examinant le sol de la piste où avait repoussé la végétation, afin de déceler d'éventuelles mines antivéhicules, et en sondant avec une baïonnette chaque bosse ou creux de terrain avant de faire signe au convoi d'avancer.

Le soleil se couchait lorsqu'ils arrivèrent enfin en vue de la grande route goudronnée qui serpentait à travers les arbres. Sean fit arrêter les véhicules à bonne distance. Il les laissa à la garde d'Alfonso et partit en reconnaissance, accompagné de Job. Tous deux se postèrent en haut de la butte d'où ils voyaient parfaitement la route : ils l'observèrent jusqu'à la tombée de la nuit. Durant ce temps, deux patrouilles passèrent, composées chacune de trois ou quatre Unimog sales et cabossés se dirigeant vers l'est, où étaient entassés des militaires du Zimbabwe en tenue de combat, avec une mitrailleuse légère RPD montée au-dessus de la cabine.

Ces véhicules roulaient dans le respect d'un strict intervalle de cent mètres entre eux. Après les avoir regardés dans ses jumelles, Sean remarqua :

— Eh bien, nous avons l'air aussi vrais qu'eux.

— A part votre visage pâle, plaisanta Job.

— Tare de naissance ! Mais je ne le montrerai pas avant que ce soit nécessaire.

Ils descendirent de leur observatoire et revinrent aux camions dissimulés en dehors de la piste.

— A partir de maintenant, tu te débrouilles tout seul, dit Sean au conducteur Ferdinand. Essaie de te rappeler d'embrayer avant de passer en première ; ce sera plus facile.

Revêtu de l'uniforme de feu le major de la Garde, Sean s'installa à l'arrière de la cabine, sur le plancher, derrière le siège du conducteur occupé par Job. Il eut du mal à s'y introduire ; l'espace était si étroit qu'il dut se contorsionner pour s'y caser. C'était seulement inconfortable au début ; bientôt, il en était certain, ce serait un vrai supplice. En tout cas, il était bien caché et pouvait facilement communiquer avec Job.

Tous phares éteints, le convoi démarra pour parcourir le dernier mile avant la jonction de la piste et de la grande route. Les éclaireurs qu'ils avaient envoyés à l'avant signalèrent que les camions pouvaient s'y engager, puis montèrent à bord. Aussitôt les phares furent allumés, les véhicules adoptèrent l'espacement réglementaire de cent mètres entre eux et roulèrent à cinquante kilomètres à l'heure. Aux yeux de ceux qui pourraient les voir, ils étaient une patrouille mécanisée du Zimbabwe comme les autres.

— Jusqu'à présent, ça se présente bien, lança Job à Sean assis derrière lui.

— Quelle heure est-il ?

— Huit heures et sept minutes.

— C'est parfait. Nous arriverons à la frontière à dix heures, au moment où les gardes pensent à la relève.

Les cent kilomètres à parcourir semblèrent à Sean une éternité. Le plancher du camion était en tôle ondulée qui lui coupait les fesses et transmettait à son épine dorsale et à son crâne tous les cahots d'une route semée de nids de poule.

— Planquez-vous, voilà le poste-frontière, l'avertit enfin Job.

— Ce n'est pas trop tôt !

Le camion ralentit, la lumière crue d'un projecteur envahit la cabine. Sean ramena la bâche sur sa tête et s'enfonça le plus possible derrière le siège. Il sentit le véhicule freiner et s'arrêter. Job éteignit les phares, ouvrit la portière et descendit.

Ni l'un ni l'autre ne savaient à quoi s'attendre. On pouvait penser que les formalités du passage de la frontière avaient été assouplies pour faciliter les allées et venues des militaires chargés de la garde de la voie ferrée. Job avait l'uniforme de circonstance, et était en possession d'un livret militaire et d'une carte d'identité de l'armée authentiques. Les documents d'immatriculation des véhicules étaient eux aussi véritables. Cependant, tout pouvait être compromis par quelque point de détail imprévu, ou par l'œil exercé d'un garde-frontière.

Si les choses se passaient mal, Job donnerait un seul et long coup de sifflet, et ils partiraient à toute allure. Les fusils et les lance-roquettes étaient chargés, les servants des mitrailleuses montées sur les cabines étaient à leur poste.

Les minutes passant, Sean était de plus en plus nerveux. Il s'attendait à entendre d'un instant à l'autre les trilles du sifflet de Job, les cris, les coups de feu. Enfin, le gravier crissa sous des pas. Il entendit la voix de Job et celle d'un étranger. Les deux portières de la cabine furent ouvertes. Sean se fit tout petit, tandis que deux hommes montaient à bord.

— Où voulez-vous que je vous dépose ? demanda Job en shona, sur un ton naturel.

— A l'entrée de la ville, je vous montrerai, répondit une voix inconnue.

A travers l'intervalle entre les deux sièges, Sean aperçut le tissu en serge bleue de l'uniforme d'inspecteur des douanes. Horrifié, il se rendit compte que l'homme, son service terminé, avait demandé à Job de l'emmener à Umtali. Le camion démarra. L'inspecteur baissa la vitre de la portière et cria aux gardes :

— Tout est en ordre, ouvrez la barrière !

Le véhicule prit de la vitesse. Sean put apercevoir par la vitre la barrière levée ; il dut se retenir pour ne pas laisser éclater un rire de soulagement et de triomphe. A l'arrière, les soldats semblaient être dans le même état d'esprit. Joyeux et pleins d'entrain, ils chantèrent tout au long de la route descendant vers Umtali. Pendant que Job, très à son aise, discutait avec l'inspecteur des mérites de la boîte de nuit, le *Stardust*, et du prix de la passe avec les entraîneuses.

— Dites à Bodo, le barman, que vous êtes un de mes amis, proposa aimablement l'inspecteur lorsque Job le déposa aux abords de la ville. Il vous fera un prix, et vous indiquera les filles avec lesquelles vous ne risquez pas d'attraper quelque chose.

Tandis qu'ils repartaient, Sean put enfin s'extirper de sa cachette et s'affaler sur le siège du passager.

— Vous y allez un peu fort, dit-il d'un ton aigre. Je n'en pouvais plus.

— Le meilleur moyen d'être traité comme un personnage important, s'esclaffa Job, c'est d'avoir le chef de service des douanes comme copain. Vous auriez dû voir le salut que nous ont fait les gardes à la barrière !

— Où se trouve cette boîte de nuit ?

— Pas loin, nous y serons avant onze heures.

Pendant quelques minutes, ils roulèrent en silence. Sean se répétait le prochain ordre qu'il allait donner. Il attendit que Job ait garé le camion dans une petite rue obscure et coupé le contact. Dans le rétroviseur, il vit les deux autres Unimog se ranger derrière eux et éteindre leurs phares.

— Nous revoilà au pays, dit Job.

— Au pays, où vous allez rester.

Un long silence, que rompit Job en lançant à Sean un regard interrogateur :

— Que voulez-vous dire par là ?

— C'est ici la fin de notre route ensemble, Job. Vous ne venez pas à Grand Reef, vous ne fauchez pas les Stinger, et aussi sûrement que deux et deux font quatre, vous ne revenez pas au Mozambique avec moi.

— Vous me flanquez à la porte ?

— Exact, mon vieux. Je n'ai plus d'emploi pour vous.

Sean sortit de sa poche une petite liasse de dollars du Zimbabwe, une partie du viatique que lui avait remis le général China, et l'offrit à Job.

262

– Débarrassez-vous de cet uniforme dès que possible. Prenez le train pour Harare, et allez voir Reema au bureau. Elle détient quelque quatre mille dollars d'arriéré de paie et de (gratifications) pour vous. Cela suffira pour vous maintenir à flot en attendant que la succession de Monterro nous verse ce qu'elle nous doit. La moitié vous appartient.

Job fit comme s'il n'avait pas vu (la liasse) offerte.

– Vous vous rappelez la colline 31 ?

– Merde, Job, pas de mélo avec moi.

– Vous êtes revenu me chercher.

– Parce qu'il m'arrive d'être un foutu idiot.

– Moi aussi, je suis parfois un foutu idiot.

– Écoutez, Job, ceci n'est plus votre affaire. Allez-vous-en. Retournez à votre village. Achetez-vous deux ou trois jolies jeunes épouses avec les dollars de Capo. Asseyez-vous au soleil en buvant de bonnes chopes de bière.

– Programme intéressant, Sean. Malheureusement, ça ne marche pas. Je viens avec vous.

– C'est un ordre.

– Je refuse d'obéir. Convoquez le conseil de guerre.

Sean secoua la tête en riant.

– Claudia est ma femme. Il est normal que je risque ma vie.

– Depuis plus de vingt ans, je fais la bonne d'enfant pour vous. Je ne vais pas cesser comme ça. Allons trouver ce Cuthbert dans son costume de Superman.

Sean laissa sur le siège sa tunique et sa casquette. Les insignes d'un régiment célèbre auraient été déplacés dans une boîte de nuit de bas étage. Le *Stardust* se trouvait au bout de la ruelle, dans une ancienne fabrique (désaffectée,) un bâtiment dont toutes les fenêtres étaient masquées. A cent pas de distance, ils entendaient la musique, le rythme répétitif hypnotique du jazz africain New Wave.

Des femmes encombraient l'entrée, dont les lampes éclairaient les vêtements aux couleurs éclatantes comme des ailes de papillon. Leur chevelure (floconneuse) était coiffée à l'afro, ou en tresses compliquées ornées de perles ; leur visage était peint d'un masque blanc, avec des lèvres rouges ou violettes, et des cils d'un vert (chatoyant) Elles se précipitèrent sur Sean et Job, se frottant à eux comme des chattes.

– Eh, dis, fais-moi entrer. Donne-moi cinq dollars pour l'entrée, chéri. Je danserai avec toi, et après, (zizi-panpan) *have intercourse*

Une fille encore enfant, au jeune corps à peine formé, au visage de madone noire dont les yeux exprimaient déjà de la lassitude, prit le bras de Sean.

– Toi, le blanc. Emmène-moi, et je te donnerai quelque chose que tu n'as encore jamais eu.

Elle avança la main pour une caresse. Sean saisit son poignet et la tint à distance.

— Qu'est-ce que tu as, que je n'ai pas encore eu, ma jolie ? Le sida ?

Ils se frayèrent un chemin au travers des robes de nylon et des bouffées de parfum bon marché, payèrent les cinq dollars d'entrée, et plongèrent dans le pandémonium, derrière un rideau noir.

La musique émanait d'une sono douloureusement agressive ; les lumières tournoyaient sur la piste de danse, sur laquelle une masse humaine était animée d'une pulsation régulière, ainsi qu'une gigantesque amibe.

— Où est le bar ? hurla Sean à l'oreille de Job.

— Je n'en sais pas plus que vous.

Les visages autour d'eux étaient illuminés d'une ferveur quasi-religieuse ; le globe des yeux extasiés brillait, tout blanc sous les rayons des lampes à ultra-violet ; la sueur coulait en petits ruisseaux le long des joues d'un noir de jais. Ils finirent par arriver au bar.

— Ne vous risquez pas au whisky, conseilla Job, et faites ouvrir les boîtes de bière devant vous.

Ils burent debout, assiégés dans un coin par la masse humaine qui déferlait sur eux. On apercevait quelques blancs, des hommes uniquement, touristes ou conseillers du gouvernement. Mais la plupart des clients étaient des militaires noirs, beaucoup en uniforme, de sorte que Sean et Job n'attiraient pas l'attention.

— Où es-tu, Cuthbert, avec ta chemise de Superman ? Jamais nous ne le trouverons dans cette foule.

— Demandez à un des serveurs, suggéra Job.

— Bonne idée.

Sean se pencha par-dessus le comptoir et, saisissant un barman par le revers de sa veste, glissa un billet de cinq dollars dans sa poche de poitrine, en criant la question à son oreille.

— Attendez, répondit l'autre, je vais le chercher.

Dix minutes plus tard, Cuthbert arrivait. C'était un petit homme maigre, dont le polo à l'effigie de Superman était deux fois trop large pour lui. Sean l'accueillit par un compliment :

— Salut, Cuthbert ! Vous a-t-on déjà dit que vous ressemblez à Sammy Davis ?

— Souvent, mon vieux.

Ils se serrèrent la main.

— Je vous transmets les amitiés de votre oncle. Y a-t-il un endroit pour causer tranquillement ?

— Le meilleur endroit, c'est ici. Avec ce chahut, personne ne nous entendra. Donnez-moi à boire, je ne peux pas parler avec une gorge sèche.

Il avala la moitié de sa bière sans respirer. Ensuite, haletant de cet effort, il demanda :

– Où étiez-vous passé ? Vous deviez arriver hier soir.

– Nous avons pris du retard.

– C'est hier qu'il aurait fallu venir. Tout aurait été beaucoup plus facile, mon vieux. Ce soir, ce n'est plus la même chose.

– Qu'est-ce qui est différent ?

– Tout est différent. L'avion Hercules est arrivé cet après-midi. Il est venu chercher la marchandise.

Sean reçut la nouvelle comme un coup dans la poitrine. Anxieux, il demanda :

– Est-il déjà reparti ?

– Je ne sais pas. Il était encore là lorsque j'ai quitté la base à huit heures. Parqué devant le hangar numéro trois. Peut-être y est-il encore, peut-être pas. Qui sait ?

– Merci beaucoup, voilà qui est précis.

– Ce n'est pas tout, mon vieux.

De toute évidence, le rôle de porteur de mauvaises nouvelles plaisait à Cuthbert. Il finit de boire sa bière à longs traits et tendit la boîte vide à Sean, qui en commanda une autre. Cuthbert attendit qu'on la lui serve, faisant durer le suspense avec art.

– Deux commandos de paras de la Cinquième Brigade sont arrivés dans l'Hercules, annonça-t-il avec délectation. Ils sont vraiment super, ces mecs de la Cinquième Brigade. Des gars du tonnerre.

– Cuthbert, vous avez trop regardé la télévision.

Sean avait beau dire, il était inquiet. La Cinquième Brigade était l'élite de l'armée du Zimbabwe ; les instructeurs nord-coréens en avaient fait des machines à tuer d'une redoutable efficacité. Deux commandos de paras de cent hommes chacun, ajoutés aux hommes de la Troisième Brigade stationnés dans la base, cela faisait près de mille durs à cuire.

– Votre oncle nous a dit, Cuthbert, que vous alliez nous faire entrer. Nous faire ouvrir les portes.

– Pas question, mon vieux ! protesta Cuthbert avec véhémence. Pas avec ces types de la Cinquième Brigade là-bas.

– Votre oncle sera très mécontent de vous, Cuthbert. C'est un sacré mec, lui aussi. Un drôle de gars, l'oncle China.

Cuthbert parut inquiet. Il se hâta d'expliquer :

– Tout est réglé pour votre entrée. Vous n'aurez aucune difficulté. Les gardiens vous attendent. Vous n'avez pas besoin de moi, mon vieux. Ce serait idiot que je me compromette, complètement idiot.

– Avez-vous le laissez-passer sur vous ?

– Oui. Et aussi le mot de passe. Vous n'aurez aucune difficulté.

Sean prit le bras de Job et se dirigea vers la sortie.

— Allons-y. Cet Hercules peut décoller à tout moment.

Cuthbert les accompagna jusqu'à la ruelle où étaient parqués les trois Unimog. Il remit à Sean le carton sur lequel était inscrit en diagonale « Priorité absolue » à l'encre rouge.

— Voici le laissez-passer. Le mot de passe est un chiffre : « Cinquante-sept », vous devez répondre : « Samora Machel ». Ensuite vous montrez le laissez-passer et vous signez le registre des entrées. C'est simple comme bonjour.

— Je dirai à votre oncle que vous n'avez pas voulu venir avec nous.

— Eh, mon vieux, laissez-moi une chance, voulez-vous ? Ce ne serait pas malin de me faire cueillir. Je suis plus utile à mon oncle vivant que mort.

— Cuthbert, vous perdez votre temps aux transmissions. Vous devriez faire du cinéma.

Sean lui serra la main et le regarda s'éloigner à pas précipités en direction du *Stardust*.

A l'arrière de chacun des camions, des grappes de filles riaient et plaisantaient avec les soldats accoudés au hayon. Une d'elles était en train de grimper à bord, tirée par des mains avides, sa mini-jupe retroussée en haut de ses cuisses noires.

— Faites partir ces putains, sergent, jeta Sean à Alfonso.

Les femmes se dispersèrent. Trois ou quatre descendirent en hâte de l'arrière des véhicules, leurs vêtements succincts plus ou moins en désordre. Sean et Job montèrent dans la cabine du premier camion. Sean réendossa sa tunique et coiffa sa casquette.

— Qu'allons-nous faire ? demanda Job.

— Le hangar numéro trois de Grand Reef est bien visible depuis la route. Si l'Hercules s'y trouve encore, nous entrons dans la base. Sinon, nous repartons par où nous sommes venus.

— Et la Cinquième Brigade ?

— Un tas de pauvres types. Vous n'aviez pas peur d'eux autrefois, pourquoi serait-ce le cas maintenant ?

— Je vous demandais ça, histoire de passer le temps, dit Job avec un sourire en coin. Vous en dites un mot à Alfonso ?

— Ce qu'Alfonso ignore ne peut pas lui faire de peine. Il n'y a qu'à continuer.

Le convoi des trois Unimog roulait à faible allure dans la ville endormie d'Umtali. Dans les rues désertes, Job s'arrêtait ponctuellement aux feux rouges. Ils arrivèrent sur la route nationale. A la lueur des phares, Sean lut l'indication : « Base militaire de Grand Reef, quinze kilomètres. » Il ressentit une fois de plus les symptômes habituels : estomac serré, respiration courte. Consciencieusement, il aspira lentement et à fond. C'était toujours ainsi avant l'action.

266

— Le voilà, annonça Job.

Le terrain d'aviation était brillamment illuminé : phares d'aérodrome de couleur orange, et plus loin pointillé bleu et vert des pistes de roulage au sol et d'envol. Même à cette distance de près de trois mille mètres, l'Hercules paraissait énorme. Le haut de son empennage dépassait, à treize mètres au-dessus du sol, le toit du hangar numéro trois. Sean vit aussitôt qu'il s'agissait d'un dérivé allongé de l'avion de transport de la Royal Air Force, le Lockheed Hercules C-MK3. Les cocardes de la RAF étaient peintes sur le fuselage argenté et sur l'empennage.

— Arrêtez-vous, ordonna Sean.

Job se rangea au bord de la route et éteignit les phares. L'un après l'autre, les deux Unimog qui suivaient firent de même. Dans le silence revenu, Sean dit calmement :

— L'Hercules est donc encore là. On y va.

— Allons-y, acquiesça Job.

Sean descendit du premier camion et se dirigea vers le deuxième, d'où Alfonso mettait le pied à terre au même instant.

— Sergent, vous savez ce que vous avez à faire. Je vous donne quarante-cinq minutes pour aller prendre position. Ensuite, je veux un tir de diversion pendant dix minutes exactement. Tirez toutes vos munitions.

— Le plan était de vingt minutes de diversion.

— C'est modifié. Nous nous attendons à une réaction beaucoup plus forte qu'initialement prévu. Dix minutes, ensuite filez vite. Allez directement à la mission Sainte-Marie ; nous annulons le rendez-vous au col d'Umtali. Tapez dur, et puis partez, compris ?

— Compris.

Alfonso remonta dans la cabine. Par la vitre ouverte, il salua avec un grand sourire.

— Bonne chance, répondit Sean.

L'Unimog démarra en direction de la base. Sean suivit du regard ses feux arrière. Le camion quitta la route et prit le chemin qui longeait la clôture d'enceinte du terrain, puis disparut derrière les arbres. Sean nota l'heure exacte et vint rejoindre Job. Il s'assit sur le siège du passager, repoussa sa casquette sur l'arrière de son crâne, et dans ses jumelles observa le gros avion posé sur le tarmac, sous la lumière des projecteurs.

A l'arrière du fuselage, la rampe de queue était abaissée comme un pont-levis. Sean pouvait voir l'intérieur de la cale dans laquelle se mouvaient quatre ou cinq silhouettes. Deux autres hommes se tenaient au bas de la rampe. Pendant qu'il regardait, un chariot sortit des portes grandes ouvertes du hangar numéro trois, chargé de quatre longues caisses empilées l'une sur l'autre. Elles étaient en bois blanc, avec, inscrits au pochoir, des lettres et

267

des chiffres qu'il ne put lire. C'était à vrai dire inutile : à voir la forme et la dimension des caisses, on ne pouvait se tromper.

— Ils sont en train de charger les Stinger, dit Sean à Job, qui se dressa sur son siège pour mieux voir.

Le chariot vint à l'arrière de l'avion, s'engagea sur la rampe et disparut à l'intérieur de la cale. Quelques minutes s'écoulèrent avant qu'il réapparaisse et retourne au hangar. Sean jeta un coup d'œil à sa Rolex. Cinq minutes seulement depuis qu'Alfonso avait démarré. Il secoua la montre, comme s'il voulait la faire marcher plus vite.

Ils virent le chariot élévateur effectuer encore deux fois le trajet du hangar à l'avion avec son chargement, et le retour à vide. Après quoi, son conducteur alla le parquer sur un côté du bâtiment, descendit du siège et vint rejoindre deux arrimeurs au pied de la rampe.

— Chargement terminé, murmura Sean. Nous serons là-bas dans dix minutes.

Job sortit de l'étui son pistolet Tokarev de 7,62 mm, retira le chargeur, vérifia qu'il était plein, remit ce dernier dans son logement et le pistolet dans son étui. Dans les jumelles, Sean vit descendre par la rampe arrière de l'avion les hommes qui venaient de travailler dans la cale. Trois d'entre eux étaient des blancs, dont deux vêtus d'une combinaison de vol et le troisième de l'uniforme de l'armée britannique. Les deux pilotes et l'un des instructeurs de l'Artillerie royale, supposa Sean.

— Démarrons, ordonna-t-il.

Il regarda de nouveau l'heure, à la lumière du tableau de bord. Job mit le moteur en marche et reprit la route. Dans le rétroviseur, Sean vit le deuxième véhicule les suivre de près.

— Il faudra tenter de démolir ces projecteurs. Nous ne pourrons pas embarquer les missiles à bord des camions s'ils nous éclairent, surtout avec la Cinquième Brigade à nos trousses.

Tandis qu'ils roulaient, mille souvenirs assaillaient Sean. Tout paraissait être demeuré exactement tel que dix ans auparavant. La piste principale, parallèle à la route ; les hangars et les bâtiments inchangés. Il repéra les fenêtres de son ancien bureau dans le bloc administratif, au-delà de la tour de contrôle. Lorsque Job ralentit et tourna pour s'engager dans l'allée menant de la route au portail de la base, il s'attendait presque à voir au-dessus de celle-ci l'insigne des Ballantyne Scouts accroché entre ceux du Régiment d'Infanterie légère et des Fusiliers africains de Rhodésie.

Job s'arrêta sous le faisceau des projecteurs éclairant les portes grillagées. Deux gardiens s'approchèrent, un de chaque côté des portières avant du camion, le fusil-mitrailleur AK à la main. Job abaissa la vitre, échangea les mots de code avec le chef de la garde, auquel il remit le laissez-passer. L'homme le prit, entra au poste de garde et inscrivit l'entrée des véhicules sur un registre. Il donna ensuite l'ordre d'ouvrir le portail à deux battants, et fit de la main signe au convoi d'entrer.

Sean rendit aux gardes leur salut, et dit à voix basse à Job :

— Exactement ce qu'avait prévu Cuthbert : simple comme bonjour. Maintenant, en direction du bloc administratif : vous tournerez à gauche en arrivant à la tour de contrôle.

Job roula à petite allure, se conformant à l'indication de limitation de la vitesse à vingt-cinq kilomètres à l'heure à l'intérieur de la base. Pendant ce temps, Sean sortait de l'étui son pistolet, retirait le chargeur, prenait deux balles dans la paume de sa main, et les replaçait dans le chargeur en les intervertissant.

— Pourquoi, s'enquit Job, faites-vous toujours cela ?

— Simplement pour avoir de la chance.

— Et ça marche ?

— Eh bien ! je suis toujours vivant, me semble-t-il.

Sean fit glisser vers l'arrière le bloc de culasse, engageant ainsi une balle dans la chambre, mit le cran de sûreté et replaça l'arme dans son étui.

— Allez vous ranger derrière le hangar numéro trois, ordonnat-il à Job.

Les camions traversèrent le tarmac violemment éclairé par les projecteurs devant le hangar, et s'arrêtèrent dans la zone obscure à l'arrière de celui-ci, où ils étaient invisibles depuis la tour de contrôle et le bloc administratif.

Des deux véhicules, descendirent les hommes armés. En trois grandes enjambées, Sean arriva devant une porte dans le mur du fond du hangar. Elle n'était pas fermée à clef. Il entra, Job sur ses talons.

Le hangar était vide, à l'exception d'un seul petit avion parqué dans un coin. Le sol en ciment avait la moitié de la dimension d'un terrain de football. Les poutres métalliques de la toiture formaient une voûte d'une hauteur impressionnante. L'intérieur du bâtiment était brillamment éclairé.

Le conducteur du chariot et les deux arrimeurs en combinaison de couleur orange se trouvaient environ au milieu du hangar. Ils avançaient en direction de Sean, parlant entre eux et la cigarette à la bouche malgré les consignes d'interdiction de fumer inscrites sur les murs en lettres rouges. Ils s'arrêtèrent, stupéfaits, lorsqu'ils virent la porte s'ouvrir et Sean entrer, suivi de soldats armés.

— Occupez-vous d'eux, lança Sean.

Tandis que les trois hommes étaient encerclés rapidement, il examina les lieux. Le long du mur du hangar situé en face de lui, se trouvaient des sortes de loges servant de bureaux, aux cloisons de contreplaqué vitrées. Dans un de ces bureaux, qui était éclairé, Sean vit à travers la vitre la tête et les épaules d'un des pilotes, vêtu de la combinaison bleue de la RAF. Il tournait le dos, et parlait avec force gestes à un interlocuteur invisible.

En ce moment, les arrimeurs étaient couchés sur le ventre sur la dalle de ciment, chacun avec un soldat debout auprès de lui, le canon d'un fusil AKM appuyé sur la nuque. L'action avait été exécutée rapidement et en silence.

Pistolet à la main, Sean courut à la porte du petit bureau et l'ouvrit brusquement. Deux hommes, un des pilotes et le capitaine de l'Artillerie royale, étaient affalés sur des fauteuils délabrés, devant un mur couvert de vieilles photos de pin-up, que Sean crut pouvoir reconnaître de l'époque de la guérilla. Le premier pilote était assis sur une table encombrée de papiers. Tous trois regardèrent Sean avec étonnement.

— C'est un raid de commando, dit-il calmement. Restez exactement où vous êtes.

Sur le sol, entre les pieds du capitaine de l'Artillerie royale, était posée une sacoche noire fermée par un gros cadenas. Une étiquette collée sur la sacoche portait la mention *Royal Artillery*. Le capitaine posa sur elle une main protectrice : Sean comprit aussitôt ce qu'elle contenait.

L'artilleur avait environ vingt-cinq ans, des yeux bleus et une épaisse tignasse dorée. Un badge sur sa poitrine disait qu'il s'appelait Carlyle. Le premier pilote avait le grade de lieutenant; il était cependant entre deux âges et corpulent. Son second était chauve et quelconque; il manifestait une grande peur, les yeux fixés sur le pistolet de Sean. Celui-ci ne prévoyait pas de difficulté avec l'un ou l'autre des pilotes : son instinct lui disait que l'adversaire sérieux était Carlyle. Il reporta son attention sur ce garçon qui avait la carrure d'un boxeur et, penché en avant, observait Sean d'un air menaçant. Il était assez jeune pour faire preuve de témérité. Sean soutint son regard et l'avertit :

— Pas de blague, Carlyle. Les héros ne sont plus à la mode.

— Vous êtes sud-africain, grommela l'autre qui avait reconnu l'accent. De quel bord êtes-vous ?

— Du mien. Je travaille à mon compte.

Il jeta un coup d'œil sur la sacoche que Carlyle rapprochait discrètement de lui avec ses pieds.

— Capitaine Carlyle, vous êtes coupable d'une grave négligence en service.

Sean avait dit cela d'un ton sévère. L'artilleur réagit à cette accusation, avec l'air indigné d'un militaire de profession outragé.

— Que voulez-vous dire ?

— Vous auriez dû poster des gardes pendant que vous chargiez les missiles. Vous nous avez laissés nous balader ici à notre guise…

Ainsi que Sean en avait eu l'intention, il avait capté l'attention de Carlyle et donné à Job le temps d'arriver avec ses hommes.

– Debout! ordonna-t-il.

Les deux pilotes se levèrent promptement, les mains en l'air. Job les fit rudement sortir du bureau. Carlyle demeura assis dans son fauteuil.

– Debout, répéta Sean.

– Tu m'emmerdes, sale Boer.

Sean avança d'un pas et saisit la poignée de la sacoche. Carlyle tendit une main pour la reprendre. Sean lui donna un coup de crosse de pistolet sur les doigts. Il avait mal mesuré sa force, il entendit craquer une phalange. Bien que n'ayant pas eu l'intention d'infliger à l'artilleur une telle blessure, il lui dit brutalement :

– C'est un avertissement. La prochaine fois, ce sera une balle dans la tête.

Carlyle appuya sa main blessée contre sa poitrine, mais ne cilla pas. Il regarda Sean poser la sacoche sur la table.

– La clef!

– Va te faire foutre.

La souffrance enrouait la voix de Carlyle. Sean vit que son doigt cassé était rouge et gonflé et avait pris une position bizarre vers l'extérieur de la main. Job réapparut à la porte du bureau.

– Tout va bien, dit-il. Dans cinq minutes, l'attaque de diversion.

– Donnez-moi votre couteau, lui demanda Sean, qui découpa le cuir autour de la fermeture. A l'intérieur de la sacoche, il y avait une demi-douzaine de chemises cartonnées à feuillets mobiles. Il en sortit une sur laquelle était inscrit « Très Secret » sous le timbre du ministère de la Guerre. Le titre était le suivant :

NOTICE D'UTILISATION DU STINGER
MODÈLE G4X
MISSILE SOL-AIR

« Le jackpot », se dit Sean en posant la chemise sur la table pour que Job puisse lire le titre. C'était ce qu'il ne fallait pas faire. Ils furent distraits tous deux, examinant ensemble la chemise, penchés sur la table.

Carlyle bondit de son fauteuil. Il était jeune et agile. Sa blessure ne le gêna pas pour traverser comme une flèche les trois mètres qui le séparaient de la cloison et, avant que Sean et Job aient pu esquisser un mouvement pour l'arrêter, plonger tête première au travers de la vitre donnant sur l'extérieur. Dans une pluie de verre brisé, Carlyle fit un demi-tour en l'air, tel un véritable acrobate.

Sean courut à la fenêtre. Sur le tarmac brillamment illuminé de l'aire de parcage, l'artilleur s'était relevé et s'enfuyait. Job s'approcha, poussa Sean de côté, épaula son fusil-mitrailleur. Prenant bien son temps, il visa le large dos de Carlyle qui courait à toute vitesse en direction de la tour de contrôle.

Sean saisit le canon du fusil, et le détourna avant que Job ait pu tirer.

— Que faites-vous, bon Dieu ? aboya Job.

— Vous ne pouvez pas le descendre.

— Pourquoi pas ?

— C'est un Anglais.

Cette explication qui n'en était pas une laissa Job pantois. Il regardait Sean sans comprendre, pendant que Carlyle parcourait les derniers mètres le séparant de la tour de contrôle et se précipitait à l'intérieur de celle-ci. Job essaya de dominer sa colère.

— Anglais ou Papou, nous allons avoir toute la Cinquième Brigade sur le râble dans quinze secondes. Alors, qu'est-ce qu'on fait ?

Question à laquelle Sean ne pouvait pour l'instant apporter de réponse.

— Dans combien de temps l'attaque de diversion ?

— Quatre minutes. Autant dire quatre siècles !

Au même moment les sirènes se mirent à hurler comme des loups, déclenchant l'alerte générale dans la base. Il était évident que Carlyle était arrivé au poste central opérations, situé dans la tour. Passant la tête à la fenêtre sans vitre, Sean vit des hommes sortir du poste principal, traînant des hérissons qu'ils placèrent en travers du portail, afin de crever les pneus d'un véhicule qui tenterait de le franchir. Les canons des mitrailleuses lourdes de 12,7 mm qui en défendaient l'accès s'abaissèrent et furent pointés dans sa direction. Jamais les camions ne pourraient sortir par la porte de la base.

— Vous auriez dû me laisser lui régler son compte.

La fureur de Job était normale. Comment Sean aurait-il pu lui faire comprendre son comportement ? Carlyle s'était montré courageux, il avait accompli son devoir. Si les liens d'autrefois avec le vieux pays s'étaient distendus, le même sang coulait dans leurs veines. Laisser Job descendre Carlyle aurait été pire qu'un meurtre, une sorte de fratricide.

A l'extérieur, des projecteurs inondèrent brusquement de lumière les hautes clôtures entourant les pistes d'atterrissage et de roulage au sol. La totalité de la surface de la base était éclairée comme en plein jour. En supposant que les commandos de la Cinquième Brigade étaient dans les baraquements et dormaient lorsque avait résonné l'alerte, combien de temps leur faudrait-il pour passer à l'action? Sean essaya de l'estimer; alors il eut honte de lui-même, en se rendant compte qu'il cherchait simplement à ne pas voir qu'il n'avait plus le contrôle de la situation. Par son indécision et l'absence d'un plan, tout était perdu.

Dans quelques minutes, ils seraient submergés, lui, Job, et les vingt Shanganes de son commando. Ceux qui seraient tués tout de suite auraient de la chance; ils éviteraient l'interrogatoire des services spéciaux de renseignements du Zimbabwe.

« Réfléchis », se dit-il avec désespoir. Job l'observait, attendant ses ordres. Jamais auparavant il n'avait vu son chef désemparé. Sa confiance aveugle rendait encore plus difficile pour Sean la prise d'une décision.

— Que dois-je dire aux hommes? insista Job.

— Conduisez-les...

A cet instant, un feu nourri éclata au sud de la base, de l'autre côté du hangar par rapport à eux, par conséquent hors de leur champ de vision. Alfonso avait eu l'intelligence de comprendre que l'affaire ne se déroulait pas suivant les prévisions, et de lancer son attaque avec quelques minutes d'avance. Ils entendirent le sifflement suivi de l'explosion des roquettes RPG-7 passant à travers le grillage de clôture de la base, et le martèlement des obus de mortier qui s'abattaient sur elle. Les mitrailleuses lourdes du portail ouvrirent le feu, leurs balles traceuses dessinaient de gracieuses paraboles vertes dans la nuit.

— Comment allons-nous sortir?

A cette interrogation de Job, Sean ne répondit pas. Hébété, hésitant, il sentait la panique prête à le gagner. Jamais de sa vie, il n'aurait cru qu'une telle chose puisse lui arriver. Job lui prit le bras et le secoua violemment.

— Laissez tomber ces sacrés Stinger, pensez seulement à nous tirer de là. Allons, Sean, dites-moi ce que je dois faire. Donnez des ordres!

« Laissez tomber les Stinger! » Ces mots furent comme une claque sur sa joue. Sean accusa le coup. Laisser tomber les Stinger, c'était laisser tomber Claudia. Sans les missiles, elle resterait indéfiniment dans le trou où Matatu l'avait vue.

Il regarda de nouveau par la fenêtre sans vitre. Il pouvait voir le gigantesque empennage de l'avion et une partie de son fuselage, le reste était caché par l'angle du hangar. La peinture métallique argentée de l'Hercules étincelait à la lumière des lampes à arc.

Au prix d'un immense effort, il parvint à dominer son début de panique et à reprendre le contrôle de lui-même. Il jeta un coup d'œil autour de lui.

— La lumière, dit-il en avisant un coffret à fusibles placé contre la cloison du bureau, près de la porte.

Le hangar avait été construit au cours de la Seconde Guerre mondiale, lorsque la RAF avait installé en Rhodésie un de ses centres de formation du personnel d'outre-mer. Le câblage électrique datait de cette époque, et comportait des porte-fusibles en céramique d'un type ancien.

– Donnez-moi une cartouche de fusil-mitrailleur.

Il lança cet ordre d'un ton tranchant et décidé, et Job obéit sans hésitation, prenant une cartouche de 7,62 mm d'un chargeur de rechange dans le petit sac pendu à sa ceinture. Sean repéra la phase principale du courant arrivant au coffret à fusibles.

Il était probable que les projecteurs étaient directement alimentés à partir du transformateur. En créant un court-circuit dans le coffret à fusibles, la surcharge ferait sauter les plombs du poste de transformation. Sean retira le couvercle porte-fusibles en céramique. Le hangar fut plongé dans l'obscurité; mais la lumière des projecteurs de l'aire de parcage, entrant par la fenêtre, lui permettait de voir suffisamment. Il remplaça le fusible par la cartouche. Son esprit était redevenu clair, il savait exactement ce qu'il faisait.

– Reculez-vous, lança-t-il à Job.

A l'instant où il remit en place le couvercle porte-fusibles, un éclair bleu, semblable au flash d'un appareil photographique, illumina brièvement le bureau. Sean fut projeté en arrière et alla heurter le mur derrière lui. A demi assommé, aveuglé par la permanence de l'impression lumineuse sur la rétine il lui fallut un certain temps pour reprendre ses esprits, et se rendre compte que les projecteurs étaient éteints. A part les colliers de perles des balles traceuses dans le ciel, et les lueurs fugaces des explosions de grenades et de roquettes, la base était plongée dans l'obscurité.

– Faites monter les hommes dans l'avion.

Dans les soleils de feu d'artifice qui l'éblouissaient encore, Sean voyait une ombre noire à la place de Job, qui balbutia :

– Quoi ? Je ne comprends pas.

– Nous allons partir avec l'Hercules. (Le prenant par l'épaule, il le poussa vers la porte.) Allez, faites embarquer Ferdinand et ses gars, et grouillez-vous.

Job partit en courant. Du fond du hangar, il se retourna et appela Sean.

– Que fait-on des prisonniers ?

– Libérez-les.

Tout en courant vers la porte du hangar, Sean essayait de se remémorer tout ce qu'il savait sur l'Hercules. Bien qu'il ait cinq mille heures de vol à son actif, il n'avait jamais piloté de quadrimoteur. Cependant, il avait passé de nombreuses heures à bord d'un appareil de ce type, lorsque, en 1983, il avait participé à des opérations contre les terroristes en Angola et en Namibie, comme conseiller du ministère de la Défense d'Afrique du Sud.

Pilote lui-même, il avait suivi avec un vif intérêt les manœuvres du chef de bord, et en avait longuement parlé avec celui-ci, qui lui avait dit entre autres choses :

– Cet avion est doux comme un agneau. J'aimerais bien que ma femme le soit autant.

Arrivé à la porte du hangar, Sean se frappa le front et fit demi-tour. « Matatu avait raison, tu vieillis, Courtney », se gourmanda-t-il. Il faillit rentrer dans Job, qui arrivait avec les hommes, et qui lui demanda :

– Où allez-vous ?

– J'ai oublié la sacoche.

Elle était sur la table où il l'avait laissée. Il la fourra sous son bras, et rejoignit Job au pied de la rampe de chargement.

– Tous les hommes sont embarqués, annonça celui-ci. Nous n'aurions pas dû relâcher le pilote.

– Nous n'avions pas le temps de le convaincre de se montrer coopératif. Et puis, le pauvre type avait une sacrée frousse.

– Alors, vous allez piloter ?

– Oui, à moins que vous vouliez le faire.

– Dites donc, Sean, vous avez déjà piloté un de ces machins ?

– Il faut un commencement à tout. Allez, aidez-moi à retirer les cales.

Cela fait, Sean escalada la rampe, Job sur ses talons. Arrivé en haut, il se retourna.

– Job, voici la commande de la rampe. (Il lui montra le commutateur.) Lorsque j'aurai démarré le premier moteur, la lampe rouge s'allumera. Mettez alors sur la position « Rampe relevée ». Lorsqu'elle sera complètement rentrée et verrouillée, la lampe verte s'allumera.

Ensuite, Sean courut à l'avant. Dans la carlingue obscure, les Shanganes tournaient en rond, ne sachant ce qu'ils devaient faire.

– Ferdinand ! Faites-les asseoir sur les bancs et montrez-leur comment attacher les ceintures.

Sean poursuivit son chemin, tâtonnant en direction de l'habitacle ; ce faisant, il aperçut les caisses de missiles qui avaient été placées au niveau du centre de portance de l'avion, à hauteur de l'aile. Elles étaient empilées contre la coque sur des palettes en bois. Les dépassant, il parvint à la porte de l'habitacle, qui n'était pas fermée. Il déposa la lourde sacoche de l'artilleur dans le casier pour les cartes, situé sous la table du mécanicien volant.

A travers les vitres du cockpit, il put se rendre compte que l'attaque de diversion, au sud du périmètre de la base, battait son plein. Mais il semblait que le volume du feu des défenseurs était maintenant beaucoup plus important que celui des attaquants dissimulés dans les buissons, au-delà du grillage. « La Cinquième

Brigade s'est réveillée », se dit Sean en s'installant sur le siège de gauche.

Il tourna le bouton d'éclairage du tableau de bord. Le vaste ensemble de cadrans lumineux était impressionnant, mais Sean décida de ne pas se laisser intimider. « Exactement comme pour démarrer le vieux Baron, simplement quatre fois la même opération », marmonna-t-il. Après les préparatifs habituels, il tourna le contact du démarreur. « Pas le temps de faire les vérifications. Simplement une prière! »

Les pales de l'hélice commencèrent à tourner par à-coups. Anxieusement, il les regardait à travers la vitre de l'habitacle. « Allez! Allez! » Il pompa deux fois avec la manette des gaz. Le moteur toussa, tourna plus vite. Sean ramena la manette en arrière, la rotation de l'hélice devint régulière.

Sean coiffa le casque et mit les écouteurs à ses oreilles. Ayant branché l'appareil sur l'interphone, il appela :

– Job, vous m'entendez?

– Parfaitement bien.

– Relevez la rampe.

– C'est en cours.

Il attendit que la lampe témoin passe du rouge au vert sur le tableau de bord. Au moment précis où cela se produisit, il lâcha les freins. L'Hercules se mit à rouler lourdement. Avec un seul moteur en marche, Sean devait appuyer fortement sur le palonnier, afin de compenser le couple de rotation. Mais en même temps qu'il avançait sur la piste de roulage, il faisait démarrer les trois autres moteurs l'un après l'autre.

« Il n'y a pas de vent, se dit-il. Alors, décoller dans un sens ou dans l'autre, c'est pareil. »

La piste principale avait été allongée pour permettre son utilisation par des chasseurs à réaction modernes. En revanche, l'Hercules était un ADAC – un avion à décollage et atterrissage courts. Il n'avait pas besoin de toute la longueur de la piste. Sean se dirigea donc vers le plus proche des points d'intersection de celle-ci avec les pistes de roulage, à la hauteur de la tour de contrôle.

Jusqu'à présent, l'Hercules n'avait pas été pris pour cible par les défenseurs de la base. Les mitrailleuses lourdes de l'entrée continuaient à tirer au hasard. Quant aux soldats d'élite des Troisième et Cinquième Brigades, ils étaient en train de montrer de quoi sont capables des troupes africaines bien entraînées. Leur tir en rafales mortelles avait presque entièrement réduit au silence Alfonso et ses hommes. En dehors de quelques obus de mortier espacés, il n'y avait plus de réaction en provenance de la masse sombre des buissons et des arbres à l'extérieur du grillage de clôture.

Il n'avait pas fallu longtemps à Carlyle pour déclencher l'alerte générale contre un ennemi ayant investi la base. Aussi les contrôleurs aériens se rendirent-ils rapidement compte qu'un décollage non autorisé était en voie d'exécution.

Maintenant Sean roulait à une vitesse telle que l'avion manifestait une tendance à se soulever. C'était imprudent, car, s'il sortait de la piste de roulage, il pouvait briser son train ou s'embourber. Cependant, il eut été plus imprudent de retarder le décollage et risquer de recevoir une rafale de mitrailleuse.

— Job, je vais donner pendant quelques instants la lumière de la cabine, pour que vous puissiez vérifier que les gars sont assis et amarrés. Décollage dans quarante secondes.

Sur ce, il passa de l'interphone à la radiophonie, sur la fréquence de 118,6Mc/s de la tour de contrôle. Celle-ci l'appelait à grands cris :

— Hercules de la RAF Sierra Whisky. Indiquez vos intentions. Je répète. Hercules de la RAF.

— Ici Hercules de la RAF Sierra Whisky, répondit Sean. Je demande l'autorisation de rouler au sol pour éviter d'être atteint par le tir de l'ennemi.

— Sierra Whisky, répétez vos intentions.

— Tour de contrôle, je demande...

Ici, il se mit à mal articuler et à bredouiller volontairement, obligeant la tour à réclamer une nouvelle répétition de sa part. Il observait anxieusement les indicateurs de température des moteurs, dont les aiguilles se rapprochaient du secteur vert avec une lenteur désespérante.

Derrière lui, Job ouvrit la porte du poste de pilotage et annonça :

— Les hommes sont amarrés pour le décollage.

— Asseyez-vous sur le siège de droite.

Les aiguilles des thermomètres entraient dans le secteur vert. L'avion arrivait auprès de la piste d'envol. Sean freina pour virer et s'aligner dans l'axe.

— Hercules Sierra Whisky. Vous n'êtes pas autorisé à rouler au sol ou à décoller. Je répète, vous n'avez pas l'autorisation. Prenez immédiatement la première piste de roulage à gauche et retournez à l'aire de parcage.

— Compte là-dessus, mon gars, dit Sean entre ses dents, tout en abaissant les volets de dix degrés et en réglant le flettner de profondeur.

— Hercules, arrêtez-vous immédiatement, ou nous allons tirer sur vous.

Sean alluma les phares d'atterrissage, et lança sur la piste l'énorme quadrimoteur qui se manœuvrait aussi aisément que son petit Beechcraft. « Tu es un amour, ma belle. » Sean savait qu'un avion est toujours sensible à la flatterie. Il tira progressivement le groupe des quatre manettes de gaz. Au même instant, une mitrailleuse lourde ouvrit le feu.

Mais l'Hercules prenait rapidement de la vitesse, et le pointeur n'avait pas appris l'art d'en tenir compte en visant sur l'avant. Peut-être était-il en outre nerveux, car le tir était trop haut. La première rafale de balles traceuses décrivit une parabole au-dessus de l'empennage.

— Ce type a besoin de s'entraîner, remarqua Job, dont le calme et le flegme sous le feu étonnaient toujours Sean, qui se demandait si c'était de l'affectation.

La deuxième rafale arriva à l'avant et plus bas. Les balles ricochèrent sur le ciment, juste sous le nez de l'avion.

— Mais il apprend vite, reconnut Job à contrecœur.

Penché en avant, la main droite tenant fermement les manettes en position d'ouverture maximale, la gauche sur le manche à balai sentant les réactions de l'appareil, Sean surveillait l'aiguille du badin qui se rapprochait lentement de la vitesse de décollage.

— Voici venir votre ami.

Job montra du doigt une Land-Rover qui arrivait à fond de train sur le terre-plein en bordure de la piste. Ses phares découpaient des motifs étranges dans l'obscurité, tandis qu'elle cahotait sur le terrain inégal. Elle essayait de leur barrer la route. Sean put tout juste distinguer les traits de l'homme debout à l'arrière de la voiture.

— Il ne lâche pas facilement le morceau.

Carlyle avait probablement réquisitionné une des Land-Rover de la garde et son conducteur noir. Il s'accrochait à l'affût de la mitrailleuse; son visage apparaissait crispé à la lueur des phares de l'Hercules, tandis qu'il pressait le conducteur d'aller plus vite.

— Il prend vraiment la chose à cœur.

Job suivait avec intérêt les gestes de Carlyle, qui était en train de faire tourner la mitrailleuse sur son affût, et de la pointer en direction du cockpit de l'avion. Le conducteur vira sec sur deux roues, afin de venir parallèlement à la piste et rouler à grande vitesse côte à côte avec l'Hercules, à cinquante mètres à peine de distance.

— Dites donc, mon vieux. Il nous vise personnellement.

Carlyle s'arc-bouta à l'arme. Ils virent s'allumer de rapides éclairs à la bouche du canon, en même temps que des balles étoilaient l'Altuglas de l'habitacle. Tous deux baissèrent instinctivement la tête.

— Il tire mieux que l'autre, murmura Job en essuyant avec sa main une goutte de sang qui perlait sur sa joue, atteinte par un éclat.

Sean sentit les commandes répondre à sa sollicitation ; l'avion approchait de la vitesse de sustentation. « Encore un effort, ma belle. »

Au moment où Carlyle envoyait une nouvelle rafale, la Land-Rover heurta une rigole en ciment ; elle cahota brusquement, et les balles se perdirent en l'air. Son équilibre retrouvé, Carlyle se prépara à tirer de nouveau.

– Il est en train de devenir le personnage de bande dessinée que j'aime le moins, fit Job en le voyant viser. Attention ! Ça va pleuvoir.

De l'autre côté de la piste, la mitrailleuse lourde tira de nouveau. Une grêle de balles de 12,7 mm rasa le ventre de l'Hercules, avant de s'abattre sur la Land-Rover, brisant son essieu avant. Les deux roues de devant se détachèrent, l'avant se planta dans le sol, l'arrière se souleva, le véhicule fit la culbute. Du coin de l'œil, Sean vit le corps de Carlyle projeté en l'air.

– Disons adieu, psalmodia-t-il d'un ton solennel, à l'un des derniers héros de notre temps.

Il tira légèrement à lui le manche. Réagissant aussitôt, le grand avion leva le nez et s'éleva au-dessus du sol. Sean éteignit les phares et l'éclairage de la cabine, afin que l'appareil devienne invisible dans l'obscurité aux pointeurs des mitrailleuses. Il rentra ensuite le train d'atterrissage et les volets ; puis, inclinant l'Hercules sur l'aile gauche, il amorça un virage en montée.

Sur l'arrière, arrivaient de nouvelles balles traceuses ; elles paraissaient flotter en l'air en s'approchant lentement, puis accélérer et passer à toute vitesse à distance du bout de l'aile. Sean vira en sens inverse, et s'éloigna de la base en continuant à zigzaguer.

Il passa méthodiquement en revue tous les cadrans et instruments de la planche de bord. Il lui semblait invraisemblable que l'énorme cible offerte par l'avion n'ait été atteinte que par la seule rafale de Carlyle, alors que des centaines de projectiles avaient été tirés contre elle. Pourtant toutes les indications des aiguilles étaient normales ; les moteurs obéirent sans difficulté lorsque Sean réduisit le nombre de tours pour adopter une vitesse ascensionnelle de cinq cents pieds à la minute. Le seul problème était celui de l'air qui pénétrait en sifflant par les trous de l'habitacle, rendant la conversation difficile. Il dut crier pour se faire entendre de Job.

– Allez voir à l'arrière si personne n'est blessé, et regardez s'il n'y a pas de dégâts dans la cale.

Les lumières d'Umtali étaient bien visibles. Au-delà, Sean distinguait à peine la masse montagneuse. Il savait que le plus haut sommet de la chaîne culminait à deux mille cinq cents mètres. Prenant de la marge, il monta à trois mille mètres.

Il vérifia alors son cap. Jusqu'à présent, il avait eu à penser à autre chose qu'à la navigation. Il n'était pas certain de la route à suivre pour revenir au camp de la Serra de Gorongosa. « Il ne sera indiqué sur aucune carte », se dit-il en souriant, « essayons 30 degrés magnétiques ».

Sean vira jusqu'à ce que le compas affiche cette direction. Sous l'avion, la masse sombre de la montagne fuyait en arrière, à peine visible à la clarté des étoiles, tel le dos d'une baleine au cœur de l'océan. Il percevait de temps en temps une lumière fugitive dans une vallée, mission ou ferme isolée. Lorsqu'il eut franchi la frontière du Mozambique, il n'y eut plus que l'obscurité totale.

« L'obscurité totale », se dit-il. Cela lui parut un symbole. Il revenait dans un désert. Réduisant les moteurs, il commença à descendre vers la région couverte de forêts. Maintenant que les sommets étaient derrière lui, il ne désirait pas rester en altitude où il aurait pu offrir une cible facile à un chasseur MIG ou un hélicoptère Hind attaquant au radar de nuit. Job revint de sa tournée et ferma la porte de l'habitacle.

— Pas de dégâts ? s'enquit Sean.

— Dans la cale, ils sont dans la vomissure jusqu'à la cheville. Mon vieux, ces Shanganes n'apprécient pas votre façon de piloter. Ils ont dégueulé partout.

— Charmant ! Eh bien, regardons ce que nous avons ici.

Sean fouilla dans la pochette fixée sur le côté de son siège, et en sortit un paquet de cigares hollandais, qui avait appartenu au pilote de la RAF. Il en offrit un à Job. Tous deux fumèrent avec volupté pendant quelques minutes. Puis Job demanda :

— Dans combien de temps les MIG vont-ils nous tomber sur le dos ?

— Ils sont basés à Harare. Je ne pense pas qu'ils puissent nous rattraper, même s'ils décollent immédiatement. Non, ce ne sont pas les MIG qui m'inquiètent. Mais les Hind, c'est une autre histoire.

Ils firent de nouveau silence, contemplant les étoiles qui leur semblaient toutes proches. Jusqu'à ce que Job reprenne la parole.

— Êtes-vous prêt à répondre à une question ennuyeuse ?

— Allez-y toujours.

— Vous avez décollé. Comment diable allez-vous nous ramener au sol ?

De la bouche de Sean sortit un rond de fumée, aussitôt dispersé par le courant d'air venant des trous de l'habitacle.

— Question intéressante. Je vous le dirai lorsque j'aurai moi-même trouvé la réponse. En attendant, occupez-vous seulement d'essayer de voir la zone occupée par le Renamo en général, et le quartier général de China en particulier.

Sean mit l'avion en vol horizontal à cent cinquante mètres au-dessus du faîte des arbres. Après avoir lu les instructions affichées sur le tableau de bord pour une autonomie maximale de l'appareil, il régla en conséquence le régime des moteurs et le pas des hélices.

— Encore deux heures avant qu'il fasse suffisamment jour pour que nous puissions chercher un terrain de secours. Entre-temps, on peut essayer de repérer la Pungwe.

Une heure environ plus tard ils virent, au milieu de l'étendue sombre de la forêt, briller de l'eau à la surface de laquelle se reflétèrent les étoiles lorsqu'ils la survolèrent.

— Je vais revenir voir si c'est la Pungwe.

Sean décrivit un large virage, regardant le gyrocompas placé devant lui tourner de cent quatre-vingts degrés. « Les phares d'atterrissage », dit-il pour lui. Il tourna l'interrupteur ; les deux puissants faisceaux lumineux éclairèrent le haut des arbres, puis le fleuve serpentant dans la forêt. Sean vira sec sur la droite pour suivre son cours.

— Ça en a l'air, grommela-t-il en éteignant les phares. Mais même si c'est elle, nous ne pourrons savoir avant le lever du soleil si nous sommes en amont ou en aval du camp.

— Alors que fait-on ?

— Du sur place pour ne pas la perdre.

Inclinant l'appareil, Sean commença une suite monotone de figures de huit. A deux cents mètres au-dessus de la forêt, ils parcoururent sans cesse le même tracé, passant et repassant au même point du fleuve en attendant la venue du jour.

— Nous serions du gâteau pour un Hind, fit Job.

— Ne l'attirez pas sur nous. Si vous n'avez rien de mieux à faire, prenez donc la sacoche de l'artilleur, elle est dans le coffre à cartes.

Job alla la chercher sous la table du mécanicien, et s'installa confortablement sur son siège.

— Lisez-moi les notices, demanda Sean. Essayez de trouver quelque chose d'intéressant.

Job sortit l'une après l'autre les chemises portant la mention « Très secret ». Il les feuilleta rapidement, lisant à haute voix les titres et les rubriques des chapitres à la table des matières. Les trois premiers dossiers étaient des manuels d'utilisation des Stinger, en fonction de leur emploi dans tous les cas de figure concevables, tels que par des navires à la mer ou par l'infanterie à terre, dans les diverses zones climatiques du globe, de la jungle tropicale aux hautes latitudes du cercle polaire. Des tables et graphiques donnaient les performances du missile dans ces diverses situations.

– Tout ce que vous aimeriez savoir, mais que vous avez peur de demander, plaisanta Job.

Sur la couverture de la quatrième brochure, il lut :

MISSILE AUTOGUIDÉ STINGER
Sélection des objectifs et Règlement de manœuvre
Comptes rendus d'opérations

Job tourna la page et lut la table des matières :

– 1. Iles Falkland
2. Golfe Persique – Détroit d'Ormuz
3. Débarquement sur l'île de Grenade
4. Unita en Angola
5. Afghanistan

– Afghanistan! s'écria Sean. Regardez si l'on parle du Hind.

Job plaça le gros dossier sur ses genoux, régla la lampe de lecture au-dessus de sa tête, et tourna les pages.

– Nous y voici : « Afghanistan – Types d'hélicoptères. »

– Trouvez le Hind, lança impatiemment Sean.

– Hare... Havoc... Haze... Hind.

– Lisez-moi les généralités.

Job lut à haute voix :

– « Cette batterie volante de pièces d'artillerie, appelée Hind par l'OTAN, et " la Mort volante " par les rebelles afghans et d'autres qui ont eu affaire à elle, jouit d'une redoutable réputation qui n'est peut-être pas entièrement justifiée. »

Sean l'interrompit :

– J'espère que ce vieux frère sait ce qu'il dit!

Job poursuivit :

– 1. Caractéristiques de manœuvrabilité, de vitesse ascensionnelle et de vol stationnaire faibles, en raison de la masse de son blindage.

2. Autonomie limitée à deux cent quarante milles nautiques, à pleine charge, pour la même raison.

3. Vitesse maximale de cent cinquante-sept nœuds, et vitesse de croisière de cent quarante-sept nœuds.

4. Très fortes exigences d'entretien et de service.

– Voilà qui est intéressant, l'interrompit Sean. Même ce gros père (il tapota le manche à balai) est plus rapide qu'un Hind. Je m'en souviendrai si nous en rencontrons un.

– Si vous voulez que je continue, bouclez-la.

– Excusez-moi, et allez-y.

– « ... On estime à plusieurs centaines le nombre de ces appareils qui ont été utilisés en Afghanistan. Avec succès, en général, bien que plus de cent cinquante aient été descendus par des rebelles armés du Stinger SAM. Ce seul chiffre montre que le

Hind peut être efficacement combattu par le Stinger, en employant les tactiques indiquées ci-après. »

Job continua la lecture, donnant le type et les caractéristiques du moteur, la description de l'armement et d'autres informations sur l'appareil. Jusqu'à ce que Sean l'arrête en montrant la direction de l'est.

— Cela suffit, Job. Le jour se lève.

Le ciel avait pâli, suffisamment pour que la masse sombre du sol se détache sur l'horizon.

— Rangez ces manuels et demandez à Ferdinand de venir ici. Voyez s'il peut reconnaître la région où nous sommes, et nous montrer le chemin du retour.

Une forte odeur de vomissure flottait autour de Ferdinand, lorsqu'il pénétra dans l'habitacle, mal assuré sur ses jambes. Il dut s'appuyer au dos du siège du pilote. Sean se pencha en avant pour mettre le plus possible de distance entre eux, et lui montra le paysage à travers la vitre.

— Regardez par là, Ferdinand. Voyez-vous quelque chose que vous reconnaissez?

Le Shangane promena tout autour un regard fatigué, en marmonnant des mots incompréhensibles. Soudain, il parut se réveiller :

— Ces collines. Oui, je les connais. Le fleuve y passe en faisant une chute d'eau.

— De quel côté se trouve le camp?

— De ce côté, loin par là-bas.

— A quelle distance?

— Deux jours entiers de marche.

— Cela fait cent kilomètres. Nous ne sommes pas tellement loin. Merci, Ferdinand.

Sean cessa de décrire des huit. Les longues ailes de l'Hercules maintenant bien horizontales, il mit le cap à l'ouest, dans la direction indiquée par Ferdinand. A l'arrière, l'aube naissante donnait au ciel de l'orient une teinte carmin vaporeuse, et chassait les ombres de la nuit des collines que survolait l'avion.

Tandis qu'il approchait de la passe dont avait parlé Ferdinand, Sean consulta sa montre.

— C'est l'heure du journal de l'émission pour l'Afrique de la BBC.

Il tourna les boutons du récepteur sur la fréquence voulue. L'indicatif familier retentit.

« Ici la BBC. Voici le résumé des nouvelles. Aux États-Unis, le gouverneur Michael Dukakis l'emporte largement dans l'État de New York sur le sénateur Jesse Jackson, dans la primaire du parti démocrate pour l'élection présidentielle. Dans la bande de Gaza, deux Palestiniens ont été tués par l'armée israélienne. Cent vingt passagers sont morts dans un accident d'avion aux Philippines. Des rebelles du Renamo se sont emparés d'un avion de transport Hercules de la RAF, sur une base de l'armée de l'air du Zimbabwe. Ils se sont enfuis au Mozambique où ils sont poursuivis par l'aviation de ces deux pays. Le président Mugabe et le président Chissano ont l'un et l'autre donné l'ordre que cet appareil, à bord duquel se trouvent des armes ultra-modernes destinées à la lutte contre la guérilla, soit détruit à tout prix. »

— Dites-moi, Job, aviez-vous jamais pensé faire un jour les gros titres de la presse ?

— Je m'en passerais bien. Avez-vous entendu ce qu'ils ont dit, que nous devons être détruits à tout prix ?

L'Hercules approchait de la trouée dans la chaîne montagneuse. Il faisait maintenant grand jour ; Sean pouvait apercevoir le miroitement nacré de l'eau, à l'endroit où le fleuve tombait en chute sur des roches grises.

— En voilà un ! s'écria soudain Job. A une heure au-dessous de nous *.

Son œil d'aigle l'avait aperçu avant Sean. Le Hind était posé au sol, dans une clairière de la forêt, en embuscade à l'entrée de la gorge. Lorsqu'il le vit, Sean comprit la tactique du Frelimo, destinée à le couper du camp de China. Dès que l'adversaire avait conjecturé la direction que prendrait l'Hercules, il avait envoyé au cours de la nuit toute l'escadrille des hélicoptères, pour former un cercle autour de la région tenue par le Renamo. Afin d'économiser le carburant, les Hind avaient attendu posés au sol, cachés dans la forêt, balayant le ciel de leur radar, écoutant dans le silence le bourdonnement du quadrimoteur.

Presque certainement, ils avaient pensé que Sean suivrait le cours de la Pungwe ; sans doute y en avait-il d'autres en amont. Quoi qu'il en soit, celui que venait de rencontrer l'Hercules s'arracha à la forêt, s'élevant verticalement, son nez difforme incliné vers le bas, comme un taureau baissant la tête pour charger, repoussant de laideur.

Il était encore au-dessous de l'avion, mais prenait rapidement de l'altitude et semblait grossir à vue d'œil. Dans quelques instants, son canon Gatling serait à portée de tir ; déjà il était pointé sur l'Hercules. La réaction de Sean fut instinctive. Il tira à fond les quatre manettes de gaz, poussa le manche en avant, et dans le sifflement aigu des turbo-propulseurs fonça droit sur l'hélicoptère.

Il vit deux roquettes sortir des nacelles accrochées sous les aile-

* Dans le jargon des aviateurs, le tour de l'horizon est divisé selon les heures d'une montre. « Une heure » signifie 30 degrés à droite de l'avant. (N.d.T.)

rons du Hind, points noirs au centre d'un panache de fumée blanche, et se souvint de ce que venait de lui lire Job : le Hind portait deux missiles Swatter AT-2 et quatre nacelles à roquettes.

L'Hercules plongea sous les fusées, qui passèrent comme un éclair au-dessus de lui, comme un ouragan portant la mort. Le Hind n'était plus qu'à deux cents mètres, montant encore. Il tira deux nouvelles roquettes, sans réagir à la manœuvre de Sean.

— Accrochez-vous! cria-t-il à Job. Je vais rentrer dans ce salopard.

Au dernier moment, le pilote du Hind devina l'intention de Sean. Il était si près que celui-ci distinguait nettement les traits du Russe, son visage d'un blanc terreux. Il inclina brutalement sa machine sur le flanc, lui faisant faire un demi-tour en coupant l'admission, de sorte qu'elle tomba comme une pierre. Trop tard ; une aile de l'Hercules percuta la queue de l'hélicoptère.

— Je t'ai eu, fils de pute!

Le choc projeta Sean contre le volant du manche, l'Hercules vibra et fit une embardée, le coup de frein le mit au bord de la perte de vitesse, et cela à soixante mètres seulement au-dessus de la forêt.

— Allez, ma mignonne, murmura Sean comme un amoureux.

Son aile était fortement endommagée, des morceaux de tôle arrachée en pendaient, la fouettant et la heurtant. Le sommet des arbres se rapprochait.

— Vole, vole, ma chérie.

Les quatre moteurs, rugissant de leur effort, maintinrent l'avion en ligne de vol. Par saccades, l'aiguille de l'indicateur de vitesse ascensionnelle remonta. Petit à petit, elle se stabilisa pour marquer deux cents pieds de montée à la minute.

— Où est le Hind? cria Sean à Job.

— Descendu probablement. Qui pourrait encaisser un coup pareil?

Ils hurlaient l'un et l'autre, leur peur balayée, ivres d'excitation et de leur victoire. Soudain, d'une voix changée :

— Bon Dieu, non! Il est toujours là, il vole encore. Regardez-moi cet animal!

Le Hind avait été durement touché. Le rotor de queue et la gouverne de direction presque arrachés, il embardait, roulait, allait de droite et de gauche. D'évidence, son pilote luttait pour le sauver.

— Incroyable! Il recommence à nous tirer dessus.

La traînée de fumée d'une roquette passa à quelque distance du nez de l'avion.

— Il se stabilise. Il lance un missile.

Sean avait mis le cap sur la gorge, entre deux falaises que le bout des ailes semblait près de toucher. Au-dessous, l'écume de la chute d'eau était d'une blancheur éblouissante. Le grand avion vira, frôlant la paroi rocheuse et la contournant, au moment même où le missile Swatter prenait en chasse le rayonnement infrarouge des gaz expulsés par ses moteurs, et se dirigeait vers l'étranglement de la gorge.

Le virage effectué était si serré, l'Hercules tellement incliné, que Sean, levant les yeux et regardant à travers la verrière du toit de l'habitacle, eut l'impression qu'en tendant la main il aurait pu toucher la paroi rocheuse. Le missile essaya de virer à la suite de l'avion. Mais au moment critique, celui-ci disparut derrière les falaises; le Swatter, ne percevant plus les infrarouges émis par les gaz d'échappement, percuta le rocher et explosa.

Sean remit en vol horizontal et en ligne droite.

– Vous voyez le Hind?

– Non, dit Job, qui se reprit aussitôt: le voilà encore.

Toute la partie arrière du fuselage de l'hélicoptère était tordue, de guingois; de son gouvernail de direction ne restait que la moitié. Il n'était presque plus manœuvrable, embardait sans arrêt et perdait rapidement de l'altitude. Mais le pilote était un brave, résolu à se battre jusqu'au bout. Un deuxième missile jaillit du dessous d'un des ailerons et s'élança sur l'Hercules, suivi d'une traînée de fumée.

– Il tombe! s'écria Job.

En effet, le rotor de queue de l'hélicoptère venait de se détacher. Le corps de l'appareil s'abattit dans les arbres en tournant sur lui-même; une grande flamme monta haut dans les·airs lorsqu'il se brisa et explosa. Cependant, bien qu'il fût mort, son enfant traversait le ciel comme une comète brillante et fonçait impitoyablement sur l'avion.

– Venez à droite! lança désespérément Job.

Sean vira aussi sec que possible. Le missile poursuivit un bref instant sa ligne droite, sur le point de perdre le contact. Mais il corrigea aussitôt sa trajectoire et, effectuant un large virage, se dirigea vers le moteur extérieur de droite.

Pendant un moment, Sean et Job furent aveuglés par la fumée de l'explosion qui enveloppa l'habitacle, avant d'être rapidement dispersée. Le choc avait été terrible. Sean fut horrifié en voyant les dégâts. Le moteur avait disparu, arraché de son socle, laissant une blessure béante dans le bord d'attaque. C'était un coup mortel. L'aile endommagée commençait à fléchir. Déséquilibré par la poussée de ses moteurs de gauche, l'Hercules était devenu ingouvernable.

Sean réduisit le nombre de tours, à la fois pour diminuer le couple de rotation vers la droite et pour soulager l'aile. Devant lui s'étendait le fleuve, large et calme en amont des rapides tumultueux. Sur chaque rive, les premiers rayons du soleil doraient le haut des arbres. Des crocodiles se prélassaient, noirs sur les bancs de sable blanc.

Branchant son microphone sur le réseau de haut-parleurs intérieurs, Sean s'adressa aux hommes assis dans la cale, leur parlant en shangane :

– Accrochez-vous. L'atterrissage va être dur.

Lui-même resserra sa ceinture. L'Hercules se traînait, ses deux ailes si endommagées que Sean se demandait comment il tenait encore en l'air. Il perdait de l'altitude rapidement, menaçant d'entrer dans les arbres en bordure du fleuve.

– On descend trop vite, murmura-t-il.

Malgré sa crainte de perdre une aile par suite d'une turbulence accrue des filets d'air, il sortit doucement mais entièrement les volets. Cependant, loin de se désintégrer, l'appareil réagit bien à l'accroissement de la portance, retrouvant dans son vol un peu de son ancienne élégance. Au moment où il rasait le sommet des arbres, Sean coupa les moteurs, l'alimentation, les pompes à essence et les magnétos pour éviter tout risque d'incendie. Relevant le nez de l'Hercules, il lui fit rapidement perdre de la vitesse ; soudain retentit l'avertisseur de décrochage imminent, et aussitôt après le klaxon assourdissant indiquant que le train d'atterrissage n'était pas sorti.

L'avion survolait le milieu du fleuve, à cinq ou six mètres au-dessus de la surface, lorsque les commandes devinrent molles et qu'il commença à décrocher. Sean tira progressivement le manche à lui, cassant la vitesse de l'appareil. Lorsque la queue de celui-ci toucha l'eau, le badin indiquait soixante nœuds. L'avant de l'Hercules tomba à plat sur le fleuve, soulevant une gerbe d'eau qui retomba sur la coque et sur l'habitacle. Pris de panique, les crocodiles abandonnèrent précipitamment les bancs de sable pour plonger dans le fleuve.

Sean et Job furent violemment projetés en avant, mais retenus par leur ceinture. Fortement freiné, l'avion ralentit et, flottant sur le ventre, se mit en travers du courant et s'arrêta.

– Ça va ? demanda Sean.

Pour toute réponse, Job déboucla sa ceinture et se leva du siège du copilote. Sean en fit autant. A travers les vitres de l'habitacle, il vit que l'appareil dérivait au fil de l'eau. Ce qui signifiait qu'il flottait, grâce à l'air emprisonné dans les réservoirs de carburant presque vides et dans le fuselage.

– Allons-y !

Précédant Job, il alla vers l'arrière où, dans la cale principale, les caisses des missiles étaient restées à poste. Quant aux Shanganes, c'était la confusion totale. Deux d'entre eux, blessés, se tordaient de douleur et gémissaient, étendus sur le plancher. L'un avait une fracture ouverte; l'os brisé sortait de la plaie de son bras.

Sean manœuvra le volant du panneau d'évacuation rapide. Aussitôt le toboggan se gonfla; jaillissant comme une longue langue à l'extérieur, il se déroula et son extrémité vint s'appuyer et flotter à la surface du fleuve.

Se penchant hors du panneau ouvert, Sean vit qu'ils dérivaient vers un autre banc de sable. Il pouvait voir nettement le fond; il estima que la profondeur était faible et que les hommes auraient pied.

— Ferdinand, faites-les sortir par là.

Émergeant de la cohue des soldats saisis de panique, Ferdinand lança de grands coups de gueule qui rétablirent l'ordre, et les conduisit vers le panneau.

— Job, montrez-leur comment il faut faire. Une fois qu'ils seront dans l'eau, faites leur pousser l'avion vers le banc de sable.

Job glissa le long du toboggan. Lorsqu'il fut debout dans l'eau, elle lui arrivait aux aisselles. Un à un, les soldats le suivirent sur le toboggan. Sean, après avoir poussé le dernier d'entre eux hors du panneau, prit le même chemin. Déjà, sous la conduite de Job, tous les hommes, appuyés contre le fuselage de l'avion, rapprochaient celui-ci du banc de sable. Il ajouta sa poussée à la leur. Peu à peu la profondeur du fleuve diminuait, bientôt ils n'eurent de l'eau que jusqu'à la taille. Enfin, l'Hercules fut échoué; les soldats se mirent au sec sur l'île sablonneuse, où ils s'écroulèrent abrutis de fatigue et le visage marqué par le souvenir de la peur qu'ils venaient de ressentir.

Sean examina la situation; il était nécessaire de voir par où il fallait commencer, en fonction de l'urgence et de l'importance de ce qu'il restait à faire. L'Hercules ne s'était pas beaucoup enfoncé dans l'eau, seule la partie inférieure du fuselage était noyée. Les missiles, maintenant qu'il était échoué, ne risquaient pas d'être submergés, ce qui aurait mis hors d'usage leurs circuits électroniques.

Le banc de sable était à toucher la rive. Une rive escarpée, contre laquelle étaient accumulés du bois flottant et des branches d'arbre mortes, abandonnés par les crues de printemps.

— Nous devons faire vite, dit Sean à Job. Il faut s'attendre à ce que le Hind ait pu envoyer un message au chef de son escadrille, et que ses collègues viennent voir ici ce qui se passe.

— Par où voulez-vous que nous commencions?

— Déchargez les Stinger. Mettez les gars au travail.

Sean remonta à bord de l'avion. Les vérins hydrauliques de la rampe de chargement fonctionnaient encore sur le courant des batteries. Il l'abaissa. Sur les caisses, était indiqué leur poids : soixante-huit kilogrammes.

– Elles ne sont pas bien lourdes. Deux hommes par caisse, ordonna-t-il.

Deux par deux, les soldats avancèrent, chargèrent les missiles sur leurs épaules, descendirent la rampe au trot, puis hissèrent les caisses sur la rive. Ferdinand les leur fit déposer à l'abri des arbres, et leur montra comment les dissimuler sous du bois flottant récupéré dans le fleuve. Durant les vingt minutes à peine que dura le déchargement, Sean bouillait d'impatience et d'anxiété, s'attendant à tout instant à entendre le sifflement des rotors et des turboréacteurs Isotov.

– Notre veine ne va pas durer indéfiniment, dit-il à Job. Il faut se débarrasser de l'Hercules.

– Comment allez-vous faire ? L'avaler ou l'enterrer ?

Contre la cloison, à l'avant de l'avion, était fixé un treuil de cent tonnes, servant à hisser des charges à bord. Sur les instructions de Sean, quatre Shanganes déroulèrent le câble et, montés à bord du radeau pneumatique de l'Hercules, amarrèrent son extrémité à un arbre de la rive opposée du fleuve.

Pendant qu'ils effectuaient ce travail, Sean et Job fouillaient l'avion de fond en comble, prenant tout ce qui était utilisable, depuis la trousse médicale de premier secours jusqu'au sucre et au café qu'ils trouvèrent dans la petite cuisine. Sean constata avec satisfaction que la trousse médicale était bien fournie en produits contre le paludisme et en antibiotiques.

Le canot pneumatique était de retour. Il n'y avait toujours aucun Hind en vue. C'était trop beau pour durer ; pas question de perdre du temps à réfléchir, pensa Sean en donnant à Job l'ordre de faire évacuer tous ceux qui se trouvaient à bord, puis en allant à la commande du treuil. Dès qu'il l'eut mis en marche, le câble d'acier se raidit. L'Hercules, lourdement échoué sur la grève, commença par pivoter, puis glissa sur le ventre. Le sable crissait sous son poids tandis que le treuil le déhalait vers des eaux plus profondes.

Lorsqu'il flotta de nouveau, Sean remonta la rampe pour que l'eau ne l'envahisse pas trop vite, et actionna encore le treuil afin d'amener l'avion au milieu du fleuve, où le courant était plus rapide. Prenant alors un coupe-boulon dans le casier à outils, il cisailla le câble. Libéré, l'Hercules partit au fil de l'eau.

Sur une impulsion subite, Sean coupa une longueur d'environ un mètre et demi du câble, dont les torons d'acier qui le composaient se séparèrent sans difficulté. Il en prit trois, qu'il enroula et fourra dans la poche de son pantalon. Le fil métallique destiné à servir de garrot était une des armes préférées des Scouts dans leurs attaques silencieuses. Depuis qu'il avait laissé le sien dans le paquetage perdu lors de l'escalade de la falaise, Sean avait l'impression d'être sans défense. Cela fait, il reporta son attention sur l'avion.

« Puisque les réservoirs d'essence sont presque vides, se dit-il, il devrait continuer à flotter jusqu'aux chutes. »

Utilisant le même coupe-boulon, il sectionna un tuyau d'essence qui courait au plafond de la cale ; le liquide jaillit, formant une flaque sur le plancher. Avec le sentiment d'avoir fait tout ce qui était possible, Sean ouvrit le panneau d'évacuation ; en même temps il dégoupillait une grenade qu'il venait d'emprunter à Ferdinand.

« Merci, ma vieille, dit-il à haute voix, tu as été un amour. Le moins que je puisse t'offrir, ce sont de belles funérailles. »

Il lança la grenade sur le plancher de la cale et sauta à l'eau. Revenu à la surface après ce plongeon, il se mit à nager un crawl rapide, en pensant aux grands crocodiles qu'il avait vus se prélasser sur le sable. Derrière lui, il entendit le choc assourdi de l'explosion. Mais il ne se retourna pas, ne cessa pas de nager jusqu'au moment où il eut pied. Alors seulement, il porta ses regards sur l'Hercules. Le grand avion brûlait comme une torche, tout en continuant à flotter. Une épaisse fumée noire montait dans le ciel clair.

Sean franchit en pataugeant les quelques mètres le séparant de la berge escarpée, qu'il gravit sur les mains et les genoux. Haletant, il s'assit pour reprendre son souffle. C'est alors qu'il perçut le son, maintenant familier et haï, des moteurs Isotov, qui se rapprochait rapidement. Les Hind avaient certainement repéré de loin la fumée de l'avion.

Il se camoufla du mieux qu'il put, enduisant de boue son visage et ses bras nus, et rampa jusqu'à l'abri d'épais buissons sur la rive. De là, il vit le Hind déboucher au-dessus des arbres, décrire un large cercle autour de l'épave en feu, et s'immobiliser en vol stationnaire, tel un oiseau de proie, à cinquante mètres à la verticale de celle-ci.

Les flammes atteignirent un réservoir d'essence. L'Hercules explosa, projetant dans le fleuve des débris brûlants. Lorsqu'ils entraient en contact avec l'eau, on voyait s'élever un petit nuage de vapeur.

Le Hind demeura près de cinq minutes en suspens au-dessus du fleuve, cherchant peut-être des survivants. Brusquement il prit de l'altitude, mit le cap au sud et ne fut bientôt qu'une petite tache dans l'azur. Sean sortit de sa cachette.

« Autonomie limitée, a dit le manuel. Rentre maintenant à la maison, comme un bon petit Russkov, rendre compte que l'objectif a été détruit. Va raconter à Mugabe qu'il n'a pas à s'inquiéter, que ses précieux Stinger ne sont pas tombés en de mauvaises mains. »

Il sortit de sa poche de poitrine le paquet de cigares hollandais. Le carton se désintégra dans sa main laissant échapper une bouillie noirâtre. Il jeta le tout dans le fleuve.

« De toute façon, il est temps que je cesse de fumer », soupira-t-il en se mettant en route vers l'amont. Il trouva Job en train de s'occuper des deux soldats blessés.

— Celui-ci a un tas de côtes cassées, ainsi qu'une clavicule, dit Job qui finissait de mettre un bandage à son patient. L'autre, je vous l'ai laissé.

— Merci du cadeau. (Sean examina le bras de l'homme.) Ce n'est pas joli.

— Vous l'avez dit.

Cinq centimètres de l'humérus brisé émergeaient d'un magma de chair à vif et de caillots de sang noirâtres. Un essaim de grosses mouches bleues bourdonnait autour de la blessure. Sean les chassa d'un revers de main.

— Qu'avez-vous fait jusqu'à présent ?

— Je lui ai donné une poignée d'analgésiques, que j'ai trouvés dans la trousse médicale.

— De quoi assommer un bœuf. Donnez-moi une corde de nylon, et deux Shanganes costauds.

Le bras s'était raccourci de façon spectaculaire. Il fallait raccorder les deux parties de l'os brisé. Sean enroula la corde autour du poignet du blessé, et mit l'extrémité dans les mains des deux hommes.

— Lorsque je vous dirai de tirer, tirez ! Compris ? Job, tenez-le solidement.

Ils avaient fait cela souvent, naguère. Job prit position, assis derrière le patient qu'il avait entouré de ses bras et tenait serré contre sa poitrine.

— Je vais te faire mal, dit Sean au soldat. (Puis, s'adressant aux deux hommes tenant la corde :) Tirez !

Ils y allèrent de bon cœur. Les yeux du blessé chavirèrent, de grosses gouttes de sueur sortirent des pores de sa peau.

— Tirez plus fort ! lança Sean.

Le bras commença à s'allonger. L'os rentra lentement dans la chair. Pour ne pas crier, l'homme serrait les dents si fort qu'on les entendait grincer. On eût dit deux morceaux de verre frottés l'un contre l'autre ; leur crissement portait sur les nerfs de Sean.

La pointe de l'os disparut complètement dans la blessure sanglante. Sean entendit son râclement sur l'autre tronçon.

— Ça y est ! Tenez bon.

Avec dextérité, il plaça de chaque côté du bras deux attelles trouvées dans la trousse de premier secours, qu'il maintint en place avec une bande aussi serrée qu'il le put, tout en évitant d'arrêter la circulation du sang. Cela fait, il ordonna aux deux préposés à la corde de relâcher lentement leur traction. Maintenu par les attelles, le bras resta droit.

— Une nouvelle percée de la médecine, dit Job sur un ton approbateur. Le procédé est d'avant-garde et fort élégant, docteur.

— Peux-tu marcher, ou doit-on te porter ? demanda Sean au blessé.

— Bien sûr, je peux marcher. Je ne suis pas une femmelette.

— Si tu l'étais, nous demanderions pour toi le plus haut prix de mariage.

Sean adressa un sourire à l'homme et se leva.

— Jetons un coup d'œil sur notre butin, suggéra-t-il à Job.

Ils n'avaient pas encore eu un moment pour examiner les caisses. Elles étaient au nombre de trente-cinq, éparpillées au petit bonheur sous les branches largement déployées d'un acajou. Avec l'aide de Ferdinand et de quatre hommes, ils effectuèrent un classement entre elles, après avoir noté les inscriptions portées sur chacune.

Trente-trois caisses, pesant soixante-huit kilogrammes, étaient ainsi marquées :

MISSILE AUTOGUIDÉ STINGER
1 monture à poignée et antenne
1 identificateur
5 lanceurs chargés

— Ce qui donne, calcula Job, cent soixante-cinq coups à tirer, pour les onze Hind restants de l'escadrille, après celui que nous avons descendu. Cela me paraît bien.

— De la manière dont tirent certains de ces gars, grommela Sean, ce n'est pas certain qu'il y en ait assez. Ah ! Voici quelque chose d'intéressant.

Les deux dernières caisses n'avaient pas le même aspect que les autres. Sur l'une, ils lurent :

MISSILE AUTOGUIDÉ STINGER
Appareil d'entraînement M134

— En effet, acquiesça Job. Cela va rendre la vie plus facile. Dans les notices dont ils s'étaient emparés, on parlait de ce système d'entraînement, grâce auquel un instructeur pouvait contrôler les capacités d'un élève lors du lancement simulé d'un missile. Cet appareil serait d'un intérêt inestimable pour les personnes chargées d'apprendre aux soldats du Renamo l'utilisation du Stinger.

Mais ce fut seulement lorsque Sean lut l'inscription portée sur la dernière et la plus petite des caisses que la pleine valeur de leur prise de guerre lui apparut.

L'inscription était la suivante :

MISSILE AUTOGUIDÉ STINGER
Logiciel de modification de la poursuite

— Doux Jésus! Ce n'est pas un missile ordinaire, mais un truc sacrément perfectionné que nous avons dégotté!

Job était aussi excité que lui.

— Jetons un coup d'œil, proposa-t-il.

Sean hésita. Il était comme un enfant tenté de voir son cadeau avant la date de son anniversaire. Il regarda le ciel, cherchant les Hind. Un tic des Shanganes qui avait déteint sur lui.

— Nous ne pourrons pas bouger avant la nuit, trouva-t-il comme excuse. Ça nous fera passer le temps.

Empruntant la baïonnette de Ferdinand, il s'en servit comme levier pour soulever le couvercle de la caisse. Dans un emballage de polyuréthane, un coffret en matière plastique résistante était fermé par des serrures. Sean les fit sauter et ouvrit le coffret. A l'intérieur, des dizaines de cassettes de logiciels, de couleur différente selon un code, insérées dans des enveloppes de plastique transparent, étaient logées dans ses casiers rainurés. C'était exactement ce qu'ils avaient lu dans les manuels de Carlyle, le capitaine d'artillerie britannique.

— Donnez-moi les documents, demanda Sean à Job.

Accroupis à côté de la caisse ouverte, ils se plongèrent tous deux dans la lecture du gros manuel qui décrivait le système de modification de la poursuite.

— Voici! « Méthode d'attaque du Hind. Code couleur : rouge. Code numérique : S 42 A. »

Dans le système de modification de la poursuite, le missile Stinger pouvait être programmé pour l'attaque d'objectifs différents, par l'emploi d'une tactique et d'une fréquence de recherche spécifiques à tel type d'aéronef. Cela se faisait simplement en insérant la microcassette correspondante dans la console du lanceur.

Job poursuivit sa lecture :

— « Cassette de logiciel S 42 A. Destinée à l'hélicoptère d'assaut Hind. Le système utilise une tête chercheuse bicolore qui enregistre en deux étapes les émissions infrarouges et ultraviolettes. Dans l'étape initiale, la tête chercheuse est asservie à l'infrarouge émis par les gaz d'échappement.

« Le suppresseur d'échappement du Hind détourne ces émissions d'infrarouge vers des orifices situés en dessous du fuselage, protégés par un épais blindage. Les missiles frappant cette partie de l'hélicoptère se sont avérés peu efficaces.

« La modification S 42 A fait passer automatiquement le système de poursuite du Stinger sur le mode d'asservissement à l'ultraviolet, lorsque la distance de l'objectif est devenue inférieure à cent mètres. Les radiations ultraviolettes sont émises principalement depuis les entrées d'air des moteurs TV3-117 Isotov. Cette région du Hind est la seule partie du corps de celui-ci qui ne soit pas protégée par un blindage au titane ; les impacts de missile sur les entrées d'air ont entraîné à cent pour cent la destruction de l'hélicoptère.

« Afin que l'acquisition du rayonnement ultraviolet puisse s'effectuer, le missile doit être lancé d'en dessous et sur l'avant de l'aéronef, à une distance inférieure à mille mètres et supérieure à cent cinquante mètres. »

Sean referma le manuel.

– Le grand jeu ! dit-il. China en a plus qu'il ne l'espérait.

Il y avait plus de trente lourdes caisses à transporter, et seulement vingt hommes valides. Sean dissimula celles qu'ils ne pouvaient prendre. On enverrait une équipe les chercher lorsqu'ils auraient rallié le camp. A la nuit tombée, ils se mirent en route le long de la rive de la Pungwe, cherchant à entrer en contact avec les lignes avancées du Renamo.

Ils marchèrent toute la nuit. La colonne, ralentie par le poids des caisses, ne parcourut qu'une vingtaine de kilomètres avant le jour. Le temps avait changé ; le vent venait de l'est, avec des nuages bas et un crachin frais, ce qui les mettait à l'abri des recherches des Hind. Ils continuèrent donc à avancer pendant la journée.

Au crépuscule, Sean les laissa se reposer durant quelques heures. Ils dormirent mal, sous la pluie, serrés les uns contre les autres, puis repartirent en trébuchant et glissant dans la boue, maudissant leur lourd chargement. Une heure après le lever du soleil, les nuages se dissipèrent. Deux heures plus tard, ils tombaient dans l'embuscade.

A ce moment, ils avançaient dans une savane, le long du fleuve ; l'herbe à éléphants était parsemée d'acacias épineux au feuillage étalé en parasol. Sean entendit le claquement métallique d'un levier de chargement brusquement tiré vers l'arrière pour armer une mitrailleuse. Automatiquement, il plongea en lançant un avertissement à ses hommes. A l'instant où il prenait contact avec le sol, il vit à seulement trente pas devant lui, dansant comme des feux follets, les petites flammes des éclairs de bouche, et sursauta en entendant les balles siffler au-dessus de sa tête.

294

Il roula sur lui-même vers la gauche, pour s'écarter de la ligne de visée du tireur, tirant en aveugle d'une seule main avec son fusil-mitrailleur, tout en détachant de l'autre main une grenade pendue à son ceinturon.

Au moment où il se préparait à lancer la grenade, Ferdinand cria quelque chose en portugais. Aussitôt le feu des attaquants diminua, puis cessa complètement. Des hautes herbes d'en face une voix répondit à l'appel de Ferdinand, qui lança d'un ton pressant :

– Cessez le feu! Renamo! Renamo!

Il y eut un long silence chargé de soupçons, durant lequel Sean garda la grenade à la main, prêt à la lancer. Il avait vu trop d'hommes braves mourir à la suite d'une ruse de guerre. De l'avant, la voix répéta :

– Renamo! Amis!

– Très bien! rétorqua Sean en shangane. Levez-vous, les Renamo, qu'on puisse voir vos belles têtes d'amis.

Quelqu'un éclata de rire. Un visage noir souriant, surmonté d'une casquette de camouflage, émergea de l'herbe et y replongea immédiatement. Quelques secondes s'écoulèrent, puis un autre homme se leva avec précaution, puis un troisième. Les Shanganes en firent autant et avancèrent lentement, leur arme prête à tirer. Enfin ils se rencontrèrent en terrain découvert et joyeusement se reconnurent en riant et s'envoyant mutuellement de grandes tapes dans le dos.

Ils se trouvaient dans un secteur tenu par un bataillon commandé par le major Takawira. Sean et lui se serrèrent la main avec un égal plaisir.

– Colonel Courtney! Quel soulagement de vous voir bien en vie. La BBC et Radio Zimbabwe ont annoncé que votre avion avait été descendu en flammes et qu'il n'y avait aucun survivant.

– Major, j'ai besoin de votre aide. Nous avons laissé vingt caisses de missiles cachées dans la brousse. J'aimerais que vous envoyiez un détachement les récupérer. Un de mes hommes l'accompagnera pour lui montrer l'endroit.

– Je vais envoyer mes meilleurs soldats.

– A quelle distance sommes-nous du quartier général de China ?

– Les hélicoptères du Frelimo l'ont obligé à se déplacer. Il se trouve à dix kilomètres seulement d'ici. Je viens de parler par radio au général : il vous attend impatiemment.

Leur retour fut une marche triomphale : la nouvelle de leur succès s'était répandue comme une traînée de poudre dans la zone du Renamo. De toute part, on accourait pour les congratuler. Ils portaient les caisses des missiles comme si c'était l'arche d'alliance, et eux les grands prêtres de Jehovah. Marchant fièrement sous leur fardeau, ils entonnaient les chants de guerre du Renamo.

Le général China les attendait pour les féliciter, à l'entrée de son nouveau blockhaus de commandement. Il resplendissait dans son uniforme impeccable, arborant toutes ses décorations, son béret rouge coquettement incliné sur le front.

— Colonel, je savais pouvoir compter sur vous.

Pour la première fois, Sean eut le sentiment que son sourire n'était pas feint. Il répondit d'un ton rude :

— Nous avons perdu les trente hommes du sergent Alfonso. Il nous a fallu les abandonner.

— Non, non, colonel. Alfonso est revenu sain et sauf. Il n'a perdu que trois hommes pendant son retour à la mission Sainte-Marie. J'ai pu entrer en contact avec lui par radio. Ils seront ici demain soir au plus tard. Toute l'opération a été un brillant succès, colonel. Et maintenant, voyons ce que vous nous rapportez.

Les porteurs déposèrent à ses pieds les caisses de bois. Un César noir recevant les dépouilles opimes, pensa ironiquement Sean. China était rayonnant. Sean ne s'attendait pas à cette excitation enfantine chez une personne d'habitude si froide et maîtresse d'elle-même. Il se mit à danser une espèce de petite gigue pendant qu'il regardait les officiers subalternes de son état-major s'escrimant avec des leviers et des baïonnettes pour faire sauter le couvercle de la première caisse.

Enfin, n'y tenant plus, China écarta ses officiers et, prenant un levier des mains de l'un d'eux, s'attaqua lui-même à la caisse. Suant sang et eau, il réussit enfin à l'ouvrir. Ce furent des cris et des félicitations de son état-major, lorsqu'elle révéla les trésors qu'elle contenait.

Le lanceur du Stinger était entièrement monté, avec un tube chargé d'un missile. L'identificateur IFF *, empaqueté séparément, était prêt à être relié à la console par son petit câble électrique. Les quatre autres tubes, chacun contenant un missile, se nichaient dans de la mousse de polyuréthane moulée. Une fois un missile lancé, le tube devait être retiré et remplacé par un nouveau tube chargé de son missile pesant sept kilogrammes.

Les rires s'apaisèrent, l'état-major fit cercle autour du général qui examinait le contenu de la caisse, tout en marquant une certaine appréhension, comme s'ils venaient de découvrir un nid de serpents venimeux. Le général China mit un genou à terre et sor-

---

* IFF (*Identification Friend or Foe*) : identification d'un ami ou d'un ennemi. Dispositif permettant de reconnaître à l'aide d'un radar. (N.d.T.)

tit respectueusement de son logement le lanceur et le tube assemblés.

L'état-major le regarda, avec des yeux admiratifs, épauler gauchement le lourd missile. Le tube dépassait dans son dos; la console avec son antenne, d'aspect aussi banal qu'une boîte en matière plastique, cachait presque entièrement le visage du général China. Avec l'air d'un élève studieux, il mit un œil au viseur et saisit la poignée pistolet.

— Maintenant, dit-il avec orgueil, les *henshaw* du Frelimo peuvent venir.

Comme un petit garçon jouant à l'avion, il se mit à imiter le bruit fait par un hélicoptère et par des armes à feu, et pointa le missile en direction d'une escadrille imaginaire de Hind tournant au-dessus de sa tête.

— Vroum, vroum! criait-il. Pan, pan! Tac, tac!

Bon public, Sean se joignit à la fête. L'état-major du général poussait des cris de joie, chacun voulant renchérir sur les autres dans l'imitation des pétarades et des grondements de moteur. L'un d'eux se mit à chanter; tous reprirent le refrain, claquant des mains au rythme des chants de marche du Renamo, frappant le sol du pied et se balançant en cadence.

Bientôt ils furent deux cents hommes qui chantaient, avec ces splendides voix africaines dont le timbre donnait à Sean la chair de poule. Au milieu d'eux le général China, le missile sur l'épaule, menait le chœur. Sa voix dominait les autres, étonnante de pureté, une voix magnifique de ténor qui n'aurait pas été indigne des meilleures scènes d'opéra du monde.

Le chant se termina par un grand cri de défi : « Renamo! ». Les visages noirs étaient illuminés d'ardeur patriotique.

« Des hommes dans cet état d'esprit ne seront pas faciles à vaincre », se dit Sean, dont China vint serrer la main après avoir remis le missile dans sa caisse.

— Félicitations, colonel. Je pense que vous avez sauvé notre cause. Je vous en suis reconnaissant.

— J'en suis ravi, China, rétorqua Sean sur le ton de l'ironie. Mais ne me dites pas seulement votre reconnaissance. Prouvez-la.

— Ah oui, bien sûr. Pardonnez-moi. J'avais failli oublier, dans l'excitation du moment. Quelqu'un est très impatient de vous voir.

Sean sentit son cœur battre la chamade.

— Où est-elle ?

— Dans mon blockhaus, colonel.

China montra l'entrée de l'abri, soigneusement camouflée sous les arbres. Jouant des coudes à travers la foule des militaires agités, il arriva à la porte de l'abri bétonné, dont il descendit les marches trois par trois.

Claudia était dans le local de la radio, assise sur un banc, encadrée de ses deux gardiennes. Lorsqu'il la vit, il dit son nom. Elle se leva lentement et le regarda avec une expression d'incrédulité. Les os de ses joues saillaient sous la peau translucide. Ses yeux immenses étaient sombres comme la nuit.

En s'approchant, Sean vit sur ses poignets les marques et les croûtes de blessures fraîches. Sa colère égala sa joie. Il la prit dans ses bras : elle était maigre et frêle comme une enfant. Pendant un moment, elle demeura sans réaction dans son étreinte. Puis elle se jeta à son cou avec passion. Il fut étonné de sa force. Pressant son visage contre celui de Sean, elle fut secouée de sanglots convulsifs.

Pendant un long moment ils demeurèrent ainsi, serrés l'un contre l'autre, ne bougeant ni ne parlant, avant que Sean sente les larmes de Claudia couler le long de son cou.

— Ne pleure pas, je t'en prie, ma chérie.

Il prit le visage de la jeune femme entre ses mains, le leva, et doucement essuya ses joues. Elle lui sourit.

— C'est seulement de bonheur. Rien d'autre ne compte pour moi, maintenant que tu es revenu.

Il lui prit les mains, les porta à ses lèvres et déposa un baiser sur les meurtrissures de ses poignets. Se tournant alors vers les deux gardiennes en uniforme, demeurées assises sur le banc, il les injuria en shangane :

— Vos mères se sont accouplées avec des hyènes puantes. Sortez d'ici! Allez, avant que je vous étripe et donne vos intestins à manger aux vautours.

Elles tressaillirent sous l'insulte et baissèrent la tête, l'air mauvais. Sean fit mine de sortir son pistolet de l'étui. Sur quoi, elles filèrent sans demander leur reste.

Sean se retourna vers Claudia. Pour la première fois, il l'embrassa sur les lèvres. Ce fut un long baiser. Lorsque leurs bouches se séparèrent, Claudia dit d'une voix douce :

— Quand elles m'ont enlevé les menottes et m'ont permis de me laver, j'ai su que tu étais de retour.

Ces mots firent prendre conscience à Sean des sévices qu'elle venait de subir, et de l'état d'avilissement dans lequel on l'avait plongée. C'est avec colère qu'il répondit :

— Le salaud! Je te jure que je le ferai souffrir pour tout ce qu'il t'a fait.

— Non, Sean. Cela n'a plus d'importance. C'est fini. Nous sommes de nouveau ensemble, c'est tout ce qui compte.

Ils n'eurent que quelques minutes encore pour eux seuls, avant qu'arrive le général China à la tête de son état-major, encore souriant et transporté de joie. Il fit entrer Sean et Claudia dans son bureau privé, sans paraître s'apercevoir de la réserve glacée avec laquelle ils accueillaient ses amabilités. Assis l'un contre l'autre devant lui, se tenant les mains, ils ne répondirent pas à ses plaisanteries.

– J'ai fait préparer un appartement pour vous, leur dit-il. En fait, j'ai expulsé un de mes officiers supérieurs pour vous le donner. J'espère qu'il vous plaira.

– Nous ne comptons pas rester longtemps, général. Je désire être en route pour la frontière, avec miss Monterro, demain au plus tard.

– Ah, colonel, je vais faire ce que je peux pour vous être agréable. A partir de maintenant, vous êtes mon invité d'honneur, et vous avez bien gagné votre libération. Mais pour des raisons ayant trait aux opérations, cet heureux moment doit être retardé de quelques jours. Le Frelimo concentre d'importantes forces.

– Je comprends, admit Sean à son corps défendant. Mais entretemps, nous comptons être traités comme il convient. Miss Monterro a besoin de nouveaux vêtements pour remplacer ces haillons.

– Je vais faire envoyer dans votre abri un choix de ce que nous avons de mieux en magasin. Évidemment, je ne vous promets pas du Chanel ou du Gucci.

– Nous aurions aussi besoin de personnel pour le ménage, le lavage du linge et la cuisine.

– Je n'ai pas oublié vos origines coloniales, répondit China avec un sourire en coin. Un de mes hommes était employé au *President Hotel* de Johannesburg. Il connaît les goûts occidentaux.

– Nous allons jeter un coup d'œil sur notre logement, dit Sean en se levant.

– Un de mes officiers va vous accompagner. Si vous avez besoin de quoi que ce soit, demandez-le-lui. Je vous l'ai déjà dit, vous êtes mes invités d'honneur.

– Il m'horripile, ce China, murmura Claudia à l'oreille de Sean, tandis que l'officier subalterne les précédait hors du blockhaus. Je ne sais pas quand il me fait le plus peur, lorsqu'il menace ou lorsqu'il fait du charme.

– Il n'y en a plus pour longtemps, répondit Sean en la prenant par le bras.

Pourtant, malgré ses paroles rassurantes, le soleil manquait de chaleur, et un malaise persistait.

L'abri enterré auquel les conduisit leur guide se trouvait non loin du fleuve, à trois cents mètres environ du quartier général de China. Son entrée était dissimulée par un filet de camouflage en lambeaux; l'intérieur avait été récemment creusé dans l'argile rouge des bords de la Pungwe. Les cloisons étaient humides et fraîches; l'aération se faisait par des intervalles laissés entre les solives du toit.

— Il est si neuf, remarqua Sean, qu'il n'abrite pas encore une population permanente de punaises, puces et autres bêtes sauvages.

Les seuls meubles étaient une table, deux escabeaux et un châlit, le tout en bois de mopane, et un matelas d'herbe à éléphant cardée recouvert d'un drap de toile décolorée. Mais, luxe extraordinaire, une moustiquaire pendait au-dessus du lit.

L'officier qui les escortait convoqua le personnel domestique, composé de trois serviteurs qu'il fit s'aligner devant Sean et Claudia. Le chef cuisinier était un Shangane assez âgé, au visage ridé souriant, aux cheveux et à la barbe blancs. Il fit l'effet à Claudia d'un Père Noël de couleur. Tout de suite, il leur fut sympathique.

— Je m'appelle Joyful, *sir*.

— Alors vous parlez anglais, Joyful?

— Anglais, afrikaans, portugais, shona...

— Ça suffit, ça suffit. Savez-vous faire la cuisine?

— Je suis le meilleur cuisinier du Mozambique.

— Joyeux et modeste, plaisanta Claudia.

— Parfait, Joyful, ce soir nous voulons un châteaubriand, lança Sean pour le taquiner.

La mine du cuisinier s'allongea.

— Désolé, *sir*, pas de filet de bœuf.

— Ne vous en faites pas, Joyful. Vous préparerez le meilleur dîner que vous pourrez.

— Je vous dirai quand ce sera prêt, *sir* et madame.

— Ne vous pressez pas, dit Claudia.

Elle les congédia d'un geste, et abaissa le rideau dans l'encadrement de la porte. Main dans la main, ils regardèrent le lit d'un air pensif.

— As-tu la même idée que moi? demanda-t-elle.

Sean la prit dans ses bras et la porta sur la couche.

A l'extérieur de l'abri, le jour tombait lorsque Joyful toussa poliment derrière le rideau, et annonça que le repas était prêt. Ils dînèrent assis à la table de mopane, à la lumière d'une lampe à pétrole que Joyful avait piratée Dieu sait où.

— Merveilleux! s'écria Claudia lorsqu'elle vit ce qu'avait préparé Joyful.

C'étaient des pigeonneaux à la casserole avec des champignons, accompagnés d'ignames à l'étuvée, de galettes de manioc et de beignets de banane.

— Je ne me rendais pas compte à quel point je mourais de faim, avoua-t-elle.

Joyful posa sur la table des boîtes de bière.

— Le général China les a envoyées pour vous.

— Joyful, vous êtes un phénix!

Ils mangèrent dans un silence quasi-religieux, se souriant l'un à l'autre en travers de la table entre chaque bouchée. A la fin, Claudia soupira :

— J'espère pouvoir aller jusqu'au lit, mais certainement pas plus loin.

La moustiquaire les enserrait, temple intime et secret érigé pour abriter leur amour. Douce et dorée, la lumière de la lampe donnait des tons chauds au visage et au corps de Claudia. Le grain de sa peau plongeait Sean dans le ravissement; elle lui semblait lustrée et brillante comme de la cire. Il éprouvait une sensation délicieuse en la caressant.

Faisant courir ses doigts dans sa courte barbe dure et la toison bouclée de sa poitrine, Claudia lui dit :

— Tu es aussi velu qu'un animal sauvage. Et aussi dangereux. Je devrais avoir peur de toi.

— Et tu as peur?

— Oui, un peu. C'est ce qui augmente mon plaisir.

Ils dormirent si étroitement enlacés que leurs respirations se mêlaient, et que leurs cœurs battaient l'un contre l'autre.

— Crois-tu que cela peut durer toujours? lui demanda-t-elle lorsqu'ils se réveillèrent.

A travers les fentes du toit, ils virent naître une aube couleur d'or. Claudia fit une prière :

— Non, cela ne doit pas finir. Je veux te garder toujours et toujours.

Lorsque Joyful apporta le thé matinal, il y avait sur le plateau une invitation du général China à dîner à sa table ce même soir.

La soirée du général China ne fut pas très réussie, du moins aux yeux de Sean et de Claudia, malgré les frais d'amabilité de leur hôte. La viande de buffle qui fut servie était coriace, et la bière incitait les officiers de son état-major à se lancer dans de bruyantes discussions. Le temps avait changé, même après la nuit tombée, la chaleur demeurait étouffante. Dans l'abri bétonné qui servait de mess, l'air était lourd et empuanti par la fumée du mauvais tabac et l'odeur de transpiration de la gent masculine.

Le général China ne buvait pas. Assis au haut bout de la table, il ne prêtait pas attention au vacarme des conversations, ni à la façon peu ragoûtante de manger de ses officiers. Jouant au galant homme avec Claudia, il engagea une conversation qu'elle essaya tout d'abord d'éluder.

Claudia n'était pas habituée aux manières des Africains à table. Elle regardait avec un étonnement horrifié de nombreuses mains plonger ensemble dans la marmite de bouillie de maïs posée au centre de la table, en faire des boulettes roulées entre les doigts, et tremper celles-ci dans le jus de viande. La sauce grasse coulait sur les mentons. Comme personne ne s'arrêtait de parler tout en mastiquant, des parcelles de nourriture voltigeaient à travers la table lorsqu'un des convives riait ou poussait une exclamation.

Bien qu'elle fût encore à demi-morte de faim, ce spectacle coupait l'appétit de Claudia. Elle dut faire un effort pour suivre les explications de China.

— Nous avons, lui dit-il, partagé tout le pays en trois zones. Le général Takawira Dos Alves commande celle du nord, dans les provinces de Niassa et Cabo Delgado. Le général Tippoo Tip commande au sud. Et moi, je commande l'armée des provinces centrales de Manica et Sofala. A nous trois, nous contrôlons près de cinquante pour cent de la totalité du territoire du Mozambique. Une autre superficie de quarante pour cent du pays est une zone de destructions, sur laquelle nous sommes obligés de pratiquer une politique de la terre brûlée, afin d'empêcher le Frelimo d'y récolter des vivres pour son armée, ou des céréales qui seront vendues pour financer sa guerre contre nous.

Il était arrivé à éveiller l'intérêt de Claudia, qui rétorqua d'une voix cinglante :

— Ainsi donc, les rapports que nous recevons aux États-Unis au sujet d'atrocités ne mentent pas. Vos soldats attaquent et exterminent les populations civiles dans ces zones de destructions.

— Non, miss Monterro. Le fait que nous ayons évacué la population civile de plusieurs zones de destructions est exact. C'était inévitable. Mais les atrocités, les massacres et les tortures ont été commis par les gens du Frelimo.

— Le Frelimo est le gouvernement du Mozambique. Pourquoi massacrerait-il son peuple ?

— Je suis d'accord avec vous, miss Monterro. Il est parfois difficile de suivre les raisonnements tortueux d'un cerveau marxiste. La réalité est que le Frelimo est incapable de gouverner, incapable de fournir une protection même sommaire à la population civile en dehors des villes, encore moins de faire fonctionner les services de santé, d'instruction publique, de transports, de communications. Afin de détourner l'attention mondiale de l'échec de sa politique économique, il donne aux médias internationaux un spectacle, digne des jeux du cirque romains, de massacres et de tortures dont il rejette la responsabilité sur le Renamo et l'Afrique du Sud. Il est plus simple de tuer les gens que de les nourrir et les éduquer, et pour un marxiste la propagande anti-Renamo vaut bien un million de vies humaines.

Claudia, saoulée de bruit, transpirant dans l'atmosphère empuantie du mess souterrain, fut en outre effarée par l'horreur de ce que lui expliquait le général.

— Vous suggérez qu'un massacre dans le style des Khmers rouges est perpétré ici, au Mozambique, par les forces gouvernementales ?

— Je ne suggère pas, miss Monterro, j'exprime simplement la vérité.

— Mais alors, le monde doit faire quelque chose ?

— Le monde est sourd. C'est à nous, le Renamo, qu'il revient d'essayer de jeter à bas l'odieux régime marxiste.

— Le Frelimo est le gouvernement élu.

— Non, miss Monterro, très peu de gouvernements africains ont été élus. Il n'y a jamais eu d'élections au Mozambique, en Angola, en Tanzanie ou en quelque autre joyau du socialisme africain. En Afrique, on s'empare du pouvoir et on s'y accroche à tout prix. Le gouvernement type de l'Afrique est celui qui s'est engouffré dans le vide laissé par l'exode du pouvoir colonial, et se retranche derrière une barricade de fusils d'assaut AK-47 ; qui a instauré le système du parti unique, exclu toute forme d'opposition, et nommé un dictateur président à vie.

Claudia éleva la voix pour dominer le brouhaha des conversations autour de la table.

— Dites-moi, général China, si un jour vos efforts sont couronnés de succès, si vous êtes vainqueur du Frelimo, et formez le nouveau gouvernement de ce pays, décréterez-vous des élections libres et laisserez-vous instaurer un système véritablement démocratique ?

Il la regarda d'un air étonné, puis se mit à rire de bon cœur.

— Très chère miss Monterro, votre croyance enfantine au mythe de la bonté de l'homme est vraiment touchante. Je ne me suis sûrement pas battu aussi longtemps dans l'espoir de prendre le pouvoir, pour aller le passer à un tas de paysans illettrés. Non : une fois que nous l'aurons, il restera dans de bonnes mains. Celles-ci.

Il tendit vers elle ses mains fines et élégantes, leur paume rose vers le haut.

— Vous êtes donc aussi mauvais que le sont, selon vous, les autres.

Tel était donc l'homme qui avait mis des chaînes à ses poignets, et l'avait emprisonnée dans une horrible fosse. Elle le haïssait de toutes ses forces.

— Je vois que vous commencez enfin à comprendre, bien qu'à travers la brume de vos sentiments libéraux. En Afrique, il n'y a pas de braves gens et de sales types : il y a seulement des gagnants et des perdants. Et je vous assure, miss Monterro, que j'ai l'intention d'être un des gagnants.

Le général China tourna son regard vers l'entrée de l'abri, à laquelle venait d'apparaître un de ses officiers de transmissions qui vint à la hâte au haut bout de la table, salua et lui tendit un message. China le lut sans que son visage change d'expression.

— Veuillez m'excuser quelques minutes, dit-il à ses invités.

Il mit son béret à l'inclinaison voulue, se leva et sortit du bloc-khaus. Dès qu'il fût parti, Claudia se pencha dans la direction de Sean.

— Ne pourrions-nous pas nous en aller maintenant ? Je ne crois pas que je pourrai supporter cela un instant de plus.

— Les traditions de mess ne semblent pas très suivies ici, murmura Sean. Si nous partons, je pense que personne ne s'en formalisera.

Un chœur de voix avinées, accompagné de sifflements suggestifs, les accompagna jusqu'à la porte. Ils montèrent les marches avec soulagement. L'air de la nuit était frais. Claudia le respira à fond avec joie.

— Je ne sais pas ce qui était le plus étouffant, la tabagie ou la dialectique. (Elle fit de nouveau une longue inspiration.) Je n'aurais jamais pensé que l'Afrique était ainsi, si compliquée, si illogique.

— Mais intéressante, non ?

— Comme un cauchemar est intéressant. Allons nous coucher ; au moins, c'est une chose en laquelle je crois entièrement.

Ils avaient pris le chemin de leur abri, quand la voix de China les fit sursauter. Sa haute silhouette dégagée sortit de l'obscurité et vint vers eux.

— Vous n'allez pas nous quitter si tôt ? J'ai reçu des nouvelles qui, j'en ai peur, ne vous feront pas plaisir.

— Vous ne nous laissez pas partir, répondit Sean sèchement. Vous reniez votre promesse. J'étais sûr que cela arriverait.

— Des circonstances indépendantes de ma volonté. Je viens de recevoir par radio un rapport du sergent Alfonso. Vous savez que j'attendais son retour ce soir, et qu'avec ses hommes il devait vous escorter jusqu'à la frontière. Mais...

— Très bien, lança Sean plein de rage. Racontez-nous ça, China. Quelle nouvelle machination avez-vous mijotée ?

Le général ne (releva) pas l'accusation, ni le ton sur lequel elle avait été proférée.

— Alfonso me rend compte d'une concentration massive de l'ennemi à l'ouest de notre territoire. Il semble que, enhardi par le succès de ses hélicoptères et appuyé par des contingents du Zimbabwe, le Frelimo soit prêt à lancer une grande offensive. Nous sommes sans doute déjà coupés de la frontière. Il est déjà certain que la région naguère contrôlée par nous a été envahie. Dans quelques heures, elle deviendra un champ de bataille; dès maintenant, le sergent Alfonso doit se frayer un chemin en combattant. Il a perdu quelques hommes. Vous ne feriez pas long feu par là-bas, colonel; ce serait (suicidaire) d'essayer d'atteindre la frontière actuellement. Vous devez rester sous ma protection.

— Bon Dieu! Que voulez-vous de nous? Vous avez une idée derrière la tête. Qu'est-ce que c'est?

— Votre manque de confiance dans mes motifs m'afflige énormément. Quoi qu'il en soit, plus vite les Hind seront détruits, plus tôt l'offensive du Frelimo échouera, et miss Monterro et vous retournerez au monde civilisé.

— Je vous écoute.

— Vous êtes les seuls, le capitaine Job et vous, qui connaissez le Stinger. Je désire que vous formiez un contingent de mes hommes à la manœuvre de ce missile.

— C'est tout? Nous formons vos hommes à l'emploi du Stinger, et vous nous laissez partir?

— Exactement.

— Comment puis-je être sûr que vous n'allez pas encore changer les règles du jeu?

— Vous me (peinez), colonel.

— Pas autant que j'aimerais le faire.

— Nous sommes donc d'accord. Vous les formez, et je vous ferai escorter à la frontière à la première occasion.

— Nous n'avons pas le choix.

— Je suis heureux que vous deveniez raisonnable. Cela nous rend la vie plus facile. (Son ton changea et devint (cassant).) Il faut commencer immédiatement.

— Vous devrez donner à votre état-major le temps de (dessoûler) un peu. Je commencerai demain matin, avec des Shanganes sous les ordres d'Alfonso et de Ferdinand, si Alfonso arrive à traverser intact les lignes du Frelimo.

— Combien de temps vous faudra-t-il? A partir de maintenant, chaque heure compte pour notre survie.

— Ce sont des garçons intelligents et pleins de bonne volonté. Je devrais y arriver en une semaine.

— Vous n'aurez pas autant de temps.

– Je rendrai les Stinger opérationnels aussitôt que je pourrai, rétorqua Sean avec irritation. Croyez-moi, général, je ne désire pas rester ici une minute de plus que nécessaire. Et maintenant, bonne nuit.

Prenant le bras de Claudia, Sean tourna les talons.

– Oh, Sean, soupira-t-elle, j'ai l'affreux pressentiment que nous sommes pris dans un filet dont nous ne pourrons jamais nous échapper.

Il serra son bras pour la faire taire, et dit :

– Regarde là-haut.

– Les étoiles ? C'est ce que tu veux que je regarde ?

– Oui, les étoiles.

Elles brillaient dans la nuit, comme si une gigantesque luciole avait été écrasée, dont la lueur aurait éclaboussé la voûte céleste.

– Elles apaisent l'âme, dit-il avec douceur.

– Tu as raison, mon chéri. Ce soir nous avons notre amour. Vivons-le pleinement et ne pensons pas à demain.

Sous la moustiquaire, elle se sentait en sécurité et invulnérable. Le matelas rempli d'herbe avait pris la forme de leurs corps. Claudia ne prêtait pas attention au contact rugueux de la toile qui le recouvrait. Peu avant de sombrer dans le sommeil, elle murmura :

– Lorsque nous nous serons aimés dix mille fois, mon besoin de toi ne sera pas encore satisfait.

Elle se réveilla en sursaut au milieu de la nuit, percevant la tension du corps de Sean qui touchait le sien. Il mit aussitôt une main sur les lèvres de Claudia pour la prévenir de faire silence. Immobile et figée dans l'obscurité, elle n'osait bouger ni respirer ; puis elle entendit un léger frottement à l'entrée, lorsque le rideau de filet fut écarté et qu'un animal pénétra dans la chambre.

Son cœur battait la chamade. Elle dut se mordre la lèvre pour s'empêcher de crier quand la chose avança vers le lit, ne faisant presque aucun bruit, à part un petit crissement de gravier comprimé par un poids se déplaçant furtivement. Puis elle sentit l'odeur de gibier d'un animal carnivore.

Elle allait crier, lorsque Sean, rapide comme une vipère qui attaque, se jeta à travers la moustiquaire. Il y eut une bagarre rapide, un cri aigu. Claudia essaya de s'abriter derrière Sean pour échapper à ce danger inconnu.

– Je t'ai eu, petit couillon, dit Sean d'un ton sévère. Tu ne m'auras pas attrapé deux fois. Dis-moi maintenant que je vieillis, et je te tords le cou.

– Vous êtes jeune et beau, mon *Bwana*.

Matatu se mit à rire, et à se tortiller comme un petit chien pris par la peau du cou.

– Où étais-tu allé, Matatu ? Pourquoi as-tu été aussi long ? As-tu rencontré une jolie fille en chemin ?

306

Matatu pouffa de rire; il adorait être accusé par Sean d'exploits amoureux. Puis il se rengorgea.

– J'ai découvert l'endroit où perchent les *henshaw*. De la même façon que je peux trouver la ruche des abeilles, j'ai observé leur vol et les ai suivis jusqu'au lieu secret où ils se cachent.

– Raconte-moi.

Matatu s'accroupit dans l'obscurité, se gratta la gorge, fit quelques petits bruits de gosier pour se donner l'air important, et commença :

– Il y a une montagne ronde; on dirait le crâne d'un homme chauve. D'un côté de la montagne passe le chemin de fer, de l'autre la route.

Sean s'appuya sur un coude pour mieux écouter. De son bras libre, il encercla la taille de Claudia et la tint serrée près de lui. Elle se blottit contre Sean, écoutant la voix de fausset de Matatu.

– Il y a beaucoup d'askaris autour de la montagne, avec de gros *banduki* cachés dans des trous dans le sol...

Sean se faisait mentalement une peinture vivante de la colline fortement défendue que lui décrivait Matatu. Le long du périmètre extérieur de la base, les hélicoptères étaient retranchés dans des emplacements protégés par des sacs de sable. De même que des chars de combat dans des fortifications enterrées, ils devaient être imprenables. Mais eux, ils n'avaient qu'à décoller et se mettre en vol stationnaire à quelques pieds au-dessus du sol, pour mettre en action leurs canons Gatling dévastateurs et leurs roquettes.

– ... A l'intérieur du cercle des *henshaw*, il y a beaucoup de camions-citernes, et des hommes blancs en salopette qui grimpent à bord des *henshaw* et regardent dedans tout le temps.

Matatu décrivait les ateliers mobiles, les citernes à essence, et les mécaniciens et techniciens russes employés au service des hélicoptères. D'après les manuels, les besoins du Hind en entretien étaient considérables, et les gros moteurs Isotov engloutissaient beaucoup de carburant.

– Matatu, as-tu vu des wagons-citernes sur la voie de chemin de fer, près de la base ?

– Je les ai vues, ces grosses citernes rondes pleines de bière. Les hommes qui montent dans les *henshaw* doivent avoir très soif.

Bien des années auparavant, à l'occasion d'une de ses rares visites à la ville avec Sean, Matatu avait vu une citerne à bière déchargeant son contenu devant le plus grand café de Harare. Il avait été si impressionné que, depuis ce jour, il croyait que les citernes, quels que soient leur type et leur dimension, contenaient toutes de la bière.

L'idée fixe du petit bonhomme fit sourire Sean. Il était évident que le carburant des hélicoptères venait de Harare par le rail dans des wagons-citernes, et était transvasé ensuite dans des camions-citernes plus petits. C'était amusant de penser que l'essence provenait certainement d'Afrique du Sud. Autre point : si l'escadrille d'hélicoptères stockait son carburant dans l'enceinte même du camp retranché, elle prenait un risque sérieux. C'était une chose à garder en mémoire.

Matatu resta au bord du lit pendant près d'une heure, tandis que Sean tirait patiemment de lui tous les détails possibles sur les hélicoptères. Matatu était certain qu'il y en avait onze sur leurs emplacements, ce qui correspondait à sa propre estimation. Des douze d'origine, un avait été détruit dans la collision avec l'Hercules.

Matatu était sûr également que seulement neuf des appareils volaient effectivement. Caché sur un monticule voisin, il avait observé leur sortie de leur retranchement à l'aube, leur retour pour refaire le plein d'essence dans la journée, et le soir pour rentrer au bercail. Sean savait que Matatu comptait correctement jusqu'à vingt ; ensuite, il devenait vague, parlait de « beaucoup » ou d'une « grande quantité ».

Sean était maintenant à peu près certain que deux hélicoptères étaient en panne, probablement dans l'attente de pièces de rechange. Le compte de Matatu, neuf appareils opérationnels, lui paraissait correct. C'était encore une force formidable, suffisante pour modifier l'issue de la bataille imminente, à moins d'être rapidement mise hors de combat.

Lorsqu'il eut terminé son récit, Matatu demanda avec simplicité :

— Maintenant, mon *Bwana*, que voulez-vous que je fasse ?

Sean réfléchit en silence. Il pouvait faire revenir Matatu de la brousse où il vivait caché, et le prendre officiellement comme pisteur dans la troupe des Shanganes qu'il allait commander. Mais il sentait qu'il vaudrait mieux le laisser loin du froid regard de reptile de China.

— Tu es ma carte secrète, dit-il en anglais et ensuite en swahili. Je veux que tu restes caché. Il faut que personne ici ne te voie, sauf Job et moi.

— J'ai bien compris, mon *Bwana*.

— Viens me voir chaque nuit comme tu l'as fait cette nuit. Je te donnerai des vivres et je te dirai quoi faire. Entre-temps, regarde et dis-moi ce que tu as vu.

Matatu s'en alla silencieusement. Ils n'entendirent qu'un léger frottement sur le rideau de l'entrée lorsqu'il l'écarta pour sortir.

— Comment se débrouillera-t-il ? s'inquiéta Claudia. J'ai peur pour lui. Il est si gentil.

— De nous tous, il est certainement le plus apte à survivre.

– Je n'ai plus sommeil, dit Claudia en se pelotonnant contre Sean.

Beaucoup plus tard, elle soupira :

– Je suis très contente que Matatu nous ait réveillés.

Il faisait encore presque nuit le lendemain lorsque Sean tira la couverture de Job.

– Au boulot, mon vieux.

Pendant que Job laçait ses souliers, il lui raconta sa conversation avec le général. Job se mit à rire :

– Vous voulez dire que nous sommes passés instructeurs ? Tout ce que nous savons de ces Stinger, c'est ce que nous avons lu dans les manuels.

– Il faudra que ça change. Plus vite nous aurons mis les Shanganes au travail, plus vite nous sortirons de ce foutoir.

– C'est ce que China vous a dit ?

– Mettons Ferdinand et ses gars en action, dit Sean avec brusquerie pour dissimuler ses propres doutes. Nous formerons des équipes de deux hommes, l'un qui manœuvrera le lanceur, l'autre qui transportera les missiles en supplément. Évidemment, le numéro deux doit pouvoir prendre la suite si le numéro un est mis hors de combat.

Sean sortit son carnet de sa poche, approcha la bougie et commença à écrire à sa faible clarté.

– Quand pensez-vous qu'Alfonso sera de retour ?

– Peut-être aujourd'hui, si jamais il revient.

– Il est le meilleur de tout le lot.

– Ferdinand n'est pas mal non plus.

Sean inscrivit leurs deux noms en haut de la page, comme chefs de section.

– Maintenant, il faut trente noms pour les équipes. Donnez m'en quelques-uns.

C'était comme autrefois, lorsqu'ils travaillaient ainsi ensemble. Sean commençait à y prendre plaisir. Lorsqu'il fit grand jour, ils rassemblèrent les hommes qui étaient revenus à bord de l'Hercules de Grand Reef, à part les deux blessés. Il en restait dix-huit sous les ordres de Ferdinand, que Sean promut immédiatement sergent. Il en fut payé par un large sourire, et un salut plein de panache dont la vigueur faillit faire perdre l'équilibre à Ferdinand.

Il fallait trouver quelque chose pour les occuper pendant que Job et lui s'instruisaient à toute allure du fonctionnement des Stinger.

— Sergent! Voyez-vous cette colline là-bas?

Elle était à peine visible à travers les arbres.

— Prenez vos hommes pour en faire le tour, et soyez revenus ici dans deux heures. Armes et paquetage complet.

En regardant le détachement s'éloigner au pas de gymnastique, Sean ajouta :

— Si Alfonso n'arrive pas ce soir avec ses hommes, nous devrons trouver des remplaçants. Je ne pense pas que ce soit un problème. China veillera à ce que nous ayons les meilleurs. En ce moment, nous sommes en tête de liste de ses chouchous.

— Eh bien, proposa Job, mettons-nous à ces manuels. Je n'ai pas potassé depuis la fac. Je ne m'attendais pas à ça!

Claudia les rejoignit dans l'abri enterré. Elle les aida à faire un tri dans les épaisses notices, à choisir, à éliminer un tas de données techniques dont ils n'avaient pas besoin, de même que les instructions qui ne s'appliquaient pas à l'emploi des missiles à cette altitude et sur ce terrain. Deux heures après avoir commencé, ils avaient réduit la masse des informations à un mince volume facile à utiliser. Sean se leva.

— Parfait. Trouvons maintenant un endroit pour nous entraîner.

Ils choisirent un emplacement à quelques centaines de mètres en aval de leur abri, où le flanc d'un monticule formait un amphithéâtre naturel. Les grands acajous du bord de l'eau étendaient au-dessus leurs branches, les mettant à couvert d'une attaque inopinée des Hind. Lorsque, baignés de sueur, Ferdinand et sa section revinrent de leur petite promenade, Sean les mit au travail, qui consistait à débarrasser l'amphithéâtre des broussailles, et à creuser des trous individuels pour s'y abriter si un raid aérien devait interrompre la classe.

Quand ils eurent ouvert la première caisse, Sean constata que le bloc d'alimentation était déchargé. Chaque caisse contenait un petit chargeur. Sous la conduite de Job, l'équipe de Ferdinand transporta tous les blocs au central de transmissions. Sur l'ordre du général, priorité leur fut donnée pour l'utilisation du générateur portatif de quinze kilowatts. Sean avait connecté les blocs par lots de cinq, mais il faudrait vingt-quatre heures avant qu'ils soient tous rechargés.

Cela fait, ils portèrent l'appareil d'entraînement et un des lanceurs de missile sur une console de fortune fabriquée par Ferdinand et placée dans l'école de plein air sous les arbres. Tandis que Claudia lisait à haute voix le manuel d'instruction, Sean et Job démontaient et remontaient le matériel afin d'être entièrement familiarisés avec lui.

Sean fut soulagé et satisfait de constater que, à l'exception de

310

l'IFF, le fonctionnement de l'ensemble n'était pas beaucoup plus compliqué que celui du lance-roquettes RPG-7. Ainsi que Job le fit remarquer, le RPG-7 faisait tellement partie de l'arsenal de la guérilla que n'importe qui dans la division de China pouvait le charger et le verrouiller par nuit noire.

– De toute façon, constata Sean, nous n'avons pas besoin de l'IFF. Tout ce qui vole dans ce ciel, en dehors des oiseaux, est un ennemi.

L'IFF était un dispositif qui interrogeait l'objectif, l'identifiant comme un ami ou ennemi grâce au transducteur placé ou non à bord de l'aéronef, et empêchant le lancement du missile contre un appareil ami.

Claudia trouva le chapitre traitant de l'IFF. Sur ses indications, ils neutralisèrent celui-ci ; ainsi le Stinger était transformé en une arme qui attaquerait n'importe quel objectif contre lequel il serait dirigé.

Sans l'IFF, la séquence des opérations est simple. L'objectif est amené sur le petit écran du viseur, et le dispositif de sécurité, au-dessus de la poignée-pistolet, est désengagé avec le pouce. Le système est activé en appuyant sur le bouton au revers de la poignée-pistolet, ce qui déclenche la mise en route du gyroscope de navigation, et laisse s'échapper un flux de fréon destiné au refroidissement des détecteurs d'infrarouge. L'émission infrarouge de l'aéronef est concentrée sur la cellule détectrice de la tête du missile. Dès que cette radiation est assez concentrée pour que le missile se dirige vers sa source, le stabilisateur gyroscopique se débraie.

Pour lancer le missile, l'opérateur appuie sur la détente de la poignée-pistolet, ce qui actionne le moteur électrique d'éjection. Le missile est expulsé du lanceur à travers l'obturateur peu résistant de celui-ci, jusqu'à une distance de sécurité d'environ huit mètres, afin de protéger l'opérateur des gaz d'échappement du missile. Là, le moteur à carburant solide est mis à feu, l'engin accélère jusqu'à prendre une vitesse quadruple de celle du son, et se dirige vers la cible, guidé non par l'opérateur, mais par son propre système de navigation.

Avec la cassette particulière destinée à l'attaque du Hind, le missile passe automatiquement au mode « bicolore », lorsqu'il est à cent mètres de la source du rayonnement infrarouge. A cette distance, il ne se dirige plus vers l'infrarouge émis par les suppresseurs d'échappement du moteur, mais sur les émanations beaucoup plus faibles d'ultraviolet provenant de l'admission d'air de ce moteur.

– Même un Shangane serait capable de lancer un de ces engins, dit Job.

– Attention! Votre racisme tribal de Matebele montre le bout de l'oreille.

– C'est ainsi. Lorsqu'on est génétiquement supérieur, il n'y a aucune raison d'essayer de le cacher.

Ils lancèrent tous deux un regard sur Claudia, qui ne leva même pas les yeux du manuel pour dire avec le plus grand calme :

– Vous perdez votre temps, messieurs les sectaires. Cette fois-ci, vous n'arriverez pas à me faire sortir de mes gonds.

– Sectaire! (Job savoura l'épithète.) C'est la première fois que quelqu'un m'appelle ainsi. J'adore ça.

– Trêve de plaisanteries, les interrompit Sean. Occupons-nous de l'appareil d'entraînement.

Lorsqu'ils eurent branché un des blocs d'alimentation maintenant rechargé, et vérifié le montage de l'appareil d'entraînement, Sean donna son point de vue :

– Avec ce machin, il ne faudra que quelques jours aux gars pour passer à l'action.

Une fois la microcassette insérée dans le dispositif de contrôle de l'entraînement, sur l'écran du lanceur apparaissait l'image du Hind, que l'instructeur pouvait placer dans diverses configurations de vol : montée, descente, vol latéral, vol stationnaire. Ce faisant, il observait les réactions de l'élève essayant d'acquérir sur son propre écran l'image de l'aéronef fantôme, et de l'attaquer avec un missile également fantôme.

Sean et Job se mirent à jouer avec l'appareil comme deux gosses, effectuant avec l'image des manœuvres compliquées. Job s'amusait énormément.

– Ce qu'il nous faudrait, dit-il, c'est un idiot du village, qui jouerait pour nous le rôle de l'élève shangane.

A nouveau, ils tournèrent les yeux vers Claudia, toujours assise à la table, étudiant le manuel.

– Un idiot du village? dit-elle. Je vais vous montrer ce que c'est. Donnez-moi le lanceur.

Elle se leva, plaça le lanceur en équilibre sur son épaule. Le lourd engin semblait l'écraser. Elle avait tourné en arrière sa casquette de camouflage, dont la visière se projetait sur sa nuque, lui donnant l'air d'une gamine ou d'une joueuse de base-ball.

– Prête? l'interrogea Sean.

– Envoyez! dit-elle en se concentrant sur l'écran.

Sean et Job échangèrent des sourires supérieurs.

– Le voici, jeta brusquement Sean. Verrouillez et chargez.

Il amena le Hind fantôme dans une attaque de front à cent-cinquante nœuds.

– Verrouillé et chargé, répondit Claudia.

Sur leur écran, ils virent la réplique du cercle de visée du lanceur de missile monter lentement et se centrer sur l'hélicoptère.

312

– Appareil activé, annonça-t-elle d'un ton calme.

Une seconde plus tard, le lanceur émit un grondement, qui se transforma en une plainte aiguë et continue, tel un moustique en furie.

– Objectif acquis, murmura Claudia.

Le Hind était à six cents mètres, se rapprochant rapidement, grossissant à vue d'œil dans le viseur.

– Feu!

Ils virent clignoter une lampe rouge, puis une verte, ce qui indiquait le démarrage du moteur du missile fictif. Presque aussitôt, l'image du Hind disparut de l'écran, remplacée par les mots : « Objectif détruit! Objectif détruit! »

Un profond silence s'ensuivit. Job se râcla nerveusement la gorge.

– Un coup de chance, dit Sean. On recommence?

– Envoyez! répéta Claudia, concentrée de nouveau sur l'écran.

– Le voici. A six heures. Verrouillez et chargez.

Cette fois-ci le Hind était exactement derrière elle, à la hauteur du sommet des arbres. Elle avait trois secondes pour réagir.

– Verrouillé et chargé.

Elle pirouetta comme une danseuse et réussit à placer l'image dans le cercle du viseur.

– Appareil activé.

Sur quoi, Sean mit le Hind en vol latéral et montant, lui conférant un déplacement dans les trois plans. C'était comme si l'on cherchait à atteindre un oiseau dans un coup de vent de travers.

Stupéfaits, ils virent sur leur écran que Claudia suivait sans à-coups l'image, la gardant exactement au centre du cercle de visée.

– Objectif acquis. Feu!

« Objectif détruit! Objectif détruit! »

– Deux fois de suite, murmura Job, ce n'est plus un coup de chance.

Claudia posa le lanceur sur la table, remit sa casquette à l'endroit et, les poings sur les hanches, leur adressa un aimable sourire.

– Il me semble t'avoir entendu dire que tu ne savais pas tirer.

– Comment la fille de Riccardo Monterro pourrait-elle ne pas savoir tirer?

– Mais tu t'opposes à grands cris aux sports sanguinaires.

– Certes. Je n'ai jamais tiré sur une créature vivante. Mais je suis très forte aux pigeons d'argile. Papa m'a appris.

– J'aurais dû m'en douter quand tu as dit « Envoyez ».

– Si ça t'intéresse de le savoir, ajouta-t-elle en examinant d'un air détaché les ongles de sa main droite, j'ai été championne féminine de ball-trap d'Alaska trois années de suite, et seconde au championnat national en 1986.

Job hocha la tête.

— Elle vous a bien eu et vous avez marché les yeux fermés.

— Très bien, miss Alaska, dit Sean en prenant un air sévère, tu es si calée que tu viens de te qualifier pour le poste d'instructeur. A partir de maintenant, tu es chargée de ce simulateur. Job et moi, nous prendrons chacun la moitié des Shanganes pour leur donner les éléments de base. Ensuite nous te les passerons pour l'entraînement au tir simulé. Cela accélérera le processus.

L'arrivée du général China les interrompit.

— Dans combien de temps commencerez-vous à former les gens ? J'espérais que vous seriez plus avancés.

Sean savait qu'il était inutile d'essayer de lui expliquer quoi que ce soit.

— Nous avancerons plus vite si on ne nous dérange pas, rétorqua-t-il.

— Je suis venu vous avertir que le Frelimo a lancé son offensive. Ils arrivent en force du sud et de l'ouest pour nous prendre en tenaille, et essayer de nous chasser de ces montagnes, loin du fleuve, dans un terrain plus découvert où ils pourront déployer leurs blindés et mieux utiliser leurs hélicoptères.

— Ainsi, ils vous foutent une raclée, lança Sean avec un petit ricanement discret.

China accusa le coup seulement par un éclair dur dans ses yeux.

— Nous reculons. Dès que mes hommes tentent de les arrêter en quelque place forte naturelle, ils font intervenir les Hind. Les pilotes russes ont appris la tactique de soutien rapproché dans les montagnes de l'Afghanistan ; ils écrasent tout simplement nos défenses. Ce n'est pas agréable d'entendre mes commandants sur le terrain appeler à l'aide par radio et de ne rien pouvoir faire. Quand pourrai-je leur envoyer les Stinger ?

— Dans deux jours.

— Pas avant ? Vous ne pouvez pas accélérer ? Je veux que vous me donniez immédiatement au moins une équipe entraînée. Quelque chose pour riposter.

— Ça, général China, ce serait d'une stupidité crasse. Avec le respect que je vous dois. (Du respect, le ton de Sean n'en montrait guère.) Si vous déployez les Stinger un à un, vous donnez un fameux tuyau aux équipages des Hind.

— Que voulez-vous dire ?

— Ces pilotes russes ont fait la connaissance des Stinger en Afghanistan, vous pouvez en être certain. Ils regarderont dans les manuels et y trouveront toutes les contre-mesures. Pour le moment, ils sont fort heureusement persuadés qu'ils sont les maîtres du ciel. Leur garde est largement ouverte. Mais si vous laissez s'envoler un seul Stinger, tout changera. Vous aurez peut-être descendu un hélicoptère, le reste de l'escadrille vous attendra de pied ferme.

L'expression glaciale du visage de China se radoucit ; il parut perplexe.

— Alors, colonel, que proposez-vous ?

— Les descendre tous à la fois avec tous les missiles.

— Quand ? Où ?

— Quand et où ils ne vous attendront pas. Une attaque par surprise de leur camp retranché, à l'aube.

— Leur camp retranché ? Nous ne savons pas où ils se trouvent durant la nuit.

— Si, nous le savons. Je l'ai déjà localisé. Je vais former Alfonso et Ferdinand, et préparer le raid qu'ils feront. Donnez-moi deux jours, ils seront prêts.

China réfléchit comme s'il s'attendait à voir apparaître les redoutables silhouettes bossues.

— Deux jours, finit-il par admettre.

— Deux jours. Et lorsque vos équipes de lanceurs seront entraînées, et prêtes à lancer le raid, vous nous laissez partir, moi et les miens. C'est la condition que j'y mets.

— Il y a des forces du Frelimo entre ici et la frontière, rappela China.

— Je prends le risque. C'est mon marché. Me donnez-vous votre parole ?

— Très bien, colonel. Je suis d'accord.

— C'est parfait. Maintenant, quand pensez-vous qu'Alfonso et ses hommes nous rejoindront ?

— Ils ont déjà atteint nos lignes. Je les attends dans une heure environ. Mais ils vont être épuisés : ils se sont battus presque sans arrêt pendant vingt-quatre heures.

Ils finirent par arriver, ils avançaient péniblement en titubant, comme un boxeur poids lourd après dix rounds d'un dur combat. Leur tenue de camouflage était raide de boue, leur visage gris d'épuisement.

Pendant que ses hommes s'écroulaient sur le sol de l'amphithéâtre et s'endormaient sur place, Alfonso racontait à Sean sans fioritures la retraite depuis Grand Reef jusqu'à la mission Sainte-Marie, puis dans le défilé de Honde Valley, où ils avaient abandonné l'Unimog pour revenir au Mozambique à pied.

— La brousse est pleine de gens du Frelimo, et l'air plein de *henshaw*. (Il s'arrêta un instant pour essuyer son visage avec un foulard crasseux.) Ce sont des sorciers, ils peuvent parler dans le ciel. Ils nous injurient en langue shangane. Ils nous disent qu'ils ont des pouvoirs magiques pour changer en eau nos balles et nos roquettes.

Sean (opina) d'un air lugubre. Les Russes utilisaient sans doute des haut-parleurs pour démoraliser les défenseurs du Renamo. c'était encore une ruse apprise en Afghanistan.

— Tout le long des lignes, nos hommes sont taillés en pièces, ou bien ils s'enfuient. On ne peut pas tenir contre les *henshaw*.

— Si, vous le pouvez sacrément bien. Je vais vous montrer comment. Réveillez vos hommes; ils auront tout le temps de dormir plus tard, quand nous aurons balayé le ciel de ces salauds de Russes.

lead-swingers

Sean et Job avaient vécu avec ces gens, étaient allés au combat avec eux. Ils avaient appris à bien les connaître, et s'étaient fait une idée assez exacte de la valeur et des capacités de chacun d'entre eux. Ils savaient que dans leur groupe, il n'exitait pas de lâches ni de (tireurs au flanc.) Cependant, il y avait ceux que Job appelait « les bœufs », ceux qui étaient forts et bêtes, le muscle et la chair à canon. Quant aux autres, leurs facultés d'adaptation étaient de degrés divers.

Ils les partagèrent en deux groupes, puis concentrèrent leurs efforts sur les meilleurs sujets de chaque équipe, après avoir rapidement repéré ceux capables de traduire en termes précis de forme et de dimension ce qu'ils voyaient sur l'écran de visée. Au bout de trois heures de travail, ils en avaient sélectionné vingt ayant la possibilité d'assimiler rapidement la formation indispensable et de devenir le numéro un de l'équipe, et vingt autres susceptibles de remplir le rôle de second.

Les autres furent affectés au détachement qui mènerait l'assaut avec des armes classiques, lors de l'attaque que Sean projetait.

Sean prit en main la moitié de ceux à former, Job l'autre moitié, et ils se mirent à la tâche fastidieuse consistant à les familiariser avec leur arme. Chaque élève à tour de rôle s'entraîna à la démonter et remonter, à verrouiller et charger, à viser avec le lanceur; il devait expliquer au reste de la classe ce qu'il faisait. Lorsqu'il commettait une erreur, Sean ou Job le reprenait, sous (les quolibets) de ses collègues.

A la fin de l'après-midi, un premier groupe de cinq hommes, dont Alfonso et Ferdinand, furent envoyés à Claudia pour le tir simulé avec l'appareil d'entraînement. Alfonso réussit trois coups au but à la suite, et fut détaché comme aide de Claudia et interprète. A la tombée de la nuit, les quatre autres en avaient fait autant. Il fut décidé d'arrêter jusqu'au lendemain matin.

316

Joyful, le cuisinier, avait préparé un plat de tripes, dont l'état légèrement avancé avait été dissimulé par un accompagnement d'oignons sauvages hachés et de sauce au pili-pili. Claudia pâlit lorsque Joyful en plaça fièrement une grande assiettée devant elle. Mais sa faim surmonta son manque d'enthousiasme.

– Ça fera grossir tes petites miches maigrelettes, dit Sean pour l'encourager.

– Tu n'aimes pas mes miches ?

– Je les adore, c'est pour cela que j'en redemande toujours.

Lorsque Matatu arriva, sortant de l'ombre nocturne, Sean le gorgea de tripes, au point que son ventre devint rond comme un ballon de plage.

– Eh bien, petit glouton, lui dit-il, c'est maintenant le moment de gagner ta pitance.

Claudia et Sean le conduisirent à l'amphithéâtre plongé dans le noir où les attendait Job, qui avait déjà rassemblé les matériaux nécessaires à la fabrication d'une maquette de la base des hélicoptères. Ils se mirent à la construire, à la lumière de lampes à pétrole. Matatu, qui avait participé à ce genre de travail au temps de la guérilla, comprenait très bien ce qu'on attendait de lui. Il indiqua à Sean et Job la topographie des lieux, à l'intérieur et à l'extérieur du camp retranché, la forme de la butte, le tracé de la grande route et du chemin de fer, l'emplacement de chacun des Hind. Comme beaucoup de gens ne sachant lire ni écrire, Matatu avait enregistré tout cela dans sa mémoire, aussi nettement qu'une photographie.

Ce fut longtemps après minuit que Claudia et Sean revinrent sans bruit dans leur abri. Malgré leur fatigue, ils ne pouvaient trouver le sommeil. Étendus côte à côte sous la moustiquaire, ils causèrent longtemps. Le fait d'avoir fait allusion à son père au cours de la journée amena Claudia à parler de son enfance. En l'écoutant, Sean fut soulagé qu'elle puisse le faire avec naturel. Elle avait surmonté le choc initial et son chagrin, et évoquait le souvenir de Riccardo avec une nostalgie qui était presque un plaisir mélancolique en comparaison de la peine qui l'avait précédée.

Elle raconta à Sean comment, à quatorze ans, l'année même où sa féminité s'était épanouie, le cocon dans lequel elle vivait en sécurité avait été déchiré par le divorce dramatique de ses parents. Elle lui peignit sa solitude au cours des années qui avaient suivi, lorsqu'elle avait été séparée de son père ; et, quand ils avaient été à nouveau réunis, le débordement d'un amour conflictuel entre eux.

– Voilà, dit-elle, pourquoi je suis une fille bizarre et complexée. Pourquoi je m'efforce d'être la meilleure en tout ce que je fais, et pourquoi je cherche toujours à protéger les opprimés. La moitié

317

du temps, j'essaie encore de mériter l'estime de papa ; l'autre moitié, je m'oppose à sa conception matérialiste et élitiste de l'existence. Je me demande vraiment de quelle façon tu vas te débrouiller avec moi.

– Ce sera toujours un plaisir pour moi. Mais te faire rester à ta place semble être un travail à plein temps.

– C'est exactement le genre de chose qu'aurait dite mon père. Toi et moi, cher monsieur, pouvons nous attendre à de rudes combats.

Ils finirent par attraper quelques heures de sommeil. Le lendemain matin, ils étaient étonnamment dispos pour reprendre, l'esprit clair, le travail où ils l'avaient laissé la veille au soir. Tandis que Claudia poursuivait l'entraînement des derniers élèves sur le simulateur, Sean expliquait à Job son plan d'attaque. Celui-ci faisait parfois une suggestion. A la fin, tout fut parfaitement au point : la marche d'approche, l'attaque, la retraite, ainsi que les modifications au plan au cas où quelque chose irait de travers.

– Bien, conclut Sean, racontons ça maintenant à nos gars.

Les soldats shanganes écoutèrent avec une attention soutenue Sean et Job leur décrire la manière dont devait se dérouler le raid. Ces derniers utilisaient des galets de la rivière pour figurer les diverses unités du détachement, les disposant autour de la base à attaquer. Lorsque l'exposé fut terminé, Sean replaça les éléments de la maquette dans leur position initiale et, s'adressant à Alfonso :

– Maintenant, sergent, décrivez de nouveau l'attaque.

Cinq fois, ils recommencèrent, chacun des chefs d'équipe passant à son tour sur la sellette. Chaque fois, la destruction des Hind souleva des acclamations enthousiastes. A la fin de la cinquième démonstration, le sergent Alfonso se leva et s'adressa à Sean au nom de toute l'unité :

– *Nkosi Kakulu*, commença-t-il.

Jamais auparavant, il n'avait utilisé cette appellation envers Sean. Elle était généralement réservée aux chefs de tribu de très haut rang. Sean fut parfaitement conscient de l'honneur qu'il lui faisait : elle prouvait qu'il avait gagné le respect et la fidélité de ces fiers et rudes guerriers.

– ... Grand chef, vos enfants sont troublés. (Un murmure d'approbation s'éleva.) Dans tout ce que vous avez dit de la bataille, vous ne nous avez pas assurés que vous seriez là pour nous conduire et nous mettre le feu au ventre, comme vous avez fait à Grand Reef. Dites à vos enfants, *Nkosi Kakulu*, que vous serez avec eux au milieu des combats, et qu'ils vous entendront rugir comme le lion quand les *henshaw* tomberont en flammes, et que les babouins du Frelimo s'enfuiront en criant comme des vierges effarouchées.

– Vous n'êtes pas mes enfants, répondit Sean. Vous êtes des hommes, comme vos pères étaient des hommes avant vous. (Il ne pouvait leur faire un plus grand compliment.) Vous n'avez pas besoin de moi pour vous aider à le faire. Je vous ai enseigné tout ce que je savais. Le temps est venu pour moi de vous quitter. Cette bataille est la vôtre. Je dois partir, mais je serai toujours fier d'avoir été votre ami, et d'avoir combattu à vos côtés, comme des frères.

Il y eut une légère rumeur de protestation. Ils se mirent à hocher la tête et à parler entre eux à voix basse. Sean fit demi-tour pour s'éloigner, lorsqu'il s'aperçut que le général China était là, entouré d'une douzaine d'officiers et d'hommes de sa garde personnelle.

– Je vois que vos préparatifs sont terminés, colonel Courtney.

– Oui, tout est prêt, général.

– Voudriez-vous récapituler votre plan, s'il vous plaît, à mon profit.

Sean fit avancer le sergent Alfonso.

– Décrivez-nous le raid une fois encore, ordonna-t-il.

Le général China, debout devant la maquette, les mains serrant la badine derrière son dos, regardait de ses yeux vifs et brillants, interrompant de temps à autre.

– Pourquoi n'utilisez-vous que la moitié des missiles ?

– Le détachement du raid doit traverser les lignes du Frelimo sans être détecté. Les missiles sont lourds et encombrants. En emporter plus serait superflu et donnerait plus de risque de se faire repérer par le Frelimo. (China approuva d'un signe de tête.) Vous devez penser aussi à l'éventualité d'un échec du raid. Si cela arrive, et si vous avez joué tous vos Stinger sur un seul coup de dés...

– Oui, bien sûr, c'est plus sage de garder la moitié des missiles en réserve. Si le raid échoue, nous ne serons pas entièrement démunis. Continuez.

Alfonso exposa le plan dans son déroulement, montrant sur la maquette comment les équipes de missiles prendraient position, et demeureraient cachées à cinq cents mètres du périmètre du camp retranché, deux équipes en face de chaque emplacement défendu par des sacs de sable.

Au signal d'une fusée rouge, la section d'assaut attaquerait en force, tirant au lance-roquettes RPG-7 sur tous les wagons-citernes susceptibles de se trouver sur l'embranchement de la voie ferrée, tirant au mortier sur l'intérieur de la base, et lançant un assaut frontal à la périphérie sud.

– Les *henshaw* seront effrayés, expliqua Alfonso. Ils essaieront de prendre l'air. Mais il y aura un moment où, quand ils s'élèveront du sol, ils seront encore assez bas, immobiles, comme le faucon plane avant de fondre sur sa proie. C'est à ce moment que nous les descendrons.

China et Sean discutèrent de tous les aspects du plan, jusqu'à ce que le général soit satisfait.

— Alors, quand vous mettez-vous en route ?

— Vous persistez à dire « vous », le reprit Sean. Je n'ai plus rien à faire avec cela. Alfonso mènera l'attaque. Ils partiront cet après-midi, deux heures avant la fin du jour, traverseront de nuit les lignes du Frelimo, se mettront à couvert demain dans la journée pour lancer l'attaque demain soir.

— Très bien. Maintenant je vais leur parler.

C'était un orateur entraînant, reconnut Sean, en écoutant China rappeler les conséquences d'une victoire du Frelimo, et les exhorter à faire preuve de courage. Lorsqu'il se tut, leurs yeux brillaient d'ardeur patriotique. Ensuite le général poursuivit :

— Vous êtes des guerriers. Je désire vous entendre chanter le chant de combat du Renamo.

La forêt résonna de leur chœur d'une prenante beauté. Sean se rendit compte que l'émotion voilait de brume ses yeux. Il n'avait pas réalisé, avant d'être maintenant sur le point de les quitter, combien ces hommes comptaient pour lui. La voix du général China l'arracha à ses pensées.

— Colonel, j'aimerais vous parler en privé. Veuillez venir avec moi.

Sean s'excusa d'un mot auprès de Job et Claudia.

— Faites encore faire à chacun un exercice de simulateur.

Il suivit China. Ils prirent la direction du blockhaus de commandement. Sean ne remarqua pas que le garde du corps du général demeurait sur place, près de l'amphithéâtre.

Lorsqu'ils furent dans l'abri du quartier général, China introduisit Sean dans son bureau où du thé les attendait. Sean savoura la première gorgée brûlante et demanda :

— Que vouliez-vous me dire ?

China lui tournait le dos, étudiant la carte sur laquelle des épingles de couleur indiquaient le développement de l'offensive du Frelimo. Il ne répondit pas. Sean se mit à boire à petites gorgées et attendit sans insister.

Un opérateur sortit de la pièce où se trouvait le poste de radio et remit à China un message. En le lisant, le général poussa une exclamation de mécontentement teinté d'anxiété, et déplaça sur la carte plusieurs épingles de couleur. Le Frelimo avait effectué une percée à l'ouest, il approchait inexorablement.

— Nous n'arrivons pas à le contenir, fit China sans tourner la tête.

A ce moment, un de ses gardes du corps entra dans la pièce, et murmura quelque chose à l'oreille du général. Sean crut entendre le mot « américaine ». Sa curiosité fut aiguisée. China eut un petit sourire. Après avoir renvoyé l'homme, il s'adressa enfin à Sean.

— Ça ne marchera pas, dit-il.

— Qu'est-ce qui ne marchera pas?

- L'attaque telle que vous l'avez prévue.

— A la guerre, rien n'est certain, ainsi que vous devriez le savoir, général. Mais je ne suis pas d'accord; les chances de succès de mon plan sont d'environ soixante pour cent. Ce n'est pas mal.

— Elles seraient nettement plus élevées, peut-être de quatre-vingts pour cent, si vous meniez l'attaque, colonel Courtney.

— Je suis flatté. Mais c'est une hypothèse d'école. Je ne la mènerai pas, je rentre chez moi.

— Non, colonel, vous menez l'attaque.

— Nous avions conclu un marché.

— Un marché? Ne soyez pas naïf. Je conclus un marché, et je le romps quand c'est nécessaire. Et je crains que ce soit nécessaire.

Sean se dressa, le visage pâle comme de la cire. Malgré sa fureur, il réussit à ne pas élever la voix.

— Je m'en vais. J'emmène mes gens et je m'en vais maintenant. Immédiatement. Il faudra me tuer pour m'en empêcher.

China tapota son oreille sourde, et sourit de nouveau.

— Cette idée ne manque pas d'intérêt, je vous assure. Mais je ne pense pas que nous en viendrons là.

— Nous verrons.

Sean repoussa du pied le tabouret sur lequel il était assis, tourna les talons et sortit.

— J'attends votre retour, affirma China avec calme.

Sean, sans répondre, sortit du blockhaus au grand soleil, et se dirigea à grands pas vers le fleuve. C'est en arrivant à l'amphithéâtre qu'il s'aperçut que tout allait vraiment mal.

Les Shanganes étaient restés assis à leur place, figés. Ils semblaient n'avoir pas bougé depuis tout à l'heure. Les traits d'Alfonso semblaient taillés dans de la roche noire; ils étaient sans expression, à part le masque de stupidité délibérée derrière lequel l'Africain se retranche contre les forces vis-à-vis desquelles il n'a pas d'autre moyen de défense.

Job était étendu en travers de la table, au centre de l'amphithéâtre. Sa vareuse était couverte de poussière, sa casquette gisait à terre. Il dodelinait de la tête, l'air hagard, et du sang coulait goutte à goutte de son nez. Sean courut à lui.

— Que s'est-il passé?

Job le regarda, essayant de mettre au point sa vision. Il avait été brutalement frappé. Ses lèvres gonflées étaient meurtries, sa bouche pleine de sang. Un de ses sourcils était ouvert d'une profonde entaille qui saignait le long de son nez. Il avait sur le front une bosse ressemblant à un fruit trop mûr, le lobe de ses oreilles était déchiré. Sean le saisit à l'épaule :

— Job, au nom du ciel... Qui ?

— J'ai essayé de les empêcher ! J'ai essayé.

Sean voulut le faire asseoir, mais Job repoussa sa main, et dit :

— Claudia.

La peur glaça soudain Sean. Il regarda de tous côtés, éperdu.

— Claudia ! Où est-elle, Job ? Que s'est-il passé ?

— Les gorilles de China. Ils l'ont emmenée.

Sean saisit le pistolet dans l'étui de son ceinturon, sa main se crispa sur la poignée.

— Où est-elle, Job ?

— Je ne sais pas. (Job essuya son visage de la paume de sa main et regarda le sang qui la tachait.) J'étais sans connaissance, je ne sais pas depuis combien de temps.

— China, espèce de salaud mange-merde, tu vas crever !

Sean se retourna, prêt à foncer sur le blockhaus du quartier général.

— Sean, réfléchissez d'abord ! lui lança Job d'une voix pressante.

Sean s'arrêta net. Si souvent, Job l'avait sauvé avec ces deux mots « Réfléchissez d'abord ». Il lui fallut un immense effort de volonté ; cependant, au bout de quelques secondes, il était arrivé à surmonter sa rage de tuer.

— Les manuels, Job, ordonna-t-il. Brûlez-les !

Job cligna des yeux pour mieux le voir à travers le sang qui gouttait du sourcil fendu.

— Brûlez les manuels ! répéta Sean. C'est une assurance, mon vieux. Nous seuls les connaissons.

Le visage de Job s'éclaira.

— Et les cassettes ! s'écria-t-il.

— Vous avez raison. Donnez-les-moi.

Tandis que Job remettait les cassettes dans leur boîte de rangement, Sean allait vers Alfonso, assis au premier rang de l'amphithéâtre, et décrochait de sa ceinture une grenade au phosphore.

Travaillant vite, il se mit à fabriquer un dispositif d'auto-destruction à l'intérieur de la boîte des cassettes. Pour ce faire, il fixa à la goupille de la grenade l'anneau de la dragonne de son pistolet, et déposa la grenade au milieu de la boîte. Avec la pointe d'une baïonnette, il perça un trou dans le couvercle de la boîte, par lequel il fit passer la dragonne. Lorsque la boîte fut bien fermée, il attacha solidement la dragonne à son poignet.

« Que China essaie de me les reprendre ! » se dit-il en ricanant. Si quelqu'un voulait lui arracher la boîte, ou si lui-même la laissait tomber, la dragonne arracherait la goupille. Non seulement la boîte serait détruite, mais également toute personne à proximité. Il attendit que Job ait mis le feu au tas de manuels d'instruction.

— Restez ici, lui ordonna-t-il. Assurez-vous qu'ils soient entièrement réduits en cendres.

Ensuite, portant la boîte de cassettes, il retourna au blockhaus de commandement.

— Je vous avais dit que vous reviendriez, l'accueillit China, avec un sourire glacial et sardonique qui s'effaça lorsqu'il vit la boîte que portait Sean, et la dragonne enroulée autour de son poignet. Sean mit la boîte sous le nez de China.

— Voici l'escadrille des Hind, China. Sans ce qu'il y a là-dedans, vos Stinger ne servent à rien.

Le regard de China se porta vers l'entrée de son abri.

— N'y pensez pas une seconde, l'avertit Sean. Il y a une grenade dans la boîte, une grenade au phosphore. Cette dragonne est attachée à la goupille. Si je laisse tomber la boîte, par exemple si je meurs subitement, ou si quelqu'un veut me la prendre, cela fera un joli petit feu d'artifice.

Ils se fusillèrent du regard, de part et d'autre du bureau.

— Nous voici donc dans une impasse, colonel.

Le sourire de China était revenu, encore plus froid et plus dangereux que ne l'avait jamais vu Sean.

— Où est Claudia Monterro?

Élevant la voix, le général appela un planton du poste central de radio.

— Allez chercher la femme!

Ils attendirent, tous deux sur le qui-vive, chacun surveillant les mouvements de l'autre.

— J'aurais dû penser aux cassettes, dit China sur le ton de la conversation. C'était une bonne idée, colonel. Très bonne. Vous voyez pourquoi je désire que vous meniez l'attaque.

— Puisque nous abordons ce sujet, répliqua Sean, j'ai également brûlé les manuels d'instruction. Nous ne sommes que trois – Claudia, Job et moi – qui savons comment marche le Stinger.

— Et les Shanganes, Alfonso, Ferdinand?

— Absolument pas, China. Ils savent le lancer, mais n'ont absolument aucune idée de la programmation des microprocesseurs. Vous avez besoin de nous, China. Sans nous, les Hind vont vous tomber dessus, et vous ne pourrez rien faire contre eux. Alors, ne vous foutez pas de moi. J'ai votre survie entre les mains.

Il y eut du brouhaha à l'extérieur. Tous deux tournèrent les yeux vers l'entrée. Claudia fut poussée dans la pièce. Ses mains étaient une fois de plus liées dans son dos par des menottes. Elle avait perdu sa casquette, sa chevelure tombait devant son visage et dans son cou.

— Sean! cria-t-elle en le voyant.

Elle essaya d'échapper aux mains des gardes du corps qui la tenaient et de courir à lui. Ils la retinrent, et la collèrent contre le mur de la pièce.

— Dites à vos singes de la libérer, gronda Sean.

China les en empêcha, donnant un ordre bref :

— Faites asseoir cette femme sur le fauteuil.

Ils l'obligèrent à prendre place sur le siège d'acajou massif. Sur un nouvel ordre de China, ils attachèrent solidement avec les menottes ses poignets aux bras du fauteuil.

— J'ai quelque chose à vous, colonel, et vous avez quelque chose à moi. Allons-nous conclure un accord ? proposa le général.

— Allons-y, riposta promptement Sean. A la frontière, je vous rends les cassettes.

China secoua la tête comme à regret.

— Inacceptable. Voici ma contre-proposition. Vous conduisez l'attaque de la base des Hind. Lorsqu'elle aura été un succès complet, Alfonso vous escortera à la frontière.

Sean souleva la boîte à la hauteur de sa tête. China sourit, et tira un couteau de tranchée de l'étui pendu à sa ceinture. Il avait une poignée en ivoire, et une lame de douze centimètres. Toujours avec le sourire, il prit entre ses doigts un seul cheveu de Claudia et l'arracha d'un coup sec. Le tenant entre le pouce et l'index, il le toucha à peine du tranchant de la lame. Une moitié du brin noir tomba lentement sur le sol.

— Il est bien aiguisé, dit China avec calme.

— Si vous la tuez, vous n'aurez plus rien à négocier, répondit Sean d'une voix durcie par la tension qu'il s'imposait, et qui transpirait abondamment.

— J'ai ceci pour négocier, rétorqua China en faisant un signe de tête aux gardes qui se tenaient près de la porte.

Ils firent entrer un être que Sean n'avait pas vu auparavant. Une apparition, avec une tête décharnée. Les cheveux étaient tombés par touffes, laissant des plaques noires et brillantes sur le crâne. Les lèvres racornies et écaillées montraient des dents trop blanches pour le visage en ruine.

Sur un mot de China, les gardes firent tomber la chemise en haillons qui recouvrait le corps ; c'était celui d'une femme. Il rappelait à Sean les photographies qu'il avait vues des survivants de Dachau ou de Ravensbrück. C'était un squelette, les bras et les jambes n'avaient plus de chair, les os des coudes et des genoux paraissaient grotesquement élargis.

Sean et Claudia la regardaient avec horreur, le choc de cette vision les rendait incapables de parler.

Tandis que leur attention se portait sur cette malheureuse, d'un

324

geste vif China toucha une main de Claudia de la pointe de sa lame. Elle eut un haut-le-corps, et voulut retirer sa main; mais celle-ci était retenue par les menottes. Claudia la regarda, et vit une goutte de sang rouge vif couler le long de son index et tomber sur le sol.

— Pourquoi avez-vous fait cela, espèce d'ordure? s'écria Sean.

— Ce n'est qu'une égratignure. (China, montrant la noire squelettique avec la pointe du couteau, poursuivit :) Cette émaciation extrême, ces lésions caractéristiques, permettent de diagnostiquer ce que nous, en Afrique, appelons « maladie de la maigreur ».

— Le sida, murmura Claudia, dont la voix exprima la terreur dont ce seul mot la remplissait.

Malgré lui, Sean recula, s'écartant de l'horrible spectre.

— Oui, miss Monterro, acquiesça China. Le sida à son stade final.

Il appuya légèrement la pointe de la lame sur une plaie de la femme. Celle-ci ne manifesta aucune réaction lorsqu'il en sortit un mélange de pus et de sang noir comme du goudron.

— Du sang, murmura China en en recueillant une goutte sur la lame étincelante. Du sang chaud et vivant, grouillant de virus.

Il avança le couteau en direction de Sean, qui recula encore un peu plus, en un réflexe involontaire.

— Oui, c'est une chose que le plus brave a raison de craindre, reconnut China. La mort la plus sûre, la plus lente, la plus répugnante de tous les âges.

De sa main libre, il prit le poignet de Claudia.

— Considérez cet autre sang. Le sang clair d'une belle jeune femme pleine de vie.

L'égratignure du dos de la main de Claudia était toujours à vif, mais le sang n'en coulait plus.

— Sang pour sang, dit doucement China. Sang malade pour sang sain.

Il approcha la lame souillée de la main de Claudia. Elle se raidit dans le fauteuil, tirant en silence sur les menottes, blême d'horreur et les yeux rivés sur le couteau.

— Sang pour sang, répéta China. Allons-nous les mélanger?

Incapable d'articuler un mot, Sean secouait la tête en regardant le couteau. China rapprocha la lame de la blessure, sur la peau lisse et bronzée de Claudia.

— Allons-nous le faire, colonel? C'est vous seul qui en décidez.

Soudain, Claudia poussa un hurlement, un cri de désespoir pour se délivrer de cette horreur et de sa terreur. Mais China ne broncha pas. Il ne détourna pas les yeux vers elle. La main qui tenait le couteau n'eut pas un tremblement.

— Qu'allons-nous faire, colonel Courtney?

Il appuya le plat de la lame sur le poignet de la jeune femme; une trace du sang malade souilla la peau magnifique, à quelques centimètres de l'égratignure de la main, dont China rapprocha lentement le couteau.

— Hâtez-vous, colonel. Dans quelques secondes, il sera trop tard.

Sur la peau, le couteau laissait une petite traînée brillante, comme la bave d'une limace répugnante. Inexorablement, il approchait de la blessure.

— Arrêtez! cria Sean. Arrêtez!

China souleva la lame.

— Cela signifie-t-il que nous arrivons à un accord?

— Oui. J'irai. Que le diable vous emporte!

China jeta le couteau contaminé dans un coin de la pièce. Ouvrant un tiroir de son bureau, il en sortit un flacon d'antiseptique dont il imprégna un linge et essuya soigneusement la trace de sang malade sur le bras de Claudia.

Le corps raidi de la jeune femme se détendit. Elle s'affaissa, haletante et tremblant comme un petit chat sous la pluie.

— Détachez-la, aboya Sean.

— Pas avant que nous ayons mis au point notre accord.

— Très bien. Le premier article est que ma femme vient avec moi effectuer le raid. Plus de trou rempli de rats.

China fit semblant de peser le pour et le contre avant d'accepter.

— Bon. Mais le second article est : Si vous manquez à vos engagements envers moi, Alfonso la tuera immédiatement.

— Faites venir Alfonso ici, demanda Sean. Je désire vous entendre lui donner vos ordres.

Alfonso, au garde-à-vous, écouta le visage fermé ce que lui disait China :

— Donc si l'attaque échoue, si vous êtes intercepté par le Frelimo avant d'être arrivé à la base des *henshaw*, ou si l'un de ceux-ci s'échappe...

— Non, général, interrompit Sean, un succès à cent pour cent est plus qu'on ne peut espérer. Si je peux détruire tous les Hind sauf quatre, on doit admettre que je me serai acquitté de mes obligations.

— Même quatre Hind suffiraient à assurer notre défaite. Je vous en autorise deux. Si plus de deux Hind échappent à l'attaque, votre mission aura échoué et vous devrez payer le prix. (Il se tourna vers Alfonso et poursuivit ses instructions :) Ainsi, sergent, vous obéirez à tous les ordres du colonel, vous effectuerez l'attaque exactement comme il l'a prévue. Mais si le raid échoue, si plus de deux *henshaw* s'échappent, vous prendrez immédiate-

326

ment le commandement, et votre premier devoir sera de tuer les deux blancs et leur serviteur noir... vous les tuerez immédiatement.

Alfonso battit des paupières en entendant ces consignes. Il ne tourna pas la tête vers Sean, et celui-ci se demanda si, en dépit de leurs bonnes relations, de l'amitié qui avait grandi entre eux, du fait qu'Alfonso l'avait appelé *Baba* et *Nkosi Kakulu* et lui avait demandé de mener le raid, si malgré tout cela il exécuterait un tel ordre.

Alfonso était un Africain, un Shangane et un guerrier qui avait vécu dans le sens profond de la loyauté envers la tribu, dans une tradition d'obéissance absolue à ses chefs et aux anciens.

« Oui, pensa Sean. Il aurait probablement quelques regrets, mais il le ferait sans hésitation et sans se poser de questions. »

– Parfait, China ; nous savons exactement où nous en sommes. Rendez-moi maintenant miss Monterro.

Un garde du corps retira les menottes. Courtoisement, China aida la jeune femme à se lever du fauteuil.

– Veuillez m'excuser pour ces désagréments, miss Monterro, mais je suis certain que vous en comprenez la nécessité.

Chancelant sur ses jambes, Claudia vint à Sean d'un pas mal assuré, et s'accrocha à lui.

China leur adressa un petit salut moqueur.

– Maintenant, je vous souhaite bonne chance et vous dis adieu. D'une manière ou d'une autre, je pense que nous ne nous rencontrerons plus.

Sean ne daigna pas répondre. La boîte de cassettes dans une main, son autre bras passé autour des épaules de Claudia, il sortit avec elle.

Ils se mirent en route deux heures avant la fin du jour. Leur colonne avançait péniblement. Les lance-missiles et les missiles eux-mêmes étaient des fardeaux encombrants en raison de leur poids et de la dimension des caisses d'emballage, qui s'accrochaient aux épaisses broussailles lorsque la piste devenait étroite, ralentissant la marche et diminuant les capacités de réaction du détachement à une menace ou un danger.

Au début, Sean maintint les hommes groupés en un ensemble tactique. Ils se trouvaient à quelques kilomètres de la mince ligne de front des troupes du Renamo, et n'étaient pas sérieusement menacés. Cependant, ne voulant prendre aucun risque, Sean avait placé les éléments d'assaut à l'avant-garde et à l'arrière-garde, prêts à repousser toute attaque et à donner aux porteurs de missiles une chance de s'échapper. Dans ce but, il envoya Job en tête de la colonne, lui-même restant au centre d'où il pouvait se porter rapidement vers tout point où il se passerait quelque chose.

— Où est Matatu ? demanda Claudia à Sean. Nous sommes partis sans nous occuper de lui. Je suis inquiète à son sujet.

— Ne t'inquiète pas de l'avoir laissé derrière. Il est comme un de ces petits chiens qu'on n'arrive pas à renvoyer à la niche. Il me suivra n'importe où. En fait, le petit bonhomme est probablement en train d'attendre que nous sortions du couvert des buissons.

Pour lui donner raison, lorsque l'obscurité commença à tomber sur la petite troupe, une ombre apparut comme par miracle à côté de Sean.

— Je vous salue, *Bwana*.

— Je te salue aussi, petit ami. (Sean caressa la tête crêpue comme il aurait fait avec un chien fidèle.) J'attends que tu nous trouves un passage à travers les lignes du Frelimo, et que tu nous mènes au nid des vilains faucons.

Plein de son importance, Matatu se rengorgea.

— Suivez-moi, mon *Bwana*.

Maintenant, avec Matatu pour les guider, Sean pouvait disposer la colonne en une formation plus étirée avant de traverser les lignes du Frelimo.

La dimension de la bataille qui se livrait en avant d'eux était à leur avantage. Près de six mille hommes du Frelimo et du Zimbabwe avançaient contre moitié moins de défenseurs du Renamo. Et la zone des combats s'étendait sur des milliers de kilomètres carrés. La bataille se déroulait dans des secteurs isolés de peu d'étendue, entre lesquels la plus grande partie du terrain était accidentée, inculte et déserte.

Sean envoya en avant Job et Matatu, avec un petit élément de la section d'assaut, pour qu'ils trouvent les passages à travers les lignes. Le reste de la colonne suivait à distance prudente. Ils poursuivirent leur marche ininterrompue toute la nuit, des coureurs allant de Job et Matatu vers le gros de la troupe, afin de l'avertir si nécessaire de faire un détour ou de changer de direction.

De temps en temps, ils entendaient au loin des tirs de fusil, de mortier et de mitrailleuse lourde, lorsque les éléments d'avant-garde du Frelimo se trouvaient au contact des défenses du Renamo. Parfois ils apercevaient la lueur clignotante de fusées de signalisation s'élever au-dessus de la forêt obscure. Mais dans la nuit, aucun son ne leur parvenait des turboréacteurs Isotov ou des rotors d'hélicoptère. Il était évident que les Hind limitaient leurs attaques aux heures de jour, lorsqu'ils pouvaient reconnaître les amis et les ennemis, et rendre plus efficaces leurs missions de soutien rapproché.

328

Une heure avant l'aube, Job revint vers la colonne pour parler à Sean.

— Nous n'atteindrons notre premier objectif qu'environ une heure après le lever du jour. L'allure a été moins rapide que prévu. Que voulez-vous que nous fassions ? Allons-nous prendre le risque que les Hind nous découvrent ?

Sean observa le ciel avant de répondre. La première lueur couleur citron de l'aube faisait pâlir les étoiles.

— Le couvert de la forêt, décida-t-il, n'est pas assez dense pour dissimuler autant d'hommes et de matériel. Nous allons continuer d'avancer jusqu'à un endroit où nous cacher. Dites à Matatu d'accélérer.

— Et les Hind ?

— La ligne de feu est maintenant loin sur notre arrière ; c'est là qu'ils vont se diriger. Nous devons courir notre chance et marcher vite.

A mesure que la clarté augmentait, les hommes tournaient plus souvent et avec plus d'inquiétude leurs regards vers le ciel. Leur allure était rapide, presque de la course. Bien qu'ils ne se soient pas arrêtés de toute la nuit, les Shanganes portaient leurs lourds fardeaux avec la vigueur physique et la force d'âme de l'Africain, ces fardeaux qui auraient brisé les reins et le courage d'un blanc, même robuste.

Il faisait assez jour pour distinguer le sommet des arbres sur le ciel de teinte orangée de l'aube, lorsque Sean entendit le sifflement redoutable des réacteurs, faible et lointain, dans la direction de l'est. C'était la première sortie des Hind de la journée. L'alerte fut criée tout au long de la colonne, les porteurs de missile cherchèrent le plus proche couvert, les chefs de groupe se préparèrent, au cas où les hélicoptères repéreraient le détachement, à agiter des drapeaux du Frelimo que Sean leur avait remis.

Cette ruse ne fut pas nécessaire ; les Hind passèrent à trois mille mètres de leur position. Ils virent au loin leurs formes sombres, et plus tard entendirent le tonnerre de leurs canons et les explosions de leurs roquettes lorsque ceux-ci pilonnèrent un point de résistance du Renamo dans les montagnes.

Sean remit la colonne en marche, à laquelle la vision fugitive qu'elle venait d'avoir de « la Mort volante » donnait des ailes. Une heure encore, et le détachement descendait à vive allure la paroi presque à pic de la gorge au fond de laquelle, au bord du lit de la rivière à sec, se trouvaient les grottes dans lesquelles avaient été cachés les camions Unimog. C'était comme un retour à la maison. Les hommes furent heureux de s'y abriter et de déposer leurs lourds fardeaux.

— Pas de feu, ordonna Sean. Pas de cigarettes.

Ils avalèrent leur ration de gâteau de maïs indigeste et de poisson séché, puis se couchèrent sur le sol de la grotte, et dormirent comme une meute de chiens épuisés au soir d'une journée de chasse.

Sean trouva un endroit tranquille pour Claudia, au fond de la caverne. Il l'y installa sur une couverture posée sur le sol, et étendit une autre couverture sur elle, car il faisait froid dans la grotte. Elle s'endormit instantanément, et Sean revint vers l'entrée. Alfonso avait sorti l'antenne du petit émetteur-récepteur de radio. Accroupi à côté de l'appareil, il écoutait les comptes rendus de leur situation, transmis par les commandants du Renamo sur le terrain au quartier général de China.

— Ça va très mal, dit-il à Sean, l'air lugubre. Le Frelimo arrivera sur la rive du fleuve demain vers midi. A moins que le général batte en retraite, il sera submergé.

Alfonso se tut brusquement, en entendant leur indicatif d'appel dans les crachotements de l'appareil.

« Régime de bananes, ici Phacochère », répondit-il dans le micro ; il émit le message codé « Coca-Cola », qui signifiait « Premier objectif atteint ». « Régime de bananes » accusa réception. Leur compte rendu suivant était fixé le lendemain à l'aube. A ce moment, l'issue de leur raid serait connue, quelle qu'elle soit.

De l'entrée de la grotte, Sean regarda l'équipe de cinq hommes qui, sous la direction de Job, balayaient le sable du lit de la rivière avec des branchages, pour faire disparaître les traces de leur passage. Ensuite, Job le rejoignit.

— A-t-on mis des sentinelles ? demanda Sean.

— Sur chaque sommet. J'ai couvert toutes les approches.

— Bien. Il est temps maintenant d'armer et de programmer les Stinger.

Il leur fallut près d'une heure pour assembler les lanceurs, connecter les blocs-batteries, et introduire les cassettes dans les consoles. Enfin, chaque lanceur fut programmé pour la séquence d'attaque « bicolore » des hélicoptères Hind. Lorsque ce fut fait, les chefs de groupe des Shanganes en prirent possession. Sean jeta un coup d'œil sur sa montre, un peu surpris qu'elle marche encore après tout ce qu'il lui avait fait subir.

— Nous pouvons prendre quelques heures de sommeil, dit-il à Job.

Proposition qui resta sans écho. Au contraire, ils revinrent tous deux à l'entrée de la grotte, à l'écart des autres. Appuyés contre la muraille rocheuse, épaule contre épaule, ils contemplaient pensivement le lit de la rivière, dont le soleil du matin faisait étinceler le sable cristallin, comme de la neige poudreuse.

— Si vous aviez suivi mon conseil, remarqua tranquillement Sean, vous vivriez maintenant comme un coq en pâte à Harare.

– Et je n'aurais jamais eu l'occasion de mettre un Hind dans ma gibecière. Nous avons chassé ensemble tous les gibiers dangereux, Sean, dans les pires endroits. Le buffle, l'éléphant. Ce sera un nouveau trophée, le plus gros et le plus beau.

Sean se tourna vers lui et observa son visage. C'était une caractéristique de leur amitié, que de se sentir si totalement en harmonie. Au cours de la longue marche nocturne, la fureur et la haine de Sean envers China s'étaient apaisées, faisant place à ce sentiment que Job venait d'évoquer, la passion du chasseur. Tous deux étaient des chasseurs ; la chasse mettait dans leur sang un feu qu'ils n'avaient jamais tenté d'éteindre. Ils se comprenaient l'un l'autre, reconnaissant et acceptant ce lien entre eux, qui était devenu de plus en plus fort au cours des vingt années de leur amitié. Pourtant, c'était une chose dont ils ne parlaient jamais.

« C'est peut-être le moment de le faire », se dit Sean. Et, à haute voix :

– Nous sommes plus que des frères, vous et moi.

– C'est vrai. Nous sommes au-delà de l'affection des frères.

Ils se turent, n'éprouvant pas d'embarras de ce qui venait d'être dit. Au contraire, contents de l'avoir manifesté, et fortifiés dans leur amitié.

– En qualité de frère, puis-je vous demander un service ? (Job acquiesça d'un signe de tête.) Il y aura de durs combats au camp retranché. Je ne voudrais pas que Claudia tombe aux mains du Frelimo. Si je ne suis pas là, c'est le service que je vous demande.

Une ombre passa sur le visage de Job.

– Je n'aime pas penser à cette éventualité.

– Si je ne suis pas là, ferez-vous cela pour moi ?

– Je vous en donne ma parole.

– Si vous devez le faire, ne la prévenez pas, ne lui dites rien. Faites-le sans qu'elle s'en doute.

– Elle ne saura pas à l'avance. Ce sera rapide.

– Merci. (Sean lui donna une tape sur l'épaule.) Maintenant, il faut nous reposer.

Claudia dormait toujours. Sa respiration était si calme et silencieuse que, l'espace d'un moment, Sean fut alarmé. Approchant son visage de celui de la jeune femme, il sentit la tiédeur de son souffle sur sa joue. Il l'embrassa, elle murmura quelque chose dans son sommeil, et poussa un soupir de contentement lorsqu'il s'étendit à côté d'elle.

Il lui semblait n'avoir dormi qu'un moment, lorsqu'une légère pression sur son épaule le réveilla. Job était penché sur lui.

– C'est l'heure.

Sean s'arracha doucement aux bras de Claudia.

– Dors tranquillement, mon amour, murmura-t-il.

Il la laissa étendue sur la couverture. Les autres l'attendaient déjà à l'entrée de la grotte, c'est-à-dire Matatu, Alfonso et les chefs de groupe, légèrement armés de façon à pouvoir se déplacer plus rapidement et plus discrètement. La lumière s'était adoucie, les ombres s'allongeaient.

– Il est quatre heures, annonça Job. A bientôt.

Il n'y avait rien de plus à dire. Ils avaient fait cela cent fois. Sean sangla son sac à dos. Matatu dansant en avant d'eux comme un lutin, ils se glissèrent hors de la grotte, prirent aussitôt la direction du sud et adoptèrent le pas de course.

Par deux fois, ils entendirent les hélicoptères dans le lointain. La troisième fois, ils durent se cacher, car l'appareil passait exactement au-dessus d'eux. Il était très haut, et volait au maximum de sa vitesse. L'observant dans ses jumelles, Sean supposa qu'il revenait de mission et retournait à sa base refaire ses pleins et se réarmer. Il en eut confirmation, lorsqu'il vit que, sous son fuselage, les porte-missiles Swatter étaient vides.

Le Hind suivait exactement la même direction que celle dans laquelle les conduisait Matatu. Alors que Sean l'avait encore dans le champ de ses jumelles, il entendit décroître le son des turbo-réacteurs et vit que l'appareil commençait à descendre, le cap sur sa base.

« Pas plus de cinq miles droit devant », conjectura-t-il. Il lança un coup d'œil à Matatu, qui attendait une marque d'approbation.

– L'abeille va à sa ruche, dit Matatu.

– Tes yeux sont comme ceux du vautour, reconnut Sean. Ils voient tout.

Matatu se tortilla de plaisir. Les louanges de son maître étaient la seule récompense qui comptait pour lui.

Une demi-heure plus tard, ils escaladaient un *kopje* rocailleux, et inspectaient le terrain jusqu'à la ligne d'horizon d'un coup d'œil rapide, avant que Sean regarde dans ses jumelles abritées par sa casquette ; car un rayon de soleil réfléchi par les verres aurait pu les faire repérer de loin.

A moins de deux miles de distance, il aperçut la voie ferrée. Le ballast était du granit bleuté. Polis par les roues d'acier des wagons, les deux rails de la voie unique brillaient d'un éclat atténué au soleil de la fin de l'après-midi.

Suivant des yeux la ligne, il vit l'embranchement sur lequel étaient garés deux wagons-citernes, en partie cachés par de maigres arbustes et des broussailles. Mais au bout de quelques minutes, un petit nuage de poussière s'éleva de la forêt ; un camion ravitailleur de carburant arrivait par une piste en terre et s'arrêtait auprès d'un des wagons. Dans ses jumelles, Sean vit des employés en salopette brancher un tuyau et commencer à pomper l'essence du wagon dans le camion.

Pendant cette opération, un hélicoptère s'éleva, avec une soudaineté spectaculaire, de la pente de la colline au-delà de l'embranchement de la voie ferrée. Enfin, Sean voyait de ses propres yeux le camp retranché.

Le Hind s'éleva à une centaine de mètres, puis vira et s'éloigna, bossu et le nez plongeant, pour une dernière mission au-dessus du champ de bataille avant que le jour baisse et que les combats s'arrêtent durant la nuit.

Sachant maintenant où regarder, Sean fut capable de distinguer d'autres emplacements bien camouflés sur les pentes de la colline. Il en compta six.

– Il y en a deux autres, dit Matatu avec un sourire condescendant, en montrant les dits emplacements qui avaient échappé aux yeux de Sean. Et il y en a trois de plus sur l'autre pente, que vous ne pouvez voir d'ici.

L'intérêt d'avoir effectué cette reconnaissance de jour devenait évident ; elle permit à Sean de corriger les différences entre la maquette avec laquelle ils avaient préparé le raid, et la topographie réelle de la base et de ses environs. Sean nota sur son agenda les corrections à effectuer, estimant à nouveau les distances que les missiles auraient à parcourir. Un à un, il appela les chefs de groupe, et leur montra la position exacte qu'il voulait que chacun occupe dès que leur équipier arriverait, et que la nuit tombée les dissimulerait. N'ayant plus de renseignement à demander à Matatu, il le renvoya :

– Retourne auprès de Job. Dès qu'il fera noir, guide tous les autres soldats ici.

Matatu parti, Sean employa la dernière heure de jour à observer les hélicoptères revenant du nord. Il en compta onze, preuve de l'efficacité des équipes de maintenance russes, qui avaient réparé les deux Hind que Matatu avait vus immobilisés au sol. A part l'appareil que Sean avait descendu, toute l'escadrille était opérationnelle et faisait de terribles ravages parmi les guérilleros du Renamo.

A mesure que chacun se mettait en vol stationnaire pour reprendre son emplacement, Sean les montrait aux chefs de groupe, les pressant de bien repérer le dit emplacement.

– Celui-ci est le tien, Tendela. Regarde-le, immobile dans le ciel. Tu le tireras depuis ce bouquet d'arbres au bord du *vlei*. Tu as bien noté ?

– J'ai noté, *Nkosi Kakulu*.

Le ciel était devenu rouge sang. Regardant le soleil disparaître derrière les arbres, Sean se demandait combien de sang coulerait encore avant l'aurore.

Vint le court crépuscule d'Afrique. Il ne faisait pas encore assez sombre pour bouger. Et comme tout avait été dit, Sean et Alfonso s'assirent à côté l'un de l'autre. Sean avait vécu cela bien des fois; pourtant, il était toujours aussi incapable de supprimer cette impression que l'on tirait sur ses boyaux comme sur des bandes de caoutchouc. C'était l'attente anxieuse de la potion de peur qu'il lui faudrait tout à l'heure boire jusqu'à la lie. Il l'attendait impatiemment, comme un drogué sa piqûre, et la redoutait dans le fond de son âme.

— Nous allons faire un beau tableau de chasse, dit tranquillement Alfonso.

— Oui, mon ami, ce sera un bon combat. Et si nous échouons, vous devrez essayer de me tuer. Ça aussi, ce sera un beau combat.

— Nous verrons, grommela Alfonso. Nous verrons.

Les contours de la colline où étaient retranchés les Hind se fondirent dans l'obscurité. Vénus apparut : sa lumière froide qui ne clignotait pas semblait leur indiquer l'objectif. L'obscurité était faite depuis une heure, quand les soldats en tête du détachement émergèrent du couvert des arbres. Job marchait devant, Claudia à côté de lui, Matatu les guidant. Aussitôt Sean commença à les répartir en leurs diverses unités. Les chefs de groupe prirent en charge leurs équipes de servants de missile; les tubes de lancement des Stinger furent déballés et assemblés; les missiles eux-mêmes furent vérifiés et préparés.

Sean, Job et Claudia allèrent d'équipe en équipe, effectuant les dernières vérifications sur les lanceurs de missile, s'assurant que les batteries étaient bien chargées, et correctement connectées, que le robinet d'arrêt de la bouteille de gaz fréon était ouvert, que l'écran de visée était éclairé lorsque l'appareil était armé.

Enfin, les équipes de missile furent prêtes à prendre position. Auparavant, Sean réunit tous les chefs de groupe et leur fit répéter les ordres une dernière fois. Satisfait, il les fit partir les uns après les autres, à intervalle de deux ou trois minutes. Alfonso le premier, qui avait en charge les équipes de missile attaquant à l'est du camp retranché, et avait le plus de chemin à faire pour prendre position.

Lorsque vint le tour de Job, qui devait mener l'attaque sur le côté ouest, Sean et lui se serrèrent rapidement la main. Tous deux étaient superstitieux, ils n'échangèrent pas de souhaits de bonne chance. En revanche, Job demanda à titre de plaisanterie :

— Dites-moi, Sean, ces quatre mille dollars de gratification et d'arriéré de salaire, vous ne voudriez pas me les payer maintenant ?

— Comment les voulez-vous ? En chèque ?

Sean lui adressa un sourire à travers le masque de crème noire du camouflage. Job le lui rendit et, après lui avoir donné une tape sur l'épaule, s'éloigna à quelque distance pour laisser Sean et Claudia se dire quelques mots.

– Je ne veux pas te quitter, murmura-t-elle.

– Reste près de Job.

Il la serra fortement dans ses bras.

– Reviens-moi sain et sauf.

– Oui.

– Promets-le-moi.

– Je te le promets.

Sur ce, elle s'arracha à l'étreinte de Sean, et s'éloigna avec Job dans la nuit.

Sean la regarda disparaître. Il s'aperçut que ses mains tremblaient. Il les fourra dans ses poches et serra les poings, essayant de chasser Claudia de son esprit.

« L'amour et l'instinct guerrier ne font pas bon ménage, se dit-il. Elle est mieux avec Job. »

Le détachement d'assaut l'attendait patiemment. Vingt-quatre hommes, la chair à canon, pensa-t-il avec tristesse, ceux qui avaient échoué aux tests d'aptitude à là manœuvre des Stinger. Alors que les équipes des missiles tireraient depuis des points situés à cinq cents mètres du périmètre du camp retranché, le détachement d'assaut attaquerait de front, attirant volontairement le feu sur lui, afin d'inciter les Hind à prendre l'air, pour que les lanceurs de missile puissent les tirer à leur aise. C'étaient ces hommes qui allaient trouver devant eux les mitrailleuses de 12,7 mm, et tous les autres obstacles qui étaient certainement disposés pour la défense du camp.

Leur tâche était la plus dangereuse. Pour cette seule raison, Sean ne pouvait confier leur commandement à un autre que lui-même. Il allait les mener au combat.

– Allons-y, Matatu.

Chaque fois qu'il y avait un réel danger, tel qu'un gibier blessé sous un épais couvert, ou une position ennemie à enlever, Sean trouvait toujours Matatu à ses côtés. Personne n'aurait pu l'en déloger.

Comme marque de son estime, Alfonso avait offert à Sean un fusil d'assaut AKM, la version récente et améliorée de l'omniprésent AK-47, qui était très prisé des soldats du Renamo. C'est cette arme que portait Sean en conduisant le détachement d'assaut au bas de la pente, puis, Matatu les guida dans l'obscurité, en leur faisant décrire un cercle pour venir entre la voie ferrée et le camp, aussi près que possible de l'embranchement où se trouvaient les wagons-citernes.

Il n'y avait pas d'urgence, ils avaient toute la nuit pour prendre position, aussi avançaient-ils en prenant de plus en plus de précautions à mesure qu'ils approchaient de l'ennemi.

Il était plus de deux heures du matin, et le petit croissant de lune s'était déjà couché, quand Sean les eut placés aux points d'où ils s'élanceraient à son commandement en formation de tirailleurs. Il effectua une dernière inspection, allant silencieusement d'un homme à un autre, vérifiant leur équipement au toucher, contrôlant lui-même le pointage des mortiers de 60 mm, s'assurant que chacun avait parfaitement compris ce qu'il devait faire, et les laissant sur un mot d'encouragement et une solide tape sur l'épaule. Finalement, ayant fait tout ce qui pouvait l'être, il s'installa pour attendre.

C'était toujours le meilleur et le pire moment de la chasse. Couché sur le sol, il se demanda combien de fois dans son existence il avait attendu ainsi, dans le silence et l'obscurité, que le jour vienne, que le léopard apparaisse avec une soudaineté magique dans l'arbre où était disposé l'appât, élégante silhouette se détachant sur le ciel pâle de l'aube.

Son esprit vagabonda par-delà les années vers ses autres aventures, les risques encourus, les émotions presque insoutenables. Soudain il lui apparut clairement que cela se produisait sans doute pour la dernière fois. Il avait plus de quarante ans, et Claudia Monterro était entrée dans sa vie. Le temps du changement était venu. Il éprouva de la tristesse à cette pensée, en même temps qu'une satisfaction.

« Que la dernière chasse soit la meilleure », se dit-il. A ce moment s'éleva un son terrifiant, la plainte aiguë d'un puissant turbo, hurlant dans la nuit comme un loup mangeur d'homme. Il fut aussitôt suivi d'un autre, puis d'un autre encore. L'escadrille des Hind faisait démarrer ses moteurs, les réchauffant pour leur première sortie matinale.

Le cadran lumineux de la montre de Sean indiquait cinq heures moins dix. C'était presque l'heure. Machinalement, il retira du fusil AKM le chargeur courbe, et le remplaça par un autre qu'il prit dans le sac à chargeurs de rechange pendu à son ceinturon. Ce geste familier lui apporta le réconfort d'une longue habitude. La brise de l'aube vint, telle une amoureuse, caresser doucement sa joue.

Il tourna la tête en direction de l'est. La main tendue, il put tout juste distinguer la silhouette de ses doigts ouverts. C'était le moment que les Matabeles appellent « l'heure des cornes », celui où le gardien du troupeau peut commencer à voir les cornes de son bétail se détacher sur le ciel.

« Le plein jour dans dix minutes », se remémora Sean. Il n'ignorait pas que ces minutes seraient les plus lentes à passer. L'un après l'autre, les moteurs des hélicoptères passèrent au ralenti. Le personnel au sol allait faire les pleins de carburant, réapprovisionner en munitions, les équipages allaient monter à bord.

Sean devait apprécier le moment exact, lorsque la lumière serait suffisante. Les Hind n'utiliseraient probablement pas leurs phares, il faudrait que les équipes de missiles les voient clairement.

Le jour montait rapidement. Maintenant Sean distinguait le profil dénudé du sommet des collines, tel un découpage dans du carton noir.

— Tire! dit-il au servant du mortier, en lui tapant sur l'épaule.

L'homme se pencha en avant, tenant dans ses deux mains l'obus, qu'il laissa tomber dans la gueule du mortier. Le détonateur placé au culot enflamma la charge qui, avec une petite détonation, envoya le projectile contenant la fusée de signalisation à cinq cents pieds de hauteur. Là, l'obus explosa, projetant dans le ciel une gerbe d'étoiles rouges.

Claudia Monterro suivit Job en bas de la pente, si près de lui qu'il lui aurait suffi d'avancer la main pour le toucher. Job portait sur ses épaules un des lance-missiles. Derrière elle, le numéro deux de leur équipe était courbé sous le poids des missiles eux-mêmes. La marche était incommode; le sol était couvert de cailloux ronds, aussi traîtres que des billes, qui roulaient sous le pied. Claudia était contente de garder son équilibre et d'avoir le pied aussi sûr que n'importe lequel de ces hommes sur ce terrain difficile.

Ce qui ne l'empêcha pas d'être couverte de sueur lorsqu'ils arrivèrent au bas de la descente, et qu'ils avancèrent en se dissimulant vers le camp retranché. Il y avait seulement quelques semaines, elle se serait sentie gauche et bête dans de telles circonstances. Maintenant elle s'orientait d'après la direction de l'étoile du berger, et réagissait sans retard aux signaux de Job, choisissant presque instinctivement l'endroit où mettre ses pieds.

Ils arrivèrent aux taillis qui étaient leur position de lancement, et pénétrèrent sous le couvert des arbres en se courbant. Claudia aida Job à préparer le tir du premier Stinger. Ensuite, elle se trouva un coin confortable au pied d'un arbre, et s'y installa pour attendre que la nuit s'écoule.

Job l'y laissa, à la garde du soldat shangane, et disparut dans l'obscurité comme un léopard en chasse. Il y a peu de temps, elle aurait été prise de panique. Elle se rendit compte combien, durant les dernières semaines, elle avait été obligée d'apprendre à compter sur elle seule et à devenir forte.

« Papa sera fier de moi. » Elle employa le verbe au futur, comme si son père était encore en vie. « Certainement, il vit. Il est quelque part, non loin d'ici, et il me voit. Sans cela, comment aurais-je fait ce que j'ai fait ? » Son souvenir était un réconfort. Puis il se mélangea dans son esprit avec Sean, de sorte qu'ils semblèrent se fondre en un seul personnage, comme si son père revivait dans la personne de son amant. Cette impression lui fit oublier sa solitude, jusqu'à ce que Job réapparaisse aussi soudainement qu'il était parti.

— Tous les autres groupes ont pris position, dit-il à voix basse. La nuit sera longue, essayez de dormir un peu.

— Je ne pourrai pas dormir. Parlez-moi de Sean Courtney. Je voudrais connaître tout ce que vous savez de lui.

— Parfois c'est un héros, et parfois un vrai salopard. Mais la plupart du temps, il est quelque chose entre les deux.

— Alors, pourquoi êtes-vous avec lui depuis si longtemps ?

— Il est mon ami, répondit Job avec simplicité.

Et d'une voix lente, sans s'arrêter, il se mit à lui parler de Sean. Cela dura toute la nuit. Claudia l'écoutait avidement, l'encourageant par des questions de temps à autre : « Il était marié, n'est-ce pas, Job ? »; ou bien « Pourquoi a-t-il quitté son pays ? J'ai entendu dire que sa famille est extrêmement riche. Pourquoi a-t-il choisi cette vie ? »

La nuit s'écoula ainsi, ces heures virent naître leur amitié. Il était le premier véritable ami qu'elle eût rencontré en Afrique. Il finit par lui dire, de sa belle voix de basse :

— Il me manquera, plus que je ne saurais dire.

— Vous parlez comme si vous alliez vous séparer, tous deux. Pourtant ce n'est pas le cas. La vie restera la même.

— Non. Elle ne sera plus jamais la même. Maintenant il va partir avec vous. Notre temps ensemble se termine : le vôtre commence.

Claudia posa la main sur son bras.

— Ne me détestez pas pour cela, Job.

— Je pense qu'entre vous deux tout ira bien. Que vos jours ensemble seront aussi heureux que l'ont été les miens. Mes pensées vous accompagneront, et je vous souhaite beaucoup de bonheur, l'un avec l'autre.

— Merci, Job. Vous serez toujours notre ami.

Job tendit le bras, sa main aux doigts écartés à contre-jour du ciel pâlissant.

— L'heure des cornes, murmura-t-il.

Comme il disait ces mots, un bouquet de fleurs rouges apparut au-dessus de la colline.

La bataille était engagée. Sean voyait toujours son commencement comme la naissance d'un être vivant, d'un monstre qu'il essaierait de diriger, mais qui avait une vie et une volonté propres. Une chose terrible qui les submergerait et les entraînerait tous de gré ou de force.

Il avait mis les lance-roquettes RPG-7 entre les mains des deux plus habiles tireurs de son groupe; mais ceux qui étaient vraiment bons avaient tous été affectés aux Stinger. La première roquette tomba court, percutant le sol à une dizaine de mètres en avant du wagon d'essence le plus proche; elle explosa dans une gerbe d'une belle couleur ocre. La deuxième était trop longue; elle passa à deux mètres au-dessus du wagon, atteignit le sommet de sa trajectoire cinq cents mètres au-delà, et retomba dans la forêt.

– Visez mieux, espèces de veaux! hurla Sean, qui se rendait compte de son erreur de n'avoir pas tiré lui-même le premier coup crucial.

Les sentinelles du Frelimo s'égaillèrent en poussant des cris. A la périphérie du camp, un canon de 12,7 mm ouvrit le feu, envoyant à travers le ciel des chapelets de balles traçantes aux vives couleurs.

Le premier lanceur de roquette se démenait pour recharger son arme, mais il était pris de panique. Sean lui arracha le tube de l'épaule : en deux mouvements, sa main exercée avait retiré le capuchon protégeant le nez de la fusée, et la broche de sécurité. Il épaula l'appareil et, un genou en terre, visa le wagon le plus proche.

« Prends le temps qu'il faut », se recommanda-t-il à lui-même. Il attendit que faiblisse le souffle d'une brise matinale qui caressait sa joue. Le RPG-7 était très peu précis par vent de travers, dont la poussée sur son empennage le faisait changer de direction.

La brise mollit. Sean centra le viseur sur le wagon-citerne. La distance était de trois cents mètres exactement, limite de précision de la roquette. Il tira : l'engin suivit une trajectoire correcte. Du flanc du wagon sortit un jet d'essence, instantanément le ciel fut rempli de flammes. Elles éclairaient comme au soleil de midi le versant sud de la colline. Sean était agenouillé à découvert, l'homme qui pointait le canon le prit dans sa ligne de mire.

Autour de Sean, un nuage de poussière et de mottes de terre s'élevèrent. Le Shangane, qui était en train d'essayer de recharger le lance-roquettes, plongea.

– Debout, espèce de froussard! lança Sean, en terminant sans son aide la séquence de chargement, sans faire d'effort pour se dissimuler.

Il visa le second wagon-citerne, qui était éclairé par les flammes comme par une rampe de théâtre. Au moment où il allait tirer, une salve de projectiles passa si près de sa tête que ses tympans furent sur le point d'éclater; en même temps que s'élevait un rideau de poussière cachant entièrement le wagon.

Sean attendit quelques secondes : la poussière se dispersant, il tira. Le deuxième wagon, en explosant, fut projeté en dehors de la voie ferrée. L'essence enflammée s'écoulait le long de la pente comme un Vésuve miniature.

Pendant ce temps, les tirs de mortier avaient commencé et semblaient efficaces. Sean en avait réglé lui-même la hausse. Un jet continu de leurs obus montait haut dans le ciel, et retombait en pluie sur la colline du camp retranché. Sean observait les effets du tir d'un œil de professionnel, avec le plus grand calme.

« C'est bon, marmonnait-il. C'est bon. » Mais ils n'avaient pu apporter que trente obus pour chaque mortier, car ceux-ci pesaient deux kilos. Bientôt ils seraient tous utilisés. Il était nécessaire de se lancer à l'assaut du camp retranché pendant que l'attention des défenseurs était distraite par les explosions des obus. Sean saisit son fusil-mitrailleur AKM, dont il manœuvra le cran de sûreté.

— En avant! cria-t-il, accompagnant son ordre d'une succession de coups de sifflet brefs.

Comme un seul homme, les Shanganes se levèrent et s'élancèrent en bas de la pente. Mais ils n'étaient que vingt, étirés sur une mince ligne, bien éclairés par les flammes. Sur la colline, les armements des pièces concentrèrent leur tir sur eux ; les balles traçantes volaient, denses comme un nuage de sauterelles. Sean se mit à rire.

— Bon Dieu! dit-il à haute voix. On a un sacré chemin à faire.

Un des tireurs du Frelimo l'avait repéré, et le prenait pour cible. Mais Sean descendait la pente à toute allure; les projectiles arrivaient trop haut et tombaient derrière lui. Une volée le manqua de si peu, que sa vareuse fut secouée par le souffle. Il allongea un peu plus son pas de course. A côté de lui, Matatu riait d'un rire aigu, restant à sa hauteur tout au long de la descente.

— Qu'y a-t-il de si drôle, espèce de petit couillon ? lui lança Sean d'un air furibond.

Ils arrivèrent en terrain plat, à côté des wagons-citernes en feu. Dans le champ de vision des tireurs du Frelimo s'éleva un écran de fumée noire. Profitant de ce répit, Sean fit effectuer un mouvement de conversion de la ligne des Shanganes, la faisant pivoter autour de son centre, pompant de son poing droit au-dessus de sa tête pour les faire accélérer. Pendant les deux cents mètres suivants, ils restèrent à l'abri de la fumée, que la brise matinale répandait au loin, épaisse, noire comme de la suie, et collant au sol.

Dans la fumée, Sean vit en face de lui une sentinelle du Frelimo qui titubait. L'homme était vêtu d'un treillis en loques et chaussé de vieux souliers de tennis. Il avait perdu son arme. Un éclat de roquette l'avait probablement atteint à l'œil ; celui-ci était sorti de l'orbite et pendait comme un gros raisin au bout du nerf optique. Sans ralentir sa course, Sean lui envoya une courte rafale de son AKM dans la poitrine, et sauta par-dessus le corps gisant au sol.

Ils émergèrent de la fumée, toujours en ligne de tirailleurs. Sean, jetant un coup d'œil sur ses hommes, se rendit compte avec étonnement qu'ils n'avaient encore subi aucune perte. Les vingt Shanganes étaient déployés et avançaient rapidement, n'offrant que des cibles fugitives au travers de la fumée aux mitrailleuses du Frelimo.

C'est alors que Sean aperçut, à une dizaine de pas devant lui, des disques de métal montés sur un court tube vertical, alignés au-delà d'un fil de fer. Sur chaque disque était peint un crâne surmontant deux tibias entrecroisés. Presque avant qu'il s'en rende compte, ils avaient pénétré dans le champ de mines qui protégeait l'approche du camp retranché.

Deux secondes plus tard, le soldat qui courait à droite de Sean déclencha l'explosion d'une mine antipersonnel. Toute la partie inférieure de son corps fut cachée par un nuage de poussière. Il s'écroula ; les deux jambes sectionnées à la hauteur du genou n'étaient plus que des moignons sanglants.

– Continuez à avancer ! hurla Sean. Nous sommes près de sortir de là.

Mais la peur était comme une bête immonde sur son dos, qui pesait sur lui de tout son poids et coupait sa respiration. La terreur d'être estropié était bien pire que celle de mourir, et le sol sous ses pieds était semé d'engins faits pour provoquer de terribles mutilations.

Matatu se plaça brusquement devant Sean, l'obligeant à ralentir.

– Suivez-moi, *Bwana*, lança-t-il en swahili. Marchez à l'endroit où je marche.

Sean obéit, diminuant la longueur de ses pas pour les adapter à ceux du petit bonhomme. Matatu parcourut ainsi devant lui les cinquante derniers mètres du champ de mines. Sean pensa n'avoir jamais vu un tel exemple de courage pur et de dévouement d'un être humain envers un autre.

Deux autres Shanganes sautèrent sur des mines. Enfin, ceux qui étaient indemnes passèrent par-dessus le fil de fer délimitant l'extrémité du champ. Sean sentit ses yeux se mouiller de gratitude et d'affection pour le petit Ndorobo. Il aurait voulu le prendre dans ses bras comme un enfant, et le serrer sur son cœur. Et Matatu reprit place aux côtés de son maître, tandis que celui-ci menait la charge contre la mitrailleuse qui se trouvait droit devant eux, protégée par des sacs de sable.

Sean tirait de courtes rafales de l'AKM, tenu à hauteur de sa hanche, contre le mitrailleur du Frelimo dont il apercevait la tête dans l'échancrure du parapet de sacs. Celui-ci dirigea vers lui le canon de son arme, visant le milieu de son corps; il était si près que Sean voyait la lueur rouge des incendies se refléter dans ses yeux. Un instant avant qu'il tire, Sean plongea en avant comme un joueur de rugby sur la touche. Les balles passèrent en sifflant au-dessus de lui, ses tympans furent meurtris par le souffle sortant de la bouche de la mitrailleuse. Roulant sur lui-même, il se trouva collé contre le parapet. Il décrocha de son ceinturon une grenade à fragmentation, dégoupilla, et la lança dans l'échancrure, comme s'il mettait une lettre à la poste.

Le mitrailleur cria en portugais quelque chose que Sean ne comprit pas. La grenade explosa; de l'échancrure jaillirent de la fumée et l'éclair d'une flamme. Sean se releva, et d'un bond escalada le parapet. De l'autre côté, deux hommes se tordaient de douleur au sol. Une demi-douzaine d'autres s'enfuyaient vers le haut de la colline, abandonnant leurs armes et poussant des cris de terreur.

Sean laissa Matatu achever les deux blessés avec son couteau à écorcher, pendant que lui-même s'emparait de la mitrailleuse et la transportait auprès du petit mur dressé à l'arrière de son emplacement, d'où il tira une longue rafale en visant les hommes du Frelimo qui s'enfuyaient sur le versant de la colline. Deux des siens poursuivirent les fuyards, pendant que Matatu trouvait une boîte pleine de bandes de munitions et l'aidait à recharger l'arme. Sean introduisit une nouvelle bande de deux cent cinquante balles et balaya de son tir toute la pente de la colline située au-dessus de lui. Les traçantes volaient au travers des groupes du Frelimo qui s'égaillaient dans toutes les directions.

Il semblait à Sean que plus de la moitié de ses Shanganes étaient sortis indemnes du champ de mines et de l'assaut qui s'était ensuivi. Avec des cris sauvages de victoire, ces hommes poursuivaient et harassaient les défenseurs du camp en pleine déroute. Le canon de la mitrailleuse était si chaud, qu'il émettait des craquements, tel un fer de cheval au moment où il sort de la forge. Sean la laissa, cria « En avant ! » et escalada le parapet de l'emplacement, dans l'intention de pénétrer plus avant dans le camp retranché et de détruire les installations de maintenance des Russes.

Au moment où il était debout sur le parapet, une monstrueuse apparition se dressa devant lui dans le ciel du matin. S'élevant sous l'effort de son rotor étincelant, dans le hurlement des turbos, un hélicoptère émergeait de son emplacement protégé de sacs de sable, à moins de deux cents mètres de Sean. Il ressemblait à quelque animal de la préhistoire, surnaturel, issu d'un autre monde. Il tourna lourdement sur lui-même jusqu'à ce que les yeux de l'habitacle se posent sur Sean, et que le canon à tubes multiples de sa tourelle avant soit pointé vers lui comme un doigt accusateur.

Sean se baissa; saisissant Matatu par la peau du cou, il l'aplatit sur le sol, et se jeta ensuite sur lui, le couvrant entièrement de son corps. Le petit homme demeura incapable de respirer, pendant qu'une salve de canon mettait en pièces le mur du parapet et le transformait en un nuage de poussière et de gravier.

La soudaineté de ces événements fut ce qui frappa le plus Claudia. Le calme et la tranquillité de l'aube avaient été en un instant remplacés par l'éclat aveuglant et le vacarme de la bataille, par le ciel illuminé de la lueur des flammes et des chapelets des balles traçantes, par l'éclatement des obus de mortier et des grenades, par les rafales des mitrailleuses.

Il lui fallut un long moment pour adapter sa vue à la lumière intense, et s'y retrouver dans le déroulement rapide des combats. Job lui avait indiqué l'endroit des défenses du camp où Sean conduirait l'assaut; elle tentait anxieusement de voir ce qui s'y passait. Les silhouettes des hommes qui couraient sur la pente de la colline étaient éclairées par les flammes des wagons-citernes en feu, qui projetaient des ombres noires semblables à des araignées qui décampaient en avant de chacun d'eux. Ils étaient tellement nombreux. Avec horreur, elle vit plusieurs de ces hommes tomber et rester sur place, parfaitement immobiles au milieu de l'agitation et du vacarme.

– Où est Sean? Pouvez-vous le voir?
– Sur la gauche, à la limite de la fumée.
Claudia le reconnut en voyant la petite silhouette courant devant lui comme un chien de chasse. Au même instant, le sol sembla exploser en avant de Sean et de Matatu. Ils disparurent dans un nuage de poussière.

– Ah mon Dieu! Non! cria-t-elle.
La brise du matin dispersa la poussière. Elle les revit, courant toujours, les balles traçantes volant autour d'eux comme de diaboliques lucioles.

– Je vous prie, je vous supplie, protégez-le, haleta Claudia, qui le perdit de vue au moment où il arrivait au premier emplacement de tir de l'ennemi.

Soudain il jaillit de nouveau, silhouette héroïque apparue debout en équilibre sur le parapet de sacs de sable, éclairée par les flammes rougeoyantes. Elle poussa un soupir de soulagement.

Elle le vit ensuite s'aplatir au sol et, émergeant à peu de distance de lui, la forme monstrueuse de l'hélicoptère Hind qui dressait et tournait vers Sean son horrible tête, puis l'abaissait comme un taureau sur le point de charger. Elle entendit le tonnerre de son canon : un nuage de poussière et de mottes de terre cacha Sean à sa vue, tandis que les obus s'abattaient sur le flanc de la colline.

— Job! hurla Claudia. Ils l'ont tué!

Elle tendit vers Job une main, que celui-ci écarta. Il avait mis un genou en terre, posé le tube de lancement du Stinger sur son épaule droite. Son visage, illuminé par la lueur de l'incendie, était figé dans une expression de concentration tandis qu'il regardait l'écran de visée.

— Vite! murmura Claudia. Tirez vite!

Le missile bondit hors du tube. Le moteur de la fusée se mit en marche, de l'air brûlant et des particules de poussière vinrent cingler la figure de Claudia. Elle plissa les yeux et retint son souffle en le voyant foncer, laissant derrière lui une traînée éblouissante de flammes et de fumée, et voler vers le haut de la colline où le Hind en vol stationnaire se détachait sur le ciel.

Claudia vit son léger changement de trajectoire, au moment où le missile, passant du détecteur d'infrarouge à celui d'ultraviolet, releva légèrement le nez pour ne plus se diriger vers les échappements protégés par un blindage, mais vers la gueule largement ouverte de l'admission d'air des turbos, située juste en dessous du réducteur du rotor.

Elle pensa avoir vu le missile pénétrer en plein milieu de l'entrée d'air. Cependant l'explosion fut étonnamment faible; elle s'était produite à l'intérieur de la paroi du blindage d'acier au titane, qui retenait sa violence à l'intérieur. Le Hind accusa le coup en embardant fortement, puis en se cabrant et en tombant en arrière, de sorte que son rotor de queue toucha le sol rocheux. L'appareil bascula, rebondit vers le bas de la pente, faisant tonneau sur tonneau. Des flammes jaillirent des orifices d'admission d'air. Son immense rotor principal se désintégra en fragments qui s'éparpillèrent dans le ciel.

Claudia poussa un cri de soulagement en voyant Sean émerger de la poussière et de la fumée, et escalader le parapet, Matatu à ses côtés.

— Rechargez! lui lança Job.

344

Comme prise en faute, elle sursauta, prit un des missiles posés près d'elle et aida Job à l'introduire dans le lanceur. Cela fait, elle reporta son regard sur le camp retranché. Trois autres Hind avaient pris l'air. Ils tiraient avec leur canon sur des objectifs à l'intérieur de la base, où les assaillants luttaient corps à corps avec la garnison du Frelimo; ou bien ils envoyaient une grêle de balles traçantes en direction de la forêt sombre, pour tenter d'enrayer l'avalanche des missiles qui fondaient sur eux.

Un deuxième Hind fut touché : il se retourna et s'écrasa en flammes sur le sommet rocailleux de la colline. Un troisième fut cueilli en plein vol. Mortellement blessé, il heurta le sommet des arbres, d'où il s'abattit en spiralant jusqu'au sol.

A mesure qu'ils tombaient, d'autres émergeaient de leurs emplacements dissimulés, tirant de tous leurs canons sur les assaillants. Job bondit sur ses pieds alors qu'un des appareils cherchait à prendre la fuite en grimpant rapidement au-dessus de sa tête. Le corps rejeté en arrière, il pointa le missile presque à la verticale, ainsi qu'un chasseur vise un faisan.

Le Hind était à environ mille pieds d'altitude, montant toujours et paraissant être au-delà de la portée efficace du Stinger. Il semblait impossible de l'atteindre sous un tel angle. Mais le missile fila vers lui et le rattrapa sans effort. Sous le choc le grand hélicoptère parut tressaillir et trembler. Un instant, il demeura sur place dans les airs, avant de tomber et de s'écraser dans la vallée, ses moteurs endommagés criant leur agonie, dans une avalanche de branches cassées et de troncs d'arbre sectionnés.

– Rechargez, dit Job sans plus s'occuper de l'appareil abattu.

Claudia plaça un autre missile dans le lanceur. Un nouvel hélicoptère surgit de la forêt droit devant eux. Il volait si bas qu'il paraissait n'avoir pas quitté le sol. Le pilote russe le faisait aller de côté et d'autre, se dérobant derrière les arbres, comme un boxeur sur le ring.

Job se tourna pour faire face à l'appareil qui approchait. Debout en terrain découvert, il s'arc-bouta sur ses jambes. L'image du Hind apparut dans le viseur : l'appareil sembla s'immobiliser un moment, et le souffle de son canon les enveloppa comme un ouragan. Claudia, qui était debout à côté de Job, fut soulevée et projetée à terre, les oreilles bourdonnantes du bang supersonique des obus qui passaient auprès d'elle.

Job tomba sur Claudia, son poids lui coupant la respiration. Ils étaient étendus entre deux blocs de pierre arrondis, qui les protégèrent du reste de la salve. L'hélicoptère passa juste au-dessus d'eux, à quelques mètres seulement à la verticale. Le vent de ses rotors s'empara de la chevelure de Claudia, la collant sur son visage et cinglant ses yeux comme une lanière.

Tel un requin en chasse, le Hind s'éloigna lentement. Claudia étouffait sous le poids de Job. Elle se débattait pour se libérer, mais sentit soudain que ses mains étaient humides, qu'un liquide chaud coulait sur elle et imprégnait sa chemise.

— Job! haleta la jeune femme, levez-vous!

Il ne répondit pas ni ne bougea, de plus en plus pesant sur elle. Elle se rendit compte alors que le liquide dont elle était trempée était le sang de Job. Cette révélation lui donna l'énergie du désespoir : roulant sur le côté, elle parvint à s'extraire d'en dessous de lui, et à se mettre à genoux.

Elle examina Job. Un obus l'avait atteint à l'épaule, faisant une affreuse blessure. On eût dit qu'elle avait été lacérée par une bête féroce. Son bras droit était presque arraché, et avait pris une position grotesque contre sa tête.

Glacée d'horreur, elle voulut l'appeler par son nom, mais aucun son ne sortit de sa gorge. Elle avança une main et caressa son visage, n'osant pas toucher son corps mutilé. Elle éprouva la terrible sensation d'avoir perdu quelqu'un. De nouveau, elle ouvrit la bouche pour donner libre cours à sa peine et gémir de désespoir. Ce qui en sortit fut un cri de rage, une rage dont la violence la stupéfia, qui la mit tellement hors d'elle qu'elle eut l'impression de se voir de l'extérieur, étonnée des actes auxquels se livrait cette étrangère en colère qui avait pris possession de son corps, et qui maintenant s'emparait du lanceur de missile abandonné par Job.

Et voici qu'elle se retrouvait debout, le tube sur l'épaule, scrutant le ciel pour y chercher l'hélicoptère. Elle l'aperçut à quatre cents mètres de distance, survolant la forêt où il fonçait à travers les arbres sur des cibles qu'il détruisait de quelques salves courtes, mais terribles, de son canon.

Tandis qu'elle l'observait, debout et bien visible à la lueur des incendies éclairant comme en plein jour, le pilote la repéra sans doute, car il fit pivoter l'hélicoptère afin d'orienter le canon de l'avant dans la direction de Claudia.

— Vérouillé et chargé, dit-elle.

Sa voix lui sembla ne pas être la sienne, qui égrenait la litanie mortelle. Elle vit l'image du Hind apparaître sur le petit écran, elle la centra à la croisée des fils du réticule : le missile émit une sorte de sanglot, puis le timbre aigu d'une tonalité continue.

— Objectif acquis, murmura Claudia. La silhouette de l'hélicoptère se modifia dans son viseur. Il était maintenant face à elle, son canon dans sa direction, mais elle n'éprouvait aucune crainte.

— Feu! dit-elle avec calme, en serrant la poignée-pistolet. Le coussinet d'épaule lui transmit le choc du départ du Stinger. Elle ferma les yeux pour éviter le souffle brûlant du missile qui filait à une vitesse quadruple de celle du son, se dirigeant droit vers l'hélicoptère en vol stationnaire.

Le canon à l'avant du Hind s'embrasa. Claudia ne sentit rien d'autre que la turbulence de l'air lorsque les obus passèrent à peu de distance de sa tête, avant qu'une secousse presque imperceptible du missile n'indique que celui-ci se dirigeait droit dans la gueule ouverte des admissions d'air des réacteurs. Le Hind, qui se trouvait à une hauteur de quelques pieds, chavira sur le flanc en touchant le sol. Un peu avant qu'il soit complètement enveloppé des flammes de l'essence sortant de son réservoir troué, Claudia vit le pilote se contorsionner à l'intérieur de l'habitacle et disparaître derrière un écran de feu.

« C'était un être humain, se dit-elle. Une créature qui vivait et respirait ; et je l'ai détruite. » Elle s'attendit à éprouver un sentiment de culpabilité et des remords. Car elle était pénétrée de la croyance que toute vie, en particulier toute vie humaine, était sacrée. Mais au lieu de se sentir coupable, elle fut emportée par une vague de triomphe, par la même fureur sauvage qui s'était emparée d'elle de façon si inattendue.

Elle jeta un regard tout autour, cherchant dans le ciel un nouvel objectif, quelque chose à détruire, quelque chose sur quoi assouvir sa vengeance. Mais le ciel était vide. Les carcasses des hélicoptères se consumaient sur la pente de la colline et parmi les arbres de la forêt, au fond de la vallée.

« Ils sont tous descendus, pensa Claudia. Nous les avons tous eus. »

Émergeant du couvert des arbres, les Shanganes qui avaient armé les Stinger montaient à l'assaut de la colline, afin de prêter main forte aux hommes sous les ordres de Sean. Elle vit les défenseurs du Frelimo jeter leurs armes et se réfugier dans leurs abris, les mains levées en l'air pour se rendre. D'un œil froid, elle regarda les Shanganes se ruer sur eux en hurlant et les massacrer à coups de crosse et de baïonnette.

À ses pieds, Job se mit à gémir. Aussitôt sa fureur s'évanouit. Elle jeta à terre le lance-missiles vide, et tomba à genoux auprès de lui.

– Je vous croyais mort, dit-elle à mi-voix. Ne mourez pas, Job. Je vous en supplie, ne mourez pas.

Elle détacha, de ses doigts qui maintenant tremblaient, l'écharpe qu'elle avait autour du cou. L'écharpe était sale de poussière et de sueur, effilochée et déchirée. Claudia en fit une boule qu'elle enfonça dans l'affreuse blessure, la pressant de tout son poids pour tenter d'arrêter l'écoulement du sang en même temps que de la vie.

– Sean sera bientôt ici. Ne mourez pas, Job. Luttez, je vous en prie, luttez. Je vous aiderai.

Sean et Matatu étaient à plat ventre derrière le parapet, plus bas que l'ouragan de feu qui déferlait au-dessus de leur tête et remplissait leurs yeux et leur nez de la poussière des sacs éventrés.

Soudain le tir cessa. Sean leva le nez, juste à temps pour voir le Hind s'abattre et se briser sur la pente rocailleuse.

— Ça alors! s'exclama-t-il, ces sacrés Stinger fonctionnent vraiment bien.

A ses côtés, Matatu se mit à rire et à applaudir.

— C'est comme lorsqu'on tire la grouse des sables, dit-il en swahili, en même temps qu'il se relevait et franchissait le parapet à la suite de Sean.

Trois soldats du Frelimo déguerpirent de leur abri en les voyant arriver. Sean tira une courte rafale de son AKM, qui atteignit un des hommes par-derrière, et le jeta à terre. Les deux autres lâchèrent leur fusil et tombèrent à genoux, tremblants de terreur, les mains au-dessus de la tête. Sean passa à côté d'eux en courant et les ignora. Ils s'écroulèrent à terre, heureux d'avoir la vie sauve.

Sean franchit les défenses extérieures, et se trouva dans le camp proprement dit. Des obus de mortier égarés continuaient de tomber parmi les ateliers, les citernes à essence, les emplacements d'hélicoptère, soulevant des geysers de poussière et projetant leurs éclats qui sifflaient dans les airs. Un des Hind s'était abattu tout près de la limite du camp : il brûlait avec de grandes flammes, et une fumée noire que le vent rabattait sur les ateliers.

La confusion était totale; des hommes couraient de tous côtés sans but; des techniciens non armés, en salopette grise, levèrent les bras en voyant Sean, la plupart tombèrent à genoux pour mieux marquer qu'ils se rendaient. Avec sa peinture de camouflage, ses traits déformés par l'excitation de la bataille, Sean semblait féroce et terrifiant.

— Couchez-vous! fit-il signe à ces gens avec le canon de son fusil.

Ils tombèrent la face contre terre.

Devant lui, il aperçut les grandes pales du rotor d'un Hind dépassant la muraille de sacs de sable de son emplacement.

« En voici un qui ne s'est pas réveillé », pensa-t-il en courant vers lui.

Au même instant, le rotor se mit à tourner lentement, puis accéléra. Quelqu'un essayait de mettre l'appareil en marche. Sean fonça dans l'étroite entrée de l'emplacement, où il s'arrêta un moment pour voir ce qui se passait à l'intérieur de l'enceinte circulaire.

Sous sa peinture de camouflage tachetée, le Hind se dressait, ses rotors tournant et prenant de plus en plus de vitesse. Trois Russes des équipes au sol étaient groupés auprès de l'avant de l'appareil. Sean remarqua, peint sur le nez de celui-ci, une flèche rouge qui signifiait « Excellent équipage »; une des récompenses très recherchées dans l'armée de l'air soviétique.

Les trois hommes tournèrent vers Sean leur visage d'homme blanc, et restèrent bouche bée en le voyant. Ils reculèrent ensuite en apercevant le canon de l'AKM braqué sur eux.

La porte de l'habitacle était encore ouverte, et un des deux membres de l'équipage en train de monter à bord. Sean ne voyait que son gros derrière dans la combinaison de vol grise. Il saisit le tissu et tira de toutes ses forces, faisant redescendre l'homme, qu'il jeta contre la paroi de sacs de sable.

Le turboréacteur avait démarré, les rotors tournaient avec un sifflement de plus en plus aigu. Sean bondit sur le marchepied de l'hélicoptère, et pointa son fusil-mitrailleur à l'intérieur de l'habitacle.

Le pilote était aux commandes, c'était un jeune garçon, mince, dont les cheveux blond clair étaient coupés très court. Dans sa hâte à prendre l'air, il n'avait pas mis son casque. Il tourna la tête vers Sean. Il était rouge de colère, son teint était déparé par des boutons d'acné. Ses yeux d'un bleu très pâle s'agrandirent de façon spectaculaire lorsque Sean caressa le bout de son nez avec le canon de l'AKM, en disant :

— La fête est finie, Ivan. On rentre à la maison.

Il était évident que cet hélicoptère n'avait pas été prévu pour le raid du matin, et que son équipage avait commencé à tenter de lui faire prendre l'air seulement après le début de l'attaque. Il y avait moins de dix minutes que les premiers obus de mortier étaient tombés sur le camp. Ce temps ne leur avait pas suffi, bien qu'ils aient presque réussi.

— Stoppez le moteur, intima Sean au pilote, en appuyant cet ordre d'une pression du fusil-mitrailleur sur son nez, assez forte pour en faire jaillir un filet de sang et amener les larmes dans les yeux d'un bleu délavé. A contrecœur, le jeune homme repoussa à fond la manette des gaz et coupa le contact sur les magnétos. Le sifflement du turboréacteur s'éteignit.

— Dehors! poursuivit Sean.

Si le pilote ne comprit pas le mot, il comprit le geste. Débouclant sa ceinture, il descendit de l'appareil. Sean fit aligner les deux membres d'équipage et les trois de l'équipe au sol contre la paroi des sacs de sable.

— Bienvenue dans le monde capitaliste, camarades.

Après ces mots d'accueil, il leva les yeux vers le Hind.

– On a gagné le jackpot! lança-t-il, en pleine euphorie. Matatu, on en a un tout beau et qui marche!

Matatu était enthousiasmé.

– Tuons-les tout de suite, proposa-t-il allègrement. Donnez-moi le *banduki*. Je vais le faire pour vous.

Sean avait vu Matatu tirer le seul coup de feu de sa vie lorsqu'il lui avait prêté par jeu le Nitro Express. Le recul avait envoyé le petit homme à trois mètres de là.

– Tu n'arriverais pas à en descendre un, même à cette distance, répondit Sean en riant.

Sean reporta son regard sur le Hind. Il commençait à percevoir l'intérêt de cette prise. L'hélicoptère serait un merveilleux moyen de s'enfuir. Claudia, Job, Matatu et lui voyageraient en première classe. Puis la réalité reprit ses droits, et son moral chuta fortement.

Il n'avait jamais piloté un de ces engins, n'avait même pas la moindre notion de leur manœuvre. Tout ce qu'il savait, c'est que leur pilotage était totalement différent de celui d'un aéronef à voilure fixe.

Sean regarda le pilote russe, et se posa des questions. Malgré son acné et son allure de tout jeune garçon, il crut voir de la fierté et une volonté de ne pas plier dans l'éclat des yeux bleu pâle. Il savait que les officiers de l'armée de l'air appartenaient à l'élite des militaires soviétiques. L'homme était presque assurément un patriote fanatique.

« Je ne crois pas avoir beaucoup de chance de t'embaucher comme transporteur aérien », estima-t-il. Et, à haute voix :

– Allons, messieurs, sortons d'ici.

Il montra la sortie. Sous la menace de l'AKM, ils s'y dirigèrent les uns derrière les autres. Lorsque le pilote passa devant lui, Sean l'arrêta pour prendre son pistolet Tokarev de l'étui fixé à sa ceinture.

– Tu n'as plus besoin de ça, Ivan.

Non loin de l'emplacement du Hind, il vit un atelier creusé dans le flanc de la colline, protégé par des sacs de sable. Sean y fit entrer les Russes, et regarda ce qui se passait autour de lui.

A part quelques coups de feu sporadiques, la bataille était terminée. Par moments, on entendait exploser un dépôt de munitions. Au travers d'un écran de fumée et de poussière que le vent emportait, Sean vit les Shanganes du Renamo, en cercle autour des prisonniers, et prélevant leur tribut. Il en reconnut certains, qui avaient fait partie des groupes chargés de lancer les missiles, ils avaient abandonné les Stinger et s'étaient précipités pour participer au sac du camp retranché.

Il en vit un qui harcelait un prisonnier du Frelimo, à coups de baïonnette dans les fesses et les jambes, et éclatait de rire en le voyant, étendu sur le sol, se contorsionner pour tenter d'éviter la pointe de l'arme. D'autres soldats du Renamo sortaient des abris, les bras remplis de leur butin.

Sean avait beau être habitué au comportement des troupes irrégulières en Afrique, cette indiscipline marquée lui déplut. Il les rappela à l'ordre, et put alors mesurer l'autorité qu'il avait acquise sur eux. Même dans ces moments enivrants de la victoire, ils lui obéirent sans discussion. L'homme qui était en train de torturer son prisonnier prit le temps de tirer une balle dans la nuque de sa victime avant d'accourir à l'appel de Sean.

– Gardez ces prisonniers blancs, leur ordonna-t-il. S'il leur arrive le moindre mal, le général China fera rôtir vos testicules à petit feu et vous les fera manger.

Sans regarder derrière lui, il partit à grands pas faire le tour du camp, reprenant ses hommes en main, modérant l'excès d'ardeur de ses Shanganes qui clamaient à grands cris leur victoire. Il tomba sur le sergent Alfonso.

– Nous ne pouvons pas, lui dit-il, emporter beaucoup de butin. Que les hommes prennent ce dont ils ont envie, après quoi vous placerez des explosifs dans les magasins et répandrez partout de l'essence d'aviation. Nous pouvons nous attendre à une contre-attaque du Frelimo d'ici une heure. Nous devrions être partis avant.

– Non, répondit Alfonso. Le général China nous envoie trois compagnies pour repousser toute contre-attaque du Frelimo. Il vous donne l'ordre de tenir cette position jusqu'à son arrivée.

Stupéfait, Sean regarda Alfonso avec des yeux ronds.

– De quoi parlez-vous ? China est à deux jours de marche de nous.

– Le général China sera ici dans une heure. Il nous suivait avec cinq compagnies de ses meilleures troupes. Depuis notre départ, il n'a jamais été à plus d'une heure derrière nous.

– Comment le savez-vous ?

Alfonso tapota en souriant l'émetteur-récepteur de radio qu'un de ses hommes portait sur le dos.

– J'ai parlé au général il y a dix minutes, dès que le dernier *henshaw* russe a été descendu.

– Pourquoi ne me l'avez-vous pas dit avant, espèce d'idiot ? grommela Sean.

– Le général m'avait donné l'ordre de ne rien vous dire. Mais, maintenant, il m'a chargé de vous faire savoir qu'il est très content que les *henshaw* aient été détruits, et qu'il vous considère comme son fils. Dès son arrivée, il vous récompensera.

– Parfait. Si nous devons défendre le camp retranché, placez vos hommes tout le long de son périmètre. Nous utiliserons les mitrailleuses lourdes de 12,7 mm.

Sean se tut en voyant arriver un soldat shangane qui grimpait la pente de la colline, venant vers lui.

– *Nkosi!*

L'homme était haletant. Dès que Sean vit son visage, il sut qu'il apportait de mauvaises nouvelles. Il saisit le bras du messager.

– La femme ? Elle est blessée ?

– Non, elle va bien. Elle m'envoie à vous. C'est le Matabele, le capitaine Job. Il a été atteint.

– Il est très mal ?

Sean lança la question par-dessus son épaule. Il était déjà en train de courir.

– Il est mourant, lui cria le messager. Le Matabele est mourant !

Sean savait où il devait aller. C'était lui-même qui avait choisi le taillis d'acacias épineux comme position de lancement de Job. Les premiers rayons du soleil du matin doraient le sommet des arbres, tandis que Sean descendait au pas de course la pente de la colline. Aidée par deux Shanganes, Claudia avait étendu Job sur un terrain plat et herbeux, sous un arbre. Elle avait mis sous sa tête un des sacs à dos, et un pansement d'une trousse de premier secours sur sa blessure. Levant les yeux, elle s'écria en le voyant :

– Ah, Sean, te voilà !

Elle saisit l'expression du visage de Sean lorsqu'il vit sa chemise tachée de sang séché. Elle le rassura.

– Ce n'est pas mon sang. Moi, je n'ai rien.

Toute l'attention de Sean se porta alors sur Job. Son visage avait pris une couleur grise malsaine, la chair semblait du goudron fondu. Sean toucha sa joue, la peau était froide comme la mort. Saisi de crainte, il tâta le poignet du bras qui n'était pas blessé. Bien que le pouls soit faible et rapide, il éprouva un intense soulagement à le sentir battre.

– Il a perdu énormément de sang, lui dit Claudia à l'oreille. Maintenant, j'ai réussi à arrêter l'hémorragie.

– Il est en état de choc. Laisse-moi regarder.

– Fais attention à ne pas enlever le pansement. La blessure est horrible. Un obus a atteint l'extrémité de l'épaule. Ce n'est plus que de la chair déchiquetée et des os broyés. Son bras n'est encore attaché que par un lambeau de muscle et de tendon.

Sean lui coupa brutalement la parole.

– Prends Matatu avec toi. Monte au camp. Vois ce qu'ils ont dans leur infirmerie. Je suppose que les Russes y avaient tout ce qu'il faut. Trouve-le. Apporte-moi du plasma et un goutte-à-goutte, des pansements et des bandages, c'est le plus urgent. Mais si tu peux trouver aussi de l'antiseptique et des analgésiques...

– Ah, Sean, j'ai été si inquiète pour toi.

– Tu ne te débarrasseras pas si facilement de moi, plaisanta-t-il sans lever les yeux du visage de Job. Va maintenant, et reviens le plus vite possible. Matatu, accompagne la Donna, et veille sur elle.

Ils partirent tous deux en courant. Jusqu'à ce qu'ils soient de retour avec les médicaments, Sean ne pouvait rien faire. Pour occuper ses mains et ne pas penser, il mouilla son écharpe avec l'eau de sa bouteille et se mit à nettoyer la face de Job du sang et de la poussière incrustés. Les paupières du blessé battirent et s'ouvrirent. Sean vit qu'il reprenait conscience.

– Ça va, Job. Je suis là. N'essayez pas de parler.

Job referma un instant les yeux. Lorsqu'il les rouvrit, trop faible pour bouger la tête, il porta son regard vers le bas, sur son corps, pour essayer de voir l'étendue de ses blessures. C'est toujours la première réaction.

– Est-ce le sang des poumons que je perds ? Mes deux pieds sont encore en place ? Mes deux mains ?

– C'est le bras droit et l'épaule. Un obus de 12,7 millimètres. Juste une vilaine écorchure. Vous allez vous en tirer, mon vieux. C'est garanti par écrit. Croyez-vous que je vous mentirais ?

Un faible sourire releva les coins de la bouche de Job, en même temps qu'il adressait un clin d'œil complice à Sean, dont le cœur se serra, car il savait que c'était un mensonge. Job ne s'en tirerait probablement pas.

– Reposez-vous, lui enjoignit-il sur le ton de la plaisanterie. Étendez-vous sur le dos et laissez-moi faire, comme disait le général à la marquise. Je m'occupe de vous.

Job referma les yeux.

Claudia repéra l'infirmerie à la croix rouge placée à l'entrée de l'abri où elle se trouvait. A l'intérieur, deux Shanganes du Renamo se livraient au pillage, fouillant partout. Claudia les apostropha avec une telle véhémence qu'ils déguerpirent sans demander leur reste.

Les cartons remplis de matériel médical portaient des étiquettes en écriture cyrillique. Claudia dut les ouvrir afin d'examiner leur contenu. Elle y trouva des sachets en plastique de plasma incolore ; elle en confia deux à Matatu. Les goutte-à-goutte se trouvaient sur une étagère. Les pansements et les bandages furent faciles à reconnaître. Mais quant aux boîtes de cachets et aux tubes de produits pharmaceutiques, Claudia ne comprenait rien aux indications ; elle prit un produit marron clair avec une odeur d'iode caractéristique. Elle en découvrit dont le contenu était mentionné également en arabe et en français. Elle possédait quelques notions de ces deux langues, elle put identifier les analgésiques et les antibiotiques.

Elle mit également la main sur deux trousses, de toute évidence prêtes à être utilisées par les Russes pour des soins de première urgence; elle les ajouta à sa collection. Après quoi, Matatu et Claudia sortirent de l'infirmerie. Mais avant qu'ils soient parvenus à la limite du camp, une silhouette tristement familière apparut devant eux, émergeant d'un brouillard de fumée.

— Miss Monterro, l'interpella le général China, que voici une heureuse rencontre! J'ai besoin de votre concours.

Il était accompagné de plusieurs officiers de son état-major. Claudia se remit rapidement du choc provoqué par ces retrouvailles inattendues.

— Je suis occupée, répondit-elle avec brusquerie. Job est gravement blessé. Je dois aller auprès de lui.

Elle essaya de passer. China étendit le bras.

— Je crains d'avoir plus besoin de vous que n'importe qui d'autre.

— N'en croyez rien. Job a besoin de ces remèdes. Sinon, il mourra.

— Un de mes hommes va les lui porter. Venez avec moi, s'il vous plaît. Ou bien, je serais obligé de vous amener de force. Cela manquerait de dignité, miss Monterro.

Malgré les protestations de Claudia, un des officiers la déchargea du matériel médical. Elle finit par se résigner.

— Matatu, va avec lui.

Le petit homme acquiesça d'un signe de tête. Elle suivit China à l'intérieur du camp. Ils se frayèrent un chemin parmi les débris laissés par la bataille : Claudia frissonna en enjambant le cadavre calciné d'un soldat du Frelimo.

Le général China était fort aimable, ce qu'il voyait autour de lui le remplissait d'aise.

— Le colonel Courtney a remporté un succès dépassant tout ce que j'espérais. Il a même réussi à capturer un hélicoptère absolument intact, en même temps que son équipage russe et son équipe au sol.

— J'espère, dit Claudia, que vous ne me garderez pas trop longtemps.

— Miss Monterro, le capitaine Job vivra ou mourra sans vous. J'ai besoin de vous comme interprète.

— Je ne parle pas le russe.

— Par chance, le pilote semble parler italien. Il ne cesse de répéter « *Italiano, Italiano* ».

354

China la prit par le bras et lui fit descendre les marches conduisant à un abri camouflé. Claudia se rendit compte aussitôt que c'était un atelier de mécanique. Le long de chacun des murs était installé un établi ; sur l'un de ceux-ci, elle vit un tour et une perceuse. Dans des armoires au-dessus des établis, étaient rangés quantité d'outils à main. A l'extrémité de l'atelier, elle vit des postes de soudure électrique. Son père avait un atelier dans la cave de leur maison d'Anchorage, où Claudia avait passé bien des soirées à l'y regarder bricoler.

Les cinq prisonniers russes se trouvaient groupés à l'extrémité de la salle.

— Qui de vous parle italien ? demanda-t-elle.

Un grand garçon mince s'avança. Il était vêtu d'une combinaison de vol, son visage était couturé de cicatrices d'acné, son regard était fuyant. Il paraissait nerveux.

— *Io, signora.*

— Où avez-vous appris ?

— Ma femme était étudiante à Milan. Je l'ai rencontrée lorsqu'elle préparait un doctorat à l'université Patrice Lumumba de Moscou.

Son accent italien était assez mauvais et sa grammaire incertaine, mais Claudia le comprenait sans difficulté.

— Je traduirai pour le général China, lui dit-elle. Mais je dois vous avertir que c'est un homme brutal et cruel. Je ne suis ni son amie ni son alliée, et ne peux pas vous protéger.

— Merci, *signora*. Je n'ai pas besoin de protection. Je suis prisonnier de guerre conformément à la Convention de Genève. J'ai certains droits, ainsi que mes hommes.

— Que dit-il ? demanda China.

— Il dit qu'il est prisonnier de guerre, et que ses hommes et lui sont protégés par la Convention de Genève.

— Dites-lui que Genève est très loin. Ici, nous sommes en Afrique, et je n'ai signé aucun accord en Suisse. Il n'y a que les droits que je déciderai qu'il peut avoir. Dites-lui qu'il pilotera l'hélicoptère selon mes ordres, et que son équipe au sol entretiendra l'appareil et le maintiendra en état de vol.

A mesure que Claudia traduisit, elle vit les mâchoires du pilote se serrer et ses yeux bleus devenir durs. Il tourna la tête vers son personnel et lui parla en russe. Ils se mirent aussitôt à faire des signes de dénégation.

— Dites à ce macaque noir que nous insistons sur nos droits. Nous refusons de voler pour lui. Ce serait un acte de trahison.

Claudia avait entendu dire que beaucoup de Russes étaient racistes. Les termes méprisants qu'il venait d'employer laissaient à penser que c'était exact en ce qui le concernait. Cependant, son refus était si évident que China n'eut pas besoin de la traduction de Claudia. Il l'interrompit brutalement.

— Dites-lui que je n'ai le temps ni de discuter ni de le persuader par la douceur. Je demande une fois de plus sa coopération; s'il refuse, je vais être obligé de lui démontrer que je parle sérieusement.

— *Signore*, l'avertit à nouveau Claudia, cet homme est très dangereux. Je l'ai vu commettre les pires atrocités. Moi-même, j'ai subi ses tortures.

— Je suis officier et prisonnier de guerre. (Le pilote se mit au garde-à-vous, le visage figé.) Je connais mon devoir.

China l'observait pendant qu'il faisait cette réponse. Lorsque Claudia eut traduit, il eut un sourire glacial.

— Encore un homme brave. Maintenant, nous allons voir jusqu'où va sa bravoure.

Sans tourner son regard vers ses officiers, il leur donna un ordre bref en shangane. Pendant qu'ils allaient chercher le chariot servant à transporter les bouteilles de gaz oxyacétylénique, il continua de fixer en souriant le pilote russe, qui soutint son regard dans l'affrontement de leurs volontés. China fut le premier à détourner le sien. Il se dirigea vers l'établi, où il examina rapidement les outils et objets qui s'y trouvaient. Il saisit une tige métallique mince et la soupesa d'un air satisfait. Elle avait à peu près la longueur et la grosseur d'une baguette écouvillon de fusil.

— Ceci fera très bien l'affaire, dit-il à voix haute.

Il prit un gant de soudeur en amiante, qu'il enfila sur sa main droite, et revint au poste de soudure. Claudia, qui avait vu autrefois son père faire des soudures, se rendit compte que China connaissait parfaitement le fonctionnement de l'appareil. Il enflamma le mélange, puis régla le débit de l'oxygène et de l'acétylène de façon à obtenir une flamme bleue de très haute température. Prenant la tige métallique dans sa main gantée, il en mit l'extrémité au contact de la flamme.

Tous les Russes le regardaient faire avec inquiétude. Claudia vit vaciller l'éclat dur des yeux du pilote, et des gouttes de sueur perler sur sa lèvre supérieure.

— Cet homme est bestial, lui dit-elle à voix basse en italien. Croyez-moi lorsque je vous dis qu'il est capable des actes les plus abominables. Je vous en prie, *signore*, je ne veux pas voir cela.

Ignorant sa prière, le pilote regardait fixement l'extrémité de la tige qui prenait une couleur rouge cramoisi.

— Vos menaces de brute ne m'intimideront pas, finit-il par dire, d'une voix dans laquelle Claudia perçut une légère fêlure.

Dans la main de China, le bout de la tige prit une teinte rouge clair, puis blanc incandescent. China la retira de la flamme du chalumeau, fit quelques moulinets comme si c'était une baguette de chef d'orchestre, et s'approcha du pilote avec toujours le même sourire glacial. On eût dit un serpent venimeux.

– Je répète ma demande. Veut-il piloter pour moi ?

– *Niet*. (Malgré la fêlure de la voix, la réponse fusa sans hésitation.) *Obeziana*, macaque noir, ajouta-t-il en russe.

China, debout devant lui, promena lentement la tige à quelques centimètres des yeux du jeune officier qui s'adressa à Claudia :

– Dites-lui que, sans mes yeux, je ne pourrai pas piloter.

– Exact, reconnut China lorsque Claudia eut traduit.

Il laissa le pilote et s'avança le long des prisonniers alignés, agitant la tige rougeoyante sous le nez de chacun d'eux, en observant avec soin leurs réactions. Celle du gros mécanicien en salopette graisseuse lui parut la plus satisfaisante ; l'homme recula jusqu'à ce que le mur derrière lui l'arrête, la sueur coulait le long de ses joues roses et tombait de la pointe de son menton. D'une voix rauque, il dit en russe quelque chose à quoi le pilote répondit par un ordre bref et tranchant.

– Tu n'aimes pas ça, hein, petit cochon gras ? dit China en approchant la tige de sa joue pour qu'il sente la chaleur irradiée.

Le mécanicien, la tête appuyée au mur, suivait la pointe de la tige de ses yeux exorbités. Le métal commençait à se refroidir. Avec un froncement de sourcil de contrariété, China laissa le malheureux pour retourner à l'établi et rallumer le chalumeau. Pendant ce temps, le mécanicien s'affaissait contre les sacs de sable. Sa transpiration mettait des taches noires sur sa combinaison. Le pilote lui dit à voix basse quelques mots d'encouragement ; l'homme se redressa et adressa à son supérieur un regard éloquent qui exprimait de la gratitude.

China, à qui ce bref échange entre les deux Russes n'avait pas échappé, sourit de satisfaction. Voyant ce sourire, Claudia comprit que China venait de choisir sa victime. Le mécanicien était le moins courageux des cinq prisonniers, et le pilote avait malencontreusement laissé voir son amitié et sa sollicitude envers son subordonné.

– Je vous en supplie, murmura-t-elle en italien, votre ami court un terrible danger. Si vous voulez le sauver, faites ce que demande cet homme.

Le pilote la regarda, avec une expression qui fit espérer à Claudia qu'il mollissait.

– S'il vous plaît, faites-le pour moi. Je ne pourrai supporter de voir cela.

Mais c'est avec désespoir qu'elle vit l'expression du visage du Russe changer encore, tandis que sa résolution s'affirmait à nouveau. Il fit non de la tête. China vit ce geste ; il éteignit la flamme du chalumeau, et souffla légèrement sur la pointe du métal chauffé à blanc. Il laissa l'instant se prolonger de façon angoissante. Dans l'atelier, tous les yeux étaient braqués sur la tige d'acier incandescent.

Soudain, il donna un ordre en portugais. Deux de ses officiers s'avancèrent et saisirent le mécanicien par les bras. Celui-ci poussa un petit cri de terreur.

Ils le hissèrent sur l'établi et l'y couchèrent sur le dos. Il se débattait, donnant des coups de pied dans le vide. Ils attachèrent ses jambes et ses bras aux montants de l'établi.

Le pilote russe cria une protestation et voulut s'avancer, mais un des officiers du Renamo lui colla un pistolet sur le ventre, l'obligeant à rester où il se trouvait.

— Je vous demande une fois de plus, dit China, si vous voulez piloter pour moi.

Le pilote lui répondit en russe quelque chose qui était d'évidence une injure. Il était empourpré de colère, les boutons d'acné de son visage avaient pris une teinte rouge vif.

Sur un signe de China, un de ses hommes déboutonna et ouvrit le col de la combinaison du mécanicien et celui de sa chemise. China approcha de sa gorge l'extrémité de la tige. Lorsque l'homme sentit la chaleur, il se débattit si violemment que deux soldats du Renamo durent le maintenir cloué à l'établi.

— Alors ? dit China en regardant le pilote.

Celui-ci était comme fou, les traits du visage déformés par l'indignation, il criait des injures et des menaces.

— Je regrette que ce soit nécessaire.

China plongea la tige de métal dans la gorge de l'homme, qui poussa un cri aigu, provoquant de la part de Claudia un cri de pitié en écho. La chair se mit à fumer et grésiller, tandis que China tournait la tige sur elle-même en l'enfonçant plus avant. Les cris du mécanicien se transformèrent en gargouillements. Claudia mit ses mains sur ses oreilles pour ne plus entendre, et s'enfuit à l'extrémité de l'atelier, où elle colla sa tête contre les sacs de sable. L'odeur de la chair grillée emplit sa bouche et ses narines. Son cœur se souleva, et elle vomit, le front appuyé au mur.

Tous les Russes se mirent à crier leur protestation et à exhaler leur fureur. Claudia essuya sa bouche du revers de sa main. Elle était agitée d'un tremblement nerveux, et des larmes coulaient sur ses joues. Peu à peu, le silence se fit dans la salle. Elle n'eut pas besoin de regarder le mécanicien pour savoir qu'il était en train de mourir, peut-être déjà mort.

— Miss Monterro, appela China d'une voix égale et calme, veuillez vous contrôler. Nous n'avons pas terminé notre travail.

– Vous êtes une bête sauvage, dit-elle en hoquetant. Je vous hais! Ah, Dieu, comme je vous hais!

– Vos sentiments ne présentent pas le moindre intérêt pour moi. Dites au pilote que j'attends son entière coopération.

Se retournant pour faire face à China, Claudia vit que ceux qui maintenaient le mécanicien l'avaient lâché. Il était étendu sur l'établi, la tige toujours fixée dans sa gorge d'où avait coulé un flot de sang.

– Parlez au pilote, lui ordonna China.

Claudia s'arracha à ce spectacle macabre, et s'adressa au jeune homme :

– Je vous en supplie, faites ce qu'il demande.

– Je ne peux pas. Mon devoir!

– Allez au diable avec votre devoir! lança-t-elle rageusement. Vous allez finir de la même façon, vous et vos hommes. (Elle montra du doigt l'établi.) Voilà ce qui vous attend!

Elle se retourna vers les autres Russes, tremblants et blêmes d'horreur et de terreur.

– Regardez-le! leur cria-t-elle en anglais. C'est cela que vous voulez?

S'ils ne comprenaient pas les mots, le sens de ce qu'elle disait était suffisamment clair. Ils tournèrent leur regard vers le pilote. Pendant une longue minute, il résista à leur prière muette. Alors, sur un mot de China, des officiers du Renamo s'approchèrent, saisirent un autre mécanicien, et le traînèrent vers l'établi en dépit de ses cris. Le pilote leva les deux mains en signe de reddition.

– Dites-lui d'arrêter, prononça-t-il d'une voix lasse. Nous obéirons à ses ordres.

– Merci, miss Monterro. (China lui adressa un aimable sourire.) Vous êtes maintenant libre de rejoindre le colonel Courtney.

– Comment allez-vous communiquer avec le pilote?

– Il me comprend déjà. (Le sourire bienveillant de China alla de Claudia au Russe.) Je vous assure qu'il saura dans très peu de temps parler tout à fait correctement la même langue que moi. Veuillez transmettre mes amitiés au colonel Courtney, et le prier de venir me voir dès qu'il le pourra. J'aimerais lui faire mes adieux, le remercier et lui souhaiter un bon voyage.

Il s'inclina légèrement devant Claudia, l'air moqueur :

– A vous aussi, miss Monterro, bon voyage. J'espère que vous garderez le meilleur souvenir de nous tous, vos amis d'Afrique.

Claudia ne trouva pas de mots pour répondre. Les jambes molles et flageolantes, elle se détourna et sortit de l'atelier. Elle descendit la pente de la colline dans un état d'hébétude, trébuchant à chaque pas, regardant à peine ce qui, à d'autres moments, l'aurait rendue malade ou épouvantée. Au bas de la colline, elle s'arrêta pour essayer de se ressaisir. Elle respira profondément, afin de réprimer les sanglots qui par moments montaient de sa gorge, rejeta en arrière et peigna avec ses doigts sa chevelure, et renoua le bout de tissu qui lui servait de turban. Avec le pan de sa chemise, elle essuya les larmes et la sueur de son visage, et fut horrifiée des traînées de crasse laissées sur le tissu par cette opération.

« Je dois être horrible », se dit-elle, « Sean ne doit pas me voir comme ça. Reprends-toi, ma vieille. »

Serrant les poings pour cacher ses ongles cassés, elle redressa le dos, leva le menton, et se hâta vers l'endroit où Sean s'affairait encore au-dessus du corps de Job enroulé dans une couverture. Il leva les yeux.

– Que s'est-il passé? Pourquoi es-tu restée si longtemps?

– Le général China est arrivé. Il m'a demandé de venir avec lui.

– Pour quoi faire? Que voulait-il?

– Rien d'important. Je te raconterai plus tard. Comment va Job?

– Je lui ai instillé un litre entier de plasma. (Il avait suspendu le goutte-à-goutte à une branche d'arbre au-dessus d'eux.) Son pouls est meilleur. Job est aussi résistant qu'un vieux buffle. Aide-moi à refaire le pansement.

– Est-il conscient?

– Par moments.

Sous le pansement, la blessure était si horrible que ni l'un ni l'autre n'eurent le cœur d'en parler, d'autant plus que Job aurait pu entendre et comprendre. Sean, après avoir oint de pommade iodée toute la surface lésée, la recouvrit à nouveau de compresses et de bandages immaculés trouvés dans la trousse médicale. Mais les linges blancs furent vite souillés de sang et d'iode.

A eux deux, ils durent tourner le blessé sur le flanc, afin de faire passer les bandages dans son dos. Claudia maintenait en place le bras à demi arraché, le coude replié sur la poitrine, pendant que Sean le bandait pour qu'il ne puisse bouger. Lorsqu'ils eurent terminé, toute la partie supérieure du corps de Job était emmaillotée dans un cocon de bandages appliqués par des mains expertes, dont seul émergeait son bras gauche. Sean tâta son poignet.

– Le pouls disparaît de nouveau. Je vais lui passer un autre litre de plasma.

On entendit des crépitements de mitrailleuse et des tirs de mortier sporadiques, provenant de l'autre côté de la colline.

– Qu'est-ce que c'est? demanda Claudia avec inquiétude.

– Une contre-attaque du Frelimo. Mais China a trois compa-

360

gnies dans le camp, et les gens du Frelimo montreront beaucoup moins d'ardeur, maintenant qu'ils n'ont plus l'appui aérien. Les hommes de China pourront les repousser sans difficulté.

– Sean, d'où venait China ? Je croyais...

– Oui. Je croyais moi aussi qu'il était resté au bord du fleuve. Mais le malin fils de pute était sur nos talons, prêt à accourir pour s'emparer des dépouilles.

Il finit de régler l'écoulement du plasma du goutte-à-goutte, et s'assit par terre à côté de Claudia, la regardant attentivement.

– Bien. Et maintenant, raconte-moi ce qui s'est passé.

– Rien.

– Assez de blagues, ma belle.

Il passa un bras autour des épaules de Claudia. Elle ne put retenir ses larmes.

– China... Il se moquait bien de ce qui est arrivé à Job. Il m'a fait traduire pour le pilote russe. Oh, mon Dieu, comme je le hais. C'est un être bestial. Il m'a fait assister à...

Sa voix se brisa.

– Des saloperies ? insista Sean.

– Il a tué un des Russes, de la manière la plus abjecte.

– C'est un garçon charmant, notre China. Essaie de chasser cela de ton esprit. Nous avons suffisamment de problèmes pour nous-mêmes. Laissons les Ivan s'occuper des leurs.

– Il a obligé le pilote russe à se dire d'accord pour piloter l'hélicoptère.

Sean se leva et aida Claudia à en faire autant.

– Ne pense plus à China et aux autres. Ce dont nous devons nous inquiéter, c'est comment sortir d'ici.

Il se tut en voyant le sergent Alfonso descendre en courant de la colline dans leur direction, suivi d'une demi-douzaine de ses Shanganes. Tous étaient chargés de butin. Le beau visage d'Alfonso rayonnait d'un sourire heureux.

– *Nkosi !* Quelle bataille ! Quelle victoire !

– Vous vous êtes battus comme des lions. La bataille a été gagnée, mais maintenant vous devez nous aider à aller jusqu'à la frontière. Le capitaine Job est gravement blessé.

Le sourire d'Alfonso s'éteignit. Malgré leur inimitié tribale traditionnelle, les deux hommes avaient appris à s'estimer mutuellement. Il s'approcha et regarda le blessé.

– Très gravement ? demanda-t-il.

– J'ai vu une civière à l'infirmerie, proposa Claudia. Nous pourrions la prendre pour le transporter.

– Il y a deux jours de marche jusqu'à la frontière, dit Alfonso, l'air dubitatif. Et à travers le territoire du Frelimo.

– Les gens du Frelimo s'enfuient comme des chiens à qui on a attaché une casserole à la queue, rétorqua Sean d'un ton dur. Envoyez deux de vos hommes chercher la civière.

— Le général China vous demande. Il va partir à bord du *henshaw* russe, et veut vous voir avant son départ.

— Très bien, j'y vais, mais je veux que cette civière soit ici quand je reviendrai. Nous nous mettrons en route dans une heure.

— *Nkosi!* Nous serons prêts, acquiesça Alfonso.

Sean se tourna vers Claudia.

— Je vais voir China, et lui parler de la possibilité d'évacuer Job dans l'hélicoptère. A vrai dire, je ne pense pas avoir de grandes chances de le persuader. Reste auprès de Job et surveille son pouls. Il y a une ampoule d'adrénaline dans la trousse médicale. Ne l'utilise qu'en dernier ressort.

— Reviens vite, je t'en prie. Je ne suis courageuse que lorsque tu es près de moi.

— Matatu restera avec toi.

Sean monta rapidement la pente de la colline, où il croisa une théorie de porteurs du Renamo. Il était clair que China faisait main basse sur tout ce qu'il pouvait emporter, entre autres des pièces de rechange pour l'hélicoptère et des centaines de jerrycans d'essence d'aviation. Les files de porteurs partaient vers la brousse en direction du fleuve. Sean ne s'intéressa pas à eux. Son rôle était terminé, il avait hâte de s'en aller, de franchir la frontière, de faire soigner Job, et de mettre Claudia en sécurité. Cependant, subsistait toujours un point d'interrogation lancinant. China allait-il vraiment tenir sa promesse, et les laisser partir ? Le croire n'était-il pas trop optimiste ?

« Nous verrons », se dit-il sans enthousiasme. Avisant un des officiers du Renamo qui surveillait le chargement des porteurs, il lui demanda où était le général China.

Il le trouva, en compagnie des prisonniers russes et de son état-major, dans le blockhaus de commandement du camp. Lorsqu'il entra, China leva les yeux de la carte qu'il étudiait et lui adressa un aimable sourire.

— Colonel Courtney, mes félicitations. Vous avez été magnifique. C'est une belle victoire.

— Maintenant, vous me devez une récompense.

— Vous voulez partir avec les vôtres ? Toutes les dettes entre nous ont été largement payées. Vous êtes libre de vous en aller.

— Non. Je crois que vous me devez encore quelque chose. Le capitaine Job a été gravement blessé. Son état est critique. Je veux qu'il soit évacué au Zimbabwe dans le Hind que nous avons pris.

— Vous plaisantez, je pense. Je ne peux prendre le risque d'envoyer un appareil d'une telle valeur effectuer une mission sans intérêt militaire. Non, colonel, toutes les dettes sont réglées.

Ne persistez pas à demander des choses aussi extravagantes. Avec mon oreille défectueuse, cela ne fait que me contrarier, et je pourrais être tenté de retirer mon offre généreuse de vous laisser partir librement.

Il tendit la main à Sean en souriant.

— Allons, colonel, quittons-nous bons amis. Vous bénéficiez des services du sergent Alfonso. Vous êtes un homme plein de ressources. Je ne doute pas que vous trouverez le moyen de ramener vos gens et vous-même en lieu sûr, sans avoir besoin d'autre aide de ma part.

Sean ignora la main tendue : China la retira.

— Ainsi nous partons chacun de notre côté, colonel. Moi à ma petite guerre et, qui sait, peut-être un jour à un pays dont je serai le maître. Vous, à votre très belle et très riche jeune Américaine. Je vous souhaite beaucoup de bonheur, et ne doute pas que vous m'en souhaitez autant.

Il revint à la carte, laissant Sean interdit. C'était impossible, cela ne pouvait finir ainsi. Sean savait que tout n'était pas dit. Mais le général China se mit à dicter ses ordres en portugais à l'un de ses officiers.

Sean attendit encore quelques instants, avant de faire brusquement demi-tour et de sortir. C'est seulement lorsqu'il se fut éloigné que China releva la tête et sourit : un petit sourire méchant qui, si Sean l'avait vu, aurait répondu aux questions qu'il se posait.

Les gens d'Alfonso avaient rapidement apporté la civière ; elle était en fibre de verre, d'un modèle très léger employé par les équipes de secours en montagne. Ce qui n'empêchait qu'il faudrait quatre hommes pour la porter dans les passages difficiles ; et ils avaient un long et dur chemin à parcourir jusqu'à la frontière.

« Moins de cent kilomètres, et pas si dur que ça », se dit Sean pour se rassurer. « Deux jours, si nous marchons bien. »

Claudia le vit revenir avec soulagement.

— Job semble aller mieux, lui dit-elle. Il était conscient : il t'a demandé, et a dit quelque chose où il était question d'une colline, la colline 31.

Sean esquissa un sourire.

— C'est là que nous nous sommes rencontrés. Il divague un peu. Aide-moi à le mettre sur la civière.

A tous les deux, ils le soulevèrent avec douceur et l'y installèrent, bordé dans des couvertures de laine provenant du pillage. Sean plaça le goutte-à-goutte au-dessus de Job, attaché à un fil de fer en forme d'arceau. Puis il se redressa, fit signe à la première équipe de porteurs de saisir la civière, et dit :

— Matatu, ramène-nous à la maison.

Il y avait moins de deux heures que le soleil s'était levé. Il semblait qu'ils avaient vécu une vie entière dans ce court laps de temps, se dit Sean, en jetant un regard en arrière, vers la colline du camp retranché. Des colonnes de fumée s'élevaient au-dessus d'elle. La dernière file de porteurs du général China était en train de disparaître dans la forêt, lourdement chargée de butin.

Les sons lointains de la bataille s'étaient tus. La contre-attaque lancée sans enthousiasme par le Frelimo avait échoué depuis longtemps. China retirait ses forces pour les ramener au bord de la Pungwe. Pendant que Sean regardait, le Hind capturé s'éleva lentement de son emplacement, demeura un moment immobile, suspendu à son rotor brillant au soleil, et plongea vers eux dans un grondement de moteur allant crescendo. Soudain Sean vit les tubes multiples du canon Gatling dans le nez de l'hélicoptère.

Lorsque celui-ci approcha, Sean reconnut le visage de China derrière la vitre blindée de l'habitacle. Il était assis dans le siège du mécanicien, aux commandes du canon. Sean vit l'arme tourner légèrement et se pointer dans sa direction. Le Hind passa à seulement quinze mètres à la verticale, si près que Sean put voir les dents de China étinceler dans son visage noir.

Leur petite troupe n'était pas encore arrivée sous le couvert de la forêt. Rien ne les mettait à l'abri de cette arme terrible. Instinctivement Sean bondit et attira Claudia contre lui, afin de la protéger par l'écran de son corps. En passant au-dessus d'eux, le général China leva la main droite en un salut ironique, le Hind s'inclina et prit la direction du nord-ouest. Bientôt il ne fut plus qu'un point dans le ciel avant de disparaître. Ils le suivirent des yeux en silence, avec le sentiment que quelque chose venait de prendre fin, jusqu'à ce que Sean rompe le charme.

— En avant, la troupe !

Les porteurs de la civière repartirent au petit trot en chantant à mi-voix une de leurs vieilles chansons de marche.

Matatu, qui marchait en éclaireur, tomba sur des groupes de soldats du Frelimo qui s'enfuyaient en ordre dispersé. Après la perte de son support aérien, l'offensive du Frelimo paraissait se transformer en une déroute totale, et la situation était confuse. Afin d'éviter tout contact avec eux, Matatu fit faire à Sean un détour plus au nord de ce qui avait été prévu. Les porteurs de la civière étant changés à intervalle régulier, leur petite troupe avançait rapidement.

A la tombée de la nuit, ils s'arrêtèrent pour manger et prendre du repos. Alfonso prit contact par radio avec le quartier général du Renamo, afin d'indiquer leur position. Il reçut un accusé de réception laconique, sans modification des ordres qu'il avait reçus.

Ils se régalèrent de conserves provenant du pillage du dépôt de vivres des Russes, et fumèrent les cigarettes orientales parfumées à bout-filtre de liège. Job reprit conscience et murmura d'une voix voilée :

– Un lion dévore mon épaule.

Sean versa le contenu d'une ampoule de morphine dans le goutte-à-goutte. La douleur diminua, au point que Job put avaler quelques bouchées de leur repas. Il avait beaucoup plus soif que faim, et but deux pleines tasses de café russe, qui était remarquablement bon. Assis près de la civière, Sean et Claudia attendirent que la lune se lève. Sean dit à Job :

– Nous allons repasser par Honde Valley. Une fois que nous serons arrivés à la mission Sainte-Marie, vous serez en bonnes mains, un des pères est médecin. De là, je téléphonerai à mon frère Garrick à Johannesburg et lui demanderai d'envoyer l'avion de la société à Umtali. Mon vieux, vous serez à l'hôpital général de Johannesburg avant de savoir ce qui vous arrive. Là, vous aurez les meilleurs soins médicaux du monde.

Lorsque la lune fut levée, ils se remirent en route jusqu'à minuit, heure à laquelle ils firent halte pour dormir. Sean fit un matelas d'herbes coupées sur lequel fut posée la civière. Avant qu'elle s'endorme, il dit à l'oreille de Claudia :

– Demain, tu auras un bain chaud et des draps propres.

– C'est promis ? soupira-t-elle.

– C'est juré.

C'était chez lui une vieille habitude de se réveiller une heure avant la première lueur du jour. Il alla secouer Alfonso. Le sergent se leva, et tous deux firent le tour des sentinelles afin de s'assurer qu'elles avaient les yeux bien ouverts. Ils s'assirent ensuite à la limite du campement. Alfonso offrit à Sean une cigarette russe ; ils la fumèrent en l'abritant dans le creux de leur main, afin d'en cacher le rougeoiement.

– Est-ce vrai, ce que vous m'avez dit de l'Afrique du Sud ? demanda brusquement Alfonso.

– Qu'est-ce que je vous ai raconté ?

– Que tout le monde, même les noirs, y mangent de la viande chaque jour.

Sean sourit, amusé de l'idée que se faisait le sergent du paradis.

– On est parfois si fatigué de manger du bœuf, plaisanta Sean, que l'on tâte du poulet ou de l'agneau, simplement pour changer un peu.

Alfonso hocha la tête. Qu'un Africain puisse se lasser de manger du bœuf, c'était une chose incroyable.

– Combien gagne un noir en Afrique du Sud ?

– Environ cinq cents rands par mois si c'est un ouvrier sans qualification particulière, mais de nombreux noirs sont millionnaires.

Cinq cents rands, c'était plus que le salaire annuel d'un Mozambicain, quand il avait la chance de trouver un emploi. Quant à être millionnaire, cela dépassait l'imagination d'Alfonso. Il parut stupéfait.

— Cinq cents ? Payés en rands, et pas en escudos ni en dollars du Zimbabwe ?

— En rands.

Comparé à la plupart des monnaies africaines, le rand était de l'or. Mais cela ne suffisait pas au sergent.

— Et il y a des marchandises dans les magasins, que l'on peut acheter avec ces rands ?

Alfonso avait du mal à imaginer des boutiques dans lesquelles il y eût autre chose à vendre que de malheureuses boissons gazeuses de fabrication locale et des cigarettes de mauvaise qualité.

— Tout ce que vous voulez, dit Sean. Du savon, du sucre, de l'huile, de la farine de maïs.

— Autant que j'en veux ? Il n'y a pas de rationnement ?

— Autant que vous pouvez payer. Et quand votre ventre est plein, vous pouvez acheter des chaussures, des costumes, des cravates, des appareils de radio à transistor, des lunettes de soleil...

— Une bicyclette ? demanda Alfonso d'un air avide.

— Seuls les pauvres gens montent à bicyclette, répondit Sean qui s'amusait énormément. Tous les autres ont leur voiture.

— Des noirs ont une automobile à eux ?

Alfonso se tut un long moment, il réfléchissait.

— Il y aurait du travail pour une personne comme moi ? s'enquit Alfonso, avec un manque d'assurance qui n'était pas dans son caractère.

Sean fit semblant d'examiner la question, tandis que le sergent attendait son verdict avec appréhension.

— Vous ? Mon frère possède une mine d'or. Je pourrais vous y faire entrer dès votre arrivée. Vous pourriez être surveillant au bout d'un an, chef d'équipe dans deux ans.

— Combien gagne un surveillant ?

— Entre mille et deux mille.

Alfonso était suffoqué. Il gagnait l'équivalent d'un rand par jour comme sergent, payé en escudos du Mozambique.

— J'aimerais être chef d'équipe, dit-il, rêveur.

— Plus qu'être sergent du Renamo ? Évidemment, poursuivit Sean pour l'asticoter, en Afrique du Sud, vous n'auriez pas le droit de vote. Seuls les visages pâles peuvent voter.

— Le vote ? A quoi cela sert, le vote ? Au Mozambique, je ne vote pas. On ne vote pas en Zambie, au Zimbabwe, en Angola ou

366

en Tanzanie. Personne ne vote en Afrique, sauf peut-être une fois en passant pour élire un président à vie ou un gouvernement du parti unique. (Il secoua la tête en ricanant.) Voter ? Ça ne fait ni manger, ni s'habiller, ni avoir une voiture. Pour deux mille rands par mois et un ventre plein, je vous abandonne mon droit de vote.

– Quand vous viendrez en Afrique du Sud, venez me voir.

Sean s'étira et regarda le ciel, sur le fond duquel il commençait à voir les arbres. Dans peu de temps, l'aube poindrait. Il se leva.

– Il y a une chose que je dois vous dire, murmura Alfonso d'une voix changée.

Sean devint attentif. Il se rassit à côté du Shangane. Alfonso s'éclaircit la gorge, l'air embarrassé :

– Nous avons fait un long chemin ensemble.

– Un long chemin, acquiesça Sean. Mais le bout est en vue. Demain, probablement...

Alfonso ne répondit pas immédiatement. Enfin, il se décida :

– Nous nous sommes battus côte à côte.

– Comme des lions.

– Je vous ai appelé *Baba* et *Nkosi Kakulu*.

– C'était un honneur pour moi. Et moi, je vous ai appelé mon ami.

Dans la demi-obscurité, Alfonso approuva d'un signe de tête. Prenant une résolution soudaine :

– Je ne peux pas vous laisser franchir la frontière du Zimbabwe.

– Et pourquoi donc ?

– Vous vous souvenez de Cuthbert ?

Il fallut un certain temps à Sean pour se remémorer le personnage.

– Cuthbert ? Le type de la base aérienne de Grand Reef ? Celui qui nous a aidés dans notre raid ?

Tout cela semblait si vieux.

– Le neveu du général China, confirma Alfonso. C'est bien de lui qu'il s'agit.

– Sammy Davis Junior, dit Sean en souriant. Le gars relax. Je me rappelle très bien.

– Le général China lui a parlé à la radio. Ce matin même, sur le poste émetteur du *henshaw*. J'étais dans la pièce du blockhaus donnant sur l'extérieur. J'ai entendu tout ce qu'il a dit.

Sean sentit un frisson parcourir son échine, et un picotement sur sa nuque. Il redoutait à l'avance ce qu'il allait entendre. Il demanda :

– Que lui a dit China ?

– Il a donné l'ordre à Cuthbert d'informer les forces armées du Zimbabwe que c'est vous qui avez mené l'attaque de Grand Reef, et volé l'*indeki* avec les missiles. Il a dit à Cuthbert de les prévenir que vous alliez revenir au Zimbabwe par Honde Valley et la mission Sainte-Marie. Ils doivent vous y attendre.

L'estomac noué, Sean demeura un long moment assommé par ce coup, par le piège que lui avait tendu China avec une fourberie et une méchanceté diaboliques. En leur laissant croire qu'ils étaient libérés, en leur laissant goûter le soulagement d'être bientôt hors de danger, alors qu'il les envoyait à un destin pire que celui auquel China lui-même aurait pu les condamner.

La fureur du haut-commandement du Zimbabwe ne connaîtrait pas de bornes. Sean détenait un passeport de ce pays; c'était un document de complaisance, mais qui ferait de lui un traître, et ne lui permettrait d'espérer aucune aide extérieure. Il serait pris en main par les redoutables services centraux de renseignements du Zimbabwe, interrogé à la prison de Chikarubi, dont il ne sortirait pas vivant. Malgré ses blessures, Job subirait le même sort.

Quant à Claudia, bien qu'elle soit citoyenne américaine, elle n'existait plus officiellement. Depuis des semaines, elle était considérée comme disparue. Avec le temps, l'intérêt porté à son cas, même par les ambassades américaines de Pretoria et Harare, avait dû beaucoup se refroidir. De même que son père, elle était présumée morte, et ne pouvait donc espérer aucune protection. Elle était aussi vulnérable que Sean.

Le piège s'était refermé; il ne voyait aucune possibilité d'y échapper. Derrière eux, l'armée du Renamo; à droite et à gauche, le Frelimo; en face d'eux, les services de renseignements du Zimbabwe. Ils étaient seuls sur une terre hostile, condamnés à être abattus comme des animaux sauvages, ou à mourir de faim dans la brousse.

« Réfléchis », se dit Sean à lui-même. « Trouve un moyen de t'en sortir. »

Ils pouvaient tenter de franchir la frontière en un autre endroit que par Honde Valley; mais l'alerte contre eux serait générale. L'armée allait placer en permanence des barrages sur toutes les routes. Ils ne pourraient avancer au-delà de quelques kilomètres. Et puis, il y avait Job. Que faire de lui? Comment pourraient-ils dissimuler le blessé, alors que tous les postes de police et les militaires attendaient son arrivée sur une civière?

— Nous devons gagner le sud, dit Alfonso. Nous devons aller en Afrique du Sud.

— Nous? (Sean le regarda, stupéfait.) Vous voulez venir avec nous?

— Je ne peux pas revenir chez le général China après l'avoir trahi. Je viendrai avec vous en Afrique du Sud.

— C'est un trajet de cinq cents kilomètres, entre deux armées qui se battent, le Frelimo et une division du Renamo. Et que fait-on de Job?

– Nous le porterons.

– Sur cinq cents kilomètres?

– Alors, nous le laisserons. Ce n'est qu'un Matabele, et de toute façon il va mourir.

Sean ravala sa colère et les paroles peu amènes qu'il avait au bout de la langue. A la réflexion, de quelque côté qu'il examine la situation, Alfonso avait raison. Au nord, le havre douteux du Malawi était interdit par le Zambèze et la division du général China. A l'est, c'était l'océan Indien, à l'ouest les militaires du Zimbabwe.

– D'accord, admit Sean à contrecœur. Le sud est la seule voie. Peut-être pourrons-nous passer entre les troupes du Frelimo et du Renamo. Le plus difficile sera de franchir une voie ferrée fortement gardée, puis le Limpopo, et de trouver de quoi manger dans un pays incendié et dévasté par dix années de guerre civile.

– En Afrique du Sud, rétorqua gaiement Alfonso, nous mangerons de la viande tous les jours.

– Vos hommes vous suivront-ils?

– Je tuerai ceux qui ne voudront pas. On ne peut pas les laisser revenir chez le général China.

– Parfait. Vous rendrez compte par radio que je suis revenu au Zimbabwe. Ainsi nous pourrons tromper China pendant quatre ou cinq jours. Il ne se rendra pas compte que nous sommes en route vers le sud, avant d'être hors de sa portée. Parlez à vos hommes avant qu'ils comprennent d'eux-mêmes que nous avons combiné quelque chose.

Alfonso les réunit, y compris les sentinelles. A la lumière grise de l'aube, les visages graves et attentifs des Shanganes tournés vers lui, il leur décrivit le paradis où il allait les conduire.

– Nous sommes fatigués de nous battre, leur dit-il, et de vivre comme des animaux dans la brousse. Il est temps de commencer à vivre comme des hommes, de trouver de bonnes épouses pour mettre au monde nos fils.

Il était plein de l'éloquence enflammée du converti de fraîche date. Avant qu'il ait terminé, Sean fut soulagé de voir dans la plupart des yeux briller le désir et l'espoir. Il commença de croire à la réussite de leur expédition vers le sud, avec beaucoup d'efforts et encore plus de chance.

Il alla trouver Claudia et Job pour leur dire ce qui avait été décidé. Elle était en train de laver le visage de Job avec un chiffon humide.

– Il va beaucoup mieux, dit-elle, il s'est bien reposé cette nuit.
Elle se tut brusquement en voyant l'expression de Sean.

Lorsqu'il lui expliqua ce qu'ils allaient faire, son moral tomba à zéro.

– C'était trop beau pour être vrai. Au fond de moi, je savais que ce ne serait pas aussi facile.

Job était immobile, allongé sur la civière, au point que Sean crut qu'il avait de nouveau perdu conscience. Il voulut prendre son pouls. Au contact de la main de Sean, Job ouvrit les yeux et murmura :

– Peut-on avoir confiance en ces Shanganes ?

– Nous n'avons guère le choix. Nous...

– Laissez-moi ici.

Ce fut dit d'une voix si faible qu'elle était à peine audible. Le visage de Sean se durcit. Sur le ton de la colère, il lança :

– Finissez-en avec vos inepties !

– Sans moi, insista Job, vous avez une chance. Tandis qu'avec une civière...

– Nous avons douze hommes robustes.

– Il vaut mieux que quelques-uns s'en tirent, plutôt que mourir tous. Laissez-moi, Sean. Sauvez Claudia et vous-même.

– Je vais me fâcher. Nous partons dans dix minutes.

Toute la journée, ils marchèrent en direction du sud. C'était un soulagement de n'avoir plus à scruter le ciel dans la crainte d'y voir des Hind. Plus ils se rapprochaient de la voie ferrée, plus lente était leur progression. Ils perdirent beaucoup de temps à se dissimuler dans d'épais bosquets d'ébéniers sauvages et de hautes herbes, en attendant que Matatu revienne de son exploration, et leur dise que la voie était libre et qu'ils pouvaient aller de l'avant.

A la fin de l'après-midi, Sean laissa le gros de la troupe caché dans un ravin buissonneux et partit avec Matatu. Il resta absent pendant près de deux heures ; le soleil se couchait lorsqu'il réapparut soudain auprès de Claudia, sans qu'elle l'ait entendu venir. Elle sursauta :

– Tu m'as fait peur.

– La voie ferrée est à quinze cents mètres seulement devant nous. Il semble que les troupes du Frelimo qui la gardent soient en plein désarroi. Il y a quantité de convois militaires sur la ligne, et une activité fébrile et désordonnée tout autour. Pour la traverser, ce sera assez délicat. Dès que la lune se lèvera, j'irai de nouveau jeter un coup d'œil.

En attendant, Alfonso déploya l'antenne de l'émetteur-récepteur de radio, et établit le contact prévu avec le quartier général de China.

« La colombe s'est envolée. » C'était le code convenu pour annoncer à China que Sean et les siens avaient franchi la frontière. Au bout d'une minute ou deux, le temps probablement de communiquer le message, l'opérateur radio du quartier général transmit à Alfonso l'ordre de revenir au camp principal, au bord du fleuve. Alfonso accusa réception, et remballa en souriant le poste de radio.

– Ils n'attendent pas mon arrivée avant deux jours. C'est seulement après qu'ils commenceront à avoir des soupçons.

Tandis que la lune montait au-dessus des arbres, Sean et Matatu disparurent dans la forêt, pour une ultime reconnaissance de la voie ferrée. A environ un mile, ils trouvèrent où celle-ci passait au-dessus d'un étroit cours d'eau, dont le lit ne contenait à cette époque que quelques flaques peu profondes, et sur les bords duquel poussaient des broussailles qui leur procureraient un bon couvert. Naguère, cette végétation était certainement rasée sur cent mètres de chaque côté de la voie. Mais on l'avait laissé repousser, et elle montait plus haut que la taille.

« Négligence des salopards du Frelimo », se dit Sean. « Ça nous abritera un peu, et nous resterons dans le lit de la rivière. »

La voie ferrée franchissait le cours d'eau sur un remblai traversé par un tunnel pour l'écoulement de l'eau. A cinquante mètres de là se trouvait un poste de garde. Sean regarda longuement dans ses jumelles; une sentinelle du Frelimo, le fusil-mitrailleur en bandoulière, faisait les cent pas sur le remblai. A un moment, il s'appuya contre le garde-fou et alluma une cigarette, dont la lueur permit à Sean de le suivre pendant qu'il revenait au poste de garde. Il paraissait mal assuré sur ses jambes et, lorsqu'il ouvrit la porte du poste, une vague de rires féminins parvint aux oreilles de Sean et Matatu.

– Ils reçoivent des dames, ricana Sean.

– Vin de palme et partie de jambes en l'air, dit Matatu avec envie. J'aimerais bien, moi aussi.

– Espèce de petit paillard! Quand nous serons à Johannesburg, je t'amènerai la plus grande et la plus grosse dame que je pourrai trouver.

En amour, les goûts de Matatu le portaient vers les formes montagneuses. « Le sherpa Tensing sur l'Everest », avait déclaré Sean.

La partie fine que donnait la garde du chemin de fer promettait un franchissement plus facile de la voie. Sean et Matatu se retirèrent silencieusement pour rejoindre le groupe là où ils l'avaient laissé. Leur expédition avait duré trois heures; il n'était pas loin de minuit lorsqu'ils arrivèrent aux approches du campement. Au bord du ravin, Sean s'arrêta pour lancer le signal de reconnaissance, qui était le gargouillis mélodieux de l'engoulevent à col rouge. Il n'avait pas envie qu'une des sentinelles lui tire dessus.

Il attendit pendant une longue minute la réponse, qui ne vint pas. Il répéta le signal, ce fut à nouveau le silence, un silence alarmant. Au lieu de descendre directement dans le ravin, ils en firent prudemment le tour. Au clair de lune, Matatu repéra des empreintes inattendues, il se pencha sur elles.

– Qui est-ce? demanda Sean à voix basse.

– Beaucoup d'hommes : nos Shanganes! (Il montra la direction du nord.) Ils s'en vont.

– Ils s'en vont? (Sean ne comprenait pas.) Ce n'est pas possible... à moins que... Ah, mon Dieu!

Vivement et silencieusement, il pénétra dans le campement. Les sentinelles qu'il avait mises en place avant de partir avaient disparu. Sean sentit monter la panique, en une vague qui menaçait de l'étouffer.

Il voulait appeler Claudia à haute voix. Il voulait courir la retrouver. Mais il respira à fond à plusieurs reprises, et réussit à se dominer. Mettant son AKM sur tir entièrement automatique, il se coucha sur le ventre et avança en rampant. Les cinq Shanganes qu'il avait laissés endormis au fond du ravin étaient partis; leur équipement et leurs armes avaient disparu. Poursuivant sa reptation, il aperçut à la clarté de la lune la forme de la civière de Job. A côté d'elle, exactement à l'endroit où elle se trouvait quand il était parti, Claudia enveloppée dans une couverture. Mais un peu plus loin, un autre corps était étendu; la lumière de la lune se reflétait sur une tache humide sous sa tête.

– Du sang!

Oubliant toute précaution, Sean se précipita sur Claudia; il tomba à genoux auprès d'elle et la prit dans ses bras. Elle sortit de son profond sommeil, poussa un cri et commença à se débattre violemment, pour s'apaiser lorsqu'elle le reconnut.

– Sean! bredouilla-t-elle. Qu'y a-t-il?

– Dieu soit loué! murmura-t-il avec ferveur. Je craignais...

Il lâcha Claudia avec douceur, pour aller auprès de Job étendu sur la civière. Il le secoua légèrement. Job s'éveilla à moitié et marmonna quelque chose. Rassuré de ce côté, Sean vint auprès d'Alfonso. Il mit la main sur son cou; la peau était tiède, le pouls fort et régulier.

– Claudia! appela-t-il. Donne-moi la lampe-torche.

A la lumière de la lampe, il examina la blessure. « Un joli petit coup », grommela-t-il. Elle ne saignait plus, il appliqua cependant une compresse et un bandage.

– Que s'est-il passé, Sean? demanda Claudia, pleine d'inquiétude. Je dormais profondément, je n'ai rien entendu.

– Heureusement pour toi, répondit Sean en nouant les extrémités de la bande. Sinon, tu aurais bénéficié du même traitement.

– Où sont passés les autres?

– Partis, envolés. Ils ont déserté. De toute évidence, la promenade ou la destination ne leur plaisait pas. Ils ont tapé sur la caboche d'Alfonso et sont repartis chez le général China.

Claudia le regarda avec des yeux remplis d'effroi.

– Cela signifie que nous ne sommes plus que tous les quatre ? Qu'à part Alfonso, tous les Shanganes sont partis ?

– Exactement.

Alfonso gémit et remua. Sean l'aida à s'asseoir.

– Sean ! Qu'allons-nous faire ?

Elle s'accrocha à son bras. Il se tourna vers elle, puis jeta un regard de côté sur la civière.

– Que va-t-on faire de Job ? reprit Claudia. Comment pourrons-nous le transporter ? Comment allons-nous maintenant nous en sortir ?

– Ça, ma chérie, c'est une question très intéressante. Tout ce que je peux te dire, c'est que demain à cette heure notre vieil ami le général China saura que nous sommes en cavale, et sera exactement au courant de l'endroit vers lequel nous nous dirigeons.

– Qu'allons-nous faire ? répéta-t-elle, consternée.

– Nous n'avons pas le choix. Il n'y a qu'une seule route possible. On continue dans la même direction.

– Impensable. Vous ne pouvez porter la civière à vous deux, Alfonso et toi.

– Tu as certainement raison. Nous devons trouver un autre système.

A eux deux, ils sortirent Job de la civière et le déposèrent sur une couverture. Ensuite, sous le regard intéressé des autres, Sean se mit à démonter la civière. Pendant qu'il faisait ce travail, Matatu émergea silencieusement de l'obscurité et souffla quelque chose à l'oreille de Sean ; celui-ci se tourna vers Alfonso :

– Vos Shanganes ont bien retenu vos leçons : ils se sont éparpillés, chacun d'eux a pris une direction différente. Si nous courons après eux, nous pourrons peut-être en rattraper un ou deux, mais il y en aura toujours quelques-uns pour mettre China au courant.

Pendant qu'Alfonso maudissait les déserteurs, Sean expliqua à Claudia et à Job :

– Je vais utiliser la toile en nylon de la civière pour fabriquer un siège suspendu.

– Job n'est pas assez fort pour se tenir assis, répliqua Claudia d'un air de doute. Le mouvement rouvrira sa blessure ; elle va saigner...

Elle se tut en voyant Sean la fusiller du regard.

– Tu as une meilleure solution ? grommela-t-il.

Sean replia en deux l'épaisse toile de nylon ; avec les bretelles de son arme et de celle d'Alfonso, il confectionna des boucles pour la supporter.

– Nous les réglerons en cours de marche. (Et, s'adressant à Claudia :) Au lieu de soulever des difficultés, rends-toi utile en rassemblant tout le matériel laissé par les Shanganes. Nous devons faire un choix.

Un choix qu'il fit rapidement; il ne conserva que ce qui était vital.

– Alfonso et moi porterons Job. Nous ne pourrons transporter en plus que nos armes et une couverture chacun. Claudia et Matatu prendront la trousse médicale, les bouteilles d'eau et leur couverture. On laisse tout le reste.

– Les boîtes de conserves? demanda Claudia.

– N'y pense pas, répondit brutalement Sean.

Il se mit en devoir de distribuer le chargement, ne gardant que le minimum, sachant bien qu'un kilogramme paraîtrait en peser dix au bout de quelques miles. Il fit même abandonner à Alfonso son fusil AK, pour lui donner à la place le pistolet pris au pilote russe. Il ne garda que deux chargeurs de munitions pour son AKM, deux grenades pour Alfonso, et deux grenades pour lui, une à fragmentation et l'autre au phosphore.

Ils firent un tas du matériel abandonné, qu'ils dissimulèrent au fond du ravin, sous de la terre et des branchages, afin qu'il ne puisse être trouvé par une patrouille du Frelimo.

– Allez, mon vieux, lança-t-il à Job. C'est le moment de s'en aller.

Sa montre-bracelet marquait un peu plus de trois heures du matin. Ils étaient très en retard sur leur horaire, et ne disposaient que de quelques heures d'obscurité pour traverser la voie ferrée. Sean s'agenouilla auprès de Job, et l'aida à se mettre en position assise. Il resserra ensuite le bandage, pour fixer solidement le bras blessé contre sa poitrine. Alfonso l'aida à mettre debout Job, qui endurait tous ces mouvements dans un silence stoïque. Tous deux réglèrent la hauteur du siège, en agissant sur les bretelles passées par-dessus leur épaule. Soulevant Job, ils l'y assirent, les pieds pendants, son bras intact sur l'épaule de Sean, et croisèrent leurs mains derrière son dos pour l'empêcher de tomber en arrière.

– Prêt? demanda Sean.

Job émit un grognement, essayant de ne pas montrer sa souffrance.

– Si vous pensez que ça fait mal maintenant, lui dit Sean avec une gaieté forcée, attendez seulement quelques heures.

Ils se mirent en route en direction de la voie ferrée. Ils avançaient lentement, afin de s'habituer à cette marche pénible, en essayant d'amortir les cahots, mais ils trébuchaient souvent sur le sol inégal, et Job se balançait et heurtait l'un ou l'autre. Il ne disait rien, mais Sean entendait sa respiration hachée près de son oreille et lorsque la douleur était plus forte, la main de Job se crispait inconsciemment et ses doigts entraient dans l'épaule de Sean.

Ils descendirent avec précaution dans le lit de la rivière, en direction du tunnel passant en dessous de la voie. Matatu marchait à cent mètres devant eux, à peine visible à la clarté de la lune. A un moment, il leur fit signe de s'arrêter, et quelques minutes après, leur enjoignit de reprendre leur marche. Claudia suivait à cinquante pas en arrière, de façon qu'elle ait de l'avance au cas où ils seraient découverts et obligés de faire demi-tour.

Avec Job entre eux, Sean et Alfonso étaient dans l'impossibilité de progresser en silence : quand ils enfoncèrent les pieds dans une des flaques boueuses du lit, le clapotis de l'eau résonna dans le silence, comme si un troupeau d'hippopotames s'y ébrouait.

Matatu, arrivé au tunnel, leur faisait des signes frénétiques de se presser. Ils avançaient en trébuchant, et se trouvaient exposés aux vues, lorsqu'ils entendirent soudain des pas craquer sur le gravier du ballast, et des bruits de voix provenant du haut du remblai. Tout en essayant de se tapir, ils se hâtèrent autant qu'ils le purent, et arrivèrent enfin sous le tunnel obscur où ils déposèrent Job. Claudia suivait à quelques mètres, courbée en deux. Sean la saisit de sa main libre et l'attira hors de la clarté lunaire, dans l'ombre bienvenue du tunnel.

Appuyés au mur de ciment, le dos courbé au-dessous de la voûte incurvée du tunnel, ils essayaient de reprendre leur souffle, haletants qu'ils étaient de cette course éperdue dans la boue et le sable du fond du cours d'eau.

Les pas et les bruits de voix devinrent de plus en plus proches : ils s'arrêtèrent presque exactement au-dessus de leur tête. Il semblait que ce fût un homme et une femme. Les soldats de la garnison du Frelimo avaient peut-être amené leurs compagnes, à moins qu'ils aient trouvé des dames galantes dans les camps de réfugiés qui avaient poussé comme des champignons tout le long de la voie ferrée.

Là-haut, on discutait ferme, l'homme d'une voix avinée, la femme sur un ton aigu et acariâtre. Il y avait marchandage. Finalement l'homme sembla céder.

— Dix dollars, dit-il.

Aussitôt, la voix de sa partenaire s'adoucit pour donner son accord. On entendit à nouveau le crissement des pas sur le gravier, et quelques cailloux tombèrent du remblai dans le lit du cours d'eau.

— Ils viennent ici! souffla Claudia, terrifiée.

— Silence! murmura Sean.

Ils s'enfoncèrent plus profondément à l'intérieur du tunnel; soulevant Job du siège de toile, Alfonso et Sean le placèrent tout contre le mur. Au moment où Sean tirait son couteau de tranchée de la gaine de sa ceinture, deux silhouettes apparurent à l'entrée de leur abri, se détachant sur le clair de lune.

Elles avancèrent de deux ou trois pas sous la voûte, la femme soutenant l'homme qui titubait légèrement. Sean tenait fermement son couteau, la pointe en avant, prêt à les recevoir. Mais ils s'arrêtèrent à temps. Claudia aurait pu les toucher en étendant la main. Tout à leur affaire, ils ne voyaient rien autour d'eux.

Lorsque l'opération fut terminée, la femme rajusta sa jupe en riant, prit le bras de l'homme. Ils s'éloignèrent en trébuchant dans le sable et disparurent. On les entendit escalader le remblai, et le son de leurs voix s'éloigna. Sean remit son couteau dans la gaine.

— C'est ce que nous appelons la culbute dans la brousse, dit-il à voix basse à Claudia.

Elle étouffa un rire nerveux de soulagement.

— Ça a duré exactement cinq secondes, lui murmura-t-elle à l'oreille. Le record du monde est certainement battu.

— Excuse-moi de t'avoir rabrouée. Je voudrais que nous soyons aussi des amis.

— J'ai joué le rôle de l'enquiquineuse, je n'ai eu que ce que je méritais. Je te promets de ne plus te fatiguer avec des gémissements et des pleurs.

Sean se tourna du côté de Job. Il avança une main tâtonnante, et se rendit compte que celui-ci avait glissé le long du mur et était assis sur le sol. Sean se baissa pour l'aider à se relever; ce faisant, ses doigts rencontrèrent le bandage, qui était humide. La blessure avait recommencé à saigner.

« Nous ne pouvons rien y faire pour l'instant », se dit-il en installant Job debout, appuyé à la muraille.

— Comment ça va, mon vieux?

— Pas de problème.

Mais la voix de Job était faible et rauque. Sean donna une tape légère sur l'épaule de Matatu, qui obéit instantanément à cet ordre muet. Il sortit de l'autre côté du tunnel et disparut dans les broussailles de la rive.

Quelques minutes s'écoulèrent, jusqu'à ce que le léger sifflement d'un oiseau nocturne leur fasse savoir que Matatu n'avait pas vu d'obstacle sur leur route. Sean fit partir Claudia la première, lui laissant cinq bonnes minutes pour traverser le terrain nu de l'autre côté de la voie ferrée. Il jeta un coup d'œil au cadran lumineux de sa montre. Avec Alfonso, ils réinstallèrent Job sur le siège à porteurs.

— Allons-y!

Ils repartirent, éclairés par la lune. Les cent pas qui suivirent parurent à Sean les plus lents et les plus longs de sa vie. Cependant, ils finirent par se trouver sous le couvert des arbres, où Claudia les attendait.

– Nous y sommes arrivés! lança-t-elle joyeusement.

– C'est vrai, on a couru le premier mile à toute allure, répondit Sean avec un air sinistre. Il n'en reste plus que trois cents à faire.

Ils reprirent leur lente progression. En comptant le nombre de ses pas par minute, Sean estima leur vitesse à deux miles à l'heure. Au-devant d'eux, Matatu choisissait le chemin le plus facile. Dans la forêt, il était constamment hors de vue, seuls ses légers cris d'oiseau les guidaient. De temps à autre, Sean vérifiait, en observant les astres, qu'ils suivaient la bonne direction, en particulier la Croix du Sud et ses deux étoiles les plus brillantes, qu'il apercevait au travers du rideau des arbres.

Lorsque l'aube vint, ils s'arrêtèrent une fois de plus. Sean leur permit de boire, pour la première fois depuis le départ, deux gorgées chacun de l'une des bouteilles que portait Claudia. Il examina ensuite l'épaule de Job. Le pansement était souillé de sang frais. Le visage du blessé était gris comme de la cendre, ses yeux enfoncés dans des orbites sombres, ses lèvres sèches et craquelées, sa respiration sifflante. La souffrance et la perte de sang prélevaient un tribut très élevé sur son organisme.

Sean défit avec douceur le bandage. Claudia et lui échangèrent un bref regard en voyant la terrifiante destruction des tissus. Le pansement était collé dans la cavité de la blessure; Sean se rendit compte que, s'il essayait de le retirer, la chair à laquelle il adhérait viendrait avec lui et que cela provoquerait une hémorragie. Il le renifla, pendant que Job lui adressait un sourire de condamné à mort, les lèvres crispées.

– Steak tartare? demanda le blessé.

– Il ne manque qu'un peu d'ail, plaisanta Sean.

Mais il venait de humer pour la première fois une odeur écœurante de décomposition. Il pressa la moitié du contenu d'un tube de pâte iodée à même le vieux pansement, sur lequel il appliqua un pansement neuf. Claudia maintint celui-ci en place pendant que Sean l'enveloppait d'un nouveau bandage pris dans la trousse médicale. Sean enroula le bandage souillé de sang et le mit dans une de ses poches, avec l'intention de le laver dès qu'ils trouveraient de l'eau propre.

– Nous devons continuer d'avancer, dit-il à Job. Il faut s'éloigner le plus possible de la voie ferrée. Êtes-vous assez bien pour cela?

Job acquiesça d'un signe de tête, mais Sean lut l'appréhension dans son regard. Chaque pas de ses porteurs le mettait à la torture.

– Je vais vous faire une injection d'antibiotique. Voulez-vous que je vous colle de la morphine en même temps?

– Non, gardez-la pour quand ça ira vraiment mal.

Il sourit à nouveau : ce fut plutôt une grimace qui chavira le cœur de Sean. Celui-ci ne put croiser le regard de Job.

– Montrez-moi votre meilleure face, plaisanta-t-il.

Ce fut toute une affaire de faire descendre le pantalon de la tenue militaire de Job et de planter l'aiguille hypodermique dans une de ses fesses noires. Modestement, Claudia détourna les yeux.

– Vous avez l'autorisation de regarder, Claudia, dit Job. Mais pas de toucher.

– Vous vous valez, Sean et vous, rétorqua-t-elle d'un ton pincé. Vos plaisanteries sont d'aussi mauvais goût que les siennes.

Ils le hissèrent de nouveau sur son siège et reprirent leur marche. Au milieu de la matinée, l'air commença à vibrer, les mirages de chaleur se levèrent en tourbillons au-dessus du terrain rocailleux qu'ils parcouraient, les minuscules mouches du mopane formaient un nuage autour de leur tête, pénétraient dans leur nez et leurs oreilles, les harcelaient à les rendre fous. Avec la chaleur vint la soif. En séchant sur leur chemise, la transpiration laissait des taches blanches de sel sur le tissu.

Lorsqu'ils s'arrêtèrent à midi, à l'ombre avare d'un teck d'Afrique, Sean n'ignorait pas qu'ils étaient tous fourbus, mais que les heures de la chaleur la plus pénible étaient encore à venir. Ils étendirent Job sur un matelas d'herbe hâtivement coupée ; il tomba aussitôt dans un état plus proche du coma que du sommeil ; un léger souffle sortait de ses lèvres desséchées.

La bretelle du siège avait écorché les deux épaules de Sean, car Alfonso et lui avaient changé de côté après chacune des haltes. Alfonso avait été blessé lui aussi. Tout en examinant ses excoriations, il marmonnait entre ses dents :

– Auparavant, je détestais les Matabeles seulement parce que c'est un tas de voleurs, de singes vérolés couverts de poux. Maintenant, j'ai une autre raison de ne pas pouvoir les sentir.

– Tenez, dit Sean en lui passant le tube de pâte iodée. Mettez ça sur vos graves blessures, et puis enfournez le tube vide dans votre grande gueule.

Alfonso s'en fut, en continuant à râler, chercher un coin pour s'y reposer. Claudia et Sean trouvèrent à quelque distance un creux de terrain caché par des buissons, où ils étendirent leurs couvertures pour en faire un nid d'amoureux.

– Je suis éreinté, soupira-t-il en s'allongeant.

– Aussi éreinté que ça ? dit Claudia en se penchant sur lui et en mordillant son oreille.

– Non, pas tant.

Il l'attira contre lui. Au coucher du soleil, il fit réchauffer de la bouillie de farine de maïs sur un petit feu, pendant qu'Alfonso dressait l'antenne du poste de radio, qu'il régla sur la fréquence du quartier général du Renamo. Cette longueur d'ondes était encombrée d'émissions sans queue ni tête, probablement du Frelimo dans le but de brouiller celles du Renamo. Ils entendirent enfin leur indicatif émerger de ce fouillis.

– N'gulube! Phacochère! Parlez, N'gulube. Ici Bananier.

Alfonso accusa réception, et indiqua une position fictive qui le mettait encore très au nord de la voie ferrée, sur la route du retour vers le fleuve. Bananier ne fit pas de remarque.

– Ils sont tombés dans le panneau, dit Sean. Il semble que nos déserteurs shanganes ne soient pas arrivés à la base pour dévoiler notre supercherie. Du moins pas encore.

Lorsque le jour commença à décliner, ils mangèrent la bouillie de maïs. Sean étudia la carte d'état-major et y marqua sa position estimée. D'après cette carte, le terrain accidenté se prolongeait sur une cinquantaine de kilomètres; ensuite l'altitude diminuait peu à peu jusqu'à une plaine où la carte indiquait de nombreux villages parmi des terres cultivées. Au-delà, un autre large fleuve coupait leur route, coulant d'ouest en est. Il appela Alfonso :

– Savez-vous, lui demanda-t-il, où commence la région dans laquelle opère la division du Renamo commandée par le général Tippoo Tip, et où est déployé le plus gros de ses forces?

– De même que nous, il se déplace continuellement pour semer la confusion chez le Frelimo. Tantôt il est par ici, tantôt aux environs du Rio Save. Le Renamo est partout où l'on se bat.

– Et le Frelimo, où est-il?

– Il donne la chasse au Renamo; et quand il l'a rattrapé, il s'enfuit comme un lapin effrayé. Mais pour nous autres, peu importe qui ils sont et où ils se trouvent. Tous ceux que nous allons rencontrer vont essayer de nous tuer.

– Voilà des renseignements sensationnels, dit Sean en guise de remerciement.

Ils terminèrent rapidement leur frugal repas, et Sean se leva.

– Eh bien, Alfonso. Reprenons Job et en avant.

Alfonso rota d'abord; puis avec un sourire méchant :

– C'est votre chien matabele. Si vous voulez le porter, vous le faites. Moi, j'en ai marre.

Sean dissimula sa consternation derrière une expression neutre de sa physionomie.

– Ne perdons pas de temps. Levez-vous.

Alfonso rota encore et, toujours souriant, soutint son regard.

Lentement, Sean porta la main à son couteau de tranchée. De manière aussi provocante, Alfonso caressa le pistolet Tokarev pendu à son ceinturon.

– Que se passe-t-il? demanda anxieusement Claudia. Elle

n'avait pas compris la discussion en langue shangane, mais la tension était visible.

— Il refuse d'aider à transporter Job.

— Tu ne peux pas le porter seul, n'est-ce pas ? Alfonso *doit* aider...

— Sinon, je te tuerai, termina Sean en shangane.

Alfonso éclata de rire, se leva, tourna le dos à Sean, prit son poste de radio, le fusil AKM et la plus grande partie des bouteilles d'eau.

— Je porterai ça, dit-il en ricanant. Vous pouvez porter votre Matabele.

Il partit vers le sud d'un pas tranquille. Sean retira sa main du manche du couteau, et jeta un coup d'œil à Job qui, depuis sa couche d'herbe, avait observé la scène en silence.

— Si vous dites quelque chose, grogna Sean, je vous flanquerai un coup de pied aux fesses.

— Je n'ai rien dit, répondit Job avec un pauvre sourire vite effacé.

— C'est parfait. Claudia, un coup de main.

A eux deux, ils relevèrent Job, dont Sean entoura la taille de la bretelle de nylon, qu'il fit ensuite passer entre les jambes du blessé, comme un harnais de parachute, et amarra à ses propres épaules. Il soutint Job en l'entourant d'un bras.

— Encore une rivière, encore une rivière à traverser, se mit-il à chanter d'une voix fausse, en souriant à Job.

Ils se mirent en marche. Bien que les pieds de Job touchent le sol, il était surtout supporté par les bretelles amarrées aux épaules de Sean. Tous deux étaient liés comme des bœufs sous le joug.

Après les premiers cent pas, ils avaient trouvé une sorte de cadence. Mais leur progression était terriblement ralentie par les pas incertains de Job. Il n'était plus question de se dissimuler ou de brouiller leurs traces, car Sean devait choisir la route la plus facile et la plus directe. Ils suivaient les pistes du gibier, ce réseau compliqué qui s'étend sur le veld africain, comme les nervures d'une feuille sèche.

Claudia suivait, chargée de la trousse médicale et du reste des bouteilles d'eau, et en outre d'une branche feuillue avec laquelle elle s'appliquait à effacer leurs traces. Le résultat de ses efforts serait peut-être de dissimuler leur passage à un observateur superficiel. Mais un pisteur du Frelimo pourrait les suivre comme sur une autoroute. Cela ne valait pas la peine qu'elle se donnait, cependant Sean ne voulut pas la décourager, sachant qu'il était important pour elle d'avoir le sentiment d'être utile et d'apporter sa contribution à leur évasion.

Sean compta de nouveau le nombre de ses pas à la minute. Il

380

estima sa vitesse à moins d'un mile à l'heure, soit huit miles par jour au maximum. Il essaya de diviser trois cents par huit, et s'arrêta de calculer pour ne pas connaître le résultat désespérant.

Alfonso et Matatu avaient disparu dans la forêt, bien en avant d'eux. La montre de Sean lui dit qu'ils marchaient seulement depuis une demi-heure, et déjà ils ralentissaient. Job se faisait plus lourd ; les bretelles entraient douloureusement dans les épaules de Sean, Job traînait les pieds, qui butaient sur chaque bosse du terrain.

— On va faire une pause toutes les trente minutes, dit Sean. Maintenant, arrêt de cinq minutes.

Lorsque Sean eut assis Job contre le tronc d'un arbre, celui-ci appuya la tête en arrière, sur l'écorce rugueuse, et ferma les yeux. Sa respiration était haletante, la sueur coulait le long de ses joues en petites perles noires qui reflétaient la couleur de sa peau.

Sean prolongea la pause jusqu'à dix minutes, puis dit à Job sur un ton plaisant :

— Debout, soldat ! On va bouffer des kilomètres.

Remettre Job sur ses pieds fut un supplice pour l'un et pour l'autre. Sean se rendit compte que, pour avoir essayé de le ménager, il avait laissé Job se reposer trop longtemps. Les trente minutes de l'étape suivante furent si longues à passer que Sean crut que sa montre s'était arrêtée. Lorsqu'il put enfin asseoir Job de nouveau, celui-ci fit une grimace de douleur.

— Désolé, Sean. J'ai une crampe au mollet gauche.

Sean s'accroupit en face de lui : il sentit sous ses doigts les muscles noués de la jambe. Tout en la massant, il appela Claudia.

— Il y a des tablettes de sel dans la trousse médicale. Dans la poche de devant.

Job les avala. Claudia le fit boire en portant la bouteille d'eau à ses lèvres. Après deux gorgées, il l'écarta.

— Encore un peu, insista Claudia.

— Ne la gaspillez pas, murmura-t-il.

Sean lui donna deux ou trois claques sur le mollet.

— Comment vous sentez-vous ?

— Bon pour quelques kilomètres de plus.

— Allons-y, avant que ça vous reprenne.

Claudia était stupéfaite de les voir continuer tous deux à aller de l'avant, avec seulement ces pauses de cinq minutes, et quelques gorgées d'eau de temps en temps.

« Trois cents miles comme cela, se dit-elle, c'est tout simplement impossible. Ils ne pourront le supporter. Ça les tuera. »

Un peu avant l'aube, Matatu émergea de la forêt, petite ombre noire, et parla à l'oreille de Sean.

— Il a trouvé de l'eau à deux ou trois miles plus loin. Pourrez-vous aller jusque-là, Job ?

Le soleil s'était levé, il éclairait le sommet des arbres. La chaleur montait peu à peu, comme d'un four que l'on a rechargé. Lorsque Job s'effondra, suspendu au flanc de Sean, pesant de tout son poids sur les bretelles, ils étaient encore à un demi-mile du puits.

Sean le déposa sur le sol et s'assit auprès de lui. Il était lui-même dans un tel état d'épuisement que, durant plusieurs minutes, il n'eut plus la force de bouger ou de parler.

– Eh bien, dit-il enfin à Job d'une voix enrouée, vous avez du moins trouvé un bon coin pour tourner de l'œil.

Ils se trouvaient en effet dans un bosquet d'arbrisseaux qui leur dispenserait de l'ombre et un abri pour le restant du jour.

Ils firent un lit d'herbe coupée, sur lequel ils installèrent Job. Il était à peine conscient et divaguait par moments, son regard ne se fixait pas. Claudia essaya de lui donner à manger, mais il détourna la tête. En revanche, lorsque Matatu et Alfonso revinrent du puits avec toutes les bouteilles d'eau remplies, il but beaucoup. Après quoi, il retomba dans un demi-coma.

Ils attendirent que la grosse chaleur passe, Sean et Claudia dans les bras l'un de l'autre. Elle se rendait compte que Sean était presque au bout du rouleau. Jamais elle n'eût imaginé qu'il s'était dépensé au point que ses forces – qu'elle avait fini par croire sans limites – l'abandonnaient.

Lorsqu'elle se réveilla vers midi, il gisait comme un mort auprès d'elle. Elle contempla son visage avec amour, presque avec gourmandise. Sa barbe avait poussé et commençait à boucler : elle y aperçut deux poils argentés. Il avait le visage amaigri, toute trace de graisse ou de chair superflue avait disparu. Sa peau avait des rides et des plis qu'elle remarquait pour la première fois. Elle les étudia, car ils racontaient l'histoire de sa vie, de même qu'une inscription en caractères cunéiformes gravée sur une pierre.

« Mon Dieu, mais je l'aime! » pensa-t-elle, étonnée de la profondeur de ses sentiments. La peau de Sean, bronzée par le soleil, avait pris une couleur d'acajou foncé, tout en conservant un éclat semblable à celui d'un cuir usé, mais ciré avec soin durant des années. « Comme les bottes de polo de papa. » Elle sourit de cette comparaison, qui pourtant était assez juste. Elle avait souvent vu son père passer amoureusement du dégras sur le cuir avec ses doigts, et le frotter ensuite avec sa paume jusqu'à ce qu'il luise d'un éclat fauve.

« Botte! Voici un joli nom pour toi », dit-elle à l'adresse de Sean qui dormait toujours. Presque aussi souples que la soie, les bottes de son père faisaient des plis à la cheville lorsqu'il chaussait les étriers. « Ridées exactement comme toi, ma vieille botte. » Elle sourit et déposa sur son front un baiser assez léger pour ne pas le réveiller.

Elle commençait à percevoir à quel point le souvenir de son père s'était fixé sur cet homme qui reposait comme un enfant auprès d'elle. Les deux hommes semblaient s'être fondus en un seul être, sur lequel elle pouvait concentrer la totalité de son amour. Elle déplaça légèrement la tête de Sean pour qu'elle repose sur son épaule, enfouit les doigts dans les boucles de sa nuque, et le berça doucement.

« Mon bébé », murmura-t-elle, aussi tendrement qu'une mère. Jusqu'à cet instant, la gamme des émotions de Claudia allait de la colère à la sensualité, en exceptant la tendresse. Maintenant, la gamme était complète. Pour la première fois, la jeune femme sentit vraiment qu'elle appartenait entièrement à Sean.

Elle entendit un faible gémissement, et leva la tête pour jeter un coup d'œil sur Job, étendu sous les arbustes non loin de là. Mais le silence retomba de nouveau. Claudia en vint à penser aux deux hommes, à cette amitié d'hommes qu'elle savait ne jamais pouvoir partager. Elle aurait dû en éprouver de la jalousie ; assez étonnamment au contraire, cela lui donnait un sentiment de sécurité. Si Sean était capable de montrer une telle constance et un tel esprit de sacrifice dans son affection envers un autre homme, elle pouvait espérer la même constance de sa part, dans leurs relations d'un ordre différent mais d'une autre intensité.

Job gémit de nouveau et commença à s'agiter. Claudia soupira et, dénouant doucement son étreinte, se leva pour aller auprès du blessé. Des mouches d'un vert métallique bourdonnaient autour du bandage taché de sang qui recouvrait son épaule. Elles se posaient sur le pansement souillé et y enfonçaient leur longue trompe. Claudia s'aperçut qu'elles avaient pondu des œufs dans les plis du tissu. Avec une exclamation de dégoût, elle chassa les mouches, et balaya de la main ces œufs répugnants qui ressemblaient à des grains de riz.

Job ouvrit les yeux et la regarda. Elle vit qu'il avait tout à fait repris conscience. Elle lui adressa un sourire d'encouragement et lui demanda :

— Voulez-vous boire ?

— Non. (Sa voix était si faible qu'elle dut se pencher plus près de lui.) Vous devez lui dire de faire cela.

— A Sean ? De faire quoi ?

— Il ne peut pas continuer ainsi. Il se tue, et sans lui aucun de vous ne s'en sortira. Vous devez lui dire de me laisser ici.

— Non, répondit Claudia avec fermeté. Jamais il ne le fera. Et s'il voulait le faire, je l'en empêcherais. Nous sommes tous dans le même bain, tous partenaires.

Il ne dit rien, trop faible pour discuter plus avant. Son état paraissait s'être aggravé de façon alarmante au cours des dernières heures. Elle s'assit à côté de lui, l'éventant avec une palme d'ilala pour chasser les mouches, tandis que le soleil descendait lentement à l'ouest.

La fraîcheur de la fin de l'après-midi réveilla Sean. Il s'étira, s'assit, et jeta un regard rapide autour de lui. Le sommeil l'avait revigoré.

— Comment va-t-il?

Claudia secoua la tête. Sean vint s'accroupir auprès d'elle.

— Il faudra bientôt le remettre debout.

— Donne-lui encore quelques minutes. Sais-tu à quoi je pensais pendant que j'étais assise ici?

— Dis-moi.

— Je pensais à cette eau qui est un peu plus loin. Je m'imaginais en train de la faire couler sur moi, de laver mes vêtements, de me débarrasser de ma saleté, de ma puanteur.

Un gémissement de Job attira l'attention de Sean sur le blessé.

— Hé là! Qu'y a-t-il, mon vieux?

— Je crois que je vais accepter votre offre.

— De la morphine?

Job fit un signe de tête affirmatif.

— D'accord, répondit Sean en prenant la trousse médicale.

Après l'injection, Job demeura immobile, les yeux fermés. Claudia et Sean virent ses traits crispés se détendre peu à peu.

— Ça va mieux?

Sans ouvrir les yeux, Job esquissa un sourire.

— On vous donne encore quelques minutes. Le temps d'entrer en communication par radio avec Bananier.

Sean s'approcha d'Alfonso, qui avait déjà déployé l'antenne. La réponse à l'appel d'Alfonso fut si nette et forte que Sean sursauta :

— *N'gulube*. Ici Bananier.

Alfonso, après avoir réglé le volume, donna une nouvelle position fictive, comme s'il était encore sur le chemin du retour de la frontière. Il y eut alors une pause, durant laquelle on n'entendit qu'un bruit de fond et les craquements des parasites atmosphériques. Puis une autre voix s'éleva, également nette :

— Laissez-moi parler au colonel Courtney.

L'intonation était facilement reconnaissable. Alfonso regarda Sean en murmurant :

— Le général China.

Il tendit le microphone à Sean, qui le repoussa d'un geste, le front plissé par l'attention concentrée avec laquelle il attendait la suite de l'émission. Dans le silence qui s'était établi, Claudia quitta le chevet de Job, pour venir rapidement s'asseoir par terre à côté de Sean. Celui-ci l'entoura d'un bras protecteur. Tous deux dévoraient des yeux l'appareil de radio.

– Les déserteurs, souffla-t-elle. China est au courant.

Ils attendirent. La voix de China reprit :

– Je peux comprendre que vous ne vouliez pas me répondre. Cependant, je présume que vous m'écoutez, colonel.

Tandis que l'attention de tous était focalisée sur la radio, Job ouvrit les yeux. La réception était extrêmement nette. Il avait entendu ce que disait China. Tournant la tête, il aperçut à moins de dix pas le paquetage d'Alfonso, que celui-ci avait laissé sur sa couverture. D'une poche latérale du sac dépassait la crosse du pistolet Tokarev. China poursuivait, sur un ton affable et enjoué :

– Vous ne m'avez pas déçu, colonel. En fait, c'eût été trop simple, et peu satisfaisant, que vous tombiez maladroitement dans les bras du comité de réception que j'avais fait venir pour vous à la frontière du Zimbabwe.

Job se souleva sur son coude intact. La morphine agissait ; il ne souffrait pas, mais ressentait seulement une impression de faiblesse et de somnolence. Il éprouvait de la difficulté à coordonner ses pensées. Avec effort, il les concentra sur le pistolet, et se demanda s'il était chargé. Puis, se déplaçant sur les fesses et les talons, et s'aidant de son bras valide, il se rapprocha sans bruit du sac d'Alfonso. L'attention des autres était absorbée par la voix qui sortait du haut-parleur.

– Ainsi, colonel, le jeu continue. Ne devrions-nous pas dire plutôt la chasse ? Vous êtes un grand chasseur. Vous vous faites gloire de poursuivre les animaux sauvages. Vous appelez cela du sport, et vous vous vantez de chasser selon vos règles.

Job se trouvait à mi-distance du paquetage. Il ne souffrait toujours pas et se hâtait : à tout moment, quelqu'un pouvait tourner la tête vers lui.

– Je n'ai jamais compris votre passion d'homme blanc pour cette poursuite ; pour moi, elle ne rime à rien. Les gens de ma race ont toujours pensé que, si l'on veut de la viande, on doit tuer de manière aussi efficace que possible.

Job était arrivé à toucher l'équipement d'Alfonso. Il tendit le bras pour saisir la crosse du pistolet mais lorsqu'il tira l'arme hors de la poche, ses doigts engourdis la laissèrent échapper. Elle tomba sans bruit sur un pli de la couverture. Job constata que le mécanisme de percussion était à l'armé, et le cran de sûreté engagé. Alfonso l'avait chargée et mise en position d'utilisation immédiate. Derrière lui, la voix de China résonnait encore :

– Peut-être m'avez-vous corrompu, colonel. Peut-être vos manières d'Européen décadent ont-elles déteint sur moi. Pour la première fois, je comprends votre passion. Est-ce tout simplement parce que cette fois-ci le gibier sera assez intéressant pour me stimuler ? En tout cas, je me demande ce que vous ressentez devant ce changement de rôles. Vous êtes maintenant le gibier, et je suis le chasseur. Je sais où vous êtes, et vous ne savez pas où je suis. Où suis-je, colonel? Plus près sans doute que vous ne le pensez. Il vous faut le deviner. Il faut courir et vous cacher. Quand nous rencontrerons-nous, et comment?

Job prit avec précaution la crosse du Tokarev entre ses doigts et le souleva. Il fut étonné de l'effort que ce geste lui demandait. De son pouce, il appuya sur le cran de sûreté pour l'effacer : celui-ci ne bougea pas. Il sentit la panique le gagner. Sa main faible et engourdie n'arrivait pas à exercer la pression nécessaire.

— Je ne vous promets pas une chasse selon vos règles, colonel. Je vous chasserai selon ma manière africaine, mais ce sera sportif, cela, du moins, je vous le promets.

Job poussa de toute sa force. Le cran de sûreté finit par céder.

— Il est actuellement dix-huit heures. Je vous appellerai demain sur cette fréquence à la même heure. C'est-à-dire, si nous ne nous sommes pas déjà rencontrés. Jusque-là colonel, surveillez le ciel, regardez devant et derrière vous. Vous ne savez pas de quelle direction je viendrai. Mais soyez certain que je viendrai!

Ils entendirent un léger déclic lorsque China débrancha son microphone. Alfonso coupa aussitôt le courant sur le poste de radio, afin de ménager la batterie. Personne ne parlait ni ne bougeait, jusqu'à ce que le silence soit rompu par un autre bruit sec métallique. Il était impossible de s'y méprendre; c'était celui d'un cran de sûreté que l'on désengageait.

Sean se retourna vivement dans la direction de ce bruit. Durant un instant, il demeura paralysé. Puis il hurla :

— Non, Job! Pour l'amour du ciel! Non!

Il se précipita vers lui. Job était couché sur le flanc, le visage tourné vers Sean, bien au-delà de son atteinte. Sean courait, mais, comme dans un cauchemar, il avait l'impression de ne pas avancer, d'être freiné par de la boue collant à ses pieds. Il vit Job approcher le pistolet de son visage, et tenta de l'arrêter par la force de son regard. Ils avaient les yeux rivés l'un à l'autre; ceux de Sean essayant de commander et de dominer, ceux de Job remplis de tristesse, mais résolus.

Sean le vit ouvrir la bouche et y introduire le canon du pistolet. Il entendit celui-ci heurter les dents de Job, dont les lèvres se refermèrent sur l'arme, comme celles d'un enfant sur une sucette. Sean tendit le bras et plongea en avant, dans un effort désespéré pour saisir la main de Job et arracher de sa bouche le canon noir et trapu. Le bout de ses doigts atteignait le poignet de Job, lorsque le coup partit.

La détonation fut assourdie par l'écran que lui faisaient la chair et les os de la tête. A ce point extrême de son effort, la vision de

386

Sean devint d'une clarté extraordinaire, et il lui sembla que le temps était suspendu, que tout se déroulait comme un film au ralenti.

La tête de Job changea de forme. Elle enfla, sous les yeux de Sean, comme un masque de carnaval en caoutchouc rempli de gaz sous pression. Entre ses paupières grandes ouvertes, le globe des yeux fit saillie durant un instant en dehors des orbites, montrant un large cercle blanc autour de l'iris noir, puis rentra dans le crâne en roulant vers le haut.

La tête fracassée changea encore de forme : elle s'allongea vers l'arrière, tirant la peau sur les pommettes, les narines se pincèrent, tandis que la balle éjectait par la nuque une partie de la matière cérébrale; le cou se distendit tellement que, bien qu'assourdi par la détonation, Sean entendit craquer les vertèbres.

Job fut projeté en arrière; son bras ne suivit pas sa tête, dont il se détacha, le pistolet toujours tenu dans le poing serré. Sean eut un réflexe assez rapide pour retenir le haut de son corps, avant que le crâne ouvert ne heurte le sol.

Il prit Job dans ses bras, et de toute sa force le tint serré contre sa poitrine. Le corps de son ami était lourd, brûlant de fièvre, mais flasque et mou comme s'il n'avait plus d'os. Il paraissait près d'échapper aux bras de Sean, qui resserra un peu plus son étreinte. Les muscles de Job tremblaient et tressaillaient encore, ses jambes s'agitaient en une petite danse macabre.

– Job! murmura Sean en mettant la main en coupe sous sa nuque, sur l'affreuse blessure, comme s'il tentait de la refermer, de faire rentrer dans le crâne ce qui s'en était échappé.

– Espèce d'idiot, dit-il à voix basse, tu n'aurais pas dû faire ça.

Il mit sa joue contre la joue de Job, et le tint enlacé comme un amoureux.

– Nous y serions arrivés, je t'aurais tiré de là.

Pressant le corps maintenant tout à fait immobile, il se mit à le bercer lentement, les yeux fermés, et lui parla avec douceur.

– Nous avions fait tant de chemin ensemble, ce n'est pas bien de le finir ici.

Claudia s'approcha et s'agenouilla à côté de Sean. Elle avança la main pour la poser sur son épaule, cherchant à lui dire quelque chose. Mais elle ne trouvait pas de mots. Elle s'arrêta avant que sa main touche l'épaule de Sean; il ne voyait ni elle, ni rien autour de lui.

Sa peine était si affreuse à voir que Claudia pensa n'avoir pas le courage d'y assister plus longtemps. Pourtant elle ne pouvait s'arracher à la contemplation de son visage. Elle s'était prise d'une grande affection pour Job, mais ce n'était rien en comparaison des sentiments qu'elle voyait mis à nu devant ses yeux. C'était comme si ce coup de pistolet avait également détruit quelque chose dans Sean. Aussi ne fut-elle ni choquée ni surprise lorsqu'il se mit à pleurer, le corps de Job toujours serré dans ses bras, un corps dont la chaleur s'échappait pour faire place au froid de la mort que Sean, le pressant contre sa poitrine, sentait l'envahir peu à peu.

Ces larmes semblaient monter du tréfonds de l'être de Sean. Elles sortaient de lui, douloureusement, brûlant ses paupières avant de s'échapper enfin, de rouler lentement sur son visage buriné et de se perdre dans sa barbe.

Même Alfonso ne put supporter cela : il se leva et s'éloigna dans les broussailles. Claudia était incapable de bouger, elle resta agenouillée auprès de Sean, et pleura aussi. Ensemble, ils versèrent leurs larmes pour Job.

Matatu avait entendu le coup de feu depuis l'endroit où, loin en arrière, il demeurait tapi sur les traces de leur petit groupe, surveillant l'arrivée éventuelle d'une patrouille qui les suivrait. Rapidement, il fut là. Dès qu'il arriva à quelque distance du campement, il ne lui fallut pas longtemps pour comprendre ce qui s'était passé. Il approcha alors sans bruit, s'accroupit derrière Sean, respectant sa douleur comme le faisait Claudia, attendant qu'il l'ait dominée et qu'elle soit devenue plus supportable.

Enfin, sans regarder autour de lui, sans ouvrir les yeux, Sean appela :

— Matatu !

— *Ndio, Bwana.*

— Va trouver un endroit pour l'ensevelir. Nous n'avons ni outils ni le temps de creuser une tombe. Mais c'est un Matabele, il doit être mis en terre assis, tourné dans la direction du soleil levant.

— *Ndio, Bwana.*

Matatu disparut dans la forêt qui s'assombrissait. Sean ouvrit les yeux et déposa Job avec douceur sur la couverture de laine grise. D'une voix calme, presque sur le ton de la conversation, il dit :

— La tradition voudrait qu'il soit enterré au centre de son kraal à troupeaux.

Il essuya ses larmes du revers de la main.

— Mais nous sommes des errants, Job et moi. Nous n'avons ni kraal, ni troupeaux à nous.

Claudia n'était pas certaine que ce fût à elle que Sean s'adressait. Cependant, elle lui répondit :

— Son troupeau, c'étaient les animaux sauvages, et son kraal, la brousse. Il sera bien ici.

Sean approuva, toujours sans détourner son regard de Job :

— Je te suis reconnaissant de me comprendre.

Il se pencha et ferma les yeux de Job, dont le visage était intact, et essuya du sang aux coins de sa bouche. Maintenant il semblait dormir, en paix et reposé. Sean se mit en devoir de l'entourer de la couverture, utilisant les sangles de nylon pour que le corps demeure en position assise, les genoux remontés sous le menton.

Matatu revint avant qu'il ait terminé ces préparatifs.

– J'ai trouvé l'endroit qu'il faut, annonça-t-il.

– Il a donné sa vie pour nous, dit Claudia.

C'était si banal qu'elle regretta aussitôt de l'avoir dit. Pourtant Sean approuva de nouveau d'un signe de tête :

– J'ai toujours été en compte avec lui, dit-il. Et maintenant, je serai toujours son débiteur.

Il avait terminé. Job était bien emmitouflé dans la couverture, dont seule sa tête émergeait. Sean se leva et alla prendre son petit paquetage personnel. Il en retira la seule chemise de rechange qu'il possédait. Revenant auprès du corps il s'agenouilla de nouveau.

– Au revoir, mon frère. Nous avons parcouru une longue et belle route. J'aurais voulu que nous arrivions au bout ensemble.

Ensuite il se pencha sur Job et l'embrassa sur le front. Il fit cela avec si peu d'affectation que son geste paraissait tout à fait naturel. Il enveloppa la tête de Job dans la chemise propre, cachant l'horrible blessure. Il le prit dans ses bras et partit en direction de la forêt.

Matatu le conduisit à un terrier de tamanoir, abandonné dans les épineux non loin de là. Il ne leur fallut que quelques minutes pour en élargir l'entrée, juste assez pour y introduire le cadavre. Avec l'aide de Matatu, Sean l'installa face à l'est, l'étoile du soir dans le dos.

Avant de refermer la sépulture, Sean s'agenouilla et, prenant à sa ceinture la grenade à fragmentation, installa un piège avec celle-ci et une petite longueur de ficelle dissimulée par de l'écorce. Au regard interrogateur de Claudia, il répondit par une brève explication :

– Pour les pilleurs de tombes.

Matatu l'aida ensuite à placer des pierres autour des épaules de Job, afin qu'il reste dans sa position assise. Après quoi, ils recouvrirent entièrement la tombe de blocs de rocher plus grands, construisant au-dessus d'elle un tumulus qui l'abriterait des hyènes. Cela fait, Sean ne s'attarda pas plus longtemps. Il avait dit adieu à son ami. Il s'éloigna sans regarder en arrière.

Malgré son chagrin, Claudia sentit que son amour et ses sentiments envers Sean étaient renforcés cent fois par ce qu'elle venait de voir, par l'émotion que celui-ci avait manifestée à la perte de son ami. Les larmes de Sean avaient montré sa force d'âme plutôt que trahi une faiblesse, elles n'avaient fait que dévoiler son humanité. Cette tragédie lui en avait plus appris sur Sean que toute autre chose.

Cette nuit-là, ils marchèrent très vite. A une allure telle que l'on pouvait croire que Sean cherchait à laisser sa peine derrière lui. Claudia ne tenta pas de le ralentir. Bien qu'elle fût maintenant aussi mince et en forme qu'un lévrier de course, elle dut faire appel à toute son énergie pour ne pas rester à la traîne. Au lever du soleil, ils avaient parcouru près de quarante miles depuis l'endroit où Job avait été enseveli. Devant eux, s'étendait une vaste plaine alluviale.

Sean trouva un bosquet de grands arbres pour s'y installer à leur ombre. Pendant que Claudia et Matatu préparaient le repas, il suspendit ses jumelles dans son dos, mis la carte d'état-major dans sa poche et s'approcha du plus grand des arbres. Claudia le regarda avec anxiété en commencer l'ascension. Agile comme un écureuil et puissant comme un babouin, il se hissa à la seule force des bras, le long du tronc lisse sur lequel il n'y avait aucun appui pour les pieds.

Lorsqu'il fut près d'atteindre le sommet, un vautour s'envola de son nid fait de brindilles sèches, et tourna autour de Sean qui s'était installé à la fourche d'une branche. Le nid de l'oiseau contenait deux gros œufs blancs comme du plâtre.

— Ne t'en fais pas, ma vieille, je ne te les volerai pas, lança Sean au vautour qui tournait toujours très haut au-dessus de l'arbre. Sean ne partageait pas la répugnance habituelle envers ces oiseaux, qui remplissent une fonction vitale en nettoyant le veld des charognes et des détritus. Bien que d'aspect grotesque au sol, ils sont des modèles d'élégance dans les airs, maîtres du ciel et seigneurs du vol, révérés comme des dieux par les Égyptiens et par d'autres peuples proches de la nature.

Sean adressa un sourire à l'oiseau, son premier sourire depuis la mort de Job. Puis il examina avec attention le paysage qui s'étendait en dessous de lui. La plaine alluviale avait été couverte naguère de cultures. Parmi les champs, il ne vit que de rares bosquets d'arbres. Sean savait que ces bosquets indiquaient l'emplacement des hameaux portés sur sa carte.

Il braqua sur eux ses jumelles, pour se rendre compte aussitôt que les champs n'avaient été ni labourés ni plantés depuis plusieurs saisons. Ils étaient envahis de la végétation luxuriante qui pousse en Afrique sur les cultures abandonnées. Il reconnut les hautes tiges de l'*Hibiscus irritans*, dont les feuilles sont hérissées de poils fins et acérés qui s'accrochent à ceux qui les touchent. Il vit des arbustes de ricin et de coton revenus à l'état sauvage; et des fleurs orange du cannabis, dont les propriétés narcotiques avaient fait les délices des garçons et des filles du *Peace*

Corps * de John Kennedy, et depuis, au cours des années, les délices de hordes de jeunes Européens et Américains qui les avaient suivis en Afrique, équipés seulement d'un sac à dos, d'un jean crasseux, de bonnes intentions et d'idées floues sur la beauté, la paix et la fraternité entre les hommes. Récemment, la peur du sida avait réduit leur flot à un mince filet, ce dont Sean était satisfait.

Il promena ses jumelles sur cette scène de désolation : il distinguait à peine les ruines de villages dont les toits avaient disparu, à l'exception de quelques huttes dont la charpente, une fois le chaume brûlé, demeurée intacte ressemblait à un squelette. Il avait beau regarder attentivement, il ne pouvait déceler aucune trace de présence humaine. Pas de poulet, de chèvre, de fumée montant d'un foyer.

« Quelqu'un, se dit-il, le Frelimo ou le Renamo, a bien travaillé dans cette région. » Il porta ses regards vers des collines bleutées qui s'élevaient au loin. Dans ce début de matinée, l'atmosphère était encore claire et transparente; il reconnut certains traits de topographie indiqués sur sa carte d'état-major. Au bout d'un quart d'heure, il put marquer sur celle-ci leur position de façon assez précise.

Ils avaient progressé un peu plus qu'il ne l'avait estimé. Les montagnes sur sa droite étaient le Chimanimani, formant la frontière entre le Mozambique et le Zimbabwe, dont les sommets les plus proches étaient à près de quarante kilomètres. L'échelle de la carte était en kilomètres, mais Sean préférait compter en miles.

La petite ville de Dombe devait se trouver à quelques kilomètres sur sa gauche : il ne put découvrir aucune indication permettant de la situer. Il était probable que, de même que les autres villages, elle était abandonnée depuis longtemps; dans ce cas, ils auraient peu de chances d'y trouver de la nourriture. La petite quantité de farine de maïs qu'ils avaient pu emporter tirait sur sa fin. Dès demain, ils devraient commencer à en chercher, ce qui les ralentirait. D'autre part, si Dombe était vidée de ses habitants, elle servait certainement de point d'appui, soit au Frelimo, soit au Renamo. Prudemment, il résolut d'éviter tout contact avec des êtres humains. Personne, pas même Alfonso, ne pouvait dire quel terrain était tenu par l'un ou l'autre. En fait, les limites de leurs zones respectives devaient être fluides et se modifier de jour en jour, sinon d'heure en heure.

Il tourna ses regards vers le sud, leur future direction. Aucun sommet ne s'élevait au-dessus de la plaine, qui s'étendait jusqu'au rivage de l'océan Indien. Les seuls obstacles naturels devant eux

* *Peace Corps* : Corps des volontaires de la paix, créé en 1961 pour présenter aux pays sous-développés un « nouveau visage américain ». (N.d.T.)

étaient la forêt dense, les fleuves et les marais qui en gardaient les approches.

Le fleuve le plus important était le Sabi, le Rio Save des Portugais. Il coulait le long de la frontière avec le Zimbabwe, puis la franchissait pour se diriger vers l'océan. Il était large et profond : sa traversée nécessitait probablement une embarcation.

Le dernier obstacle à affronter serait le grand Limpopo, le fleuve de Rudyard Kipling, entouré de tous côtés de forêts à malaria. Il était à encore trois cents kilomètres au sud. Trois frontières convergeaient en un point de son cours : celles du Zimbabwe, du Mozambique et de la République d'Afrique du Sud. S'ils pouvaient arriver jusqu'à ce point, ils auraient atteint la limite nord du célèbre Parc national Kruger, gardé et patrouillé sans arrêt par les militaires sud-africains. Sean étudia la carte avec un ardent désir : l'Afrique du Sud, c'était la sécurité, c'était son pays où régnait encore la loi, où les hommes ne se trouvaient pas à tout moment dans l'ombre de la mort.

Un léger coup de sifflet le tira de sa rêverie. Il regarda au bas de l'arbre et vit, à vingt mètres au-dessous de lui, Matatu faisant des gestes à son adresse.

Des gestes qui signifiaient « Écoutez! » et « Danger ». Sean sentit son pouls s'accélérer. Matatu n'employait pas le signal de danger à la légère. Il tendit le cou et écouta. Il lui fallut une bonne minute pour entendre. Homme de brousse, Sean avait des sens aiguisés, en particulier la vue et l'ouïe. Mais, comparé à Matatu, il était sourd et aveugle.

Il entendit enfin et reconnut le son, bien qu'il soit faible et lointain. Se tournant vivement vers le nord, il braqua ses yeux dans la direction d'où il venait.

A part quelques stries de cirro-stratus très hauts, le ciel matinal était bleu et dégagé. Sean prit ses jumelles et chercha près de la ligne d'horizon, un peu au-dessus du sommet des grands arbres. Le son augmentait d'intensité, lui indiquant la direction où regarder. Soudain une forme lui apparut, et il sentit la peur s'insinuer dans son ventre.

Ainsi qu'un insecte gigantesque, avec sa bosse sur le dos et son nez pointé vers le bas, le Hind arrivait en rasant le sommet des arbres. Il était encore à plusieurs kilomètres de distance, mais avait le cap exactement sur Sean.

Le général China, assis sur le siège du mécanicien sous la verrière à l'avant du Hind, regardait à travers le pare-brise blindé. A cette heure matinale, l'air avait une transparence de cristal; le soleil rasant éclairait chaque détail du paysage d'une lumière dorée.

Bien qu'ayant déjà volé durant un certain nombre d'heures sur cet appareil, il ne s'était pas encore habitué à l'extraordinaire sentiment de puissance qu'éveillait en lui le fait d'être assis sur ce siège, à l'avant, d'où il observait la terre et tout ce qu'il survolait, conscient qu'il détenait le pouvoir de vie et de mort sur les êtres humains au-dessous de lui.

Il étendit le bras et saisit le levier de commande du canon Gatling. Tenant la poignée-pistolet de la main droite, il appuya le bas de la paume sur le bouton d'armement ; en face de lui, l'écran de visée s'alluma sur le tableau de contrôle. Lorsqu'il manœuvra le levier de commande vers le haut, le bas, ou de côté, les tubes multiples du canon suivirent fidèlement ses mouvements, tandis que l'image de l'objectif apparaissait sur l'écran.

De la plus légère pression du doigt, il pouvait envoyer une averse de projectiles pour anéantir la cible qu'il avait choisie. Ou bien, simplement en tournant un commutateur sur la console des armes, sélectionner l'un des autres armements du Hind, soit les roquettes, soit la batterie de missiles.

Il n'avait pas fallu longtemps à China pour connaître à fond le système complexe de ces commandes d'armes, car il avait reçu une formation de base, au début de la guerre de libération de Rhodésie, dans un camp d'entraînement à la guérilla en Sibérie. Mais il n'avait encore jamais eu en main une puissance de feu aussi terrifiante, et une aussi magnifique position de tir pour l'utiliser.

Sur un seul ordre de lui, il pouvait planer comme un aigle dans une ascendance, ou plonger comme un faucon ; il pouvait monter verticalement, ou danser avec légèreté sur la cime des arbres de la forêt. La puissance que lui avait donnée cette machine faisait vraiment de lui un dieu.

Au début, il avait eu à surmonter de sérieuses difficultés. Il n'avait pu utiliser le pilote et les mécaniciens russes. Malgré la menace qui pesait sur eux d'une mort affreuse, China se rendait compte, ou qu'ils saisiraient la première occasion de s'évader, ou qu'ils saboteraient l'hélicoptère. Il leur suffirait de vidanger l'huile d'une partie essentielle de l'appareil, ou de dévisser un écrou ; personne n'avait au Renamo suffisamment d'expérience technique pour s'apercevoir du sabotage avant qu'il ne soit trop tard. D'autre part, le pilote avait dès le début rendu difficile la communication entre China et lui. Il jouait à l'idiot, faisait délibérément semblant de comprendre de travers les ordres que lui donnait le général. Conscient que celui-ci ne pouvait rien faire sans lui, il s'était montré de plus en plus récalcitrant.

China avait rapidement trouvé la solution du problème. Dès la destruction de l'escadrille russe et la capture du Hind intact, il avait envoyé un message codé à la direction d'une grande plantation de thé, qui se trouvait à deux cents miles au nord, sur les pentes des monts Mlange, proches de la frontière entre le Mozambique et le Malawi. Le propriétaire de la plantation était membre du comité central du Renamo, et le numéro deux de ses services de renseignements.

Ce dernier avait retransmis par télex le message de China au directeur général de ce comité central à Lisbonne, où se trouvait son quartier général. Dans les six heures qui suivirent, un pilote militaire d'hélicoptère, un Portugais qui avait à son actif des milliers d'heures de vol sur ces machines, et deux techniciens d'aéronautique très qualifiés embarquaient à bord d'un avion de la TAP, à destination de l'Afrique. A Nairobi, ils étaient passés sur un appareil d'Air Malawi qui les avait déposés à Blantyre, dans le sud du Malawi, où les attendait une Land-Rover de la plantation de thé ; elle les avait amenés à toute allure sur la piste d'aviation de ladite plantation.

La nuit suivante, le Beechcraft bimoteur de celle-ci survola vers minuit le lac de Cabora Bassa, un trajet dangereux que son pilote avait déjà effectué souvent. Puis une fusée rouge les guida vers une piste secrète que les hommes de China avaient aménagée dans la brousse, à l'ouest des monts Gorongosa.

La rampe d'éclairage de la piste était constituée d'une double rangée de guérilleros du Renamo, chacun tenant à la main une torche faite de chiffons enduits de pétrole. Le Beechcraft se posa en douceur, déposa ses passagers tout en laissant tourner ses moteurs, alla rouler jusqu'au bout de la piste d'où il redécolla aussitôt et vira en direction du nord.

Il n'y avait pas si longtemps, un périple aussi compliqué pour faire venir des hommes ou du matériel n'eût pas été nécessaire. Il y avait seulement un an, China aurait adressé sa demande au sud plutôt qu'au nord, et le transport aurait été effectué, non par un petit avion privé, mais par un hélicoptère Puma portant la marque distinctive de l'armée de l'air sud-africaine.

A l'époque où le président marxiste du Frelimo, Samora Machel, donnait asile aux combattants du Congrès national africain, et leur permettait d'utiliser le Mozambique comme base de départ de leurs attaques terroristes contre les populations civiles d'Afrique du Sud, les Sud-Africains avaient en représailles donné leur appui total aux forces du Renamo, qui tentaient de renverser le gouvernement de Machel.

Samora Machel et le président d'Afrique du Sud, P.W. Botha, avaient ensuite conclu l'accord de Nkomati, dont les conséquences immédiates avaient été une réduction considérable de l'aide sud-africaine au Renamo, en contrepartie de l'expulsion du Mozambique des terroristes de l'ANC.

Des deux côtés, on avait triché. Machel avait fermé les bureaux de l'ANC à Maputo, tout en laissant se poursuivre les activités terroristes, mais sans le soutien officiel du Frelimo. L'Afrique du Sud avait réduit son aide au Renamo; cependant les Puma continuaient à effectuer clandestinement leurs vols au-dessus de la frontière.

Les cartes avaient été redistribuées lorsque Samora Machel avait péri dans un accident de son avion personnel, un vieux Tupolev retiré du service et généreusement offert par les Russes. Les instruments de bord de l'appareil fonctionnaient plutôt mal que bien, et les deux pilotes avaient tellement bu de vodka qu'ils n'avaient même pas déposé de plan de vol. Ils étaient à près de deux cents kilomètres en dehors de leur route, lorsque l'avion s'écrasa sur un sommet de la frontière entre les deux pays. On retrouva la boîte noire, qui contenait l'enregistrement des demandes répétées faites à l'hôtesse de leur servir encore et encore de la vodka; malgré cela, les Russes et le gouvernement du Frelimo persistèrent à déclarer que la mort de Machel était due aux Sud-Africains qui lui auraient tendu un traquenard.

L'accord conclu mourut avec Samora Machel; les Puma reprirent leurs vols, apportant vivres et matériel aux guérilleros du Renamo. Cependant, des informations commencèrent à filtrer sur ce qui se passait au Mozambique. Tout d'abord, des missionnaires sortirent de la brousse pour décrire la misère, la faim, les destructions et les atrocités perpétrées par les troupes du Renamo, qui ravageaient une étendue aussi grande que la France.

Quelques journalistes intrépides réussirent à pénétrer dans la zone de combats; ils écrivirent des articles sur l'holocauste qui se perpétrait. Certains parlèrent de pertes civiles atteignant un demi-million de gens morts de faim, de maladie ou du fait de génocide.

Des dizaines de milliers de réfugiés passèrent la frontière pour entrer en Afrique du Sud. Terrifiés, affamés, ils racontèrent leur triste histoire. Les Sud-Africains se rendirent compte qu'ils avaient nourri un monstre, le Renamo.

En même temps, Chissano, remplaçant Machel à la tête du Mozambique et plus modéré que lui, faisait de nouveau des avances à l'Afrique du Sud. Les deux présidents se rencontrèrent, et l'accord de Nkomati fut remis en vigueur, avec cette fois-ci l'intention de l'appliquer honnêtement. Du jour au lendemain, l'aide sud-africaine au Renamo fut supprimée.

Tout cela s'était produit peu de mois auparavant, à la fureur et au désespoir du général China et des autres chefs du Renamo.

Leurs réserves de vivres et leur stock d'armes diminuaient, sans espoir de réapprovisionnement. Ils en seraient bientôt réduits à vivre de brigandage et de pillage, dans un pays déjà ravagé par douze années de guerre civile. Il était inévitable qu'ils cherchent à se venger sur ce qu'il restait de la population et sur tout étranger qu'ils pourraient capturer. Comme le monde entier était contre eux, ils étaient contre le monde entier.

Assis dans le Hind, le général China ruminait ces pensées. De là-haut, il lui semblait qu'il dominait le chaos et le désordre. La confusion régnait dans tout le pays : comme toujours dans une telle situation, il y avait des occasions à saisir pour les gens malins et sans scrupules.

De tous les officiers de haut rang du Renamo, le général China s'était montré au cours des ans le plus habile. Chaque victoire ou succès avait vu croître son pouvoir ; son armée était la plus puissante des trois divisions du Renamo. Le comité central en exil exerçait théoriquement le commandement suprême de la résistance ; mais, curieusement, chaque revers de fortune amenait un surcroît de prestige et d'influence à China. Le comité central accédait de plus en plus à ses désirs ; la démonstration venait d'en être faite par la rapidité avec laquelle celui-ci avait réagi à sa demande d'un pilote et de mécaniciens portugais. Naturellement, la destruction de l'escadrille russe et la capture de l'hélicoptère venaient d'accroître considérablement son importance ; en même temps que la possession de cet engin extraordinaire, à bord duquel il survolait actuellement les étendues incultes, le plaçait dans une position unique de puissance.

China eut un sourire de satisfaction. Il s'adressa au pilote par l'interphone :

— Pilote, pouvez-vous maintenant voir le village ?

— Pas encore, général. Dans cinq minutes, je pense.

Le pilote portugais avait une trentaine d'années ; assez jeune pour faire preuve d'enthousiasme ; assez âgé pour avoir acquis expérience et prudence. Il avait belle allure avec son teint basané, sa moustache tombante, ses yeux noirs et brillants d'oiseau de proie. Dès le début, il avait manœuvré le Hind avec précision et confiance en lui ; chaque heure de vol avait ensuite accru sa dextérité, en le familiarisant avec l'appareil et ses caractéristiques de vol.

Les deux mécaniciens portugais avaient pris en main l'équipage au sol russe, et supervisaient tout ce qu'il faisait. Un avantage du Hind était que son entretien ne demandait pas un matériel compliqué ; les techniciens portugais assurèrent à China que les pièces et l'outillage pris au camp retranché permettraient de maintenir longtemps l'appareil en état de vol. Ce qui manquait, c'était un stock de missiles pour le système Swatter et de roquettes d'assaut; mais cela était largement compensé par un million environ de projectiles de 12,7 mm pour le canon.

Il avait fallu cent cinquante porteurs pour transporter les munitions, et cinq cents autres qui évacuèrent chacun un bidon de vingt-cinq litres de carburant. Le Renamo utilisait surtout pour le portage des femmes, habituées depuis leur enfance à porter des poids sur la tête. Cette quantité d'essence suffirait pour faire voler le Hind pendant deux cents heures; après quoi, le Renamo tenterait de s'emparer d'un wagon-citerne sur la voie ferrée, ou de camions-citernes sur une route.

Pour l'instant, le premier souci du général China était de se rendre au rendez-vous organisé par radio avec le général Tippoo Tip, commandant la division du sud du Renamo.

– Général, annonça le pilote, j'aperçois le village.

– Ah oui, répondit China, je le vois aussi. Mettez le cap sur lui, je vous prie.

Lorsque l'hélicoptère se rapprocha, Sean abandonna son perchoir pour se dissimuler sous une branche feuillue. Il n'ignorait pas le danger qu'il y avait à tourner son visage vers le ciel; pourtant il ne put s'empêcher de regarder d'un œil très intéressé l'appareil qui arrivait sur lui. En effet, leur survie dépendait de sa capacité d'éliminer ce monstre. Il étudia donc sa forme, afin d'estimer l'angle de vue qu'avaient le pilote et le mitrailleur, assis derrière leurs verrières. Il pourrait être un jour d'un intérêt capital pour Sean de connaître les angles morts de leur vision et de leurs armes.

Il vit soudain le canon commandé à distance se pointer en direction de la droite, puis de la gauche. Sean ne pouvait savoir que China, afin de se pénétrer de sa puissance, était en train de jouer avec l'arme. Cependant cette manœuvre lui permit de se rendre compte du très faible arc que pouvait décrire le canon; celui-ci n'était battant que sur trente degrés d'une butée à l'autre. Au-delà, le pilote était obligé de faire virer l'hélicoptère lui-même pour que le mitrailleur puisse pointer sur l'objectif.

Maintenant le Hind était à peu de distance. Sean en distinguait les plus faibles détails, jusqu'aux têtes des rivets des plaques de blindage en acier au titane. Il tenta de voir quelque point faible, quelque défaut de la cuirasse, mais dans le peu de secondes durant lesquelles il put observer l'appareil avant que celui-ci le survole, il n'en vit aucun, à l'exception des entrées d'air des moteurs qui ressemblaient à deux yeux surmontant l'habitacle du pilote. Devant chaque entrée se trouvait un disque bombé de métal, destiné à éviter que la poussière et les débris soulevés par le rotor tournant non loin du sol soient aspirés par les turbines.

Cependant ces disques n'étaient pas assez résistants pour empêcher un missile Stinger de pénétrer dans les entrées d'air; et d'autre part, Sean vit qu'il existait autour du disque un intervalle permettant à un homme d'y passer la tête. A très peu de distance, et sous l'angle voulu, un tireur d'élite pourrait envoyer une rafale de mitrailleuse dans cet intervalle, qui atteindrait les pales de la turbine. Celle-ci serait alors soumise à des vibrations telles, qu'elle se briserait en une fraction de seconde.

« Il faudrait une sacrée chance », se dit Sean, le nez levé vers l'appareil. Au même moment, la réflexion de la lumière sur les vitres de l'habitacle ne lui en cacha plus l'intérieur, et il reconnut le général China, malgré son casque de vol et ses lunettes d'aviateur. Il sentit alors croître en lui une haine féroce contre cet homme, auquel il devait imputer la mort de Job, ainsi que toutes leurs épreuves.

– Je t'aurai, ragea Sean. Bon Dieu! Comme j'ai envie de t'avoir!

Peut-être China sentit-il monter vers lui ce flot de haine, car il tourna légèrement la tête dans la direction du perchoir de Sean, qui se recroquevilla sur la branche. Ensuite le Hind s'inclina sur le côté et vira, montrant son ventre de couleur grise. Le courant d'air descendant créé par son rotor secoua le feuillage du sommet de l'arbre, bousculant dans sa tempête Sean, qui se rendit compte qu'il avait été le jouet d'une illusion, que certainement China n'avait pu le voir dans le berceau de verdure où il était caché.

Il regarda l'énorme machine s'éloigner le long de sa nouvelle route. A quelques miles de distance, le son des moteurs changea, devenant plus aigu. Le Hind demeura un court moment en vol stationnaire au-dessus de la forêt, puis disparut aux yeux de Sean.

Ce dernier descendit en vitesse de l'arbre. Dès qu'il avait entendu s'approcher l'hélicoptère, Matatu avait éteint le feu de bois; cependant le gâteau de maïs avait déjà suffisamment cuit.

– Nous mangerons en route, décida Sean.

Claudia grogna un peu, mais se leva. Tous les muscles de ses jambes et de son dos étaient douloureux. Sean mit un bras autour de ses épaules, et la serra fortement contre lui :

– Je suis désolé, ma belle. China vient d'atterrir non loin d'ici. Sans doute dans le village de Dombe. Nous pouvons être certains qu'il a des troupes dans le secteur. Il faut partir.

Ils avalèrent tout en marchant les dernières bouchées d'un gâteau de maïs salé et brûlant, et burent de l'eau de leurs gourdes, qui avait un goût de vase.

– A partir de maintenant, leur dit Sean, nous allons vivre avec ce que nous trouverons. Et nous avons China à nos trousses.

Le Hind se mit en vol stationnaire à trente mètres à la verticale de la route traversant Dombe. Le village n'avait pas d'autre rue ; il ne contenait qu'une vingtaine de petits bâtiments abandonnés depuis longtemps. Le châssis des fenêtres n'avait plus de vitres. Le revêtement de plâtre était tombé des murs de briques, laissant des plaques lépreuses. Les termites avaient dévoré la charpente des toits, de sorte que les tôles ondulées rouillées s'étaient effondrées. Ces bâtiments qui longeaient la route avaient été naguère de petites boutiques de marchandises diverses, ces *dukas* d'Afrique que l'on voit partout, tenues par des commerçants indiens. Une enseigne aux couleurs passées pendait devant l'une d'elles, au nom de « Patel & Patel », arborant la marque Coca-Cola.

– Posez-vous, ordonna China au pilote.

L'hélicoptère descendit sur la route, dans un tourbillon de feuilles sèches, de morceaux de papier, de sacs de plastique crevés et autres détritus. Sur la véranda de « Patel & Patel », de même que dans les maisons décrépites voisines, on voyait des hommes armés, vêtus d'un mélange de vêtements civils, d'uniformes militaires et de camouflage, la tenue éclectique des guérilleros africains.

Dès qu'il fut posé sur la route semée d'ornières, le pilote repoussa la manette des gaz, le moteur ralentit jusqu'à n'émettre plus qu'un léger ronronnement. Le général China ouvrit la porte de l'habitacle, sauta à terre avec légèreté, et fit face au groupe d'hommes debout sur le seuil de la boutique.

– Tippoo Tip, dit-il en ouvrant largement les bras en un geste fraternel. Comme je suis heureux de vous revoir !

Le général Tippoo Tip descendit les marches pour venir à sa rencontre, ses gros bras étendus en croix. Ils s'étreignirent, avec le manque de sincérité total de deux rivaux qui savaient qu'un jour il leur faudrait s'entretuer.

Tippoo Tip n'était pas son véritable nom, mais un nom de guerre emprunté à l'un des plus célèbres caravaniers arabes du siècle dernier, marchand d'esclaves et trafiquant d'ivoire. Ce nom et les souvenirs qu'il éveillait lui allaient fort bien, pensa China en regardant le brigand debout devant lui, un homme à traiter avec les plus grandes précautions.

Il n'était pas grand, sa tête arrivait au menton de China, mais en lui tout était massif, sa poitrine large comme celle d'un gorille, ses bras musclés qui pendaient comme ceux de ce même animal, de sorte que ses doigts étaient à la hauteur de ses genoux. Sa tête ressemblait à l'un de ces gros blocs de granit que l'on voit en Rhodésie, en équilibre sur la pointe d'un *kopje*. Sa tête était rasée, mais sa barbe formait une épaisse toison noire et bouclée descendant sur sa poitrine. Il avait le front large, le nez épaté, les lèvres épaisses.

Il arborait autour de son front un ruban de coton de couleur vive; sur son torse nu, un gilet de peau d'antilope ouvert devant montrait une poitrine velue. Il sourit en réponse au sourire de China, découvrant des dents d'une blancheur éclatante, qui contrastait avec le blanc jaunâtre de ses yeux sillonnés d'un réseau de veines.

— Votre présence parfume ma journée comme la senteur des fleurs de mimosa, dit-il en shangane.

Cependant son regard, par-delà le visage de China, revenait sans cesse se poser sur le grand hélicoptère. Le regard d'une envie tellement palpable que China pouvait la sentir et la goûter comme si du soufre brûlait dans l'air environnant. L'appareil avait modifié le délicat équilibre établi dans les relations entre ces deux plus puissants chefs de guerre du Renamo. Il était évident que Tippoo Tip désirait l'examiner de plus près. Mais China le prit par le bras et l'entraîna à l'ombre de la véranda. Le pilote n'avait pas coupé les moteurs, il décolla aussitôt.

Tippoo Tip se dégagea de la main de China, et regarda le Hind s'éloigner. Ses yeux jaunes trahissaient autant d'avidité que s'ils voyaient une belle femme nue. China le laissa brûler de désir jusqu'à ce que l'appareil soit hors de vue. C'était de propos délibéré qu'il avait renvoyé celui-ci. Il connaissait trop bien Tippoo Tip, il savait que, si le Hind était resté sur place, la tentation aurait pu devenir trop forte pour que son collègue puisse y résister. Et à ces deux hommes la traîtrise était aussi naturelle que la respiration aux autres. Le Hind était le joker de China, sa carte maîtresse.

Tippoo Tip sortit de sa contemplation. Il se mit à rire sans raison apparente. Revenant à China, il lui tint un langage flatteur :

— On m'a dit que vous aviez détruit l'escadrille et capturé un des appareils, et j'ai répondu : « China est un lion, et il est mon frère ».

— Mon frère, venez à l'ombre, proposa China.

Ils s'assirent dans la véranda, où deux des jeunes femmes de Tippoo Tip leur servirent dans des pots d'argile de la bière au goût aigrelet rafraîchissant. Elles étaient très jeunes, de jolies petites créatures aux yeux de biche. Tippoo Tip aimait les femmes, il en avait toujours autour de lui. « C'est une de ses faiblesses », se dit China en prenant un air supérieur. Quant à lui, posséder une fille lui donnait du plaisir, mais il considérait l'amour comme une brève diversion et non comme une nécessité. Les deux jeunes femmes retinrent son attention peu de temps, avant qu'il ne s'adresse à son hôte.

– Et vous, mon frère? Où en sont vos combats? J'ai entendu dire que vous aviez mis le Frelimo à genoux. Est-ce vrai?

C'était faux, évidemment. En sa qualité de commandant de la division du sud, Tippoo Tip se trouvait le plus proche de Maputo, la capitale et le siège du gouvernement. C'était lui, par conséquent, qui avait le plus souffert de la cessation de l'assistance militaire sud-africaine. Il était en première ligne pour subir le choc des contre-attaques du Frelimo. China n'ignorait pas les graves revers subis au cours des derniers mois par Tippoo Tip, qui avait perdu de nombreux hommes et beaucoup de terrain au sud. Ce qui ne l'empêcha pas de répondre :

– Oui, nous avons bouffé tout ce que le Frelimo a envoyé contre nous. Nous les avons avalés et digérés sans aucune difficulté.

Ils poursuivirent ainsi leur joute en buvant des pots de bière, avec le sourire, mais en s'observant l'un l'autre comme des lions sur une proie, en garde et prêts à tout instant à s'élancer ou à se défendre. Finalement, China dit d'un ton dégagé :

– Je suis heureux de savoir que tout va aussi bien pour vous. J'étais venu voir si mon hélicoptère Hind pouvait vous être utile contre le Frelimo. Mais (il esquissa un geste de regret), je m'aperçois que vous n'avez pas besoin de mon aide.

C'était machiavélique, et China vit que la pointe de son épée avait trouvé le défaut de la garde de Tippoo Tip, qui changea de visage. China savait que c'eût été une lourde erreur tactique de demander son aide à un homme comme Tippoo Tip, qui avait le nez d'une hyène pour flairer la faiblesse de l'adversaire. Bien au contraire, China avait sorti l'appât du Hind, l'avait agité un instant sous les yeux de l'autre, et puis, tel un prestidigitateur, l'avait escamoté.

Les yeux de Tippoo cillèrent. A l'abri de son sourire, il chercha une réponse. Il se refusait à reconnaître un échec ou une faiblesse devant quelqu'un qui l'exploiterait sans scrupule; mais d'autre part, il était pris de passion pour cette fabuleuse machine. Il contre-attaqua :

– L'aide d'un frère est toujours bienvenue, surtout d'un frère qui parcourt le ciel dans son *henshaw* personnel. Mais pourrai-je vous offrir quelques menus services en échange?

« Sacré roublard », se dit China en admirant sa façon de faire. « Il sait que je ne suis pas venu ici par amitié. Il sait que je désire quelque chose. »

Tous deux firent marche arrière, se retranchant à la manière africaine derrière un écran de plaisanteries et de banalités, pour revenir ensuite au sujet principal par des voies détournées.

– J'ai tendu un piège au Frelimo, reprit Tippoo Tip. Je me suis retiré de la forêt de Save.

En réalité, il avait été expulsé de cette forêt après de durs combats, qui l'avaient opposé aux attaques du Frelimo, les plus déterminées depuis le début de la campagne.

— Ce fut très astucieux de votre part (le ton sarcastique démentait l'approbation de China) que de tendre un tel piège au Frelimo. Et il a été assez stupide pour tomber dedans!

La forêt de Save renfermait un trésor : des arbres de vingt mètres de hauteur, surnommés « défenses d'ivoire » pour leur bois d'un grain dense et fin; de magnifiques acajous de Rhodésie au tronc d'un mètre et demi de diamètre; et le plus rare et recherché de tous les bois africains, le *tamboti* ou santal d'Afrique, au bois veiné et odoriférant.

Cette forêt constituait la dernière ressource d'un pays ravagé. Les grands troupeaux d'éléphants avaient été exterminés; les rhinocéros et les buffles mitraillés du haut des airs; les bancs de crevettes et les eaux poissonneuses du courant tiède du Mozambique pillés par les Soviétiques et les Nord-Coréens; la population des crocodiles du lac Cabora Bassa décimée par des aventuriers étrangers, avec la bénédiction du Frelimo. Seules, les forêts demeuraient intactes. Elles étaient l'unique bien dont la vente procurait au Mozambique les devises étrangères dont il avait un pressant besoin.

— Ils y ont amené des bataillons de travailleurs, vingt mille esclaves, peut-être trente mille, dit Tippoo.

— Tant que cela? Où les ont-ils trouvés?

— Ils ont réquisitionné les derniers paysans, effectué des raids dans les camps de réfugiés, ramassé les mendiants et les sans-travail dans les taudis et les rues de Maputo. C'est ce qu'ils appellent le « Programme de plein emploi de la population ». Les hommes et les femmes qui y travaillent gagnent dix escudos par jour, et l'unique repas dont on les nourrit leur en coûte quinze.

Tippoo Tip se mit à rire, d'un rire plus admiratif qu'amusé.

— Parfois, reconnut-il, le Frelimo n'est pas si bête.

— Et vous avez laissé le Frelimo faire ça?

Cette question de China n'était pas motivée par un intérêt quelconque pour le triste sort des travailleurs. Mais une seule grume de *tamboti* de quinze mètres de long valait environ cinquante mille dollars US, et la forêt s'étendait sur plusieurs centaines de milliers d'hectares.

— Mais oui, je le laisse faire. Ils ne pourront évacuer le bois que lorsque les routes et la voie ferrée seront refaites. En attendant, ils empilent les grumes le long de l'ancien chemin de fer. Mes espions comptent chaque tronc qui s'ajoute au tas.

Tippoo Tip sortit de la poche de son gilet un carnet où il notait soigneusement le chiffre, qu'il montra à China. Ce dernier resta impassible en lisant le total, mais ses yeux brillaient derrière les lunettes à monture dorée. La somme en dollars était suffisante pour financer la guérilla durant des années, pour acheter l'alliance de nations étrangères, ou encore pour faire accéder un petit seigneur de la guerre à l'état de président à vie du pays.

– Le temps est bientôt venu pour moi de revenir dans la forêt de Save, pour engranger la moisson faite par le Frelimo.

– Comment exporterez-vous cette moisson ? Une grume de *tamboti* pèse cinquante tonnes. Et qui vous l'achètera ?

Tippoo Tip claqua des mains pour appeler un de ses adjoints, vautré à l'ombre dans la rue, qui accourut auprès des deux généraux. Tippoo l'envoya chercher une carte d'état-major, qu'il déploya sur le sol, entre leurs sièges. Tous deux se penchèrent pour l'étudier.

– Voici la forêt, dit Tippoo. (Il indiqua les limites d'une vaste région située au sud de leur position, entre les fleuves Save et Limpopo.) Le Frelimo stocke le bois ici, ici, et ici. Le chantier le plus au sud n'est qu'à cinquante kilomètres de la rive nord du Limpopo, et autant de la frontière d'Afrique du Sud.

– Les Sud-Africains nous ont lâchés. Ils ont signé un accord avec Chissano et le Frelimo.

– Les traités et les accords ne sont que des chiffons de papier. Nous sommes en discussion pour un demi-milliard de dollars US. J'ai reçu des assurances de notre ex-allié que, si je peux leur livrer la marchandise, ils en effectueront le transport jusqu'à la frontière, et la paieront à Lisbonne ou Zurich. Le Frelimo l'a coupée et stockée, il ne me reste plus qu'à la prendre et la livrer.

– Et mon hélicoptère d'assaut vous aidera à la prendre, suggéra China.

– Il aidera, oui, bien que je puisse obtenir le même résultat avec mes seules forces.

– Peut-être, mais une opération combinée sera plus rapide et plus sûre. Nous partagerons le combat et le butin. Avec mon *henshaw* et des renforts de ma division du nord, il suffira d'une semaine pour rejeter les forces du Frelimo hors de la forêt.

– Naturellement, rétorqua Tippoo Tip, votre aide sera rémunérée par un modeste pourcentage de la valeur du bois récupéré par nous.

– Modeste est un mot que je n'aime pas beaucoup. Je préfère le terme socialiste d'égalité. Disons moitié-moitié.

Ils discutèrent durant une heure, approchant petit à petit de la conclusion du marché.

– Les gens employés à ce travail, fit remarquer Tippoo Tip, sont mal nourris et épuisés. Leur rendement est la moitié de ce qu'il était au début. Il va diminuer encore. Nous n'avons rien à

403

gagner à attendre. Nous devons attaquer maintenant, avant la saison des pluies.

China consulta sa montre. Le Hind allait revenir le chercher dans une demi-heure. Il fallait en finir. En cinq minutes, ils se mirent d'accord sur tous les détails de l'opération. Cela fait, China dit d'un air détaché :

— Il y a encore un point à traiter.

Son ton intrigua Tippoo Tip : la demande à venir devait être d'importance. Ses grosses pattes d'ours sur les genoux, il se pencha vers China.

— Je suis à la poursuite d'un petit groupe de fugitifs, dont deux blancs. Il semble qu'ils tentent d'atteindre la frontière de l'Afrique du Sud. Je voudrais que vous lanciez vos forces à leur recherche, entre ici et le Limpopo.

En quelques mots, China lui fit la description des fuyards. Tippoo Tip prit un air rêveur :

— Un blanc et une blanche, une jeune femme blanche. Cela paraît intéressant, mon frère.

— C'est l'homme le plus important. La femme est américaine, elle peut avoir quelque valeur comme otage, mais pas beaucoup.

— Pour moi, une femme a toujours de la valeur, surtout si elle est jeune. Faisons un autre marché, mon frère, à parts égales, encore une fois. Si je vous aide à capturer ces blancs, vous gardez l'homme, et moi la femme. D'accord ?

China réfléchit un moment, puis acquiesça :

— Entendu. Mais je veux l'homme vivant et sans blessures.

— C'est exactement comme cela que je veux la femme.

Pour sceller leur marché, il tendit une main, que China prit dans la sienne. Chacun savait que ce geste était sans signification, que leur accord durerait tant que l'un et l'autre y auraient intérêt, sinon il serait rompu sans préavis.

— Et maintenant, dit Tippoo Tip, parlez-moi de cette jeune femme. Comment pensez-vous vous en emparer ?

Tippoo Tip nota l'animation nouvelle de China, et le ton passionné qu'il prit pour lui expliquer comment Sean et son groupe avaient réussi à ne pas tomber dans le piège qu'il leur avait tendu à la frontière, et la défection des Shanganes par lesquels il avait appris leur position et leur intention d'aller vers le sud.

— Nous savons que leur dernière position certaine était celle-ci. (Il montra sur la carte un point proche de la voie ferrée.) Mais trois jours ont passé depuis. Un des leurs est gravement blessé, aussi ne doivent-ils pas avancer très vite. J'ai mis des patrouilles sur leurs traces, au sud du chemin de fer. Il faudrait que vous tendiez un filet au-devant d'eux. De combien d'hommes pouvez-vous disposer ?

– J'ai déjà trois compagnies le long du Rio Save, qui surveillent les coupes de bois dans la forêt. Cinq autres compagnies sont déployées plus au nord, dans les environs d'ici. Si ces blancs essaient d'atteindre le Limpopo près de la frontière, il leur faudra traverser mes lignes. Je vais adresser un message par radio à mes commandants d'unités, afin de les alerter.

La voix du général China se fit dure :

– Ils devront surveiller chaque piste, chaque passage de rivière ; jalonner une ligne d'arrêt ininterrompue, vers laquelle les pousseront mes rabatteurs venant du nord. Mais avertissez vos commandants que le blanc est un soldat, et un bon soldat. C'est lui qui était à la tête des Ballantyne Scouts à la fin de la guerre.

– Courtney! l'interrompit Tippoo Tip. Je me le rappelle très bien. Mais oui, c'est Courtney qui a mené le raid contre votre base. Ça ne m'étonne pas que vous soyez tellement désireux de le prendre. C'est une vieille histoire. Vous avez la mémoire longue, mon frère.

China caressa le lobe de son oreille sourde :

– Oui, c'était il y a bien des années. Mais la vengeance est un plat bien meilleur froid.

Tous deux levèrent la tête en entendant, venu du nord du village, le sifflement des turboréacteurs du Hind. Le pilote était exactement à l'heure prévue pour reprendre China, ce qui accrut la confiance que lui inspirait le Portugais. Il se leva.

– Nous garderons le contact par radio sur 118,4 mégahertz, proposa-t-il à son homologue. Trois fois par jour : à six heures, midi, et dix-huit heures.

Mais Tippoo Tip ne le voyait plus, il dévorait du regard l'hélicoptère en train d'atterrir, semblable à un mutant de film de science-fiction.

Le général China s'installa dans le siège du mécanicien et ferma la verrière de l'habitacle. Du pouce de la main droite levé, il salua Tippoo Tip debout sur la véranda de la boutique et prit la direction du nord.

– Général, dit le pilote dans l'interphone, une des patrouilles vous a appelé par radio. Message urgent. Indicatif « Rouge douze ».

– Bien. Passez sur la fréquence des patrouilles.

China attendit que la fréquence soit affichée sur l'écran de son émetteur et dit :

– Rouge douze. Ici, Bananier. M'entendez-vous ?

Rouge douze était une de ses meilleures sections d'éclaireurs sur la trace de Sean, au sud de la voie ferrée. Jetant un coup d'œil à la carte déployée sur ses genoux, China essaya de localiser la position de la section, qui répondit aussitôt :

405

— Bananier, ici Rouge douze. Nous avons un contact certain.

China sentit monter en lui l'exaltation de la victoire. Ce fut cependant d'une voix calme qu'il demanda au chef de section de lui faire connaître sa position. Il la reporta sur sa carte, et vit que la patrouille se trouvait à environ cinquante-cinq kilomètres droit au nord de Dombe. Il s'adressa au pilote :

— Vous avez entendu? Ralliez ce point aussi vite que vous pourrez.

Tandis que le son du moteur devenait plus aigu, le général appela de nouveau :

— Rouge douze. Lancez une fusée rouge lorsque vous nous verrez.

Dix minutes plus tard, la fusée monta de la forêt sous le nez du Hind. Le pilote réduisit les gaz et laissa l'appareil descendre vers le sol, sur une aire d'atterrissage dégagée à la machete par la patrouille. Lorsqu'il eut pris contact avec le sol, China vit avec satisfaction que cette dernière avait disposé un écran protecteur tout autour de l'aire. Elle était composée de combattants de premier ordre.

China sauta en hâte du cockpit. Le chef de section s'avança et salua. C'était un vieux militaire, maigre, bardé d'armes, de bandes de cartouches en bandoulière et de bouteilles d'eau.

— Ils sont passés ici dans la journée d'hier, annonça-t-il au général.

— Vous êtes certain que ce sont eux?

— L'homme et la femme blanche, oui. Mais ils ont enterré quelque chose par là-bas. (Il indiqua la direction avec son menton.) Je crois que c'est une tombe, nous n'y avons pas touché.

— Montrez-moi ça, ordonna China.

Il suivit dans le bosquet d'épineux l'homme, qui s'arrêta devant un tumulus de grosses pierres.

— Oui, dit China, c'est une tombe. Ouvrez-la.

Le chef de section lança un ordre à deux de ses hommes; ils posèrent leurs armes, s'approchèrent, et à coups de pieds se mirent à faire rouler les pierres du haut du tumulus; elles dégringolaient, se heurtant les unes les autres en faisant jaillir des étincelles.

— Dépêchez-vous, lança China. Plus vite!

— Voici le cadavre, dit le chef de section en voyant la tête de Job enveloppée. S'avançant, il prit la chemise tachée de sang qui la recouvrait et la jeta de côté. China reconnut aussitôt le mort.

— C'est le Matabele. Je ne pensais pas qu'il irait si loin. Déterrez-le, et donnez-le à manger aux hyènes.

Avec une joie macabre, China regarda les deux soldats saisir Job par les épaules entourées de la couverture. La mutilation de l'ennemi mort est une ancienne coutume des Ngonis; son éviscé-ration est un rite destiné à faire s'échapper l'âme du vaincu, afin qu'elle ne tourmente pas son vainqueur. D'autre part, China goû-tait le plaisir de la vengeance en voyant exhumer le Matabele. Il savait le chagrin que cela causerait à Sean Courtney, et se délec-tait à l'avance de le lui annoncer dans un prochain contact radio.

C'est alors qu'il aperçut la ficelle sous l'écorce, qui était atta-chée à la couverture entourant le cadavre. Durant un instant il la considéra avec étonnement, puis la vit se tendre et entendit le déclic du bouchon-allumeur de la grenade. Comprenant ce dont il s'agissait, il hurla un avertissement et se jeta à terre.

L'explosion écrasa ses tympans, et lui causa une violente dou-leur dans le crâne. En même temps que l'onde de choc l'attei-gnait, quelque chose frappa sa joue avec violence. Il parvint à s'asseoir, et crut pendant un moment avoir perdu la vue. Puis le feu d'artifice et les étoiles qui dansaient devant ses yeux se dissi-pèrent; avec soulagement, il se rendit compte qu'il voyait.

Du sang coulait de sa joue sur son menton, et de là tombait goutte à goutte sur le revers de sa vareuse. Il dénoua le foulard enserrant son cou, et le pressa fortement sur la profonde entaille qu'avait faite sur sa pommette un fragment de la grenade. Encore chancelant, il se releva et regarda autour de lui.

L'un des hommes avait le ventre ouvert, comme un poisson que l'on vide. Agenouillé, il essayait de rentrer ses boyaux dans l'ouverture. Le second soldat avait été tué sur le coup. Le chef de section accourut vers China, voulant examiner sa blessure, mais celui-ci le repoussa.

— Salaud de blanc! lança-t-il d'une voix stridente. Tu me paie-ras cela cher, colonel Courtney. Je te le promets.

Tremblant de fureur, il chercha quelque chose sur quoi exhaler sa rage.

— Vous autres! cria-t-il à l'adresse des hommes. Ici, avec vos machetes!

Deux guérilleros accoururent à son ordre.

— Sortez ce chien de Matabele de son trou... C'est ça... Mainte-nant, avec vos machetes, découpez-le... pour les hyènes. En petits morceaux... C'est ça. De la chair à pâté. Je veux qu'il soit réduit en chair à pâté.

Toute la matinée, Matatu en tête, ils marchèrent en direction du sud, à travers les champs abandonnés et à distance des villages déserts. L'herbe et la végétation qui avait repoussé les mettaient à l'abri des vues. Ils évitaient les pistes et les huttes incendiées.

Claudia avait de la difficulté à suivre. Ils n'avaient fait que de brèves pauses depuis la veille au soir. Elle arrivait à la limite de son endurance. Elle n'éprouvait pas de sensation de souffrance; même les petites épines diaboliques, qui laissaient à son passage des estafilades rouges sur ses bras nus, ne lui faisaient pas mal. Mais ses jambes étaient de plomb; bien qu'elle essayât de suivre le rythme de la marche, elle avait l'impression d'être un jouet mécanique dont on a oublié de remonter le ressort. Petit à petit, elle perdait du terrain et était incapable d'allonger le pas pour rattraper Sean. Il se retourna et ralentit jusqu'à ce qu'elle soit à sa hauteur.

— Je suis désolée, bredouilla-t-elle.

— Nous devons continuer, répondit Sean en jetant un regard inquiet vers le ciel.

Claudia continua à peiner derrière lui. Un peu avant midi, ils entendirent à nouveau le Hind, loin dans le nord, le bruit de ses moteurs était faible, et s'éteignit rapidement. Sean étendit un bras pour faire s'arrêter Claudia, qui tenait à peine debout.

— C'est très bien, lui dit-il avec gentillesse. Je regrette d'avoir dû t'obliger à cela. Nous avons parcouru une bonne distance. China ne pourra pas imaginer que nous sommes si loin dans le sud. Maintenant qu'il est reparti vers le nord, nous pouvons nous arrêter.

Il l'amena dans un bosquet d'acacias épineux formant un abri naturel. Elle s'écroula sur le sol, pleurant d'épuisement, et s'étendit. Sean s'accroupit devant elle pour lui retirer ses souliers et ses chaussettes.

— Tes pieds sont dans un état magnifique, dit-il en les massant doucement. Pas la moindre ampoule. Tu es aussi résistante qu'un éclaireur, avec deux fois plus de cran.

Elle n'eut même pas la force de sourire à ce compliment. Une de ses chaussettes était trouée au bout.

— Je vais la réparer, dit Sean. Maintenant, dors.

Pendant quelques minutes, elle le regarda travailler.

— Laquelle de tes anciennes maîtresses t'a appris à repriser des chaussettes?

— Ne dis pas de bêtises, et dors.

— Quelle qu'elle soit, je la déteste.

Claudia ferma les yeux. Lorsqu'elle les rouvrit, il lui sembla qu'elle venait à peine de s'endormir. Mais la lumière adoucie du soir avait remplacé la dure clarté du milieu du jour, et il faisait bien moins chaud. Elle se mit sur son séant. Sean, occupé à faire cuire quelque chose sur un petit feu de bois, leva les yeux vers elle.

— Tu as faim? demanda-t-il.

– Je suis affamée.

– Voici le dîner.

Il lui apporta la gamelle de métal. Elle examina d'un œil soupçonneux ce qu'elle contenait, des espèces de petites saucisses
noires roussies, grandes comme son petit doigt.

– Qu'est-ce que c'est?

– Ne pose pas de question. Mange!

Elle en prit une et la porta à son nez avec précaution.

– Mange! répéta Sean.

Pour lui donner l'exemple, il mit dans sa bouche une de ces
choses, la mâcha et l'avala.

– C'est rudement bon, tu sais. Vas-y!

Claudia mordit dans celle qu'elle tenait, qui creva sous sa dent,
emplissant sa bouche d'une substance pâteuse ayant le goût d'épinards à la crème. Elle eut du mal à l'ingurgiter.

– Prends-en une autre.

– Non, merci.

– C'est plein de protéines.

– Je ne pourrai pas.

– Tu ne tiendras pas le coup dans la prochaine étape avec un
estomac vide. Ouvre la bouche.

Sean parvint de cette façon à la faire manger. Lorsqu'ils eurent
vidé la gamelle, elle redemanda :

– Dis-moi maintenant. Qu'est-ce que c'était?

Il sourit, secoua la tête sans répondre, et se tourna vers Alfonso
qui, accroupi auprès du foyer, dévorait sa part du repas :

– La radio, ordonna-t-il. Voyons si le général China a quelque
chose à nous raconter.

Pendant qu'Alfonso s'affairait à déployer l'antenne, Matatu
arriva sans faire le moindre bruit. Il avait dans la main un cylindre
fait d'écorce souple, fermé à ses deux extrémités par des tampons
d'herbe. Il dit quelques mots à Sean, dont l'expression devint
grave.

– Qu'y a-t-il? s'enquit Claudia avec inquiétude.

– Matatu a vu quantité d'indices devant nous. Il semble qu'il y
ait une grande activité de patrouilles. Frelimo ou Renamo, il ne
peut le dire.

Troublée, elle se rapprocha de Sean et s'appuya contre son
épaule. Ils écoutèrent ensemble la radio, également encombrée de
très nombreuses communications, la plupart en shangane, ou en
portugais parlé avec l'accent africain.

– Il se passe quelque chose, grommela Alfonso, penché sur le
récepteur. Ils placent des patrouilles en ligne d'arrêt.

– Le Renamo? demanda Sean.

– Oui. On dirait que ce sont des gens du général Tippoo Tip.

— Que dit-il ? reprit Claudia.

— Communications de routine, mentit Sean afin de ne pas l'alarmer un peu plus.

Rassurée, Claudia se mit à observer le manège de Matatu. Il avait débouché le cylindre d'écorce, dont il faisait tomber le contenu sur les braises. Lorsqu'elle vit ce qu'il faisait rôtir, elle fut horrifiée.

— Ce sont les bêtes les plus dégoûtantes...

Elle ne termina pas sa phrase, regardant fascinée les grosses chenilles velues qui se tortillaient sur les charbons. Leurs longs poils grésillaient en émettant de petites bouffées de fumée. Peu à peu, elles cessèrent de bouger ; roulées en boule, elles ressemblaient à des saucisses noires. Claudia poussa un cri étranglé et étreignit le bras de Sean.

— Ce ne sont pas... (Elle suffoquait.) Je n'ai pas... Tu ne m'as pas fait manger... Ah, non, je ne peux pas le croire !

— Extrêmement nourrissant, l'assura Sean.

Matatu, voyant la direction du regard de Claudia, prit une des chenilles sur les charbons et, après l'avoir passée vivement d'une main dans l'autre pour la refroidir, l'offrit à la jeune femme.

— Je crois que je vais vomir, dit-elle d'une voix faible en détournant la tête.

Au même moment, il y eut des crachotements dans le récepteur. Quelqu'un parla dans un langage guttural que Claudia ne connaissait pas. La voix était lointaine, mais l'intérêt soudain que manifesta Sean fit oublier à celle-ci ses nausées.

— Quelle est cette langue ?

— L'afrikaans, répondit brièvement Sean. Tais-toi, laisse-moi écouter.

L'émission cessa brusquement.

— Oui, expliqua Sean, l'afrikaans, le hollandais d'Afrique du Sud. Presque certainement émis par une unité militaire d'Afrique du Sud, probablement une patrouille sur la frontière.

Sean échangea quelques mots avec Alfonso, et reprit à l'intention de Claudia :

— Il pense comme moi que c'est une patrouille de la frontière sud-africaine. Il dit que parfois, il capte des bouts d'émission comme celle-ci, alors qu'il se trouve bien plus au nord. (Sean jeta un coup d'œil sur sa montre.) Bon ! On dirait que le général China ne veut pas nous distraire ce soir. Ramassons nos affaires, et en route.

Sean allait se lever, quand l'appareil de radio reprit vie. La réception était si nette qu'ils entendirent la respiration du général China.

— Bonsoir, colonel Courtney, veuillez excuser mon retard, mais j'avais une affaire urgente à traiter. Je vous écoute, colonel.

Un silence suivit. Sean ne bougea pas. Les ondes apportèrent un petit rire de China.

— Toujours muet, colonel. Cela ne fait rien. Je suis sûr que vous m'écoutez. Aussi, je veux vous féliciter pour le chemin que vous avez parcouru. Tout à fait remarquable ; d'autant plus que miss Monterro freine votre marche.

— Arrogant individu, dit Claudia à mi-voix. Il est tout ce qu'on veut, et phallocrate de surcroît.

— Très franchement, colonel, j'ai été surpris. Nous avons été obligés de redéployer plus au sud nos lignes d'arrêt pour vous accueillir.

Encore un court silence. Et soudain la voix du général China devint méchante :

— Savez-vous, colonel, que nous avons trouvé l'endroit où vous aviez enterré votre Matabele.

Claudia sentit que Sean se raidissait. Nouveau silence prolongé. Puis China reprit :

— Nous l'avons déterré, en avons déduit depuis quand il était en terre par son état de putréfaction. (Sean fut pris d'un tremblement.) Dites-moi, colonel, est-ce vous qui lui avez logé cette balle dans la tête ? C'était la chose raisonnable à faire. De toute façon, il ne serait pas allé bien loin.

— Le porc ! Le foutu porc ! explosa Sean.

— Oh, à propos. Votre piège n'a pas fonctionné. C'était du travail d'amateur, à mon avis. Quant à votre Matabele, deux de mes hommes en ont fait avec leur machete de la pâtée pour les hyènes ; un vrai goulash de Matabele.

Sean saisit le micro et hurla :

— Espèce d'ordure ! Déterreur de cadavres ! Animal vicieux ! Priez Dieu de ne pas tomber entre mes mains.

Il s'arrêta, haletant, étouffé par la violence de son indignation.

— Merci, colonel. Je commençais à être fatigué de parler tout seul. Cela fait plaisir de reprendre contact, vous me manquiez beaucoup.

Sean résista à la tentation de répondre. Il ferma le poste et, d'une voix encore tremblante de fureur :

— On part. China nous aura bien localisés après cet éclat. Il va falloir avancer rapidement.

Cependant, cette nuit-là, leur progression fut plus lente. Deux fois, avant minuit, Matatu leur fit signe d'attendre, averti par son sixième sens qu'il y avait un danger. Il avançait en éclaireur ; il découvrit à deux reprises l'embuscade qui les menaçait. Chaque fois, ils furent obligés de faire un grand détour pour échapper au piège.

— Des hommes du général Tippoo Tip, murmura Alfonso. Il

aide sans doute le général China. Ils nous attendent sur chaque piste.

Après minuit, la chance leur sourit de nouveau. Matatu tomba sur une piste qui courait droit vers le sud, sur laquelle était passé peu de temps auparavant un important détachement de soldats allant dans la même direction qu'eux. Sean saisit cette occasion.

– Leurs traces cacheront les nôtres, dit-il.

Il plaça Matatu à l'avant, suivi de Claudia ; à l'arrière Alfonso et lui prenaient soin de marcher sur les empreintes des petits pieds de ceux-ci, les effaçant ainsi, tandis que leurs propres traces se confondaient avec celles qu'avait laissées le détachement de Tippoo Tip.

Ils avancèrent rapidement sur cette piste, jusqu'à ce que l'ouïe fine de Matatu perçoive les bruits légers faits par la patrouille du Renamo dans le silence nocturne. Ils ralentirent alors pour rester prudemment à distance, en continuant à dissimuler leurs empreintes.

Un peu avant l'aube, le détachement ennemi s'arrêta devant eux. Accroupis dans l'obscurité, ils l'écoutèrent installer son embuscade des deux côtés de leur route. Lorsque les hommes destinés à les prendre au piège furent en place, Matatu fit faire à Sean un nouveau détour ; il les ramena plus loin sur la piste, et ils poursuivirent leur marche vers le sud.

– D'après mes calculs, nous avons fait vingt-cinq miles, annonça Sean avec satisfaction lorsque la première lueur de l'aurore fit pâlir les étoiles à l'est. Mais nous ne pouvons continuer durant le jour ; toute la région fourmille de Renamo. Matatu, trouve un endroit où nous reposer.

Au cours de la nuit, ils étaient arrivés aux approches du Rio Save, dans une zone basse et marécageuse, où poussaient de hautes herbes. Ils s'y engagèrent, pataugeant dans de l'eau qui montait à mi-jambe, cherchant leur route entre des lagons peu profonds au-dessus desquels s'élevaient des nuages de moustiques. L'eau recouvrait leurs pas. Sean, à l'arrière, redressait soigneusement les herbes derrière lui afin de faire disparaître toute trace de leur passage.

A une centaine de mètres en dehors du chemin qu'ils suivaient, Matatu vit un ressaut de terrain sec, comme une île s'élevant de quelques dizaines de centimètres au-dessus des marécages. Lorsqu'il en approcha, les roseaux bougèrent au passage d'une créature qui s'enfuyait. Claudia poussa un cri d'effroi, persuadée qu'ils venaient de tomber dans une nouvelle embuscade du Renamo. Mais Matatu saisit son couteau et plongea dans les herbes que l'on vit s'agiter violemment dans la lutte sauvage qui le mettait aux prises avec un animal couvert d'écailles et aussi grand que lui.

Sean se précipita pour l'aider. A coups de bâton et de couteau, ils vinrent à bout de la bête. Ils la traînèrent sur l'île et Claudia frissonna de répulsion en voyant un énorme lézard, gris avec un ventre jaune tacheté, de plus d'un mètre et demi du nez à l'extrémité d'une queue qui fouettait encore l'air.

Avec des petits cris de joie, Matatu commença aussitôt à écorcher l'animal.

— Qu'est-ce que c'est? demanda Claudia.

— Le mets préféré de Matatu. Un iguane.

La peau écailleuse enlevée, ils découpèrent la bête; la chair de sa queue était blanche comme des filets de sole de Douvres. Claudia fit la grimace quand Sean lui en offrit un morceau.

— Matatu et toi, vous mangeriez vos enfants!

— Dire qu'il faut entendre ça d'une personne qui dîne tous les jours de chenilles!

— Non, Sean, je ne pourrai pas le manger cru.

— Nous n'avons pas ici de bois sec pour le faire cuire. Tu m'as dit que tu avais mangé du saumon cru, et que tu l'aimais beaucoup.

— C'est du poisson, pas du lézard!

— Il n'y a pas de différence. Pense que tu manges du saumon africain cru.

A force de bonnes paroles, il finit par lui en faire goûter. Claudia fut étonnée d'en trouver le goût agréable, et sa faim fut plus forte que sa répugnance initiale.

Pour une fois, l'eau ne manquait pas. Ils s'en gavèrent en même temps que de viande fraîche, et s'enroulèrent ensuite dans leurs couvertures. Les hautes herbes ondulaient au-dessus de leur tête, et les protégeaient de l'ardeur du soleil et des regards. Elles donnaient à Claudia un sentiment de sécurité. Elle céda à la fatigue.

Au milieu de la journée, elle se réveilla dans les bras de Sean, et écouta le son des moteurs du Hind. Elle sentit son estomac se contracter lorsque l'hélicoptère passa non loin d'eux, et que le bruit devint plus fort, puis faiblit. Et de nouveau régna le silence.

Elle s'éveilla une seconde fois, avec l'impression d'étouffer. Elle voulut se soulever, mais elle était tenue par une main ferme. Elle jeta un regard de côté, elle vit le visage de Sean tout près du sien.

— Silence! lui souffla-t-il à l'oreille. Pas un mot!

Il la lâcha et, s'écartant d'elle, regarda à travers l'écran des hautes herbes. Elle fit de même, dans la direction du lagon. D'abord elle ne vit rien mais, un moment plus tard, elle entendit quelqu'un chanter. Une voix douce de soprano chantonnait un chant d'amour en shangane. Ensuite, ce fut un bruit de pieds clapotant dans l'eau. Le chant se rapprocha si près d'elle que Claudia se recroquevilla près de Sean et retint sa respiration.

Soudain, la chanteuse se trouva dans le champ de vision de Claudia, au-delà de la trouée entre les herbes que celle-ci avait écartées. C'était une adolescente mince et gracieuse dont le visage était encore celui d'une enfant, cependant que les seins ronds avaient la grosseur de petits melons. Elle n'était vêtue que d'un pagne en lambeaux remonté sur ses longues jambes. Au soleil de la fin de l'après-midi, sa peau avait la couleur du caramel. Elle semblait être aussi inapprivoisée qu'un lutin de la forêt. Immédiatement, Claudia tomba sous son charme.

Pataugeant dans l'eau claire et tiède, elle tenait dans sa main droite un harpon léger fait d'un roseau, muni de plusieurs pointes barbelées, avec lequel elle s'apprêtait à frapper. Brusquement, la chanson mourut sur ses lèvres, elle s'immobilisa un court instant, puis se fendit avec la grâce d'une danseuse. Le harpon vibra dans sa main : avec un petit cri de contentement, elle le ramena à elle, un poisson-chat gigotait au bout, sa large gueule ornée de moustaches s'ouvrant et se fermant avec une sorte de plainte. La fille l'assomma d'un coup de bâton sur la tête et le mit dans un sac de roseaux tressés pendu à sa taille.

Reprenant sa pêche, elle vint droit sur Claudia, dont Sean serra le bras afin de l'avertir de ne faire aucun mouvement. La jeune noire était maintenant si près que, avec quelques pas de plus, elle allait buter sur eux. Soudain, elle leva les yeux et son regard rencontra celui de Claudia. Elle la dévisagea un instant, effarée, puis fit demi-tour et s'enfuit. Sean se leva et courut derrière elle. Alfonso et Matatu bondirent pour participer à la chasse.

Ils la rattrapèrent avant qu'elle ait traversé la moitié du lagon. Elle tenta de leur échapper en filant sur le côté et en revenant sur ses pas. Mais, de quelque côté qu'elle se tourne, un des trois poursuivants lui barrait la route. Aux abois, elle finit par s'arrêter, les yeux égarés et haletant de terreur, le harpon pointé contre ses agresseurs. Son courage et son cran ne pouvaient rien en face des trois hommes. Comme un gibier cerné par la meute, elle n'avait aucune chance.

Matatu feignit une attaque sur son flanc. Au moment où elle dirigea vers lui la pointe de son harpon, Sean le fit sauter de ses mains, prit sous le bras la fille qui lui donnait des coups de pieds et le griffait, la porta sur l'île et la déposa sur le sol. Dans la bagarre, elle avait perdu son sac et son pagne. Nue et tremblante, elle levait des yeux affolés vers les trois hommes qui l'entouraient.

Sean lui parla d'une voix douce et apaisante. D'abord, elle ne voulut pas répondre. Cependant, lorsque Alfonso la questionna, elle se rendit compte qu'il était de sa tribu et commença à se détendre. Enfin, elle répondit d'une voix essoufflée et hésitante.

– Que dit-elle ? demanda Claudia, pleine de sollicitude pour la jeune fille.

— Elle vit ici, dans les marais où elle se cache. Le Renamo a tué sa mère, le Frelimo a pris son père pour lui faire couper des arbres dans la forêt. Elle a pu s'échapper.

Ils la questionnèrent pendant près d'une heure. Le fleuve était-il loin ? Où pouvait-on le traverser ? Y avait-il des soldats gardant le passage ? Où le Frelimo coupait-il des arbres ? A mesure qu'elle répondait, sa crainte diminuait. Elle semblait sentir la sympathie de Claudia, à qui elle adressait des regards pathétiques et empreints d'une confiance d'enfant. Celle-ci fut stupéfaite lorsqu'elle lui dit :

— Je parle un peu anglais, miss.

— Où l'avez-vous appris ?

— A la mission, avant que les soldats la brûlent et tuent les religieuses.

— Votre anglais est bon. Quel est votre nom ?

— Miriam.

— Ne sois pas trop amicale, l'avertit Sean.

— Elle est si gentille.

Sean était sur le point de répliquer. Puis, se ravisant, il leva les yeux vers le ciel, où le soleil se couchait.

— Ah, nous avons manqué l'émission de China. Préparons-nous à partir. C'est le moment d'être en forme.

Il ne leur fallut que quelques minutes pour se harnacher. En mettant son sac sur le dos, Claudia demanda :

— Que fait-on de la petite ?

— On la laisse ici.

Mais quelque chose dans la voix de Sean et la façon dont il détourna les yeux ne plurent pas à Claudia. Après l'avoir suivi quelques pas, elle s'arrêta et jeta un regard en arrière. La jeune fille était toujours assise par terre, nue, avec un air malheureux. Matatu était debout près d'elle, son couteau à écorcher à la main.

Une vague de colère froide envahit Claudia, aussitôt qu'en un éclair elle eut compris.

— Sean ! appela-t-elle d'une voix frémissante. Que vas-tu faire à cette enfant ?

— Ne t'occupe pas de ça.

— Matatu ! (Elle fut prise d'un tremblement.) Qu'est-ce que tu vas faire ? Tu vas...

Elle passa un doigt sur sa gorge. Matatu fit oui de la tête, et montra le couteau.

— *Ndio*, dit-il, *kufa*.

Claudia connaissait ce mot de swahili, que Matatu employait chaque fois qu'il égorgeait un animal tué par Riccardo. Folle de rage, elle se tourna vers Sean.

— Tu veux la tuer !

Sa voix stridente était un cri d'indignation et d'horreur.

— Écoute-moi, Claudia. Nous ne pouvons pas la laisser derrière nous. S'ils la prennent... Ce serait un suicide.

— Espèce de salaud! hurla-t-elle. Tu es aussi atroce que les brutes du Renamo. Aussi horrible que China!

— Il s'agit de notre vie. Tu ne comprends pas?

— Je ne peux pas croire que j'entends une pareille chose.

— Cette terre est dure, cruelle. Si nous voulons survivre, nous devons nous plier à sa loi. Nous ne pouvons nous permettre le luxe de la compassion.

Elle aurait voulu se jeter sur Sean et le frapper. Les poings serrés, elle fit effort pour se dominer.

— La compassion nous distingue des animaux. Si tu attaches du prix à ce qui existe entre nous deux, ne dis pas un mot de plus, n'essaie pas de trouver des raisons à ce que tu as failli faire à cette enfant.

— Tu préfères tomber dans les mains de China? Cette enfant, comme tu l'appelles, n'hésitera pas à leur dire où nous nous trouvons.

— Arrête-toi, Sean! Je te préviens: tout ce que tu dis peut compromettre ce qui nous unit de façon irréparable.

— Bon, très bien. Que désires-tu que nous fassions d'elle? Je ferai comme tu l'entends. Tu veux qu'on la laisse tout raconter à la première patrouille du Renamo qui passera par ici? D'accord!

Sans élever la voix, d'un ton froid et déterminé, elle répondit:

— Nous l'emmenons avec nous.

— Avec nous?

— C'est cela! Si nous ne pouvons la laisser ici, il n'y a pas d'autre solution.

Sean était stupéfait. Claudia poursuivit:

— Tu as dit que tu ferais ce que je désire. Tu l'as dit!

Il allait ouvrir la bouche, lorsqu'il regarda la jeune noire. Elle avait compris une partie de la discussion, suffisamment pour savoir que sa vie était en jeu, et que Claudia était son défenseur. Quand il vit l'expression de son visage, Sean fut envahi de honte. C'était un sentiment qu'il n'avait jamais connu. Au temps de la guérilla, les Scouts ne faisaient pas de quartier. Cette femme était en train de l'amollir, pensa-t-il, à moins que tout simplement elle le rende humain. Il sourit à Claudia:

— Bien. Elle vient avec nous, à condition que tu me pardonnes.

Claudia se détourna de Sean pour aller vers la jeune Miriam. Elle la fit se relever. La petite s'accrocha à elle avec gratitude.

— Rentre ton couteau, dit Claudia à Matatu, et va chercher son pagne.

Tandis que Miriam renouait autour de sa taille son unique vêtement, le sergent Alfonso la couvait des yeux. Il semblait très satisfait qu'elle ait été épargnée. Son regard sur la protégée de Claudia ne fut pas du goût de celle-ci : elle sortit de son sac son unique chemise de rechange, un polo provenant du magasin d'habillement du général China, qui descendait à mi-cuisse de la jeune fille. Sa terreur oubliée, Miriam semblait ravie de sa nouvelle parure.

— Le défilé des mannequins est terminé, intervint Sean. Partons.

Alfonso prit le bras de Miriam. Elle se rendit compte alors qu'on l'emmenait, et elle se dégagea de son étreinte avec des protestations véhémentes.

— Nom de Dieu! explosa Sean. Je commence à en avoir pardessus la tête.

— Qu'y a-t-il? interrogea Claudia.

— Elle n'est pas seule. Il y en a d'autres.

— Je croyais qu'elle avait perdu ses parents.

— Exact. Mais elle a une sœur et un frère, deux gosses si jeunes qu'ils ne pourront se débrouiller seuls. Nom de Dieu de bon Dieu! Qu'est-ce qu'on fait maintenant?

— On va les chercher et on les emmène aussi.

— Deux mômes! Tu n'es pas folle? Nous ne sommes pas un orphelinat.

— Nous n'allons pas recommencer, j'espère?

Claudia tourna le dos à Sean, et prit la main de Miriam.

— N'aie pas peur. Où sont-ils? On va les chercher.

La petite s'apaisa et avec un regard d'adoration :

— Venez, *Donna*, je vais vous montrer.

Il faisait presque nuit lorsqu'ils arrivèrent à la petite île où les enfants étaient cachés dans les papyrus. Miriam écarta les épaisses tiges vertes. Claudia vit deux paires de grands yeux noirs. On aurait dit deux jeunes hiboux dans leur nid.

— Un garçon.

Elle le souleva. Il était âgé de cinq à six ans et tremblait de frayeur.

— Et une fille.

La petite avait à peine quatre ans. Trop faible pour se tenir debout, elle était étendue sur le sol, roulée en boule comme un petit chat, grelottante et gémissante.

— Elle est brûlante, constata Claudia.

— Le paludisme, sans doute.

— Il y a de la quinine dans la trousse médicale.

— Ça devient de la folie, protesta Sean. Nous ne pouvons pas nous encombrer de cette marmaille.

— Oh, ça suffit! Combien puis-je lui donner de cachets? La

notice dit : « Pour les enfants de moins de six ans, consulter un médecin. » Merci beaucoup, me voici bien renseignée. Je vais lui donner deux cachets.

Tout en s'occupant de la malade, Claudia interrogea Miriam.

– Comment s'appellent-ils ? Quel nom leur donnes-tu ?

La réponse fut si compliquée que Claudia n'y comprit rien. Ce qui ne la découragea nullement.

– Je n'arriverai jamais à dire ça. Nous les appellerons Mickey et Minnie.

– Attention ! Walt Disney va te faire un procès.

Claudia ignora superbement cette plaisanterie et enroula la petite fille dans sa couverture.

– Tu la porteras, annonça-t-elle à Sean comme s'il s'agissait d'une chose tout à fait naturelle.

– Si elle me fait pipi dessus, je lui tords le cou.

– Et Alfonso pourra porter Mickey.

Il était visible que l'instinct maternel de Claudia se donnait libre cours. L'ennui que ce fardeau additionnel occasionnait à Sean fut tempéré par l'évidence que ses nouvelles responsabilités donnaient un coup de fouet à la jeune femme. Sa fatigue et sa léthargie semblaient avoir disparu d'un coup, et elle avait plus de vigueur et de tonus qu'à aucun moment depuis la mort de Job.

Sean amarra sur son dos le petit corps qui ne pesait presque rien. La chaleur de la fièvre se communiquait à lui, comme s'il avait une bouteille d'eau brûlante dans son sac. Cette façon d'être portée était depuis sa petite enfance habituelle à l'enfant, qui s'endormit calmement.

– Je n'arrive pas à croire ce qui m'arrive, maugréa Sean. La bonne d'enfant à mon âge, gratis de surcroît !

Ils se remirent en route au travers des marais. Cependant, bien avant que la nuit se soit écoulée, la présence de Miriam se révéla un atout qui contrebalançait largement la charge supplémentaire des deux enfants. Depuis sa naissance, elle vivait dans la région et la connaissait à fond. En tête avec Matatu, elle le guidait dans le labyrinthe des îles et des lagons, le long de pistes secrètes qui leur épargnaient des heures d'une exploration éreintante.

Un peu après minuit, alors qu'Orion, le grand chasseur, était debout dans le ciel au-dessus d'eux, son arc bandé, ils arrivèrent auprès de la rive du Rio Save, d'où Miriam leur montra le gué qu'un homme pouvait franchir sans perdre pied.

Ils s'arrêtèrent. Les deux femmes s'occupèrent de nourrir les enfants, avec la viande de l'iguane. La quinine avait agi, la petite fille était plus fraîche. Après un repas hâtif, les hommes, cachés dans une roselière, observèrent l'autre rive, de l'autre côté de l'eau sombre sur laquelle les étoiles se reflétaient, comme des lucioles en train de se noyer.

— C'est l'endroit le plus dangereux, murmura Sean. China a patrouillé avec le Hind hier, le long du fleuve; il va revenir dès qu'il fera jour. Ne perdons pas de temps. Il faut que nous ayons traversé, et que nous soyons déjà loin, avant le lever du jour.

— Ils nous attendent sur l'autre bord, objecta Alfonso.

— C'est certain. Ils y sont, mais nous le savons. Nous allons laisser les femmes de ce côté, et traverser pour nettoyer la rive d'en face. Pas d'armes à feu; ce sera avec le couteau et le fil d'acier. Cette nuit, le travail sera humide. (Il employa l'ancienne expression des Scouts : « *Sebenza enamanzi* ».) Humide de plusieurs façons!

Le fil de Sean était en acier, long d'un mètre vingt; c'était le toron qu'il avait coupé dans le câble du treuil de l'avion Hercules avant d'évacuer celui-ci. Job avait taillé deux morceaux de bois dur en forme de poignées, et les avait fixés à chaque extrémité du filin. Sean le lovait en une petite glène du diamètre d'un dollar d'argent, qui se glissait facilement dans la poche à grenade de son harnachement. Il l'en retira et le déroula; il en éprouva la solidité, prenant les poignées dans chaque main et tirant fortement. Il sentit avec satisfaction se tendre normalement le toron élastique. Pour finir, il l'enroula en bracelet autour de son poignet gauche.

Tous trois se déshabillèrent complètement. En effet, le bruit de l'eau dégoulinant d'un vêtement mouillé pourrait alerter l'ennemi, à qui ce même vêtement pourrait en outre servir de prise dans un combat corps à corps. Chacun d'eux avait son couteau pendu au cou par une cordelette.

Sean se dirigea vers Claudia, qui attendait dans les roseaux en compagnie des enfants. Il l'embrassa, ses lèvres étaient douces et tièdes.

— M'as-tu pardonné? demanda-t-il.

Pour toute réponse, elle lui donna un autre baiser.

— Reviens vite, souffla-t-elle à son oreille.

Les trois hommes se mirent à l'eau sans bruit et, collés les uns près des autres, s'éloignèrent de la rive en une brasse silencieuse, se laissant porter par le courant loin en aval du gué.

Ils atterrirent sur l'autre bord dans des papyrus et gagnèrent la terre en rampant. Comme le corps blanc et nu de Sean était visible à la clarté des étoiles, il se roula dans la boue noirâtre de la rive pour s'en couvrir entièrement. Il enduisit également son visage.

— Prêts? demanda-t-il à voix basse aux deux noirs. Allons-y!

Leur couteau à la main, ils s'éloignèrent du fleuve, afin de faire un grand détour qui les ramènerait vers le gué. De ce côté sud du Save, le terrain était plus sec qu'au nord. Il n'y avait pas de marais, la forêt venait presque en bordure de l'eau. Ils purent ainsi se dissimuler dans l'ombre des arbres. A mesure de leur approche, ils avançaient avec de plus en plus de précaution, écartés les uns des autres, Sean au milieu.

Sean sentit le Renamo avant de le voir. C'était l'odeur de la fumée du mauvais tabac indigène, mêlée à celle de transpiration de vêtements pas lavés. Il s'immobilisa, regardant devant lui et écoutant avec le maximum de concentration.

A quelque distance, un homme toussa et se râcla la gorge. Sean repéra la direction exacte d'où venait le bruit. Courbé en deux, il avança lentement en tâtant le sol du bout des doigts, afin d'être sûr qu'aucune brindille ou feuille sèche sous son pas ne le trahirait, les écartant s'il s'en trouvait. Il arriva ainsi en un endroit d'où il put apercevoir la tête du Renamo se détacher sur le ciel étoilé. L'homme était assis derrière une mitrailleuse RPD, le regard tourné vers le fleuve.

Sean attendit. Les minutes s'écoulèrent. Cinq minutes. Dix minutes. Chacune longue comme un siècle. Quelqu'un d'autre, sur la gauche, bâilla bruyamment. Aussitôt la voix d'un troisième lui intima de faire silence.

« Ils sont trois », se dit Sean, mettant en mémoire la position de chacun d'eux. Il se retira avec les mêmes précautions qu'à l'aller, et retrouva Alfonso qui l'attendait à l'orée de la forêt. Quelques minutes plus tard, Matatu les rejoignait.

— Trois, murmura Alfonso.

— Oui, trois, opina Sean.

— Quatre, rectifia Matatu. Il y en a un autre en bas de la berge.

Rien n'échappait à Matatu. Sean accepta son chiffre sans hésitation, soulagé de ne trouver que quatre Renamo dans cette embuscade. Il s'était attendu à un plus grand nombre. Il était probable que China avait disposé ses hommes en une ligne mince, afin d'en placer sur chaque piste et chaque gué du fleuve.

— Pas un bruit, les prévint Sean. Sinon, toute leur armée nous tombera sur le dos. Matatu, à toi celui que tu as vu en bas de la berge. Alfonso, celui qui a parlé. Je prends les deux autres. Attendez que le mien ait soufflé pour descendre le vôtre.

Sean étendit une main, et toucha légèrement l'épaule de l'un et de l'autre. C'était la bénédiction rituelle. Ils se séparèrent et se perdirent de vue dans l'obscurité. Sean déroula le fil métallique de son poignet, et éprouva une fois encore son élasticité.

Le servant de la mitrailleuse était toujours là où il l'avait laissé. Au moment où Sean arrivait derrière lui, quelques nuages épars obscurcirent les étoiles. Chaque seconde augmentait les risques d'être découvert, Sean fut tenté d'attaquer en se fiant au seul sens du toucher, mais il se retint. Lorsque le ciel s'éclaircit, il s'aperçut qu'il avait bien fait. En effet, l'homme avait retiré son béret et se grattait la tête : sa main levée aurait bloqué le fil d'acier, l'homme aurait crié, et tous les Renamo des environs lui seraient tombés dessus.

Lorsque le mitrailleur eut fini de se gratter et remis son béret, Sean se pencha en avant et d'un geste rapide appliqua sur sa gorge le lacet qu'il tira en arrière de toute la force de ses deux bras, en même temps qu'il collait un genou entre ses omoplates. Le fil métallique pénétra dans la chair, coupa la trachée et ne fut arrêté que par les vertèbres cervicales.

La tête de l'homme tomba en avant sur sa poitrine. L'air contenu dans ses poumons s'échappa par la trachée sectionnée, exhalant un léger soupir, le souffle que Sean avait ordonné à Alfonso et Matatu d'attendre avant de commencer leur travail. Il savait qu'à ce moment même, ils frappaient ; mais il n'entendit aucun bruit, autre que celui du sang de sa victime qui s'écoulait de la carotide et tombait sur le sol.

Bruit léger, qui alerta le quatrième Renamo, le seul encore en vie. Il appela d'une voix inquiète :

– Qu'y a-t-il, Alves ? Qu'est-ce que tu fabriques ?

Ses paroles guidèrent vers lui Sean, dont le couteau pénétra sous les côtes, tandis que sa main gauche plaquée sur la bouche de l'homme l'empêchait de crier. De sa main droite, Sean élargit la blessure, tournant et retournant la lame de toute la force de son poignet.

En quelques secondes, ce fut terminé. Les derniers soubresauts finirent d'agiter le corps étendu sous Sean, qui le lâcha et se releva. Matatu était déjà à côté de lui, le couteau à écorcher prêt à frapper. Il avait fait son travail, et était venu aider Sean en cas de besoin. Mais ce ne fut pas nécessaire.

Ils attendirent quelque temps, écoutant si quelque autre soldat qui aurait échappé au regard de Matatu, ne donnait pas l'alerte. Tout était calme : ils n'entendaient pas d'autre bruit que le coassement des grenouilles dans les roseaux et le bourdonnement des moustiques à leurs oreilles.

– Fouillez-les, ordonna Sean. Prenez tout ce qui peut nous être utile.

Ils récoltèrent en vitesse un fusil et ses munitions, une demi-douzaine de grenades, des vêtements, tous leurs vivres.

– Parfait. On va jeter le feste à l'eau.

Ils traînèrent les cadavres jusqu'au fleuve, et les poussèrent dans le courant ; ils jetèrent ensuite la mitrailleuse et le reste du matériel qu'ils n'emportaient pas dans un endroit profond au-delà des roseaux.

– Maintenant, il faut faire traverser les autres.

Claudia, Miriam et les enfants n'avaient pas bougé de la roselière, là même où ils les avaient laissés. Claudia étreignit avec soulagement la poitrine nue de Sean.

— Que s'est-il passé?

— Rien, répondit-il en prenant les enfants endormis, un sous
chaque bras.

Debout en travers du courant, se tenant par le bras, les hommes
servirent d'appui aux femmes contre la forte pression des eaux.
Sans ce soutien, elles auraient été emportées. Même ainsi, la traversée du fleuve fut malaisée; ils étaient tous près de l'épuisement
lorsqu'ils mirent le pied sur la rive sud.

Cependant Sean ne voulut prendre que le temps d'arrêt nécessaire pour sécher Minnie, et l'envelopper dans une vareuse qu'il
venait de prendre aux Renamo. Il les fit aussitôt repartir, les pressant de pénétrer sous le couvert de la forêt.

— Nous devons absolument être loin du fleuve avant le lever du
soleil. Dès qu'il fera jour, China va revenir.

A deux cents pieds d'altitude, le général China aperçut le
groupe d'hommes rassemblés sur le bord du fleuve. L'hélicoptère
s'inclina et descendit vers eux, l'air brassé par le rotor formant des
rides sombres à la surface du Rio Save.

Le pilote portugais posa l'appareil sur la rive sud, à l'orée de la
forêt. China descendit prestement de l'habitacle du mitrailleur, et
s'avança à grandes enjambées en direction du groupe. Sous le
masque inexpressif de son visage, il bouillait d'une colère rentrée
qui étincelait dans ses yeux. Pour la dissimuler, il chaussa ses
lunettes aux verres teintés.

Le cercle d'hommes s'ouvrit respectueusement pour laisser
China s'approcher de la rive boueuse et contempler le corps qui
s'y était échoué. Le courant avait poussé dans les roseaux le
cadavre, déjà attaqué par les crabes d'eau douce. Mais la coupure
du cou était toujours d'une netteté parfaite : elle ne laissait pas
plus de doute sur son auteur qu'une signature.

— C'est le travail du blanc, dit China d'une voix calme. Ses
Scouts appelaient cela du « travail humide »; leur marque de
fabrique était le fil d'acier. Quand est-ce arrivé?

— La nuit dernière, répondit Tippoo Tip.

Dans son agitation, Tippoo tiraillait les poils de sa barbe. Étant
donné qu'il n'y avait pas de survivant du groupe posté en embuscade, il ne pouvait prendre personne à partie.

— Vous les avez laissés passer, lança China sur un ton glacial.
Vous m'aviez juré qu'ils ne franchiraient jamais le fleuve.

— Ces chiens! grommela Tippoo Tip. Ces porcs!

– Ce sont vos hommes. Et les hommes suivent l'exemple de ceux qui les commandent. Leur défaillance est la vôtre, général.

Ces mots furent prononcés devant l'état-major de Tippoo Tip, qui ravala son humiliation. Il avait promis, et manqué à sa promesse, il tremblait de rage. Il fit du regard le tour de ses officiers, cherchant parmi eux une victime, mais ils baissèrent les yeux, écœurants de servilité. De ce côté, pas de soulagement pour le général.

Brusquement, il lança un coup de pied à la tête du cadavre ; la pointe de sa botte écrasa le nez épaté rempli d'eau.

– Chien ! cria-t-il en donnant de nouveaux coups de pied, si violents que la tête se détacha du tronc, se mit à rouler comme un ballon et plongea dans le fleuve, emportée par le courant.

Étouffant de colère, il revint vers China.

– Bravo, général, l'applaudit ironiquement celui-ci. Quel courage ! C'est dommage que vous ne puissiez en faire autant au blanc.

– J'avais fait garder tous les passages du fleuve, commença Tippoo Tip.

Il s'arrêta soudain, remarquant pour la première fois la profonde entaille dans la joue de China. Il eut un sourire méchant.

– Vous avez été blessé. Quel malheur ! C'est le blanc qui a fait ça ? Sûrement pas. Vous êtes trop astucieux pour le laisser vous blesser. A part votre oreille, bien sûr.

Ce fut au tour de China de ravaler sa fureur :

– Si seulement j'avais ici des hommes à moi.

– Ah oui ! rugit Tippoo Tip. Un des vôtres est un pantin aux ordres du blanc. Chez les miens, il n'y a pas de traître. Je les ai bien en main.

Il montra ses grosses pattes, et les agita sous le nez de China, qui ferma les yeux pendant un moment et prit une profonde inspiration. China se rendait compte qu'ils étaient à deux doigts d'une rupture irréparable. S'ils échangeaient encore quelques mots du même genre, il ne pourrait plus compter sur la coopération de ce grand singe barbu. Il le tuerait un jour, mais pour l'instant il en avait besoin.

Pour l'instant, la chose la plus importante pour China était de mettre la main sur le blanc, vivant si possible. Sans l'aide de Tippoo Tip, il n'avait aucune chance d'y arriver. Son ressentiment devrait attendre une autre occasion. Il prit un ton conciliant :

– Général Tippoo Tip, veuillez me pardonner. J'ai laissé ma déception submerger mon bon sens. Je sais que vous avez fait de votre mieux. Nous sommes l'un et l'autre victimes de l'incompétence de nos gens. Je vous demande d'oublier mes paroles désagréables.

Interloqué, Tippoo Tip ne sut que répondre.

— Bien que ces pauvres types n'aient pu les arrêter, poursuivit China, du moins nous savons où ils sont. Nous avons leurs empreintes récentes, et toute la journée pour les suivre à la trace. Une fois terminée cette ennuyeuse affaire, je serai entièrement à votre disposition avec mon hélicoptère, pour la tâche bien plus importante qu'il reste à accomplir.

Il vit qu'il avait trouvé les mots justes. La colère de Tippoo Tip fit peu à peu place à l'expression de ruse et de cupidité que China connaissait bien.

— J'ai déjà convoqué mes meilleurs pisteurs. D'ici une heure, cinquante de mes hommes seront sur leurs traces. Le blanc sera entre vos mains ce soir, avant que le soleil ne se couche. Cette fois-ci, il n'y aura pas d'erreur.

— Où sont ces pisteurs ?

— J'ai envoyé un message par radio.

— J'envoie l'hélicoptère les chercher.

— Cela économisera un temps précieux.

Ils regardèrent le Hind prendre de l'altitude et mettre le cap au nord. Lorsqu'il eut disparu à l'horizon, tous deux se tournèrent vers le sud.

— Vous ne contrôlez plus la région qui s'étend de ce côté du fleuve, fit remarquer China. Voici les forêts que vous avez si astucieusement laissées au Frelimo.

— Le fleuve est ma ligne de front, admit Tippoo Tip. Mais les forces du Frelimo les plus proches en sont encore loin. Mes patrouilles parcourent cette forêt sans en rencontrer. Les hommes que je vais envoyer s'empareront du blanc bien avant qu'il pénètre sur le territoire tenu par le Frelimo. Justement, les voici.

Une longue théorie de guérilleros fortement armés arrivait au pas cadencé.

— Cinquante de mes meilleurs soldats. Soyez sans crainte. Vous mangerez votre gibier ce soir. C'est comme s'il était déjà dans votre assiette.

Les deux sections du Renamo s'arrêtèrent auprès de la berge. China reconnut en ces hommes l'empressement et l'enthousiasme, tempérés par la discipline, qui sont la marque de l'élite des combattants. Pour une fois, il fut d'accord avec Tippoo Tip. C'étaient des hommes solides, sur lesquels on pouvait compter. China fit signe aux deux chefs de section de s'approcher.

— Vous savez à qui vous donnez la chasse ? leur demanda-t-il.

Sur leur réponse affirmative, il poursuivit :

— Le blanc est aussi dangereux qu'un léopard blessé. Mais il me le faut vivant. Vous avez compris ?

— Oui, mon général.

– Lorsque vous aurez le gibier en vue, prévenez-moi. Je viendrai avec le *henshaw*. Je veux être là pour la fin.

Les chefs de section tournèrent leur regard en direction du nord, de l'autre côté du fleuve, alertés par le sifflement des turboréacteurs du Hind qui revenait. China termina son petit discours :

– Si vous faites bien votre travail, vous serez récompensés. Sinon, vous le regretterez, vous le regretterez énormément.

Dès que l'hélicoptère eut atterri, les deux pisteurs descendirent promptement de la petite cabine située à l'arrière. Tippoo Tip leur montra les empreintes laissées par Sean et son groupe. A voir la manière dont ceux-ci commençaient à accomplir leur tâche, China sentit renaître sa confiance dans l'issue de la poursuite. Ils paraissaient vraiment connaître leur affaire. Accroupis auprès des empreintes, ils effleuraient les faibles traces avec leur baguette flexible de saule, échangeaient à voix basse leurs impressions : on eût dit une paire de limiers humant l'odeur de la bête. Lorsqu'ils se relevèrent, ils semblaient sûrs d'eux. D'un air décidé, ils tournèrent vers le sud et partirent au pas de course.

Derrière eux, les deux sections se déployèrent en éventail, en formation de tirailleurs à la suite des pisteurs. Tippoo Tip exultait :

– La femme blanche ne pourra jamais soutenir cette allure. Nous les rattraperons avant qu'ils aient atteint les lignes du Frelimo. Nous les aurons avant ce soir. Cette fois-ci, ils ne nous échapperont pas. Pourquoi, demanda-t-il à China, ne pas suivre à bord de l'hélicoptère ?

China hésita. Il n'avait pas envie de dévoiler les points faibles du Hind. Il était préférable de laisser croire à son interlocuteur que l'appareil était parfait. Il ne voulait pas mentionner le faible rayon d'action ; ni le fait que le mécanicien portugais avait averti que les turbos n'avaient pas été révisés depuis longtemps ; ni que le pilote avait signalé le mauvais fonctionnement et une perte de puissance du moteur de droite.

– Non, dit-il, je vais attendre ici. Lorsque vos hommes seront au contact du blanc, ils préviendront par la radio. C'est à ce moment que je les rejoindrai.

China remit ses lunettes teintées et se dirigea lentement vers l'appareil. Le pilote l'attendait, négligemment appuyé contre le fuselage, au bas de l'habitacle principal.

– Comment se comporte le moteur ? demanda-t-il.

– Il commence à ne plus tourner rond, il a des ratés. Il aurait besoin d'une mise au point.

– L'essence ?

– Les réservoirs principaux sont remplis seulement au quart. Le réservoir auxiliaire est plein.

– Le convoi de porteurs amenant le carburant arrivera demain matin à notre base avancée. Le mécanicien pourra travailler cette nuit. Mais l'appareil doit rester ici en attente jusqu'à ce soir, j'en aurai besoin lorsqu'on aura rattrapé les fugitifs.

– Bon. Je le piloterai, si cela ne vous fait rien de courir le risque avec ce moteur.

– Prenez la veille à la radio, lui ordonna China. Avec de la chance, tout sera terminé dans quelques heures.

Sean se rendait compte que Claudia ne pourrait mener bien longtemps un train aussi rapide. Elle marchait devant lui : il voyait combien les privations et leur dure existence l'avaient changée. Elle était devenue si mince que sa chemise usée jusqu'à la corde flottait au vent. Son short, lacéré par les épines et les herbes coupantes comme des rasoirs, pendait en franges sur ses cuisses ; au-dessous, la maigreur de ses jambes les faisaient paraître encore plus longues, et cependant elles avaient conservé leur ligne élégante de pur-sang. La peau nue de ses bras et de ses jambes était couverte de balafres, comme si elle avait été fustigée par un chat à neuf queues.

Ses cheveux rejetés en arrière formaient une tignasse emmêlée, qui battait à chaque pas entre ses omoplates saillantes. Sean aurait pu compter ses vertèbres sous sa chemise, dans le dos de laquelle la sueur avait imprimé le dessin de la colonne vertébrale. A la façon dont elle vacillait et dont ses chevilles se tordaient, il vit qu'elle était au bord de l'épuisement.

Pourtant, elle ne s'était pas plainte une seule fois depuis qu'ils avaient traversé le fleuve. Sean sourit en évoquant la jeune personne arrogante qui était descendue du Boeing à l'aéroport de Harare. Il y avait des siècles de cela. Aujourd'hui, c'était une autre femme, endurcie, résolue, courageuse. Il savait qu'elle continuerait jusqu'à ce qu'elle tombe morte. Il tendit un bras et lui tapota l'épaule.

– Arrête-toi, jeune fille. Dix minutes de repos.

Elle vacillait sur ses longues jambes. Sean passa un bras autour de sa taille pour la soutenir.

– Tu es merveilleuse, tu le sais ?

Il l'aida à s'asseoir, le dos contre un arbre. Il dévissa le bouchon de sa gourde et la lui passa.

– Donne-moi Minnie. (Sa voix était brisée de fatigue.) C'est l'heure de sa quinine.

Sean souleva la petite fille de son dos, et la déposa sur les genoux de Claudia.

— Rappelle-toi. Dix minutes, pas plus.

Alfonso profita de la pause pour écouter la radio. Accroupis à côté de lui, les deux enfants le regardaient, fascinés, tourner les boutons. On entendit les crachotements et le bourdonnement des parasites, suivis de bribes d'afrikaans faibles et lointaines. Puis une voix excitée parla en shangane, forte et très proche, disant :

— Ils ne sont pas loin maintenant.

— Continuez à aller de l'avant, répondit une autre voix reconnaissable entre toutes. Ne les laissez pas échapper. Prévenez-moi dès que vous les aurez rattrapés.

— Bien, mon général.

Le silence retomba. Sean et Alfonso se regardèrent.

— C'était tout près, dit le sergent. Nous ne pourrons pas les distancer.

— Vous pourriez filer tout seul de votre côté, lui proposa Sean.

Alfonso eut un moment d'hésitation. Il lança un regard à Miriam, qui lui en rendit un de ses yeux confiants. Alfonso toussa et, l'air embarrassé, murmura :

— Je reste.

Sean se mit à rire, et dit en anglais :

— Entre dans la confrérie, mon gars. La petite sorcière n'a pas mis longtemps à te harponner. Ces sacrées filles seront notre mort, rappelle-toi ce que je te dis.

Alfonso leva les sourcils. Il n'avait rien compris. Sean passa à la langue shangane :

— Remballez la radio. Si vous devez rester avec nous, nous ferions mieux de trouver un bon emplacement pour nous battre. Vos frères du Renamo seront sur nous très bientôt.

Sean se tourna vers Matatu, qui se leva aussitôt. Il s'adressa à lui en swahili :

— C'était China à la radio.

— Il siffle comme un cobra.

— Ses hommes sont sur nos traces; ils lui ont dit qu'ils sont tout près de nous. Matatu, trouve-nous une ruse !

— Le feu ? suggéra Matatu sans conviction.

— Le vent est contre nous. Si nous brûlons la forêt, c'est nous qui cuirons.

— Si nous gardons les femmes et les enfants, il n'y a rien à faire. Nous sommes lents, et nous laissons des empreintes que même un aveugle pourrait voir. La seule chose qu'il nous reste, c'est de nous battre; et après nous serons morts, mon *Bwana*.

— Retourne en arrière, Matatu. Va voir à quelle distance exacte ils sont. Nous, on continue de l'avant, et on trouvera un bon emplacement pour les attendre.

Il donna une légère tape sur l'épaule du petit bonhomme, et le laissa s'en aller. Il le vit disparaître parmi les arbres, puis il arbora un air insouciant, et se retourna vers Claudia.

– Comment va la malade ? Elle m'a l'air assez ragaillardie.
– La quinine a fait merveille.

Claudia fit sauter sur ses genoux la fillette. Minnie, comme pour prouver qu'elle allait mieux, mit un pouce dans sa bouche et adressa à Sean un sourire timide. Un sourire qui, de façon inattendue, lui serra le cœur. Claudia éclata de rire :

– Aucune personne du sexe faible ne peut échapper à ton charme fatal. Te voici avec une adoratrice de plus.

– Mais non, tout ce qu'elle veut, c'est une balade gratuite. (Il caressa la petite tête crêpue.) Eh bien, ma mignonne, ton dada est prêt.

D'un geste plein de confiance, Minnie lui tendit les bras. Il la mit sur son dos et l'y amarra.

Claudia se leva, encore ankylosée, et s'appuya sur Sean.

– Tu sais, lui dit-elle, tu es un type beaucoup mieux que ce que tu prétends être ?

– Je t'ai bien trompée, n'est-ce pas ?

– J'aimerais te voir avec un bébé à toi.

– Là, vraiment, tu commences à m'inquiéter. Partons avant que tu dises d'autres bêtises.

Pourtant, pendant qu'ils trottaient dans la forêt, l'idée le poursuivit. Avoir un fils de cette femme. Il n'y avait encore jamais pensé. Et voici que, comme pour matérialiser cette idée, une petite main s'avança et caressa sa barbe, aussi légère qu'un papillon. Durant un court instant, sa gorge se serra et il éprouva de la difficulté à respirer. Il prit la petite main dans la sienne, une main fragile comme l'aile d'un oiseau-mouche, et fut envahi d'un affreux sentiment de regret. Le regret de n'avoir jamais de fils ou de fille. Il fallait voir les choses en face : la meute était très proche, bientôt elle fondrait sur eux. Ils n'avaient aucune possibilité de lui échapper : tout ce qu'il pouvait espérer était de trouver un bon emplacement pour son dernier combat.

Il était si absorbé dans ses pensées qu'il faillit heurter Claudia qui s'était brusquement arrêtée devant lui. Côte à côte, ils contemplèrent avec stupéfaction le spectacle qui s'offrait à leurs yeux.

La forêt n'existait plus. Aussi loin qu'ils portent leur regard, les grands arbres avaient été abattus ainsi que par un ouragan. Il ne restait que les souches, coupées à ras, d'où coulait une sève rouge comme du sang. Là où les énormes troncs s'étaient abattus, le sol était enfoncé. Des tas de sciure marquaient les endroits où les branches avaient été coupées ; à travers les rameaux flétris, on voyait les chemins le long desquels avait été traîné et évacué le bois précieux.

– C'est ici que mon peuple a été forcé de travailler, dit Miriam. Le Frelimo est venu prendre les gens pour leur faire couper les arbres. Il les a enchaînés, et les a fait travailler jusqu'à ce qu'ils n'aient plus de peau sur les os de leurs mains. Il les battait comme des animaux, jusqu'à ce qu'ils tombent et ne puissent pas se relever.

– Combien étaient-ils ? demanda Sean.

– Le Frelimo en a pris des dizaines de milliers. Cela fait peut-être un homme mort, ou une femme, pour chaque arbre coupé. Maintenant, ceux qui restent travaillent loin dans le sud. Ils ne laissent pas un arbre debout.

L'étonnement de Sean fit place à la colère. Cette destruction s'effectuait sur une échelle qui portait atteinte aux lois de la nature et au caractère sacré de la vie. Ce n'était pas normal que ces arbres, auxquels il avait fallu trois cents ans pour atteindre la plénitude de leur majesté, aient été abattus en quelques heures d'un travail sans pitié. Mais il y avait plus, beaucoup plus. Cette forêt était une source de vie pour des myriades d'insectes, d'oiseaux, de reptiles et de mammifères, pour l'homme lui-même. Dans cette immense dévastation, ils périraient tous.

Pensant à son propre destin, au petit nombre d'heures qu'il avait encore à vivre. Sean fut saisi de mélancolie. Dans une vision prophétique, la destruction de la forêt lui apparut comme le signe et le symbole de celle du continent tout .entier. En quelques courtes décennies, l'Afrique était retombée dans sa barbarie originelle. Les garde-fous qu'un siècle de colonisation avaient érigés étaient emportés. Garde-fous qui peut-être avaient été aussi des chaînes. Mais une fois libérés de ces chaînes, les peuples d'Afrique s'étaient lancés dans une course irréfléchie, presque suicidaire, vers leur propre destruction.

Sean fut saisi d'une rage impuissante devant cette folie, et en même temps d'une immense tristesse : tout cela était une terrible tragédie.

« Si je dois mourir, pensa-t-il, autant vaut que ce soit avant de voir anéantir tout ce que j'aime, cette terre, ses gens, ses animaux. »

Un bras autour des épaules amaigries de Claudia, la fillette noire attachée sur son dos, Sean se retourna et porta son regard sur la piste par où ils étaient venus. Au même moment, Matatu émergea de la forêt, courant à toute allure. Il y avait du désespoir et la peur de la mort sur son visage parcheminé.

– Ils sont tout près, mon *Bwana*. Ils ont deux pisteurs que j'ai vu travailler. Ils sont bons, nous ne nous en débarrasserons pas.

Au prix d'un grand effort, Sean secoua la chape oppressante de son abattement.

– Combien y a-t-il de soldats avec eux?

– Beaucoup. Ils courent comme une meute de chiens fous en chasse, et ce sont des durs. A nous trois, on ne tiendra pas longtemps contre eux.

Sean regarda autour de lui. La clairière où ils se trouvaient était un champ de tir naturel, sans abri autre que les souches. Le terrain dégagé s'étendait sur deux cents mètres de largeur, jusqu'à des empilements en désordre de branchages, qui formaient une barricade. Sean prit une décision rapide :

– Nous allons organiser notre résistance là-bas.

Il rappela Alfonso qui se trouvait à l'avant; tous traversèrent en courant la clairière, en groupe avec les femmes au milieu; Miriam tenait son petit frère par la main, Alfonso protégeant les arrières. Le grand sergent, bien que lourdement chargé, portait Mickey la plupart du temps. Les trois Shanganes, Alfonso, Miriam et le garçon, avaient tout de suite fait corps à l'intérieur du groupe, liés par l'instinct tribal et une attirance physique. Sean savait pouvoir compter sur Alfonso pour s'occuper d'eux; ce qui lui permettait de se concentrer sur ceux dont il avait plus particulièrement la charge, Claudia, Matatu et maintenant la petite fille.

Alfonso n'avait pas besoin de recevoir d'ordres. De même que Sean, il avait apprécié le terrain avec l'œil d'un soldat. Sans la moindre hésitation, il courut vers un emplacement où les branches amoncelées formaient une redoute naturelle, d'où l'on tenait sous son feu la plus grande partie de la clairière.

Ils s'y installèrent en vitesse, après avoir renforcé la position par de grosses branches qu'ils y traînèrent. Ils préparèrent armes et munitions, en vue de repousser le premier assaut. Claudia et Miriam emmenèrent les enfants à quelque distance en arrière, en un endroit où une dénivellation du sol et deux souches d'arbre particulièrement grandes formaient une sorte d'abri. Ses préparatifs terminés, Sean vint s'accroupir auprès de Claudia.

– Dès que le tir commencera, je veux que tu partes avec Miriam et les enfants, toujours en direction du sud.

Il s'arrêta en la voyant faire non de la tête, les mâchoires serrées. Elle posa une main sur le bras de Sean.

– J'ai assez couru comme ça. Je reste avec toi. Non, ne discute pas. Tu perdrais ton temps.

– Mais, Claudia!

– Je t'en prie. Il ne nous reste pas beaucoup de temps. Ne le passons pas à discuter.

Évidemment, elle avait raison. Cela ne rimait à rien d'essayer de s'enfuir de son côté, avec deux enfants, et une bande de cinquante Renamo aux trousses.

Sean sortit de son étui le pistolet Tokarev, l'arma et engagea avec précaution le cran de sûreté.

430

– Très bien, dit-il. Prends ça.

– Pour quoi faire ? demanda Claudia en regardant l'arme avec un air de répugnance.

– Tu sais bien pour quoi faire.

– Comme a fait Job ?

Il fit un signe de tête affirmatif.

– Ce sera plus facile que par la méthode de China.

– Je ne pourrai pas, murmura-t-elle. Si à la fin il n'y a pas d'autre moyen, tu le feras pour moi ?

– J'essaierai, mais je ne sais pas si j'aurai le courage. Prends-le quand même, au cas où...

Elle le prit à contrecœur et le fourra dans sa ceinture.

– Maintenant, embrasse-moi.

– Je t'aime, souffla Sean à son oreille.

– Je t'aimerai pour l'éternité.

Un léger sifflement de Matatu les arracha à leur étreinte. Sean revint, courbé en deux, derrière le tas de branches. A travers un intervalle entre celles-ci, il porta son regard sur la lisière de la forêt. Pendant plusieurs minutes, il ne vit rien. Puis il perçut de légers mouvements dans l'ombre, entre les troncs d'arbre. De sa main droite, il saisit la poignée-pistolet du fusil d'assaut AKM, et la souleva jusqu'à ce que la crosse soit en contact avec sa joue.

Ils attendirent. Le silence régnait dans cet après-midi ensoleillé. Pas de chant d'oiseau, pas de cri d'animal. Enfin un coup de sifflet parvint à leurs oreilles : une silhouette se montra à découvert durant une fraction de seconde, et disparut aussitôt derrière une des grosses souches.

Dès qu'elle y fut cachée, une autre sortit de la forêt, à cent mètres plus à gauche, se lança en avant et se dissimula elle aussi derrière une souche. Presque aussitôt, un troisième guérillero effectua sur la droite un mouvement identique.

« Trois seulement », se dit Sean. L'ennemi ne voulait pas exposer au danger plus d'hommes que ceux-ci. Et ils connaissaient leur affaire. Ils avançaient par bonds très courts, jamais deux à la fois, prudents et méfiants comme des léopards à l'approche de l'appât.

« C'est dommage », pensa-t-il. « Il va falloir en choisir un dans le lot. J'espérais en descendre plus pour pouvoir filer ensuite. » Il concentra son attention sur les assaillants, afin de repérer le plus dangereux.

« Probablement celui du milieu. » Son choix fut confirmé lorsqu'il entrevit dans un éclair la main de l'homme apparaître et disparaître derrière la souche, faisant signe à l'un des autres d'avancer. C'était donc le chef, celui à éliminer en premier.

« Laissons-les approcher. » L'AKM n'était pas un fusil pour

tireur d'élite; au-delà de cent mètres, sa précision était faible. Sean attendit, observant l'ennemi au bout du canon de son arme. Celui-ci avança d'un nouveau bond. Sean vit qu'il était jeune, coiffé à l'afro, avec des bouts de chiffons de camouflage sur la tête. Ses traits avaient une touche d'Arabe, sa peau une teinte ambrée. Un beau garçon, sauf que ses yeux n'étaient pas symétriques.

Puisque Sean pouvait voir qu'il louchait, l'homme était maintenant suffisamment proche. Sean visa la souche derrière laquelle l'homme était tapi, prit une profonde inspiration, n'exhala qu'une partie de l'air, et plaça un doigt léger sur la détente.

Il vit le Renamo se relever. Il visa le milieu de son corps, refusant volontairement de le tuer net. Il savait les dégâts que ferait la balle de 7,62 mm pénétrant dans son ventre à mille mètres à la seconde, et il savait d'amère expérience combien il était démoralisant de voir un camarade dans le *no man's land*, les tripes à l'air, réclamant « de l'eau, par pitié ». Chez les Scouts, on appelait ces malheureux des « chanteurs », et un chanteur avec de la voix pouvait faire échouer une attaque presque aussi efficacement qu'une mitrailleuse bien placée.

Sean entendit le projectile frapper le Renamo qui s'affala au milieu des feuilles mortes. Instantanément, une salve de coups de fusil partit de l'orée de la forêt; mais l'ennemi tirait au hasard; de toute évidence, il n'avait pas repéré Sean. Le feu cessa rapidement. Les assaillants économisaient leurs munitions, signe certain de leur discipline et de leur qualité. Les soldats africains médiocres se mettaient à tirer au début d'un accrochage, et continuaient jusqu'à épuisement des cartouches.

« Ils connaissent leur affaire, nous ne tiendrons pas longtemps contre eux. » Sean confirmait l'appréciation de Matatu. Les deux autres guérilleros étaient stoppés au milieu de la clairière. Une longue plainte s'éleva quand le blessé commença à ressentir les premières douleurs.

« Chante, mon vieux! Que tes copains sachent combien ça fait mal. » Pendant ce temps, Sean surveillait l'orée de la forêt, à l'affût de quelque indice sur les intentions de l'ennemi. « Ils vont faire un mouvement tournant pour essayer de nous prendre en tenailles. Mais de quel côté, droite ou gauche? » La réponse ne tarda pas. Un léger mouvement dans les arbres indiqua que la tentative de débordement s'effectuerait par la droite.

– Alfonso! Ils essaient par la droite. Reste ici. Tiens le centre.

Sean partit à quatre pattes vers l'arrière. Lorsqu'il eut atteint les broussailles, il se releva et courut vers le flanc droit. Après avoir parcouru environ trois cents mètres, il revint à nouveau sur l'avant courbé en deux, afin de trouver un autre emplacement de tir face au mur des arbres qui s'élevait au-delà de la clairière. Protégé par une souche, il mit le fusil AKM en position de tir automatique, et son pouce sur le cran de sûreté.

Il avait prévu de façon presque parfaite l'intention de l'ennemi ; les hommes chargés d'effectuer le mouvement tournant sortirent de la forêt à une centaine de mètres seulement sur sa droite. Ils étaient huit, ils avançaient groupés et ils cherchèrent à traverser la clairière au pas de course, d'un seul élan et tous ensemble. Sean les laissa venir jusqu'au milieu du terrain découvert.

« Ça, c'est mieux. Je devrais pouvoir en descendre deux, de ce vol de perdrix. » Il se trouvait par le travers de leur file indienne, qu'il pourrait ainsi balayer de son tir. Prenant pour cible le chef de section, qui courait un peu en avant des autres, il visa à hauteur de genou, parce qu'en tir automatique le canon de l'AKM se relevait brutalement, et il appuya sur la détente.

Le chef de section s'écroula, comme s'il avait buté dans un fil tendu, et la même rafale atteignit les deux hommes qui le suivaient. Sean vit l'impact des balles sur eux, à l'épaule de l'un, dans la tête de l'autre, dont le béret s'envola dans sa chute.

« Trois ! » Sean était satisfait du résultat : il n'en avait espéré que deux. Les soldats valides avaient fait demi-tour, et revenaient en courant à l'abri de la forêt. Sean remplaça le chargeur et tira une courte rafale dans leur direction. Il crut en voir un accuser le coup et tituber mais l'homme continua d'avancer et disparut avec les autres.

Presque aussitôt, il entendit des coups de feu venant du centre. Il bondit de derrière la souche qui l'abritait, et se précipita pour venir à l'aide d'Alfonso. Là, un combat acharné faisait rage. Les gens du Renamo tentaient une attaque directe ; ils avaient franchi presque entièrement la clairière au moment où Sean s'affala auprès d'Alfonso afin de renforcer le feu de la défense. Après un temps d'hésitation, les assaillants rompirent le combat et se retirèrent en s'abritant comme ils le pouvaient derrière les souches d'arbre, tandis que les balles du fusil d'assaut soulevaient de petits nuages de poussière tout autour d'eux.

– Deux ! lança Alfonso à Sean. J'en ai descendu deux !

Mais Matatu tira Sean par la manche, attirant son attention sur leur flanc gauche. Sean put seulement entr'apercevoir un autre groupe du Renamo qui traversait la clairière et atteignait le couvert des arbres du côté où il se trouvait. Les attaques au centre et à droite avaient été des diversions. Maintenant, le gros des assaillants passait sur leur arrière ; dans quelques instants ils seraient encerclés, cloués au sol, dans une situation désespérée.

– Alfonso, ils vont attaquer par-derrière.

– Il n'y a pas moyen de les arrêter. Ils sont trop nombreux, et nous trop peu.

– Je vais aller à côté des femmes, pour défendre nos arrières.

– Ils n'attaqueront pas. (Alfonso paraissait certain de ce qu'il disait.) Maintenant qu'ils nous ont encerclés, ils vont attendre l'arrivée du *henshaw*.

Une rafale d'arme automatique s'abattit sur le bois mort. Instinctivement, ils rentrèrent la tête dans les épaules.

– Ils tirent seulement pour nous clouer où nous sommes, observa Alfonso. Ils ne vont pas risquer de perdre d'autres hommes.

– Dans combien de temps peut arriver l'hélicoptère?

– Une heure au maximum. Ensuite tout sera terminé très vite.

Alfonso avait raison. Contre le Hind, il n'y avait pas de défense, plus aucune carte à jouer.

– Je vous laisse ici, dit Sean.

Dans le creux de terrain où les femmes étaient à l'abri, Sean trouva Claudia assise, Minnie dans les bras. Elle leva des yeux interrogateurs vers lui. Il la mit au courant de la situation en quelques mots :

– Ils sont passés derrière nous. Nous sommes encerclés.

Il déposa à côté d'elle les chargeurs vides du fusil d'assaut.

– Il y a des boîtes de munitions dans le paquetage d'Alfonso. Tu sais comment on remplit les chargeurs.

C'était pour que Claudia soit occupée à quelque chose. La prochaine heure allait être difficile à vivre. Sean rampa jusqu'à la bordure de l'excavation, sur l'arrière de celle-ci, et risqua un œil. A cinquante pas, quelque chose bougea dans les broussailles. Il tira une courte rafale dans cette direction. Le tir qui lui répondit venait de trois ou quatre emplacements. Des balles passèrent au-dessus de sa tête. Derrière Sean, Minnie se mit à pleurer de frayeur. Les minutes passèrent avec lenteur; par moments, le silence était rompu par des rafales tirées par le Renamo afin de les empêcher de bouger.

Claudia s'approcha de Sean en rampant. Elle déposa près de lui les chargeurs regarnis.

– Combien reste-t-il de boîtes de munitions?

– Dix, répondit-elle en se serrant contre lui.

Cela n'avait guère d'importance qu'il ne reste que deux cents cartouches. Sean leva les yeux vers le ciel, s'attendant à tout moment à voir apparaître le Hind.

Claudia lut dans ses pensées, elle lui prit la main. Étendus côte à côte au soleil brûlant, ils attendirent. Il n'y avait plus rien à dire, ils ne pouvaient plus rien faire, aucune parade n'était possible. Ils devaient se résigner à l'inévitable.

Matatu vint donner un coup léger sur la jambe de Sean, qui tourna la tête et perçut le son. Un son plus aigu et plus continu que le murmure de la brise de l'après-midi dans le feuillage des arbres. Claudia serra la main de Sean très fort, ses ongles s'enfoncèrent dans sa paume. Elle aussi avait entendu.

– Embrasse-moi, dit-elle à voix basse. Une dernière fois.

Il posa son fusil et, se tournant sur le côté, la prit dans ses bras. De toutes leurs forces, ils s'étreignirent.

– Si je dois mourir, je préfère que ce soit ainsi. Adieu, mon chéri.

En disant ces mots, Claudia mit le pistolet Tokarev dans la main de Sean. Il était conscient que c'était à lui de s'en servir, mais se demandait s'il en aurait le courage.

Le son des moteurs de l'hélicoptère devenait de plus en plus térébrant. Sean retira le cran de sûreté et d'un geste lent leva l'arme. Les yeux de Claudia étaient fermés, et sa tête tournée à l'opposé de lui. Une petite mèche, humide de sueur, de ses cheveux noirs pendait devant son oreille. Il voyait battre l'artère de sa tempe sous la peau blanche que ses boucles avaient protégée du soleil. C'était vraiment la chose la plus difficile qu'il ait eu à faire de sa vie; pourtant il porta le canon du pistolet contre la tempe.

A cet instant, le fracas d'une explosion retentit sur le rebord de leur abri. Instinctivement, Sean se jeta sur le corps de Claudia pour la protéger. Il crut un moment que le Hind avait ouvert le feu, mais ce n'était pas possible, l'appareil était encore trop loin.

D'autres explosions se succédèrent à une cadence rapide. Sean abaissa le pistolet, lâcha Claudia, et rampa jusqu'au bord du creux de terrain. Il vit que les positions du Renamo étaient soumises à un feu nourri. Sean reconnut le son caractéristique des explosions d'obus de mortier de 75 mm, et les traînées de fumée des roquettes RPG à travers les arbres. Le crépitement des armes à main faisait un vacarme qui couvrait le bruit des moteurs du Hind.

La situation venait de changer du tout au tout. Des silhouettes couraient entre les souches et les tas de branchages, faisant feu en même temps.

– Le Frelimo! Le Frelimo! cria Matatu.

Sean comprit alors. Leur échange de tirs sporadiques avec leurs poursuivants avait alerté une importante force du Frelimo, qui était massée à proximité immédiate, probablement dans l'intention d'attaquer les lignes du Renamo sur le bord du Rio Save.

Maintenant, les cinquante guérilleros du Renamo se trouvaient sous le feu d'une quantité très supérieure de soldats du Frelimo. D'après l'intensité du tir, Sean estima leur nombre à plusieurs centaines. Il y avait sans doute dans la forêt un bataillon entier de troupes régulières de première ligne.

Le petit détachement du Renamo, celui qui leur avait coupé la route sur l'arrière, abandonna ses positions et partit en débandade à travers la clairière, poursuivi par le tir des mortiers dont les obus tombaient autour de lui. Sean se saisit à nouveau de l'AKM, et accompagna sa retraite d'une longue rafale. Un des fuyards s'affala dans les broussailles.

C'est alors que Sean vit arriver sur la gauche l'infanterie du Frelimo en ligne de tirailleurs. Les tenues de camouflage des hommes étaient des uniformes de l'Allemagne de l'Est, leurs taches vertes et marron différentes des rayures de tigre de celles du Renamo. Mais les uns et les autres étaient aussi dangereux pour eux. Sean attira Claudia auprès de lui.

— Ne bouge pas, lui dit-il. Les gens du Frelimo ignorent notre présence. Il se pourrait qu'en donnant la chasse au Renamo, ils ne nous voient pas. Nous avons encore une chance de nous en sortir.

Minnie criait, terrifiée par le vacarme. Sean intima à Miriam l'ordre de la faire taire. La jeune Shangane prit l'enfant et mit la main devant sa bouche. Sean risqua un œil au-dessus du rebord de leur excavation; les tirailleurs du Frelimo avançaient toujours dans leur direction, faisant feu de leurs fusils portés à hauteur de la hanche. Dans quelques secondes, ils déferleraient sur leur abri. Son espoir de salut n'avait pas duré longtemps. Au lieu d'être tués par le Renamo, ils le seraient par le Frelimo.

Alors qu'il épaulait le fusil AKM, et visait au ventre le soldat du Frelimo le plus proche, un rideau de poussière s'interposa entre l'objectif et lui, et du ciel vint le tonnerre du canon de 12,7 mm. Sous les yeux de Sean, la ligne de tirailleurs se dispersa, emportée par le feu concentré du Hind. Ensuite le nuage de poussière fut poussé par le vent vers le creux où ils étaient tapis, les dissimulant à la vue de l'hélicoptère.

Maintenant régnait le chaos. Les deux troupes opposées étaient inextricablement mêlées au cœur de la forêt; les obus de mortier et les roquettes s'abattaient parmi les arbres; au-dessus du champ de bataille, le Hind planait en vol stationnaire, lançant des salves de son canon pour ajouter à la confusion. Sean tapa sur l'épaule de Matatu:

— Va chercher Alfonso.

Le petit Ndorobo disparut dans le nuage de poussière, dont il émergea une minute plus tard, accompagné du grand Shangane.

— Alfonso, préparons-nous à ficher le camp. Le Renamo et le Frelimo sont occupés à se taper mutuellement dessus. On va essayer de filer avant que le Hind nous ait repérés.

Sean se tut soudain, humant l'air qui avait pris autour d'eux une teinte gris sale; malgré le fracas de la bataille et le sifflement des turboréacteurs, il entendit les premiers et faibles crépitements du feu dans les broussailles.

– Le feu, s'écria-t-il, et nous sommes sous son vent!

L'explosion d'une roquette avait incendié un empilement de bois mort; un épais nuage de fumée s'abattit sur l'emplacement où ils se trouvaient, les suffoquant et les faisant tousser.

– Eh bien, nous n'avons pas le choix. Il faut courir ou être grillés.

Déjà, le crépitement et le ronflement des flammes dominaient le vacarme des combats. Ils entendirent faiblement les cris assourdis de blessés encerclés par le feu.

– Allons-y!

Sean prit Minnie sur son dos. Les bras autour de son cou, l'enfant s'accrochait à lui comme une mouche noire. Il aida Claudia à se relever. Alfonso avait déjà mis Mickey sur ses épaules; à son côté, Miriam se pendit à son bras.

Ils s'enfuirent sous le vent, groupés pour rester au contact les uns des autres. Épaisse comme de l'huile, la fumée déferlait sur eux. Elle pénétrait dans leurs poumons, elle obscurcissait le ciel, formait un écran entre eux et les hommes qui se battaient, entre eux et l'hélicoptère qui tournait au-dessus de leur tête. L'incendie faisait rage derrière eux, gagnant du terrain à chaque seconde.

Sean en sentait la chaleur sur sa nuque. Minnie se mit à hurler lorsqu'une flammèche vint caresser sa joue. Claudia trébucha et tomba à genoux. Sean la remit sur pied et l'entraîna en avant. Lui-même suffoquait, chaque inspiration le brûlait jusque dans les poumons. Ils ne pouvaient aller plus loin. Des flammèches tombaient sur eux, la petite fille sur le dos de Sean continuait à pousser des cris de terreur, essayant de les écarter de la main comme si elle était assaillie par un essaim d'abeilles. Elle lâcha prise, et serait tombée si Sean ne l'avait pas retenue. Pour être plus tranquille, il la prit sous le bras.

Brusquement, ils se trouvèrent dans une autre clairière. Tout autour, il n'y avait que des souches, dressées comme des pierres tombales, qui leur apparaissaient à travers le nuage de fumée opaque. Sous leurs pieds, le terrain sablonneux semblait avoir été labouré par les équipes d'abattage. Sean cria à Claudia de s'étendre sur le sol. Il lui mit ensuite dans les bras la fillette, qui se débattait avec énergie.

– Fais-la se tenir tranquille! lui dit Sean. Étends-toi à plat ventre, le visage contre la terre.

Claudia obéit, Minnie serrée contre elle. Sean enleva sa chemise. Il en entoura leurs deux têtes pour filtrer la fumée, et les protéger des flammèches et de la suie. Il déboucha sa bouteille à eau, en aspergea la chemise, leurs cheveux et leurs vêtements.

Minnie continuait à crier et se débattre, mais Claudia la tenait d'une main ferme. Sean, s'agenouillant à côté, amoncela du sable et de la terre sur elles, les recouvrant d'un monticule comme font à la plage les enfants par jeu. Près du sol, la fumée était moins épaisse, la respiration plus facile. Alfonso, à l'exemple de Sean, fit de même en enterrant sous le sable Miriam et son petit frère.

Des étincelles voltigeaient dans les nuages de fumée aveuglante et se posaient sur la peau nue de Sean, le piquant ainsi que la morsure venimeuse des fourmis de safari. Sean sentit que sa barbe commençait à roussir, et que la chaleur desséchait ses paupières et ses globes oculaires. Il vida sur le sol le contenu de son sac de toile, mit celui-ci sur sa tête, et répandit par-dessus l'eau de sa deuxième bouteille. Puis il se coucha sur le dos, recouvrit de sable son corps et ne bougea plus.

Tout près du sol, l'air était encore respirable, avec assez d'oxygène pour que Sean reste conscient, mais il avait des bourdonnements d'oreilles et des vertiges. La chaleur était de plus en plus écrasante ; le sac en toile qui protégeait sa tête commençait à se consumer lentement ; et dans la couche de sable qui le recouvrait, il cuisait comme dans un four. Le grondement des flammes montait crescendo, les branches sèches s'embrasaient et crépitaient comme une salve de fusil.

Cependant le vent poussait le feu plus loin, le ronflement de l'incendie devint plus faible, le nuage de fumée moins épais. Des bouffées d'air parvinrent jusqu'à eux, mais la chaleur était encore telle que Sean n'osa pas se débarrasser de la couche de sable qui le recouvrait.

Enfin la fournaise s'atténua graduellement. Il s'assit, et retira le sac de toile qui protégeait sa tête. Sa peau brûlait comme si l'on avait versé de l'acide sur elle. Les points rouges marquant les endroits où les flammèches avaient attaqué sa peau, deviendraient bientôt des cloques.

Il alla vers Claudia et Minnie, et retira la chape de terre et de sable protectrice. Sa chemise mouillée avait fait office de filtre à air ; lorsqu'elles s'assirent et secouèrent le sable, il vit qu'elles étaient dans un bien meilleur état qu'Alfonso et lui-même.

La fumée était encore épaisse et masquait le ciel. Sean les aida à se mettre debout.

— Il faut aller le plus loin possible, dit-il, avant que la fumée se dissipe.

Accrochés les uns aux autres, ils tentèrent de trouver leur chemin parmi les arbres calcinés et noirâtres. Tels des fantômes couverts de suie, ils avançaient péniblement à travers les fumerolles, sur un sol presque aussi brûlant qu'un flot de lave, qui roussissait la semelle de leurs souliers. Il leur fallait porter les enfants, éviter de marcher dans les cendres encore incandescentes.

Par deux fois, ils entendirent le Hind tourner au-dessus d'eux.

Cependant ils ne purent même pas l'entr'apercevoir à travers les nuages de fumée bleue poussés par le vent. D'autre part, il n'y avait aucun indice d'une poursuite par le Frelimo ou le Renamo. L'incendie avait dispersé et refoulé les forces des deux adversaires.

« Le petit bonhomme a les pieds recouverts d'amiante », pensa Sean en voyant Matatu courir à droite et à gauche sur l'avant de leur groupe. Sur son dos, Minnie gémissait sans arrêt ; ses brûlures superficielles la faisaient souffrir. Au premier arrêt pour se reposer, Sean lui donna la moitié d'un cachet d'aspirine, qu'il lui fit avaler avec de l'eau de leur seule bouteille encore pleine.

Le soleil se coucha dans un ciel rouge pourpre et cramoisi. Ils s'étendirent pour dormir les uns près des autres, trop épuisés pour poster l'un d'eux en sentinelle, d'un sommeil souvent interrompu par une toux pénible qui déchirait les poumons.

A l'aube, le vent tourna en direction du sud, rabattant de leur côté la fumée, qui réduisait la visibilité à quelques dizaines de mètres. Sean et Claudia commencèrent par s'occuper des enfants, et soignèrent leurs cloques et brûlures avec de la pâte iodée. Mickey supportait le mal avec le stoïcisme d'un guerrier shangane. Sa sœur, que l'iode piquait, gémissait au contraire beaucoup ; Sean dut la prendre sur ses genoux, et souffler sur ses brûlures pour les rafraîchir.

Ensuite, les femmes soignèrent les hommes. Claudia traita les blessures superficielles de Sean avec une douceur qui manifestait sa gratitude et son amour. Aucun des deux ne parla de cet instant où il avait mis le pistolet sur sa tempe. C'était une chose qu'ils n'évoqueraient jamais, mais qui demeurerait pour toujours dans leur esprit, qui serait toujours présente en eux. Pour Sean, le moment le plus affreux de son existence. Pour Claudia, la preuve du dévouement de Sean. Elle était certaine qu'il aurait trouvé la force de le faire, mais savait aussi que ce geste lui aurait coûté plus que le sacrifice de sa propre vie. Elle n'avait pas besoin d'autre preuve de l'amour de Sean.

Les enfants, desséchés par la chaleur de l'incendie, avaient un besoin pressant d'eau. Ils burent la moitié de celle qu'il restait, l'autre moitié fut partagée entre les adultes.

– Matatu, dit Sean à voix basse, si tu ne nous trouves pas d'eau avant la nuit, alors nous serons aussi morts que si le *henshaw* nous réduisait en poussière avec ses canons.

Ils poursuivirent leur marche difficile dans la forêt noircie. A la fin de l'après-midi, Matatu les conduisit à une cuvette argileuse peu profonde. Au centre de ce creux encombré de cadavres calcinés de petits animaux – rats, serpents et civettes – il y avait une mare d'eau sale. Ils la filtrèrent à travers un linge, et la burent comme si elle était un nectar. Lorsqu'ils eurent bu tout leur content, ils s'en versèrent sur la tête et sur leurs vêtements en riant du plaisir que cela leur donnait.

Peu après ce point d'eau, ils atteignirent l'endroit où le vent avait tourné et avait rabattu le feu sur lui-même. Ils laissèrent derrière eux le spectacle de désolation des troncs calcinés et des cendres fumantes, et passèrent la nuit au milieu d'un chaos de branches mortes, là où les bûcherons avaient fait autant de ravages que le feu.

Pour la première fois depuis deux jours, Alfonso monta l'antenne du poste radio, autour duquel ils se groupèrent pour écouter les sarcasmes et les menaces du général China. Il parlait en langue shangane, et l'on entendait les moteurs de l'hélicoptère en bruit de fond. Ses paroles étaient concises et assez énigmatiques, de même que les réponses du subordonné à qui elles s'adressaient.

— Que pensez-vous qu'il prépare? demanda Sean à Alfonso.

— On dirait qu'il envoie des soldats occuper de nouvelles positions.

— Il a peut-être perdu notre trace dans l'incendie mais je ne crois pas qu'il ait abandonné.

— Non, acquiesça Alfonso. Je le connais bien, il n'a pas abandonné. Il nous poursuivra jusqu'au bout. Le général China est un homme qui sait haïr.

— Maintenant, nous sommes dans une région tenue par le Frelimo. Croyez-vous qu'il va nous y suivre?

— Il a le *henshaw*, il n'a pas à s'inquiéter beaucoup de la présence du Frelimo. Je pense qu'il nous poursuivra partout où nous irons.

China continuait à émettre; il était évident qu'il organisait le ravitaillement en carburant. Il était passé au portugais; la réponse, dans la même langue, semblait provenir d'un mécanicien au sol. Alfonso traduisit:

« Les porteurs sont arrivés. Nous avons maintenant un stock de deux mille litres. »

China: « Et la pompe de reprise de rechange? »

Le mécanicien: « Elle est ici. Je peux la monter cette nuit. »

China: « Nous devons décoller demain au point du jour. »

Le mécanicien: « Tout sera prêt, mon général. »

China: « Bien. Je vais atterrir dans quelques minutes. Préparez-vous à commencer le travail. »

Ils écoutèrent encore quelques instants, mais l'émission était terminée. Alfonso tendit le bras pour arrêter l'écoute. Sous une impulsion subite, Sean l'en empêcha et se mit à chercher sur d'autres longueurs d'onde. Presque aussitôt, il capta le trafic radio militaire sud-africain. Sa réception était devenue très forte et très nette, maintenant qu'ils étaient beaucoup plus proches de la frontière. Entendre parler afrikaans fut pour Sean un réconfort. Il écouta un long moment; puis, en poussant un grand soupir, ferma le poste.

– Alfonso, ordonna-t-il, vous prendrez la première garde. Allez!

Le danger d'être vu depuis le ciel ayant diminué, Sean décida de voyager de jour. Plus ils allaient vers le sud, plus nombreux et plus récents étaient les signes d'activité des équipes de bûcherons.

Le troisième jour après l'incendie, ils tombèrent sur des souches d'arbre coupées depuis peu, d'où coulait la sève. Les feuilles des branches laissées sur place étaient encore vertes et souples. Matatu leur recommanda le silence; lorsqu'ils eurent avancé un peu, ils entendirent le grincement des scies et les tristes chants des travailleurs.

Autour d'eux, la forêt montrait partout des traces de présence humaine, les empreintes de milliers de pieds nus, la marque sur le sol des lourdes billes de bois tirées à la main vers les sentiers d'abattage. Cependant Matatu les conduisait avec une telle habileté dans la forêt ravagée, qu'ils ne rencontrèrent aucun être humain avant le quatrième jour.

Laissant les autres se reposer à l'abri d'un gros tas de branches coupées de frais, Sean et Matatu gagnèrent à pas furtifs la bordure d'une clairière, d'où Sean put observer dans ses jumelles des coupeurs de bois du Frelimo au travail, de l'autre côté de l'éclaircie : des centaines de noirs, hommes et femmes, certains encore des enfants, surveillés par des gardes en uniforme du Frelimo. Ceux-ci avaient tous des fusils AK à la bretelle, mais maniaient plutôt le long fouet pour chevaux, le brutal *sjambok* africain, dont ils cinglaient le dos et les jambes nus de leurs administrés; les cris de douleur parvenaient, à cinq cents mètres de distance, aux oreilles de Sean et Matatu.

Les troncs grossièrement ébranchés étaient empilés en grands tas pyramidaux par les travailleurs, dont une moitié les hissait à l'aide de cordes, tandis que l'autre moitié les poussait par-dessous. Les gardes les encourageaient en entonnant les premières strophes des chants accompagnant le travail; les équipes répondaient en un chœur mélancolique, tous poussant ou tirant en cadence sur les gros câbles d'abaca.

Pendant que Sean regardait, une lourde grume était en cours d'un hissage laborieux, afin d'être juchée au sommet de la pyramide. Mais avant qu'elle ait été mise en place, une corde cassa. Le tronc roula sur lui-même, et s'affala en rebondissant le long du flanc de l'empilement. L'équipe lâcha tout et s'enfuit en poussant des cris de terreur mais quelques-uns des moins agiles ne furent pas assez rapides; le tronc passa sur eux comme un rouleau compresseur. Sean entendit leurs cris étouffés, et leurs os craquer comme des brindilles sèches.

Même pour un cœur endurci de soldat, c'en était trop. Sean fit signe à Matatu, et tous deux retournèrent sans bruit auprès des autres. Au cours de l'après-midi, ils passèrent à peu de distance du camp des travailleurs, vaste agglomération de cases rudimentaires, qui puait la fumée de bois, les latrines à ciel ouvert et la misère humaine.

– La marchandise la moins chère, par les temps qui courent, c'est la chair humaine, dit Sean à Claudia avec un air sinistre.

– Si je raconte cela en rentrant en Amérique, répondit-elle, on ne me croira pas. C'est tellement contraire à nos mœurs.

A cette heure de la journée, le camp était presque désert, à l'exception des malades et des mourants. Sean y envoya Matatu à la recherche de nourriture. Il découvrit une des cuisines et réussit à ne pas se faire voir du cuisinier; il revint avec un demi-sac de farine de maïs sur l'épaule.

Le soir, ils dînèrent de bouillie de maïs. Serrés autour du récepteur, ils entendirent parler le général China. Lorsque celui-ci eut terminé son émission, à la tombée de la nuit, Sean passa sur la fréquence des militaires sud-africains. Pendant près d'une demi-heure, il écouta, notant les indicatifs d'appel des unités du secteur le plus proche. En fin de compte, il pensa avoir identifié celui du commandement des forces de la frontière; c'était le mot « Koudou », du nom de la belle antilope aux cornes en spirale.

Sean attendit patiemment une accalmie dans les communications: il brancha le micro, et appela en afrikaans:

– Koudou, ici, Mossie. Un message en priorité numéro un. M'entendez-vous, Koudou? Ici, Mossie.

C'était la procédure radio que l'on employait au temps de la guérilla en Rhodésie. Il espérait que l'expérience militaire du commandant de l'unité remontait aussi loin que cette époque. « Mossie » était un moineau en afrikaans. Ce mot avait été l'indicatif de Sean en ces temps lointains.

Un long silence suivit, pendant lequel on n'entendait que les parasites. Pendant que son appel s'était perdu dans le vide de l'atmosphère, Sean reprenait le micro, lorsque le haut-parleur revint à la vie:

– La station qui appelle Koudou, émit une voix chargée de soupçon. Répétez votre indicatif.

– Koudou, ici Mossie. Je répète, Mossie (Sean épela le mot.) Je demande à être mis en communication avec le général de La Rey, l'adjoint du ministre de la Loi et de l'Ordre.

Lothard de La Rey avait été l'officier traitant de Sean dans les années 70. Depuis, il avait fait une brillante carrière politique. Koudou savait certainement qui il était, et hésiterait à refuser de retransmettre un appel à un si haut personnage.

C'est ce qu'était sans doute en train de se dire Koudou; mais il lui fallut un peu de temps pour se décider. Finalement, il répondit :

– Mossie, restez à l'écoute. Nous transmettons à de La Rey.

Presque une heure s'écoula, avant que Koudou rappelle :

– Mossie, ici Koudou. Impossible d'obtenir de La Rey.

– Koudou. C'est une question de vie ou de mort. Je vous rappellerai sur cette fréquence de six heures en six heures, jusqu'à ce que vous ayez de La Rey.

– *Dood reg*, Mossie. Nous reprendrons l'écoute dans six heures. *Totsiens.*

Ils avaient abandonné leurs couvertures en fuyant devant le feu. La nuit était froide; Claudia et Sean se réchauffaient dans les bras l'un de l'autre, et parlaient à voix basse.

– Je n'ai pas compris ce que tu disais à la radio. Avec qui parlais-tu ?

Claudia employait l'américanisme « avec ». Sean rectifia en répondant :

– Je parlais *à* des militaires sud-africains, dont la base est probablement à la frontière.

– Vont-ils nous aider ?

– Je ne sais pas. Ils devraient, si j'arrive à contacter une personne que je connais.

– Qui ?

– Pendant la guérilla, je commandais les Scouts de Rhodésie, et je rendais également compte aux services de renseignements d'Afrique du Sud.

– Tu étais un espion ?

– Non. Les Sud-Africains et les Rhodésiens étaient alliés, tous deux du même bord. Je suis sud-africain, je n'étais ni un espion ni un traître.

– Un agent double, alors ?

– Appelle cela comme tu voudras. De La Rey était mon officier traitant. Depuis la fin de la guérilla, j'ai continué à lui envoyer de temps en temps des rapports. Chaque fois que je pouvais recueillir quelque information sur l'activité des terroristes de l'ANC, je la lui transmettais.

– Il a une dette envers toi, donc?

– Il me doit beaucoup. En outre, nous sommes parents. Il est mon cousin germain du côté de ma grand-mère.

Sean s'arrêta de parler, un petit corps cherchait à s'insinuer entre eux.

– Regarde qui est là. Minnie Mouse elle-même!

Claudia s'écarta pour faire de la place à l'enfant. Minnie s'installa, tout heureuse, dans le creux tiède entre eux deux, et se servit du bras de Sean comme oreiller. Il attira l'enfant contre lui. Claudia caressa la tête de la fillette.

– Elle est si mignonne, dit-elle.

Ils restèrent longtemps silencieux, Sean crut que Claudia s'était endormie, avant qu'elle ne dise d'une voix pensive:

– Si nous nous en sortons, crois-tu que nous pourrons adopter Minnie?

Question toute simple, mais remplie de pièges et de chausse-trapes. Elle présupposait pour l'avenir une vie en commun, une vie rangée, avec maison, enfants et responsabilités. Tout ce que Sean avait fui au cours de son existence. Cela aurait dû lui faire peur; au contraire, il en éprouva un sentiment de réconfort.

La dynamo portative faisait un vacarme assourdissant; elle alimentait les ampoules électriques disposées tout autour de l'hélicoptère, dont les panneaux de visite des moteurs étaient ouverts, et les tôles protectrices retirées de devant les admissions d'air.

Le mécanicien portugais surveillait et vérifiait tous les travaux effectués par les prisonniers russes. Il avait vite appris à connaître et apprécier le général China, et à se rendre compte qu'il était dans une situation périlleuse. Durant le peu de temps qu'il venait de passer avec les forces du Renamo, il avait été témoin à plusieurs reprises de châtiments exercés par China à l'encontre de ceux dont il était mécontent. En ce moment, il sentait posés sur lui les yeux sombres de ce fanatique.

Il était plus de minuit. Cependant le général ne s'était pas encore décidé à prendre du repos. Toute la journée, il avait volé, de l'aube au crépuscule, n'atterrissant que pour le ravitaillement du Hind en carburant. Un homme ordinaire aurait été épuisé, le pilote était certainement couché depuis plusieurs heures, mais China ne donnait aucun signe de fatigue. Il tournait autour de l'appareil, surveillant tout, posant mille questions, exigeant que l'on se hâte, aussi agité que s'il était en proie à une sombre passion.

– Il faut qu'il soit prêt à voler à l'aube, dit-il pour peut-être la centième fois, avant de gagner à grands pas la tente qui lui servait de quartier général avancé, et de se pencher sur la carte à grande échelle de la région, sur laquelle il étudia une fois de plus la disposition de ses unités, ruminant des idées et parlant tout seul.

Il avait porté sur cette carte tout ce qu'il avait observé du haut des airs, l'emplacement des chantiers du Frelimo, les chemins raboteux taillés à travers la forêt, l'ampleur du déboisement, le nombre de gens qui y étaient employés. Il s'était rendu compte de l'impossibilité de retrouver les fugitifs parmi de telles multitudes, du fait que les traces laissées par Sean et son groupe seraient effacées par suite de l'activité intense dans la région.

« Maintenant, je dois patienter », se dit-il.

Il déplaça sa main vers le bas de la carte. Les coupes de bois du Frelimo ne s'étaient pas encore étendues jusqu'aux hauteurs qui défendaient les approches du bassin du Limpopo. Entre ces hauteurs et le fleuve, la forêt cédait la place à des prairies plantées de bosquets clairsemés. Pour atteindre le fleuve et la frontière, les fugitifs seraient obligés de traverser cette région sur une cinquantaine de kilomètres, où ils seraient faciles à repérer.

C'est là que China avait décidé de placer sa dernière ligne d'arrêt. Toute la journée, il y avait fait transporter les soldats mis à sa disposition par Tippoo Tip. Le Hind, qui pouvait emporter quatorze hommes, avait fait onze voyages, et débarqué des sections d'assaut sur la ligne de crête, avec mission d'installer des postes d'observation sur chaque sommet et de patrouiller entre ceux-ci. Cent cinquante hommes étaient en place, pour couper Sean Courtney de la frontière.

Regardant la carte d'un œil absent, China sentit à nouveau l'amertume de la déception et de son échec. Il avait été tout près de mettre la main sur le blanc, encerclé par ses soldats sans possibilité de leur échapper, lorsque s'était produite l'intervention du Frelimo. En dessous de l'hélicoptère, la forêt avait été cachée par des nuages de fumée, tandis qu'il entendait à la radio les appels à l'aide de ses hommes assaillis par les flammes.

Tippoo Tip avait en vain tenté de le convaincre que Sean Courtney avait péri dans l'incendie. China avait d'autres informations. Dès que les cendres s'étaient suffisamment refroidies, le Hind avait déposé des pisteurs à lui, qui avaient découvert l'emplacement où le blanc avait enterré ses gens pour échapper à la fournaise; la marque de leur corps était encore imprimée dans la terre molle. Ils avaient également repéré leurs traces en direction du sud.

En tout cas, ce nouvel échec avait renforcé sa détermination. La chance insolente du blanc et l'astuce qu'il montrait à déjouer les manœuvres de China ne faisaient qu'accroître sa haine et sa soif de vengeance. Durant les longues heures du transport de ses soldats, il avait laissé son esprit vagabonder, et rêvé aux supplices qu'il ferait endurer à Sean Courtney et à l'Américaine lorsqu'il les aurait en son pouvoir.

Il commencerait par la femme, évidemment. Quand Tippoo Tip aurait assouvi sur elle ses désirs, il la livrerait à ses hommes, en choisissant personnellement les plus hideux, les plus repoussants. Naturellement le blanc serait forcé d'assister au spectacle. Ensuite, il s'occuperait de celui-ci. Il ne savait pas encore quelles tortures il infligerait au colonel Sean Courtney. Il envisageait plusieurs possibilités. Penser à cela, et s'en délecter à l'avance, calma suffisamment sa frustration pour qu'enfin il se jette tout habillé sur son lit de camp et trouve le sommeil.

Il se réveilla en sursaut. Quelqu'un le secouait de façon pressante. Il lui fallut quelque temps pour reprendre ses esprits. Il lança autour de lui des regards furibonds, vit que c'était le matin, que les arbres entourant sa base temporaire se détachaient sur le gris plus clair du ciel comme des squelettes gris. Les ampoules électriques éclairaient toujours l'hélicoptère. Le poste de radio, posé sur une table faite de planches mal équarries, émettait des cris poussés par une voix gutturale :

– Contact! Général China, nous sommes au contact!

C'était le commandant de l'unité d'interception qu'il avait postée sur les crêtes, aux approches du Limpopo. L'officier était si excité qu'il avait omis d'indiquer son indicatif. Encore à moitié endormi, China se leva et prit le micro.

– Ici Bananier. Donnez de façon correcte votre indicatif et votre position.

Entendant la voix du général, l'interlocuteur lointain se reprit et rectifia sa procédure. Les fugitifs, expliqua-t-il, étaient arrivés sur la ligne d'arrêt presque exactement au point que China avait prévu. Il y avait eu un bref échange de coups de feu; ensuite le groupe s'était réfugié au sommet d'un petit *kopje*, à distance de vue du Limpopo.

– J'ai demandé aux mortiers d'être prêts à ouvrir le feu.

– Refusé. Je répète, refusé. Interdiction de tirer au mortier sur leur position. Interdiction d'attaquer. Je veux qu'on les prenne vivants. Entourez le monticule et attendez mon arrivée.

China porta son regard sur l'hélicoptère. Les panneaux de visite des moteurs avaient été remis en place; le mécanicien surveillait l'opération de ravitaillement en carburant; une file de porteurs, chacun avec un bidon de vingt litres en équilibre sur la tête, attendaient leur tour de le déverser dans un des réservoirs principaux de l'appareil.

China traversa la tente à grandes enjambées, et cria de loin au mécanicien :

— Nous devons décoller immédiatement.

— Le plein sera fait dans une demi-heure.

— C'est trop long. Combien de carburant actuellement ?

— Les réservoirs auxiliaires sont pleins, les réservoirs principaux aux trois quarts.

— Ça suffira. Appelez le pilote. Dites-lui qu'on décolle immédiatement.

— Il faut que je remette en place les tôles de protection devant les entrées d'air.

— Combien de temps cela prendra-t-il ?

— Pas plus d'une demi-heure.

— C'est trop long !

China ne tenait pas en place. Le pilote, encore ensommeillé, arrivait en trébuchant de sa tente, tout en enfilant son blouson de vol en cuir. Les couvre-oreilles de son casque pendaient le long de ses joues.

— Dépêchez-vous ! lui cria China. Mettez l'appareil en marche.

— Et les tôles de protection ? insista le mécanicien.

— On peut voler sans ça.

— Oui, mais...

— Non ! ne vous occupez pas des tôles. Je ne peux pas attendre. On part tout de suite. En route !

Les pans de sa capote battant ses jambes, le général China s'installa sur son siège, dans l'habitacle du mitrailleur.

Couché sur le ventre entre deux rochers, presque au sommet du *kopje*, Sean Courtney regardait par-delà les arbres de la forêt. Dans le lointain, en direction du sud, la ceinture d'un vert foncé s'estompait le long d'une ligne qui marquait la position de la vallée du Limpopo.

— Si près, se lamenta-t-il. Nous y étions presque arrivés.

Contre toute logique, ils avaient tenu bon jusqu'ici, ils avaient parcouru trois cents kilomètres dans une région dévastée par la guerre, entre deux armées ennemies aussi dangereuses l'une que l'autre, et maintenant, ils étaient stoppés en vue de leur objectif.

Une rafale d'arme automatique fut lancée d'en bas du monticule, un projectile ricocha vers le ciel. Matatu, étendu parmi les rochers voisins, continuait à se faire de violents reproches :

— Je suis un vieil imbécile, mon *Bwana*. Vous n'avez plus qu'à me renvoyer, et prendre à ma place quelqu'un que l'âge n'aura pas rendu gâteux et aveugle.

Sean supposait qu'ils avaient été repérés par un poste d'observation du Renamo, alors qu'ils traversaient une clairière. Il n'y avait rien eu pour les mettre sur leurs gardes, pas de poursuite, pas d'embuscade. Sortant du couvert des arbres, une ligne de tirailleurs était arrivée sur eux au pas de course.

Ils étaient tous fatigués après une marche pénible de toute la nuit. Peut-être étaient-ils moins attentifs ; peut-être auraient-ils dû rester à l'abri des arbres, au lieu de couper au plus court par un vallon dégagé. Mais il ne servait à rien de penser à ce qu'il aurait fallu faire.

Ils avaient eu tout juste le temps d'empoigner les enfants et de traîner les femmes en haut du *kopje*, sous un tir mal ajusté du Renamo, dont les balles frappaient les rochers autour d'eux. Peut-être les tireurs visaient-ils volontairement à côté, se demanda Sean. Il pouvait supposer que les ordres du général China avaient été : « Prenez-les vivants. »

« Où peut être China en ce moment ? » se dit-il. Ce qui était sûr, c'est qu'il allait venir aussi vite que volait le Hind. Tournant de nouveau son regard vers le Limpopo, Sean éprouva l'amertume de la déception et de l'échec.

— Alfonso, appela-t-il. Mettez la radio en marche.

Deux fois au cours de la nuit, il avait tenté d'entrer en contact aux heures prévues avec l'armée sud-africaine. Sans succès. La batterie commençait à donner des signes de faiblesse, l'aiguille de l'indicateur de charge était dans la partie rouge du cadran.

— Si j'essaie de sortir l'antenne, grommela Alfonso, ces singes d'en face vont tout foutre en l'air.

— Nous sommes presque en vue du fleuve, rétorqua Sean. Donnez-moi l'antenne.

Il lança l'extrémité du câble aussi loin qu'il put le long de la pente et tourna l'interrupteur ; le tableau de commande s'éclaira faiblement.

— Koudou, ici Mossie. M'entendez-vous ?

Une balle perdue frappa le rocher au-dessus de sa tête, sans que cela le trouble.

— Koudou, ici Mossie.

Les enfants dans leurs bras, les deux femmes le regardaient sans dire un mot. Il tourna le bouton de l'amplification. Tout à coup une voix, si faible qu'il avait de la peine à comprendre les paroles, répondit :

— Mossie, ici Oubaas. Je vous entends trois sur cinq.

— Oubaas ! (Sean avait le souffle coupé.) Grand Dieu, Oubaas !

Oubaas, qui signifie grand-père, était le nom de code du général Lothar de La Rey.

— Oubaas, nous sommes dans la merde jusqu'au cou. Je demande une extraction à chaud immédiate...

En langage militaire, il demandait leur récupération par hélicoptère sous le feu de l'ennemi.

— ... Nous sommes sept, cinq adultes et deux enfants. Position... (Il énonça les coordonnées de leur position estimée.) Nous sommes sur un petit *kopje* à vingt kilomètres au nord du Limpopo. Vous m'entendez, Oubaas ?

— Je vous entends, Mossie. Quel était le nom de jeune fille de votre grand-mère ?

Lothar effectuait une vérification.

— Espèce de couillon ! Ma grand-mère était Centaine de Thiry, et c'était aussi votre grand-mère, Lothar, sacré emmerdeur ! — *pain in the neck*

— D'accord, Mossie. Je vous envoie un Puma pour extraction à chaud. Pouvez-vous tenir encore une heure ?

— Grouillez-vous, Oubaas. On est entourés de salopards.

— On y va, Mossie. Sean, faites-leur passer...

Les paroles devinrent inaudibles, la petite lueur du tableau s'éteignit, la batterie était morte.

Sean leva les yeux et sourit à Claudia :

— Ils viennent, ils envoient un hélicoptère nous prendre.

Son sourire se figea, tandis que tous les visages se tournaient vers le nord. Un autre son se faisait entendre, encore faible et lointain, mais reconnaissable entre tous. Le son annonciateur de la mort.

Get a move on

Ils regardèrent le Hind, volant à raser le haut des arbres. Un grand monstre bossu, couvert de taches de peinture de camouflage ; les premiers rayons du soleil levant se réfléchissaient sur les vitres de l'habitacle, qui paraissaient deux énormes yeux rougeoyants.

Du pied du *kopje*, une fumée monta, décrivant paresseusement une parabole ; le Hind modifia légèrement sa route et vint droit vers le sommet sur lequel ils étaient réfugiés.

Sean entoura d'un bras les épaules de Claudia. Elle prit le pistolet dans sa ceinture et le lui tendit.

— C'est comme si l'on mourait deux fois, murmura-t-elle.

— Non ! (Sean repoussa l'arme.) Je ne peux pas. Je n'ai pas le courage de recommencer.

— Alors que faire ?

Il lui montra la grenade à fragmentation qu'il avait prise dans sa main. Elle regarda le gros œuf de métal noir quadrillé, comme si c'était un fruit vénéneux. Elle frissonna et détourna les yeux.

— Ce sera plus rapide et plus sûr, dit-il d'un ton rassurant. Et nous nous en irons ensemble, au même moment.

Il savait comme il ferait. Il placerait la grenade entre eux deux, étendus poitrine contre poitrine.

Il leva de nouveau les yeux vers le Hind, maintenant tout proche. Le moment allait venir. Il n'avertirait pas Claudia. Simplement il lui donnerait un dernier baiser. Et puis...

Soudain, il plissa les yeux. Il y avait quelque chose de changé dans la silhouette de l'appareil. Le Hind grossissait rapidement, et Sean ressentit le coup au cœur d'une émotion nouvelle, lorsqu'il se rendit compte de ce qui était anormal dans l'hélicoptère.

— Nous avons encore une chance, souffla-t-il à l'oreille de Claudia. Une petite chance, mais nous allons la tenter.

Puis, appelant Minnie en shangane :

— Viens ici, Minnie. Viens ici.

La petite fille s'approcha.

— Tiens-la, dit-il à Claudia.

Il souleva l'arrière de la petite jupe déchirée. Il écarta l'élastique qui retenait la culotte de Minnie à la taille, et glissa à l'intérieur un objet, rond et noir comme une de ses petites fesses entre lesquelles l'objet vint se loger.

— Garde ça pour moi, petite, lui dit-il à l'oreille. C'est un secret. Ne l'enlève pas, garde-le bien. Tu veux bien, petite fleur ?

Minnie le regarda de ses yeux noirs remplis d'adoration, et fit de la tête un signe d'acquiescement.

Le sifflement des turboréacteurs du Hind était devenu presque intolérable. Lorsqu'il fut à deux cents mètres de distance, Alfonso ouvrit le feu avec le fusil AK, vidant un chargeur entier sur l'habitacle. Les projectiles ne laissèrent pas de trace sur le blindage. L'appareil ralentit, puis demeura immobile, suspendu à son rotor étincelant. Le général China était assis sur le siège du mitrailleur, si proche qu'ils purent voir son sourire de triomphe lorsqu'il porta le micro à ses lèvres.

Sa voix fortement amplifiée retentit, sortant des haut-parleurs fixés sous les moignons d'aile de l'hélicoptère :

— Bonjour, colonel Courtney. Vous m'avez bien fait courir, mais la chasse se termine. Dites à vos hommes de déposer leurs armes, s'il vous plaît.

— Faites-le ! ordonna Sean à Alfonso.

Celui-ci grommela un refus et mit un chargeur plein dans son fusil. Le ton de Sean se durcit :

— Faites ce que je vous dis ! Faites-moi confiance. J'ai un plan.

Alors qu'Alfonso hésitait encore, le canon du Hind lança dans un bruit de tonnerre une salve qui projeta des fragments de rocher et un nuage de poussière sur le flanc du *kopje*, presque à leurs pieds.

— N'abusez pas de ma patience, colonel. Dites à vos hommes de lever les mains au-dessus de leur tête.

— Faites-le, répéta Sean.

Matatu le premier, Alfonso ensuite s'exécutèrent.

— Dites-leur de se retourner. Je veux m'assurer qu'ils ne me réservent pas de surprise.

Ils le firent. La voix retentit de nouveau :

— Enlevez vos vêtements, vous tous.

Les deux noirs se déshabillèrent complètement, et restèrent nus sur place.

— Les deux femmes, maintenant.

— Courage ! murmura Sean à Claudia. Nous avons encore une chance, une bonne chance.

Claudia se leva lentement.

— Miss Monterro, voulez-vous avoir l'obligeance de retirer vos vêtements.

Sans hésitation, avec un air de défi, elle déboutonna sa chemise déchirée, qu'elle ôta par-dessus sa tête. Au soleil du matin, ses seins étaient d'une blancheur éclatante.

— Maintenant, votre short.

Elle le laissa glisser sur ses chevilles, et l'envoya promener d'un coup de pied.

— Très bien, et maintenant le reste.

Il ne lui restait plus qu'une culotte devenue arachnéenne, tant elle avait été portée et lavée. Elle croisa les mains devant elle et secoua la tête.

— Non, je ne l'enlèverai pas.

— Bon. Nous respecterons votre pudeur pour le moment. Plus tard, mes hommes y trouveront encore plus de plaisir. Veuillez rejoindre les autres.

L'air hautain, Claudia alla se placer entre Matatu et Alfonso.

— Maintenant, toi, la femme, dit China en shangane.

Miriam se leva. Elle n'avait pas, comme les Occidentaux, honte de sa nudité. Elle se déshabilla rapidement et, tenant son petit frère par la main, rejoignit le groupe.

— Colonel Courtney, à vous. J'ai gardé le meilleur pour la fin.

Avec le plus grand calme, Sean se débarrassa de ses vêtements loqueteux.

— Très impressionnant, colonel, railla China.

Sean se redressa et regarda l'hélicoptère ; son visage était impassible, mais il essayait d'évaluer la distance du Hind. « Cinquante mètres », estima-t-il. « Beaucoup trop loin. »

— Veuillez descendre à l'endroit dégagé où se trouvent les autres, afin que je puisse garder un œil sur vous, colonel. Nous ne voulons pas qu'il y ait de malentendu, n'est-ce pas ?

Sean prit la main de Minnie et s'avança. Sous la jupe de la petite fille, la grenade se balançait de droite et de gauche. De sa main libre, elle retenait sa culotte, pour que le poids de l'objet ne le fasse pas descendre le long de ses jambes.

Sean comptait ses pas qui le rapprochaient de l'hélicoptère en vol stationnaire. Dix, quinze, vingt. Il voyait nettement la pupille des yeux du général China. La distance devait être de trente-cinq mètres. Encore trop loin. Il s'arrêta à côté de Claudia. Ils étaient tous en rang, nus et sans défense.

China lança un ordre, auquel ses soldats répondirent en faisant irruption hors de la forêt, et en escaladant la pente de la colline. Le pilote portugais, avec une maîtrise parfaite des commandes, approcha lentement le Hind du groupe. Trente mètres... Vingt-cinq... Toute l'attention de Sean était concentrée sur les entrées d'air des turboréacteurs, qui n'étaient plus munies de leur tôle de protection. Il pouvait distinguer, au fond de leur ouverture circulaire, le disque brillant formé par les lames de la turbine tournant à grande vitesse.

Le Hind se stabilisa en vol stationnaire. Le général China tourna la tête vers l'arrière, pour regarder les guérilleros du Renamo qui avançaient en ligne sur le flanc de la colline. Sean profita de ce moment de distraction, il souleva la jupe de Minnie, passa la main dans la ceinture de sa culotte, saisit la grenade, la dégoupilla. Il entendit le bruit du percuteur frappant le détonateur. Dans cinq secondes, elle éclaterait. Sean en compta deux et, à l'instant même où China tournait de nouveau les yeux vers lui, la lança en visant l'entrée du moteur droit. Elle décrivit une parabole tendue, tandis que Sean la suivait du regard, cherchant à lui transmettre sa volonté et, par la force de son esprit, à la faire pénétrer dans l'orifice d'entrée d'air.

La grenade frappa le rebord, rebondit ; le puissant appel d'air créé par la turbine l'aspira à l'intérieur de la gueule largement ouverte de l'admission. Elle explosa contre les lames en rotation. L'énorme force vive de la turbine déséquilibrée brisa celle-ci instantanément.

Le Hind amorça une rotation sur lui-même, au moment où China tirait une salve de canon dont les obus allèrent se perdre dans les airs. L'hélicoptère passa sur le dos, tandis que le moteur avarié crachait de la fumée et des débris de métal.

Il s'abattit sur le flanc de la colline, rebondit, et retomba juste devant le front des guérilleros qui montaient à l'assaut. Ceux-ci firent demi-tour et s'enfuirent, certains pas assez rapidement. Le Hind continuait à rouler le long de la pente, il passa sur eux et les balaya.

Pour finir, l'hélicoptère glissa sur le ventre jusqu'au bas du *kopje* et vint heurter violemment les premiers arbres. Claire comme de l'eau pure, l'essence s'échappa d'un réservoir brisé et se répandit en une pluie qui étincelait au soleil. D'en haut, Sean et Claudia contemplaient le magnifique spectacle de cette destruction. C'est alors, chose étonnante, que l'habitacle du mitrailleur s'ouvrit comme une huître, et que le général China en sortit à quatre pattes. L'essence continait à se répandre, en un jet apparemment aussi inoffensif que celui de la lance d'arrosage d'un jardinier, et retombait en pluie sur l'uniforme de China. Cependant le général réussissait à s'extirper de l'appareil disloqué, et s'en éloignait en essayant péniblement de courir.

Il n'avait pas fait dix pas en titubant, que le Hind s'enflamma d'un coup; de l'essence en feu fut projetée sur l'uniforme trempé de China, qui fut transformé en torche humaine. Du haut de la colline, on entendait ses cris, des hurlements de bête, qui n'avaient plus rien d'humain.

Il courait vers les arbres mais ne les atteignit pas. Il tomba à l'orée de la forêt, mettant le feu aux grandes herbes dans lesquelles il gisait, qui devinrent son bûcher funéraire.

– En arrière! cria Sean.

Le son de sa voix tira de leur immobilité ses compagnons, pétrifiés par l'horrible spectacle. Ils se précipitèrent à l'abri des rochers surmontant le *kopje*, au moment où s'abattait une nouvelle salve du Renamo. A plat ventre derrière leur protection, ils assistèrent à la fin du Hind. Lorsqu'il eut fini de se consumer, il ne restait plus au bas de la pente que des débris noirâtres; on aurait pu les prendre pour un simple tas de charbon, si le vent n'avait apporté l'odeur de la chair brûlée.

Soudain, à leurs oreilles parvint un nouveau son. Sean se releva et porta son regard à l'horizon, dans la direction du Limpopo. Le Puma n'était encore qu'un point sombre dans le lointain, qui grossissait rapidement, en même temps que le bruit de ses moteurs devenait de plus en plus perceptible.

Sean pressa fortement Claudia dans ses bras et lui sourit :

– Remets ton short, ma chérie. J'ai l'impression que nous allons avoir une visite!

Cet ouvrage a été réalisé sur
Système Cameron
par la SOCIÉTÉ NOUVELLE FIRMIN-DIDOT
Mesnil-sur-l'Estrée
pour le compte des Presses de la Cité
8, rue Garancière, 75006 PARIS

Imprimé en France
Dépôt légal: mai 1990
N° d'édition : 5839 – N° d'impression : 14482